U0572951

国家社科基金
后期资助项目
GUOJIA SHEKE JIJIN HOUQI ZIZHU XIANGMU

汉赋篇名分歧考辨

Textual Research and Discrimination on The Divergent Titles of Han Fu

彭春艳 著

社会科学文献出版社
SOCIAL SCIENCES ACADEMIC PRESS (CHINA)

国家社科基金后期资助项目
出版说明

  后期资助项目是国家社科基金设立的一类重要项目，旨在鼓励广大社科研究者潜心治学，支持基础研究多出优秀成果。它是经过严格评审，从接近完成的科研成果中遴选立项的。为扩大后期资助项目的影响，更好地推动学术发展，促进成果转化，全国哲学社会科学工作办公室按照"统一设计、统一标识、统一版式、形成系列"的总体要求，组织出版国家社科基金后期资助项目成果。

全国哲学社会科学工作办公室

序

赵逵夫

  在中国古代文学史上，汉赋、唐诗、宋词、元曲分别代表着文学形式达到繁荣和艺术顶峰的四种不同形态。汉赋在20世纪五六十年代被认为是替统治阶级歌功颂德的作品，故研究的人很少，出版的注本也极少。其实，汉赋中也有抒发个人忧郁之情、表现对当时社会不满情绪的作品，即使在西汉最强盛的武帝时期，也有庄忌的《哀时命》，贾谊的《旱云赋》《鹏鸟赋》《吊屈原赋》，孔臧的《蓼虫赋》，董仲舒的《士不遇赋》，司马迁的《悲士不遇赋》。这些作品或抒发哀情，或反映了深刻的社会问题。至于司马相如的《哀二世赋》，则揭示了在上者违背天道，必自取灭亡之理。以上这些均有很好的认识价值与教育意义。至于东汉，有的作品虽然也写田猎、宫苑，但寄意已有不同，至汉末赵壹的《刺世疾邪赋》《穷鸟赋》表现出对长期封建专制制度反人民本质的揭露和对上层统治者的抨击，在后来一千多年中少有及之者。所以，仅因司马相如《子虚赋》《天子游猎赋》，扬雄《甘泉赋》《羽猎赋》和班固、张衡等写帝王田猎与京都景象的部分作品而认为汉赋是为统治阶级歌功颂德的作品，不完全合乎事实。

  其实，写京都景象与帝王田猎、巡狩、祭祀的作品，突出地展现了中华一统社会的安宁和一些都市的繁荣、昌盛景象，叙写了全国各地物产在京都的展现，各种奇花异草和飞禽走兽在宫廷苑囿中的状况，表现出中华地域广阔、九州和谐的历史，还是有其积极意义的。因为夏商周虽然说是统一王朝，但实际统领的地域并不是很大；在其分封的小国之外的一些部族，被称作西戎、北狄、东夷、南蛮，对当时体现出文明中心作用的王朝常有骚扰侵犯。因此，夏、商、西周周边很大的地域在社会文化和经济、交通等方面也一直未能得到充分的发展。春秋战国 550 年中诸侯分割，战争不断，很多有识之士表现出中华一统的愿望，希望有德者能完成这个大业。最后秦国统一了全国，但面对长时间中形成的各种强烈的地域观念，对一些势力间的争斗不得不采取极强硬的手段，而对民生艰难未能考虑，终于引起农民大起义；虽然做到"六王毕，四海一"，提出"车同轨""书同文""行同伦"统一度量衡的规定，而实际上只有短短的 15 年时间。最后还是由汉高祖建成了统一而安定的大汉王朝。稍知道一点此前历史的人，莫不感到这种空前一统形势来之不易。大汉王朝先是形成历史上有名的"文景之治"，然后是汉武帝时期，东至东海，南至南海，北临匈奴，而西至今巴尔喀什湖与葱岭。所以一些文士用骈辞大赋借写帝王田猎活动和京都风貌等表现在一统天下安宁生活中的兴奋心情，并给以颂扬。所以说，汉代骈辞大赋的风行，有其社会历史的原因。另外，当时除骈辞大赋之外，也有抒情小赋、诗体赋和楚辞体赋作，题材、内容也是比较宽的。汉赋创作上的突出成就，对后代各种体式的赋作和诗歌、散文的发展都有大的影响。

　　只是汉赋同唐诗、宋词、元曲比，产生时间最早，而此后有很长一段时间处于分裂动乱之中，北方又长时间处于少数民族政权统治之下，故汉赋存留至今的不多，而且传本上存在的问题也不少。

　　汉赋作者及当时产生的赋作究竟有多少？彭春艳同志十多年来一直潜心研究汉赋，先后出版《汉赋系年考证》《汉赋文本研究》及关于汉代作家研究之作《李尤研究》，前者是对今存两汉赋作的创作年代的考定，这是在全面搜集、整理前人之说的基础上，联系当时历史、所涉及人物、篇中反映事件与赋作者经历和称谓节令信息等进行考察度量，从作品体式及音韵文字方面，确定其创作年代。近年来，她又希望从有关汉代各种文献中提到的赋作者所创作赋的篇数，尽可能较确切地估算出汉赋的数量，查知曾有赋作的人 164 位（含可以确定赋作归属的佚名作者两位），共有赋1412 篇。而今存完整赋作 164 篇及存残篇残句者 193 篇，存目 69 篇，总共 426 篇，另 986 篇连篇名也没有留下来。当然，史书中未提到的作者及作品也应不少。彭春艳的这些工作可以让我们对汉赋创作的数量有一个大体的了解。

　　更重要的是，在今存汉赋作品上还有一些难以解决的疑问及长期存在的混乱现象，学者们的论著中往往有失误或相互抵牾之处。突出的是一些历史文献和学者的论著中关于汉赋的篇名及作者的认定存在分歧。历史上一些学者也谈到过这方面的问题，对同一篇赋篇名之不同或作者认定有所论定，但多孤立地判断，各家看法不尽相同，有的也明显令人难以置信。彭春艳同志集中精力，对今存汉赋中这类问题做了通盘研究。彭春艳将所有汉赋中篇名的分歧分为异名和误名两大类，另有存疑俟考一类，前两类下面又分若干小类，考察作品传播的情况，联系作品的内容和相关引述等以确定其篇名，以尽可能消除这方面的疑惑。书中用大量事实证明，有的汉赋在流传中形成一些异名，因为毕竟传了几近两千年，引述者会根据内容使用较简明或更通俗的名称，也会因与其他作品在文体上的相近而以相近文体称之。这与引述者误记、误写及简帛的破损等原因产生一些错误的现象同时存在。但造成的具体原因不同，情况复杂。

在以上的工作中，彭春艳可以说对所有存世汉赋篇章、篇题、残篇、佚文都做了细致的考察、思考与研究。这可以使我们对汉赋的了解更接近历史的真实。

总的来说，彭春艳同志将篇名的分歧同著作权上的分歧看法、作者姓名写法的分歧等问题联系起来，进行了全面、细致的研究，尽可能得出合情合理的结论。这对于以后汉赋的研究、对于一些作家个案的研究和介绍都有好处。今全书完成，即将出版，要我写序，写出以上看法，与学界朋友共商。

二〇二三年五月十二日于西北师大滋兰斋

目　录

表目录

图目录

绪　论

汉代，文体分类尚不严格。汉赋创作之际，很多篇名未写定。流传过程中，各时代对赋体的界定具有差异性；汉赋的传播接受者（包括赋作称引者、文集校阅整理者、总集目录编纂者等）处理文献的差异性，导致汉赋篇名分歧增多。古往今来，学者对汉赋篇名分歧的考辨，可归纳为两种类型。

第一种，几人考辨某一汉赋篇名分歧。

1. 枚乘《兔园赋》。《卓氏藻林》卷四"文史类·《修竹赋》"注："即《兔园赋》也，枚乘为梁孝王作。"① 《山堂肆考》卷一百二十九"文学·赋"："《修竹赋》，枚乘为梁孝王作，即《兔园赋》也。"②

2. 司马相如《天子游猎赋》。司马相如《子虚赋》《上林赋》及《天子游猎赋》篇名之争始自宋王观国《学林》卷七"古赋题"："司马相如《子虚赋》中，虽言上林之事，然首尾贯通一意，皆《子虚赋》也，未尝有《上林赋》。而昭明太子编《文选》乃析其半，自'亡是公听然而笑'为始，以为《上林赋》，误矣。"③ 金王若虚《滹南集》卷三十四"文辨"、明焦竑《焦氏笔乘》卷三、清何焯《义门读书记》、阎若璩《潜邱札记》卷六、孙志祖《读书脞录》卷七、高步瀛《文选李注义疏》等承其余绪。④ 学界现在基本认同现存《子虚赋》《上林赋》实为同一篇赋作

---

① （明）卓明卿：《卓氏藻林》，明万历八年刻本，第215叶。

② （明）彭大翼：《山堂肆考》，《四库全书》第976册，上海古籍出版社，1987，第510页。

③ （宋）王观国：《学林》，中华书局，1988，第219页。

④ （金）王若虚：《滹南集》，《四库全书》第1190册，第444页。（明）焦竑撰，李剑雄点校《焦氏笔乘》，中华书局，2008，第131页。（清）何焯：《义门读书记》，中华书局，1987，第868~869页。（清）阎若璩：《潜邱札记》，《四库全书》第859册，第540页。（清）孙志祖：《读书脞录》，清嘉庆刻本，第81叶。高步瀛：《文选李注义疏》，中华书局，2018，第1711~1715页。

的两部分，分歧在于汉武帝所读《子虚赋》与现存文献中的《子虚赋》是否为同一赋作？对此，学界争议不断。胡大雷认为："《史记·司马相如列传》所称'《子虚》之赋'当也是含在《天子游猎赋》中的，所谓别有《子虚赋》的意见不能成立。"① 也有一些学者试图调和，提出初稿与定稿之说，如蔡辉龙、② 刘跃进、③ 刘汝霖④等。龚克昌论证："武帝所'善'的《子虚赋》，也不会如《文选》所称的《子虚赋》……汉武帝所垂青的《子虚赋》，当是《天子游猎赋》以外的另一篇。"⑤

3. 李尤《七歎》。《汉魏六朝百三家集》卷十五《汉李尤集》："李伯仁……今诔颂哀典俱不见，《七歎》无传，惟有《七欵》，岂'欵'字之讹耶？"⑥《文选旁证》卷六校正《三都赋》李善注"李尤《七歎》"句云："胡公《考异》曰：'歎'当作'欵'，或作'难'作'疑'皆非。"卷四十六校正《头陀寺碑文》李善注"李尤《七难》"句云："'难'当作'欵'，各本皆误。"⑦《文选理学权舆》卷二"诔哀辞"下列"李尤《七难》"并注："'难'又作'歎'，又作'疑'，又作'款'，未知孰是。"⑧《历代辞赋总汇》分列《七款》《七难》《七歎》《七疑》。⑨《后汉书·李尤传》为《七歎》，⑩ 故当作《七歎》。

4. 崔瑗《七苏》。《史通通释》卷四"序例·七"注："《崔瑗传》名《七苏》，非《七厉》。"⑪《文心雕龙辑注》卷三"杂文·崔瑗《七厉》"注："《崔瑗传》有《七苏》，无《七厉》。"⑫《后汉书疏证》卷六《崔瑗

① 胡大雷：《别有〈子虚赋〉说不能成立》，《文学遗产》2005 年第 5 期。

② 蔡辉龙：《两汉名家田猎赋研究》，天工书局，2001，第 13 页。

③ 刘跃进：《秦汉文学编年史》，商务印书馆，2006，第 145 页。

④ 刘汝霖：《汉晋学术编年》，华东师范大学出版社，2010，第 52 页。

⑤ 龚克昌：《中国辞赋研究》，山东大学出版社，2003，第 335 页。

⑥ （明）张溥：《汉魏六朝百三家集》，《四库全书》第 1412 册，第 350 页。

⑦ （清）梁章钜：《文选旁证》，清道光刻本，《续修四库全书》第 1581 册，上海古籍出版社，2002，第 263、706 页。

⑧ （清）汪师韩：《文选理学权舆》，清嘉庆四年刻读书斋丛书甲集本，《续修四库全书》第 1581 册，第 47 页。

⑨ 马积高主编《历代辞赋总汇》第 1 册，湖南文艺出版社，2014，第 280 ~ 281 页。

⑩ （宋）范晔撰，（唐）李贤等注《后汉书》，中华书局，1965，第 2616 页。

⑪ （唐）刘知幾撰，（清）浦起龙通释《史通通释》，《四库全书》第 685 册，第 208 页。

⑫ （梁）刘勰撰，（清）黄叔琳辑注《文心雕龙辑注》，《四库全书》第 1478 册，第 106 页。

传》注、《后汉书集解》卷五十二《崔瑗传》注亦记载为《七苏》。①

第二种，个人考辨单篇汉赋篇名分歧。

1. 清汪师韩《文选理学权舆》卷二列"班固《终南山》赋""王褒《甘泉赋》""刘駧骒《元根赋》"并注："'赋'一作'颂'。"同卷"王粲《征思赋》"注："志祖案当作'征思'，见《典论·论文》。"②

2. 清严可均《全上古三代秦汉三国六朝文》全后汉文卷二十四班固《终南山赋》注："案，《文选·蜀都赋》注引班固《终南颂》有此语，或'颂'即'赋'之误。"卷六十九蔡邕《检逸赋》注："此旧题作《静情赋》。"同卷蔡邕《琴赋》注："又陆机《拟古诗》注引作《琴颂》，'颂'即'赋'字。写误。"卷九十王粲《闲邪赋》注："《书钞》一百三十六引王粲《闲居赋》当是《闲邪》之误。"③

3. 清梁章钜《文选旁证》卷三校正《西京赋》李善注"李尤《乐观赋》曰"句云："'乐'上当有'平'字，各本皆脱。"卷六校正《蜀都赋》李善注"张衡《应问》曰"句云："'问'当作'间'，各本皆误。"卷八校正《魏都赋》李善注"边让《帝台赋》曰"句云："何校'帝'改'章华'，陈同，各本皆误。"卷三十五校正《与嵇茂齐书》李善注"陈琳《武库车赋》曰"句云："'车'字不当有，尤本'库'误作'军'。"卷四十五校正《齐敬皇后哀策文》李善注"阮瑀《正欲赋》曰"句云："胡公《考异》曰：'正当作止，各本皆误。'"④

4. 清方成珪《韩集笺正》卷四注"班固《通幽赋》"："'通幽'二字当乙。"⑤

5. 清丁晏《曹子建集》卷三《橘赋》注："程张作《植橘赋》，《艺文》八十六、《初学记》二十八、《御览》九百六十六皆无'植'，系误合

① （清）沈钦韩：《后汉书疏证》，清光绪二十六年浙江官书局刻本，《续修四库全书》第271册，第113页。（清）王先谦：《后汉书集解》，王氏虚受堂刻本，《续修四库全书》第273册，第19页。

② （清）汪师韩：《文选理学权舆》，《续修四库全书》第1581册，第39～40页。

③ （清）严可均辑《全上古三代秦汉三国六朝文》，中华书局，1995，第602、853、854、958页。

④ （清）梁章钜：《文选旁证》，《续修四库全书》第1581册，第238、266、287、597、701页。

⑤ （唐）韩愈撰，（清）方成珪笺正《韩集笺正》，民国瑞安陈氏湫漻斋本，《续修四库全书》第1310册，第102页。

标题连写也。今删。"①

6. 清孙星衍《续古文苑》卷一桓谭《仙赋》注:"《雍胜略》载此云《集灵宫赋》,误。"②

7. 程章灿考辨曹植《宴乐赋》《乐赋》:"二者疑为同一赋作。"③

8. 龚克昌考辨王逸《机赋》《机妇赋》分歧,认为:"《机赋》当为原题,符合文意。因为此赋现存的七十六句中,写织机五十六句,而描写缫丝女和织女才分别仅有八句和十句。很明显,描写织机是此赋的主要部分,或以为此赋通篇描写织女,这是不符合事实的。"④

9. 赵逵夫论证:"蔡邕所谓《协和婚赋》《协初赋》实为一篇,篇名应用《协初赋》。"⑤ 论证枚乘《梁王菟园赋》《兔园赋》《梁王兔园赋》分歧,认为"赋名应作《梁王兔园赋》"⑥。

10. 王子今论证:"《全汉赋》所辑题《冀州赋》的班彪作品,很可能原本题名《游居赋》。"⑦

11. 彭春艳考辨崔骃《武赋》《武都赋》分歧,认为当作《武赋》。⑧

12. 何易展论证扬雄《河东赋》与《幸河东赋》实为一篇。⑨

13. 康达维提及王褒《洞箫赋》"又名《洞箫颂》"⑩。

综合上述例证,可见学者自宋代开始考辨汉赋分歧名,尤以《全上古三代秦汉三国六朝文·全后汉文》《文选旁证》考辨最为集中,当与清代文献整理集大成及考据学长足发展有关。上述考辨,有少数研究者注意到一赋两名的情况:明卓明卿、彭大翼考辨枚乘《兔园赋》《修竹赋》,清

---

① (三国)曹植撰,(清)丁晏诠评《曹子建集》,清宣统三年丁氏铅印汉魏六朝名家集初刻本,《续修四库全书》第1303册,第594页。

② (清)孙星衍:《续古文苑》,清嘉庆十七年冶城山馆刻本,《续修四库全书》第1609册,第24页。

③ 程章灿:《魏晋南北朝赋史》,江苏古籍出版社,2001,第356页。

④ 龚克昌等评注《全汉赋评注》,花山文艺出版社,2003,第682页。

⑤ 赵逵夫:《汉晋赋管窥》,《甘肃社会科学》2003年第5期。

⑥ 赵逵夫:《关于枚乘〈梁王兔园赋〉的校理、作者诸问题》,《文献》2005年第1期。

⑦ 王子今:《〈全汉赋〉班彪〈冀州赋〉题名献疑》,《文学遗产》2008年第6期。

⑧ 彭春艳:《崔骃〈武赋〉新考》,《中国韵文学刊》2019年第2期。

⑨ 何易展:《〈汉志〉扬雄篇目再检讨》,《文学与国家形象建构暨第十四届国际辞赋学学术研讨会论文集》,中国赋学会、澳门大学人文学院中国语言文学系,2021,第203~205页。

⑩ 〔美〕康达维撰《康达维译注〈文选〉》,贾晋华、白照杰、黄晨曦、余春丽、赵凌霄译,上海古籍出版社,2020,第832页。

严可均考辨蔡邕《检逸赋》《静情赋》，程章灿考辨曹植《宴乐赋》《乐赋》，赵逵夫论证蔡邕《协和婚赋》《协初赋》，王子今论证班彪《冀州赋》《游居赋》，何易展论证扬雄《河东赋》《幸河东赋》，美国康达维提及王褒《洞箫赋》又名《洞箫颂》。多数研究考证一篇赋作只能有一个正确篇名，未考虑文献流传导致的两名或多名共存。对前人论证，不可轻率否定或信从，需要重新审视、取舍，并做必要的修正与补充。前人论证虽有瑕疵，但给后学启发：应该对汉赋篇名分歧进行整体考辨研究。惜目前学界未见整体考辨汉赋篇名分歧的研究成果。

　　鉴于此，笔者不揣谫陋，不避讥嫌，不畏谴责，借助日趋成熟的古籍数字检索技术，试着对现存文献中所有汉赋篇名分歧进行考辨。共检索汉代赋作者 164 位（含可确定赋作归属的佚名作者两位），共统计汉赋 1412 篇。其中存世完整赋作 164 篇，残赋 193 篇，存目 69 篇，共计 426 篇（见表 1）。①对每位汉赋作者名下所有赋作文句，以小句为单位进行检索、比对，对篇名存在分歧的列出分歧名及来源文献并考辨，没有分歧的则不纳入本论述之列。选取出频次最多、出现文献较早的篇名作为参照名，将其他的则称为分歧名。分歧名中，将根据赋作内容说得通的归为异名；将完全说不通的归为误名；将有些文本残损过于严重无法考辨的归为存疑名。经检索，发现 65 位（39.63%）汉赋作者的 203 篇（47.65%）赋作存在篇名分歧（见图1、图2）。涉及分歧的赋作者及篇目总量多，且单篇赋作篇名分歧数量亦多，如贾谊《吊屈原赋》，司马相如《难蜀父老》《哀二世赋》均有 12 个篇名。篇名分歧导致历代研究者在辑佚、搜集、整理汉赋时遗漏或重复，造成汉赋基础文献整理有误。基础文献有误，导致汉赋作者个人研究出错，给汉赋题材、主旨等研究造成障碍，对整体纵向研究赋作源流、承变等构成误导，整个汉代文学研究亦产生偏差。《荀子·正名》："故王者之制名，名定而实辨。"②《春秋繁露·天道施》："名者，所以别物也。"③ 因此，对现存汉赋篇名分歧进行考辨，是汉赋研究必须做的首要基础文献工作。

---

① 汉赋作者及篇目统计为彭春艳国家社会科学基金一般项目"考古发现与汉赋研究"（14BZW180）结项成果《考古发现与汉赋研究》（2020 年结项，待出版，第 6 页）上稍做修改。

② （清）王先谦撰，沈啸寰，王星贤点校《荀子集解》，中华书局，2013，第 489 页。

③ （汉）董仲舒撰，苏舆义证，钟哲点校《春秋繁露义证》，中华书局，2002，第 471 页。

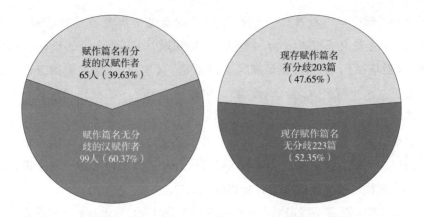

图 1　汉赋篇名分歧作者统计　　　图 2　篇名分歧汉赋统计

表 1　本研究检索汉赋作者及赋作统计

序号	作者	篇名	篇名分歧	分歧率*
1	刘友	《临终歌》	●	100%
2	陆贾	《孟春赋》	●	100%
		亡佚 2 篇	○	
3	朱建	亡佚 2 篇	○	
4	贾谊	《吊屈原赋》	●	100%
		《鵩鸟赋》	●	
		《旱云赋》	●	
		《簴赋》	●	
		亡佚 3 篇	○	
5	刘隈	亡佚 19 篇	○	
6	邹阳	《几赋》	○	50%
		《酒赋》	●	
7	公孙乘	《月赋》	○	0
8	路乔如	《鹤赋》	●	100%
9	公孙诡	《文鹿赋》	○	0
10	羊胜	《屏风赋》	●	50%
		《月赋》**	○	
11	枚乘	《七发》	●	60%
		《柳赋》	●	
		《梁王菟园赋》	●	
		《临灞池远诀赋》	○	
		《笙赋》	○	
		亡佚 4 篇	○	

续表

序号	作者	篇名	篇名分歧	分歧率
12	庄夫子	《哀时命》	○	0
		亡佚 23 篇	○	
13	刘越	亡佚 5 篇	○	
14	刘胜	《文木赋》	●	100%
15	孔臧	《谏格虎赋》	●	75%
		《蓼虫赋》	●	
		《鸮赋》	○	
		《杨柳赋》	●	
		亡佚 20 篇	○	
16	董仲舒	《士不遇赋》	●	100%
17	刘安	《屏风赋》	○	66.67%
		《熏笼赋》	●	
		《招隐士》	●	
		亡佚 79 篇	○	
18	淮南王群臣	亡佚 44 篇	○	
19	严助	亡佚 35 篇	○	
20	盛览	《列锦赋》	○	0
21	刘彻	《悼李夫人》	●	100%
		亡佚 1 篇（或更多）	○	
22	司马相如	《美人赋》	●	66.67%
		《梓桐山赋》	○	
		《玉如意赋》	○	
		《雪赋》	○	
		《子虚赋》	●	
		《天子游猎赋》	●	
		《哀二世赋》	●	
		《长门赋》	●	
		《大人赋》	●	
		《难蜀父老》	●	
		《梨赋》	●	
		《鱼菹赋》	○	
		亡佚 17 篇	○	

序号	作者	篇名	篇名分歧	分歧率
23	庆虬之	《清思赋》	○	0
24	吾丘寿王	《两都赋》	○	0
		亡佚 14 篇	○	
25	朱买臣	亡佚 3 篇	○	
26	枚皋	《平乐馆赋》	○	10%
		《皇太子生赋》	●	
		《戒终赋》	○	
		《宣房赋》	○	
		《甘泉赋》	○	
		《雍赋》	○	
		《河东赋》	○	
		《封泰山赋》	○	
		《校猎赋》	○	
		《蹴鞠赋》	○	
		亡佚 110 篇（或更多）	○	
27	周长孺	亡佚 2 篇	○	
28	兒宽	亡佚 2 篇	○	
29	司马迁	《悲士不遇赋》	●	100%
		亡佚 7 篇	○	
30	东方朔	《猎赋》	○	23.08%
		《平乐观赋》	○	
		《封泰山赋》	○	
		《皇太子生赋》	○	
		《答客难》	●	
		《七谏》	○	
		《殿上柏柱赋》	○	
		《大言赋》	○	
		《责和氏璧》	○	
		《与公孙弘借车书》	○	
		《屏风赋》	○	
		《蚊赋》	●	
		《非有先生论》	●	

续表

序号	作者	篇名	篇名分歧	分歧率
31	庄匄奇	亡佚 11 篇	○	
32	臣说	亡佚 3 篇	○	
33	刘辟疆	亡佚 8 篇	○	
34	眭弘	亡佚 1 篇	○	
35	刘德	亡佚 9 篇	○	
36	刘贺属吏	《悼亡赋》***	○	0
37	王褒	《甘泉赋》	●	100%
		《洞箫赋》	●	
		《九怀》	●	
		亡佚 13 篇	○	
38	张子侨	亡佚 3 篇	○	
39	李步昌	亡佚 2 篇	○	
40	华龙	亡佚 2 篇	○	
41	刘向	《请雨华山赋》	●	50%
		《雅琴赋》	●	
		《芳松枕赋》	○	
		《麒麟角杖赋》	○	
		《合赋》	○	
		《雁赋》(《行过江上弋雁赋》《行弋赋》《弋雌得雄赋》)	●	
		《鹄赋》	○	
		《九叹》	●	
		亡佚 25 篇	○	
42	萧望之	亡佚 4 篇	○	
43	张丰	亡佚 3 篇	○	
44	刘钦	亡佚 2 篇	○	
45	杜参	亡佚 2 篇	○	
46	班婕妤	《捣素赋》	●	100%
		《自悼赋》	●	
47	佚名	《神乌赋》	○	
48	徐明	亡佚 3 篇	○	

续表

序号	作者	篇名	篇名分歧	分歧率
49	冯商	《灯赋》	○	0
		亡佚 8 篇	○	
50	长沙王群臣	亡佚 3 篇	○	
51	虞公	《丽人歌赋》	○	
52	桓谭	《仙赋》	●	100%
		亡佚 1 篇	○	
53	刘歆	《灯赋》	○	66.67%
		《遂初赋》	●	
		《甘泉宫赋》	●	
54	扬雄	《蜀都赋》	●	100%
		《甘泉赋》	●	
		《河东赋》	●	
		《羽猎赋》	●	
		《校猎赋》	●	
		《长扬赋》	●	
		《都酒赋》	●	
		《解嘲》	●	
		《解难》	●	
		《太玄赋》	●	
		《逐贫赋》	●	
		《覈灵赋》	●	
55	薛方	亡佚数十篇	○	
56	蔡甲	亡佚 1 篇	○	
57	臣婴齐	亡佚 10 篇	○	
58	臣吾	亡佚 18 篇	○	
59	苏季	亡佚 1 篇	○	
60	李息	亡佚 9 篇	○	
61	朱宇	亡佚 3 篇	○	
62	魏内史	亡佚 2 篇	○	
63	延年	亡佚 7 篇	○	
64	李忠	亡佚 2 篇	○	
65	张偃	亡佚 2 篇	○	

序号	作者	篇名	篇名分歧	分歧率
66	贾充	亡佚4篇	○	
67	贾山	亡佚8篇	○	
68	张仁	亡佚6篇	○	
69	时洪	亡佚1篇	○	
70	徐传	亡佚4篇	○	
71	孺子冰	亡佚4篇	○	
72	秦充	亡佚2篇	○	
73	臣昌市	亡佚6篇	○	
74	臣义	亡佚2篇	○	
75	锜华	亡佚9篇	○	
76	别栩阳	亡佚5篇	○	
77	王商	亡佚13篇	○	
78	谢多	亡佚10篇	○	
79	徐博	亡佚4篇	○	
80	王广、吕嘉	亡佚5篇	○	
81	路恭	亡佚8篇	○	
82	崔篆	《慰志赋》	○	0
83	班彪	《北征赋》	●	100%
		《览海赋》	●	
		《冀州赋》	●	
84	冯衍	《显志赋》	●	100%
		《杨节赋》	●	
85	王隆	亡佚不多于23篇	○	
86	夏恭	亡佚不多于18篇	○	
87	卫宏	亡佚不多于5篇	○	
88	夏牙	亡佚不多于37篇	○	
89	佚名士卒	《无题赋》	○	0
90	杨终	《雷赋》	○	0
		《电赋》	○	
91	梁竦	《悼骚赋》	●	100%
92	刘睦	亡佚赋颂数十篇	○	

序号	作者	篇名	篇名分歧	分歧率
93	刘玄	《簧赋》	○	0
94	杜笃	《论都赋》	●	60%
		《众瑞赋》	●	
		《首阳山赋》	○	
		《袯褉赋》	●	
		《书搢赋》	○	
95	刘京	亡佚数目不详	○	
96	刘苍	亡佚数目不详	○	
97	班固	《幽通赋》	●	71.43%
		《两都赋》	●	
		《答宾戏》	●	
		《耿恭守疏勒城赋》	●	
		《白绮扇赋》	○	
		《终南山赋》	●	
		《竹扇赋》	○	
98	傅毅	《七激》	●	100%
		《神雀赋》	●	
		《洛都赋》	●	
		《反都赋》	●	
		《舞赋》	●	
		《琴赋》	●	
		《羽扇赋》	●	
		《郊祀赋》	●	
99	刘广世	《七兴》	○	0
100	崔骃	《达旨》	●	100%
		《七依》	●	
		《反都赋》	●	
		《大将军临洛观赋》	●	
		《武赋》	●	
		《大将军西征赋》	●	
101	王充	《果赋》	○	0
102	黄香	《九宫赋》	●	100%

续表

序号	作者	篇名	篇名分歧	分歧率
103	葛龚	《遂初赋》	●	100%
104	班昭	《大雀赋》	○	25%
		《蝉赋》	○	
		《针缕赋》	●	
		《东征赋》	○	
105	王符	《羽猎赋》	○	0
106	苏顺	《叹怀赋》	○	0
107	李尤	《平乐观赋》	●	77.78%
		《长乐观赋》	●	
		《东观赋》	○	
		《辟雍赋》	●	
		《德阳殿赋》	●	
		《七叹》	●	
		《七命》	○	
		《果赋》	●	
		《函谷关赋》	●	
108	李胜	亡佚数目不详	○	
109	刘騊駼	《玄根赋》	●	100%
110	邓耽	《郊祀赋》	○	0
111	张衡	《温泉赋》	○	46.67%
		《定情赋》	●	
		《扇赋》	○	
		《南都赋》	○	
		《舞赋》	●	
		《二京赋》	●	
		《鸿赋》	○	
		《羽猎赋》	○	
		《应间》	●	
		《思玄赋》	●	
		《七辩》	●	
		《冢赋》	●	
		《髑髅赋》	○	
		《归田赋》	○	
		《逍遥赋》	○	

序号	作者	篇名	篇名分歧	分歧率
112	边韶	《塞赋》	○	0
113	崔瑗	《七苏》	●	100%
		亡佚少于或等于46篇	○	
114	张升	《白鸠赋》	●	100%
115	崔琦	《白鹄赋》	●	50%
		《七蠲》	○	
116	朱穆	《郁金赋》	○	0
117	马芝	《申情赋》	○	0
118	王逸	《荔枝赋》	●	66.67%
		《机赋》	●	
		《九思》	○	
119	王延寿	《梦赋》	○	75%
		《千秋赋》	●	
		《王孙赋》	●	
		《鲁灵光殿赋》	●	
120	马融	《长笛赋》	●	57.14%
		《梁将军西第赋》	●	
		《围棋赋》	●	
		《樗蒲赋》	○	
		《琴赋》	○	
		《龙虎赋》	○	
		《七厉》	●	
121	延笃	《应讯》	○	0
122	桓麟	《七说》	○	0
123	崔寔	《大赦赋》	○	50%
		《答讥》	●	
124	胡广	亡佚少于或等于16篇	○	
125	皇甫规	《芙蓉赋》	○	0
126	郦炎	《七平》	○	0
127	桓彬	《七设》	○	0
128	张超	《诮青衣赋》	●	100%

续表

序号	作者	篇名	篇名分歧	分歧率
129	刘珑	《神龙赋》	●	50%
		《马赋》	○	
130	边让	《章华赋》	●	100%
131	刘宏	《追德赋》	○	0
		亡佚1篇	○	
132	刘梁	《七举》	○	0
133	韩说	亡佚数目不详	○	
134	刘陶	亡佚数目不详	○	
135	鸿都门学士	亡佚数目不详	○	
136	服虔	亡佚数目不详	○	
137	高彪	亡佚数目不详	○	
138	侯瑾	《筝赋》	○	0
		《应宾难》	○	
139	廉品	《大傩赋》	○	0
140	崔琰	《述初赋》	●	100%
141	蔡邕	《霖雨赋》	●	61.11%
		《述行赋》	●	
		《伤故栗赋》	●	
		《释诲》	●	
		《青衣赋》	○	
		《琴赋》	●	
		《弹棋赋》	○	
		《汉津赋》	●	
		《短人赋》	○	
		《静情赋》	●	
		《笔赋》	○	
		《蝉赋》	○	
		《协初赋》	●	
		《瞽师赋》	●	
		《团扇赋》	●	
		《玄表赋》	●	
		《长笛赋》	○	
		《鲁灵光殿赋》	○	

续表

序号	作者	篇名	篇名分歧	分歧率
142	赵岐	《蓝赋》	○	0
143	祢衡	《鹦鹉赋》	●	100%
144	赵壹	《解摈》	○	50%
		《穷鸟赋》	●	
		《刺世疾邪赋》	●	
		《迅风赋》	○	
145	张纮	《瑰材枕赋》	●	100%
		其他亡佚赋作	○	
146	丁仪	《厉志赋》	●	100%
147	丁廙	《蔡伯喈女赋》	●	50%
		《弹棋赋》	○	
148	夏侯惇	《弹棋赋》	○	0
149	阮瑀	《纪征赋》	○	25%
		《鹦鹉赋》	○	
		《止欲赋》	●	
		《筝赋》	○	
150	丁廙妻	《寡妇赋》	○	0
151	潘勖	《玄达赋》	●	100%
152	曹操	《沧海赋》	●	33.33%
		《登台赋》	○	
		《鹖鸡赋》	○	
153	陈琳	《应讥》	●	46.67%
		《武军赋》	●	
		《神武赋》	●	
		《止欲赋》	●	
		《鹦鹉赋》	○	
		《武猎赋》	○	
		《柳赋》	○	
		《迷迭赋》	●	
		《悼龟赋》	○	
		《神女赋》	○	
		《大暑赋》	○	
		《车渠碗赋》	○	
		《大荒赋》	○	
		《答客难》	●	
		《玛瑙勒赋》	●	

序号	作者	篇名	篇名分歧	分歧率
154	王粲	《登楼赋》	○	46.67%
		《酒赋》	○	
		《游海赋》	●	
		《浮淮赋》	●	
		《初征赋》	○	
		《鹦鹉赋》	○	
		《弹棋赋》	○	
		《闲邪赋》	●	
		《征思赋》	●	
		《出妇赋》	○	
		《寡妇赋》	○	
		《羽猎赋》	●	
		《喜霁赋》	○	
		《柳赋》	○	
		《思友赋》	○	
		《伤夭赋》	●	
		《迷迭赋》	●	
		《投壶赋》	●	
		《白鹤赋》	●	
		《围棋赋》	○	
		《莺赋》	○	
		《玛瑙勒赋》	●	
		《愁霖赋》	○	
		《神女赋》	○	
		《车渠碗赋》	●	
		《大暑赋》	●	
		《七释》	○	
		《槐树赋》	●	
		《鹖赋》	●	
		《述征赋》	○	

续表

序号	作者	篇名	篇名分歧	分歧率
155	应玚	《校猎赋》	○	43.75%
		《正情赋》	○	
		《鹦鹉赋》	○	
		《西狩赋》	●	
		《撰征赋》	●	
		《西征赋》	○	
		《迷迭赋》	●	
		《愁霖赋》	○	
		《神女赋》	○	
		《车渠碗赋》	●	
		《灵河赋》	●	
		《慜骥赋》	○	
		《杨柳赋》	●	
		《赞德赋》	○	
		《驰射赋》	●	
		《释宾》	○	
156	刘桢	《瓜赋》	○	28.57%
		《大阅赋》	○	
		《黎阳山赋》	○	
		《遂志赋》	○	
		《大暑赋》	●	
		《清虑赋》	●	
		《鲁都赋》	○	
157	徐幹	《齐都赋》	●	35.71%
		《序征赋》	○	
		《正情赋》	○	
		《西征赋》	●	
		《喜梦赋》	●	
		《七喻》	○	
		《车渠椀赋》	○	
		《橘赋》	○	
		《哀别赋》	○	
		《冠赋》	●	
		《圆扇赋》	●	
		《玄猿赋》	○	
		《漏卮赋》	○	
		《从征赋》	○	

续表

序号	作者	篇名	篇名分歧	分歧率
158	繁钦	《述行赋》	●	50%
		《避地赋》	○	
		《愁思赋》	●	
		《征天山赋》	●	
		《述征赋》	○	
		《暑赋》	●	
		《柳赋》	●	
		《建章凤阙赋》	●	
		《三胡赋》	○	
		《弭愁赋》	○	
		《桑赋》	○	
		《明口赋》	○	
159	卞兰	《赞述太子赋》	●	25%
		《美人赋》	○	
		《七牧》	○	
		《许昌宫赋》	○	
160	杨修	《许昌宫赋》	○	0
		《出征赋》	○	
		《伤夭赋》	○	
		《神女赋》	○	
		《暑赋》	○	
		《七训》	○	
		《节游赋》	○	
		《孔雀赋》	○	
		《鹖赋》	○	
161	刘协	《嘉瑞赋》	○	50%
		《皇德赋》	●	
162	吴质	《魏都赋》	○	0

序号	作者	篇名	篇名分歧	分歧率
163	曹丕	《沧海赋》	○	26.67%
		《蔡伯喈女赋》	○	
		《述征赋》	○	
		《浮淮赋》	●	
		《弹棋赋》	○	
		《正情赋》	○	
		《戒盈赋》	○	
		《感离赋》	○	
		《哀己赋》	●	
		《出妇赋》	○	
		《登台赋》	○	
		《登城赋》	●	
		《临涡赋》	●	
		《校猎赋》	●	
		《寡妇赋》	○	
		《济川赋》	○	
		《离居赋》	○	
		《玉玦赋》	○	
		《柳赋》	○	
		《迷迭赋》	●	
		《悼夭赋》	○	
		《莺赋》	○	
		《玛瑙勒赋》	●	
		《愁霖赋》	●	
		《槐赋》	○	
		《大暑赋》	○	
		《车渠碗赋》	○	
		《永思赋》	○	
		《思亲赋》	○	
		《喜霁赋》	○	

序号	作者	篇名	篇名分歧	分歧率
		《酒赋》	○	
		《鹦鹉赋》	○	
		《静思赋》	○	
		《离思赋》	○	
		《述行赋》	○	
		《述征赋》	○	
		《出妇赋》	●	
		《登台赋》	●	
		《叙愁赋》	○	
		《感婚赋》	○	
		《东征赋》	○	
		《游观赋》	○	
		《迷迭香赋》	○	
		《神龟赋》	○	
		《洛阳赋》	○	
		《愁霖赋》	●	
		《思归赋》	○	
164	曹植	《藉田赋》	○	31.43%
		《大暑赋》	●	
		《慰子赋》	●	
		《槐赋》	●	
		《车渠碗赋》	○	
		《鹞赋》	○	
		《七启》	○	
		《娱宾赋》	○	
		《宴乐赋》	●	
		《释思赋》	○	
		《橘赋》	●	
		《宝刀赋》	○	
		《节游赋》	○	
		《九华扇赋》	●	
		《离缴雁赋》	●	
		《孔雀赋》	○	
		《芙蓉赋》	●	
		《喜霁赋》	○	

续表

序号	作者	篇名	篇名分歧	分歧率
165	佚名	亡佚《客主赋》等18篇	○	
		亡佚《杂行出及颂德赋》等24篇	○	
		亡佚《杂四夷及兵赋》等20篇	○	
		亡佚《杂中贤失意赋》等12篇	○	
		亡佚《杂思慕悲哀死赋》等16篇	○	
		亡佚《杂鼓琴剑戏赋》等13篇	○	
		亡佚《杂山陵水泡云气雨旱赋》等16篇	○	
		亡佚《杂禽兽六畜昆虫赋》等18篇	○	
		亡佚《杂器械草木赋》等33篇	○	
		亡佚《大杂赋》等34篇	○	

注：●为篇名有分歧者；○为篇名无分歧者。

*分歧率：现存文献中汉赋作者名下篇名分歧赋作数与名下赋作（含存目）数百分比，亡佚赋作不计算。

**彭春艳：《汉赋系年考证》，上海古籍出版社，2017，第14页。

***江西省文物考古研究所、南昌市博物馆、南昌市新建区博物馆：《南昌市西汉海昏侯墓》，《考古》2016年第7期。黎隆武：《海昏侯刘贺墓的财富之谜》，《地方文化研究》2016年第3期。惜简文尚未公布。墓中出土镜子上的铭文，有学者称为《镜赋》，但笔者认为称《镜铭》更为合适，故不纳入赋作。

据表1统计，汉代65位篇名有分歧的赋作者，名下赋作全部出现篇名分歧的有29人，占44.62%；名下赋作篇名分歧过半的有52人，占80%（见图3）。赋作者名下赋作篇名分歧数量基本与名下可考赋作篇数正相关。

在考辨每位汉赋作者名下赋作篇名分歧基础上，将分歧名分异名、误名、存疑名三类进行研究，并归纳、总结分歧类型。其中，将异名类型归纳为六大类——

其一，据文命篇致异名，细分为：1. 侧重差异；2. 据赋作所含字词命篇；3. 据赋作所涉地点命篇；4. 据赋作所涉人物命篇；5. 据赋作创作缘由命篇。

其二，简全差异致异名。部分赋作篇名，有的文献用全称，有的文献使用简称。

其三，文体混融致异名：赋、颂、歌、文、辞（词）、书、诗、铭、箴、记、传、解、操、隐混融。

其四，换词命篇致异名。

其五，文字差异致异名，包括因通假字、古今字、异体字致异名。

其六，避讳致异名。

将误名类型归纳为五大类——

其一，乱。细分为三：1. 篇名混淆；2. 名物混淆；3. 不明原因错。

其二，讹。细分为三：1. 因字形讹误；2. 因字音讹误；3. 因字义讹误。

其三，倒。

其四，脱。

其五，衍。

在分篇考辨与归类研究基础上，归纳总结汉赋篇名分歧特点、规律及原因。汉赋分歧的考辨，有可能随着日后研究的深入有所增补、修正。希望以后能将域外文献纳入检索范围，亦衷心希望海内外学者共同为汉赋分歧考辨助力。

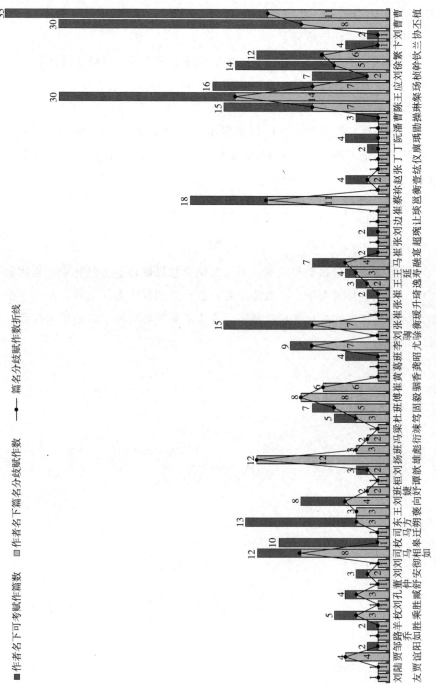

图 3　汉赋作者名下可考赋作与篇名分歧赋作统计

■ 作者名下可考赋作篇数　　□ 作者名下篇名分歧赋作数　　—●— 篇名分歧赋作数折线

上编　汉赋篇名分歧分篇考辨

　　流传过程中，汉赋篇名分歧严重，共涉及 65 位汉赋作者的 203 篇赋作，出现异名 318 例、误名 121 例、存疑名 17 例。本编逐一对 65 位汉赋作者名下赋作篇名分歧分篇展开考辨。

一　刘友

　　赵幽王刘友赋作有《临终歌》，1 篇出现篇名分歧（100%）①，考辨如下。

《临终歌》

　　《临终歌》篇名，属于据创作缘由命篇，另有异名 8 例。

　　1.《拘幽词》。《诗薮》杂编一"赵幽王《拘幽词》一篇"注："幽王赋无可考，盖即《史记》所载。"②

　　案，吕后征召赵王刘友到长安，七年（公元前 181 年）春正月丁丑，赵王友幽死于邸，被以民礼葬于长安，临终作歌抒愤。③《拘幽词》突出写作时赵王刘友的困境，赋、词混融致异名。

　　2.《幽歌》。《古诗纪》卷十一、《古诗镜》卷三十一、《古乐苑》卷三十二、《古诗归》卷三、《采菽堂古诗选》卷三、《八代诗选》卷十五作《幽歌》，全文载录。④

---

① 百分比系指异名赋作占该作者传世赋作总数的比率。下同。

② （明）胡应麟：《诗薮》，明刻本，《续修四库全书》第 1696 册，第 195 页。

③ （汉）班固：《汉书》，中华书局，1962，第 99、1988 页。

④ （明）冯惟讷：《古诗纪》，《四库全书》第 1379 册，第 84～85 页。（明）陆时雍：《古诗镜》，《四库全书》第 1411 册，第 262 页。（明）梅鼎祚：《古乐苑》，明万历刻本，第 390 叶。（明）钟惺：《古诗归》，明闵振业三色本，《续修四库全书》第 1589 册，第 384 页。（清）陈祚明：《采菽堂古诗选》，清刻本，《续修四库全书》第 1590 册，第 635 页。（清）王闿运：《八代诗选》，清光绪十六年江苏书局刻本，《续修四库全书》第 1593 册，第 588 页。

案，赵王刘友被幽禁临终而作。据赋作创作缘由命篇，赋、歌混融致异名。

3.《赵幽王歌》。《乐府诗集》卷八十四、《古乐府》卷一作《赵幽王歌》，全文载录。《诗说考略》卷三"音韵"："又如'仇'，古音渠之反。《史记·吕后纪·赵幽王歌》'吕氏绝理兮托天报仇'与之韵。"①

4.《赵幽王友歌》。《音学五书·唐韵正》卷六"仇"注："《史记·吕后纪·赵幽王友歌》：'为王而饿死兮谁者怜之，吕氏绝理兮托天报仇。'"《音学五书·音论》卷下"先儒两声各义之说不尽然"、《十驾斋养新录附余录》卷五"一字两读"、《颜氏家训》卷七"音辞"注："汉《赵幽王友歌》：'我妃既妒兮诬我以恶，谗女乱国兮上曾不寤。'"②

5.《赵王友歌》。《古谣谚》卷四、《拜经日记》卷十一作《赵王友歌》，全文载录。③《诗经小学》卷一"施于中逵"注："顾炎武《诗本音》乃以脂韵之逵为本音而读仇如其以协之，引《史记·赵王友歌》证'仇'本有其音，不知《赵王友歌》乃汉人之尤二韵合用。"④《音学五书·唐韵正》卷十八"恶"注引《汉书·赵王友歌》："我妃既妒兮，诬我以恶，谗女乱国兮，上曾不寤。"《古今通韵》卷十一注引汉《赵王友歌》："我妃既妒兮，诬我以恶，谗女乱国兮，上曾不寤。"《朴学斋笔记》卷八："《史记·吕后本纪·赵王友歌》：'我妃既妒兮诬我以恶，谗女乱国兮上曾不寤。'"⑤

6.《赵王之歌》。《韵补》卷一"仇"注、《慈湖诗传》卷一注："汉《赵王之歌》曰：'为王饿死兮谁者怜之，吕氏绝理兮托天报仇。'"⑥《古

① （宋）郭茂倩：《乐府诗集》，上海古籍出版社，2016，第1011页。（元）左克明：《古乐府》，明嘉靖刻本，第7叶。（清）成僎：《诗说考略》，清道光十年王氏信芳阁木活字印本，《续修四库全书》第71册，第510页。

② （清）顾炎武：《音学五书》，中华书局，1982，第305、47页。（清）钱大昕：《十驾斋养新录附余录》，清嘉庆刻本，《续修四库全书》第1151册，第149页。（清）赵曦明：《颜氏家训》，民国十七年渭南严氏孝义家塾刻本，《续修四库全书》第1121册，第671页。

③ （清）杜文澜：《古谣谚》，清咸丰十一年曼陀罗华阁刻本，《续修四库全书》第1601册，第74~75页。（清）臧庸：《拜经日记》，清嘉庆二年武进臧氏拜经堂刻本，《续修四库全书》第1158册，第159~160页。

④ （清）段玉裁：《诗经小学》，清嘉庆二年武进臧氏拜经堂刻本，《续修四库全书》第64册，第181页。

⑤ （清）顾炎武：《音学五书》，第499页。（清）毛奇龄：《古今通韵》，《四库全书》第242册，第253页。（清）盛大士：《朴学斋笔记》，民国嘉业堂丛书本，第77叶。

⑥ （宋）吴棫：《韵补》，清道光二十七至二十九年灵石杨氏刻连筠簃丛书本，第19叶。（宋）杨简：《慈湖诗传》，《四库全书》第73册，第15页。

今通韵》卷二"支尤韵通"注："如汉《赵王之歌》：'为王饿死兮谁者怜之，吕氏绝理兮托天报仇。'"①

7.《赵王歌》。《正字通》子集中"仇"注："汉《赵王歌》曰：'为王饿死兮谁者怜之，吕氏绝理兮托天报仇。'"《古韵标准》卷一"仇"注："汉《赵王歌》：'为王而饿死兮谁者怜之，吕氏绝理兮托天报仇。'"《汉书注校补》卷四十四"于贰其尤"注："本书《赵王歌》'为王饿死兮谁者怜之，吕氏绝理兮托天报仇'，'之'与'仇'一韵。"②

8.诗。《诗薮》外编一："赵幽王，史载诗一篇，而不言能赋。"③案，诗、赋混融致异名。

案，赵王刘友又称赵幽王，据赋作所涉人物命篇兼赋、歌混融及简全差异致异名。此外，称诗、歌，与载录文集本身的性质亦相关。

综上，刘友赋异名产生类型为：1.文体混融致异名（赋、词、诗、歌混融）；2.据文命篇致异名（赋作创作缘由、赋作所涉人物）；3.简全差异致异名。

二　陆贾

《汉书·艺文志》："陆贾赋三篇。"④ 2篇亡佚，《孟春赋》存目，1篇出现篇名分歧（100%），考辨如下。

《孟春赋》

《孟春赋》篇名，属于据赋写作季节命篇，另有异名1例。

1.《感春赋》。《正杨》卷二："陆贾……又著《感春赋》，盛引典诰，今虽不传，而《文心雕龙》载其目，实为《上林》《子虚》之先鞭。"《升庵集》卷四十三"鹬蚌相持"、《茶余客话》卷九"儒"、《古欢堂集》

---

①　（清）毛奇龄：《古今通韵》，《四库全书》第242册，第38页。

②　（明）张自烈：《正字通》，清康熙二十四年清畏堂刻本，《续修四库全书》第234册，第53页。（清）江永：《古韵标准》，清乾隆五十四年历城周氏竹西书屋重编印益都李文藻等刻贷园丛书本，第68叶。（清）周寿昌：《汉书注校补》，清光绪十年周氏思益堂刻本，《续修四库全书》第267册，第751页。

③　（明）胡应麟：《诗薮》，《续修四库全书》第1696册，第127页。

④　（汉）班固：《汉书》，第1748页。

卷十四"读《陆贾传》"注等承其说。①

案，《文心雕龙·才略》："汉室陆贾，首发奇采。赋孟春而选典诰，其辩之富矣。"② 《友声集》铁孟居士存稿卷上"旧州"："粤中忆陆贾，感春未能酬。"③ 赋仅存目，疑为孟春时节有感而作。《孟春赋》篇名侧重季节，《感春赋》篇名侧重情感，侧重差异致异名。

综上，陆贾赋异名产生类型为：据文命篇致异名（侧重差异）。

三　贾谊

《汉书·艺文志》："贾谊赋七篇。"④ 现存世赋作有《吊屈原赋》《鹏鸟赋》《旱云赋》《簴赋》4 篇，4 篇均出现篇名分歧（100%），考辨如下。

《吊屈原赋》

《吊屈原赋》篇名，属于据赋作凭吊对象命篇，另有异名 11 例。

1.《怀长沙》。《沧浪集》卷一："楚词惟屈宋诸篇当读之外，此惟贾谊《怀长沙》、淮南王《招隐操》、严夫子《哀时命》宜熟读，此外亦不必也。"《昭昧詹言》续卷八同，"此惟"作"惟"。⑤

案，《钝吟杂录》卷五针对"楚词惟屈宋诸篇当读之外，此惟贾谊《怀长沙》，淮南王《招隐操》"辨析如下："按《九章》有《怀沙》，贾太傅无《怀沙》也。……闻贾生为长沙王傅自伤而死，遂以为有《怀长沙》，不知《怀沙》非《长沙》也。"⑥ 贾谊《吊屈原赋》："恭承嘉惠兮，俟罪长沙。"⑦ 据赋作所含字词命篇致异名。

① （明）陈耀文：《正杨》，《四库全书》第 856 册，第 97 页。（明）杨慎：《升庵集》，《四库全书》第 1270 册，第 314 页。（清）阮葵生：《茶余客话》，清光绪十四年铅印本，《续修四库全书》第 1138 册，第 84 页。（清）田雯：《古欢堂集》，《四库全书》第 1324 册，第 172 页。

② （梁）刘勰：《文心雕龙》，明万历刻两京遗编本，第 247 叶。

③ （清）王相：《友声集》，清咸丰八年信芳阁刻本，第 135 叶。

④ （汉）班固：《汉书》，第 1747 页。

⑤ （宋）严羽：《沧浪集》，明正德刻本，第 11 叶。（清）方东树：《昭昧詹言》，清光绪刻方植之全集本，第 130 叶。

⑥ （清）冯班：《钝吟杂录》，清借月山房汇钞本，第 46 叶。

⑦ 费振刚、胡双宝、宗明华辑校《全汉赋》，北京大学出版社，1993，第 8 页。

2.《湘水赋》。《佩文韵府》卷八十一"腾驾"注："贾谊《湘水赋》：'腾驾罢牛兮骖蹇驴，骥垂两耳兮服盐车。'"①

3.《度湘水赋》。《孙氏书画钞》卷下、《珊瑚网》卷二十八、《书画题跋记》续卷二、《式古堂书画汇考》卷四十三、《石渠宝笈》卷四十二录袁说友跋："余读贾谊《度湘水赋》，其言造托湘流之意，悲矣。"②

4.《渡湘赋》。《韵补》卷二"沙"注："贾谊《渡湘赋》：'恭承嘉惠兮待罪长沙，侧闻屈原兮自沈汨罗。'"《正字通》巳集上"沙"注："贾谊《渡湘赋》：'恭承嘉惠兮竢罪长沙，侧闻屈原兮自沈汨罗。'"③《御批资治通鉴纲目》卷一："汨罗。贾谊《渡湘赋》注：'汨，莫历反。'"④

5.《怀湘赋》。《汉书注校补》卷二十八"屈原赋二十五篇"："《隋·经籍志》楚辞十二卷并目录。后汉校书郎王逸注。《史记·屈原列传》集解引刘向《别录》云：'章甫荐屦兮，渐不可久。'因以自喻自恨也。寿昌案：'此二语见贾谊《怀湘赋》，因以自喻，亦《贾传》中语，《别录》偶引之。'"⑤

6.《吊湘赋》。《直斋书录解题》卷九："今书首载《过秦论》，末为《吊湘赋》。"《文献通考》卷二百八："今书首载《过秦》，书末为《吊湘赋》。"《湖海文传》卷二十八"序"、《贾子次诂》卷十五："陈振孙《直斋书录》载《贾子》十一卷云：'首载《过秦论》，末为《吊湘赋》。'"《隋书经籍志考证》卷二十四："陈氏《书录解题》曰：《贾子》十一卷。《汉志》五十八篇。今书首载《过秦论》，末为《吊湘赋》。"《四库全书总目》卷九十一："又陈振孙《书录解题》称：'首载《过秦论》，末为

---

① （清）张玉书：《佩文韵府》，上海书店出版社，1997，第3170页。
② （明）孙凤：《孙氏书画钞》，清涵芬楼秘笈影印旧抄本，《续修四库全书》第1065册，第46页。（明）汪砢玉：《珊瑚网》，《四库全书》第818册，第550页。（明）郁逢庆：《书画题跋记》，《四库全书》第816册，第793页。（清）卞永誉：《式古堂书画汇考》，《四库全书》第828册，第802页。（清）张照：《石渠宝笈》，《四库全书》第825册，第594页。
③ （宋）吴棫：《韵补》，第84叶。（明）张自烈：《正字通》，《续修四库全书》第235册，第8页。
④ （宋）朱熹撰，（清）宋荦校刊、康熙帝御批《御批资治通鉴纲目》，《四库全书》第689册，第94页。
⑤ （清）周寿昌：《汉书注校补》，《续修四库全书》第267册，第635页。

《吊湘赋》。'"①《源流至论》后集卷九"论诗"注:"贾谊在长沙作《吊湘赋》。"②《事类备要》续集卷四十一作"贾谊《吊湘赋》",且全文载录。③《翰苑新书》后集上卷十七"谪降·历代事实长沙太傅"注:"前《贾谊传》,帝以谊为长沙王太傅,既以適去,意不自得,作《吊湘赋》云云:'恭承嘉惠兮竢罪长沙,仄闻屈原兮自投汨罗。'"④《椒邱文集》卷一论诗:"贾谊之《吊湘赋》。"⑤《善本书室藏书志》卷十五:"贾太傅《新书》十卷。……第十卷为附录,列《吊湘赋》《鹏赋》《惜誓赋》《旱云赋》《虡赋》。"⑥

案,贾谊《吊屈原赋》:"造托湘流兮,敬吊先生。"⑦"先秦时渡水也写作'度',后来写作'渡',以示区别。"⑧《说文·心部》:"怀,念思也。"《说文·人部》:"吊,问终也。"⑨湘水简省为湘。故《度湘水赋》《湘水赋》《渡湘赋》《怀湘赋》《吊湘赋》为据赋作所涉地点命篇兼简全差异、古今字、换词命篇致异名。

7.《吊屈赋》。《兼明书》卷二:"《吊屈赋》曰:'鸾凤伏窜兮鸱鸮翱翔。'"⑩《文选补遗》卷三十《惜誓》注:"独洪兴祖以为其间数语与《吊屈赋》词指略同,意为谊作亡疑者。"⑪《容斋随笔》续笔卷十二:"贾谊《吊屈赋》:'袭九渊之神龙。'"⑫《山谷外集诗注》卷九"阻风铜

① (宋)陈振孙:《直斋书录解题》,清武英殿聚珍版丛书本,第145叶。(元)马端临:《文献通考》,中华书局,2006,第1714页。(清)王昶:《湖海文传》,清道光十七年经训堂刻本,《续修四库全书》第1668册,第644页。(清)王耕心:《贾子次诂》,清光绪王氏龙树精舍刻本,《续修四库全书》第933册,第106页。(清)姚振宗:《隋书经籍志考证》,师石山房丛书本,《续修四库全书》第915册,第403页。(清)永瑢:《四库全书总目》,中华书局,2003,第771页。
② (宋)林駉:《源流至论》,《四库全书》第942册,第298页。
③ (宋)谢维新:《事类备要》,《四库全书》第940册,第629页。
④ (宋)佚名:《翰苑新书》,《四库全书》第949册,第602页。
⑤ (明)何乔新:《椒邱文集》,《四库全书》第1249册,第15页。
⑥ (清)丁丙:《善本书室藏书志》,清光绪刻本,《续修四库全书》第927册,第330页。
⑦ 费振刚、胡双宝、宗明华辑校《全汉赋》,第8页。
⑧ 王力主编《王力古汉语字典》,中华书局,2000,第603页。
⑨ (汉)许慎撰,(清)段玉裁注《说文解字注》,上海古籍出版社,2010,第505、383页。
⑩ (五代)丘光庭:《兼明书》,民国十一年上海文明书局石印宝颜堂秘笈本,第19叶。
⑪ (宋)陈仁子:《文选补遗》,《四库全书》第1360册,第485页。
⑫ (宋)洪迈:《容斋随笔》,清修明崇祯马元调刻本,第178叶。

陵"注："贾谊《吊屈赋》：'横江潭之鳣鲸。'"①《鹤山全集》卷一百五：
"然此'般'字，贾谊《吊屈赋》用。"②《合肥学舍札记》卷一："《吊屈
赋》：'造托湘流兮敬吊先生，遭世罔极兮乃陨厥身。'"③《仪顾堂集》卷
三："《吊屈赋》《鹏赋》《旱云赋》诸篇忠君爱国。"④《广东新语》卷二
十四："'虾'字始见于贾谊《吊屈赋》曰：'夫岂从虾与蛭蟥。'"⑤《廿
二史札记》卷二："《贾谊传》，《史记》与屈原同传，以其才高被谪有似
屈原，故列其《吊屈赋》《鹏鸟赋》，而《治安策》竟不载。"⑥

8.《吊屈原》。《楚辞集注》卷八、《楚辞疏》卷十三、《（隆庆）岳州
府志》卷十八作《吊屈原》，全文载录。⑦

9.《吊屈平》。《白氏六帖事类集》卷四："'斡弃周鼎兮宝康瓠。'贾
谊《吊屈平》云。"⑧

案，赋作凭吊对象为屈原，屈原名平，简称为屈。《吊屈赋》《吊屈
原》《吊屈平》为据赋作凭吊对象命篇兼简全差异致异名。

10.《吊屈原辞》。《解春集诗文钞》卷十："他如贾谊《吊屈原辞》
曰：'造托湘流兮敬吊先生，遭世罔极兮乃陨厥身。''庚'通'真'。"⑨
《离骚汇订》第一帙作《吊屈原辞》，全文载录。⑩赋、辞混融致异名。

11.《吊屈原文》。《文选》卷六十作《吊屈原文》，全文载录。⑪《文

①　（宋）黄庭坚撰，（宋）史容注《山谷外集诗注》，上海涵芬楼影印中华学艺社借照日本
　　帝室图书寮藏元本，《四部丛刊》续编第534册，高等教育出版社，2016，第243页。
②　（宋）魏了翁：《重校鹤山先生大全》，上海涵芬楼借乌程刘氏嘉业堂藏原刊本影印，《四
　　部丛刊》初编第275册，第529页。
③　（清）陆继辂：《合肥学舍札记》，清光绪四年兴国州署刻本，《续修四库全书》第1157
　　册，第297页。
④　（清）陆心源：《仪顾堂集》，清光绪刻本，《续修四库全书》第1560册，第406页。
⑤　（清）屈大均：《广东新语》，清康熙水天阁刻本，《续修四库全书》第734册，第
　　762页。
⑥　（清）赵翼：《廿二史札记》，清嘉庆五年湛贻堂刻本，《续修四库全书》第453册，第
　　213页。
⑦　（宋）朱熹：《楚辞集注》，宋嘉定刻本，第438～444叶。（明）陆时雍：《楚辞疏》，明
　　缉柳斋刻本，《续修四库全书》第1301册，第463页。（明）钟崇文：《（隆庆）岳州府
　　志》，明隆庆刻本，第277～278叶。
⑧　（唐）白居易：《白氏六帖事类集》，民国影宋本，第128叶。
⑨　（清）冯景：《解春集诗文钞》，清乾隆五十七年余姚卢氏刻抱经堂丛书本，第92叶。
⑩　（清）王邦采：《离骚汇订》，光绪庚子年广雅书局刊本，第25～26叶。
⑪　（梁）萧统编，（唐）李善注《文选》，上海古籍出版社，1994，第2590～2592页。

章缘起》："吊文，贾谊《吊屈原文》。"① 《玉台新咏》卷二："贾谊《吊屈原文》：'吁嗟默默。'"② 《白氏六帖事类集》卷二十九"垂耳"注："《吊屈原文》曰：'骥垂两耳伏盐车兮。'"③ 赋、文混融致异名。

《鵩鸟赋》

《鵩鸟赋》篇名，属于据赋作所含字词命篇，另有异名6例、误名2例。
异名：

1.《离骚赋》。《新刊经进详注昌黎先生文集》卷二《同冠峡》注："贾谊《离骚赋》曰：'愚士系俗，伧若拘囚。'"④

案，文句属《鵩鸟赋》，赋为骚体，据赋作形式命篇致异名。⑤

2.《诘鵩赋》。《骆丞集》卷三《上李少常启》注："汉贾谊《诘鵩赋》：'天地为垆，造化为工。阴阳为炭，万物为铜。合散消息，安有常则。'本《庄子》书《大宗师》篇。"⑥

案，贾谊《鵩鸟赋》："请问于鵩兮。"⑦ 《说文·言部》："诘，问也。"⑧ 侧重创作缘由命篇致异名。

3.《鵩赋》。《文心雕龙》卷八："贾生《鵩赋》云：'祸之与福，何异纠纆。'"⑨《杜诗详注》卷二《故武卫将军挽词三首》注："贾谊《鵩赋》：制度疏阔。"卷二十四《雕赋》注："贾谊《鵩赋》：鵩似鸮，不祥鸟也。"⑩《韩集笺正》卷一："贾谊《鵩赋》：'忽然为人兮何足控抟，化

① （梁）任昉：《文章缘起》，民国九年上海涵芬楼影清道光十一年六安晁氏木活字排印学海类编本，第40叶。
② （南北朝）徐陵辑，（清）吴兆宜注，（清）程际盛删补《玉台新咏》，清乾隆三十九年刻本，《续修四库全书》第1588册，第525页。
③ （唐）白居易：《白氏六帖事类集》，第779页。
④ （唐）韩愈撰，（宋）文谠注、（宋）王伾补注《新刊经进详注昌黎先生文集》，宋刻本，《续修四库全书》第1309册，第392页。
⑤ 郭英德：《中国古代文体学论稿》，北京大学出版社，2005，第57、142页。
⑥ （唐）骆宾王撰，（明）颜文选注《骆丞集》，《四库全书》第1065册，第460页。
⑦ 费振刚、胡双宝、宗明华辑校《全汉赋》，第2页。
⑧ （汉）许慎撰，（清）段玉裁注《说文解字注》，第100页。
⑨ （梁）刘勰：《文心雕龙》，上海涵芬楼影印明嘉靖刊本，《四部丛刊》初编第453册，第165页。
⑩ （唐）杜甫撰，（清）仇兆鳌注《杜诗详注》，中华书局，1979（以下除另外标明者，均指此本），第95、2181页。

为异物兮又何足患。'"① 鵩鸟简省为鵩，简全差异致异名。

4.《服鸟赋》。《史记》卷八十四："读《服鸟赋》，同死生，轻去就，又爽然自失矣。"②《楚辞》卷三《天问章句》："贾谊《服鸟赋》云：'斡流而迁。'"③《輶轩使者绝代语释别国方言疏证补》卷一注："贾谊《服鸟赋》：'细故蒂芥。'""贾谊《服鸟赋》：'形气转续兮变化而蟺。'"④《一切经音义》卷八十一"殉法"注："贾谊《服鸟赋》云：'贪夫殉财，列士殉名。'"⑤《学林》卷九："《史记·贾谊传·服鸟赋》曰：'拘士系俗兮攗若囚拘。'""《文选·服鸟赋》曰：'愚士系俗兮窘若囚拘。'"⑥《贾子次诂》卷十二、《七十家赋钞》卷二均作《服鸟赋》，全文载录。⑦

案，"鵩"，"字又作'服'"⑧，通假致异名。

5.《服赋》。《郡斋读书志》卷五下："校晁氏本增《吊屈原》《服赋》二篇而去《七谏》《九怀》《九叹》《九思》四篇。"⑨《颍川语小》卷上："《汉书》贾谊《服赋》罕有兮字。"⑩《增广笺注简斋诗集》卷三十《雪》注："《服赋》：'块北无垠。'"⑪《容斋随笔》卷八："案《汉书》贾谊《服赋》：'澹虖若深渊之靓。'"⑫ 案，《服鸟赋》简省为《服赋》。简全差异兼通假致异名。

6.《鵬鸟赋》。《太平御览》卷二十三："贾谊《鵬鸟赋》曰：'单阏之

① （唐）韩愈撰，（清）方成珪笺正《韩集笺正》，民国瑞安陈氏湫漻斋本，《续修四库全书》第1310册，第589页。
② （汉）司马迁：《史记》，中华书局，1996，第2503页。
③ （汉）王逸章句，（宋）洪兴祖补注《楚辞》，四部丛刊影明翻宋本，第193页。
④ （汉）扬雄撰，（清）钱绎笺疏《輶轩使者绝代语释别国方言疏证补》，民国二十七年严氏贲园刻本，《续修四库全书》第193册，第538、549页。
⑤ （唐）释慧琳撰，（辽）释希麟续《一切经音义》，日本元文三年至延亨三年狮谷莲花社刻本，《续修四库全书》第197册，第483页。
⑥ （宋）王观国：《学林》，清武英殿聚珍版丛书本，第188～189页。
⑦ （清）王耕心：《贾子次诂》，《续修四库全书》第933册，第90～91页。（清）张惠言：《七十家赋钞》，清道光元年合河康氏家塾刻本，《续修四库全书》第1611册，第43页。
⑧ 王力主编《王力古汉语字典》，第1741页。
⑨ （宋）晁公武：《郡斋读书志》，上海涵芬楼影印北平故宫博物院图书馆藏宋淳祐袁州刊本，《四部丛刊》三编第599册，高等教育出版社，2016，第493页。
⑩ （宋）陈叔方：《颍川语小》，清守山阁丛书本，第1叶。
⑪ （宋）陈与义撰，（宋）胡穉笺注《增广笺注简斋诗集》，上海涵芬楼借常熟瞿氏铁琴铜剑楼藏宋刊本，《四部丛刊》初编第231册，高等教育出版社，2016，第505页。
⑫ （宋）洪迈：《容斋随笔》，第453叶。

岁兮，四月孟夏。庚子日斜兮，鵩集予舍。'"卷七十一："贾谊《鵩鸟赋》曰：'乘流爰逝兮，得坻则止。'"①

案，《正字通》亥集中："'鵩'，俗'鵬'字。"② 正俗字造成异体，致异名。

误名：

1.《鹦鹉赋》。《桐江集》卷三《跋国史定庵胡公升丁巳杂稿》"外物去来，何足控搏"注："把玩也，出贾谊《鹦鹉赋》。"③ 文句实属《鵩鸟赋》。

2.《鹤赋》。《四六丛话》卷二十七："大年因诵贾谊《鹤赋》以戏之。"④

案，《广韵·铎韵》："鹤，似鹄，长喙。"⑤ "鹤"讹。贾谊无《鹤赋》。鹤、鹦鹉、鵩鸟，同属鸟类，名物混淆致误名。

《旱云赋》

《旱云赋》篇名，属于据赋作文意命篇，另有异名1例。

1.《白云赋》。《通俗编》卷三十四："贾谊《白云赋》：'望白云之蓬勃。'"⑥ 该句实为《旱云赋》"遥望白云之蓬勃兮，滃澹澹而妄止"节录。据赋作所含字词命篇兼换词致异名。

《簴赋》

《簴赋》篇名，属于据赋作所咏对象命篇，另有异名6例、误名2例。

异名：

1.《虡赋》。《初学记》卷十六、《古文苑》卷二十一："《虡赋》：'妙雕文以刻镂兮，象巨兽之屈奇兮。戴高角之峨峨，负大钟而顾飞。美哉烂

---

① （宋）李昉：《太平御览》，中华书局，1998，第109、336页。
② （明）张自烈：《正字通》，《续修四库全书》第235册，第794页。
③ （元）方回：《桐江集》，清嘉庆宛委别藏本，《续修四库全书》第1322册，第413页。
④ （清）孙梅：《四六丛话》，清嘉庆三年吴兴旧言堂刻本，《续修四库全书》第1715册，第509页。
⑤ 蔡梦麒校释《广韵校释》，中华书局，2012，第1338页。
⑥ （清）翟灏：《通俗编》，清乾隆十六年翟氏无不宜斋刻本，《续修四库全书》第194册，第615页。

兮，亦天地之大式。'"①《汉艺文志考证》卷八："朱文公曰：'贾太傅以卓然命世，英杰之材，俯就骚律，所出三篇皆非一时诸人所及（《惜誓》《吊屈原》《服赋》）。《古文苑》有《旱云》《虡赋》。'"②《玉海》卷一百九："贾谊《虡赋》：'妙雕文以刻镂，象巨兽之屈奇，负大钟而欲飞。'"③

案，"簴"，古代挂钟磬的架子的立柱，重文作"虡"，省文作"虡"，俗作"簴"。《周礼·冬官考工记》"梓人为筍虡"郑注："乐器所悬，横曰筍，植曰虡。"④《尔雅·释器》郭注："悬钟磬之木，植者名虡。"⑤ 异体字致异名。

2.《筍虡赋》。《说文解字义证》卷十四"虡"注："贾谊《筍虡赋》：'牧太平以深志，象巨兽之屈奇。妙雕文以刻镂，舒循尾之采垂。'"⑥《隋书经籍志考证》卷三十九之一："《古文苑》有《旱云》《筍虡赋》。"⑦

3.《筍簴赋》。《北堂书钞》卷一百一十一"筍簴·象巨兽"注："贾谊《筍簴赋》云：'收太平以深志，象巨兽之窟奇。妙雕文以刻镂，舒循尾之采垂。'"⑧

4.《筍簴赋》。《汉书疏证》卷二十五："贾谊《筍簴赋》曰：'缨击拲以螊虬，负大钟而欲飞。'"⑨"簴"为"簴"之异体字。

5.《栒虡赋》。《诗经胡传》卷十："贾谊《栒虡赋》：'牧太平以深志，象巨兽之屈奇，舒循尾之采垂。'"⑩

案，《玉篇·木部》："'栒'，思尹切。栒虡，悬钟磬，横者曰栒，亦作'簴'。"⑪ 上述异名为换词命篇、简全差异、传抄中异体字字形差异致

① （唐）徐坚：《初学记》，中华书局，2005，第397页。（宋）章樵注《古文苑》，上海涵芬楼借常熟瞿氏铁琴铜剑楼藏宋刊本影印，《四部丛刊》初编第426册，第755页。
② （宋）王应麟：《汉艺文志考证》，《四库全书》第675册，第80页。
③ （宋）王应麟：《玉海》，《四库全书》第945册，第847页。
④ （汉）郑玄注，（唐）贾公彦疏《周礼注疏》，《十三经注疏》，上海古籍出版社，1997，第924页。
⑤ 《尔雅》，中华书局，2016，第43页。
⑥ （清）桂馥：《说文解字义证》，清道光三十年至咸丰二年杨氏刻连筠簃丛书本，《续修四库全书》第209册，第415页。
⑦ （清）姚振宗：《隋书经籍志考证》，《续修四库全书》第915册，第631页。
⑧ （唐）虞世南：《北堂书钞》，中国书店，1989，第426页。
⑨ （清）沈钦韩：《汉书疏证》，清光绪二十六年浙江官书局刻本，《续修四库全书》第266册，第705页。
⑩ （明）胡绍曾：《诗经胡传》，明崇祯胡氏春煦堂刻本，第311叶。
⑪ （梁）顾野王撰，吕浩校点《大广益会玉篇》，中华书局，2019，第422页。

异名。

6.《簴铭》。《古文苑》卷二十一注："欧阳询《艺文类聚》载贾谊《簴铭》云：'考太平以深志，象巨兽之屈奇。妙雕文以刻镂，舒循尾之采垂。举其锯牙以左右相指，负大钟而欲飞。'"① 案，查《艺文类聚》卷四十四实际作《簴赋》。② 赋、铭混融致异名。

误名：

1.《真簴赋》。《太平御览》卷五百八十二"乐部·笥簴"："贾谊《真簴赋》曰：'樱孪拳以螯虬，负大钟而欲飞。'"③ 文句实属《簴赋》，"真"衍，致误名。

2.《虚赋》。《诗薮》杂编一："今考汉诸赋存者，贾谊三篇，《旱云》《鵩鸟》《虚赋》是也。"④

案，贾谊《簴赋》："牧太平以深志，象巨兽之屈奇。……举其锯牙以左右相指，负大钟而欲飞。"⑤ 赋作铺写乐器及音乐。《说文·虍部》："虡，钟鼓之柎也，饰为猛兽。"《说文·丘部》："虚，大丘也。"⑥ "簴"为"虡"的异体字，当作《虡（簴）赋》，"虚"乃与"虡"形近而讹，致误名。

综上，贾谊赋作异名类型为：1. 据文命篇致异名（据赋作所含字词、赋作所涉地点、赋作所涉人物、赋作创作缘由）；2. 文体混融致异名（赋、辞、文、铭混融；据文体形式命篇）；3. 换词命篇致异名；4. 简全差异致异名；5. 字形差异致异名（古今字、通假字、异体字）。误名类型为：1. 讹（字形近讹误）；2. 衍；3. 乱（名物混淆）。

四　邹阳

邹阳赋作有《几赋》《酒赋》2篇。《酒赋》1篇出现篇名分歧（50%），考辨如下。

---

① （宋）章樵注《古文苑》，《四部丛刊》初编第426册，第755页。

② （唐）欧阳询撰，汪绍楹校《艺文类聚》，中华书局，1965，第790页。

③ （宋）李昉：《太平御览》，第2626页。

④ （明）胡应麟：《诗薮》，《续修四库全书》第1696册，第194页。

⑤ 费振刚、胡双宝、宗明华辑校《全汉赋》，第15页。

⑥ （汉）许慎撰，（清）段玉裁注《说文解字注》，第210、386页。

《酒赋》

《酒赋》篇名，属于据赋作所含字词命篇，另有异名2例、误名1例。

异名：

1.《酉赋》。《初学记》卷二十六："邹阳《酉赋》：'清者为酒……千日一醒。'"①

案，《说文·酉部》："酉，就也。八月黍成，可为酎酒。"段玉裁注："就，高也。《律书》曰：'酉者，万物之老也。'《律历志》曰：'留孰于酉。'《天文训》曰：'酉者，饱也。'《释名》曰：'酉，秀也。秀者，物皆成也。'此举一物以言就。黍以大暑而種，至八月而成。犹禾之八月而孰也。不言禾者，为酒多用黍也。酎者，三重酒也。必言酒者，古'酒'可用'酉'为之。"② 邹阳《酒赋》："清者为酒，浊者为醴。"③ "酉、酒是古今字。"④ 周初大盂鼎铭："唯殷边侯、田（甸）雩（与）殷正百辟，率肆于酉（酒），古（故）丧师已（矣）。"⑤ 上海博物馆藏战国楚竹书第45简记商末纣王"或（又）为酉（酒）池，誃（厚）乐於酉（酒）"⑥。"'酉'是酒樽的象形字，本义即为酒。有些论著认为甲骨文即有字形'酒'，但从西周金文到战国出土文献，除少量睡虎地秦简外，{酒}皆用'酉'表示，因此甲骨文所谓的字形'酒'是不是酒字值得怀疑。迄今所见战国楚简帛文献无'酒'字，{酒}用'酉'表示，而干支酉则用'酉'加'木'旁来表示。睡虎地秦简{酒}16见，其中用'酉'者11例，用'酒'者5例，用'酉'表示{酒}仍是主要用法，首见于睡虎地秦简的'酒'字很可能是为了与干支用字区别，在'酉'的基础上加'水'旁而成的后出本字。岳麓秦简壹{酒}1见，用'酒'，岳麓秦简肆{酒}7见，用'酒'6例，用'酉'1例。岳麓秦简伍{酒}10见，岳麓秦简陆{酒}6见，皆用'酒'。里耶秦简壹{酒}5见、里耶秦简

---

① （唐）徐坚：《初学记》，清光绪孔氏三十三万卷堂本，第545叶。
② （汉）许慎撰，（清）段玉裁注《说文解字注》，第747页。
③ 费振刚、胡双宝、宗明华辑校《全汉赋》，第37页。
④ 蒋志远：《王筠〈古今字〉研究》，社会科学文献出版社，2021，第36、41、42、112页。
⑤ 中国社会科学院考古研究所编《殷周金文集成（修订增补本）》，中华书局，2007，第1516~1517页。
⑥ 马承源主编《上海博物馆藏战国楚竹书（二）》，上海古籍出版社，2002，第285页。

贰〔酒〕6见、周家台秦简〔酒〕7见，皆用'酒'。"① 《睡虎地秦墓竹简·日书甲种·病》："丙丁有疾，王父为祟，得之赤肉、雄鸡、酉（酒）。"② 《岳麓秦简肆》第三组 381 正："材官、趋发、发弩、善士敢有相责（债）入舍钱酉（酒）肉及予者，捕者尽如此令，士吏坐之，如乡啬夫。赀丞、令。"③ 字形差异致异名。

2. 文赋。《古音骈字》续编卷二"渌酾"注："'醁醽'，邹阳文赋。"④ 所涉文句为《酒赋》："其品类，则沙洛渌酾，程乡若下。"⑤ 文赋为泛称。换词命篇致异名。

误名：

1.《恓赋》。《中国文学家大辞典》："邹阳……《西京杂记》载其《恓赋》《几赋》，历来学者多存疑。"⑥

案，"恓"同"恤"。⑦ 《说文·心部》："恤，忧也，收也。"⑧ 邹阳《酒赋》："清者为酒，浊者为醠。"⑨ 写酒。"恓"乃与"酒"形近而讹或印刷错误。

综上，邹阳赋异名类型为：1. 字形差异致异名（古今字）；2. 换词命篇。误名类型为：讹（字形近讹误）。

五　路乔如

路乔如赋作有《鹤赋》，1 篇出现误名（100%），考辨如下。

《鹤赋》

《鹤赋》篇名，属于据赋作所咏对象命篇，另有误名 1 例。

① 王贵元：《从出土文献看秦统一后的用字规范》，《首届简牍学与出土文献语言文字研究学术研讨会》论文集，2021，西北师范大学，第 181 页。
② 睡虎地秦墓竹简整理小组编《睡虎地秦墓竹简》，文物出版社，1990，第 193 页。
③ 陈松长：《岳麓书院藏秦简（肆）》，上海辞书出版社，2015，第 221 页。
④ （明）杨慎：《古音骈字》，《四库全书》第 228 册，第 469 页。
⑤ 费振刚、胡双宝、宗明华辑校《全汉赋》，第 37 页。
⑥ 曹道衡、沈玉成编撰《中国文学家大辞典（先秦汉魏晋南北朝卷）》，中华书局，1996，第 214 页。
⑦ 宛志文主编《汉语大字典（袖珍本）》，四川辞书出版社，1999，第 991 页。
⑧ （汉）许慎撰，（清）段玉裁注《说文解字注》，第 507 页。
⑨ 费振刚、胡双宝、宗明华辑校《全汉赋》，第 37 页。

1.《雏赋》。《中国文学家大辞典》："路乔如，西汉辞赋家。生平不详。有《雏赋》佚文，见《西京杂记》上，清严可均辑入《全上古三代秦汉三国六朝文》。"①

案，《西京杂记》卷四及《全上古三代秦汉三国六朝文》全汉文卷二十作《鹤赋》。② 路乔如《鹤赋》："白鸟朱冠，鼓翼池干。"③ 写鸟。《说文·隹部》："雏，忌欺也。"段玉裁注："各本作'鸲鹆'……《释鸟》又曰怪鸥。"④ 今称䴔鹆，也叫横纹小鸮。故当作《鹤赋》。鸟种类混淆致讹误。

路乔如赋误名类型为：乱（名物混淆）。

六　羊胜

羊胜赋作有《屏风赋》，《月赋》存目，共2篇。《屏风赋》1篇出现异名（50%），考辨如下。

《屏风赋》

《屏风赋》篇名，属于据赋作所含字词命篇，另有异名1例。

1.《屏赋》。《杜诗详注》卷三《送蔡希鲁都尉还陇右因寄高三十五书记》注："《西京杂记》羊胜《屏赋》：'屏风鞈匝，蔽我君王。'"⑤《樊南文集补编》卷五《上令狐相公状》注："《西京杂记》：'梁孝王游于忘忧之馆……公孙乘为《月赋》，羊胜为《屏赋》。'"《骈字类编》卷一百五十二"屏赋"注："《西京杂记》：'梁孝王游于忘忧之馆，集诸游士各使为赋，羊胜为《屏赋》。'"⑥《称谓录》卷十一："《西京杂记》羊胜《屏

---

① 曹道衡、沈玉成编撰《中国文学家大辞典（先秦汉魏晋南北朝卷）》，第466页。
② 刘洪妹译注《西京杂记》，中华书局，2022，第235页。（清）严可均辑《全上古三代秦汉三国六朝文》，第239页。
③ 费振刚、胡双宝、宗明华辑校《全汉赋》，第41页。
④ （汉）许慎撰，（清）段玉裁注《说文解字注》，第141页。
⑤ （唐）杜甫撰，（清）仇兆鳌注《杜诗详注》，第239页。
⑥ （唐）李商隐撰，（清）钱振常注《樊南文集补编》，清同治五年望三益斋刻本，《续修四库全书》第1312册，第642页。（清）张廷玉：《骈字类编》，《四库全书》第1001册，第147页。

赋》曰：‘藩后宜之，寿考无疆。’”[①]《子史精华》卷二十二“藩后”注：“葛洪《西京杂记》羊胜《屏赋》曰：‘饰以文锦，映以流黄。画以古烈，颙颙昂昂。藩后宜之，寿考无疆。’”[②]《佩文韵府》卷九十八“古烈”注：“羊胜《屏赋》：‘画以古烈，颙颙昂昂。’”卷一百四“軨匝”注：“羊胜《屏赋》：‘屏风軨匝，蔽我君王。’”[③]

案，《释名·释宫室》：“屏，自障屏也。”《释名·释床帐》：“屏风，言可以屏障风也。”[④] 可知汉代二者不混称，后来屏风简称为屏，故称《屏赋》。简全差异兼称谓指称范围迁移换词命篇，致异名。

综上，羊胜赋异名类型为：1. 简全差异致异名；2. 换词命篇致异名。

七 枚乘

《汉书·艺文志》：“枚乘赋九篇。”[⑤] 现存世赋作有《七发》《柳赋》《梁王菟园赋》，《笙赋》《临灞池远诀赋》存目，另4篇亡佚。《七发》《柳赋》《梁王菟园赋》3篇出现篇名分歧（60%），考辨如下。

《七发》

《七发》篇名，属于据赋作形式命篇，另有误名2例。

误名：

1.《七启》。《韵府群玉》卷六“清商”注：“动朱唇，发清商。选枚乘《七启》。”[⑥]《绀珠集》卷十三“大宅”注：“枚叔《七启》，面总称曰大宅，眉目间曰清扬。”[⑦]

2.《七激》。《（光绪）湖南通志》卷二百五十五“《九征》一卷，湘

---

① （清）梁章钜：《称谓录》，清光绪十年梁恭辰刻本，《续修四库全书》第1253册，第373页。

② （清）吴襄等：《子史精华》，《四库全书》第1008册，第250页。

③ （清）张玉书：《佩文韵府》，第3760、4168页。

④ （汉）刘熙：《释名》，上海涵芬楼借江南图书馆藏明嘉靖翻宋书影印，《四部丛刊》初编第14册，第415、421页。

⑤ （汉）班固：《汉书》，第1747页。

⑥ （元）阴时夫辑，（元）阴中夫注《韵府群玉》，《四库全书》第951册，第231页。

⑦ （宋）朱胜非：《绀珠集》，《四库全书》第872册，第534页。

潭陈树苹撰"注："文前有小引，云自枚乘作《七激》，魏晋之间转相仿效。"①

同为七体作品，混淆，致误名。

《柳赋》

《柳赋》篇名，属于据赋作所含字词命篇，另有异名3例。

1.《梁孝王忘忧馆柳赋》。《卓氏藻林》卷四"杨柳赋"注："枚叔亦有《梁孝王忘忧馆柳赋》。"②

案，梁孝王游忘忧馆，集诸游士各使为赋。"梁孝王忘忧馆柳赋"简省为"柳赋"。据赋作所涉人物、地点命篇兼简全差异致异名。

2.《忘忧馆柳赋》。《古文苑》卷三、《汴京遗迹志》卷十九、《历代赋汇》卷一百一十六、《历朝赋格》下集骈赋格卷五、《广群芳谱》卷七十六作《忘忧馆柳赋》，全文载录。③《骈雅训纂》卷一："《古文苑》枚乘《忘忧馆柳赋》：'虽复河清海竭，终无增景于边撩。'"④《韵府拾遗》卷十七"共凋"注："枚乘《忘忧馆柳赋》：'弱丝清管，与风霜而共凋。'""边撩"注："枚乘《忘忧馆柳赋》：'虽复河清海竭，终无增景于边撩。'"卷十九"联袍"注："枚乘《忘忧馆柳赋》：'俊乂英髦，列襟联袍。'"⑤《渊雅堂全集》外集："有三韵者，自枚乘《忘忧馆柳赋》以来不胜举。"⑥《骈字类编》卷八"风云"注："枚乘《忘忧馆柳赋》：'出入风云，去来羽族。'"卷四十六"海竭"注、卷四十八"河清"注："枚乘《忘忧馆柳赋》：'虽复河清海竭，终无增景于边撩。'"卷一百八"千族"注："枚乘《忘忧馆柳赋》：'于是樽盈缥玉之酒，爵献金浆之醪。庶羞千

---

① （清）卞宝第、李瀚章等修，（清）曾国荃、郭嵩焘等撰《（光绪）湖南通志》，清光绪十一年刻本，《续修四库全书》第667册，第737页。

② （明）卓明卿：《卓氏藻林》，第209叶。

③ （宋）章樵注《古文苑》，《四部丛刊》初编第426册，第288～289页。（明）李濂：《汴京遗迹志》，《四库全书》第587册，第742页。（清）陈元龙：《历代赋汇》，《四库全书》第1421册，第486页。（清）陆葇：《历朝赋格》，清康熙间刻本，第402叶。（清）汪灏：《广群芳谱》，《四库全书》第847册，第152页。

④ （明）朱谋㙔撰，（清）魏茂林训纂《骈雅训纂》，清道光二十五年有不为斋刻本，《续修四库全书》第192册，第660页。

⑤ （清）官修《韵府拾遗》，《四库全书》第1029册，第399、402、431页。

⑥ （清）王芑孙：《渊雅堂全集》，清嘉庆刻本，《续修四库全书》第1481册，第383页。

族，盈满六庖。'"①《四库全书总目》卷一百八十九："有可以成集而遗之者，如枚乘《七发》《忘忧馆柳赋》《谏吴王书》。"②《佩文韵府》卷六十九"瞽聩"注："枚乘《忘忧馆柳赋》：'小臣瞽聩，与此陈词。'"卷九十"千族"注："枚乘《忘忧馆柳赋》：'于是樽盈缥玉之酒，爵献金浆之醪。庶羞千族，盈满六庖。'"卷九十五"海竭"注："枚乘《忘忧馆柳赋》：'虽复河清海竭，无增景于边撩。'"③

案，枚乘《柳赋》："忘忧之馆，垂条之木。"④ 所赋之柳生长在忘忧馆，故称《忘忧馆柳赋》。据赋作所涉地点命篇兼省略梁孝王，致异名。

3.《细柳赋》。《露书》卷十："枚乘《细柳赋》：'吁嗟细柳，流乱轻丝。'"⑤

案，赋言细柳，取首句二字命篇致异名。

《梁王菟园赋》

《梁王菟园赋》篇名，属于据赋作所咏对象命篇，另有异名 4 例、误名 2 例。

异名：

1.《修竹赋》。《卓氏藻林》卷四："《修竹赋》，即《兔园赋》也，枚乘为梁孝王作。"⑥《山堂肆考》卷一百二十九："《修竹赋》，枚乘为梁孝王作，即《兔园赋》也。"⑦

案，枚乘《梁王菟园赋》："修竹檀栾，夹池水。"⑧ 据"修竹"二字命篇致异名。

2.《梁苑赋》。《说文解字义证》卷二十七"髻"注："枚乘《梁苑赋》：'靡陁长髻。'"⑨

---

① （清）张廷玉：《骈字类编》，《四库全书》第 994 册，第 255 页；第 996 册，第 128、210 页；第 998 册，第 565 页。

② （清）永瑢：《四库全书总目》，第 1723 页。

③ （清）张玉书：《佩文韵府》，第 2830、3450、3686 页。

④ 费振刚、胡双宝、宗明华辑校《全汉赋》，第 35 页。

⑤ （明）姚旅：《露书》，明天启刻本，《续修四库全书》第 1132 册，第 698 页。

⑥ （明）卓明卿：《卓氏藻林》，第 215 叶。

⑦ （明）彭大翼：《山堂肆考》，《四库全书》第 976 册，第 510 页。

⑧ 费振刚、胡双宝、宗明华校《全汉赋》，第 29 页。

⑨ （清）桂馥：《说文解字义证》，《续修四库全书》第 210 册，第 145 页。

案，园为梁孝王建，在梁国。苑，"又泛指园林、花园"①。菟园，也称兔园。"东苑，又名梁园，俗称竹园"②。据赋作所涉国名兼换词命篇致异名。

3.《兔园赋》。《梁江文通集》卷二《学梁王兔园赋》注："汉枚乘《兔园赋》曰：'俯仰钓射，煎熬炮炙。'""枚乘《兔园赋》曰：'高冠偏焉，长剑闲焉。左挟弹焉，右执鞭焉。'""枚乘《兔园赋》曰：'若夫采桑之妇，连袖方路。'"③《文心雕龙辑注》卷二"兔园"注："兔园，苑名，赋苑，有枚乘《兔园赋》。"④《文选》卷一班固《西都赋》注："枚乘《兔园赋》曰：'翱翔群熙，交颈接翼。'"卷二张衡《西京赋》注："枚乘《兔园赋》曰：'车马接轸相属，方轮错毂。'"卷五左思《吴都赋》注："枚乘《兔园赋》曰：'上涌云乱叶羣散。'"卷六左思《魏都赋》注："枚乘《兔园赋》曰：'易阳之容。'"卷十八成公绥《啸赋》注："枚乘《兔园赋》曰：'修竹檀栾。'"卷二十八谢灵运《会吟行》注："枚乘《兔园赋》曰：'若采桑之女，连袖方路。磨陁长髻，便娟数顾。'"卷三十谢朓《和王著作八公山》注："枚乘《兔园赋》曰：'修竹檀栾夹池水。'"沈约《三月三日率尔成篇》注："枚乘《兔园赋》曰：'桑萎蚕饥中人望奈何！'"卷三十一曹丕《游宴》注："枚乘《兔园赋》曰：'修竹檀栾，夹池水，旋兔园。'"卷五十范晔《宦者传论》注："枚乘《兔园赋》曰：'高冠扁焉，长剑闲焉。'"⑤《初学记》卷十"王·檀栾竹连拳桂"注："枚乘《兔园赋》曰：'修竹檀栾夹地。'"⑥《杜诗详注》卷七《佳人》注："枚乘《兔园赋》：'修竹檀栾夹池水。'"⑦

案，"兔"同"菟"，《集韵·模韵》："菟，或作兔。"又，省略梁王。简全差异兼通假致异名。

① 李学勤主编《字源》，天津古籍出版社，2013，第50页。
② 刘洪妹译注《西京杂记》，第152页。
③ （南北朝）江淹撰，（明）胡之骥注《梁江文通集》，明万历二十六年刻本，《续修四库全书》第1304册，第487页。
④ （梁）刘勰撰，（清）黄叔琳辑注《文心雕龙辑注》，《四库全书》第1478册，第91页。
⑤ （梁）萧统编，（唐）李善注《文选》，第18、63、211、290、869、1317、1414、1425、1454、2208页。
⑥ （唐）徐坚：《初学记》，第240页。
⑦ （唐）杜甫撰，（清）仇兆鳌注《杜诗详注》，第555页。

4.《菟园赋》。《新刻增补艺苑卮言》卷二:"枚乘《菟园赋》,记者以为王薧后子皋所为。据结尾妇人先歌而后无和者,亦似不完之篇。"① 《昭昧詹言》卷七:"枚乘《菟园赋》曰:'晚春早夏,邯郸襄国。易阳之容,丽人燕饰。'"②

案,"菟"通"兔"。③ 如《楚辞·天问》:"厥利维何,而顾菟在腹?"④ 通假兼简全差异致异名。

误名:

1.《梁苑园赋》。《太平御览》卷三百七十三"人事·髻":"枚乘《梁苑园赋》曰:'若乃采桑之妇,连袖方路,摩陛长髻,便娟数顾。'"⑤

案,文句属《梁王菟园赋》。《周礼·地官·囿人》注:"囿,今之苑。"疏:"古谓之囿,汉家谓之苑。"⑥ 《说文·艸部》:"苑,所以养禽兽。"《说文·囗部》:"园,所以树果也。"⑦ "苑""园"重复称谓,可能为后代注文窜入,衍,致误名。

2.《兑园赋》。《六臣注文选》卷三十谢朓《和王著作八公山诗》注:"枚乘《兑园赋》曰:'修竹檀栾夹池水。'"⑧

案,文句属《梁王菟园赋》。《文选》卷十三《雪赋》:"梁王不悦,游于兔园。"李善注:"《西京杂记》曰:'梁孝王好宫室苑囿之乐,筑兔园也。'"⑨ 《说文·兑部》:"兑,颂仪也。……'貌'籀文'兑'。"⑩ "貌"字,英藏敦煌文献 S.610《启颜录》:"乃密令侯白改变形兑。着故弊衣裳。"⑪ "兑"乃与"兔"形近而讹。

① (明)王世贞:《新刻增补艺苑卮言》,明万历十七年武林樵云书舍刻本,《续修四库全书》第 1695 册,第 464 页。
② (清)方东树:《昭昧詹言》,清光绪十七年刻本,《续修四库全书》第 1705 册,第 538 页。
③ 王力主编《王力古汉语字典》,第 1073 页。
④ 汤炳正、李大明、李诚、熊良智注《楚辞今注》,上海古籍出版社,2017,第 86 页。
⑤ (宋)李昉:《太平御览》,第 1723 页。
⑥ (汉)郑玄注,(唐)贾公彦疏《周礼注疏》,《十三经注疏》,第 700 页。
⑦ (汉)许慎撰,(清)段玉裁注《说文解字注》,第 41、278 页。
⑧ (梁)萧统编,(唐)李善等注《六臣注文选》,上海涵芬楼藏宋刊本,《四部丛刊》初编第 421 册,第 367 页。
⑨ (梁)萧统编,(唐)李善注《文选》,中华书局,1977,第 194 页。
⑩ (汉)许慎撰,(清)段玉裁注《说文解字注》,第 406 页。
⑪ 黄征:《敦煌俗字典》,上海教育出版社,2020,第 525 页。

综上，枚乘赋作异名类型为：1. 据文命篇致异名（据赋作所含字词、赋作所涉人物、赋作所涉地点）；2. 简全差异致异名；3. 字形差异致异名（通假字）。误名类型为：1. 乱（篇名混淆）；2. 衍；3. 讹（字形近讹误）。

八　刘胜

中山靖王刘胜赋作有《文木赋》，1 篇出现异名（100%），考辨如下。

《文木赋》

《文木赋》篇名突出木的花纹，属于据赋作所咏对象命篇，另有异名 1 例。

1.《木赋》。《蓉槎蠡说》卷二："《木赋》'奔电屯云，薄雾浓雾'，皆状木文理。"①

案，文句属《文木赋》。《丹铅总录》卷十四："中山王《文木赋》，乃以文为中山王名而题作《木赋》。"② 刘胜《文木赋》："既剥既刊，见其文章。"③ 文木简省为木，简全差异致异名。

综上，刘胜赋作异名类型为：简全差异致异名。

九　孔臧

《汉书·艺文志》："太常蓼侯孔臧赋二十篇。"④《孔丛子》卷七："孝武皇帝难违其意，遂拜太常典礼，赐如三公。在官数年，著书十篇而卒。先时尝为赋二十四篇，四篇别不在集，似其幼时之作也。"⑤ 孔臧赋现存《谏格虎赋》《蓼虫赋》《鸮赋》《杨柳赋》，另 20 篇亡佚。《谏格虎赋》《蓼虫赋》《杨柳赋》3 篇出现篇名分歧（75%），考辨如下。

《谏格虎赋》

《谏格虎赋》属于据赋作所含字词及创作缘由命篇，另有异名 1 例、

① （清）程哲：《蓉槎蠡说》，清康熙五十年程氏七略堂刻本，《续修四库全书》第 1137 册，第 192 页。
② （明）杨慎：《丹铅总录》，《四库全书》第 855 册，第 499 页。
③ 费振刚、胡双宝、宗明华辑校《全汉赋》，第 124 页。
④ （汉）班固：《汉书》，第 1747 页。
⑤ 傅亚庶：《孔丛子校释》，中华书局，2013，第 447 页。

误名 1 例。

异名：

1.《格虎赋》。《韵补》卷四"迈"注、《正字通》酉集下"迈"注："孔臧《格虎赋》：'都邑百姓，莫不于迈。陈列路隅，咸称万岁。'"①《慈湖诗传》卷七："孔臧《格虎赋》：'耳目丧精，值网而冲。局然自缚，或只或双。'"卷八："孔臧《格虎赋》：'都邑百姓，莫不于迈。陈列路隅，咸称万岁。'"②《杜诗详注》卷十三《奉寄高常侍》注："孔臧《格虎赋》：'帅将士于中原。'"③

案，赋言下国之君"手格猛虎，生缚貆豻"且"乃夸于大夫曰：'下国鄙，固不知帝者之事，敢问天子之格虎，岂有异术哉？……驱民入山林，格虎于其廷'"④。为劝谏作赋，《格虎赋》为简称兼取赋中"格虎"二字命篇致异名。

误名：

1.《谏虎赋》。《汉书艺文志讲疏》："太常蓼侯孔臧赋二十篇……末附《连丛》载其《谏虎赋》《杨柳赋》《鸮赋》《蓼虫赋》四篇，未审何出。"⑤

案，"格"可释义为击打、格斗。如《荀子·议兵》："格者不舍。"杨倞注："格谓相距捍者。"⑥《后汉书·刘盆子传》："皆可格杀。"⑦传抄脱"格"，致误名。

《蓼虫赋》

《蓼虫赋》篇名，属于据赋作所含字词命篇，另有异名 2 例。

1.《蓼赋》。《韵补》卷二"家"注："孔臧《蓼赋》：'非德非义，不以为家。安逸无心，如禽兽何。'"《正字通》寅集上"家"注："汉孔臧

---

① （宋）吴棫：《韵补》，第 162 叶。（明）张自烈：《正字通》，《续修四库全书》第 235 册，第 591 页。
② （宋）杨简：《慈湖诗传》，《四库全书》第 73 册，第 89、100 页。
③ （唐）杜甫撰，（清）仇兆鳌注《杜诗详注》，第 1123 页。
④ 费振刚、胡双宝、宗明华辑校《全汉赋》，第 115 页。
⑤ 顾实：《汉书艺文志讲疏》，台湾商务印书馆，1980，第 178 页。
⑥ （清）王先谦撰，沈啸寰、王星贤点校《荀子集解》，第 329 页。
⑦ （宋）范晔撰，（唐）李贤等注《后汉书》，第 482 页。

《蓼赋》：'苟非德义，不以为家。安逸无心，如禽兽何。'"①《古音丛目》卷二"家"："孔臧《蓼赋》与'何'叶。"②《（乾隆）潮州府志》卷三十九："汉孔臧《蓼赋》：'睹兹茂蓼，纷葩吐盈。猗那随风，绿叶厉茎。'"③

2.《食蓼虫赋》。《佩文韵府》卷二十一"结葩"注："孔臧《食蓼虫赋》：'睹兹茂蓼，结葩吐荣。'"④

案，孔臧《蓼虫赋》："睹兹茂蓼，结葩吐荣。猗那随风，绿叶紫茎。爰有蠕虫，厥状似螟。群聚其间，食之以生。"⑤故《蓼赋》篇名侧重蓼，《食蓼虫赋》篇名侧重食，侧重差异致异名。

《杨柳赋》

《杨柳赋》属于据赋作所含字词命篇，另有异名1例。

1.《柳赋》。《杜诗详注》卷十三《韦讽录事宅观曹将军画马图歌》注："孔臧《柳赋》：'固神妙之不如。'"⑥

案，孔臧《杨柳赋》："嗟兹杨柳，先生后伤。……意此杨树，依我以生。"⑦《杨柳赋》篇名杨、柳并言，《柳赋》篇名侧重柳；杨柳简省为柳。篇名侧重差异兼简全差异致异名。

综上，孔臧赋异名类型为：1.据文命篇致异名（据赋作所含字词、侧重差异）；2.简全差异致异名。误名类型为：脱。

十　董仲舒

董仲舒赋作有《士不遇赋》，1篇出现篇名分歧（100％），考辨如下。

---

① （宋）吴棫：《韵补》，第79叶。（明）张自烈：《正字通》，《续修四库全书》第234册，第296页。
② （明）杨慎撰，（清）李调元校定《古音丛目》，清乾隆间绵州李氏万卷楼刻函海嘉庆十四年李鼎元重校印本，第27叶。
③ （清）周硕勋：《（乾隆）潮州府志》，清光绪十九年重刻本，第3796叶。
④ （清）张玉书：《佩文韵府》，第948页。
⑤ 费振刚、胡双宝、宗明华辑校《全汉赋》，第122页。
⑥ （唐）杜甫撰，（清）仇兆鳌注《杜诗详注》，第1153页。
⑦ 傅亚庶：《孔丛子校释》，第449页。

《士不遇赋》

《士不遇赋》篇名，属于据赋作创作缘由命篇，另有异名 3 例、误名 1 例。

异名：

1.《感士不遇赋》。《佩文韵府》卷十六"深渊"注："董仲舒《感士不遇赋》：'卞随务光遁迹于深渊兮，伯夷叔齐登山而采薇。'"①

案，董仲舒《士不遇赋》："生不丁三代之盛隆兮，而丁三季之末俗。以辩诈而期通兮，贞士耿介而自束。虽日三省于吾身兮，繇怀进退之惟谷。"② 不遇，有感而发。据赋作创作缘由命篇兼简全差异致异名。

2.《不遇赋》。《文选》卷三十八任昉《为范尚书让吏部封侯第一表》注："董仲舒《不遇赋》曰：'若不反身于素业，莫随世而转轮。'"③ "感士不遇"简省为"不遇"，简全差异致异名。

3.《仕不遇赋》。《六臣注文选》第三十八任昉《为范尚书让吏部封侯第一表》注："董仲舒《仕不遇赋》曰：'若不反身于素业，莫随世而转轮。'"④《李文公集》卷六、《唐宋文醇》卷二十："仆尝怪董生大贤而著《仕不遇赋》。"⑤《学易集》卷七、《宋史翼》卷二十六："尝读董生《仕不遇赋》。"⑥《明文海》卷二十三桑悦《续思玄赋》注："董仲舒作《仕不遇赋》。"⑦

案，《说文·人部》："仕，学也。"段玉裁注："故《毛诗传》五言：'士，事也。'而《文王有声》传亦言：'仕，事也。'是'仕'与'士'

---

① （清）张玉书：《佩文韵府》，第 681 页。

② 费振刚、胡双宝、宗明华辑校《全汉赋》，第 112 页。

③ （梁）萧统编，（唐）李善注《文选》，第 1738 页。

④ （梁）萧统编，（唐）李善等注《六臣注文选》，《四部丛刊》初编第 422 册，第 193 页。

⑤ （唐）李翱：《李文公集》，上海涵芬楼借江南图书馆藏明成化乙未刊本影印，《四部丛刊》初编第 158 册，第 432 页。（清）张昭：《唐宋文醇》，《四库全书》第 1447 册，第 404 页。

⑥ （宋）刘跂：《学易集》，清乾隆间武英殿木活字印武英殿聚珍版丛书本，第 57 叶。（清）陆心源：《宋史翼》，清光绪刻潜园总集本，《续修四库全书》第 311 册，第 557 页。

⑦ （清）黄宗羲：《明文海》，《四库全书》第 1453 册，第 181 页。

皆事其事之谓。"① 《康熙字典》"士"："《集韵》本作'圡'，又与'仕'通。"② 古代四民之一，指以道艺、武勇谋求仕进的人。如《诗经·大雅·文王有声》："丰水有芑，武王岂不仕?"③ 《韩非子·说难》："此非能仕之所耻也。"④ 《孟子·公孙丑下》："有仕于此，而子悦之。"⑤ "仕""士"同属"止韵，牀₋。之部"⑥，故"仕""士"为同音通假。

误名：

1.《七不遇赋》。《读书杂识》卷六："董仲舒《七不遇赋》：'若不返身于素业兮。'"⑦ 文句属董仲舒《士不遇赋》，"七"乃与"士"形近而讹。

综上，董仲舒赋作异名类型为：1. 据文命篇致异名（据赋作创作缘由）；2. 简全差异致异名；3. 字形差异致异名（通假字）。误名类型为：讹（字形近讹误）。

十一　刘安

《汉书·艺文志》："淮南王赋八十二篇。"⑧ 《屏风赋》《熏笼赋》《招隐士》⑨ 3 篇传世，另亡佚 79 篇。《熏笼赋》《招隐士》2 篇出现异名（66.67%），考辨如下。

《熏笼赋》

《熏笼赋》篇名，属于据赋作所咏叹对象命篇，另有异名 1 例。

1.《薰笼赋》。《太平御览》卷七百一十一："刘向《别录》曰：'淮南王有《薰笼赋》。'"《汉艺文志考证》卷八："刘向《别录》：'淮南王

---

① （汉）许慎撰，（清）段玉裁注《说文解字注》，第 366 页。
② 《康熙字典》，中华书局，2010，第 243 页。
③ 程俊英、蒋见元：《诗经注析》，中华书局，2017，第 850 页。
④ （清）王先谦撰，钟哲点校《韩非子集解》，中华书局，1998，第 92 页。
⑤ （清）焦循撰，沈文倬点校《孟子正义》，中华书局，1987，第 288～289 页。
⑥ 王力主编《王力古汉语字典》，第 17、173 页。
⑦ （清）劳格：《读书杂识》，清光绪四年刻本，《续修四库全书》第 1163 册，第 256 页。
⑧ （汉）班固：《汉书》，第 1747 页。
⑨ 一说作者为淮南小山，如（汉）王逸章句，（宋）洪兴祖补注《楚辞》（四部丛刊影明翻宋本）卷十二、（梁）刘勰撰，（清）黄叔琳辑注《文心雕龙辑注》（清文渊阁四库全书本）卷一等。

有《薰笼赋》。'"①《广博物志》卷三十九:"淮南王有《薰笼赋》。"②

案,《说文·中部》:"熏,火烟上出也。"《说文·艸部》:"薰,香艸
也。"③"薰"通"熏"。④《文选》卷十三《雪赋》:"燎薰炉兮炳明烛,
酌桂酒兮扬清曲。"注:"薰,火烟上出也。字从黑。"⑤通假致异名。

《招隐士》

《招隐士》篇名,属于据赋作创作缘由命篇,另有异名5例。

1.《招隐士赋》。《集千家注杜诗》卷十八《自瀼西荆扉且移居东屯茅
屋四首》注:"洙曰:淮南王《招隐士赋》桂树丛生兮山之幽。"《笺注简
斋诗集》卷一《觉心画山水赋》注:"汉淮南王安《招隐士赋》:'桂树丛
生兮山之幽,偃蹇连卷兮枝相缭。'"⑥《山堂肆考》卷一百九十八、《花木
鸟兽集类》卷上:"刘安《招隐士赋》序。"⑦简全差异致异名。

2.《招隐士词》。《李太白集注》卷十三《寄淮南友人》注:"淮南王《招
隐士词》:'桂树丛生兮山之幽,攀援桂树兮聊淹留。'"⑧词、赋混融兼简全
差异致异名。

3.《招隐》。《李义山诗集注》卷一《别薛岩宾》注:"淮南王《招
隐》:'桂树丛生兮山之幽。'"⑨简全差异致异名。

4.《招隐操》。《沧浪集》卷一、《沧浪诗话》:"楚词惟屈宋诸篇当读
之外,此惟贾谊《怀长沙》、淮南王《招隐操》、严夫子《哀时命》宜熟
读,此外亦不必也。"《说郛》卷八十三:"楚辞惟屈宋诸篇当读之外,惟
贾谊《怀长沙》、淮南王《招隐操》、严夫子《哀时命》宜熟读,此外亦

---

① (宋)李昉:《太平御览》,第3169页。(宋)王应麟:《汉艺文志考证》,《四库全书》
　第675册,第81页。
② (明)董斯张:《广博物志》,《四库全书》第981册,第307页。
③ (汉)许慎撰,(清)段玉裁注《说文解字注》,第22、25页。
④ 王力主编《王力古汉语字典》,第666、1116~1117页。
⑤ (梁)萧统编,(唐)李善注《文选》,第595~596页。
⑥ (唐)杜甫撰,(元)高楚芳注《集千家注杜诗》,《四库全书》第1069册,第973页。
　(宋)陈与义撰,(宋)胡穉笺注《笺注简斋诗集》,元刻本,第1叶。
⑦ (明)彭大翼:《山堂肆考》,《四库全书》第978册,第80页。(清)吴宝芝:《花木鸟
　兽集类》,《四库全书》第1034册,第14页。
⑧ (唐)李白撰,(清)王琦注《李太白集注》,《四库全书》第1067册,第255页。
⑨ (唐)李商隐撰,(清)朱鹤龄注《李义山诗集注》,《四库全书》第1082册,第
　127页。

不必也。"《昭昧詹言》续卷八引之略同，"辞"作"词"。① 招隐士简省为招隐。赋、操混融兼简全差异致异名。

5.《招隐诗》。《分门集注杜工部诗》卷二十《有客》注、《九家集注杜诗》卷二十一《有客》注："刘安《招隐诗》云：'攀援桂枝兮聊淹留。'"② 《韵府群玉》卷四"大山小山"注："刘安《招隐诗》序。"③ 诗、赋混融兼简全差异致异名。

综上，淮南王刘安赋异名类型为：1. 字形差异致异名（通假字）；2. 简全差异致异名；3. 文体混融致异名（赋、词、操、诗混融）。

十二　司马相如

《汉书·艺文志》："司马相如赋二十九篇。"④ 现存《美人赋》《天子游猎赋》《哀二世赋》《长门赋》《大人赋》《难蜀父老》；《梓桐山赋》《梨赋》存残字；《玉如意赋》《子虚赋》《鱼菹赋》《雪赋》存目，另亡佚17篇。《美人赋》《哀二世赋》《子虚赋》《天子游猎赋》《长门赋》《大人赋》《难蜀父老》《梨赋》8篇出现篇名分歧（66.67%），考辨如下。

《美人赋》

《美人赋》篇名，属于据赋作所含字词命篇，另有异名1例。

1.《好色赋》。《徐孝穆集笺注》卷四《玉台新咏序》注、《奁史》卷五十九、《六朝文絜笺注》卷八《玉台新咏序》注、《佩文韵府》卷十一"横陈"注、《曝书亭集词注》卷四《行香子》注："司马相如《好色赋》：'花容自献，玉体横陈。'"《玉溪生诗详注》卷三《北齐二首》注、《李义山诗集注》卷一《北齐二首》注："司马相如《好色赋》曰：'花

---

① （宋）严羽：《沧浪集》，第11叶。（宋）严羽：《沧浪诗话》，明津逮秘书本，第8叶。（明）陶宗仪：《说郛》，《四库全书》第880册，第555页。（清）方东树：《昭昧詹言》，清光绪刻方植之全集本，第130叶。

② （唐）杜甫撰，（宋）王洙注《分门集注杜工部诗》，宋刻本，《续修四库全书》第1306册，第565页。（唐）杜甫撰，（宋）郭知达编《九家集注杜诗》，《四库全书》第1068册，第387页。

③ （元）阴时夫辑，（元）阴中夫注《韵府群玉》，《四库全书》第951册，第162页。

④ （汉）班固：《汉书》，第1747页。

容自献，玉体横陈。'"①

案，司马相如《美人赋》："王问相如曰：'子好色乎？'相如曰：'臣不好色也。'王曰：'子不好色，何若孔墨乎？'"②据赋作所含字词命篇致异名。

《哀二世赋》

《哀二世赋》篇名，属于据赋作创作缘由命篇，另有异名11例。

1.《宜春宫赋》。《王荆公诗注》卷十四《示平甫弟》注："司马相如《宜春宫赋》：'临曲江之隑州。'"③《西汉会要》卷六十五"宫·宜春宫"注："相如奏《宜春宫赋》。"④《诗源辩体》卷二："相如《大人赋》《宜春宫赋》，班固《幽通赋》，张衡《思玄赋》，皆骚体也。"⑤《读诗略记》卷五："司马相如《宜春宫赋》曰：'汨减噏习以永逝兮，注平皋之广衍。'"⑥《说文解字义证》卷十六"榛"注："司马相如《宜春宫赋》：'览竹林之榛榛。'"⑦《说文解字句读》卷二十二"嶜"注："《宜春宫赋》：'通嶜乎谽谺。'"⑧《佩文韵府》卷十九"平皋"注："司马相如《宜春宫赋》：'岩岩深山之嶜嶜兮，通谷豁乎谽谺。汨减輚以永逝兮，注平皋之广衍。'"⑨《廿二史札记》卷二："《司马相如传》所载《子虚赋》《喻

---

① （南北朝）徐陵撰，（清）吴兆宜笺注《徐孝穆集笺注》，《四库全书》第1064册，第872页。（清）王初桐：《奁史》，清嘉庆二年伊江阿刻本，《续修四库全书》第1252册，第101页。（清）许梿评选，（清）黎经诰注《六朝文絜笺注》，清光绪十五年枕溢书屋刻本，《续修四库全书》第1611册，第220页。（清）张玉书：《佩文韵府》，第456页。（清）朱彝尊撰，（清）李富孙注《曝书亭集词注》，清嘉庆十九年校经厫刻本，《续修四库全书》第1724册，第543页。（唐）李商隐撰，（清）冯浩笺注《玉溪生诗详注》，清乾隆四十五年德聚堂刻本，《续修四库全书》第1312册，第441页。（唐）李商隐撰，（清）朱鹤龄注《李义山诗集注》，《四库全书》第1082册，第89页。

② 费振刚、胡双宝、宗明华辑校《全汉赋》，第97页。

③ （宋）王安石撰，（宋）李壁注《王荆公诗注》，《四库全书》第1106册，第97页。

④ （宋）徐天麟：《西汉会要》，清光绪二十五年广雅书局刻武英殿聚珍版丛书本，第1438叶。

⑤ （明）许学夷：《诗源辩体》，明崇祯十五年陈所学刻本，《续修四库全书》第1696册，第283页。

⑥ （明）朱朝瑛：《读诗略记》，《四库全书》第82册，第507~508页。

⑦ （清）桂馥：《说文解字义证》，《续修四库全书》第209册，第470页。

⑧ （清）王筠：《说文解字句读》，清刻本，《续修四库全书》第218册，第585页。

⑨ （清）张玉书：《佩文韵府》，第829页。

蜀文》《谏猎疏》《宜春宫赋》《大人赋》。"①

　　案，《史记·司马相如传》载汉武帝从长杨"还，过宜春宫，相如奏赋以哀二世行失"，故称《宜春宫赋》。据赋作所涉地点命篇致异名。《史记·秦始皇本纪》："以黔首葬二世杜南宜春苑中。"《史记正义》引《括地志》云："秦宜春宫在雍州万年县西南三十里。宜春苑在宫之东，杜之南。"②

　　2.《哀秦二世赋》。《正字通》丑集中"坌"注："相如《哀秦二世赋》：'登陂陁之长阪，坌入曾宫之嵯峨。'"③《汉书补注》卷三十"司马相如赋二十九篇"注："叶德辉曰：'本传有《子虚赋》（《文选》分亡是公以下为《上林赋》）、《哀秦二世赋》、《大人赋》凡三篇。'"④《全上古三代秦汉三国六朝文》全汉文卷二十一作《哀秦二世赋》，全文载录。⑤

　　3.《秦二世赋》。《汉书艺文志拾补》卷三："史传及诸书所载有《子虚上林赋》《秦二世赋》《大人赋》《美人赋》《长门赋》《黎赋》《鱼菹赋》……"⑥二世为秦二世胡亥。据赋作所涉人物命篇兼简全差异致异名。

　　4.《二世赋》。《诗薮》杂编一："司马相如赋六篇，《长门》《大人》《美人》《子虚》《上林》《二世》是也。"⑦《读书质疑》："司马相如《二世赋》云：'临曲江之陥洲。'"⑧《杜工部草堂诗笺》卷六《桥陵三十韵呈县内诸官》注："相如《二世赋》：'登坡陁之长坂。'"《九家集注杜诗》卷二古诗《桥陵三十韵呈县内诸官》注："相如《二世赋》：'登坡陁之长坂。'"⑨二世为秦二世胡亥，简全差异致异名。

---

① （清）赵翼：《廿二史札记》，《续修四库全书》第453册，第213页。
② （汉）司马迁：《史记》，第275、3055页。
③ （明）张自烈：《正字通》，《续修四库全书》第234册，第214页。
④ （清）王先谦：《汉书补注》，清光绪二十六年王氏虚受堂刻本，《续修四库全书》第269册，第238页。
⑤ （清）严可均辑《全上古三代秦汉三国六朝文》，第243~244页。
⑥ （清）姚振宗：《汉书艺文志拾补》，师石山房丛书本，《续修四库全书》第914册，第162页。
⑦ （明）胡应麟：《诗薮》，《续修四库全书》第1696册，第195页。
⑧ （清）吴震方：《读书质疑》，清康熙四十四年刻说铃本，第85叶。
⑨ （唐）杜甫撰，（宋）蔡梦弼笺《杜工部草堂诗笺》，清光绪黎庶昌刻古逸丛书本，《续修四库全书》第1307册，第57页。（唐）杜甫撰，（宋）郭知达编《九家集注杜诗》，《四库全书》第1068册，第39页。

5.《哀二世》。《文选》卷十潘岳《西征赋》注："司马相如《哀二世》曰：'登岅屺之长坂。'"①《施注苏诗》卷二《大秦寺》注："汉司马相如《哀二世》：'登陂陁之长阪兮。'"②《皇明书》卷三十八："故相如之《哀二世》端矣。"③ 简全差异致异名。

6.《吊秦二世赋》。《艺文类聚》卷四十、《历代赋汇》补遗卷十四、《渊鉴类函》卷一百八十二作《吊秦二世赋》，全文载录。④《初学记》卷六"曲江"注、《天中记》卷九："汉司马相如《吊秦二世赋》曰：'临曲江之隑州。'"《倘湖樵书》卷十"浙江曲江"注引同，无"汉"字。《养素堂文集》卷十"曲江在广陵考"注引同，无"曰"字，"洲"作"州"。⑤

案，《说文·口部》："哀，闵也。"段玉裁注："闵，吊者在门也。"《说文·人部》："吊，问终也。"⑥ 换词命篇兼简全差异致异名。

7.《吊二世赋》。《匡谬正俗》卷五："按，陂池，读如《吊二世赋》'登陂陁之长坂'。"⑦《韵补》卷二"榛"注："司马相如《吊二世赋》：'汩减勶以永逝兮，注平皋之广衍。观众树之蓊薆兮，览竹林之榛榛。'"《韵补》卷四"绝"注："司马相如《吊二世赋》：'持身不谨兮，亡国失势。信谗不寤兮，宗庙灭绝。'"《古今通韵》卷十二："司马长卿《吊二世赋》：'持身不谨兮，亡国失势。信谗不寤兮，宗庙灭绝。'"⑧《能改斋漫录》卷九"三曲江"、《说略》卷三、《四六丛话》卷二："司马相如

---

① （梁）萧统编，（唐）李善注《文选》，第465页。
② （宋）苏轼撰，（宋）施元之注《施注苏诗》，《四库全书》第1110册，第133页。
③ （明）邓元锡：《皇明书》，明万历三十四年刻本，《续修四库全书》第316册，第351页。
④ （唐）欧阳询撰，汪绍楹校《艺文类聚》，第728页。（清）陈元龙：《历代赋汇》，《四库全书》第1422册，第669页。（清）张英：《渊鉴类函》，上海文艺出版社，1996，礼仪部，第99页。
⑤ （唐）徐坚：《初学记》，第124页。（明）陈耀文：《天中记》，《四库全书》第965册，第407页。（清）来集之：《倘湖樵书》，清康熙倘湖小筑刻本，《续修四库全书》第1196册，第329页。（清）张澍：《养素堂文集》，清道光十五年枣华书屋刻本，《续修四库全书》第1506册，第545页。
⑥ （汉）许慎撰，（清）段玉裁注《说文解字注》，第61、383页。
⑦ （唐）颜师古：《匡谬正俗》，清同治十二年粤东书局刻小学汇函本，第68叶。
⑧ （宋）吴棫：《韵补》，第69、156叶。（清）毛奇龄：《古今通韵》，《四库全书》第242册，第265页。

《吊二世赋》云：'临曲江之隑州。'"《随园随笔》卷六"三曲江"、《墨卿谈乘》卷一："司马相如《吊二世赋》：'临曲江之隑州。'"①《蠡勺编》卷三十三"三曲江"："司马相如《吊二世赋》云：曲江隑州。"②《紫微集》卷三十一《毛达可尚书文集序》："及观《谏猎书》《吊二世赋》，皆成于扈从游猎之际。"③《古音丛目》卷四："'绝'，此芮切。相如《吊二世赋》。"④《转注古音略》卷二"榛"注："相如《吊二世赋》：'汨减噏习以永逝兮，注平皋之旷衍。观众树之墒蕤兮，览竹林之榛榛。'"⑤《正字通》辰集中"榛"注："相如《吊二世赋》：'泪泪瀹以永逝兮，注平皋之广衍。观众树之翁蕤兮，览竹林之榛榛。'"申集下"衍"注："'相如《吊二世赋》：'泪泪噏习以永逝兮，注平高之广衍。观众树之翁郁兮，览竹林之榛榛。'"未集中"绝"注："相如《吊二世赋》：'持身不谨兮，亡国失势。信谗不寤兮，宗庙灭绝。'"⑥《尖阳丛笔》卷八："按司马相如《吊二世赋》：'汨减报以永游兮，注平皋之广衍。观众树之翁蕤兮，览竹林之榛榛。'"⑦《拜经楼诗话》卷四同《尖阳丛笔》，惟"报"作"皲"。⑧《援鹑堂笔记》卷五十："'浮尘坌并淄人衣'注引《吴都赋》、相如《吊二世赋》。"⑨ 换词命篇致异名。

　　8.《吊二世》。《文心雕龙》卷三、《文通》卷十八、《渊鉴类函》卷

---

① （宋）吴曾：《能改斋漫录》，《四库全书》第 850 册，第 671 页。（明）顾起元：《说略》，民国三年至五年上元蒋氏慎修书屋排印金陵丛书本，第 116 叶。（清）孙梅：《四六丛话》，《续修四库全书》第 1715 册，第 225 页。（清）袁枚：《随园随笔》，清嘉庆十三年刻本，《续修四库全书》第 1148 册，第 215 页。（明）张懋：《墨卿谈乘》，明刻本，第 14 叶。

② （清）凌扬藻：《蠡勺编》，清同治二年伍氏粤雅堂刻岭南遗书本，《续修四库全书》第 1155 册，第 520 页。

③ （宋）张嵲：《紫微集》，《四库全书》第 1131 册，第 612 页。

④ （明）杨慎撰，（清）李调元校定《古音丛目》，第 67 叶。

⑤ （明）杨慎：《转注古音略》，清乾隆间绵州李氏万卷楼刻函海道光五年李朝夔补刻本，第 43 叶。

⑥ （明）张自烈：《正字通》，《续修四库全书》第 234 册，第 551 页；第 235 册，第 446、253 页。

⑦ （清）吴骞：《尖阳丛笔》，清抄本，《续修四库全书》第 1139 册，第 506 页。

⑧ （清）吴骞：《拜经楼诗话》，清嘉庆刻愚谷丛书本，《续修四库全书》第 1704 册，第 137 页。

⑨ （清）姚范：《援鹑堂笔记》，清道光姚莹刻本，《续修四库全书》第 1149 册，第 176 页。

二百："及相如之《吊二世》，全为赋体。"①《汉书艺文志拾补》卷三、《史记疏证》卷五十四引《文心雕龙》："相如之《吊二世》，全为赋体。"《续历代赋话》卷十四："相如之《吊二世》，桓谭以为其言恻怆。读者叹息。"②《真诰》卷十七："司马相如《吊二世》云：'临曲江之隑洲。'"③《文选》卷四张衡《南都赋》注："司马相如《吊二世》曰：'众树之翁郁兮。'"《文选》卷五左思《吴都赋》注、《王荆公诗注》卷二十《忆昨诗示诸外弟》注："相如《吊二世》曰：'坌入曾宫之嵯峨。'"④ 换词命篇兼简全差异致异名。

9.《吊胡亥》。《太平寰宇记》卷二十五："司马相如《吊胡亥》云：'临曲江之隑州。'"⑤ 据赋作所涉人物命篇兼换词致异名。

10.《吊秦二世文》。《杜工部草堂诗笺》卷九《哀江头》注、《九家集注杜诗》卷二《哀江头》注、《分门集注杜工部诗》卷三《哀江头》注："司马相如《吊秦二世文》云：'临曲江之隑州。'"⑥ 赋、文混融致异名。

11.《吊二世文》。《文选》卷六左思《魏都赋》注、《六臣注文选》卷六左思《魏都赋》注："司马相如《吊二世文》曰：'操行之不得。'"⑦《文选理学权舆》卷二："司马相如《吊二世文》。"⑧ 赋、文混融兼简全差异致异名。

---

① （梁）刘勰：《文心雕龙》，明万历刻两京遗编本，第68叶。（明）朱荃宰：《文通》，明天启刻本，《续修四库全书》第1714册，第114页。（清）张英：《渊鉴类函》，文学部，第49页。（清）佚名：《史记疏证》，清抄本，《续修四库全书》第264册，第515页。

② （清）姚振宗：《汉书艺文志拾补》，《续修四库全书》第914册，第161页。（清）浦铣：《续历代赋话》，清乾隆五十三年刻本，《续修四库全书》第1716册，第169页。

③ （南北朝）陶弘景：《真诰》，民国影印明正统本，第586叶。

④ （梁）萧统编，（唐）李善注《文选》，第152、224页。（宋）王安石撰，（宋）李壁注《王荆公诗注》，《四库全书》第1106册，第136页。

⑤ （宋）乐史：《太平寰宇记》，《四库全书》第469册，第220页。

⑥ （唐）杜甫撰，（宋）蔡梦弼笺《杜工部草堂诗笺》，《续修四库全书》第1307册，第80页。（唐）杜甫撰，（宋）郭知达编《九家集注杜诗》，《四库全书》第1068册，第51页。（唐）杜甫撰，（宋）王洙注《分门集注杜工部诗》，《续修四库全书》第1306册，第302页。

⑦ （梁）萧统编，（唐）李善注《文选》，第289页。（梁）萧统编，（唐）李善等注《六臣注文选》，《四部丛刊》初编第419册，第65页。

⑧ （清）汪师韩：《文选理学权舆》，《续修四库全书》第1581册，第51页。

《子虚赋》

《子虚赋》篇名，属于据赋作所涉人物命篇，另有误名1例。

1.《紫虚赋》。《太平御览》卷八百七："司马相如《紫虚赋》曰：'网玳瑁，钓紫贝。'"①《效颦集》上卷："长卿……尝著《紫虚赋》，武帝读而善之。"②

案，文句属《子虚赋》。赋中有子虚、乌有先生，当作"子虚"。紫虚指天空，因云霞映日而天空呈紫色。如曹植《游仙诗》："意欲奋六翮，排雾陵紫虚。"③"紫"乃与"子"音近而讹。

《天子游猎赋》

《天子游猎赋》篇名，属于据赋作铺写对象命篇，另有异名7例。

1.《上林赋》。《古俪府》卷十："汉司马相如《上林赋》：'列卒满泽……翱翔乎书圃。'"④《雅伦》卷四："司马相如《上林赋》：'楚使子虚使于齐……乃今日见教，谨闻命矣。'"⑤《尚书故》卷一："《上林赋》：'其土则丹青赭垩，雌黄白坿。锡碧金银，众色炫耀，照烂龙鳞。'"⑥

案，狩猎地点在上林，故称《上林赋》。据赋作所涉地点命篇致异名。

2.《子虚赋》。《全上古三代秦汉三国六朝文》全汉文卷二十一作《子虚赋》，全文载录。⑦《尔雅义疏》卷下之二"榆无疵"疏："《子虚赋》云：'梗楠豫章。'"⑧《广雅疏证》卷九下注："司马相如《子虚赋》云'浮文鹢，扬旌栧'是也。"⑨

① （宋）李昉：《太平御览》，第3587页。
② （明）赵弼：《效颦集》，明宣德刻本，《续修四库全书》第1266册，第523页。
③ （魏）曹植著，赵幼文校注《曹植集校注》，人民文学出版社，1998，第265页。
④ （明）王志庆：《古俪府》，《四库全书》第979册，第453～454页。
⑤ （清）费经虞：《雅伦》，清康熙四十九年刻本，《续修四库全书》第1697册，第68～73页。
⑥ （清）吴汝纶：《尚书故》，清光绪三十年王恩绂等刻桐城吴先生全书本，《续修四库全书》第50册，第564页。
⑦ （清）严可均辑《全上古三代秦汉三国六朝文》，第241～243页。
⑧ （清）郝懿行：《尔雅义疏》，清同治五年郝氏家刻本，第470叶。
⑨ （清）王念孙：《广雅疏证》，清嘉庆元年刻本，《续修四库全书》第191册，第305页。

案，文句实属《天子游猎赋》，"虗"同"虚"。① 据赋作所涉人物命篇兼异体字致异名。

3.《乌有赋》。《庾子山集》卷十《黄帝见广成子赞》注："司马相如《乌有赋》曰：'秋田乎青丘。'"②

案，赋中有子虚、乌有先生，据赋中虚拟人物命篇致异名。

4.《羽猎赋》。《资治通鉴》卷九十五、《读通鉴纲目条记》卷八："司马相如《羽猎赋》'华榱璧珰'注云：璧珰以玉为椽头，当即所谓璇题者也。"③

案，文句属《天子游猎赋》。帝王出猎，士卒负羽箭随从，故称"羽猎"。对同一事件称谓差异，换词命篇致异名。

5.《游猎赋》。《南村辍耕录》卷二十六："按司马相如《游猎赋》云：'卢桔夏熟，黄柑橙楱，枇杷㯕柿。'"《群书札记》卷六："按司马相如《遊猎赋》云：'卢桔夏熟，黄柑橙楱，枇杷撚柿。'"《广群芳谱》卷六十五："司马相如《游猎赋》云：'卢桔夏熟，黄柑橙楱，枇杷撚柿。'"④《群书通要》丙集卷五："'楚有七泽，其一曰云梦，方百里。吞若云梦者八九于其胸中，曾不蒂芥。'司马相如《游猎赋》。"⑤《靖康缃素杂记》卷二："《汉书》载相如《游猎赋》云：'奏陶唐氏之舞，听葛天氏之歌。'"⑥《文选补遗》卷三十一枚乘《梁王菟园赋》注："西汉司马相如《遊猎赋》：'蒋茅青蘋，布濩闳泽。延蔓太原，靡丽广衍。'"⑦《山堂肆考》卷二百三十一："司马相如《遊猎赋》：'婴珊勃窣，上乎金堤。'"⑧《御选唐诗》卷十八李建勋《蔷薇》注："司马相如《遊猎赋》：'牢落陆

① 刘复、李家瑞：《宋元以来俗字谱》，文海出版社，1979，第96页。
② （南北朝）庾信撰，（清）倪璠注《庾子山集》，《四库全书》第1064册，第581页。
③ （宋）司马光：《资治通鉴》，《四库全书》第306册，第100页。（清）李述来：《读通鉴纲目条记》，清嘉庆七年刻本，《续修四库全书》第342册，第622页。
④ （元）陶宗仪：《南村辍耕录》，上海古籍出版社，2012，第289页。（清）朱亦栋：《群书札记》，清光绪四年武林竹简斋刻本，《续修四库全书》第1155册，第103页。（清）汪灏：《广群芳谱》，《四库全书》第846册，第747页。
⑤ （元）佚名：《群书通要》，清嘉庆宛委别藏本，《续修四库全书》第1224册，第276页。
⑥ （宋）黄朝英：《靖康缃素杂记》，清守山阁丛书本，第5叶。
⑦ （宋）陈仁子：《文选补遗》，《四库全书》第1360册，第501页。
⑧ （明）彭大翼：《山堂肆考》，《四库全书》第978册，第576页。

离，烂漫远近。'"① 案，"游""遊"古多通用。"天子游猎赋"简省为"游猎赋"，简全差异致异名。

6.《长林赋》。《樊南文集补编》卷九《梓州道兴观碑铭》注："司马相如《长林赋》：'悠远长怀，寂漻无声。'"②

案，文句实属司马相如《上林赋》。上林苑，少量文献称长林苑。《文献通考》卷一百五十："盖中垒在北军而步兵在长林苑门。"③《战国策释地》卷下："释曰：《后志》镐在长林苑中。"④《读史方舆纪要》卷五十三引《十道志》："镐池在长安城西昆明池北，即周故都。"⑤ 上古时，"上"属禅钮，"长"属定钮。⑥ 定、禅同为舌音，一声之转。据赋作所涉地点命篇兼换词致异名。

7.《子虚赋》《上林赋》。《文选》卷八、《古今事文类聚》前集卷三十七、《历代赋汇》卷五十八、《古赋辨体》卷三、《古文辞类纂》卷六十五、《汉魏六朝百三家集》卷二、《七十家赋钞》卷二分两篇，全文载录。⑦ 据赋作所涉人物、地点命篇兼后世文献将长篇赋作分篇致异名。

《长门赋》

《长门赋》篇名，属于据赋作所涉地点命篇，另有异名 2 例、误名 1 例。

异名：

1.《闲居赋》。《庾子山集》卷三《登州中新阁》注："《闲居赋》曰：

① （清）陈廷敬：《御选唐诗》，《四库全书》第 1446 册，第 605 页。
② （唐）李商隐撰，（清）钱振常注《樊南文集补编》，《续修四库全书》第 1312 册，第 688 页。
③ （元）马端临：《文献通考》，清浙江书局本，第 2677 叶。
④ （清）张琦：《战国策释地》，清光绪广雅书局刊本，第 33 叶。
⑤ （清）顾祖禹：《读史方舆纪要》，清稿本，第 1836 叶。
⑥ 李学勤主编《字源》，第 2、839 页。
⑦ （梁）萧统编，（唐）李善注《文选》，第 361～380 页。（宋）祝穆：《古今事文类聚》，《四库全书》第 925 册，第 623～628 页。（清）陈元龙：《历代赋汇》，《四库全书》第 1420 册，第 322～327 页。（元）祝尧：《古赋辨体》，《四库全书》第 1366 册，第 749～756 页。（清）姚鼐：《古文辞类纂》，清道光元年合河康氏家塾刻本，《续修四库全书》第 1610 册，第 22～25 页。（明）张溥：《汉魏六朝百三家集》，《四库全书》第 1412 册，第 25～30 页。（清）张惠言：《七十家赋钞》，《续修四库全书》第 1611 册，第 44～48 页。

'刻木兰以为榱兮，饰文杏以为梁。'"①

案，文句实属《长门赋》。司马相如《长门赋》："魂逾佚而不反兮，形枯槁而独居。"② 闲居为独处、独居。《大学》："小人闲居为不善，无所不至。"③《长门赋》篇名侧重所居地，《闲居赋》篇名侧重居住境况。侧重差异致异名。

2.《长门宫赋》。《渊鉴类函》卷三百四十一："汉司马相如《长门宫赋》曰：'下兰台而周览兮……象积石之将将。'"④《四家咏史乐府》卷二："《汉书·外戚传》：'孝武陈皇后，长公主嫖女也。坐巫蛊。使有司赐皇后策，罢退居长门宫。'《汉武故事》：'武帝数岁，长公主抱置膝上，问曰：儿欲得妇否？指其女曰：阿娇好否？笑对曰：若得阿娇，当以金屋贮之。后立为皇后。因妒废居长门宫，以黄金百斤奉司马相如作《长门宫赋》以悟主。'"⑤

案，长门宫简省为长门。《长门宫赋》篇名为据赋作所涉地点命篇兼简全差异致异名。

误名：

1.《长文赋》。《太平御览》卷八百一十六："司马相如《长文赋》曰：'张罗绮之幔帷，垂楚组之连纲。'"⑥

案，文句实属《长门赋》。"文""门"属明钮。⑦"文"乃与"门"音近而讹。

《大人赋》

《大人赋》篇名，属于据赋作所涉人物命篇，另有异名 1 例、误名 2 例。

异名：

1.《大人颂》。《天中记》卷二十九、《骈志》卷四："上惊，乃召问相

---

① （南北朝）庾信撰，（清）倪璠注《庾子山集》，《四库全书》第 1064 册，第 442 页。
② 费振刚、胡双宝、宗明华辑校《全汉赋》，第 100 页。
③ （汉）郑玄注，（唐）孔颖达正义《礼记正义》，《十三经注疏》，第 1625 页。
④ （清）张英：《渊鉴类函》，居处部，第 6 页。
⑤ （清）宋泽元：《四家咏史乐府》，清光绪十三年山阴宋氏刻忏花庵丛书本，第 71 叶。
⑥ （宋）李昉：《太平御览》，第 3628 页。
⑦ 李学勤主编《字源》，第 790、1039 页。

如。相如曰：'有是，请为《天子游猎赋》。'赋成，奏之。复奏《大人颂》，天子大悦，飘飘有凌云之气，似游天地之间意。"① 赋、颂混融致异名。

误名：

1.《火人赋》。《分门集注杜工部诗》卷四《奉同郭给事汤东灵湫作》注："《火人赋》：'掉指挢以偃蹇。'又云：'蜩蟉偃蹇。'"②

案，文句实属司马相如《大人赋》。司马相如《大人赋》："世有大人兮，在乎中州。"③ "火"乃与"大"形近而讹，致误名。"火"字，英藏敦煌文献 S.1644V《禅门十二时》："出息虽存入难报（保），无常忽值入黄泉。世间因缘不可说，如蛾赴**大**自燋燃。"④ 吐鲁番出土文献 73TAM507：013/4－1《唐历》："口八日景寅**大**危口。"⑤

2.《李夫人赋》。《续汉志集解》卷三十注："司马相如《李夫人赋》：'重旬始以为缘。'"⑥

案，文句实属司马相如《大人赋》，司马相如没有写作《李夫人赋》。汉武帝刘彻有《李夫人赋》之作。司马相如被汉武帝征召入朝为郎，同时期赋作篇名混淆，致误名。

《难蜀父老》

《难蜀父老》篇名，属于据赋作创作缘由及所涉人物命篇，另有异名 11 例。

1.《谕巴蜀》。《文选笺证》卷十九："《司马相如传·谕巴蜀》云'谥为至愚'可互证。"⑦

---

① （明）陈耀文：《天中记》，《四库全书》第 966 册，第 321 页。（明）陈禹谟：《骈志》，《四库全书》第 973 册，第 81 页。

② （唐）杜甫撰，（宋）王洙注《分门集注杜工部诗》，《续修四库全书》第 1306 册，第 317 页。

③ 费振刚、胡双宝、宗明华辑校《全汉赋》，第 91 页。

④ 黄征：《敦煌俗字典》，第 328 页。

⑤ 中国文物研究所、新疆维吾尔自治区博物馆、武汉大学历史系编《吐鲁番出土文书》第二册，文物出版社，1994，第 284 页。字形见赵红《吐鲁番俗字典》，上海古籍出版社，2019，第 209 页。

⑥ （清）王先谦：《续汉志集解》，王氏虚受堂刻本，《续修四库全书》第 273 册，第 773 页。

⑦ （梁）萧统编，（清）胡绍煐笺证《文选笺证》，清光绪聚学轩丛书第五集本，《续修四库全书》第 1582 册，第 211 页。

案，司马相如《难蜀父老》："使者曰：乌谓此乎？必若所云，则是蜀不变服而巴不化俗也，仆尚恶闻若说。"① 据赋作创作缘由兼据所涉地点命篇致异名。

2.《谕难蜀父老书》。《艺文类聚》卷二十五："汉司马相如《谕难蜀父老书》曰：'汉兴七十有八载……允哉汉德，此固鄙人之所愿闻也。'"② 作赋劝谕父老，赋、书混融兼据创作缘由命篇致异名。

3.《难蜀父老书》。《别雅》卷四："《史记·司马相如传·难蜀父老书》：'漉沈赡灾。'"卷五："《司马相如传·难蜀父老书》：'岂特委琐握龊，拘文牵义。'"③《渊鉴类函》卷二百九十八："汉司马相如《难蜀父老书》曰：'汉兴七十有八载……允哉汉德，此固鄙人之所愿闻也。'"④ 赋、书混融兼简全差异致异名。

4.《喻蜀书》。《北堂书钞》卷十"来远·夷狄思慕"注："司马相如《喻蜀书》。今案见《文选·难蜀父老》。"⑤《渊鉴类函》卷五十三"来远·夷狄思慕"注："司马相如《喻蜀书》。"⑥ 赋、书混融，兼换词命篇、简全差异致异名。

5.《开西南彝难蜀父老书》。《（康熙）云南府志》卷二十作《开西南彝难蜀父老书》，全文载录。⑦ 赋、书混融兼简全差异、据赋作创作缘由命篇致异名。

6.《喻巴蜀并难蜀父老文》。《文章缘起》、《山堂考索》前集卷二十一、《广博物志》卷二十九、《文通》卷十、《夜航船》卷八："汉司马相如《喻巴蜀并难蜀父老文》。"⑧ 赋、文混融兼简全差异致异名。

7.《难蜀父老文》。《崇古文诀》卷三、《西汉文纪》卷九、《汉魏六朝

① 费振刚、胡双宝、宗明华辑校《全汉赋》，第106页。
② （唐）欧阳询撰，汪绍楹校《艺文类聚》，第448页。
③ （清）吴玉搢：《别雅》，《四库全书》第222册，第741、742页。
④ （清）张英：《渊鉴类函》，人部，第205页。
⑤ （唐）虞世南：《北堂书钞》，第23页。
⑥ （清）张英：《渊鉴类函》，帝王部，第67页。
⑦ （清）谢俨：《（康熙）云南府志》，清康熙刻本，第469~470叶。
⑧ （梁）任昉：《文章缘起》，第39叶。（宋）章如愚：《山堂考索》，《四库全书》第936册，第273页。（明）董斯张：《广博物志》，《四库全书》第981册，第76页。（明）朱荃宰：《文通》，《续修四库全书》第1714册，第60页。（清）张岱：《夜航船》，清抄本，《续修四库全书》第1135册，第639页。

百三家集》卷二作《难蜀父老文》，全文载录。① 《正字通》巳集上"澹"注："相如《难蜀父老文》：'昔洪水沸出，夏后氏戚之。乃决江疏河，漉沈澹灾。'"② 文句属于《难蜀父老》节录。赋、文混融致异名。

8.《谕蜀文》。《九家集注杜诗》卷四《送从弟亚赴安西判官》注："相如《谕蜀文》曰：'烽举燧燔。'"③ 《论学绳尺》卷七陈传良《为治顾力行如何》注："如司马相如作《谕蜀文》以讽上。"④ 赋、文混融，兼换词命篇、简全差异致异名。

9.《难蜀文》。《增广注释音辩唐柳先生集》卷十四《天对》注："司马相如《难蜀文》：'旮爽暗昧。'"⑤ 《论学绳尺》卷五蔡岸《晁错不能过崔寔》注："司马相如《难蜀文》：'必将崇论闳议，创业垂统，为万世基。'"卷八陈子颐《叔孙通为汉儒宗》注："司马相如《难蜀文》：'缙绅先生之徒，俨然造焉。'"⑥ 案，篇名省略"父老"。赋、文混融兼简全差异致异名。

10.《蜀父老难》。《成都文类》卷四十七作《蜀父老难》，全文载录。⑦

案，《蜀父老难》篇名侧重设难方，《难蜀父老》篇名侧重回答方。侧重差异致异名。

11.《开西南夷难蜀父老》。《云南通志》卷二十九之十作《开西南夷难蜀父老》，全文载录。⑧ 据赋作创作缘由命篇兼简全差异致异名。

《梨赋》

《梨赋》篇名，属于据赋作所咏对象命篇，另有异名1例。

1.《黎赋》。《汉书艺文志拾补》卷三："史传及诸书所载有《子虚》

---

① （宋）楼昉：《崇古文诀》，《四库全书》第1354册，第26～28页。（明）梅鼎祚：《西汉文纪》，《四库全书》第1396册，第386～388页。（明）张溥：《汉魏六朝百三家集》，《四库全书》第1412册，第35～36页。

② （明）张自烈：《正字通》，《续修四库全书》第235册，第43页。

③ （唐）杜甫撰，（宋）郭知达编《九家集注杜诗》，《四库全书》第1068册，第80页。

④ （宋）魏天应编，（宋）林子长注《论学绳尺》，《四库全书》第1358册，第413页。

⑤ （唐）柳宗元撰，（宋）童宗说注《增广注释音辩唐柳先生集》，上海涵芬楼影印元刊本，《四部丛刊》初编155册，第53页。

⑥ （宋）魏天应编，（宋）林子长注《论学绳尺》，《四库全书》第1358册，第308、468页。

⑦ （宋）程遇孙：《成都文类》，《四库全书》第1354册，第813～814页。

⑧ （清）鄂尔泰：《云南通志》，《四库全书》第570册，第569～570页。

《上林赋》《秦二世赋》《大人赋》《美人赋》《长门赋》《黎赋》《鱼菹赋》……"①

案，"'梨'同'黎'。"②"'梨'古通'黎'。"③ 通假致异名。

综上，司马相如赋异名类型为：1. 据文命篇致异名（据赋作所含字词、赋作所涉地点、赋作所涉人物、赋作创作缘由，侧重差异）；2. 文体混融致异名（赋、文、书混融）；3. 换词命篇致异名；4. 字形差异致异名（异体字、通假字）；5. 简全差异致异名。误名类型为：1. 讹（字形近、同音讹误）；2. 乱（篇名混淆）。

十三　刘彻

《汉书·艺文志》："上所自造赋二篇。"④ 现存《悼李夫人》，追悼对象实为王夫人，彭春艳有考辨。⑤ 另1篇亡佚。《太平御览》卷八十八引《汉武故事》："每行幸，及奇兽异物，辄命相如等赋之，上亦自作诗赋数百篇，下笔即成。"⑥ 疑刘彻还有其他赋作。《悼李夫人》1篇出现篇名分歧（100%），考辨如下。

《悼李夫人》

《悼李夫人》篇名，属于据赋作创作缘由命篇，另有异名7例。

异名：

1.《悼李夫人赋》。《古文辞类纂》卷七十二、《七十家赋钞》卷二作"汉武帝《悼李夫人赋》"，全文载录。⑦《庾子山集》卷十六《周安昌公

① （清）姚振宗：《汉书艺文志拾补》，《续修四库全书》第914册，第162页。
② 《康熙字典》，第530页。
③ 吴昌恒等编《古今汉语实用词典》，四川人民出版社，1988，第808页。
④ （汉）班固：《汉书》，第1748页。
⑤ 彭春艳：《汉赋系年考证》，第69~75页。汉武帝刘彻《悼李夫人》实当作《悼王夫人赋》，为便于考察及归纳汉赋篇名异名规律，不把该篇所有名为"李夫人"的纳入误名，而放在异名部分。
⑥ （宋）李昉：《太平御览》，中华书局，1960，第421页。
⑦ （清）姚鼐：《古文辞类纂》，《续修四库全书》第1610册，第62页。（清）张惠言：《七十家赋钞》，《续修四库全书》第1611册，第44页。

夫人郑氏墓志铭》注："汉武帝《悼李夫人赋》曰：'桂枝落而销亡。'"①
《骆丞集》卷一《咏美人在天津桥》注："汉武《悼李夫人赋》：'的容与
以猗靡兮，缥飘姚乎愈庄。'"②《艺文类聚》卷八十九："汉武帝《悼李
夫人赋》曰：'气潜以凄戾兮，桂枝落而销亡。神茕茕而遥鬼兮，精浮游
而去疆。'"③《韩集举正》卷九《唐故监察御史卫府君墓志铭》注："汉
武《悼李夫人赋》：'申以信兮。'"④《太平御览》卷九百五十七："汉武
帝《悼李夫人赋》曰：'气沉潜以凄戾兮，桂枝落而销亡。'"⑤《施注苏
诗》卷十三《台头寺雨中送李邦直赴史馆分韵得忆字人字兼寄孙巨源二
首》注引："《外戚传》武帝《悼李夫人赋》：'惟幼眇之相羊。'"⑥《两汉
隽言》卷五"西征"注："《悼李夫人赋》：'超兮西征。'"⑦《野客丛书》
卷六："武帝《悼李夫人赋》：'飘姚乎愈庄。'"⑧《转注古音略》卷一
"获"注："汉武帝《悼李夫人赋》：'函菱获以俟风兮。'"⑨《音学五书·
唐韵正》卷五"明"注："汉武帝《悼李夫人赋》：'既激感而心逐兮，包
红颜而弗明。欢接狎以离别兮，宵寤梦之茫茫。'"⑩《说文解字义证》卷
三十九"嫚"注："汉武帝《悼李夫人赋》：'美连娟以修嫚。'"⑪《毛诗
后笺》卷五："承珙案《汉书·外戚传》武帝《悼李夫人赋》云：'连流
视而娥扬。'"⑫《独学庐稿》初稿卷三："《汉书·外戚传》武帝《悼李夫
人赋》：'秋气憯以凄泪。'"⑬《骈字类编》卷一百四十一"红颜"注：
"汉武帝《悼李夫人赋》：'既激感而心逐兮，包红颜而弗明。'"⑭《六朝

① （南北朝）庾信撰，（清）倪璠注《庾子山集》，《四库全书》第1064册，第770～771页。
② （唐）骆宾王撰，（明）颜文选注《骆丞集》，《四库全书》第1065册，第386页。
③ （唐）欧阳询撰，汪绍楹校《艺文类聚》，第1537页。
④ （宋）方崧卿：《韩集举正》，《四库全书》第1073册，第94页。
⑤ （宋）李昉：《太平御览》，中华书局，1960，第4249页。
⑥ （宋）苏轼撰，（宋）施元之注《施注苏诗》，《四库全书》第1110册，第284页。
⑦ （宋）林越辑，（明）凌迪知辑《两汉隽言》，明万历文林绮绣本，第69页。
⑧ （宋）王楙：《野客丛书》，明刻本，第198叶。
⑨ （明）杨慎：《转注古音略》，第26叶。
⑩ （清）顾炎武：《音学五书》，第283页。
⑪ （清）桂馥：《说文解字义证》，《续修四库全书》第210册，第457页。
⑫ （清）胡承珙：《毛诗后笺》，清道光十七年求是堂刻本，《续修四库全书》第67册，第146页。
⑬ （清）石韫玉：《独学庐稿》，清写刻独学庐全稿本，第120叶。
⑭ （清）张廷玉：《骈字类编》，《四库全书》第1000册，第394页。

文絜笺注》卷七何逊《为衡山侯与妇书》注："汉武帝《悼李夫人赋》曰：'思若流波，怛兮在心。'"①《板桥杂记》中卷："汉武帝《悼李夫人赋》有云'佳侠含光'。"②《渊鉴类函》卷四百一十六："汉武帝《悼李夫人赋》曰：'气潜以凄戾兮，桂枝落而销亡。'"③《佩文韵府》卷十六"嫽妍"注："汉武帝《悼李夫人赋》：'嫽妍太息，叹稚子兮。'"卷二十"流波"注："汉武帝《悼李夫人赋》：'思若流波，怛兮在心。'"卷二十七"无音"注："汉武帝《悼李夫人赋》：'浸淫敞克，寂兮无音。'"卷五十七"激感"注："汉武帝《悼李夫人赋》：'既激感而心逐兮，包红颜而弗明。'"卷九十六"浘沫"注："汉武帝《悼李夫人赋》：'弟子增欷，浘沫怅兮。'"④《（光绪）顺天府志》卷三十二"咺"注："《释文》'喧'本作'咺'。汉武帝《悼李夫人赋》：'喧不可止兮。'"⑤ 简全差异致异名，同时点明赋体。

2.《伤李夫人赋》。《文选》卷十三谢庄《月赋》注、《文选笺证》卷十、《六朝文絜笺注》卷一谢庄《月赋》注："武帝《伤李夫人赋》曰：'释予马于山椒。'"《邃怀堂全集》邃怀堂骈文笺注卷十一"山椒"注同，无"曰"字。《文选》卷二十四曹植《赠丁仪一首》注："孝武《伤李夫人赋》曰：'桂枝落而销亡。'"⑥《文选理学权舆》卷二："汉武帝《伤李夫人赋》。"⑦

3.《伤悼李夫人赋》。《玉台新咏》卷五《昭君辞》注："汉武帝《伤悼李夫人赋》：'思若流波。'"⑧《骆临海集笺注》卷一《上吏部侍郎帝京篇》注："汉武帝《伤悼李夫人赋》：'秋气憯以凄泪兮，桂枝落而销

---

① （清）许槤评选，（清）黎经诰注《六朝文絜笺注》，《续修四库全书》第1611册，第204页。

② （清）余怀：《板桥杂记》，清康熙刻说铃本，《续修四库全书》第1272册，第7页。

③ （清）张英：《渊鉴类函》，木部，第13页。

④ （清）张玉书：《佩文韵府》，第679、877、1431、2222、3719页。

⑤ （清）张之洞：《（光绪）顺天府志》，清光绪十二年刻十五年重印本，第874叶。

⑥ （梁）萧统编，（唐）李善注《文选》，第601、1119页。（梁）萧统编，（清）胡绍煐笺证《文选笺证》，《续修四库全书》第1582册，第121页。（清）许槤评选，（清）黎经诰注《六朝文絜笺注》，《续修四库全书》第1611册，第151页。（清）袁翼：《邃怀堂全集》，清光绪十四年袁镇嵩刻本，《续修四库全书》第1515册，第487页。

⑦ （清）汪师韩：《文选理学权舆》，《续修四库全书》第1581册，第37页。

⑧ （南北朝）徐陵辑，（清）吴兆宜注，（清）程际盛删补《玉台新咏》，《续修四库全书》第1588册，第556页。

亡。'"卷三《丹阳剌史挽歌诗》注："汉武帝《伤悼李夫人赋》：'桂枝落而销亡。'"①《汉艺文志考证》卷八："《外戚传》有《伤悼李夫人赋》。"《汉书疏证》卷十二引之。②

4.《思李夫人赋》。《梁江文通集》卷一《水上神女赋》注："汉武《思李夫人赋》曰：'释舆马兮山椒。'"卷二《伤友人赋》注："汉武帝《思李夫人赋》曰：'桂枝落而销亡。'"③《皇明书》卷三十九："汉武故词人，《秋风》一章几于《九歌》，《思李夫人赋》长卿下子云上，是耶非耶？"《古乐苑》衍录卷三"武帝"注引《许彦周诗话》："汉武故是词人，《秋风》一章几于《九歌》矣，《思李夫人赋》长卿下子云上，是耶非耶？"《弇州四部稿》卷一百四十五、《艺苑卮言》卷二："汉武故是词人，《秋风》一章几于《九歌》矣，《思李夫人赋》长卿下子云上，是耶非耶？"④《佩文韵府》卷九十九"寂寞"注："汉武帝《思李夫人赋》落叶哀蝉之曲曰：'罗袂兮无声，玉墀兮尘生。虚房冷而寂寞，落叶依于重扃。'"⑤

5.《思怀李夫人赋》。《佩文韵府》卷一百五"落叶"注："汉武《思怀李夫人赋》，落叶哀蝉之曲。"⑥

案，《说文·心部》："悼，惧也。陈楚谓'惧'曰'悼'。"段玉裁注："《方言》：悢、忦、矜、悼、怜、哀也。齐鲁之间曰'矜'，陈楚之间曰'悼'，赵魏燕代之间曰'悢'，自楚之北郊曰'忦'，秦晋之间或曰'矜'或曰'悼'。"《说文·心部》："怀，念思也。"⑦《尔雅·释诂》：

① （唐）骆宾王撰，（清）陈熙晋笺《骆临海集笺注》，清咸丰三年松林宗祠刻本，《续修四库全书》第1305册，第37、87页。
② （宋）王应麟：《汉艺文志考证》，《四库全书》第675册，第81页。（清）佚名：《汉书疏证》，清抄本，《续修四库全书》第265册，第477页。
③ （南北朝）江淹撰，（明）胡之骥注《梁江文通集》，《续修四库全书》第1304册，第466、480页。
④ （明）邓元锡：《皇明书》，《续修四库全书》第316册，第377页。（明）梅鼎祚：《古乐苑》，第495叶。（明）王世贞：《弇州四部稿》，伟文图书出版社有限公司，1976，第6642页。（明）王世贞：《艺苑卮言》，明万历十七年武林樵云书舍刻本，《续修四库全书》第1695册，第453页。
⑤ （清）张玉书：《佩文韵府》，第3895页。
⑥ （清）张玉书：《佩文韵府》，第4175页。
⑦ （汉）许慎撰，（清）段玉裁注《说文解字注》，第514、505页。

"悠、伤、忧，思也。"① 《洪武正韵》卷一："思，念也、虑也。"② 夫人亡故，汉武帝伤心思念，作赋追悼，换词命篇兼简全差异致异名。

6.《李夫人赋》。《梁江文通集》卷一《恨赋》注、《文选》卷十六江文通《恨赋》注："《汉书》武帝《李夫人赋》曰：'释舆马于山椒，奄修夜之不旸。'"《文选》卷二十二谢惠连《泛湖归出楼中玩月一首》注："汉武帝《李夫人赋》曰：'释予马于山椒。'"③ 《初学记》卷十："汉武帝《李夫人赋》：'美娟娟以修嫭兮……桂枝落而消亡。'"④ 《北堂书钞》卷一百五十四"桂枝落"注："汉武帝《李夫人赋》云：'秋气憯以凄戾，桂枝落而销亡。'"《渊鉴类函》卷十五"桂枝落"注："汉武帝《李夫人赋》云：'秋气憯以凄泪兮，桂枝落而销亡。'"卷五十八："汉武帝《李夫人赋》曰：'美连娟以修嫭兮……惟幼眇而相羊。'"⑤ 《正字通》丑集下"嫭"注："武帝《李夫人赋》：'嫭妍太息。'"酉集中"蹜"注："汉武帝《李夫人赋》：'何灵魂之纷纷兮，哀裹回以蹰躇。'"⑥ 简全差异致异名。

7.《伤李夫人诗词》。《习学记言》卷二十三："汉武《伤李夫人诗词》。"⑦ 赋、诗词混融兼换词命篇致异名。

综上，刘彻赋异名类型为：1. 换词命篇致异名；2. 文体混融致异名（赋、词混融）；3. 简全差异致异名。

十四　枚皋

《汉书·枚皋传》记载枚皋赋："凡可读者百二十篇，其尤嫚戏不可读者尚数十篇。"⑧ 《汉书·艺文志》："枚皋赋百二十篇。"⑨ 现仅存

---

① 《尔雅》，第 7 页。

② （明）乐韶凤：《洪武正韵》，《四库全书》第 239 册，第 14 页。

③ （南北朝）江淹撰，（明）胡之骥注《梁江文通集》，《续修四库全书》第 1304 册，第 461 页。（梁）萧统编，（唐）李善注《文选》，第 747、1036 页。

④ （唐）徐坚：《初学记》，第 227 页。

⑤ （唐）虞世南：《北堂书钞》，第 661 页。（清）张英：《渊鉴类函》，岁时部，第 13 页；后妃部，第 10 ~ 11 页。

⑥ （明）张自烈：《正字通》，《续修四库全书》第 234 册，第 278 页；第 235 册，第 556 页。

⑦ （宋）叶适：《习学记言》，《四库全书》第 849 册，第 533 页。

⑧ （汉）班固：《汉书》，第 2367 页。

⑨ （汉）班固：《汉书》，第 1748 页。

目 10 篇：《皇太子生赋》《平乐馆赋》①《戒终赋》《宣房赋》《甘泉赋》《雍赋》《河东赋》《校猎赋》《蹴鞠赋》《封泰山赋》②，另外 110 篇（或更多）亡佚。《皇太子生赋》1 篇出现异名（10%），考辨如下。

《皇太子生赋》

《皇太子生赋》篇名，属于据赋作创作缘由命篇，另有异名 1 例。

1.《生太子赋》。《灵山藏》杜吟续卷五《恭遇皇第一子诞时崇祯二年二月初四日巳时》注："枚皋作《生太子赋》。"③

案，《生太子赋》篇名侧重生。皇太子简省为太子。侧重差异兼简全差异致异名。

综上，枚皋赋异名类型为：1. 据文命篇致异名（侧重差异）；2. 简全差异致异名。

十五　司马迁

《汉书·艺文志》："司马迁赋八篇。"④ 现存《悲士不遇赋》，另 7 篇亡佚。《悲士不遇赋》1 篇出现篇名分歧（100%），考辨如下。

《悲士不遇赋》

《悲士不遇赋》篇名，属于据赋作创作缘由命篇，另有异名 2 例。

1.《士不遇赋》。《铁桥漫稿》卷三："因思董仲舒、司马迁有《士不遇赋》。"⑤《佩文韵府》卷九十一"生毒"注："司马迁《士不遇赋》：'昏昏罔觉，内生毒也。'"⑥

案，《士不遇赋》篇名侧重不遇的主体"士"，《悲士不遇赋》篇名侧

① 程章灿：《魏晋南北朝赋史》，第 390 页。万光治：《汉赋通论》，中国社会科学出版社，2004，第 436 页。
② 踪凡：《严可均〈全汉文〉〈全后汉文〉辑录汉赋之阙误》，《文学遗产》2007 年第 6 期。彭春艳：《汉赋系年考证》，第 18 页。
③ （明）郑以伟：《灵山藏》，明崇祯刻本，第 169 叶。
④ （汉）班固：《汉书》，第 1749 页。
⑤ （清）严可均：《铁桥漫稿》，清道光十八年四录堂刻本，《续修四库全书》第 1488 册，第 661 页。
⑥ （清）张玉书：《佩文韵府》，第 3523 页。

重不遇的情感"悲"。省略"悲",简全差异兼侧重差异致异名。

2.《悲不遇赋》。《文选》卷五十四刘峻《辩命论》注:"迁集有《悲不遇赋》。"《玉台新咏》卷二《朝时篇·怨歌行》注:"《司马迁集》有《悲不遇赋》。"《玉海》卷五十五:"《文选》注引迁集《悲不遇赋》。"①简全差异致异名。

综上,司马迁赋作异名类型为:1. 据文命篇致异名(侧重差异);2. 简全差异致异名。

十六　东方朔

东方朔赋作,《答客难》《非有先生论》《蚊赋》《七谏》传世,《猎赋》《皇太子生赋》《殿上柏柱赋》《平乐观赋》《屏风赋》《大言赋》《封泰山赋》《责和氏璧》《与公孙弘借车书》存目。《答客难》《非有先生论》《蚊赋》3 篇出现篇名分歧(23.08%),考辨如下。

《答客难》

《答客难》篇名,属于据赋作创作缘由命篇,另有异名5例。

1.《设难》。《杜诗详注》卷六《赠卫八处士》注:"东方朔《设难》:'今世之处士,时虽不用,魁然无徒,廓然独居。'"卷二十四《朝献太清宫赋》注:"东方朔《设难》:'今之处士。'"②《佩文韵府》卷八十四"海内定"注:"东方朔《设难》:'海内定,国家安,是遇其时也。'"③

2.《客难》。《后汉书》卷四十《班固传》注:"东方朔作《客难》及《非有先生论》,其辞并以讽喻为主也。"卷六十下:"邕不得已,行到偃师,称疾而归。闲居玩古,不交当世。感东方朔《客难》及杨雄、班固、崔骃之徒设疑以自通,乃斟酌群言,蓳其是而矫其非,作《释诲》以戒厉云尔。"《文心雕龙辑注》卷三"释诲"注引《蔡邕传》:"邕闲居玩古,不交当世。感东方朔《客难》及扬雄、班固、崔骃之徒设疑以自通,乃斟

---

① (梁)萧统编,(唐)李善注《文选》,第 2361 页。(南北朝)徐陵辑,(清)吴兆宜注,(清)程际盛删补《玉台新咏》,《续修四库全书》第 1588 册,第 521 页。(宋)王应麟:《玉海》,《四库全书》第 944 册,第 465 页。

② (唐)杜甫撰,(清)仇兆鳌注《杜诗详注》,第 512、2106 页。

③ (清)张玉书:《佩文韵府》,第 3302 页。

酌群言，赿其是而矫其非，作《释海》以戒厉云尔。"①《庾子山集》卷一
《三月三日华林园马射赋》注、卷二《哀江南赋并序》注："东方朔《客
难》曰：'以管窥天，以蠡测海。'"卷七《进象经赋表》注："东方朔
《客难》曰：'以管窥天。'"②《太平御览》卷九百三十六："东方朔《客
难》曰：'水至清则无鱼，人至察则无徒。'"③

3.《解难》。《古今合璧事类备要》续集卷三十九："东方《解难》。
'苏秦、张仪一当万乘之主，而身都卿相之位……安敢望侍郎乎？'"④

4.《答难》。《事类赋》卷一"谁能管窥"注："《汉书》东方朔《答
难》曰：'以管窥天，以蠡测海，岂能考其文理，通其条贯哉？'"⑤《文房
肆考图说》卷六："景卢洪氏云：'东方朔《答难》自是文中杰出。'"⑥
对答体，对问、答双方侧重差异致异名。

5.《荅难》。《太平御览》卷一："《汉书》东方朔《荅难》曰：'以
管窥天，以蠡测海，岂能考其文理哉？'"⑦

案，《说文·艸部》："荅，小未也。"《五经文字·艸部》："荅，此荅
本小豆之一名，对荅之荅本作畣。经典及人间行此荅已久，故不可改。"
"荅"后假借作"答"。"答"字，敦煌文献多写作"荅"，见于敦煌研究
院藏敦煌文献敦研20《大般涅槃经》："时王荅言：'我今云何不亲汝
耶？'"敦研140《思益梵天所问经》："荅言：'若比丘称赞……'"⑧吐鲁
番出土文献中"答"亦有写作"荅"者，如：80TBI：493a-1《中阿含
经》卷五《舍梨子相应品智经第三》"□是荅所以者□"、80TBI：016《四
分戒本疏》卷一"荅：境虽过去非非过去等，以斯义□"。⑨假借致异名。

---

① （宋）范晔撰，（唐）李贤等注《后汉书》，第1335、1980页。（梁）刘勰撰，（清）黄
　　叔琳辑注《文心雕龙辑注》，《四库全书》第1478册，第106页。
② （南北朝）庾信撰，（清）倪璠注《庾子山集》，《四库全书》第1064册，第331、374、
　　546页。
③ （宋）李昉：《太平御览》，第4159页。
④ （宋）谢维新：《古今合璧事类备要》，《四库全书》第940册，第620~621页。
⑤ （宋）吴淑：《事类赋》，宋绍兴十六年刻本，第3叶。
⑥ （清）唐秉钧：《文房肆考图说》，清乾隆四十一年刻本，《续修四库全书》第1113册，
　　第364页。
⑦ （宋）李昉：《太平御览》，第5页。
⑧ 黄征：《敦煌俗字典》，第131页。
⑨ 赵红：《吐鲁番俗字典》，第87页。

《非有先生论》

《非有先生论》篇名，属于据赋作所涉人物命篇，另有异名 1 例、误名 1 例。

异名：

1.《非有先生传》。《文章缘起》、《山堂考索》前集卷二十一、《广博物志》卷二十九、《夜航船》卷八："东方朔作《非有先生传》。"① 《全唐文纪事》卷一百二十二、《日知录》卷十九、《文选理学权舆》卷七："梁任昉《文章缘起》言传始于东方朔作《非有先生传》，是以寓言而谓之传。"② 《云庄四六余话》、《宋四六话》卷三、《四六丛话》卷二十八、《容斋随笔》卷八："用东方朔《非有先生传》'高举远引，来集吴地'。"③ 《骈字类编》卷二百二十七"悦色"注："东方朔《非有先生传》：'卑身贱体，悦色微辞。'"《佩文韵府》卷一百二"悦色"注："东方朔《非有先生传》：'卑身贱体，悦色微舞。'"④

案，文句实属东方朔《非有先生论》，传、论混融致异名。

误名：

1.《非有仙人论》。《佩文韵府》卷五十七"将览"注："东方朔《非有仙人论》：'吴王曰：先生试言，寡人将览焉。'"⑤

案，文句属东方朔《非有先生论》。《非有先生论》："非有先生仕于吴，进不称往古以厉主意，退不能扬君美以显其功，默然无言者三年

---

① （南北朝）任昉：《文章缘起》，第 37 叶。（宋）章如愚：《山堂考索》，《四库全书》第 936 册，第 273 页。（明）董斯张：《广博物志》，《四库全书》第 981 册，第 76 页。（清）张岱：《夜航船》，《续修四库全书》第 1135 册，第 639 页。

② （清）陈鸿墀：《全唐文纪事》，清同治十二年方功惠广州刻本，《续修四库全书》第 1717 册，第 558 页。（清）顾炎武：《日知录》，上海古籍出版社，2015，第 756 页。（清）汪师韩：《文选理学权舆》，《续修四库全书》第 1581 册，第 106 页。

③ （宋）杨囷道：《云庄四六余话》，清嘉庆宛委别藏本，《续修四库全书》第 1714 册，第 578 页。（清）彭元瑞：《宋四六话》，清道光二十六年番禺潘氏刻海山仙馆丛书本，《续修四库全书》第 1715 册，第 51 页。（清）孙梅：《四六丛话》，《续修四库全书》第 1715 册，第 522 页。（宋）洪迈：《容斋随笔》，第 988 叶。

④ （清）张廷玉：《骈字类编》，《四库全书》第 1004 册，第 359 页。（清）张玉书：《佩文韵府》，第 4064 页。

⑤ （清）张玉书：《佩文韵府》，第 2225 页。

矣。"① 赋中有虚拟人物非有先生,"仙人"误。名物混淆致误名。

《蚊赋》

《蚊赋》篇名,属于据赋作所咏对象命篇,另有异名1例。

1.《隐语》。《尔雅翼》卷二十六:"东方朔《隐语》云:'长喙细身,昼亡夜存。嗜肉恶烟,为掌指所扪。'"《齐东野语》卷十同,惟"掌指"作"指掌"。②

案,《纬略》卷一:"东方朔《蚊赋》曰:'长喙细身,昼伏夜存(存一作呻)。其属恶烟,为掌所扪。臣朔愚戆,名之曰民。'"③ 回归荀子《赋篇》隐语,赋、隐混融致异名。

综上,东方朔赋作异名类型为:1. 据文命篇致异名(侧重差异);2. 文体混融致异名(赋、论、传、隐混融)。误名类型为:乱(名物混淆)。

十七 王褒

《汉书·艺文志》:"王褒赋十六篇。"④ 现存《甘泉赋》《洞箫赋》《九怀》,另13篇亡佚。3篇出现篇名分歧(100%),考辨如下。

《甘泉赋》

《甘泉赋》篇名,属于据赋作所涉地点命篇,另有异名2例。

1.《甘泉宫颂》。《玉台新咏》卷九鲍照《行路难四首》注:"汉王褒《甘泉宫颂》:'径落莫以差错。'"⑤《艺文类聚》卷六十二:"汉王褒《甘泉宫颂》曰:'甘泉山,天下显敞之名处也。……读太平之颂。'"《乐府诗集》卷八十四:"王褒《甘泉宫颂》曰:'甘泉山,天下显敞之名处也。前接大荆,后临北极。左抚仁乡,右望素域。其为宫室也,仍巉嶭而为

---

① 费振刚、胡双宝、宗明华辑校《全汉赋》,第128页。
② (宋)罗原:《尔雅翼》,《四库全书》第222册,第470页。(宋)周密:《齐东野语》,《四库全书》第865册,第737页。
③ (宋)高似孙:《纬略》,清光绪十五年上海鸿文书局影清金山钱氏刻守山阁丛书本,第5叶。
④ (汉)班固:《汉书》,第1748页。
⑤ (南北朝)徐陵辑,(清)吴兆宜注,(清)程际盛删补《玉台新咏》,《续修四库全书》第1588册,第632页。

观，攘抗岸以为阶。览除阁之丽美，觉堂殿之巍巍。'"《汉魏六朝百三家集》卷六："《甘泉宫颂》：'甘泉山，天下显敞之名处也。……读太平之颂。'"《全上古三代秦汉三国六朝文》全汉文卷四十二："《甘泉宫颂》：'甘泉山，天下显敞之名处也。……读太平之颂。十分未升其一。增惶惧而目眩。若播岸而临坑，登木末以窥泉。'"《渊鉴类函》卷三百四十一："颂，汉王褒《甘泉宫颂》曰：'甘泉山，天下显敞之名处也。……读太平之颂。'"①《北堂书钞》卷十六"坐凤皇之堂，听和鸣之音"注："王褒。今案张溥百三家本《王褒集·甘泉宫颂》'鸣'作'鸾'，'音'作'弄'。"②《古俪府》卷十一："汉王褒《甘泉宫颂》：'径落莫以差错，编玳瑁之文棍。镂螭龙以造牗，采云气以为楣。神星罗于题鄂，虹蜺往往而绕榱。'"③《骈字类编》卷一百二十"北极"注、卷一百二十九"左抚"注、卷一百三十"右望"注："王褒《甘泉宫颂》：'甘泉山，天下显敞之名处也。前接大荆，后临北极。左抚仁乡，右望素域。'"卷一百四十"素域"注："王褒《甘泉宫颂》：'左抚仁乡，右望素域。'"卷二百三十五"大荆"注："王褒《甘泉宫颂》：'前接大荆，后临北极。'"④《佩文韵府》卷四"鳞玼"注："王褒《甘泉宫颂》：'攘坑岸以为阶，瓮波澜而鳞玼。'"卷二十"中和歌"注："王褒《甘泉宫颂》：'咏中和之歌，读太平之颂。'"⑤

　　2.《甘泉颂》。《后汉书》卷四十《班固传》注："王褒，字子泉，作《甘泉颂》。"⑥《文选》卷一班固《西都赋》注、《方舆考证》卷三十七"古迹·甘泉宫"注："《汉书》曰：王子渊为《甘泉颂》。"《文选》卷二张衡《西京赋》注、《庾子山集》卷三《北园新斋成应赵王教》注："王褒《甘泉颂》曰：'采云气以为楣。'"《文选笺证》卷二："善曰王褒

① （唐）欧阳询：《艺文类聚》，第1114～1115页。（北宋）郭茂倩：《乐府诗集》，第1017页。（明）张溥：《汉魏六朝百三家集》，《四库全书》第1412册，第141页。（清）严可均辑《全上古三代秦汉三国六朝文》，第358～359页。（清）张英：《渊鉴类函》，居处部，第7页。
② （唐）虞世南：《北堂书钞》，第38页。
③ （明）王志庆：《古俪府》，《四库全书》第979册，第518页。
④ （清）张廷玉：《骈字类编》，《四库全书》第999册，第273、687、710页；第1000册，第351页；第1004册，第602页。
⑤ （清）张玉书：《佩文韵府》，第161、855页。
⑥ （宋）范晔撰，（唐）李贤等注《后汉书》，第1339页。

《甘泉颂》曰：'编玟瑉之文榵。'"《庾子山集》卷六《宫调曲》注："王褒《甘泉颂》曰：'编玟瑉之文榵。'"①　《编珠》卷二："王褒《甘泉颂》曰：'概云气以为楣。'"②　《北堂书钞》卷九十八"元帝后宫读书"注："元帝为太子，好褒《甘泉颂》及《洞箫赋》，令后宫贵人皆诵读之。"③《东汉文鉴》卷四班固《西都赋》注："王子渊作《甘泉颂》。"④《野客丛书》卷五、《订讹类编》卷二："所以褒作《甘泉颂》有曰：'想圣主之优游，咏中和之诗，读太平之颂。'"⑤《玉海》卷一百五十五："王褒《甘泉颂》：'甘泉山，天下显敞之名处也。……读太平之颂。'"⑥　《天中记》卷十三："甘泉山，天下显敞之处也。前接大荆，后临北极，左抚仁乡，右望素域。（王褒《甘泉颂》）"《义门读书记》卷一注引《西都赋》及王褒《甘泉颂》。⑦　《秋林伐山》卷九："王褒《甘泉颂》曰：'甘泉山，天下显敞之名处也……觉堂殿之巍巍。'"⑧《后汉书集解》卷四十上《班固传》注："王褒字子渊，作《甘泉颂》。"⑨《佩文韵府》卷四"云楣"注："王褒《甘泉颂》：'采云气以为楣。'"卷十二"积云"注："王褒《甘泉颂》：'却而望之，郁乎似积云。就而察之，霏乎若泰山。'"⑩

案，甘泉宫简省为甘泉。赋、颂混融兼简全差异致异名。

《洞箫赋》

《洞箫赋》篇名，属于据赋作所咏对象命篇，另有异名5例。

① （梁）萧统编，（唐）李善注《文选》，第9、52页。（清）许鸣磐：《方舆考证》，清济宁潘氏华鉴阁本，第1521叶。（梁）萧统编，（清）胡绍煐笺证《文选笺证》，《续修四库全书》第1582册，第22页。（南北朝）庾信撰，（清）倪璠注《庾子山集》，《四库全书》第1064册，第441、523页。
② （隋）杜公瞻：《编珠》，清康熙三十七年刻本，第16叶。
③ （唐）虞世南：《北堂书钞》，第375页。
④ （宋）陈鉴：《东汉文鉴》，清嘉庆宛委别藏本，江苏古籍出版社，1988，第129页。
⑤ （宋）王楙：《野客丛书》，第33叶。（清）杭世骏：《订讹类编》，民国七年刻嘉业堂丛书本，《续修四库全书》第1148册，第33页。
⑥ （宋）王应麟：《玉海》，《四库全书》第947册，第90页。
⑦ （明）陈耀文：《天中记》，《四库全书》第965册，第594页。（清）何焯：《义门读书记》，第861页。
⑧ （明）杨慎：《秋林伐山》，清光绪七至八年广汉锺登甲乐道斋仿万卷楼刻函海本，第107～108叶。
⑨ （清）王先谦：《后汉书集解》，《续修四库全书》第272册，第646页。
⑩ （清）张玉书：《佩文韵府》，第158、491页。

1.《洞箫颂》。《汉书》卷六十四:"太子喜褒所为《甘泉》及《洞箫颂》。"①《文选》卷四左思《蜀都赋》注、《六臣注文选》卷四左思《蜀都赋》注:"元帝善王褒所作《甘泉》《洞箫颂》。"《文选》卷十七王褒《洞箫赋》注:"太子嘉褒所为《甘泉》及《洞箫颂》。"②《白氏六帖事类集》卷十一"喜颂"注:"汉太子喜王褒《甘泉》及《洞箫颂》。"③《玉海》卷五十九:"《王褒传》:'虞侍太子,作《甘泉》、《洞箫颂》。'"④赋、颂混融致异名。康达维提及"又名《洞箫颂》"⑤。

2.《洞箫》。《文心雕龙》卷二:"子渊《洞箫》穷变于声貌。"《文心雕龙》卷八、《古诗纪》卷一百四十五:"王褒《洞箫》云:'优柔温润,如慈父之爱子也。'"⑥简全差异致异名。

3.《箫赋》。《韩集举正》卷一《南山诗》注:"《淮南子》颎濛鸿洞,许氏音贡。同《选》。王褒《箫赋》、扬雄《羽猎赋》所用皆同。"卷三《读东方朔杂事》注:"鞧,字见王褒《箫赋》。"卷九《贞耀先生墓志》注:"王褒《箫赋》,或杂逻以聚敛,或拔搬以奋弃。"《朱文公校韩昌黎先生集》文集卷一《南山诗》注:"方云:《淮南子》'颎濛鸿洞',王褒《箫赋》、扬雄《羽猎赋》所用皆同。"卷七《读东方朔杂事》注:"方云:'鞧'字见王褒《箫赋》。"《韩昌黎诗集编年笺注》卷四《南山诗》"颎洞"注:"方云:《淮南子》'颎濛鸿洞',王褒《箫赋》、扬雄《羽猎赋》所用皆同。"⑦《东雅堂昌黎集注》卷一《南山诗》注:"'颎'或作'鸿'。《淮南子》:'颎濛鸿洞。'王褒《箫赋》、扬雄《羽猎赋》所用皆同。"卷七《读东方朔杂事》注:"'鞧'或作'较','鞧'字见王褒

---

① (汉)班固:《汉书》,第2829页。

② (梁)萧统编,(唐)李善注《文选》,第189、783页。(梁)萧统编,(唐)李善等注《六臣注文选》,《四部丛刊》初编第418册,第707页。

③ (唐)白居易:《白氏六帖事类集》,文物出版社,1987,第44页。

④ (宋)王应麟:《玉海》,《四库全书》第944册,第568页。

⑤ 〔美〕康达维撰《康达维译注〈文选〉》,贾晋华、白照杰、黄晨曦、余春丽、赵凌霄译,第832页。

⑥ (梁)刘勰:《文心雕龙》,第42、193叶。(明)冯惟讷:《古诗纪》,《四库全书》第1380册,第559页。

⑦ (宋)方崧卿:《韩集举正》,《四库全书》第1073册,第7、28、93页。(唐)韩愈撰,(宋)朱熹考异《朱文公校韩昌黎先生集》,上海涵芬楼影印元刊本,《四部丛刊》初编第153册,第85、276页。(唐)韩愈撰,(清)方世举笺注《韩昌黎诗集编年笺注》,清乾隆二十三年卢见曾雅雨堂刻本,《续修四库全书》第1310册,第329页。

《箫赋》。"《文通》卷二十三："王子渊《箫赋》曰：'幸得谧为洞箫兮，蒙圣主之渥恩。'"①

案，洞箫简省为箫，简全差异致异名。

4.《洞萧赋》。《太平御览》卷九百六十二："《丹阳记》曰：'江宁县南二十里慈姥山积石临江生箇管竹，王子渊《洞萧赋》（所称）即此也。'"②《洪武正韵》卷十"筒"注："汉王褒有《洞萧赋》。"③《正字通》未集下"腜"注："王褒《洞萧赋》：'其奏欢娱，莫不潭漫衍凯，阿那腜腰。'"酉集下"达"注："王褒《洞萧赋》：'其妙声则清静厌瘱，顺叙卑达，若孝子之事父也。'"④

5.《萧赋》。《新刊经进详注昌黎先生文集》卷八《斗鸡联句》注："王褒《萧赋》曰：'鱼暝鸡睨。'"⑤

案，文句属王褒《洞箫赋》。《说文·竹部》："箫，参差管乐，象凤之翼。"《说文·艸部》："萧，艾蒿也。"⑥"汉代隶书，'竹'头、'艸'头往往通用。"⑦汉简中"竹"头、"艸"头通用者多见。如，长沙尚德街东汉简牍 101（2011CSCJ482②：7－1）："蓬三百。""蓬"此处可能是指黄布制成的篷。⑧银雀山汉简《吴问》篇范氏之"范"写作"笵"。⑨"河西汉简中从'竹'之字均从'艸'。"⑩"敦煌俗字通常'竹'头混同于'艸'头，偶尔亦有相反者。"⑪"箫"写作"萧"，属于异体字造成的字形差异致异名。

---

①（唐）韩愈撰，（宋）廖莹中注《东雅堂昌黎集注》，《四库全书》第 1075 册，第 39、135 页。（明）朱荃宰：《文通》，《续修四库全书》第 1714 册，第 168 页。

②（宋）李昉：《太平御览》，第 4271 页。

③（明）乐韶凤：《洪武正韵》，《四库全书》第 239 册，第 140 页。

④（明）张自烈：《正字通》，《续修四库全书》第 235 册，第 312、577 页。

⑤（唐）韩愈撰，（宋）文说注，（宋）王俦补注《新刊经进详注昌黎先生文集》，《续修四库全书》第 1309 册，第 508 页。

⑥（汉）许慎撰，（清）段玉裁注《说文解字注》，第 197、35 页。

⑦银雀山汉墓竹简整理小组编《银雀山汉墓竹简·孙子兵法》，文物出版社，1976，第 95 页。

⑧长沙市文物考古研究所编《长沙尚德街东汉简牍》，岳麓书社，2016，第 126、179、230、231 页。

⑨银雀山汉墓竹简整理小组编《银雀山汉墓竹简·孙子兵法》，第 95 页。

⑩甘肃简牍博物馆、甘肃省文物考古研究所、出土文献与中国古代文明研究协同创新中心中国人民大学分中心编《地湾汉简》，中西书局，2017，第 1 页。

⑪黄征：《敦煌俗字典》，第 29 页。

《九怀》

《九怀》篇名，属于据赋作形式命篇，另有误名1例。

1.《九谏》。《庚开府集笺注》卷四《任洛州酬薛文学见赠别》注："汉《王褒集·九谏》云：'绝北梁兮永辞。'"①《佩文韵府》卷一百一"沙砾"注："王褒《九谏》：'沙砾进宝兮捐弃隋和。'"②文句属王褒《九怀》。《九谏》《九怀》同为九体，篇名混淆致误名。

综上，王褒赋作异名类型为：1. 文体混融致异名（赋、颂混融）；2. 简全差异致异名；3. 字形差异致异名（异体字）。误名类型为：乱（篇名混淆）。

十八　刘向

《汉书·艺文志》："刘向赋三十三篇。"③现存《九叹》完整，《请雨华山赋》、《雅琴赋》、《麒麟角杖赋》、《雁赋》（《行过江上弋雁赋》《行弋赋》《弋雌得雄赋》）存残句，《芳松枕赋》《合赋》《鹄赋》存目，另25篇亡佚。《请雨华山赋》《雅琴赋》《九叹》《雁赋》4篇出现篇名分歧（50%），考辨如下。

《请雨华山赋》

《请雨华山赋》篇名，属于据赋作创作缘由及所涉地点命篇，另有异名1例。

1.《请雨》。《诗薮》杂编一："刘向赋一篇，《请雨》是也。"④请雨华山，省略地点简省为请雨，简全差异致异名。

《雅琴赋》

《雅琴赋》篇名，属于据赋作所咏对象命篇，另有异名1例。

---

① （南北朝）庾信撰，（清）吴兆宜笺注《庚开府集笺注》，《四库全书》第1064册，第91页。

② （清）张玉书：《佩文韵府》，第4039页。

③ （汉）班固：《汉书》，第1748页。

④ （明）胡应麟：《诗薮》，《续修四库全书》第1696册，第195页。

1.《琴赋》。《初学记》卷十六"正声雅操"注："刘向《琴赋》曰：'葳蕤心而自诉兮，伏雅操之循则。'"《操缦录》统博稽卷五："葳蕤心而自诉兮，伏雅操之循则。（刘向《琴赋》）"《渊鉴类函》卷一百八十八"正声雅操"注："刘向《琴赋》：'葳蕤心而自想兮，伏雅操之循则。'"①雅琴简省为琴，致异名。

《九叹》

《九叹》篇名，属于据赋作形式命篇，另有误名 3 例。

1.《九谏》。《后山诗注》卷一《赠二苏公》注："刘向《九谏》曰：'紫贝阙而白玉堂。'"② 该句实属刘向《九叹·逢纷》。

2.《九歌》。《韩昌黎诗集编年笺注》卷十《泷吏》注："刘向《九歌》：'心懔慌而不我与兮。'"③《正字通》申集中"蛩"注："刘向《九歌》：'志邛邛而怀顾兮，魂眷眷而独逝。'"④《左传补注》卷二："刘向《九歌》云：'始法言于庙堂兮，信中途而叛之。'"⑤《古今通韵》卷二注："刘向《九歌》：'乌获戚而骖乘兮，燕公操于马圉。蒯聩登于清府兮，咎繇弃于野外。'"⑥《尚书今古文注疏》秦誓第二十九疏："楚辞刘向《九歌》云：'谗人罔极。'"⑦《骈字类编》卷一百八十四"芝囿"注："刘向《九歌》：'登长陵而四望兮，览芝囿之蠡蠡。'"⑧《佩文韵府》卷二"邛邛"注："刘向《九歌》：'志邛邛而怀顾兮，魂眷眷而独逝。'"卷六十三"申志"注："刘向《九歌》：'哀余生之不当兮，独蒙毒而逢尤。虽蹇蹇以申志兮，君乖老而屏之。'"⑨

---

① （唐）徐坚：《初学记》，第 387 页。（清）胡世安：《操缦录》，清顺治刻秀岩集本，第 50 叶。（清）张英：《渊鉴类函》，乐部，第 19 页。

② （宋）陈师道撰，（宋）任渊注《后山诗注》，上海涵芬楼影印江安傅氏双鉴楼藏高丽活字本，《四部丛刊》初编第 219 册，第 75 页。

③ （唐）韩愈撰，（清）方世举笺注《韩昌黎诗集编年笺注》，《续修四库全书》第 1310 册，第 440 页。

④ （明）张自烈：《正字通》，《续修四库全书》第 235 册，第 420 页。

⑤ （清）惠栋：《左传补注》，《四库全书》第 181 册，第 151 页。

⑥ （清）毛奇龄：《古今通韵》，《四库全书》第 242 册，第 44 页。

⑦ （清）孙星衍：《尚书今古文注疏》，清平津馆丛书本，第 392 叶。

⑧ （清）张廷玉：《骈字类编》，《四库全书》第 1002 册，第 288 页。

⑨ （清）张玉书：《佩文韵府》，第 69、2336 页。

3.《九怀》。《毛诗传笺通释》卷十一、《诗三家义集疏》卷八《羔裘》注:"刘向《九怀》:'涕究究兮。'"①《玉川子诗集注》卷五:"刘向《九怀》云:'日黄昏而长悲,哀枯杨之冤鹗。'"②

案,所涉文句全属刘向《九叹》。《九叹》《九谏》《九歌》《九怀》同为九体,篇名混淆,致误名。

《雁赋》

《雁赋》篇名,属于据赋作所咏对象命篇,另有存疑名3例,俟考。

《太平御览》卷八百三十二:"刘向《别录》曰:有《行过江上弋雁赋》《行弋赋》《弋雌得雄赋》。"③刘向《雁赋》存一句,各文献记载如下。《焦氏类林》卷七:"刘向《雁赋》云:顺风而飞以助气力,衔芦而翔以避赠缴。"《佩文韵府》卷七"衔芦"注:"刘向《雁赋》:顺风而飞以助气力,衔芦而翔以避赠弋。"卷二十一"衔葭"注:"《说苑》:顺风而飞以助气力,衔葭而翔以备赠缴。"卷二十二"衔葭翔"注:"《说苑》:顺风而飞以助气力,衔葭而翔以备赠弋。"④上述四篇疑为一篇,篇名全称为《行过江上弋雌得雄雁赋》,简省为《行过江上弋雁赋》《行弋赋》《弋雌得雄赋》《雁赋》。因赋作残缺严重,且相关记载太少,可供参考的资料几近于无,姑存疑俟考,见下编。

综上,刘向赋异名类型为:简全差异致异名。误名类型为:乱(篇名混淆)。

十九　班婕妤

班婕妤赋作有《捣素赋》《自悼赋》传世,2篇出现篇名分歧(100%),考辨如下。

---

① (清)马瑞辰:《毛诗传笺通释》,清道光十五年学古堂刻本,《续修四库全书》第68册,第488页。(清)王先谦:《诗三家义集疏》,民国四年虚受堂刻后印本,《续修四库全书》第77册,第528页。
② (唐)卢全撰,(清)孙之騄注《玉川子诗集注》,清刻晴川八识本,第122叶。
③ (宋)李昉:《太平御览》,第3714页。
④ (明)焦竑:《焦氏类林》,明万历十五年王元贞刻本,第223叶。(清)张玉书:《佩文韵府》,第316、956、1061页。

《捣素赋》

《捣素赋》篇名，属于据赋作所写事件命篇，另有异名 1 例。

1.《捣衣赋》。《骈字类编》卷一百六十九"香杵"注："班婕妤《捣衣赋》：'投香杵，叩玫砧。'"①《佩文韵府》卷三十六"香杵"注："班婕妤《捣衣赋》：'于是投香杵，扣玫砧。'"②

案，文句属《捣素赋》。《说文·素部》："素，白致缯也。"③《小尔雅·广服》："缯之精者曰缟，缟之粗者曰素。"④《释名》卷五："凡服，上曰衣。衣，依也，人所依以芘寒暑也。下曰裳。裳，障也。所以自障蔽也。"⑤班婕妤《捣素赋》："阅绞练之初成，择玄黄之妙匹。准华裁于昔时，疑异形于今日。"⑥《捣素赋》篇名侧重材质，《捣衣赋》篇名侧重物品。侧重差异致异名。

《自悼赋》

《自悼赋》篇名，属于据赋作创作缘由命篇，另有异名 3 例、误名 2 例。

异名：

1.《东宫赋》。《演繁露》卷十四："班婕妤《东宫赋》曰：'酌羽觞兮消忧。'"⑦《天香楼偶得》结缡："班倢伃《东宫赋》曰：'申佩离以自思。'"⑧

案，文句属《自悼赋》。班婕妤《自悼赋》："奉共养于东宫兮，托长信之末流。"⑨赋为班婕妤退守东宫时所作，故称《东宫赋》。据赋作所涉地点命篇致异名。

① （清）张廷玉：《骈字类编》，《四库全书》第 1001 册，第 616 页。
② （清）张玉书：《佩文韵府》，第 1634 页。
③ （汉）许慎撰，（清）段玉裁注《说文解字注》，第 662 页。
④ 迟铎集释《小尔雅集释》，中华书局，2008，第 257～258 页。
⑤ （汉）刘熙：《释名》，《四部丛刊》初编第 14 册，第 405 页。
⑥ 费振刚、胡双宝、宗明华辑校《全汉赋》，第 244 页。
⑦ （宋）程大昌：《演繁露》，清学津讨原本，第 98 叶。
⑧ （清）虞兆漋：《天香楼偶得》，清抄本，第 18 叶。
⑨ 费振刚、胡双宝、宗明华辑校《全汉赋》，第 241 页。

2.《自伤悼赋》。《骆临海集笺注》卷一《上吏部侍郎帝京篇》注："班倢伃《自伤悼赋》：'每寤寐而朵息兮，申佩离以自思。'"《骆临海集笺注》卷五《畴昔篇》注："班倢伃《自伤悼赋》：'仰视兮云屋，双涕兮横流。'"卷十《代李敬业传檄天下文》注："班倢伃《自伤悼赋》：'登薄躯于宫阙兮，充下陈于后庭。'"①《韵府拾遗》卷四"佩禗"注："班倢伃《自伤悼赋》：'每寤寐而太息兮，思佩禗以自思。'"《初学记》卷十："汉成帝班婕妤《自伤悼赋》：'承祖考之遗德兮……仰视兮云屋，双涕兮横流。'"②《合肥学舍札记》卷六、《历代赋话》卷三："班倢伃《自伤悼赋》。"③《七十家赋钞》卷三作"班倢伃《自伤悼赋》"，全文载录。④《佩文韵府》卷八十七"帷幄暗"注："班婕妤《自伤悼赋》：'广室阴兮帷幄暗，房栊虚兮风泠泠。'"⑤

3.《自伤赋》。《梁江文通集》卷一《去故乡赋》注："班婕妤《自伤赋》曰：'愿归骨于山足，依松柏之余光。'"⑥《文选》卷十六潘岳《寡妇赋》注："班婕妤《自伤赋》曰：'供洒扫于帷幄，永终死以为期。'""班婕妤《自伤赋》曰：'双泪下兮横流。'""班婕妤《自伤赋》曰：'愿归骨于山足，依松柏之余休。'"江淹《别赋》注："班婕妤《自伤赋》曰：'应门闭兮玉阶苔。'"卷十八嵇康《琴赋》注："班婕妤《自伤赋》曰：'纷翠粲兮纨素声。'"卷三十沈约《应王中丞思远咏月一首》注："班婕妤《自伤赋》曰：'潜玄宫兮幽以清，应门闭兮楚闼扃。华殿尘兮玉陛苔，中庭萋兮绿草生。'"卷三十一张华《离情》注："班婕妤《自伤赋》曰：'俯视兮丹墀。'"卷三十四曹植《七启》注："班婕妤《自伤赋》曰：'仰视兮云屋，双涕下兮横流。'"卷三十九江淹《诣建平王上书》："班婕妤《自伤赋》曰：'应门闭兮禁闼扃。'"卷五十七潘岳《哀永

---

① （唐）骆宾王撰，（清）陈熙晋笺《骆临海集笺注》，《续修四库全书》第1305册，第31、121、214页。（清）官修《韵府拾遗》，《四库全书》第1029册，第140页。
② （唐）徐坚：《初学记》，第227～228页。
③ （清）陆继辂《合肥学舍札记》，《续修四库全书》第1157册，第350页。（清）浦铣：《历代赋话》，《续修四库全书》第1716册，第14页。
④ （清）张惠言：《七十家赋钞》，《续修四库全书》第1611册，第53页。
⑤ （清）张玉书：《佩文韵府》，第3386页。
⑥ （南北朝）江淹撰，（明）胡之骥注《梁江文通集》，《续修四库全书》第1304册，第462页。

逝文一首》注："班婕妤《自伤赋》曰：'广室阴兮帷幄暗，房栊虚兮风
泠泠。'"卷五十八颜延年《宋文皇帝元皇后哀策文一首》注："班婕妤
《自伤赋》曰：'陈女图以镜鉴，顾女史而问诗。'"①《玉台新咏》卷一辛
延年《羽林郎诗一首》注："班婕妤《自伤赋》：'感帷裳兮发红罗，纷綷
縩兮纨素声。'"卷二傅元《青青河边草篇》注："班婕妤《自伤赋》：'双
泪下兮横流。'"张华《杂诗二首》注："班婕妤《自伤赋》：'房栊虚兮
风泠泠。'"卷四谢朓《咏邯郸故才人嫁为厮养卒妇》注："班婕妤《自伤
赋》：'俯仰兮丹墀。'"卷五江淹《班婕妤》注："善曰班婕妤《自伤
赋》：'华殿尘兮玉阶苔。'"沈约《咏月》注："班婕妤《自伤赋》云：
'潜元宫兮幽以清，应门闭兮禁闼扃。华殿尘兮玉阶苔，中庭萋兮绿草
生。'"沈约《咏柳》注："班婕妤《自伤赋》云：'仰视兮云屋，双涕兮
横流。'"卷七简文帝《怨歌行》注："班婕妤《自伤赋》：'思君兮履
綦。'"卷八庾肩吾《咏美人》注："班婕妤《自伤赋》：'白日忽其移光
兮。'"②《庾子山集》卷三《夜听捣衣》注、《才调集补注》卷十程长文
《铜雀台怨》注："班婕妤《自伤赋》曰：'华殿尘兮玉阶苔。'"③《山谷
内集诗注》卷二十《李宗古出示谢李道人苕帚杖从蒋彦回乞葬地二颂作二
诗奉呈》注："班婕妤《自伤赋》曰：'愿归骨于山足。'"④《纬略》卷
六："汉班婕妤《自伤赋》曰：陈女图以镜鉴，顾女史而问诗。"《太平御
览》卷一百四十五："《汉书》曰班婕妤《自伤赋》曰：'陈女图以镜鉴，
顾女史而问诗。'"卷一百九十四："班婕妤《自伤赋》曰：'痛阳禄与柘
馆，仍襁褓而罹灾。岂妾人之殃咎兮，将天命之不可求也。'"⑤《观澜集
注》乙集卷二江文通《别赋》注："班婕妤《自伤赋》曰：应门闭兮王阶
苔。"《六朝文絜笺注》卷一江淹《别赋》注："班婕妤《自伤赋》曰：

---

① （梁）萧统编，（唐）李善注《文选》，第 736、740、754、842、1421、1460、1583、
1787、2485、2490 页。

② （南北朝）徐陵辑，（清）吴兆宜注，（清）程际盛删补《玉台新咏》，《续修四库全书》
第 1588 册，第 502、519、523、549、555、558、599、618 页。

③ （南北朝）庾信撰，（清）倪璠注《庾子山集》，《四库全书》第 1064 册，第 438 页。
（蜀）韦縠辑，（清）殷元勋注，（清）宋邦绥补注《才调集补注》，清乾隆五十八年宋
思仁刻本，《续修四库全书》第 1611 册，第 448 页。

④ （宋）黄庭坚撰，（宋）任渊注《山谷内集诗注》，《四库全书》第 1114 册，第 226 页。

⑤ （宋）高似孙：《纬略》，第 184 叶。（宋）李昉：《太平御览》，第 710、937 页。

'应门闭兮玉阶苔。'"①《尧山堂外纪》卷六十一、《西湖游览志余》卷二十五："班婕妤《自伤赋》曰：'纷翠灿兮纨素声。'"②《文选理学权舆》卷二："班婕妤《自伤赋》。"③《读书杂志》汉书第一、《汉书补注》卷八"粲而不殊"注："班婕妤《自伤赋》曰：'纷翠蔡兮纨素声。'"④《佩文韵府》卷二十二"移光"注："《汉书·外戚传》班倢伃《自伤赋》曰：'白日忽已移光兮，遂晻莫而昧幽。'"卷二十三"綷縩声"注："《汉书·外戚传》班倢伃退居长信宫，《自伤赋》曰：'感帷裳兮发红罗，纷綷縩兮纨素声。'"⑤《说文新附考》卷一："班婕妤《自伤赋》：'纷綷縩兮纨素声。'"⑥《文选笺证》卷二十："班婕妤《自伤赋》曰：'纷綷縩兮纨素声。'"⑦

　　案，《自悼赋》又称《自伤赋》。《广雅》卷一："悼"，"哀也。"⑧《诗经·卫风·氓》："静言思之，躬自悼矣。"⑨《说文·心部》："惕，忧也。"段玉裁注："《周南·卷耳》传曰：'伤，思也。'此'伤'即'惕'之假借。"⑩ 简全差异兼换词命篇致异名。

　　误名：

　　1.《角悼赋》。《古音骈字》卷下"綷縩"注："班婕妤《角悼赋》。"⑪

　　案，实指《自悼赋》："感帷裳兮发红罗，纷綷縩兮纨素声。"⑫ 班婕妤《自悼赋》"岂妾人之殃咎兮，将天命之不可求"中"妾"为自称。

---

① （宋）吕祖谦：《观澜集注》，清嘉庆宛委别藏本，第 156 叶。（清）许槤评选，（清）黎经诰注《六朝文絜笺注》，《续修四库全书》第 1611 册，第 158 页。

② （明）蒋一葵：《尧山堂外纪》，明刻本，《续修四库全书》第 1194 册，第 563 页。（明）田汝成：《西湖游览志余》，《四库全书》第 585 册，第 613 页。

③ （清）汪师韩：《文选理学权舆》，《续修四库全书》第 1581 册，第 38 页。

④ （清）王念孙：《读书杂志》，清道光十二年刻本，《续修四库全书》第 1152 册，第 607 页。（清）王先谦：《汉书补注》，《续修四库全书》第 268 册，第 115 页。

⑤ （清）张玉书：《佩文韵府》，第 982、1178 页。

⑥ （清）郑珍：《说文新附考》，清光绪五年姚氏刻咫进斋丛书本，《续修四库全书》第 223 册，第 270 页。

⑦ （梁）萧统编，（清）胡绍煐笺证《文选笺证》，《续修四库全书》第 1582 册，第 227 页。

⑧ （魏）张揖：《广雅》，《四库全书》第 221 册，第 430 页。

⑨ 周振甫译注《诗经译注》，中华书局，2010，第 79~80 页。

⑩ （汉）许慎撰，（清）段玉裁注《说文解字注》，第 513 页。

⑪ （明）杨慎：《古音骈字》，《四库全书》第 228 册，第 421 页。

⑫ 费振刚、胡双宝、宗明华辑校《全汉赋》，第 241 页。

《说文·角部》："角，兽角也。"《说文·自部》："自，鼻也。凡自之属皆从自。"段玉裁注"……今义从也、己也，自然也，皆引伸之义。"① "角"乃与"自"形近而讹。

2.《长门赋》。《诗古微》上编之五："班婕妤《长门赋》曰：'悲晨妇之作戒兮，哀褒阎之为邮。'"②

案，文句实属班婕妤《自悼赋》。涉司马相如《长门赋》篇名混淆，致误名。

综上，班婕妤赋作异名类型为：1. 据文命篇致异名（侧重差异、据赋作所涉地点）；2. 换词命篇致异名；3. 简全差异致异名。误名类型为：1. 乱（篇名混淆）；2. 讹（字形近讹误）。

二十　桓谭

"桓子《新论》曰：'……观吾小时二赋，亦足以揆其能否。'"③ 桓谭现有《仙赋》传世，另1篇亡佚。《仙赋》1篇出现异名（100%），考辨如下。

《仙赋》

《仙赋》篇名，属于据赋作所含字词命篇兼简省，另有异名2例。

1.《望仙赋》。《北堂书钞》卷十二"慕道·集灵宫怀仙者"注："桓谭《望仙》。今案严辑桓谭《望仙赋》序。"④

2.《集灵宫赋》。《玉海》卷一百："《艺文类聚》：后汉桓君山有《集灵宫赋》。"《古文苑》卷十八张昶《西岳华山堂阙碑铭》注："后汉桓君山有《集灵宫赋》，见《艺文类聚》。"《陕西通志》卷七十二注："后汉桓君山《集灵宫赋》序。"⑤《汉书补注》卷二十八"集灵宫武帝起"注、《汉书地理志补注》卷一："桓谭《集灵宫赋》序：'华阴集灵宫，武帝所

---

① （汉）许慎撰，（清）段玉裁注《说文解字注》，第184、136页。
② （清）魏源：《诗古微》，清道光刻本，《续修四库全书》第77册，第107页。
③ （宋）李昉：《太平御览》，第2268页。
④ （唐）虞世南：《北堂书钞》，第28页。
⑤ （宋）王应麟：《玉海》，《四库全书》945册，第641页。（宋）章樵注《古文苑》，《四部丛刊》初编第426册，第700页。（清）沈青崖：《陕西通志》，《四库全书》第555册，第349页。

造，欲怀集仙者王乔、赤松子，故名殿为存仙。端门南向，署曰望仙门。'"①

案，桓谭《新论·道赋》："余少时为奉车郎，孝成帝出祠甘泉、河东，部先置华阴集灵宫。武帝所造，门曰望仙，殿曰存仙，书壁为之赋，以颂美二仙之行。"② 赋作涉集灵宫、望仙门。据赋作所涉地点命篇致异名。

综上，桓谭赋作异名类型为：据文命篇致异名（据赋作所涉地点）。

二十一　刘歆

刘歆赋作有《灯赋》《遂初赋》《甘泉宫赋》3 篇传世。《遂初赋》《甘泉宫赋》2 篇出现篇名分歧（66.67%），考辨如下。

《遂初赋》

《遂初赋》篇名，属于据赋作创作缘由及赋作内容命篇，另有异名 1 例。

1.《述初赋》。《太平寰宇记》卷五十："刘歆《述初赋》云：'登侯甲而长驱。'"③

案，文句实为《遂初赋》"越侯甲而长驱"，见于《水经注》卷六。④ 刘歆《遂初赋》："昔遂初之显禄兮，遭闾阖之开通。"⑤ "遂初"，遂其初愿。"述初"，陈述其初始愿望。贾连敏在释新蔡葛陵楚简时认为："'某人之述'，可读为'某人之遂'，可能指某人的采邑。"⑥ "马王堆帛书《老子》甲本《道经》：'功述身芮（退），天□□□。'乙本作：'功遂身退，天之道也。'王弼本同。"⑦ 换词命篇致异名。

---

① （清）王先谦：《汉书补注》，《续修四库全书》第 269 册，第 11 页。（清）吴卓信：《汉书地理志补注》，清道光刻本，第 9 叶。

② （清）严可均辑《全上古三代秦汉三国六朝文》，第 550 页。

③ （宋）乐史：《太平寰宇记》，《四库全书》第 469 册，第 423 页。

④ （南北朝）郦道元：《水经注》，清武英殿聚珍版丛书本，第 84 叶。

⑤ 费振刚、胡双宝、宗明华辑校《全汉赋》，第 231 页。

⑥ 贾连敏：《新蔡葛陵楚简中的祭祷文书》，《华夏考古》2004 年第 3 期。

⑦ 王辉编著《古文字通假字典》，中华书局，2008，第 584 页。

《甘泉宫赋》

《甘泉宫赋》篇名，属于据赋作所涉地点命篇，另有异名1例。

1.《甘泉赋》。《文选》卷一班固《西都赋》注："刘歆《甘泉赋》曰：'章蘙蒨之文帷。'"卷二十五谢灵运《还旧园作见颜范二中书一首》注："刘歆《甘泉赋》曰：'桂木杂而成行。'"卷三十一鲍照《代君子有所思》注："刘歆《甘泉赋》曰：'云阙蔚之岩岩，众星接之皑皑。'"卷四十任昉《到大司马记室笺一首》注："刘歆《甘泉赋》曰：'择吉日之令辰。'"①《玉台新咏》卷三刘铄《咏牛女》注："刘歆《甘泉赋》：'云门郁之岩岩。'"②《韵补》卷二"衍"注、《转注古音略》卷二"衍"注、《正字通》申集下"衍"注："刘歆《甘泉赋》：'高峦峻阻，临眺旷衍。深林蒲苇，涌水清泉。'"③《文选理学权舆》卷二："刘歆《甘泉赋》。"④《杜诗详注》卷十四《奉观严郑公厅事岷山沱江画图十韵》注、《御选唐诗》卷二十五杜甫《奉观严郑公厅事岷山沱江画图十韵得忘字》注："刘歆《甘泉赋》：'芙蓉菡萏，菱芳蘋繁。'"⑤《骈字类编》卷二百四"凤举"注："刘歆《甘泉赋》：'回天门而凤举，蹑黄帝之明庭。'"《六朝文絜笺注》卷八杨敕《召王贞书》注同，惟"甘泉赋"下增"曰"字。⑥《佩文韵府》卷三十六"峻阻"注："刘歆《甘泉赋》：'高峦峻阻，临眺广衍。'""凤举"注："刘歆《甘泉赋》：'回天门而凤举，蹑黄帝之明庭。'"卷一百二"枣櫄"注："刘歆《甘泉赋》：'女贞乌勃，桃李枣櫄。'"⑦甘泉宫简省为甘泉，简全差异致异名。

---

①　(梁) 萧统编，(唐) 李善注《文选》，第22、1196、1450、1838页。

②　(南北朝) 徐陵辑，(清) 吴兆宜注，(清) 程际盛删补《玉台新咏》，《续修四库全书》第1588册，第538页。

③　(宋) 吴棫：《韵补》，第71叶。(明) 杨慎：《转注古音略》，第43叶。(明) 张自烈：《正字通》，《续修四库全书》第235册，第446页。

④　(清) 汪师韩：《文选理学权舆》，《续修四库全书》第1581册，第38页。

⑤　(唐) 杜甫撰，(清) 仇兆鳌注《杜诗详注》，第1186页。(清) 陈廷敬：《御选唐诗》，《四库全书》第1446册，第822页。

⑥　(清) 张廷玉：《骈字类编》，《四库全书》第1003册，第206页。(清) 许梿评选，(清) 黎经诰注《六朝文絜笺注》，《续修四库全书》第1611册，第216页。

⑦　(清) 张玉书：《佩文韵府》，第1647、1650、4125页。

综上，刘歆赋作异名类型为：1. 换词命篇致异名；2. 简全差异致异名。

二十二　扬雄

扬雄赋作有《蜀都赋》《甘泉赋》《河东赋》《校猎赋》《长杨赋》《都酒赋》《解嘲》《解难》《太玄赋》《逐贫赋》《覈灵赋》，《羽猎赋》存目，共12篇。12篇全出现篇名分歧（100%），考辨如下。

《蜀都赋》

《蜀都赋》篇名，属于据赋作所涉地点命篇，另有异名1例、误名1例。

异名：

1.《蜀郡赋》。《嵩山文集》卷十九、《景迁生集》卷十九："先是雄在蜀时尝著《蜀王本纪》《蜀郡赋》，以极其山川地里人物之实。"①

案，秦灭古蜀国始置蜀郡，汉仍其旧，辖境包有今四川省中部大部分，治所在成都。蜀都，古蜀国都城，即今四川省成都市。扬雄《蜀都赋》："蜀都之地，古曰梁州。"②"地域既非限于'蜀郡'，也非限于成都，而是指以成都为中心的所属封邑之地。"③破城子EPF25：25A："□□元年十二月甲申，蜀郡仓啬夫浚，移☒厨书□到□告益恩候长，夫子亡，取多□□益恩故为☒书到，□令史移益☒。"④蜀郡、蜀都同地异称，换词命篇致异名。

误名：

1.《魏都赋》。《渊鉴类函》卷三百九十"芍药之羹"注："扬雄《魏都赋》云：'甘甜之和，芍药之羹。'"⑤文句实属扬雄《蜀都赋》，涉左思《魏都赋》篇名混淆，致误名。

---

① （宋）晁说之：《嵩山文集》，上海涵芬楼影印旧抄本，《四部丛刊》续编第537册，第28页。（宋）晁说之：《景迁生集》，《四库全书》第1118册，第365页。
② 费振刚、胡双宝、宗明华辑校《全汉赋》，第160页。
③ 熊良智：《扬雄〈蜀都赋〉释疑》，《文献》2010年第1期。
④ 《中国简帛集成》第12册，敦煌文艺出版社，2001，第159页。
⑤ （清）张英：《渊鉴类函》，食物部，第12页。

《甘泉赋》

《甘泉赋》篇名，属于据赋作所涉地点命篇，另有异名1例。

异名：

1.《甘泉宫赋》。《观澜集注》乙集卷一、《古今合璧事类备要》外集卷三作《甘泉宫赋》，全文载录。①《春融堂集》卷四十四："《匡谬正俗》……中第五卷载扬雄《甘泉宫赋》数语，亦今本所无。"《文选旁证》卷九："王氏昶曰：《匡谬正俗》载扬雄《甘泉宫赋》数语，今本所无。"② 简全差异致异名。

《河东赋》

《河东赋》篇名，属于据赋作所涉地点命篇，另有异名1例、误名1例。

异名：

1.《幸河东赋》。《九家集注杜诗》卷十一《韩谏议注》注："扬雄《幸河东赋》：'陟西岳以望八荒。'"③《古俪府》卷七："汉扬雄《幸河东赋》：'伊年暮春，将瘗后土，礼灵祇，谒汾阴于东郊。乃抚翠凤之驾，驰先景之乘。椉奔星之流斿，攫天狼之威弧。奋电鞭，骖雷辀。鸣洪钟，建五旍。羲和司日，颜伦奉舆。乐往昔之遗风，喜虞舜之所耕。瞰帝唐之嵩高兮，眽隆周之大宁。叱风伯于南北，呵雨师于西东。参天地而独立，廓荡荡其无双。'"④

案，"幸"强调帝王参与，作者幸从，侧重差异兼简全差异致异名。此异名有较为浓重的政治色彩。

误名：

1.《河水赋》。《水经注》卷二十四："故扬雄《河水赋》曰：'登历观而遥望兮，聊浮游于河之岩。'"《四六丛话》卷四、《四书典故辨证》

---

① （宋）吕祖谦：《观澜集注》，第135～141叶。（宋）谢维新：《古今合璧事类备要》，《四库全书》第941册，第463页。
② （清）王昶：《春融堂集》，清嘉庆十二年塾南书舍刻本，《续修四库全书》第1438册，第123页。（清）梁章钜：《文选旁证》，《续修四库全书》第1581册，第298页。
③ （唐）杜甫撰，（宋）郭知达编《九家集注杜诗》，《四库全书》第1068册，第178页。
④ （明）王志庆：《古俪府》，《四库全书》第979册，第317页。

卷十三同，惟《四六丛话》无"故"字。①

案，文句实属《河东赋》。河水，秦汉时则多指黄河。名物混淆致误名。

《羽猎赋》

《羽猎赋》篇名，属于据赋作所含字词命篇，另有异名 3 例、误名 1 例。

异名：

1.《校猎赋》。《通志》卷一百二："故聊因《校猎赋》以风，其辞曰……"②《文章辨体汇选》卷五百一十八、《历代赋话》卷二、《诸史琐言》卷八、《隋书经籍志考证》卷三十九："故聊因《校猎赋》以风。"《藏书》儒臣传卷二十四、《筠轩文钞》卷七："聊因《校猎赋》以风。"《佩文韵府》卷九十一"交足"注："故聊因《校猎赋》以讽。"③《两汉隽言》卷七"珠胎"注："《校猎赋》：'剖明月之珠胎。'""公储"注："《校猎赋》：'开禁苑，散公储。'""共侍"注："《校猎赋》：'储积共侍。'""皇车幽辍"注："《校猎赋》：'皇车幽辍，光纯天地。'""骖乘"注："《校猎赋》：'楚严未足以为骖乘。'""扶毂"注："《校猎赋》：'齐桓曾不足使扶毂。'""回轸还衡"注："《校猎赋》：'因回轸还衡，背阿房，反未央。'"④换词命篇致异名。康达维亦持此论。⑤

2.《挍猎赋》。《三传经文辨异》卷一："《汉书》扬雄《挍猎赋》云：

---

① （南北朝）郦道元：《水经注》，第 325 叶。（清）孙梅：《四六丛话》，《续修四库全书》第 1715 册，第 254 页。（清）周炳中：《四书典故辨证》，清嘉庆刻本，《续修四库全书》第 167 册，第 530 页。
② （宋）郑樵：《通志》，《四库全书》第 376 册，第 448~450 页。
③ （明）贺复征：《文章辨体汇选》，《四库全书》第 1408 册，第 400 页。（清）浦铣：《历代赋话》，《续修四库全书》第 1716 册，第 9 页。（清）沈家本：《诸史琐言》，沈寄簃先生遗书本，第 167 叶。（清）姚振宗：《隋书经籍志考证》，《续修四库全书》第 915 册，第 641 页。（明）李贽：《藏书》，明万历二十七年焦竑金陵刻本，第 457 叶。（清）洪颐煊：《筠轩文钞》，民国二十三年遼雅斋丛书本，第 67 叶。（清）张玉书：《佩文韵府》，第 3505 页。
④ （宋）林越辑，（明）凌迪知辑《两汉隽言》，第 90、92、93、102 叶。
⑤ 〔美〕康达维撰《康达维译注〈文选〉》，贾晋华、白照杰、黄晨曦、余春丽、赵凌霄译，第 481 页。

'尔乃虎路三嵏以为司马。'"①

　　案，《说文·木部》"校"字，段玉裁注："《周礼》校人注曰：'校之言挍也，主马者必仍挍视之。校人、马官之长。'按此引伸假借之义也。陆德明曰：'比挍字当从手旁。'张参《五经文字》手部曰：'挍，《经典》及《释文》或以为比挍字。'案字书无文。张语正谓《说文》无从手之'挍'也。故唐石经'考校'字皆从木。用张说也。但订以《周礼》郑注，则汉时固有从手之'挍'矣。'比挍'字，古盖无正文。'较''权'等皆可用。"②敦煌文献中"校"有写作"挍"的例子，见于 S. 388《正名要录》："挍，捡挍字。"P. 2173《御注金刚般若波罗蜜经宣演》卷上："总说此等，名一切法相，所有挍量，身命资财，持经福等，及诸功德。"S. 238《金真玉光八景飞经》："促挍北帝录，收摄群魔名。"③换词命篇兼异体字致异名。

　　3.《校猎颂》。《佩文韵府》卷六十七"万计"注："扬雄《校猎颂》：'贲育之伦，蒙盾负羽。仗镆邪而罗者以万计。'"卷七十七"震耀"注："扬雄《校猎颂》：'昭光振耀，饷昒如神。'"④

　　案，羽猎又称校猎。赋、颂混融兼换词命篇致异名。

　　误名：

　　1.《长杨赋》。《大学章句质疑》："《长杨赋》：'裕民之与夺民也。'"⑤

　　案，文句实属扬雄《羽猎赋》。《长杨赋》《羽猎赋》同为扬雄赋作，同一作者同类型作品篇名混淆致误名。

《校猎赋》

　　《校猎赋》篇名，属于据赋作所含字词命篇，另有异名 1 例。

　　1.《较猎赋》。《黄氏日钞》卷四十七："扬雄……又赋《甘泉》，赋《河东》，赋《较猎》，赋《长杨》。"⑥《韵府群玉》卷十六"胆"注：

---

①　（清）焦廷琥：《三传经文辨异》，民国二十三年北平琉璃厂邃雅斋影印邃雅斋丛书本，第 51 叶。
②　（汉）许慎撰，（清）段玉裁注《说文解字注》，第 267 页。
③　黄征：《敦煌俗字典》，第 375～376 页。
④　（清）张玉书：《佩文韵府》，第 2695、3105 页。
⑤　（清）郭嵩焘：《大学章句质疑》，清光绪十六年思贤讲舍刻本，第 21 叶。
⑥　（宋）黄震：《黄氏日钞》，《四库全书》第 708 册，第 307 页。

"《较猎赋》：'魂亡魄失，触辐关脰。'"①《古音骈字》续编卷二"噍阳"："子云《较猎赋》注：嚻嚻也。"②

案，《说文解字注》："故其引申为计较之'较'，亦作'校'，俗作'挍'。"③ 字形差异致异名。

《长杨赋》

《长杨赋》篇名，属于据赋作所涉地点命篇，另有误名 1 例。

1.《长扬赋》。《补注杜诗》卷十五《魏将军歌》注："扬雄《长扬赋》：'西压月窟，东震日城。'"④《初学记》卷二十二"竦戎讲旅"注："扬雄《长扬赋》曰：'平不肆险，安不忘危。乃时以有年出兵，整舆竦戎。振师五柞，习马长杨。简力狡兽，校武剽禽。'"⑤

案，文句属扬雄《长杨赋》。《说文·手部》："扬，飞举也。"《说文·木部》："杨，蒲柳也。"段玉裁注："古假'杨'为'扬'。故《诗·杨之水》毛曰：'杨，激扬也。'《广雅》曰：'杨，扬也。'"⑥ 长杨本为秦时旧宫，汉时重加修饰，为秦汉时游猎之所，宫内有垂杨绵亘数里，故称"长杨宫"。故"扬"虽通"杨"，但此处当为表示树木之"杨"而非"扬"。"扬""杨"同属"阳韵，喻四。阳部"⑦。"扬"乃与"扬"字形相近、同音，致误名。

《都酒赋》

《都酒赋》篇名，属于据赋作所咏对象命篇，另有异名 3 例。

1.《酒赋》。《艺文类聚》卷七十二："汉杨雄《酒赋》曰：'子犹瓶矣。观瓶之居，居井之湄，处高临深，动常近危。酒醪不入口，藏水满怀，不得左右，牵于纆徽。自用如此，不如鸱夷。鸱夷滑稽，腹如大壶。尽日盛酒，人复藉酤。常为国器，托于属车，出入两宫，经营公家。由是

---

① （元）阴时夫辑，（元）阴中夫注《韵府群玉》，《四库全书》第 951 册，第 636 页。

② （明）杨慎：《古音骈字》，《四库全书》第 228 册，第 464 页。

③ （汉）许慎撰，（清）段玉裁注《说文解字注》，第 722 页。

④ （唐）杜甫撰，（宋）黄希原本、黄鹤补注《补注杜诗》，《四库全书》第 1069 册，第 291 页。

⑤ （唐）徐坚：《初学记》，第 541 页。

⑥ （汉）许慎撰，（清）段玉裁注《说文解字注》，第 603、245 页。

⑦ 王力主编《王力古汉语字典》，第 380、504 页。

言之，酒何过乎？'"《酒概》卷四有"杨雄《酒赋》"云云，同前引，惟"缠"作"缰"，"藉"作"籍"。《汉魏六朝百三家集》卷八有《酒赋》，文字同《艺文类聚》，惟"缠"作"缰"。《历代赋汇》卷一百"《酒赋》，汉扬雄"云云，下引大体同于《艺文类聚》，"不入口"作"不入"，"缠"作"缰"。①《太平御览》卷七百五十八："《汉书》曰扬雄作《酒赋》以讽谏成帝。"②《玉台新咏》卷十鲍令晖《估客乐》注："扬雄《酒赋》：'子犹瓶矣。观瓶之居，居井之湄，处高临深，动常近危。'"③《纬略》卷四："扬雄《酒赋》曰：'鸱夷滑稽，腹如大壶。尽日盛酒，人复借酤。常为国器，托于属车。'"④

案，《都酒赋》篇名侧重酒器，《酒赋》篇名侧重酒。侧重差异兼简全差异致异名。

2.《酒箴》。《扬子云集》卷六："《酒箴》：'子犹瓶矣。观瓶之居，居井之眉。处高临深，动常近危。酒醪不入口，臧水满怀，不得左右，牵于缰徽。一旦 硙碍，为甕所轠，身提黄泉，骨肉为泥。自用如此，不如鸱夷。鸱夷滑稽，腹如大壶，昼日盛酒，人复借酤。常为国器，托于属车，出入两宫，经营公家。繇是言之，酒何过乎？'"《河东先生集》卷二录有"杨雄《酒箴》"，《文选补遗》卷三十七有"《酒箴》，扬雄"，《西汉文纪》卷二十一录"《酒箴》"，文同本集，惟"昼"作"尽"。《酒史》卷下："《酒箴》杨雄。'酒客难法度士，譬之于物。曰：子犹瓶矣。观瓶之居，居井之眉。处高临深，动常近危。酒醪不入口，臧水满怀，不得左右，牵于缰徽。一旦画碍，为甕所轠。身提黄泉，骨肉为泥。自用如此，不如鸱夷。鸱夷滑稽，腹如大壶，尽日盛酒，人复借酤。常为国器，托于属车，出入两宫，经营公家。繇是言之，酒何过乎？'"《文章辨体汇选》卷四百四十六："《酒箴》，汉扬雄。'子犹瓶矣。观瓶之居，居井之眉。

---

① （唐）欧阳询撰，汪绍楹校《艺文类聚》，第 1248 页。（明）沈沈：《酒概》，明刻本，《续修四库全书》第 1115 册，第 441 页。（明）张溥：《汉魏六朝百三家集》，《四库全书》第 1412 册，第 200 页。（清）陈元龙：《历代赋汇》，《四库全书》第 1421 册，第 195～196 页。

② （宋）李昉：《太平御览》，第 3365 页。

③ （南北朝）徐陵辑，（清）吴兆宜注，（清）程际盛删补《玉台新咏》，《续修四库全书》第 1588 册，第 653 页。

④ （宋）高似孙：《纬略》，第 107 叶。

处高临深，动常近危。酒醪不入口，藏水满怀，不得左右，牵于纆徽。一旦夷碍，为鬵所轠。身提黄泉，骨肉为泥。自用如此，不如鸱夷。鸱夷滑稽，腹如大壶，尽日盛酒，人复借酤。常为国器，托于属车，出入两宫，经营公家。繇是言之，酒何过乎？'"《山堂肆考》卷一百三十二："扬雄《酒箴》。扬雄作《酒箴》讽谏成帝曰：'酒客难法度之士，譬之于物，曰，子犹瓶矣。观瓶之居，居井之眉。处高临深，动常近危。酒醪不入口，藏水满怀，不得左右，牵于纆徽。一旦为鬵所轠，身提黄泉，骨肉为泥。自用如此，不如鸱夷。鸱夷滑稽，腹大如壶，尽日盛酒，人复借酤。常为国器，托于属车，出入两宫，经营公家。由是言之，酒何过乎？'"《骈体文钞》卷二十二："扬子云《酒箴》：'子犹瓶矣。观瓶之居，居井之湄。处高临深，动常近危。酒醪不入口，藏水满怀，不得左右，牵于纆徽。一旦夷碍，为鬵所轠，身提黄泉，骨肉为泥。自用如此，不如鸱夷。鸱夷滑稽，腹大如壶，昼日盛酒，人复借酤。常为国器，托于属车，出入两宫，经营公家。繇是言之，酒何过乎？'"《古文辞类纂》卷五十九同《骈体文钞》，惟"纆"作"缰"。《邛竹杖》卷二："子云《酒箴》，为酒客难法度士，譬之于物，子犹瓶矣。观瓶之居，居井之眉。处高临深，动常近危。醪不入口，藏水满怀，不得左右，牵于纆徽。一旦夷碍，为鬵所轠，身提黄泉，骨肉为泥。自用如此，不如鸱夷。鸱夷滑稽，腹大如壶，尽日盛酒，人复借酤。常为国器，托于属车，出入两宫，经营公家。由是言之，酒何过乎？"①《学林》卷三："扬雄《酒箴》曰：'子犹瓶矣。观瓶之居，居井之湄，处高临深，动常近危。酒胶不入，藏水满怀，不得左右，牵于纆徽。一旦夷碍，为鬵所轠。自用如此，不如鸱夷。鸱夷滑稽，腹如大壶，尽日盛酒，人复借酤。'"②《玉海》卷五十九："《陈遵传》黄

---

① （汉）扬雄：《扬子云集》，《四库全书》第1063册，第134页。（唐）柳宗元撰，（宋）廖莹中注《河东先生集》，宋刻本，第24叶。（宋）陈仁子：《文选补遗》，《四库全书》第1360册，第595页。（明）梅鼎祚：《西汉文纪》，《四库全书》第1396册，第616页。（明）冯时化：《酒史》，民国影明宝颜堂秘笈本，第21叶。（明）贺复征：《文章辨体汇选》，《四库全书》第1407册，第525页。（明）彭大翼：《山堂肆考》，《四库全书》第976册，第559页。（清）李兆洛：《骈体文钞》，清道光合河康氏家塾刻本，《续修四库全书》第1610册，第579页。（清）姚鼐：《古文辞类纂》，《续修四库全书》第1609册，第682页。（清）施男：《邛竹杖》，清初留畮堂刻本，《续修四库全书》第1176册，第293页。

② （宋）王观国：《学林》，清武英殿聚珍版丛书本，第69～70叶。

门郎扬雄作《酒箴》以讽谏成帝，其文为酒客难法度士，譬之于物。曰：子犹瓶矣。观瓶之居，居井之眉，自用如此，不如鸱夷。"①《古今事文类聚》续集卷十五："《酒箴》，讽谏成帝，扬雄。'酒客难法度之士，譬之于物，曰：子犹瓶矣。观瓶之居，居井之眉，处高临深，动常近危。酒醪不入口，藏水满怀，不知左右，牵于纆徽。一旦遇碍，为瓽所轠，身提黄泉，骨肉为泥。自用如此，不如鸱夷。鸱夷滑稽，腹如大壶。尽日盛酒，人复借酤。常为国器，托于属车。出入两宫，经营公家。繇是言之，酒何过乎？'"②《后山诗注》卷三："杨雄作《酒箴》曰：'观瓶之居，居井之眉。处高临深，动常近危。一旦更碍，为瓽所轠，身提黄泉，骨肉为泥。自用如此，不如鸱夷。'"③《增广笺注简斋诗集》卷三《书怀示友十首》注："《陈遵传》杨雄作《酒箴》以讽成帝。"④《山谷外集诗注》卷三《次韵寄李六弟济南郡城桥亭之诗》注："杨雄《酒箴》曰：'鸱夷滑稽，腹如大壶。尽日盛酒，人复借酤。'"⑤《经进东坡文集事略》卷二《洞庭春色赋》注："《前汉·陈遵传》载杨雄《酒箴》云：'鸱夷滑稽，腹如大壶。尽日盛酒，人复借酤。常为国器，托于属车。'"⑥《集注分类东坡先生诗》卷十三《连日与王忠玉张全翁游西湖访北山清顺道潜二诗》注："扬雄《酒箴》：'鸱夷圆滑，腹大如壶。'"卷十九《游庐山次韵章传道》注："扬雄作《酒箴》以讽谏成帝，其文为酒客难法度士，譬之于物。曰：子犹瓶矣，观瓶之居，居井之湄，处高临深，动尝近危云云。"⑦《读韩记疑》卷一注："扬雄《酒箴》：'不得左右，牵于纆徽。'"⑧《说文解字

① （宋）王应麟：《玉海》，《四库全书》第944册，第576页。
② （宋）祝穆：《古今事文类聚》，《四库全书》第927册，第300～301页。
③ （宋）陈师道撰，（宋）任渊注《后山诗注》，清光绪二十五年广雅书局刻武英殿聚珍版丛书本，第150叶。
④ （宋）陈与义撰，（宋）胡稚笺注《增广笺注简斋诗集》，《四部丛刊》初编第231册，第84页。
⑤ （宋）黄庭坚撰，（宋）史容注《山谷外集诗注》，《四部丛刊》续编第533册，第531页。
⑥ （宋）苏轼撰，（宋）郎晔注《经进东坡文集事略》，民国八年上海商务印书馆四部丛刊影印宋刻本，《续修四库全书》第1314册，第620页。
⑦ （宋）苏轼撰，（宋）王十朋集注《集注分类东坡先生诗》，上海涵芬楼影印南海潘氏藏宋刊本，《四部丛刊》初编，第209册，第454页；第210册，第119页。
⑧ （清）王元启：《读韩记疑》，清嘉庆五年王尚珏刻本，《续修四库全书》第1310册，第485页。

句读》卷二十四"甞"注:"《汉书》扬雄《酒箴》曰:'为甞所輼。'"①

案,赋序:"黄门郎扬雄作《酒箴》以讽谏成帝。"② 故称《酒箴》。赋、箴混融兼侧重差异致异名。

3.《酒铭》。《湛园札记》卷四:"扬雄《酒铭》:'观瓶之居,居井之湄。一旦曳碍,为党之輼。'"③

案,文句属《都酒赋》。赋、铭混融兼侧重差异致异名。

《解难》

《解难》篇名,属于据赋作创作缘由命篇,另有异名 3 例、误名 1 例。

异名:

1.《客难》。《妙绝古今》卷二作"扬子云《客难》",全文载录。④《太平御览》卷九百三十四:"杨雄《客难》曰:'独不见翠蛇绛螭之将登天乎,必耸身于苍梧之渊,阶浮云,翼疾风而上。'"⑤《天中记》卷五十六:"扬雄《客难》云:'夫翠虬绛螭之将登乎天,必耸身于苍梧之渊。不阶浮云,翼疾风,虚举而上升,则不能撽胶葛,腾九闳。'"《渊鉴类函》卷四百三十八同前引,惟"撽"作"攃"⑥。《佩文韵府》卷五十七"大味淡"注:"扬雄《客难》:'大味必淡,大音必希。'"⑦

2.《答客难》。《文选》卷五十五陆机《演连珠五十首》注:"杨雄《答客难》曰:'工声调于比耳。'"⑧《西溪丛语》卷上:"'横江潭而渔。'扬雄《答客难》有之。"⑨

3.《荅客难》。《四六丛话》卷三:"'横江潭而渔。'扬雄《荅客难》有之。"⑩

---

① (清)王筠:《说文解字句读》,《续修四库全书》第 219 册,第 78 页。
② 费振刚、胡双宝、宗明华辑校《全汉赋》,第 215 页。
③ (清)姜宸英:《湛园札记》,《四库全书》第 859 册,第 633 页。
④ (宋)汤汉:《妙绝古今》,《四库全书》第 1356 册,第 824~825 页。
⑤ (宋)李昉:《太平御览》,第 4152 页。
⑥ (明)陈耀文:《天中记》,《四库全书》第 967 册,第 673 页。(清)张英:《渊鉴类函》,鳞介部,第 5 页。
⑦ (清)张玉书:《佩文韵府》,第 2228 页。
⑧ (梁)萧统编,(唐)李善注《文选》,第 2392 页。
⑨ (宋)姚宽撰,袁向彤点校《西溪丛语》,山东人民出版社,2018,第 17 页。
⑩ (清)孙梅:《四六丛话》,《续修四库全书》第 1715 册,第 236 页。

　　案，文句属扬雄《解难》。扬雄《解难》："客难扬子曰……""扬子曰……"①《客难》篇名侧重于问方，《答客难》篇名侧重于回答。"答""荅"通假字，考辩见第 71 页。侧重差异、字形差异、兼据赋作所含字词命篇致异名。

　　误名：

　　1.《解嘲》。《古今韵会举要》卷十三"捆"注、《正字通》卯集中"捆"注："《文选》扬雄《解嘲》：'形之美者不可捆于世俗之目。'"②

　　案，文句实属扬雄《解难》。《解嘲》《解难》均为扬雄作品，同一作者不同作品篇名混淆致误名。

《解嘲》

　　《解嘲》篇名，属于据赋创作目的命篇，另有误名 1 例。

　　1.《答客难》。《（乾隆）江陵县志》卷四十九《离骚篇辨》："'横江潭而渔。'杨雄《答客难》有之。"③

　　案，文句实属扬雄《解嘲》。扬雄《解难》又名《答客难》。④ 同一作者同类型赋作篇名混淆，致误名。

《太玄赋》

　　《太玄赋》篇名，属于据赋作所含字词命篇，另有异名 3 例。

　　1.《太元赋》。《玉溪生诗详注》卷一《送从翁从东川弘农尚书幕》注："扬雄《太元赋》：'揖松乔于华岳。'"⑤《慈湖诗传》卷五："扬子云《太元赋》首'甲'与'裂'叶。"⑥《韵府拾遗》卷五"含肥"注："扬雄《太元赋》：'薰以芳而致烧兮，膏含肥而见焫。'"⑦《文选旁证》卷十

①　费振刚、胡双宝、宗明华辑校《全汉赋》，第 229 页。
②　（元）熊忠：《古今韵会举要》，《四库全书》第 238 册，第 605 页。（明）张自烈：《正字通》，《续修四库全书》第 234 册，第 438 页。
③　（清）崔龙见修，黄义尊纂《（乾隆）江陵县志》，清乾隆五十九年刻本，第 1169 叶。
④　（梁）萧统编，（唐）李善注《文选》，第 2392 页。（宋）姚宽撰，袁向彤点校《西溪丛语》，第 17 页。
⑤　（唐）李商隐撰，（清）冯浩笺注《玉溪生诗详注》，《续修四库全书》第 1312 册，第 331 页。
⑥　（宋）杨简：《慈湖诗传》，《四库全书》第 73 册，第 64 页。
⑦　（清）官修《韵府拾遗》，《四库全书》第 1029 册，第 163 页。

六："《太元赋》载《古文苑》中。"① 《鹤泉文钞续选》卷一："扬雄《太元赋》：'升昆仑而散发兮，踞弱水以濯足。朝发轫于流沙兮，夕翱翔乎碣石。'"② 《四六丛话》卷三十："案《文选》注引扬雄《蜀都赋》《太元赋》《覈灵赋》。"③ 《文选理学权舆》卷二："扬雄《太元赋》。"④ 《骈字类编》卷六十七"玉醴"注："扬雄《太元赋》：'茹芝英以御饿兮，饮玉醴以解渴。'"卷一百二十四"中谷"注："扬雄《太元赋》：'岂若师由聘兮，执元静于中谷。'"卷二百三十四"清声"注："扬雄《太元赋》：'听素女之清声兮，观宓妃之妙曲。'"⑤ 《佩文韵府》卷九十一"含毒"注："扬雄《太元赋》：'甘饵含毒难数尝兮。'"⑥ 《经史避名汇考》卷六："《太元赋》：'丰盈祸所栖。'"⑦

案，《慈湖诗传》所引指"翠羽嫟而殃身兮，蚌含珠而擘裂。圣作典以济时兮，驱蒸民而入甲。"所涉文句全属《太玄赋》。讳"玄"为"元"，致异名。

2.《泰玄赋》。《文选》卷十八嵇康《琴赋》注："杨雄《泰玄赋》曰：'茹芝英以御饥，饮玉醴以解渴。'"⑧ 《六臣注文选》卷十八嵇康《琴赋》注："扬雄《泰玄赋》曰：'饮玉醴以解渴。'"⑨

3.《大玄赋》。《七十家赋钞》卷三作"扬雄《大玄赋》"，全文载录。⑩

案，"泰""大"通"太"。⑪（1）"太"写作"泰"。张家山汉墓《脉书》："泰阴之脉，是胃脉殹……凡阳脉十二、阴脉十、泰（大）凡廿二脉，七十七病。……胃之泰（太）过……"⑫（2）"太"写作"大"，

---

① （清）梁章钜：《文选旁证》，《续修四库全书》第 1581 册，第 380 页。

② （清）戚学标：《鹤泉文钞续选》，清嘉庆十八年刻本，《续修四库全书》第 1462 册，第 426 页。

③ （清）孙梅：《四六丛话》，《续修四库全书》第 1715 册，第 546 页。

④ （清）汪师韩：《文选理学权舆》，《续修四库全书》第 1581 册，第 38 页。

⑤ （清）张廷玉：《骈字类编》，《四库全书》第 997 册，第 48 页；第 999 册，第 437 页；第 1004 册，第 587 页。

⑥ （清）张玉书：《佩文韵府》，第 3524 页。

⑦ （清）周广业：《经史避名汇考》，清抄本，《续修四库全书》第 827 册，第 485 页。

⑧ （梁）萧统编，（唐）李善注《文选》，第 838 页。

⑨ （梁）萧统编，（唐）李善等注《六臣注文选》，《四部丛刊》初编第 420 册，第 185 页。

⑩ （清）张惠言：《七十家赋钞》，《续修四库全书》第 1611 册，第 58 页。

⑪ 王力主编《王力古汉语字典》，第 178～179 页。

⑫ 张家山二四七号墓汉墓竹简整理小组编《张家山汉墓竹简［二四七号墓］》（释文修订本），文物出版社，2006，第 121、124、126 页。

在汉简牍中多见。如"太守"写作"大守"——破城子 E. P. T43：12
"大守府"。①"太阳"写作"大阳"，"太阴"写作"大阴"。银雀山汉简
《地典》1121："……弃去而居之死。水而不留（流），其名为槫，其骨
独，居之死。此胃（谓）大（太）阳者死，大（太）阴者【死】……"②
银雀山汉简《文王与太公》1353 至 1369、《听有五患》1508 至 1519 中
"太公"写作"大公"。③ 银雀山汉简《三十时》1781："……奏大（太）
【蔟】……"④ 银雀山汉简《定心固气》2136："……□之以参气，守之以
大（太）一，临之以天。倅发……"⑤ 张家山汉墓竹简《二年律令·秩
律》："御史大夫，廷尉，内史，典客，中尉，车骑尉，大仆……大（太）
仓治粟、大（太）仓中厩……大（太）卜，大（太）史，大（太）祝……
大（太）官……大（太）宰……"⑥ 张家山汉墓竹简《二年律令·史律》：
"……学佴将诣大史、大卜、大祝……"⑦ （3）"大"写作"泰"。如张家
山汉墓竹简《二年律令·贼律》："子牧杀父母，殴詈泰父母、父母、叚
（假）大母、主母、后母，及父母告子不孝，皆弃市。……妇贼伤、殴詈
夫之泰父母、父母、主母、后母，皆弃市。"⑧ 张家山汉墓《算数书》：
"曰：予仓四斗、稿二斗泰（大）半斗。……程曰：禾黍一石为粟十六斗
泰（大）半斗……"⑨ 通假致异名。

《逐贫赋》

《逐贫赋》篇名，属于据赋作创作缘由命篇，另有误名 1 例。

1.《遂贫赋》。《宋诗钞》卷二十九黄庭坚《戏赠彦深》："我读扬雄

---

① 《中国简帛集成》第 12 册，第 100 页。
② 银雀山汉墓竹简整理小组编《银雀山汉墓竹简》（贰），文物出版社，2010，第 148 页。
③ 银雀山汉墓竹简整理小组编《银雀山汉墓竹简》（贰），第 174、186 页。
④ 银雀山汉墓竹简整理小组编《银雀山汉墓竹简》（贰），第 214 页。
⑤ 银雀山汉墓竹简整理小组编《银雀山汉墓竹简》（贰），第 252 页。
⑥ 张家山二四七号墓汉墓竹简整理小组编《张家山汉墓竹简［二四七号墓］》（释文修订本），第 69、71、74 页。
⑦ 张家山二四七号墓汉墓竹简整理小组编《张家山汉墓竹简［二四七号墓］》（释文修订本），第 80 页。
⑧ 张家山二四七号墓汉墓竹简整理小组编《张家山汉墓竹简［二四七号墓］》（释文修订本），第 13、14 页。
⑨ 张家山二四七号墓汉墓竹简整理小组编《张家山汉墓竹简［二四七号墓］》（释文修订本），第 139、144 页。

《遂贫赋》,斯人用意未全疏。"①

案,实为扬雄《逐贫赋》。扬雄《逐贫赋》:"今汝去矣,勿复久留。"
"贫曰:'唯、唯,主人见逐。'"②《说文·辵部》:"遂,亡也。""逐,追
也。"③银雀山汉简《选卒》1233:"……胜不服于吕遂,禹以算(选)卒
万人胜三苗。汤以篡(选)【卒】七千人遂〈逐〉桀,挩(夺)之天下。
武王以篡(选)卒虎……"④"逐桀"之"逐"误为"遂"。"遂"乃与
"逐"形近而讹,致误名。

《覈灵赋》

《覈灵赋》篇名,属于据赋作文意命篇,另有存疑名3例,俟考。

1.《檄灵赋》。《扬子云集》卷五:"《檄灵赋》:'自今推古,至于元
气始化,古不览今,名号迭毁,请以《诗》《春秋》言之。''太易之
始,太初之先。冯冯沉沉,奋搏无端。'"《太平御览》卷一:"杨雄
《檄灵赋》曰:'自今推古,至于元气始化,古不览今,名号迭毁,请以
《诗》《春秋》言之。'"⑤《文选》卷二十七谢朓《之宣城出新林浦向版
桥一首》注:"杨雄《檄灵赋》曰:'世有黄公者,起于苍州,精神养性,
与道浮游。'"《九家集注杜诗》卷十九《曲江对酒》注:"赵云,扬雄
《檄灵赋》曰:'世有黄公者,起于沧洲,清神养性,与道逍遥。'"卷三
十六《奉赠卢五丈参谋琚》注:"杨雄《檄灵赋》曰:'世有黄公者,起
于沧洲,精神养性,与道漂游。'"《能改斋漫录》卷七"沧州趣":"李善
注曰扬雄《檄灵赋》云:'世有黄公者,起于沧洲,怡神养性,与道
浮游。'"⑥

2.《激灵赋》。《御选唐诗》卷四李白《奉陪商州裴使君游石娥溪》注:

① (清)吴之振:《宋诗钞》,《四库全书》第1461册,第596页。

② 费振刚、胡双宝、宗明华辑校《全汉赋》,第211页。

③ (汉)许慎撰,(清)段玉裁注《说文解字注》,第74页。

④ 银雀山汉墓竹简整理小组编《银雀山汉墓竹简》(贰),第164页。

⑤ (汉)扬雄:《扬子云集》,《四库全书》第1063册,第125页。(宋)李昉:《太平御
　览》,第1页。

⑥ (梁)萧统编,(唐)李善注《文选》,第1259页。(唐)杜甫撰,(宋)郭知达编《九
　家集注杜诗》,《四库全书》第1068册,第348、619页。(宋)吴曾:《能改斋漫录》,
　《四库全书》第850册,第617页。

"扬雄《激灵赋》：'世有黄公，起于沧洲，怡神养性，与道浮游。'"①

3.《檄虚赋》。《分门集注杜工部诗》卷十八《奉赠卢五丈参谋琚》注、《补注杜诗》卷三十六《奉赠卢五丈参谋琚》注："扬雄《檄虚赋》曰：'世有黄公者，起于沧洲。精神养性，与道漂游。'"《杜诗详注》卷二十二《奉赠卢五丈参谋琚》注："扬雄《檄虚赋》：'世有黄公者，起于沧洲。精神养性，与道漂流。'"②

案，"虚"当是与"霝（灵）"形近而讹。

《说文·木部》："檄，尺二书。"③《说文·而部》："覈，实也。考事，而笮邀遮，其辞得实曰覈。"④ 后来，"'核''覈'有共同的义项。所以后来核实、考察等意义也用'核'表示"⑤。"覈"字，敦煌文献中俗字写作"𪐴"，法藏敦煌文献 P.3376V《散经文》："论能弁（辩），𪐴是非。"⑥ 疑"檄""激"乃与"覈"形近而讹。然鉴于文本残缺严重，存疑俟考。

另外，《秦汉官制度史稿》："扬雄的《太常赋》说得很明白：翼翼太常，实为宗伯。穆穆灵祇，寝庙奕奕。"⑦ 实为扬雄《太常箴》。

综上，扬雄赋作误名类型为：1. 据文命篇致异名（侧重差异、据赋作所含字词）；2. 文体混融致异名（赋、颂、箴、铭混融）；3. 换词命篇致异名；4. 字形差异致异名（通假字、异体字）；5. 简全差异致异名；6. 避讳致异名。误名类型为：1. 讹（字形、音近讹误）；2. 乱（名物混淆、篇名混淆）。

二十三　班彪

班彪赋作有《北征赋》《览海赋》《冀州赋》，3 篇出现篇名分歧

① （清）陈廷敬：《御选唐诗》，《四库全书》第 1446 册，第 153 页。
② （唐）杜甫撰，（宋）王洙注《分门集注杜工部诗》，上海涵芬楼影印南海潘氏藏宋刊本，《四部丛刊》初编第 145 册，第 119 页。（唐）杜甫撰，（宋）黄希原本、黄鹤补注《补注杜诗》，《四库全书》第 1069 册，第 647 页。（唐）杜甫撰，（清）仇兆鳌注《杜诗详注》，《四库全书》第 1070 册，第 886 页。
③ （汉）许慎撰，（清）段玉裁注《说文解字注》，第 265 页。
④ （汉）许慎撰，（清）段玉裁注《说文解字注》，第 357 页。
⑤ 李学勤主编《字源》，第 687 页。
⑥ 黄征：《敦煌俗字典》，第 290 页。
⑦ 安作璋、熊铁基：《秦汉官制度史稿》，齐鲁书社，1984，第 89 页。

（100%），考辨如下。

《北征赋》

《北征赋》篇名，属于据赋作所含字词命篇，另有误名 2 例。

1.《幽通赋》。《韵补》卷二下平声"灾"注："班固《幽通赋》：'余遭世之颠覆兮，罹填塞之厄灾。旧室灭以丘墟兮，曾不得乎少留。'"①

案，文句实属班彪《北征赋》。作者、篇名混淆致误名。

2.《西征赋》。《嘉庆重修一统志》卷二百六十二"庆阳府·古迹·义渠故城"注："班彪《西征赋》：'登赤须之长坂，入义渠之故城。'"②《诗古微》上编之五："班叔皮《西征赋》：'慕公刘之遗德，及行苇之不伤。'"③

案，二书所引文句他本作《北征赋》。④ 班彪《北征赋》："遂奋袂以北征兮。"另据赋作内容，可梳理行程：长都→瓠谷玄宫→云门→通天→陵岗→郇邠→赤须长阪→义渠旧城→泥阳→彭阳→安定→长城→鄣隧→朝那→高平。⑤ 长都即长安。高平在今固原。《文选·北征赋》："朝发轫于长都兮，夕宿瓠谷之玄宫。"张铣注："玄宫，谓甘泉宫也。"⑥ 结合东汉地图（见图4），行程由东南向西北，当作《北征赋》。方位指称误差、篇名混淆致误名。

《览海赋》

《览海赋》篇名，属于据赋作所含字词命篇，另有异名 1 例。

1.《海赋》。《杜诗详注》卷三《与鄠县源大少府宴渼陂》注："班彪《海赋》：'焕烂熳以成章。'"⑦《佩文韵府》卷六十六"霓雾"注："班彪

---

① （宋）吴棫：《韵补》，第 49 叶。

② （清）穆彰阿：《嘉庆重修一统志》，上海涵芬楼影印清史馆藏进呈写本，《四部丛刊》续编第 501 册，第 182 页。

③ （清）魏源：《诗古微》，《续修四库全书》第 77 册，第 120 页。

④ （梁）萧统编，（唐）李善注《文选》，第 425～430 页。（梁）萧统编，（清）胡绍煐笺证《文选笺证》，《续修四库全书》第 1582 册，第 145～146 页。（清）严可均辑《全上古三代秦汉三国六朝文》，第 597～598 页。

⑤ 费振刚、胡双宝、宗明华辑校《全汉赋》，第 255～256 页。

⑥ （梁）萧统编，（唐）李善等注《六臣注文选》，《四部丛刊》初编第 419 册，第 259 页。

⑦ （唐）杜甫撰，（清）仇兆鳌注《杜诗详注》，第 186 页。

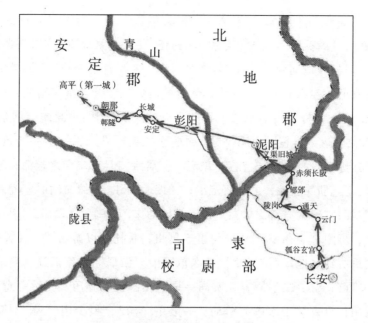

图 4　班彪《北征赋》行程大致路线

详细地理信息参见谭其骧《中国历史地图集》第二册，中国地图出版社，1996，第57～58 页。

《海赋》：'遵霓雾之掩荡，登云途以凌厉。'"①

案，《览海赋》篇名侧重观览过程，《海赋》篇名侧重观览对象，侧重差异兼简全差异致异名。

《冀州赋》

《冀州赋》篇名，属于据赋作所涉地点命篇，另有异名 3 例、误名 1 例。

异名：

1.《游居赋》。《艺文类聚》卷二十八、《渊鉴类函》卷三百八作《遊居赋》，全文载录。②《古今韵会举要》卷十六"羑"注、《留青日札》卷一八、《正字通》未集中"羑"注、《四库全书考证》卷二十二："班彪《游

---

① （清）张玉书：《佩文韵府》，第 2638 页。

② （唐）欧阳询撰，汪绍楹校《艺文类聚》，第 506～507 页。（清）张英：《渊鉴类函》，人部，第 243 页。

居赋》：'嗟西伯于牖城。'"①《诗三家义集疏》卷三《淇奥》注："班彪《游居赋》：'瞻淇奥之园林，美绿竹之猗猗。'"《三家诗补遗·齐诗遗说考》卷一："班彪《遊居赋》：'瞻淇奥之园林，善绿竹之猗猗。'"②《音学五书·唐韵正》卷六"丘"注："班彪《游居赋》：'建封禅于岱宗，瘗玄玉于此丘。'"③《骈字类编》卷一百四十五"苍兕"注："班彪《遊居赋》：'想尚父之威虞，号苍兕而明誓。'"《骈字类编》卷二百一十"乌鱼"注、《佩文韵府》卷六"乌鱼"注："班彪《游居赋》：'享乌鱼之瑞命，瞻淇澳之园林。'"《骈字类编》卷二百三十三"瑞命"注、《佩文韵府》卷八十三"瑞命"注："班彪《游居赋》：'谋人神以动作，享乌鱼之瑞命。'"④

　　案，班彪《冀州赋》："夫何事于冀州，聊托公以游居。"⑤《冀州赋》篇名侧重所到之地，《游居赋》篇名取赋中"游居"二字命篇，侧重游居行程。"遊、游。二字同音，实同一词。在游玩、游历、交游等意义上，古代通用；只有关于水中的活动，一般用'游'，很少用'遊'。简化字合并作'游'。"⑥ 据赋作所含字词命篇兼侧重差异致异名。

　　2.《闲居赋》。《韵补》卷一"遊"注、《正字通》酉集下"遊"注："班彪《闲居赋》：'望常山之峨峨，登北海以高游。嘉孝武之乾乾，亲释躬于伯姬。'"⑦《古音丛目》卷一"遊"注："班彪《闲居赋》。"⑧

　　案，《古音丛目》所引当指"夫何事于冀州，聊托公以游居"。其他所涉文句属班彪《冀州赋》。班彪《冀州赋》："聊托公以游居。""今匹马

① （元）熊忠：《古今韵会举要》，《四库全书》第 238 册，第 640 页。（明）田艺蘅：《留青日札》，明万历三十七年刻本，《续修四库全书》第 1129 册，第 153 页。（明）张自烈：《正字通》，《续修四库全书》第 235 册，第 278 页。（清）王太岳：《四库全书考证》，清武英殿聚珍版丛书本，第 484 叶。

② （清）王先谦：《诗三家义集疏》，《续修四库全书》第 77 册，第 474 页。（清）阮元：《三家诗补遗》，清仪征征李氏刻崇惠堂丛书本，《续修四库全书》第 76 册，第 362 页。

③ （清）顾炎武：《音学五书》，第 304 页。

④ （清）张廷玉：《骈字类编》，《四库全书》第 1000 册，第 521 页；第 1003 册，第 425 页；第 1004 册，第 523 页。（清）张玉书：《佩文韵府》，第 214、3264 页。

⑤ 费振刚、胡双宝、宗明华辑校《全汉赋》，第 253 页。

⑥ 王力主编《王力古汉语字典》，第 1441 页。

⑦ （宋）吴棫：《韵补》，第 26 叶。（明）张自烈：《正字通》，《续修四库全书》第 235 册，第 585 页。

⑧ （明）杨慎撰，（清）李调元校定《古音丛目》，第 8 叶。

之独征，岂斯乐之足娱。且休精于敝邑，聊卒岁以须臾。"① 闲居有避人独居义，故称《闲居赋》。《闲居赋》篇名侧重居住状态及主观情感。侧重差异致异名。

3.《冀州箴》。《诗诵》卷四："班彪《冀州箴》以'宿'叶'邑'。"②《佩文韵府》卷六"游居"注："班彪著《游居赋》，又《冀州箴》：'夫何事于冀州，聊记③公以游居。'"④

案，《诗诵》所引当指"遵大路以北逝兮，历赵衰之采邑。丑柏人之恶名兮，圣高帝之不宿"。《佩文韵府》卷六所载"又《冀州箴》"疑为注文窜入。班彪无另外的《冀州箴》。赋、箴混融致异名。

误名：

1.《北征赋》。《韵补》卷二"艰"注："班彪《北征赋》：'嗟西伯于羑里兮，伤明夷之逢艰。演九六之变化兮，永幽隔以历年。'"《正字通》未集下"艰"注引同此，又丑集中"尘"注："班彪《北征赋》：'忽进路以息节兮，饮余马兮洹泉。朝露渐余冠盖兮，衣晻蔼而蒙尘。'"《毛郑诗释》卷一："班彪《北征赋》：'忽进路以息节兮，饮余马兮洹泉。朝露渐余冠盖兮，衣晻霭而蒙尘。'"⑤《古今通韵》卷四："班叔皮《北征赋》：'饮予马于洹泉。衣晻暍而蒙尘。'"⑥

案，此两残句属班彪《冀州赋》。证之如下：

（1）《冀州赋》："漱余马乎洹泉，嗟西伯于牖城"，此句与上述残句相关。（2）羑里、洹泉（今安阳河）位于洛阳北上冀州途中（见图5），而不在《北征赋》长安往北地途中（见图4）。（3）《冀州赋》："临孟津而北厉。"⑦"遵大路以北逝兮。"⑧ 言及"北"，致《韵补》等将《冀州赋》

① 费振刚、胡双宝、宗明华辑校《全汉赋》，第253页。
② （清）陈仅：《诗诵》，清光绪十一年四明文则楼木活字本，《续修四库全书》第70册，第580页。
③ 案，"记"当作"讬"，"记"乃与"讬"形近而讹。
④ （清）张玉书：《佩文韵府》，第224页。
⑤ （宋）吴棫：《韵补》，第57叶。（明）张自烈：《正字通》，《续修四库全书》第234册，第228、331页。（清）丁晏：《毛郑诗释》，清咸丰二年杨以增刻本，《续修四库全书》第71册，第353页。
⑥ （清）毛奇龄：《古今通韵》，《四库全书》第242册，第76页。
⑦ 费振刚、胡双宝、宗明华辑校《全汉赋》，第253页。
⑧ 张鹏一：《叔皮集》，陕西文献征辑处，1922。程章灿：《魏晋南北朝赋史》，第335页。

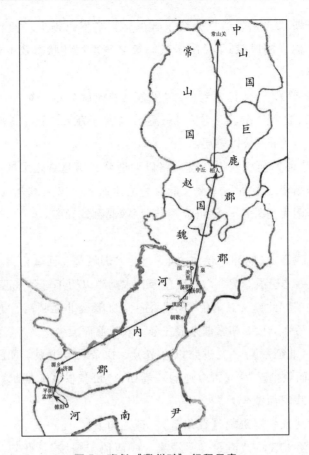

图 5　班彪《冀州赋》行程示意

详细地理信息参见谭其骧《中国历史地图集》第二册，第 42～43、47～48 页。

文句误属于《北征赋》。（4）"责公子之不臣"之"臣"真部真韵，"饮余马兮洹泉"之"泉"元部仙韵，"衣晻蔼而蒙尘"之"尘"真部真韵，"伤明夷之逢艰"之"艰"文部山韵，"永幽隘以历年"之"年"真部先韵，押韵整齐。同一作者不同作品篇名混淆致误名。

综上，班彪赋作异名类型为：1. 据文命篇致异名（据赋作所含字词，侧重差异）；2. 文体混融致异名（赋、箴混融）；3. 简全差异致异名。误名类型为：乱（篇名混淆）。

二十四　冯衍

冯衍赋作《显志赋》完整，《杨节赋》存序。2 篇出现篇名分歧（100%），考辨如下。

《显志赋》

《显志赋》篇名，属于据赋作创作缘由命篇，另有异名 2 例、误名 2 例。

异名：

1.《明志赋》。《初学记》卷一"翠云"注："冯衍《明志赋》曰：'驷素虬而驰骋兮，垂翠云而相半。'"《初学记》卷六"冯征"注、《渊鉴类函》卷三十八"冯征"注："冯衍《明志赋》曰：'流山岳而周览，徇碣石与洞庭。浮江河而入海，溯淮济而上征。'"《山堂肆考》卷二十一同前引，惟无"曰"字。①

2.《述志赋》。《艺林汇考》称号篇卷六："冯衍《述志赋》亦曰'始皇跋扈兮'云云。"②

案，文句实属冯衍《显志赋》。《艺林汇考》所引指"诮始皇之跋扈兮，投李斯于四裔"。显志、明志，表明志向。述志，陈述志向。于文义均可，换词命篇致异名。

误名：

1.《冯涓志赋》。《天中记》卷五十三"芝"："'饮六醴之清液兮，食五芝之茂英。'《冯涓志赋》。"③ 文句实属冯衍《显志赋》，脱"衍"，"涓"讹，致误名。

2.《衍志赋》。《（光绪）道州志》卷十"杂言类·祸曰户"注、《（道光）永州府志》卷五下"杂言类·祸曰户"注："冯显衍志赋：'每季氏而穷祸。'"④ "显""衍"倒，致误名。

《杨节赋》

《杨节赋》篇名，属于据赋作创作缘由命篇，另有异名 1 例。

---

① （唐）徐坚：《初学记》，第 4、131 页。（明）彭大翼：《山堂肆考》，《四库全书》第 974 册，第 341 页。（清）张英：《渊鉴类函》，地部，第 66 页。

② （清）沈自南：《艺林汇考》，《四库全书》第 859 册，第 311 页。

③ （明）陈耀文：《天中记》，《四库全书》第 967 册，第 564 页。

④ （清）李镜蓉：《（光绪）道州志》，清光绪三年刊本，第 828 叶。（清）吕恩湛、宗绩辰：《（道光）永州府志》，清道光八年刊本，岳麓书社，2008，第 386 页。

1.《扬节赋》。《文选》卷十潘岳《西征赋》注："冯衍《扬节赋》曰：'冯子耕于郦山之阿。'"① 《文选理学权舆》卷二："冯衍《扬节赋》。"②《后汉书集解》卷二十八《冯衍传》注："衍集《扬节赋》云：'冯子耕于郦山之阿，渭水之阴。废吊问之礼，绝游宦之路。眇然有超物之心，无偶物之志。'"③

案，《说文·手部》："扬，飞举也。"《说文·木部》："杨，蒲柳也。"段玉裁注："古假'杨'为'扬'。故《诗·杨之水》毛曰：'杨，激扬也。'《广雅》曰：'杨，扬也。'"④ 通假致异名。

综上，冯衍赋作异名类型为：1. 换词命篇致异名；2. 字形差异致异名（通假字）。误名类型为：1. 脱；2. 倒。

二十五　梁竦

梁竦赋作有《悼骚赋》，1 篇出现篇名分歧（100%），考辨如下。

《悼骚赋》

《悼骚赋》篇名，属于据赋作创作缘由命篇，另有异名 1 例。

1.《悼骚》。《古音丛目》卷一"悠"注："梁竦《悼骚》。"《后汉艺文志》卷四："梁竦《悼骚》一篇。"《隋书经籍志考证》卷三十八："梁竦有《悼骚》。"⑤ 简全差异致异名。

综上，梁竦赋作异名类型为：简全差异致异名。

二十六　杜笃

杜笃赋作有《论都赋》《众瑞赋》《首阳山赋》《祓禊赋》《书擖赋》5 篇，《论都赋》《众瑞赋》《祓禊赋》3 篇出现篇名分歧（60%），考辨如下。

① （梁）萧统编，（唐）李善注《文选》，第 440 页。
② （清）汪师韩：《文选理学权舆》，《续修四库全书》第 1581 册，第 39 页。
③ （清）王先谦：《后汉书集解》，《续修四库全书》第 272 册，第 528 页。
④ （汉）许慎撰，（清）段玉裁注《说文解字注》，第 603、245 页。
⑤ （明）杨慎撰，（清）李调元校定《古音丛目》，第 8 叶。（清）姚振宗：《后汉艺文志》，民国五年张氏刻适园丛书本，《续修四库全书》第 914 册，第 369 页。（清）姚振宗：《隋书经籍志考证》，《续修四库全书》第 915 册，第 628 页。

《论都赋》

《论都赋》篇名，属于据赋作创作缘由命篇，另有异名 3 例、误名 1 例。

异名：

1.《论都书》。《佩文韵府》卷一百六"育业"注："《后汉书·文苑传》杜笃《论都书》：'夫雍州本帝皇所以育业，霸王所以衍功，战士角难之场也。'"①

案，赋序："臣诚慕之，伏作书一篇，名曰《论都》。"② 赋、书混融兼据赋序所含字词命篇致异名。

2.《谕客》。《杜工部草堂诗笺》卷三十一《峡口二首》注："杜笃《谕客》：'横分单于，屠裂百蛮。'"③

3.《喻客》。《杜工部草堂诗笺》卷三十八《送重表侄王砅评事使南海》注："杜笃《喻客》：'大船万艘，转漕相连。'"④

案，所引文句实属杜笃《论都赋》。杜笃《论都赋》："笃未甚然其言也，故因为述大汉之崇，世据雍州之利，而今国家未暇之故，以喻客意。"⑤《广雅》卷三"谕"："告也。"⑥《说文·言部》："谕，告也。"⑦"《说文》有'谕'无'喻'，本同一词，古代通用。后来逐渐有分工，在比喻的意义上用'喻'，在告诉的意义上用'谕'。"⑧ 据赋作所含字词命篇兼侧重创作缘由、通假致异名。

误名：

1.《入都赋》。《苕溪渔隐丛话前后集》卷十四："杜笃《入都赋》云：

---

① （清）张玉书：《佩文韵府》，第 4226 页。
② 费振刚、胡双宝、宗明华辑校《全汉赋》，第 266 页。
③ （唐）杜甫撰，（宋）蔡梦弼笺《杜工部草堂诗笺》，《续修四库全书》第 1307 册，第 225 页。
④ （唐）杜甫撰，（宋）蔡梦弼笺《杜工部草堂诗笺》，《续修四库全书》第 1307 册，第 270 页。
⑤ 费振刚、胡双宝、宗明华辑校《全汉赋》，第 267 页。
⑥ （魏）张揖：《广雅》，《四库全书》第 221 册，第 437 页。
⑦ （汉）许慎撰，（清）段玉裁注《说文解字注》，第 91 页。
⑧ 王力主编《王力古汉语字典》，第 1290 页。

'荧康居，灰珍奇。椎鸣镝，钌鹿蠡。'"①

案，文句实属杜笃《论都赋》。赋序："臣诚慕之，伏作书一篇，名曰《论都》，谨并封奏如左。"②"入都"字义讹误。

《众瑞赋》

《众瑞赋》篇名，属于据赋作创作缘由命篇，另有异名1例。

1.《众瑞颂》。《文选》卷十三谢惠连《雪赋》注："杜笃《众瑞颂》曰：'千里遥思，展转反侧。'"《佩文韵府》卷四"遥思"注引同前，无"曰"字。《文选》卷二十潘岳《关中诗一首》注："杜笃《众瑞颂》曰：'猛将与虏交锋。'"③《文选理学权舆》卷二："杜笃《众瑞颂》。"④

案，《隋书经籍志考证》卷三十九："严氏全后汉文编杜笃有集一卷，今存《被褉赋》《首阳山赋》《论都赋》《书撍赋》《众瑞赋》《众瑞颂》《通边论》《展武论》《连珠》《迎钟文》《禖祝》《吴汉诔》《吊比干文》凡十四篇。"⑤查《全上古三代秦汉三国六朝文·全后汉文》只有《众瑞赋》，没有《众瑞颂》。⑥《隋书经籍志考证》中"《众瑞颂》"疑为注文窜入。《后汉艺文志》卷四《众瑞赋》《众瑞颂》同时列出。⑦讹，当为一篇。赋、颂混融致异名。

《被褉赋》

《被褉赋》篇名，属于据赋作所写事件命篇，另有异名2例、误名1例。

异名：

1.《上巳赋》。《北堂书钞》卷一百五十五"三月三日·浮枣绛水，酹

---

① （宋）胡仔：《苕溪渔隐丛话前后集》，清乾隆刻本，第338叶。
② 费振刚、胡双宝、宗明华辑校《全汉赋》，第266页。
③ （梁）萧统编，（唐）李善注《文选》，第595、937页。（清）张玉书：《佩文韵府》，第135页。
④ （清）汪师韩：《文选理学权舆》，《续修四库全书》第1581册，第43页。
⑤ （清）姚振宗：《隋书经籍志考证》，《续修四库全书》第950册，第1295页。案，篇数有讹误，所列为十三篇。
⑥ （清）严可均辑《全上古三代秦汉三国六朝文》，第627~628页。
⑦ （清）姚振宗：《后汉艺文志》，《续修四库全书》第914册，第376页。

酒醸川"注："杜笃《上巳赋》云：'巫咸之伦，康大求福。浮枣绛水，酹酒醸川。沿以素波，鱼踊跃渊。'"①

案，文句属杜笃《祓禊赋》。《史记·外戚世家》："武帝禊霸上还。"裴骃《集解》引徐广曰："三月上巳，临水祓除谓之禊。"② 上巳节祓禊祈福禳灾。《上巳赋》篇名侧重时节，《祓禊赋》篇名侧重活动仪式，侧重差异致异名。

2.《祓禳赋》。《论语正义》卷十四注："杜笃《祓禳赋》谓：'巫咸之徒，秉火祈福。'"③

案，文句属杜笃《祓禊赋》。《洪武正韵》卷十"祓"注："祓禊，除恶祭。"④《说文·示部》："祓，除恶祭也。""禳，祀除疠殃也。"⑤《广韵·霁韵》："禊，祓除不祥也。"⑥ 换词命篇致异名。

误名：

1.《禊祝》。《文选》卷十九曹植《洛神赋》注："杜笃《禊祝》曰：'怀李女使不飡。'"卷二十七曹植《美女篇》注："杜笃《禊祝》曰：'怀秀女使不飡。'"《六臣注文选》卷十九曹植《洛神赋》注："杜笃《禊祝》曰：'怀季女使不飡。'"卷二十七曹植《美女篇》注、《玉台新咏》卷二曹植《美女篇》注："杜笃《禊祝》曰：'怀秀女使不餐。'"⑦

案，《癸巳存稿》卷三："杜笃有《祓禊赋》，其禊祝曰：'怀季女使不飡。'"⑧ 当为祓禊时祺祝用语，当属《祓禊赋》。同一作者不同作品篇名混淆致误名。

综上，杜笃赋作异名类型为：1. 据文命篇致异名（据赋作所含字词，侧重差异）；2. 文体混融致异名（赋、书、颂混融）；3. 换词命篇致异名；4. 字形差异致异名（通假字）。误名类型为：1. 乱（篇名混淆）；2.

---

①　（唐）虞世南：《北堂书钞》，第 667 页。

②　（汉）司马迁：《史记》，第 1978～1979 页。

③　（清）刘宝楠：《论语正义》，清同治刻本，《续修四库全书》第 156 册，第 174 页。

④　（明）乐韶凤：《洪武正韵》，《四库全书》第 239 册，第 146 页。

⑤　（汉）许慎撰，（清）段玉裁注《说文解字注》，第 6～7 页。

⑥　蔡梦麒校释《广韵校释》，第 933 页。

⑦　（梁）萧统编，（唐）李善注《文选》，第 899、1287 页；（梁）萧统编，（唐）李善等注《六臣注文选》，《四部丛刊》初编第 420 册，第 269 页；第 421 册，第 143 页。（南北朝）徐陵辑，（清）吴兆宜注，（清）程际盛删补《玉台新咏》，《续修四库全书》第 1588 册，第 516 页。

⑧　（清）俞正燮：《癸巳存稿》，清连筠簃丛书本，第 57 叶。

讹（字义讹误）。

二十七　班固

　　班固赋作有《幽通赋》、《两都赋》（含《西都赋》《东都赋》）、《答宾戏》、《耿恭守疏勒城赋》、《终南山赋》、《竹扇赋》，《白绮扇赋》存目，共 7 篇。《幽通赋》《两都赋》《答宾戏》《耿恭守疏勒城赋》《终南山赋》5 篇出现篇名分歧（71.43%），考辨如下。

《幽通赋》

　　《幽通赋》篇名，属于据赋作创作缘由命篇，另有异名 4 例。

　　1.《遂志赋》。《周易姚氏学》卷十三注："班固《遂志赋》云：'东邻虐而歼仁兮，王合位乎三五。'"[①]

　　案，文句实属《幽通赋》。班固《幽通赋》："岂余身之足殉兮，悼世业之可怀。"[②]银雀山汉简《三十时》1762："……□散。此阴阳述之时也。不可嫁女取妇。不可……"[③]　"'述'疑当读为'遂'，二字古通。……'遂'字古训'通'，训'达'。"[④]"遂志"陈述作赋目的，据赋作创作缘由命篇致异名。

　　2.《通幽赋》。《东雅堂昌黎集注》卷三十《唐故监察御史卫府君墓志铭》注、《五百家注昌黎文集》卷三十《唐故监察御史卫府君墓志铭》注："班固《通幽赋》云：'苟无实其孰信。'"[⑤]《橘山四六》卷六《贺费枢密》注："班固《通幽赋》：'氏中叶之炳灵。'"《经史杂记》卷八："班固《通幽赋》氏中叶之炳灵亦以'氏'为'是'。"[⑥]《内简尺牍编注》

---

①　（清）姚配中：《周易姚氏学》，清道光二十五年汪守成等活字印一经庐丛书本，《续修四库全书》第 30 册，第 625 页。

②　费振刚、胡双宝、宗明华辑校《全汉赋》，第 344 页。

③　银雀山汉墓竹简整理小组编《银雀山汉墓竹简》（贰），第 213 页。

④　银雀山汉墓竹简整理小组编《银雀山汉墓竹简》（贰），第 221 页。

⑤　（唐）韩愈撰，（宋）廖莹中注《东雅堂昌黎集注》，《四库全书》第 1075 册，第 395 页。（唐）韩愈撰，（宋）魏仲举编《五百家注昌黎文集》，《四库全书》第 1074 册，上海古籍出版社，1987，第 445 页。

⑥　（宋）李廷忠：《橘山四六》，《四库全书》第 1169 册，第 233 页。（清）王玉树：《经史杂记》，清道光十年芳棪堂刻本，《续修四库全书》第 1156 册，第 464 页。

卷三《与周侍郎》注："班固《通幽赋》注大也。"①《锦绣万花谷》卷三十八："班固《通幽赋》曰：'恐罔两之贡景，子庆未得其去已。'"②《南园漫录》卷九："班固《通幽赋》曰：'仰天路而同轨。'"③《正字通》卯集中"挈"注："《通幽赋》：'且算祀于挈龟。'"未集上"粤"注："班固《通幽赋》：'尚粤其几。'"④《杜诗详注》卷十九《阻雨不得归瀼西甘林》注："《通幽赋》：'承灵训其虚徐兮。'"卷二十三《奉赠李八丈曛判官》注："赵注班固《通幽赋》：'北叟颇识其倚伏。'"⑤《御选唐诗》卷八王维《桃源行》注："班固《通幽赋》：'乘高而遌神兮，道遐远而不迷。'"⑥《陈检讨四六》卷三："班固《通幽赋》：'管弯弧欲避仇。'"⑦《日知录集释》卷一"东邻"注、《介庵经说》卷一"东邻"："班固《通幽赋》云：'东邻虐而歼仁兮。'"⑧《藤花亭镜谱》卷一："又《通幽赋》云：'神先心以定命兮，命随行以消息。干流迁其不济兮，故遭罹而盈缩。'"⑨《费氏古易订文》卷七："班固《通幽赋》：'神先心以定命。'"⑩《后汉书集解》卷四十注："叔皮《通幽赋》以'幽'与'姬''灾''周''龟'为韵。"⑪《古诗赏析》卷十三："班固《通幽赋》曰：'终保己而贻则，止仁里之所庐。'"⑫《韩诗笺正》卷四："班固《通幽赋》，'通幽'二字当乙。"⑬

案，《后汉书集解》所引指班固《幽通赋》："道悠长而世短兮，夐冥

① （宋）李祖尧注《内简尺牍编注》，清乾隆刻本，第61叶。
② （宋）佚名：《锦绣万花谷》，《四库全书》第924册，第483页。"贡景"，当作"责景"。
③ （明）张志淳：《南园漫录》，明嘉靖刻本，第48叶。
④ （明）张自烈：《正字通》，《续修四库全书》第234册，第433页；第235册，第242页。
⑤ （唐）杜甫撰，（清）仇兆鳌注《杜诗详注》，第1660、2021页。
⑥ （清）陈廷敬：《御选唐诗》，《四库全书》第1446册，第276页。
⑦ （清）陈维崧：《陈检讨四六》，《四库全书》第1322册，第48页。
⑧ （清）黄汝成：《日知录集释》，清道光黄氏西溪草庐刻本，《续修四库全书》第1143册，第641页。（清）雷学淇：《介庵经说》，清道光通州雷氏刻本，《续修四库全书》第176册，第74页。
⑨ （清）梁廷枏：《藤花亭镜谱》，清道光刻本，《续修四库全书》第1111册，第12页。
⑩ （清）王树枏：《费氏古易订文》，清光绪十七年青神刻本，《续修四库全书》第40册，第306页。
⑪ （清）王先谦：《后汉书集解》，《续修四库全书》第272册，第661页。
⑫ （清）张玉毂：《古诗赏析》，清乾隆姑苏思义堂刻本，《续修四库全书》第1592册，第28页。
⑬ （唐）韩愈撰，（清）方成珪笺正《韩诗笺正》，第631页。

默而不周。胥仍物而鬼谌兮，乃穷宙而达幽。妫巢姜于孺箴兮，且算祀于挈龟。"① 《广雅》卷一："达，通也。"② 故称《通幽赋》。侧重差异兼换词命篇致异名。

3.《幽遁赋》。《新刊经进详注昌黎先生文集》卷八《雨中寄孟刑部几道联句》注："班固《幽遁赋》云：'申之以炯戒。'"③

案，文句实属《幽通赋》。《说文·辵部》："遁，迁也。"④《广韵·慁韵》："遁，逃也，隐也，去也。"⑤ 换词命篇致异名。

4.《幽通颂》。《汉书疏证》卷二十五"王褒赋十六篇"注、《后汉书疏证》卷二十七"王褒赋十六篇"注："高诱注《吕览》引班固《幽通颂》。"⑥

案，未引述具体文句，疑为班固《幽通赋》。赋、颂混融致异名。或系班固本人同题异体之作？姑存疑。

《两都赋》

《两都赋》篇名，属于据赋作所咏对象命篇，另有误名3例。

1.《两京赋》。《北堂书钞》卷一百六"宝鼎歌"注："班固《两京赋》序云：'白麟、赤雁、芝房、宝鼎之歌荐于郊庙。'"⑦《施注苏诗》卷三《次韵张安道读杜诗》注："班孟坚《两京赋》序：'赋者，古诗之流也。'"⑧《杜诗详注》卷十四《天边行》注："班固《两京赋》：'西荡河源。'"⑨

2.《二京赋》。《珊瑚钩诗话》卷一、《东溪日谈录》卷十六、《续历代赋话》卷十四、《四六丛话》卷二十八："班孟坚作《二京赋》，拟《上

---

① 费振刚、胡双宝、宗明华辑校《全汉赋》，第345页。
② （魏）张揖：《广雅》，《四库全书》第221册，第429页。
③ （唐）韩愈撰，（宋）文谠注，（宋）王俦补注《新刊经进详注昌黎先生文集》，《续修四库全书》第1309册，第515页。
④ （汉）许慎撰，（清）段玉裁注《说文解字注》，第72页。
⑤ 蔡梦麒校释《广韵校释》，第1014页。
⑥ （清）沈钦韩：《汉书疏证》，《续修四库全书》第266册，第706页。（清）沈钦韩：《后汉书疏证》，《续修四库全书》第271册，第559页。
⑦ （唐）虞世南：《北堂书钞》，第408页。
⑧ （宋）苏轼撰，（宋）施元之注《施注苏诗》，《四库全书》第1110册，第146页。
⑨ （唐）杜甫撰，（清）仇兆鳌注《杜诗详注》，第1213页。

林》《子虚》。"① 文句实属班固《两都赋》及序。二京又可称两京。涉张衡《二京赋》篇名混淆，致误名。

3.《三都赋》。《庾开府集笺注》卷六《代人乞致仕表》注："班固《三都赋》：'披三条之广路。'"② 文句实属班固《两都赋》。涉左思《三都赋》篇名混淆，致误名。

《东都赋》

《东都赋》篇名，属于据赋作所含字词命篇，另有误名3例。

1.《东观赋》。《杜诗详注》卷九《建都十二韵》注："班固《东观赋》：'建都河洛。'"③ 文句实属班固《东都赋》。涉李尤《东观赋》篇名混淆，致误名。

2.《东京赋》。《輶轩使者绝代语释别国方言疏证补》卷十注："班固《东京赋》：'士怒未深。'"④《新刊经进详注昌黎先生文集》卷三《天星送杨凝郎中贺正》注："班固《东京赋》曰：'春王三朝，会同汉京。'"⑤《毛诗稽古编》卷九、《养素堂文集》卷三："班固《东京赋》云：'德广所被。'"《十驾斋养新录附余录》卷一："班固《东京赋》：'德广所及。'"⑥ 文句均属班固《东都赋》。涉张衡《东京赋》篇名混淆致误名。

3.《东赋》。《山堂考索》前集卷二十三"后汉朝仪"："班固《东赋》云：'春王三朝，会同汉京。'"⑦ 文句实属班固《东都赋》，脱"都"，致误名。

---

① （宋）张表臣：《珊瑚钩诗话》，宋百川学海本，第1叶。（明）周琦：《东溪日谈录》，《四库全书》第714册，第266页。（清）浦铣：《续历代赋话》，《续修四库全书》第1716册，第173页。（清）孙梅：《四六丛话》，《续修四库全书》第1715册，第534页。

② （南北朝）庾信撰，（清）吴兆宜笺注《庾开府集笺注》，《四库全书》第1064册，第151页。

③ （唐）杜甫撰，（清）仇兆鳌注《杜诗详注》，《四库全书》第1070册，第397页。

④ （汉）扬雄撰，（清）钱绎笺疏《輶轩使者绝代语释别国方言疏证补》，《续修四库全书》第193册，第667页。

⑤ （唐）韩愈撰，（宋）文谠注，（宋）王俦补注《新刊经进详注昌黎先生文集》，《续修四库全书》第1309册，第415页。

⑥ （清）陈启源：《毛诗稽古编》，《四库全书》第85册，第466页。（清）张澍：《养素堂文集》，《续修四库全书》第1506册，第460页。（清）钱大昕：《十驾斋养新录附余录》，《续修四库全书》1151册，第112页。

⑦ （宋）章如愚：《山堂考索》，《四库全书》第936册，第305页。

《西都赋》

《西都赋》篇名，属于据赋作所含字词命篇，另有误名 2 例。

1.《西京赋》。《文苑英华》卷一百四十九舒元舆《牡丹赋》注："班固《西京赋》：'金釭衔璧，是为列钱。'"① 《施注苏诗》卷四《戏子由》注："班固《西京赋》：'绂冕所兴，冠盖如云。'"② 《韵补》卷四"野"注："班固《西京赋》：'罘网运纮，笼山络野。列卒周匝，星罗云布。'"③ 《群书考索续集》卷三十四："班固《西京赋》以为金马承明著作。"《汉唐事笺》前集卷十一："班固《西京赋》以为金马承明著作之庭。"④ 《唐诗鼓吹》卷六高骈《自和书秋》注："班孟坚《西京赋》：'右界褒斜陇首之险，带以洪河清渭之川。'"⑤ 《唐音》卷一卢照邻《长安古意》注："班固《西京赋》：'披三条之广路。'"⑥ 《韵府群玉》卷一"罿"注："班固《西京赋》：'抚鸿罿，御矰缴。'"⑦ 《正字通》寅集中"属"注："班固《西京赋》：'陵隥道而超西墉，混建章而连外属。设璧门之凤阙，上觚棱而栖金爵。'"⑧ 《论语异文考证》卷六："班固《西京赋》：'许少施巧，秦成力折。'"⑨ 《诗序补义》卷二十四："班固《西京赋》序、王延寿《鲁灵光殿赋》序皆云'奚斯颂鲁'。"⑩ 《求古录礼说》卷六："班固《西京赋》云：'抗应龙之虹梁。'"⑪ 《渊鉴类函》卷四百二十八："班固《西京赋》曰：'天子乃登属玉之馆。'"《新刻增补艺苑卮言》

① （宋）李昉：《文苑英华》，中华书局，1995，第 692 页。
② （宋）苏轼撰，（宋）施元之注《施注苏诗》，《四库全书》第 1110 册，第 162 页。
③ （宋）吴棫：《韵补》，第 168 叶。
④ （宋）章如愚：《群书考索续集》，《四库全书》第 938 册，第 425 页。（元）朱礼：《汉唐事笺》，清道光二十九年至光绪十一年南海伍氏刻光绪十一年汇印粤雅堂丛书本，第 288 叶。
⑤ （金）元好问辑，（元）郝天挺注，（明）廖文炳解《唐诗鼓吹》，清顺治十六年陆贻典钱朝鼐等刻本，《续修四库全书》第 1611 册，第 551 页。
⑥ （元）杨士宏：《唐音》，《四库全书》第 1368 册，第 190 页。
⑦ （元）阴时夫辑，（元）阴中夫注《韵府群玉》，《四库全书》第 951 册，第 19 页。
⑧ （明）张自烈：《正字通》，《续修四库全书》第 234 册，第 316 页。
⑨ （清）冯登府：《论语异文考证》，清道光十四年广东学海堂刻本，《续修四库全书》第 155 册，第 387 页。
⑩ （清）姜炳璋：《诗序补义》，《四库全书》第 89 册，第 357 页。
⑪ （清）金鹗：《求古录礼说》，清光绪二年孙熹刻本，《续修四库全书》第 110 册，第 273 页。

卷十六："班孟坚《西京赋》：'天子乃登属玉之馆。'"①《佩文韵府》卷二十六"栋桴"注："班固《西京赋》：'列梦橑以布翼，荷栋桴而高骧。'"②《思绮堂文集》卷二《送朱晦人归里省亲序》注："班固《西京赋》：'设璧门之凤阙。'"③《历世真仙体道通鉴》卷四："东汉时班孟坚作《西京赋》云：'洪崖立而指麾，纷羽毛之纤缩。'"《（万历）新修南昌府志》卷二十三："班孟坚作《西京赋》云：'洪崖立而指麾。'"④ 文句实属班固《西都赋》。涉张衡《西京赋》篇名混淆，致误名。

2.《西郊赋》。《太平御览》卷一百八十七："班固《西郊赋》曰：'固瑰材而究奇，抗应龙之虹梁。'"⑤ 文句实属班固《西都赋》。

案，《说文·邑部》："郊，距国百里为郊。""都，有先君之旧宗庙曰都。……《周礼》：距国五百里为都。"段玉裁注："此《周礼》说也。《周礼·载师》注引《司马法》曰：'王国百里为郊，二百里为州，三百里为野，四百里为县，五百里为都。'"⑥ 班固《西都赋》涉张衡《西京赋》被误称为《西京赋》，再误称为《西郊赋》。字义讹误致误名。

《答宾戏》

《答宾戏》篇名，属于据赋作创作缘由命篇，另有异名7例。

1.《宾戏》。《东汉文鉴》卷五、《经济类编》卷五十三、《艺文类聚》卷二十五、《骈体文钞》卷二十七作《宾戏》，全文载录。⑦《文心雕龙》卷三："班固《宾戏》：'含懿采之华。'"⑧《韩集点勘》卷二："班固《宾

① （清）张英：《渊鉴类函》，鸟部，第38页。（明）王世贞：《新刻增补艺苑卮言》，《续修四库全书》第1695册，第617页。
② （清）张玉书：《佩文韵府》，第1387页。
③ （清）章藻功：《思绮堂文集》，清康熙六十一年刻本，第100叶。
④ （元）赵道一：《历世真仙体道通鉴》，涵芬楼影印明正统道藏本，《续修四库全书》第1294册，上海古籍出版社，2002，第264页。（明）章潢：《（万历）新修南昌府志》，书目文献出版社，1990，第456页。
⑤ （宋）李昉：《太平御览》，第909页。
⑥ （汉）许慎撰，（清）段玉裁注《说文解字注》，第283~284页。
⑦ （宋）陈鉴：《东汉文鉴》，第96~100叶。（明）冯琦：《经济类编》，《四库全书》第961册，第851~853页。（唐）欧阳询撰，汪绍楷校《艺文类聚》，第458页。（清）李兆洛：《骈体文钞》，《续修四库全书》第1610册，第635~636页。
⑧ （梁）刘勰：《文心雕龙》，第70叶。

戏》之文。"①《新刊经进详注昌黎先生文集》卷五《送陆畅归江南》注："班固《宾戏》云：'朝而荣华，夕而憔悴。'"②《北堂书钞》卷九十七"好学·枕经籍书"注："班固《宾戏》云：'徒乐枕经籍书，纡体衡门。'"卷一百"叹赏·摛藻如春华"注："班固《宾戏》云：'驰辨如波涛，摛藻如春华。'"③《后山诗注》卷一《次韵答学者四首》注："后汉班固《宾戏》曰：'铅刀皆能一断。'"④《增广笺注简斋诗集》卷八《次韵乐文乡北园》注："班固《宾戏》：'著作者前列之余事。'"⑤《唐鉴》卷二十注："班固《宾戏》：'声盈塞于天渊。'"⑥《纬略》卷十、《诸史提要》卷四注："班固《宾戏》。"《容斋随笔》卷十六："班固《宾戏》：'研桑心计于无垠。'"⑦《山谷外集诗注》卷七："班固《宾戏》：'斫桑心计于无垠。'"卷八："班固《宾戏》：'孔席不暖。'"卷十一："班固《宾戏》：'研桑心计。'"⑧《增修互注礼部韵略》卷一"昆"注："班固《宾戏》：'及昆君之门间。'""沂"注："班固《宾戏》：'汉良受书于邳沂。'"卷二"焦"注："班固《宾戏》：'朝为荣华，夕而焦瘁。'"卷四"坠"注："班固《宾戏》：'天坠之方。'""隧"注："班固《宾戏》：'厥宗亦隧。'"卷五"喆"注："班固《宾戏》：'圣喆之治。'""雪"注："班固《宾戏》：'煜雪其间。'"⑨《增修校正押韵释疑》卷三"华"注："班固《宾戏》：'摛藻如春华。'"⑩《海录碎事》卷十："'廓帝纮，

---

① （唐）韩愈撰，（清）陈景云注《韩集点勘》，《四库全书》第1075册，第546页。

② （唐）韩愈撰，（宋）文谠注，（宋）王俦补注《新刊经进详注昌黎先生文集》，《续修四库全书》第1309册，第460页。

③ （唐）虞世南：《北堂书钞》，第369、382页。

④ （宋）陈师道撰，（宋）任渊注《后山诗注》，清光绪二十五年广雅书局刻武英殿聚珍版丛书本，第97叶。

⑤ （宋）陈与义撰，（宋）胡穉笺注《增广笺注简斋诗集》，《四部丛刊》初编第231册，第153页。

⑥ （宋）范祖禹：《唐鉴》，清同治七年至光绪八年永康胡氏退补斋刻金华丛书本补刻本，第511叶。

⑦ （宋）高似孙：《纬略》，第319叶。（宋）钱端礼：《诸史提要》，宋乾道绍兴府学刻本，第117叶。（宋）洪迈：《容斋随笔》，第202叶。

⑧ （宋）黄庭坚撰，（宋）史容注《山谷外集诗注》，《四部丛刊》续编第534册，第58、123、360页。

⑨ （宋）毛居正：《增修互注礼部韵略》，《四库全书》第237册，第352、376、392、486、564、585页。

⑩ （宋）欧阳德隆撰，（宋）郭守正增修《增修校正押韵释疑》，《四库全书》第237册，第462页。

恢皇纲。'班孟坚《宾戏》。"①《井观琐言》卷二："班固《宾戏》曰：
'商鞅挟三术以钻孝公。'"②《南漘楛语》卷六："班固《宾戏》云：'龢
鹊发精于针石，研桑心计于无垠。'"③《正字通》子集下"厕"注："班
固《宾戏》：'仆亦不任厕技于彼列，故密尔自娱于斯文。'"④

案，班固《答宾戏》："宾戏主人曰……"⑤故称《宾戏》。《答宾戏》
篇名侧重答，《宾戏》篇名侧重问，据篇首二字命篇兼侧重差异致异名。

2.《答宾戏文》。《三家诗补遗·齐诗遗说考》卷二："班固《答宾戏
文》：'神之听之。'"⑥《顾亭林先生诗笺注》卷九《恭谒天寿山十三陵》
注："班固《答宾戏文》：'圣哲之治，栖栖皇皇。'"⑦

3.《荅宾戏文》。《诗三家义集疏》卷十四《伐木》注："班固《荅宾
戏文》引'神之听之'句。"⑧"答""荅"通假字。考证见第71页。文、
赋混融致异名。

4.《畣宾戏》。《淮南鸿烈间诂》卷上注："班固《畣宾戏》注。"⑨

案，《康熙字典》："《集韵》：'答'古作'畣'。""'答'古文
'畣'"⑩古今字致异名。

5.《荅宾戏》。《左通补释》廿六："《文选》班孟坚《荅宾戏》
注。"⑪《广雅疏证》卷三注："班固《荅宾戏》云：'緪以年岁。'"卷十
注："班固《荅宾戏》云：'应龙潜于潢污，鱼鼋媟之，不睹其能奋灵德，
合风云，超忽荒，而踞昊苍也。'"⑫通假致异名。

① （宋）叶廷珪：《海录碎事》，《四库全书》第921册，第478页。
② （明）郑瑗：《井观琐言》，《四库全书》第867册，第246页。
③ （清）蒋超伯：《南漘楛语》，清同治十年两罍山房刻本，《续修四库全书》第1161册，第337页。
④ （明）张自烈：《正字通》，《续修四库全书》第234册，第149页。
⑤ 费振刚、胡双宝、宗明华辑校《全汉赋》，第357页。
⑥ （清）阮元：《三家诗补遗》，《续修四库全书》第76册，第394页。
⑦ （清）顾炎武撰，（清）徐嘉注《顾亭林先生诗笺注》，《续修四库全书》第1402册，第237页。
⑧ （清）王先谦：《诗三家义集疏》，《续修四库全书》第77册，第576页。
⑨ （汉）许慎撰，（清）叶德辉辑《淮南鸿烈间诂》，民国二十四年长沙中国古书刻印社汇印郋园先生全书本，第26叶。
⑩ 《康熙字典》，第762、883页。
⑪ （清）梁履绳：《左通补释》，清道光九年汪氏振绮堂刻光绪元年补修本，《续修四库全书》第123册，第557页。
⑫ （清）王念孙：《广雅疏证》，《续修四库全书》第191册，第74、370页。

6.《答宾赋》。《（光绪）道州志》卷十、《（道光）永州府志》卷五下："班固《答宾赋》：'况吉士而是赖。'"①

7.《荅宾赋》。《钦定叶韵汇辑》卷十三"之"注："班固《荅宾赋》：'于是七雄虓阚，分列诸夏，龙战而虎争。游说之徒，风飚电激，并起而救之。'"②

案，《答宾赋》篇名侧重赋体性质，侧重差异兼换词命篇致异名。

《耿恭守疏勒城赋》

《耿恭守疏勒城赋》篇名，属于据赋作创作缘由及所涉人物命篇，另有异名1例。

1.《守疏勒城赋》。《庾开府集笺注》卷二《哀江南赋》注："渭生曰，班固《守疏勒城赋》：'日兮月兮厄重围。'"③

案，"疏""疏"，"二字难于分别，实为同一字的异体。"④ 吐鲁番出土文献72TAM151：74（a）《古写本〈晋阳秋〉残卷》："从军掌书疏表檄。"⑤ 省略"耿恭"，简全差异兼字形差异致异名。

《终南山赋》

《终南山赋》篇名，属于据赋作所涉地点命篇，另有异名3例。

1.《终南赋》。《文选笺证》卷十四木华《海赋》注："班固《终南赋》'概青宫'并作概。"⑥ 终南山简省为终南，简全差异致异名。

2.《终南山颂》。《庾子山集》卷五《道士步虚词十首》注："班固《终南山颂》曰：'蜜房溜其巅。'"⑦

案，《全上古三代秦汉三国六朝文》全后汉文卷二十四："案，《文

---

① （清）李镜蓉：《（光绪）道州志》，第832叶。（清）吕恩湛、宗绩辰：《（道光）永州府志》，第386页。

② （清）佚名：《钦定叶韵汇辑》，《四库全书》第240册，第581页。

③ （南北朝）庾信撰，（清）吴兆宜笺注《庾开府集笺注》，《四库全书》第1064册，第38页。

④ 黄征：《敦煌俗字典》，第733页。

⑤ 赵红：《吐鲁番俗字典》，第480页。

⑥ （梁）萧统编，（清）胡绍煐笺证《文选笺证》，《续修四库全书》第1582册，第167页。

⑦ （南北朝）庾信撰，（清）倪璠注《庾子山集》，《四库全书》第1064册，第492页。

选·蜀都赋》注引班固《终南颂》有此语，或'颂'即'赋'之误。"①赋、颂混融致异名。

3.《终南颂》。《文选》卷四左思《蜀都赋》注、《六臣注文选》卷四左思《蜀都赋》注、《分门集注杜工部诗》卷二《秋野五首》注："班固《终南颂》曰：'蜜房溜其巅。'"《九家集注杜诗》卷三十《秋野五首》注："班固《终南颂》：'蜜房溜其颠。'"《补注杜诗》卷三十《秋野五首》注："班固《终南颂》曰：'蜜房溜其颠。'"《杜诗详注》卷二十《秋野五首》注、《钱注杜诗》卷十四《秋野五首》注："班固《终南颂》：'蜜房溜其巅。'"②赋、颂混融兼简全差异致异名。

综上，班固赋异名类型为：1. 据文命篇致异名（据赋作所含字词、赋作创作缘由，侧重差异）；2. 简全差异致异名；3. 文体混融致异名（赋、颂、文混融）；4. 换词命篇致异名；5. 字形差异致异名（古今字、异体字）。误名类型为：1. 乱（篇名混淆）；2. 讹（字义讹误）；3. 脱。

二十八　傅毅

傅毅赋作有《七激》《洛都赋》《反都赋》《舞赋》《琴赋》《羽扇赋》《郊祀赋》，《神雀赋》存目。8篇出现篇名分歧（100%），考辨如下。

《七激》

《七激》篇名，属于据赋作形式命篇，另有异名1例。

1.《七激诗》。《一切经音义》卷四十八"铁錞"注："傅毅《七激诗》云：'噭埴饮泉。'"③《古今纪要》卷三："傅毅《迪志诗》《七激

---

① （清）严可均辑《全上古三代秦汉三国六朝文》，第602页。

② （梁）萧统编，（唐）李善注《文选》，第179页。（梁）萧统编，（唐）李善等注《六臣注文选》，《四部丛刊》初编第418册，第685页。（唐）杜甫撰，（宋）王洙注《分门集注杜工部诗》，《续修四库全书》第1306册，第294页。（唐）杜甫撰，（宋）郭知达编《九家集注杜诗》，《四库全书》第1068册，第529页。（唐）杜甫撰，（宋）黄希原本、黄鹤补注《补注杜诗》，《四库全书》第1069册，第560页。（唐）杜甫撰，（清）仇兆鳌注《杜诗详注》，第1734页。（唐）杜甫撰，（清）钱谦益注《钱注杜诗》，中华书局，1964，第488页。

③ （唐）释慧琳撰，（辽）释希麟续《一切经音义》，《续修四库全书》第197册，第161页。（唐）释玄应：《一切经音义》，清道光二十五年海山仙馆丛书本，《续修四库全书》第198册，上海古籍出版社，2002，第248页。

诗》，讽肃宗不好贤，作《显宗颂》。"① 七体与诗混融致异名。

《神雀赋》

《神雀赋》篇名，属于据赋作创作缘由命篇，另有异名 2 例。

1.《神雀颂》。《北堂书钞》卷一百二"颂·文比珠玉"注引《论衡》："永平中神雀集，孝明诏上《神雀颂》，百官上颂，文比瓦石，唯班固、贾逵、傅毅、杨终、侯讽等颂，文比金玉。"《太平御览》卷五百八十八引《论衡》："永平中神雀群集，孝明诏上《神雀颂》，文比瓦石，惟班固、贾逵、傅毅、杨终、侯讽五颂，文比金玉。"《玉海》卷六十引《论衡》："永平中神雀群集，孝明诏上《神雀颂》，百官上颂，文比瓦石，唯班固、贾逵、傅毅、杨终、侯讽五颂金玉。"《困学纪闻》卷十九："按《论衡》云：永平中神雀群集，诏上《神雀颂》，百官上颂，文比瓦石，唯班固、贾逵、傅毅、杨终、侯讽五颂金玉。"《宋四六话》卷四引同前。《拾遗录》、《四六法海》卷三、《后汉艺文志》卷四引同前，"唯"作"惟"。《小学绀珠》卷四"五颂"："班固、贾逵、傅毅、杨终、侯讽。《论衡》：'永平中，诏上《神雀颂》，百官文皆瓦石，唯五颂金玉，孝明览焉。'"《渊鉴类函》卷一百九十六"叹赏悬日月，比金玉"注引《论衡》："永平中神雀集，孝明诏上《神雀颂》，百官颂上皆比瓦石，惟班固、贾逵、傅毅、杨终、侯讽等颂比于金玉。"②

案，赋、颂混融致异名。如此，则班固、贾逵、杨终、侯讽等颂是否亦可称赋？如果归属于赋，则贾逵、侯讽等亦可纳入汉赋作者。

2.《爵颂》。《论衡》卷二十："永平中神雀群集，孝明诏上《爵颂》，百官颂上，文皆比瓦石，唯班固、贾逵、傅毅、杨终、侯讽五颂金玉，孝

① （宋）黄震：《古今纪要》，《四库全书》第 384 册，第 61 页。
② （唐）虞世南：《北堂书钞》，第 389 页。（宋）李昉：《太平御览》，第 2648 页。（宋）王应麟：《玉海》，《四库全书》第 944 册，第 595 页。（宋）王应麟：《困学纪闻》，上海涵芬楼影印江安傅氏双鉴楼藏元刊本，《四部丛刊》三编第 605 册，第 374 页。（宋）王应麟：《小学绀珠》，《四库全书》第 948 册，第 479 页。（明）胡爌：《拾遗录》，民国豫章丛书本，第 27 叶。（明）王志坚：《四六法海》，《四库全书》第 1394 册，第 401 页。（清）彭元瑞：《宋四六话》，《续修四库全书》第 1715 册，第 54 页。（清）姚振宗：《后汉艺文志》，《续修四库全书》第 914 册，第 402 页。（清）张英：《渊鉴类函》，文学部，第 23 页。

明览焉。"①《问奇类林》卷十六、《弇州四部稿》卷一百五十一、《艺苑卮言》卷七、《艺薮谈宗》卷五、《韵府拾遗》卷四十六"文善"注、《四六丛话》卷十六、《后汉书集解》卷三十六注承其说作《爵颂》。②

　　案，神雀简省为雀。汉至魏铜镜铭文多见"雀"写作"爵"的用例，如新莽时期新有善铜出丹阳铭大字博局镜铭文中有"朱爵（雀）玄武顺阴阳"，新莽东汉上泰山铭重圈博局镜内铭有"昭（朱）爵（雀）玄武利阴阳"，角王钜虚铭四灵博局镜铭文有"赤爵（雀）玄武顺阴阳"，昭见明镜知人请铭四灵博局镜铭文有"朱爵（雀）玄武法列星"，昭面目铭瑞兽博局镜铭文有"朱爵（雀）玄武顺阴阳"，东汉早期□有善铜出堂浪铭四灵博局镜、汉有善铜（起雒阳）铭四灵博局镜、汉有善铜重圈四灵博局镜铭文有"朱爵（雀）玄武顺阴阳"，汉有善同出丹阳铭四灵博局镜铭文有"朱爵（雀）玄武"，汉有名同出丹阳铭四灵博局镜有"朱爵（雀）玄武顺阴[阳]"，东汉中期李氏（单于来臣）铭龙虎镜铭文有"朱爵（雀）玄武□阴阳"，东汉三国神鱼仙人赤松子铭变形四叶对凤镜铭文有"八爵（雀）相向法古始"，三国魏青龙三年（235）铭四灵博局镜铭文有"朱爵（雀）玄武顺阴阳"，永平二年（59）铭七乳七瑞兽镜铭文中有"朱爵（雀）玄武顺阴阳"。③特别是永平二年与《神雀赋》写作时间永平十七年（74）④非常接近。"'爵'在古书中也被假借作'雀'，二者为古今字。"⑤

---

①　（汉）王充：《论衡》，上海涵芬楼藏明通津草堂本，《四部丛刊》初编第98册，第518页。

②　（明）郭良翰：《问奇类林》，明万历三十七年黄吉士等刻增修本，第219叶。（明）王世贞：《弇州四部稿》，第6879页。（明）王世贞：《艺苑卮言》，《续修四库全书》第1695册，第511页。（明）周子文：《艺薮谈宗》，明刻本，第548页。（清）官修《韵府拾遗》，《四库全书》第1030册，第80页。（清）孙梅：《四六丛话》，《续修四库全书》第1715册，第398页。（清）王先谦：《后汉书集解》，《续修四库全书》第272册，第610页。

③　王纲怀：《汉镜铭文图集》下册，中西书局，2016，第313、330、334、339、346、362、366、370、369、371、394、453、454、529、483页。

④　陆侃如：《中古文学系年》，人民文学出版社，1985，第93页。吴文治：《中国文学史大事年表》，黄山书社，1987，第144页。刘斯翰：《汉赋——唯美文学之潮》，广州文化出版社，1989，第218页。康金声：《汉赋纵横》，山西人民出版社，1992，第255页。石观海主编《中国文学编年史·汉魏卷》，湖南人民出版社，2006，第214页。刘跃进：《秦汉文学编年史》，第404页。

⑤　蒋志远：《王筠〈古今字〉研究》，第32、45、106~107页。

《孟子·离娄上》：'为丛驱爵（雀）者，鹯也。'"① 《易·中孚》："我有好爵，吾与尔靡之。"② 赋、颂混融兼简省、古今字致异名。

《洛都赋》

《洛都赋》篇名，属于据赋作所涉地点命篇，另有异名 2 例、误名 1 例。

异名：

1.《洛阳赋》。《初学记》卷二十四"挟成皋，据函谷"注："傅毅《洛阳赋》曰：'挟成皋之岩阻，扶二崤之崇山。'"③《佩文韵府》卷十三"双鹍"注："傅毅《洛阳赋》：'维高冥之独鹄，连轩翥之双鹍。'"④

案，洛阳又称洛都，同名异称，换词命篇致异名。

2.《洛赋》。《北堂书钞》卷一百三十七"浮翠虬与玄武"注："傅毅《洛赋》云：'停清沼以泛舟，浮翠虬与玄武。'"《渊鉴类函》卷三百八十六"翠虬"注："傅毅《洛赋》云：'停清沼以泛舟，浮翠虬与元武。'"《骈字类编》卷一百四十五"翠虬"注引同前，无"云"字。⑤《天中记》卷十三："《洛赋》：'寻历代之规兆，仍险塞之自然。被昆仑之洪流，据伊洛之双川。挟成皋之岩阻，扶二崤之崇山。砥柱回波缀于后，三涂太室结于前。镇以嵩高乔岳，峻极于天。'傅毅。"⑥ 洛阳简省为洛，简省命篇致异名。

误名：

1.《洛神赋》。《正字通》子集中"僚"注："傅毅《洛神赋》：'革服朔，正官僚。辨方位，摹八区。'"《正字通》卯集下"旄"注、《康熙字典》卯集下"旄"注："傅毅《洛神赋》：'昆山美玉，涛海明珠。金银璆琳，翠鹙貂旄。'"⑦ 文句实属傅毅《洛都赋》，涉曹植《洛神赋》，篇名

---

① 杨伯峻译注《孟子译注》，中华书局，2013，第 156 页。

② 李鼎祚：《周易集解》，中国书店出版社，1984，第 5 页。

③ （唐）徐坚：《初学记》，第 563 页。

④ （清）张玉书：《佩文韵府》，第 568 页。

⑤ （唐）虞世南：《北堂书钞》，第 563 页。（清）张英：《渊鉴类函》，舟部，第 2 页。
　　（清）张廷玉：《骈字类编》，《四库全书》第 1000 册，第 544 页。

⑥ （明）陈耀文：《天中记》，《四库全书》第 965 册，第 571 页。

⑦ （明）张自烈：《正字通》，《续修四库全书》第 234 册，第 86、481 页。《康熙字典》，第 483 页。

混淆致误名。

《反都赋》

《反都赋》篇名，属于据赋作创作缘由命篇，另有误名 3 例。

1.《两都赋》。《李长吉昌谷集句解定本》卷四《洛阳城外别皇甫湜》注："傅毅《两都赋》：'因龙门以畅化，开伊阙之达聪。'"①

2.《洛都赋》。《天中记》卷十四："傅毅《洛都赋》曰：'因龙门以畅化，开伊阙以达聪。'"②

3.《东都赋》。《资治通鉴补》卷一百八十八注："傅毅《东都赋》曰：'因龙门以畅化，开伊阙以达聪。'"③

案，所涉文句最早见于《水经注》卷十五，作傅毅《反都赋》。④ 篇名混淆致误名。

《舞赋》

《舞赋》篇名，属于据赋作所含字词命篇，另有异名 1 例。

1.《儛赋》。《六臣注文选》卷十六潘岳《闲居赋》注："傅武仲《儛赋》曰：'抗音高歌为乐方。'"⑤

案，《广韵·麌韵》："'儛'同'舞'。"⑥《庄子·在宥》："乃斋戒以言之，跪坐以进之，鼓歌以儛之，吾若是何哉！"《庄子·列御寇》："再命而于车上儛。"⑦ 王褒《九怀·株昭》："丘陵翔儛兮，溪谷悲歌。"⑧"'舞''儛'。S.388《正名要录》：'右字形虽别，音义是同。古而典者居上，今而要者居下。'按，颜元孙《干禄字书》：'儛、舞：上俗，下

---

① （唐）李贺撰，（清）姚佺笺，（清）丘象升等评，（清）丘象随等辩注《李长吉昌谷集句解定本》，清初丘象随西轩刻梅村书屋印本，《续修四库全书》第 1311 册，第 298 页。
② （明）陈耀文：《天中记》，《四库全书》第 965 册，第 621 页。
③ （明）严衍：《资治通鉴补》，清光绪二年盛氏思补楼活字印本，《续修四库全书》第 340 册，第 38 页。
④ （南北朝）郦道元：《水经注》，第 217 叶。
⑤ （梁）萧统编，（唐）李善等注《六臣注文选》，《四部丛刊》初编第 420 册，第 20 页。
⑥ 蔡梦麒校释《广韵校释》，第 630 页。
⑦ 陈鼓应：《庄子今注今译》，中华书局，2009，第 296、297、898、899 页。
⑧ 汤炳正、李大明、李诚、熊良智注《楚辞今注》，第 350 页。

正.'"" '傀','舞'之俗字,左边加'亻'旁表示跳舞。"① 吐鲁番出土
文献 67TAM363：8/1（a）之二《唐景龙四年（710）卜天寿抄孔氏本郑
氏注〈论语〉》："今倍（陪）臣而傀天子八佾之囗"② 正俗字,致异名。

《琴赋》

《琴赋》篇名,属于据赋作所含字词命篇,另有异名 1 例。

1.《雅琴赋》。《文选》卷十八嵇康《琴赋》注："傅毅《雅琴赋》
曰：'时促均而增徽,接角徵而控商。'"" 傅毅《雅琴赋》曰：'明仁义以
厉己,故永御而密亲。'"③《玉海》卷一百一十："傅毅《雅琴赋》：'时
促均而增徽,接角徵而控商。明仁义以厉己,故永御而密观。'"④《文选
理学权舆》卷二："傅毅《雅琴赋》。"⑤《说文通训定声》履部第十二
"徽"注："傅毅《雅琴赋》：'时促均而增徽。'"⑥《全上古三代秦汉三国
六朝文》全后汉文卷四十三《雅琴赋》："历嵩岑而将降,睹鸿梧于幽阻。
高百仞而不枉,对修条以特处。蹈通涯而将图,游兹梧之所宜。盖雅琴之
丽朴,乃升伐其孙枝。命离娄使布绳,施公输之剖劂。遂雕琢而成器,摸
神农之初制。尽声变之奥妙,抒心志之郁滞。""绝激哇之淫。""时促均
而增徽,接角徵而控商。""明仁义以厉已,故永御而密亲。"⑦"雅琴"简
省为"琴",简全差异致异名。

《羽扇赋》

《羽扇赋》篇名,属于据赋作所咏对象命篇,另有异名 1 例。

1.《扇赋》。《北堂书钞》卷一百三十四"或规或矩"注："傅毅《扇
赋》云：'织竹廓素,或规或矩。'"《全上古三代秦汉三国六朝文》全后
汉文卷四十三《扇赋》："背和暖于青春,践朱夏之赫戏。摇轻篿以致凉,

---

① 黄征：《敦煌俗字典》,第 841～842 页。
② 赵红：《吐鲁番俗字典》,第 561 页。
③ （梁）萧统编,（唐）李善注《文选》,第 847、848 页。
④ （宋）王应麟：《玉海》,《四库全书》第 945 册,第 870 页。
⑤ （清）汪师韩：《文选理学权舆》,《续修四库全书》第 1581 册,第 38 页。
⑥ （清）朱骏声：《说文通训定声》,清道光二十八年刻本,《续修四库全书》第 221 册,第
　 8 页。
⑦ （清）严可均辑《全上古三代秦汉三国六朝文》,第 706 页。

爰自尊以暨卑。织竹廓素，或规或矩。"①　"羽扇"简省为"扇"，简全差异致异名。

《郊祀赋》

《郊祀赋》篇名，属于据赋作所铺写事件命篇，另有异名1例。

1.《郊祀颂》。《匡谬正俗》卷七："傅毅《郊祀颂》云：'飞紫烟以奕奕，纷扶摇乎太清。既歆祀而欣德，降灵福之穰穰。'"②

案，《文献通考》卷一百七十九："颜氏《匡缪正俗》以傅毅《郊祀赋》'穰'有'而成切'。"《全闽诗话》卷四、《经义考》卷一百五注引同前，"匡"作"纠"。③《直斋书录解题》卷二同，仅"有"记为"作"。④故傅毅有《郊祀赋》。可见《郊祀赋》《郊祀颂》实为一篇，且存四句，末字为"穰"。赋、颂混融致异名。

综上，傅毅赋异名类型为：1. 文体混融致异名（赋、诗、颂混融）；2. 简全差异致异名；3. 字形差异致异名（古今字、异体字）；4. 换词命篇致异名。误名类型为：乱（篇名混淆）。

二十九　崔骃

崔骃赋作有《达旨》《七依》《反都赋》《大将军临洛观赋》《大将军西征赋》《武赋》。6篇出现篇名分歧（100%），考辨如下。

《达旨》

《达旨》篇名，属于据赋作创作缘由命篇，另有异名2例、误名1例。

异名：

1.《达指》。《太平御览》卷六百八十六："后汉崔骃《达指》曰：

---

① （唐）虞世南：《北堂书钞》，第538页。（清）严可均辑《全上古三代秦汉三国六朝文》，第706页。
② （唐）颜师古：《匡谬正俗》，第100叶。
③ （元）马端临：《文献通考》，中华书局，2006，第1547页。（清）郑方坤：《全闽诗话》，清乾隆诗话刻本，第124叶。（清）朱彝尊：《经义考》，《四库全书》第678册，第376页。
④ （宋）陈振孙：《直斋书录解题》，第21叶。

'有事则褰裳濡足，无事则摄缨整衿。'"①《渊鉴类函》卷三百七十一"猎缨"注："崔骃《达指》曰：'有事则褰裳而濡足，挂冠不顾。无事则猎缨整衿。'"②

案，"'指'又与'旨''恉'通，意向也"③。意向，意旨义。《尚书·盘庚》："王播告之修，不匿厥指。"④《管子·侈靡》："承从天之指。"⑤《孟子·告子下》："愿闻其指。"⑥《史记·屈原贾生列传》："其称文小而其指极大，举类迩而见义远。"⑦《汉书·李广传》："大将军阴受上指，以为李广数奇。"⑧《汉书·司马迁传》："太史公仕于建元、元封之间，愍学者不达其意而师悖，乃论六家之要指曰……"⑨通假致异名。

2.《达旨解》。《锦绣万花谷别集》卷十八："汉崔骃《达旨解》：'士或掩目而渊潜，或盥耳而山栖。或草耕而仅饱，或木茹而长饥。'"⑩

案，《达旨》为对答体，答部分有解释、说明用意。解作为文体的一种，"因韩愈文章而立体"⑪，如《获麟解》《进学解》《择言解》《通解》等。《文体明辨·解》："其文以辩释疑惑、解剥纷难为主，与论、说、议、辩，盖相通焉。"⑫赋、解混融致异名。

误名：

1.《达止》。《天中记》卷四十三："崔骃《达止》：'铭昆吾之冶，勒景襄之钟。'"⑬

案，文句实属崔骃《达旨》。《说文·止部》："止，下基也。象艸木

---

① （宋）李昉：《太平御览》，第3062页。
② （清）张英：《渊鉴类函》，服饰部，第5页。
③ 《康熙字典》，第429页。
④ （汉）孔安国传，（唐）孔颖达正义《尚书正义》，《十三经注疏》，第341页。
⑤ 黎翔凤撰，梁连华整理《管子校注》，中华书局，2004，第661页。
⑥ （清）焦循撰，沈文倬点校《孟子正义》，第825页。
⑦ （汉）司马迁：《史记》，第2482页。
⑧ （汉）班固：《汉书》，第2448页。
⑨ （汉）班固：《汉书》，第2709页。
⑩ （宋）佚名：《锦绣万花谷别集》，宋刻本，《续修四库全书》第1217册，第102页。
⑪ 吴承学：《中国古代文体学研究》，人民出版社，2011，第324页。
⑫ （明）徐师曾：《文体明辨》，《四库全书存目丛书》集部第311册，齐鲁书社，1997，第761页。
⑬ （明）陈耀文：《天中记》，《四库全书》第967册，第54页。

出有址，故以止为足。"①《玉篇·旨部》："旨，支耳切。美也，意也，志也。"② 赋内容为陈述己志。"止"乃与"旨"音近而讹，致误名。

《七依》

《七依》篇名，属于据赋作形式命篇，另有误名 2 例。

1.《七言》。《文选》卷二十五郭泰机《答傅咸》注、《六臣注文选》卷二十五郭泰机《答傅咸》注："崔骃《七言》曰：'皦皦练丝退浊污。'"③《文选理学权舆》卷二："崔骃《七言》。"④

案，文句实属崔骃《七依》。赋残，有七言句，亦有四言句、六言句等，故称"七言"不妥。崔骃另有《七言诗》。同一作家七言诗与七体混淆，篇名混淆致误名。

2.《七发》。《文选笺证》卷三十："崔骃《七发》：'乃导元山之粱，不周之稻。'"⑤《释谷》卷一、《公羊义疏》十九注："崔骃《七发》云：'元山之粱。'"⑥

案，文句实属崔骃《七依》。《七依》《七发》同为七体作品，篇名混淆致误名。

《反都赋》

《反都赋》篇名，属于据赋作创作缘由命篇，另有误名 1 例。

1.《及都赋》。《古音丛目》卷二"瞻"注："崔骃《及都赋》以'瞻'为'鄗'。"⑦

① （汉）许慎撰，（清）段玉裁注《说文解字注》，第 67 页。
② （梁）顾野王撰，吕浩校点《大广益会玉篇》，第 328 页。
③ （梁）萧统编，（唐）李善注《文选》，第 1163 页。（梁）萧统编，（唐）李善等注《六臣注文选》，《四部丛刊》初编第 420 册，第 708 页。
④ （清）汪师韩：《文选理学权舆》，《续修四库全书》第 1581 册，第 33 页。
⑤ （梁）萧统编，（清）胡绍煐笺证《文选笺证》，《续修四库全书》第 1582 册，第 366 页。
⑥ （清）刘宝楠：《释谷》，清咸丰五年刻本，《续修四库全书》第 193 册，第 26 页。（清）陈立：《公羊义疏》，清光绪十四年南菁书院刻皇清经解续编本，《续修四库全书》第 130 册，第 190 页。
⑦ （明）杨慎撰，（清）李调元校定《古音丛目》，第 32 叶。

　　案，崔骃《反都赋》所存残句中没有含"瞻""郭"字的文句。①
《说文·又部》："及，逮也。"②"及"字，吐鲁番出土文献 72TAM230：
46/1（a）《唐仪凤三年（678）尚书省户部支配诸州庸调及折造杂练色数
处分事条启（一）》："具申比部**及**金部，比部勾讫，关□。"③"及"乃与
"反"形近而讹，致误名。

《大将军临洛观赋》

　　《大将军临洛观赋》篇名，属于据赋作创作缘由命篇，另有异名 3 例。

　　1.《临洛观春赋》。《太平御览》卷二十："崔骃《临洛观春赋》曰：
'迎夏之首，桃之夭夭，扬柳依依。'"④

　　案，崔骃《大将军临洛观赋》："于是迎夏之首，末春之垂。桃枝夭
夭，杨柳猗猗。"⑤《临洛观春赋》篇名侧重季节及活动。取赋中所写季节
及活动命篇兼侧重差异致异名。

　　2.《临洛观赋》。《文选》卷二十六潘岳《在怀县作二首》注："崔
骃《临洛观赋》曰：'迎夏之首，末春之垂。'"《海录碎事》卷二同前
引，"曰"作"云"。⑥《文选理学权舆》卷二："崔骃《临洛观赋》。"⑦
《佩文韵府》卷六"观鱼"注："崔骃《临洛观赋》：'步辇道以周流，
临轩槛以观鱼。'"卷六"作庐"注："崔骃《临洛观赋》：'滨曲沼而立
观，营高壤而作庐。'"卷十七"夭夭"注："崔骃《临洛观赋》：'迎夏
之首，末春之垂。桃枝夭夭，杨柳猗猗。'"卷三十"弛衔"注："崔骃
《临洛观赋》：'弛衔纵策，逸如奔扬。'"⑧省略"大将军"，简全差异致
异名。

　　3.《洛观赋》。《北堂书钞》卷一百五十四"春篇·阳炎炎以日进"

---

① 费振刚、胡双宝、宗明华辑校《全汉赋》，第 296 页。
② （汉）许慎撰，（清）段玉裁注《说文解字注》，第 115 页。
③ 赵红：《吐鲁番俗字典》，第 211 页。
④ （宋）李昉：《太平御览》，第 97 页。
⑤ 费振刚、胡双宝、宗明华辑校《全汉赋》，第 297 页。
⑥ （梁）萧统编，（唐）李善注《文选》，第 1225 页。（宋）叶廷珪：《海录碎事》，《四库
　　全书》第 921 册，第 37 页。
⑦ （清）汪师韩：《文选理学权舆》，《续修四库全书》第 1581 册，第 37 页。
⑧ （清）张玉书：《佩文韵府》，第 213、241、790、1490 页。

注："崔骃《洛观赋》云：'迎夏之首，来春之垂。阳炎炎而日进，阴冉冉而日衰。'"① 简全差异致异名。

《大将军西征赋》

《大将军西征赋》篇名，属于据赋作创作缘由兼所涉人物命篇，另有异名 1 例。

1.《西征赋》。《野客丛书》卷十九："如曹植《东征赋》，崔骃、徐幹《西征赋》，班固、傅毅《北征颂》，此皆述征伐之征，非征行之谓也。"《订讹类编》卷一、《茶香室丛钞》茶香室四钞卷十二："如曹植《东征赋》，崔骃、徐幹《西征赋》，班固、傅毅《北征颂》，此皆述征伐之征。"② 《佩文韵府》卷二十三"义兵"注、卷六十一"陈颂"注："崔骃《西征赋序》：'在昔上世，义兵所克。工歌其诗，贤陈其颂。书之庸器，列在明堂，所以显武功也。'"《佩文韵府》卷三十六"陇阻"注、《骈字类编》卷十八"陇阻"注："崔骃《西征赋》：'陟陇阻之峻坂，升天梯以高翔。'"③ 文句属《大将军西征赋》。简全差异致异名。

《武赋》

《武赋》篇名，属于据赋作所含字词命篇，另有误名 1 例。

1.《武都赋》。《北堂书钞》卷一百一十四"超天关横汉津"注："崔骃《武都赋》云：'超天关兮横汉津，竭西玉兮徂北根。陵句注兮厉楼烦，济云中兮息九元。'"④ 《渊鉴类函》卷二百一十一"超天关横汉津"注："崔骃《武都赋》云：'超天关兮横汉津，宁西土兮徂北征。凌月氏兮厉楼烦，济云中兮息元元。'"⑤

---

① （唐）虞世南：《北堂书钞》，第 658 页。
② （宋）王楙：《野客丛书》，第 123 叶。（清）杭世骏：《订讹类编》，《续修四库全书》第 1148 册，第 22 页。（清）俞樾：《茶香室丛钞》，清光绪二十五年刻春在堂全书本，第 788 叶。
③ （清）张玉书：《佩文韵府》，第 1119、2285、1647 页。（清）张廷玉：《骈字类编》，《四库全书》第 994 册，第 647 页。
④ （唐）虞世南：《北堂书钞》，第 436 页。
⑤ （清）张英：《渊鉴类函》，武功部，第 22 页。

案，根据《文馆词林》卷三百四十七辑佚内容，^①"与凉州武都不相涉……文中内容完全是以武力征服朔方、猃狁、匈奴战争的描述"^②，当作《武赋》。因赋作内容阙失，名物混淆致误名。

综上，崔骃赋作异名类型为：1. 据文命篇致异名（据赋作所含字词，侧重差异）；2. 简全差异致异名；3. 文体混融致异名（解、赋混融）；4. 字形差异致异名（通假字）。误名类型为：1. 乱（篇名混淆、名物混淆）；2. 讹（字音形近，讹误）。

三十　黄香

黄香赋作有《九宫赋》，1 篇出现误名（100%），考辨如下。

《九宫赋》

《九宫赋》篇名，属于据赋作所咏对象命篇，另有误名 2 例。

1.《九官赋》。《慈湖诗传》卷九："黄香《九官赋》'驱'与'御'叶。"^③

案，《慈湖诗传》所引当指黄香《九宫赋》："使织女骖乘，王良为之御。三台执兵而奉引，轩辕乘驱駥而先驱。"^④ 九宫，《古文苑》引郑玄注云："太一者，北辰神名也。下行八卦之宫，每四乃还于中央。中央者地神之所居，故因谓之九宫。"^⑤ "九官"，传为舜设置的九个大臣，后泛指九卿六部的中央官员。黄香《九宫赋》："伊黄虚之典度，存乎文昌之会宫。""享嘉命而延寿，乐斯宫之无穷。"^⑥ 九宫与九官为不同名物，当作《九宫赋》。名物混淆致误名。

2.《九成宫赋》。《奇字名》卷四"山名·崆"："黄香《九成宫赋》：

---

① （唐）许敬宗：《文馆词林》，民国适园丛书本，第 46～47 叶。
② 彭春艳：《崔骃〈武赋〉新考》，《中国韵文学刊》2019 年第 2 期。
③ （宋）杨简：《慈湖诗传》，《四库全书》第 73 册，第 112 页。
④ 费振刚、胡双宝、宗明华辑校《全汉赋》，第 372 页。
⑤ （宋）章樵注：《古文苑》，中国书店出版社影印中国书店藏明成化十八年刻本，2012，第 1 页。（以下引自此版本者，不再注明）
⑥ 费振刚、胡双宝、宗明华辑校《全汉赋》，第 372～373 页。

'振云嶅岫而土崆山。'"①

案，文句实属黄香《九宫赋》。九成宫为隋唐时故宫。故当作《九宫赋》，"成"衍，致误名。

综上，黄香赋误名类型为：1. 乱（名物混淆）；2. 衍。

三十一　葛龚

葛龚赋作有《遂初赋》，1 篇出现篇名分歧（100％）。

《遂初赋》

《遂初赋》篇名，属于据赋作创作缘由命篇，另有存疑名 1 例，俟考。

1.《反遂初赋》。《太平御览》卷一百八十四、《渊鉴类函》卷三百四十七"兰阁"注："葛龚《反遂初赋》曰：'考天文于兰阁，览群言于石渠。'"《橘山四六》卷三《又贺费尚书》注引同前，无"曰"字。《玉海》卷一百六十三："《反遂初赋》。葛龚。'考天文于兰阁，览群言于石渠。'"《天中记》卷十四："葛龚：'考天文于兰阁，览群言于石渠。'（《反遂初赋》)"②

案，该句《全上古三代秦汉三国六朝文》全后汉文卷五十六作《遂初赋》。③ 赋残，存疑俟考。

三十二　班昭

班昭赋作有《大雀赋》《蝉赋》《针缕赋》《东征赋》4 篇，《针缕赋》1 篇出现篇名分歧（25％），考辨如下。

《针缕赋》

《针缕赋》篇名，属于据赋作所含字词命篇，另有异名 1 例。

---

① （清）李调元：《奇字名》，清乾隆锦州李氏万卷楼刊嘉庆十四年李鼎元重校函海本，《续修四库全书》第 191 册，第 538 页。

② （宋）李昉：《太平御览》，第 895 页。（清）张英：《渊鉴类函》，居处部，第 28 页。（宋）李廷忠：《橘山四六》，《四库全书》第 1169 册，第 197 页。（宋）王应麟：《玉海》，《四库全书》第 947 册，第 262 页。（明）陈耀文：《天中记》，《四库全书》第 965 册，第 614 页。

③ （清）严可均辑《全上古三代秦汉三国六朝文》，第 780 页。

1.《针赋》。《太平御览》卷八百三十:"曹大家《针赋》曰:'镕秋金之刚精,形微妙而直端。性通达而渐进,博庶物而一贯。'"①《衾史》卷四十一:"曹大家有《针赋》。"②

案,班昭《针缕赋》:"惟针缕之列迹,信广博而无原。"③《古文苑》章樵注:"先针而后缕可以成帷,先缕而后针不可以成衣。"④《针缕赋》篇名指针和线,取赋中"针缕"二字命篇;《针赋》篇名侧重于针。侧重差异兼简全差异致异名。

综上,班昭赋异名类型为:1.据文命篇致异名(侧重差异);2.简全差异致异名。

三十三　李尤

李尤赋作有《平乐观赋》《长乐观赋》《东观赋》《辟雍赋》《德阳殿赋》《函谷关赋》《七歎》《果赋》《七命》9篇。《平乐观赋》《长乐观赋》《辟雍赋》《德阳殿赋》《函谷关赋》《七歎》《果赋》7篇出现篇名分歧(77.78%),考辨如下。

《平乐观赋》

《平乐观赋》篇名,属于据赋作所涉地点命篇,《平乐观赋》另有异名1例、误名1例。

异名:

1.《平乐馆赋》。《隋书经籍志考证》卷三十九之二:"严氏全后汉文编曰:'李尤有集五卷,今搜辑群书有《函谷关赋》《辟雍赋》《德阳殿赋》《平乐馆赋》《东观赋》《七款》凡六篇。'"⑤

案,"'观'又通作'馆'。《文选·司马相如·上林赋》:'灵圉燕于闲馆。'又:'虚宫馆而勿仞。'《史记》《汉书》俱作'观'"⑥。"平乐观"又称"平乐馆"。通假致异名。

---

① (宋)李昉:《太平御览》,第3704页。
② (清)王初桐:《衾史》,《续修四库全书》第1251册,第620页。
③ 费振刚、胡双宝、宗明华辑校《全汉赋》,第369页。
④ (宋)章樵注《古文苑》,第16页。
⑤ (清)姚振宗:《隋书经籍志考证》,《续修四库全书》第915册,第650页。
⑥ 《康熙字典》,第1138页。

误名：

1.《乐观赋》。《文选》卷二张衡《西京赋》注、《六臣注文选》卷二张衡《西京赋》注："李尤《乐观赋》曰：'设平乐之显观，处金商之维限。'"《汉魏六朝百三家集》卷十三《张衡集·赋·西京赋》薛综注引同前，无"曰"字。①

案，《文选旁证》卷三校正《西京赋》李善注"李尤《乐观赋》曰"句云："'乐'上当有'平'字，各本皆脱。"② 脱致误名。

《长乐观赋》

《长乐观赋》篇名，属于据赋作所涉地点命篇，另有异名1例。

1.《长乐宫词》。《乐书》卷一百八十六"激水转石，嗷雾扛鼎"注："并见李尤《长乐宫词》。"③

案，文句属《长乐观赋》。"宫，古代房屋的通称。""观，古代宫廷或宗庙大门外高台上的建筑物，又名'阙'。"④ 长乐观可指代长乐宫。词、赋混融兼换词命篇致异名。

《辟雍赋》

《辟雍赋》篇名，另外有误名2例。

1.《平乐观赋》。《乐书》卷一百八十六、《太平御览》卷五百六十九"戏车山车，兴云动雷"注："见李尤《平乐观赋》。"⑤

2.《长乐观赋》。《初学记》卷十五"戏车山车，兴云动雷"注："见李尤《长乐观赋》。"⑥

案，"兴云动雷，飞霄风雨"实属李尤《辟雍赋》，见《文选》卷十

---

① （梁）萧统编，（唐）李善注《文选》，第75页。（梁）萧统编，（唐）李善等注《六臣注文选》，《四部丛刊》初编第418册，第544页。（明）张溥：《汉魏六朝百三家集》，《四库全书》第1412册，第302页。

② （清）梁章钜：《文选旁证》，《续修四库全书》第1581册，第238页。

③ （宋）陈旸：《乐书》，《四库全书》第211册，第835页。

④ 王力主编《王力古汉语字典》，第222、1251页。

⑤ （宋）陈旸：《乐书》，《四库全书》第211册，第835页。（宋）李昉：《太平御览》，第2572页。

⑥ （唐）徐坚：《初学记》，第372页。

二木华《海赋》李善注。① 同一作者不同赋作篇名混淆致误名。

《德阳殿赋》

《德阳殿赋》篇名，属于据赋作所涉地点命篇，另有误名 4 例。

1.《阳德殿赋》。《韵补》卷一"旋"注："李尤《阳德殿赋》：'上蟠蟠其无际兮，状纡回以周旋。开三阶而参会兮，错金银于两楹。'""蜓"注："李尤《阳德殿赋》：'连璧组之烂漫兮，杂虬文之蜿蜓。动坎击而成响兮，似金石之音声。'"卷二"遵"注："李尤《阳德殿赋》：'曰若炎唐，稽古作先。於赫圣汉，抗德以遵。'"卷五"缛"注："李尤《阳德殿赋》：'青琐禁门，廊庑翼翼。华虫诡异，密采珍缛。达兰林以西通，中方池而特立。'"②《路史》卷三十七"路史绝笔"注："李尤《阳德殿赋》云：'曰若炎唐，稽古作先。'"③《古音丛目》卷五："'缛'，而聿切。李尤《阳德殿赋》与'立'合韵。"④《正字通》卯集下"旋"："李尤《阳德殿赋》：'上蟠蟠其无际兮，状纡回以周旋。开三阶而参会兮，错金银于两楹。'"未集中"缛"注："后汉李尤《阳德殿赋》：'青琐禁门，廊庑翼翼。华虫诡异，密采珍缛。'"申集中"蜓"注："李尤《阳德殿赋》：'连璧组之烂熳兮，杂虬文之蜿蜓。动坎击而成响兮，似金石之音声。'"⑤《古今通韵》卷十一"屋·屋沃职三韵通"注："李尤《阳德殿赋》：'青锁禁门，廊庑翼翼。华虫诡异，密采珍缛。'"⑥《骈字类编》卷七十"璧组"注："李尤《阳德殿赋》：'连璧组之润漫，杂虬文之蜿蜓。'"⑦《佩文韵府》卷二十六"峻楼"注："李尤《阳德殿赋》：'周阁回匝，峻楼临门。'"⑧

案，《古音丛目》所引指"华虫诡异，密采珍缛。达兰林以西通，中

① （梁）萧统编，（唐）李善注《文选》，第 547 页。
② （宋）吴棫：《韵补》，第 48、53、67、215 叶。
③ （宋）罗泌：《路史》，《四库全书》第 383 册，第 561 页。
④ （明）杨慎撰，（清）李调元校定《古音丛目》，第 109 叶。
⑤ （明）张自烈：《正字通》，《续修四库全书》第 234 册，第 482 页；第 235 册，第 263、423 页。
⑥ （清）毛奇龄：《古今通韵》，《四库全书》第 242 册，第 241 页。
⑦ （清）张廷玉：《骈字类编》，《四库全书》第 997 册，第 140 页。
⑧ （清）张玉书：《佩文韵府》，第 1370 页。

方池而特立"。《孔丛子》："上召季彦，季彦见于德阳殿。""德阳殿，冢田虎曰：'东京正殿。'"① 当作德阳殿，"阳德"倒乙。

2.《阳德殿铭》。《骈字类编》卷七十"珍缛"注："李尤《阳德殿铭》：'华虫脆异，密采珍缛。'"《佩文韵府》卷九十一"珍缛"注引同前，"脆"作"诡"。②

案，文句实属李尤《德阳殿赋》而不属《德阳殿铭》。篇名混淆兼倒乙致误名。

3.《景阳殿铭》。《书叙指南》卷十六"又曰密采"注："李尤《景阳殿铭》。又曰'虬文'，上。"③

案，文句实属李尤《德阳殿赋》。《历代宫殿名》中景阳殿属后魏。④"景阳殿铭"实为"德阳殿赋"之讹，李尤没有《景阳殿铭》。名物混淆致误名。

4.《阳德赋》。《慈湖诗传》卷十一："李尤《阳德赋》：'协三灵之纯壹兮，正阶衡以统理。参日月以并昭兮，合厚德于四时。'"⑤

案，文句实属《德阳殿赋》，倒乙德阳殿为阳德殿兼省"殿"致误名。

《函谷关赋》

《函谷关赋》篇名，属于据赋作所涉地点命篇，另有误名 1 例。

1.《函谷关铭》。《文选》卷十一王延寿《鲁灵光殿赋》注："李尤《函谷关铭》曰：'玉女流眄而下视。'"《御选唐诗》卷二十二李商隐《对雪》注引同前，无"曰"字。⑥

案，李尤《函谷观铭》全文为四言，⑦ 其《函谷关赋》则保留骚体特

---

① 傅亚庶：《孔丛子校释》，第 481、493 页。
② （清）张廷玉：《骈字类编》，《四库全书》第 997 册，第 145 页。（清）张玉书：《佩文韵府》，第 3533 页。
③ （宋）任广：《书叙指南》，《四库全书》第 920 册，第 565 页。
④ （宋）李昉：《历代宫殿名》，清抄本，第 4 叶。
⑤ （宋）杨简：《慈湖诗传》，《四库全书》第 73 册，第 152 页。
⑥ （梁）萧统编，（唐）李善注《文选》，第 515 页。（清）陈廷敬：《御选唐诗》，《四库全书》第 1446 册，第 714 页。
⑦ 彭春艳：《李尤研究》，社会科学文献出版社，2019，第 139 页。

征，此句当如《全上古三代秦汉三国六朝文》全后汉文卷五十归属为《函谷关赋》。① 同一作者同题异体作品篇名混淆致误名。

《七欸》

《七欸》篇名，属于据赋作形式命篇，另有误名6例。

1.《七款》。"款"亦写作"欸"。② 《艺文类聚》卷五十七："后汉李尤《七款》曰：'奇宫闲馆，回庭洞门。井干广望，重阁相因。夏屋渠渠，嵯峨合连。前临都街，后据流川。梁王青黎，卢橘是生。白华绿叶，扶疏各荣。与时代序，孰不堕零。黄景炫炫，眩林曜封。金衣素里，班白内充。副以芋柘，丰弘诞节。纤液玉津，旨于饮蜜。'③ 《东汉文纪》卷十四有《七欸》云云，同前引，惟"各荣"作"冬荣"。《汉魏六朝百三家集》卷十五《七欸》："奇宫闲馆，回庭洞门。井干广望，重阁柘因。夏屋渠渠，嵯峨合连。前临都街，后据流川。梁王（一作上）青黎（一作丽），卢橘是生。白华绿叶，扶疏冬荣。与时代序，孰不堕零。黄景炫炫，眩林曜封。金衣素里（一作紫），班白内充。滋味伟异，淫乐无穷。副以芋柘，丰弘诞节。纤液玉津，旨于饮蜜。"④ 《骆临海集笺注》卷九《对策文三道》注："李尤《七款》曰：'回皇竞集。'"⑤ 《毛诗古音考》卷一："后汉李尤《七款》：'副以芋柘，丰弘诞节。纤液玉津，旨于饮蜜。'"⑥ 《文选笺证》卷五："李尤《七款》：'梁土青丽，卢橘是生。白花绿叶，扶疏冬荣。'"卷十："李尤《七款》：'梁土青丽，卢橘是生。'"⑦ 《说文解字义证》卷四十三"飙"注："李尤《七款》：'高风猋厉。'"⑧ 《骈字类编》卷二十四"夏屋"注："李尤《七款》：'夏屋渠渠，

---

① （清）严可均辑《全上古三代秦汉三国六朝文》，第746页。

② 《四体大字典》，中国书店出版社，1981，第627页。

③ （唐）欧阳询撰，汪绍楹校《艺文类聚》，第1025页。

④ （明）梅鼎祚：《东汉文纪》，《四库全书》第1397册，第301页。（明）张溥：《汉魏六朝百三家集》，《四库全书》第1412册，第356页。

⑤ （唐）骆宾王撰，（清）陈熙晋笺《骆临海集笺注》，《续修四库全书》第1305册，第204页。

⑥ （明）陈第：《毛诗古音考》，《四库全书》第239册，第426页。

⑦ （梁）萧统编，（清）胡绍煐笺证《文选笺证》，《续修四库全书》第1582册，第65、128页。

⑧ （清）桂馥：《说文解字义证》，《续修四库全书》第210册，第558页。

嵯峨合连。前临都街，后据流川。'"卷一百三十五"黄景"注："李尤《七款》：'梁土青黎，卢橘是生。白华绿叶，扶疏冬荣。与时代序，孰不堕零。黄景炫炫，眩林曜封。'"卷一百四十"素里"注："李尤《七款》：'黄景炫炫，眩林曜封。金衣素里，斑白内充。'"卷二百三十八"合连"注："李尤《七款》：'夏屋渠渠，嵯峨合连。'"①《全上古三代秦汉三国六朝文》全后汉文卷五十作《七款》，在《艺文类聚》所录文后增加"鸿柿若瓜""龙鼋水处""回皇竞集""季秋末际，高风猋厉""神奔电驱，星流矢骛，则莫若益野腾驹也"②。《柳亭诗话》卷一"夏屋"注："李尤《七欵》：'夏屋渠渠，嵯峨合连。'"③《广群芳谱》卷八十六："李尤《七欵》：'橙醯笋菹。'"④《韵府拾遗》卷九"都街"注："李尤《七欵》：'夏屋渠渠，嵯峨合连。前临都街，后据流川。'"《佩文韵府》卷十六"合连"注："李尤《七欵》：'夏屋渠渠，嵯峨合连。'"《佩文韵府》卷九十"夏屋"注："李尤《七欵》：'夏屋渠渠，嵯峨合连。前临都街，后据流川。'"卷二十一"白华"注、卷一百五"绿叶"注："李尤《七欵》：'梁土青黎，卢橘是生。白华绿叶，扶疏冬荣。'"卷二十四"堕零"注、卷五十三"黄景"注："李尤《七欵》：'梁土青黎，卢橘是生。白华绿叶，扶疏冬荣。与时代序，孰不堕零。'"卷三十六"代序"注："李尤《七欵》：'与时代序，孰不堕零。'"卷四十四"闲馆"注："李尤《七欵》：'奇宫闲馆，回庭洞门。'"卷九十三"饮蜜"注："李尤《七欵》：'副以芋柘，丰弘诞节。纤液玉津，旨于饮蜜。'"卷一百"纤液"注："李尤《七欵》：'纤液玉津，旨于饮蜜。'"⑤《太平御览》卷九百七十一："李尤《七款》曰：'鸿柿若瓜。'"⑥"欵"为"款"之讹字。

---

① （清）张廷玉：《骈字类编》，《四库全书》第995册，第73页；第1000册，第171、360页；第1004册，第746页。

② （清）严可均辑《全上古三代秦汉三国六朝文》，第747页。

③ （清）宋长白：《柳亭诗话》，清康熙天茁园刻本，《续修四库全书》第1700册，第115页。

④ （清）汪灏：《广群芳谱》，《四库全书》第847册，第345页。

⑤ （清）官修《韵府拾遗》，《四库全书》第1029册，第249页。（清）张玉书：《佩文韵府》，第714、3413、910、4178、1239、2113、1654、1863、3621、3966页。

⑥ （宋）李昉：《太平御览》，第4303页。

2.《七歔》。《骈字类编》卷七十二"金衣"注:"李尤《七歔》曰:'金衣素里,斑白内充。'"①

3.《七疑》。《文选》卷十八马融《长笛赋》注、《六臣注文选》卷十八马融《长笛赋》注:"李尤《七疑》曰:'回皇竞集。'"《骆丞集》卷三《对策文三道》注:"李尤《七疑》:'回皇竞集。'"②《糖霜谱》原委第二、《读书纪数略》卷三十一、《古欢堂集》卷十八:"李尤《七疑》。"③《后汉书集解》卷三十七注:"《七疑》李尤作。"④《笋谱》:"汉乐安相李尤字伯仁,作《七疑》云:'橙醢笋菹。'"《骈字类编》卷一百九十七"橙醢"注、《四六丛话》卷二十六引之。⑤《渊鉴类函》卷一百九十九:"晋傅休奕《七谟》序曰:昔枚乘作《七发》而属文之士若傅毅、刘广世、崔骃、李尤、桓驎、崔琦、刘梁之徒承其流而作之者纷焉,《七激》《七兴》《七依》《七疑》《七说》《七蠲》《七举》之篇。"⑥

4.《七叙》。《六臣注文选》卷三十五张协《七命》注:"李尤《七叙》:'季秋末际,高风森厉也。'"⑦

5.《七难》。《文选》卷五十九王简栖《头陁寺碑文》注、《六臣注文选》卷五十九王简栖《头陀寺碑文》注:"李尤《七难》曰:'猛鸷陆嬉,龙鼍水处。'"⑧

案,七体混淆致误名。篇名分歧,前贤业已辨证如下——《汉魏六朝百三家集》卷十五:"李伯仁……今诔颂哀典俱不见,《七歔》无传,惟

①　(清)张廷玉:《骈字类编》,《四库全书》第997册,第192页。

②　(梁)萧统编,(唐)李善注《文选》,第814页。(梁)萧统编,(唐)李善等注《六臣注文选》,《四部丛刊》初编第420册,第163页。(唐)骆宾王撰,(明)颜文选注《骆丞集》,《四库全书》第1065册,第454页。

③　(宋)王灼:《糖霜谱》,清康熙四十五年扬州诗局刻栋亭藏书本,第1叶。(清)宫梦仁:《读书纪数略》,清光绪十三年山阴宋氏刻忏花庵丛书本,第1191叶。(清)田雯:《古欢堂集》,《四库全书》第1324册,第205页。

④　(清)王先谦:《后汉书集解》,《续修四库全书》第272册,第623页。

⑤　(宋)释赞宁:《笋谱》,《四库全书》第845册,第199页。(清)张廷玉:《骈字类编》,《四库全书》第1002册,第696页。(清)孙梅:《四六丛话》,《续修四库全书》第1715册,第507页。

⑥　(清)张英:《渊鉴类函》,文学部,第38页。

⑦　(梁)萧统编,(唐)李善等注《六臣注文选》,《四部丛刊》初编第421册,第700页。

⑧　(梁)萧统编,(唐)李善注《文选》,第2535页。(梁)萧统编,(唐)李善等注《六臣注文选》,《四部丛刊》初编第424册,第166页。

有《七欵》，岂‘欵’字之讹耶?"① 《文选旁证》卷六校正《三都赋》李善注"李尤《七欵》"句云："胡公《考异》曰：'欵'当作'歎'，或作'难'作'疑'皆非。"卷四十六校正《头陀寺碑文》李善注"李尤《七难》"句云："'难'当作'歎'，各本皆误。"② 《文选理学权舆》卷二"诔哀辞"下列"李尤《七难》"并注："'难'又作'歎'，又作'疑'，又作'款'，未知孰是。"③ 数者实为同一篇。《历代辞赋总汇·先秦汉魏晋南北朝卷》则分列《七款》《七难》《七歎》《七疑》四篇。④ 讹。《后汉书·李尤传》为《七歎》，⑤ 故以《七歎》为名。"《诗》'嘆''歎'二字习见，用法无别，其初本为一字之异体，二字错见同出，当是汉以后传抄的结果。有的古书以歎与喜乐为类、以嘆与怒哀为类，当是一时或一人用字习惯所致。歎、嘆二字的本意皆为叹息，包括喜怒哀乐。"⑥ 篇名混淆致误名。

6.《士叹》。《六臣注文选》卷三十五张协《七命》注："善曰，李尤《士叹》曰：'神奔电驱，星流矢骛，则莫若益野腾驹。'"⑦

案，"士"当与"七"形近而讹，致误名。

《果赋》

《果赋》篇名，属于据赋作所咏对象命篇，另有异名 2 例。

1.《李赋》。《太平广记》卷四百一十："李尤《果赋》云：'三十六之朱李，盖仙李缥而神李红。'"⑧

案，赋残句："三十六园朱李。""如拳之李。"⑨ 取赋残句所咏对象命篇致异名。

2.《李果赋》。《记纂渊海》卷九十二："'集仙李缥而神李红。'《李

---

① （明）张溥：《汉魏六朝百三家集》，《四库全书》第 1412 册，第 350 页。

② （清）梁章钜：《文选旁证》，《续修四库全书》第 1581 册，第 263、706 页。

③ （清）汪师韩：《文选理学权舆》，《续修四库全书》第 1581 册，第 47 页。

④ 马积高主编《历代辞赋总汇》，第 280～281 页。

⑤ （宋）范晔撰，（唐）李贤等注《后汉书》，第 2616 页。

⑥ 李学勤主编《字源》，第 770 页。

⑦ （梁）萧统编，（唐）李善等注《六臣注文选》，《四部丛刊》初编第 421 册，第 721 页。

⑧ （宋）李昉：《太平广记》，中华书局影印明嘉靖谈恺刻本，1961，第 6040 叶。

⑨ 彭春艳：《李尤研究》，第 126 页。

果赋》。"《山堂肆考》卷二百五："《李果赋》：'仙李缥而神李红。'"①

　　案，《果赋》篇名侧重总体泛称，《李果赋》篇名侧重所咏果品名称。侧重差异兼简全差异致异名。

　　综上，李尤赋作异名类型为：1. 据文命篇致异名（据赋作所含字词，侧重差异）；2. 文体混融致异名（词、赋混融）；3. 换词命篇致异名；4. 字形差异致异名（通假字）。误名类型为：1. 乱（篇名混淆）；2. 讹（字形近讹误）；3. 脱；4. 倒。

三十四　刘骑骏

　　刘骑骏赋作有《玄根赋》，1篇出现异名（100%），考辨如下。

《玄根赋》

　　《玄根赋》篇名，另有异名3例。

　　1.《元根赋》。《文选笺证》卷十四："善曰：'刘骑骏《元根赋》：九头之鸱。'"②《文选理学权舆》卷二列"刘骑骏《元根赋》"并注："'赋'一作'颂'。"③《佩文韵府》卷二十二"九头鸱"注："刘骑骏《元根赋》：'一足之夔，九头之鸱。'"④ 讳"玄"为"元"。避讳致异名。

　　2.《玄根颂》。《文选》卷三十四曹植《七启八首》注、《六臣注文选》卷三十四曹植《七启八首》注："刘骑骏《玄根颂》曰：'前殿冬缔。'"⑤《北堂书钞》卷一百九"五降成操"注："刘骑骏《玄根颂》云：'玄弦五降，乐成九奥。'""素雁蜿蟺"注："刘骑骏《玄根颂》云：'素雁蜿蟺感清羽，玄鹤顾躅应徵宫。'"⑥《东汉文纪》卷十三："《玄根颂》：'素燕蜿蟺感清羽，玄鹤回翔应宫徵。'"⑦《后汉书集解》卷十四注：

---

① （宋）潘自牧：《记纂渊海》，《四库全书》第932册，第674页。（明）彭大翼：《山堂肆考》，《四库全书》第978册，第189页。
② （梁）萧统编，（清）胡绍煐笺证《文选笺证》，《续修四库全书》第1582册，第172页。
③ （清）汪师韩：《文选理学权舆》，《续修四库全书》第1581册，第39页。
④ （清）张玉书：《佩文韵府》，第1093页。
⑤ （梁）萧统编，（唐）李善注《文选》，第1583页。（梁）萧统编，（唐）李善等注《六臣注文选》，《四部丛刊》初编第421册，第675页。
⑥ （唐）虞世南：《北堂书钞》，第418页。
⑦ （明）梅鼎祚：《东汉文纪》，《四库全书》第1397册，第291页。

"《北堂书钞》《御览》有《玄根颂》零句。'颂'或作'赋'。"① 案，赋、颂混融致异名。

3.《元根颂》。《渊鉴类函》卷一百八十八"素雁蜿蟺"注："刘鞠馀《元根颂》：'素雁蜿蟺感清羽，元鹤回翔应徵宫。'"②

案，此二句《北堂书钞》卷一百九、《全上古三代秦汉三国六朝文》全后汉文卷三十三属刘騊骏。③ 讳"玄"为"元"，赋、颂混融兼避讳致异名。

此外，龚克昌言及《玄想颂》，④ 其依据为《全上古三代秦汉三国六朝文》全后汉文卷三十三刘騊骏《玄根赋》"前殿冬缔"注："《文选·七启》注引《玄想颂》。"⑤ 查《文选》，实作"《玄根颂》"。故刘騊骏没有《玄想颂》，当是严可均错讹，但严可均没有单独列出而是从属《玄根赋》，故不作为误名处理。

综上，刘騊骏赋异名类型为：1. 文体混融致异名（赋、颂混融）；2. 避讳致异名。

三十五 张衡

张衡赋作有《温泉赋》、《定情赋》、《扇赋》、《南都赋》、《舞赋》、《二京赋》（包含《西京赋》《东京赋》）、《鸿赋》、《羽猎赋》、《应间》、《思玄赋》、《七辩》、《冢赋》、《髑髅赋》、《归田赋》、《逍遥赋》15 篇。《定情赋》《舞赋》《二京赋》《应间》《思玄赋》《七辩》《冢赋》7 篇出现篇名分歧（46.67%），考辨如下。

《定情赋》

《定情赋》篇名，属于据赋作创作缘由命篇，另有异名 1 例。

1.《定情歌》。《玉台新咏》卷九、《石仓历代诗选》卷一、《古诗纪》

① （清）王先谦：《后汉书集解》，《续修四库全书》第 272 册，第 381 页。
② （清）张英：《渊鉴类函》，乐部，第 19 页。案，"鞠馀"当作"騊骏"，见后文"附录·其他分歧考辨·汉赋作者姓名分歧考辨·刘騊骏"部分。
③ （唐）虞世南：《北堂书钞》，第 418 页。（清）严可均辑《全上古三代秦汉三国六朝文》，第 655 页。
④ 龚克昌等译注《全汉赋评注》，第 387 页。
⑤ （清）严可均辑《全上古三代秦汉三国六朝文》，第 655 页。

卷十三、《尧山堂外纪》卷六：“张衡《定情歌》：‘大火流兮草虫鸣，繁霜降兮草木零。秋为期兮时已征，思美人兮愁屏营。’”《古乐苑》卷三十二：“《定情歌》。汉张衡。‘大火流兮草虫鸣，繁霜降兮草木零。秋为期兮时已征，思美人兮愁屏营。’”① 《李太白集注》卷二十二《太原早秋》注：“张衡《定情歌》：‘大火流兮草虫鸣。’”② 《骈字类编》卷二百二十四“虫鸣”注：“张衡《定情歌》：‘大火流兮草虫鸣，繁霜降兮草木零。’”③ 《后汉艺文志》卷四：“冯氏《诗纪》辑存《怨篇》《同声歌》《定情歌》《四愁诗》《思玄诗》凡五篇。”《隋书经籍志考证》卷三十九之二同，缺“凡”字。④

案，《诗纪匡谬》：“班固《明堂》等诗。此赋后所述，非别篇也。驯至齐梁，每赋称诗，岂能并载，张衡《定情》诗、《思元》诗亦同此例。”⑤ 张衡《定情赋》残存部分为骚体，疑可入乐。赋、歌混融致异名。

《舞赋》

《舞赋》篇名，属于据赋作所含字词命篇，另有异名 3 例。

1.《七盘舞赋》。《文选》卷四张衡《南都赋》注、《初学记》卷十五“舞”注、《山堂肆考》卷一百五十九、《黄山诗留》卷六《和孟百聚落花诗三十首》注：“张衡有《七盘舞赋》。”《文选》卷十七傅毅《舞赋》注：“张衡《七盘舞赋》曰：‘历七盘而屣蹑。’又曰：‘般鼓焕以骈罗。’”《文选笺证》卷十九：“张衡《七盘舞赋》曰：‘历七盘而屣蹑。’”《韵语阳秋》卷十五：“张衡《七盘舞赋》云：‘历七盘而纵摄。’”《说文解字义证》卷六“蹝”注、卷八“鞿”注：“张衡《七盘舞赋》：‘历七

① （南北朝）徐陵辑，（清）吴兆宜注，（清）程际盛删补《玉台新咏》，《续修四库全书》第 1588 册，第 644 页。（明）曹学佺：《石仓历代诗选》，《四库全书》第 1387 册，第 13 页。（明）冯惟讷：《古诗纪》，《四库全书》第 1379 册，第 99 页。（明）蒋一葵：《尧山堂外纪》，《续修四库全书》第 1194 册，第 71 页。（明）梅鼎祚：《古乐苑》，第 397 叶。

② （唐）李白撰，（清）王琦注《李太白集注》，《四库全书》第 1067 册，第 390 页。

③ （清）张廷玉：《骈字类编》，《四库全书》第 1004 册，第 245 页。

④ （清）姚振宗：《后汉艺文志》，《续修四库全书》第 914 册，第 380 页。（清）姚振宗：《隋书经籍志考证》，《续修四库全书》第 915 册，第 652 页。

⑤ （清）冯舒：《诗纪匡谬》，清知不足斋丛书本，第 4 叶。

盘而蹝蹑。'"[①]《玉海》卷一百七"汉鞶舞"注："张衡《七盘舞赋》曰：'历七盘而屣蹑。'又曰：'盘鼓焕以骈罗。'"[②]《古文苑》卷五《观舞赋》注："平子又有《七盘舞赋》。"[③]《文选理学权舆》卷二："张衡《七盘舞赋》。"[④]

案，张衡《舞赋》："拊者啾其齐列，盘鼓焕以骈罗。""历七盘而屣蹑。"[⑤] 所描述舞蹈为七盘舞，据赋作所含字词命篇致异名。

2.《七盘赋》。《后汉书·边让传》注、《后汉书集解》卷八十下注："张衡《七盘赋》曰：'历七盘而蹝蹑'也。"[⑥]《北堂书钞》卷一百七"裾若飞燕"注："张衡《七盘赋》云：'裾若飞燕，袖若回雪。'""观舞于淮南"注："张衡《七盘赋》云：'客有观舞于淮南者，美而赋之。'"[⑦]据赋作所含字词命篇兼简全差异致异名。

3.《观舞赋》。《玉台新咏》卷四吴迈远《飞来双白鹄》注："张衡《观舞赋》：'连翩骆驿，乍续乍绝。'"谢朓《烛》注："张衡《观舞赋》：'光灼烁以发扬。'"《玉台新咏》卷五何逊《咏舞妓》注："张衡《观舞赋》：'裾似飞鸾，袖如回雪。'"《庾子山集》卷一《春赋》注："张衡《观舞赋》：'裾似飞鸾，袖如回雪。'"《玉溪生诗详注》卷一《和友人戏赠二首》注引同前，无"曰"字。[⑧]《樊川诗集》卷三《扬州三首》注：

---

① （梁）萧统编，（唐）李善注《文选》，第158、800页。（唐）徐坚：《初学记》，第380页。（明）彭大翼：《山堂肆考》，《四库全书》第977册，第237页。（清）法若真：《黄山诗留》，清康熙刻本，《清代诗文集汇编》第44册，上海古籍出版社，2010，第195页。（梁）萧统编，（清）胡绍煐笺证《文选笺证》，《续修四库全书》第1582册，第216页。（宋）葛立方：《韵语阳秋》，民国九年上海涵芬楼影清道光十一年六安晁氏木活字排印学海类编本，第335叶。（清）桂馥：《说文解字义证》，《续修四库全书》第209册，第181、234页。

② （宋）王应麟：《玉海》，《四库全书》第945册，第814页。

③ （宋）章樵注《古文苑》，《四部丛刊》初编第426册，第363页。

④ （清）汪师韩：《文选理学权舆》，《续修四库全书》第1581册，第38页。

⑤ 费振刚、胡双宝、宗明华辑校《全汉赋》，第478页。

⑥ （宋）范晔撰，（唐）李贤等注《后汉书》，第2645页。（清）王先谦：《后汉书集解》，《续修四库全书》第273册，第338页。

⑦ （唐）虞世南：《北堂书钞》，第410～411页。

⑧ （南北朝）徐陵辑，（清）吴兆宜注，（清）程际盛删补《玉台新咏》，《续修四库全书》第1588册，第544、550、567页。（南北朝）庾信撰，（清）倪璠注《庾子山集》，《四库全书》第1064册，第359页。（唐）李商隐撰，（清）冯浩笺注《玉溪生诗详注》，《续修四库全书》第1312册，第328页。

"张衡《观舞赋》：'搦纤腰以互折。'"①《古文苑》卷五、《汉魏六朝百三家集》卷十四、《历代赋汇》卷九十二作《观舞赋》，全文载录。②《御选唐诗》卷十三沈佺期《游少林寺》注、卷十五韦承庆《凌朝浮江旅思》注："张衡《观舞赋》：'展清声而长歌。'"③《四库全书考证》卷九十四："《观舞赋》：'击灵鼓兮吹参差。'"④《骈字类编》卷六十六"玉质"注、卷七十七"珠簪"注、卷一百四十七"缁发"注："张衡《观舞赋》：'粉黛施兮玉质粲，珠簪挺兮缁发乱。'"卷二百三十四"清声"注："张衡《观舞赋》：'抗修袖以翳面，展清声而长歌。'"卷二百三十八"合体"注："张衡《观舞赋》：'同服骈臻，合体齐声。'"⑤《吴诗集览》卷十七《子夜歌》注："张平子《观舞赋》：'腾嫮目以顾盼兮，盼烂烂以流光。'"⑥《吴学士诗文集》诗集卷四《为伍诒堂题渊如像》注："张衡《观舞赋》：'惊雄游兮孤雌翔。'"⑦

　　案，张衡《舞赋》："昔客有观舞于淮南者，美而赋之，曰……"⑧整篇铺写观舞的场景及感受，《观舞赋》篇名侧重观者角度。据赋作所含字词命篇兼侧重差异致异名。

《二京赋》

　　《二京赋》篇名，属于据赋作所涉地点命篇，另有异名1例。

　　1.《两城赋》。《类隽》卷二十四："张衡《两城赋》云：'发鲸鱼，铿华钟。'"⑨

---

① （唐）杜牧撰，（清）冯集梧注《樊川诗集》，清嘉庆德裕堂刻本，《续修四库全书》第1312册，第209页。

② （宋）章樵注《古文苑》，《四部丛刊》初编第426册，第363~364页。（明）张溥：《汉魏六朝百三家集》，《四库全书》第1412册，第333~334页。（清）陈元龙：《历代赋汇》，《四库全书》第1421册，第55~56页。

③ （清）陈廷敬：《御选唐诗》，《四库全书》第1446册，第406、472页。

④ （清）王太岳：《四库全书考证》，第2076叶。

⑤ （清）张廷玉：《骈字类编》，《四库全书》第997册，第8、362页；第1000册，第607页；第1004册，第587、745页。

⑥ （清）吴伟业，（清）靳荣藩注《吴诗集览》，清乾隆四十年凌云亭刻本，《续修四库全书》第1397册，第170页。

⑦ （清）吴蕙：《吴学士诗文集》，清光绪八年江宁藩署刻本，第699叶。

⑧ 费振刚、胡双宝、宗明华辑校《全汉赋》，第478页。

⑨ （明）郑若庸：《类隽》，明万历六年汪珙刻本，《续修四库全书》第1237册，第38页。

案，文句实属张衡《二京赋·东京赋》。《说文·京部》："京，人所为绝高丘也。"①《古今注》上："城者，盛也，所以盛受人物也。"②《史记·廉颇蔺相如列传》："于是王召见，问蔺相如曰：'秦王以十五城请易寡人之璧，可予不？'……相如至，谓秦王曰：'……今以秦之强而先割十五都予赵。'"③ "城""都"混用。赋写长安、洛阳两城，可称二京、两城，换词命篇致异名。

《西京赋》

《西京赋》篇名，属于据赋作所涉地点命篇，另有误名4例。

1.《四京赋》。《事物异名录》卷二十二"武器部·兵架"："张衡《四京赋》：'武库禁兵，设在兰锜。'"④ 文句实属张衡《西京赋》。"四"乃与"西"形近而讹，致误名。

2.《西征赋》。《长安志》卷十二："张衡《西征赋》曰：'昆明灵池，黑水玄沚。牵牛立其左，织女处其右。'"⑤《三国志考证》卷七："张衡《西征赋》。"⑥ 文句实属《西京赋》。篇名混淆致误名。

3.《卤京赋》。《群经说》卷一："张衡《卤京赋》'妖蛊艳夫'是也。"⑦《尚书后案》卷三："张衡《卤京赋》：'终南太一，隆崛崔崒。'"卷六："《文选》张平子《卤京赋》：'何必昏于作劳。'"⑧

案，文句实属张衡《西京赋》。《履园丛话》卷九"汉燕然山铭"条："如'西'之作'卤'……皆非汉人字体。"⑨ "卤"乃与"西"形近而

---

① （汉）许慎撰，（清）段玉裁注《说文解字注》，第229页。
② （晋）崔豹：《古今注》，上海涵芬楼影印宋刊本，《四部丛刊》三编第604册，第122页。
③ （汉）司马迁：《史记》，第2440、2441页。
④ （清）厉荃辑，（清）关槐增《事物异名录》，清乾隆刻本，《续修四库全书》第1253册，第34页。
⑤ （宋）宋敏求：《长安志》，《四库全书》第587册，第165页。
⑥ （清）潘眉：《三国志考证》，清嘉庆十五年潘氏小遂初堂刻本，《续修四库全书》第274册，第490页。
⑦ （清）黄以周：《群经说》，清光绪二十年南菁讲舍刻傲季杂著本，《续修四库全书》第178册，第593页。
⑧ （清）王鸣盛：《尚书后案》，清乾隆四十五年东吴壬氏礼堂刻本，《续修四库全书》第45册，第78、112页。
⑨ （清）钱泳：《履园丛话》，清道光十八年述德堂刻本，第130叶。

讹，致误名。

4.《西凉赋》。《九家集注杜诗》卷二《自京赴奉先咏怀五百字》注："《西凉赋》：'托乔基于山冈，直嵯霓以高居。'"①

案，文句实属张衡《西京赋》。隆安四年（400）汉人李暠在敦煌称"凉公"，因其统治地区古为凉州，故国号为"凉"，又位于凉州西部，故名"西凉"。赋铺写西京长安，"凉"乃与"京"形近而讹，致误名。

《东京赋》

《东京赋》篇名，属于据赋作所涉地点命篇，《东京赋》另有误名1例。

1.《东宫赋》。《六臣注文选》卷五十八谢朓《齐敬皇后哀策文》注："《东宫赋》曰：'冯相观祲。'"②《观澜集注》乙集卷五杜甫《诸葛庙》注："张衡《东宫赋》：'巫觋操苅。'"③

案，文句实属张衡《东京赋》。汉代东京指洛阳，东宫则为宫殿。名物混淆致误名。

《应间》

《应间》篇名，属于据赋作创作缘由命篇，另有异名1例、误名2例。

异名：

1.《客难》。《毛诗传笺通释》卷二十六、《诗三家义集疏》卷二十三注："张衡《客难》曰：'女魃北而应龙翔。'"④

案，文句实属张衡《应间》。张衡《应间》："观者，观余去史官五载而复还，非进取之势也。唯衡内识利钝，操心不改，或不我知者，以为失志矣。用为间余。余应之以时有遇否，性命难求，因兹以露余诚焉，名之

---

① （唐）杜甫撰，（宋）郭知达编《九家集注杜诗》，《四库全书》第1068册，第45页。

② （梁）萧统编，（唐）李善等注《六臣注文选》，《四部丛刊》初编第424册，第93页。

③ （宋）吕祖谦：《观澜集注》，第171叶。

④ （清）马瑞辰：《毛诗传笺通释》，《续修四库全书》第68册，第770页。（清）王先谦：《诗三家义集疏》，《续修四库全书》第77册，第706页。

《应间》云。"①《客难》篇名侧重问，《应间》篇名侧重答。侧重差异致异名。

误名：

1.《应问》。《文心雕龙》卷三"杂文"、《思绮堂文集》卷八《李秋池快雨山房诗序》注："张衡《应问》密而兼雅。"②《文选》卷四左思《三都赋·蜀都赋》注、《文选笺证》卷五："张衡《应问》曰：'鼋鸣而鳖应。'"《文选》卷十八嵇康《琴赋》注、《杜诗详注》卷二十四《朝享太庙赋》注："张衡《应问》曰：'可剖其孙枝。'"《文选》卷三十四曹植《七启》注："张衡《应问》曰：'贯高以端辞显义。'"③《庾开府集笺注》卷二《哀江南赋》注："张衡《应问》：'捷径邪至，吾不忍以投步。'"《九家集注杜诗》卷十二《赠郑十八贲》注："张衡《应问》曰：'捷径邪至，我不忍以投步。'"《补注杜诗》卷十二《赠郑十八贲》注："张衡《应问》曰：'捷径邪至，我不忍以投步。干进求容，我不忍以歙扇。'"《李义山文集笺注》卷五《为崔从事寄尚书彭城公启》注："张衡《应问》：'捷径邪至，吾不忍以投足。'"《温飞卿诗集笺注》卷六《感旧陈情五十韵献淮南李仆射》注："张衡《应问》：'捷径邪至，吾不忍以投步。'"④《初学记》卷三"鹑栖"注："张衡《应问》曰：'溽暑至而鹑火栖，寒冰冱而鼋鼍蛰。'"《渊鉴类函》卷二十一"鼋鼍蛰、鳞甲潜"注："张衡《应问》曰：'溽暑至而鹑火见，严寒至而鼋鼍蛰。'"⑤《潞公集》卷十三："张衡《应问》。"⑥《鹤泉文钞续选》卷一"论韵书入声皆误"："张衡《应问》：'昔有文王，自求多福。人生在勤，何索不获。'"⑦《洓

---

① 费振刚、胡双宝、宗明华辑校《全汉赋》，第486页。
② （梁）刘勰：《文心雕龙》，第70叶。（清）章藻功：《思绮堂文集》，第603叶。
③ （梁）萧统编，（唐）李善注《文选》，第183、839、1586页。（梁）萧统编，（清）胡绍煐笺证《文选笺证》，《续修四库全书》第1582册，第70页。（唐）杜甫撰，（清）仇兆鳌注《杜诗详注》，第2129页。
④ （南北朝）庾信撰，（清）吴兆宜笺注《庾开府集笺注》，《四库全书》第1064册，第43页。（唐）杜甫撰，（宋）郭知达编《九家集注杜诗》，《四库全书》第1068册，第199页。（唐）杜甫撰，（宋）黄希原本、黄鹤补注《补注杜诗》，《四库全书》第1069册，第241页。（唐）李商隐撰，（清）徐炯笺注《李义山文集笺注》，《四库全书》第1082册，第350页。（唐）温庭筠撰，（明）曾益笺注《温飞卿诗集笺注》，《四库全书》第1082册，第515页。
⑤ （唐）徐坚：《初学记》，第50页。（清）张英：《渊鉴类函》，岁时部，第35页。
⑥ （宋）文彦博：《潞公集》，明嘉靖五年刻本，第82叶。
⑦ （清）戚学标：《鹤泉文钞续选》，《续修四库全书》第1462册，第425页。

源问答》卷七："张衡《应问》云：'委市筑而据文轩。'"①

案，文句实属张衡《应间》。赋开篇："有间余者曰……"②《说文·口部》："问，训也。"《说文·门部》："间，隙也。"③《东汉文鉴》卷十一注："云'问'，非也。"④ 银雀山汉简《十阵》1540："……笄之而无间……"⑤ 故当作《应间》，"问"乃与"间"形近而讹。

2.《应旨》。《御选唐诗》卷十一虞世南《发营逢雨应诏》注："张衡《应旨》：'皇泽宣洽，海外混同。'"《佩文韵府》卷一百"皇泽"注："张衡《应旨》：'皇泽宣洽，海外混同。'"⑥

案，文句实属张衡《应间》。"旨"即"旨"。⑦《玉篇·旨部》："旨，支耳切。美也，意也，志也。"⑧ 张衡《应间》："有间余者曰。"⑨ 字义讹误致误名。

《思玄赋》

《思玄赋》篇名，属于据赋作创作缘由命篇，另有异名 2 例、误名 1 例。

异名：

1.《忧思赋》。《缘督庐日记抄》卷二："张衡《忧思赋》：'愿竭力以守谊兮，虽贫穷而不改。'"⑩

案，文句实属张衡《思玄赋》。张衡《思玄赋》："天长地久岁不留，俟河之清祇怀忧。"⑪《思玄赋》篇名侧重所思对象，《忧思赋》篇名侧重情感类型。侧重差异致异名。

———————————

① （清）沈可培：《涑源问答》，清嘉庆二十年雪浪斋刻本，《续修四库全书》第 1164 册，第 695 页。
② 费振刚、胡双宝、宗明华辑校《全汉赋》，第 486 页。
③ （汉）许慎撰，（清）段玉裁注《说文解字注》，第 57、589 页。
④ （宋）陈鉴：《东汉文鉴》，第 89 页。
⑤ 银雀山汉墓竹简整理小组编《银雀山汉墓竹简》（贰），第 189 页。
⑥ （清）陈廷敬：《御选唐诗》，《四库全书》第 1446 册，第 333 页。（清）张玉书：《佩文韵府》，第 3922 页。
⑦ 《四体大字典》，第 592 页。
⑧ （梁）顾野王撰，吕浩校点《大广益会玉篇》，第 328 页。
⑨ 费振刚、胡双宝、宗明华辑校《全汉赋》，第 486 页。
⑩ （清）叶昌炽：《缘督庐日记抄》，学生书局，1964，第 52 页。
⑪ 费振刚、胡双宝、宗明华辑校《全汉赋》，第 398 页。

2.《思元赋》。《东汉文鉴》卷十一、《通志》卷一百一十一、《古文辞类纂》卷六十九、《七十家赋钞》卷四作《思元赋》，全文载录。① 《文选理学权舆》卷一："张平子《思元赋》。"② 《读书杂志》余编："《思元赋》：'竦余而顺止兮，遵绳墨而不跌。'"《经义述闻》卷二十："张衡《思元赋》曰：'竦余身而顺止兮，遵绳墨而不跌。'"③ 《说文解字义证》卷十八"抟"注："张衡《思元赋》：'志抟抟以应悬兮，诚心固其如结。'"④ 《汉孳室文钞》卷一："张衡《思元赋》：'且获谠于群弟兮，启金縢而乃信。'"⑤ 《毛诗多识》卷四"彼采萧兮"注："张衡《思元赋》：'珍萧艾于重笥兮，谓蕙芷之不香。'"《四六丛话》卷三："张平子《思元赋》云："缛幽兰。"⑥ 《慈湖诗传》卷三："张衡《思元赋》：'启金縢而乃信。'"⑦ 《日知录集释》卷二十三："汉张衡《思元赋》：'文君为我端蓍兮，利飞遁以保名。'"《铜熨斗斋随笔》卷一："《文选》张平子《思元赋》：'文君为我端蓍兮，利飞遁以保名。'"⑧ 《南漘楛语》卷三："张平子《思元赋》：'噏青岑之玉醴兮，餐沆瀣以为粮。'"⑨ 《交翠轩笔记》卷三："《文选》张平子《思元赋》：'发昔梦于木禾兮，谷昆仑之高冈。'"⑩ 《分门集注杜工部诗》卷十五《历历》注："张衡《思元赋》：'尉龙眉而郎潜兮，逮三叶而遘武。'"⑪ 《吴下方言考》卷四、《管城硕

①　(宋)陈鉴：《东汉文鉴》，第388页。(宋)郑樵：《通志》，《四库全书》第376册，第883~887页。(清)姚鼐：《古文辞类纂》，《续修四库全书》第1610册，第49~51页。(清)张惠言：《七十家赋钞》，《续修四库全书》第1611册，第81~84页。

②　(清)汪师韩：《文选理学权舆》，《续修四库全书》第1581册，第4页。

③　(清)王念孙：《读书杂志》，《续修四库全书》第1153册，第727页。(清)王引之：《经义述闻》，清道光七年王氏京师刻本，《续修四库全书》第175册，第66页。

④　(清)桂馥：《说文解字义证》，《续修四库全书》第209册，第531页。

⑤　(清)陶方琦：《汉孳室文钞》，清光绪十八年徐氏铸学斋刻本，《续修四库全书》第1567册，第513页。

⑥　(清)多隆阿：《毛诗多识》，辽海书社印辽海丛书十集本，《续修四库全书》第72册，第595页。(清)孙梅：《四六丛话》，《续修四库全书》第1715册，第231页。

⑦　(宋)杨简：《慈湖诗传》，《四库全书》第73册，第35页。

⑧　(清)黄汝成：《日知录集释》，《续修四库全书》第1144册，第372页。(清)沈涛：《铜熨斗斋随笔》，清光绪会稽章氏刻本，《续修四库全书》第1158册，第611页。

⑨　(清)蒋超伯：《南漘楛语》，《续修四库全书》第1161册，第300页。

⑩　(清)沈涛：《交翠轩笔记》，清道光刻本，第33叶。

⑪　(唐)杜甫撰，(宋)王洙注《分门集注杜工部诗》，《续修四库全书》第1306册，第486页。

记》卷二十七："《思元赋》：'观壁垒于北落兮，伐河鼓之磅硠。'"《吴下方言考》卷十："张平子《思元赋》：'迅飙潚其媵我兮。'"① 《续编珠》卷一："《思元赋》曰：'御六艺之珍驾兮，游道德之平林。结典籍而为罟兮，驱儒墨而为禽。'"② 《樊南文集补编》卷九《梓州道兴观碑铭》注："张衡《思元赋》：'弯威弧之拨剌兮，射嶓冢之封狼。'"③ 讳"玄"为"元"。避讳致异名。

误名：

1.《思赋》。《玉台新咏》卷九曹丕《乐府燕歌行二首》注："张衡《思赋》：'惧乐往而哀来。'"④ 文句属张衡《思玄赋》。脱"玄"，致误名。

《七辩》

《七辩》篇名，属于据赋作形式命篇，另有误名 1 例。

1.《七问》。《异鱼图赞》卷一："'巩洛之鳟，割以为鲙。分芒枒缕，细乱蛮足。'张平子《七问》节文。"⑤ 文句实属张衡《七辩》。《七辩》《七问》同为七体，篇名混淆致误名。

《冢赋》

《冢赋》篇名，属于据赋作所咏对象命篇，另有误名 1 例。

1.《家赋》。《西园闻见录》卷一百四"堪舆"："予尝读张平子《家赋》，见其自述上下冈陇之状，大略如今葬书寻龙捉脉之为者。"⑥

---

① （清）胡文英：《吴下方言考》，清乾隆四十八年留芝堂刻本，《续修四库全书》第 195 册，第 37、85 页。（清）徐文靖：《管城硕记》，《四库全书》第 861 册，第 385 页。

② （清）高士奇：《续编珠》，《四库全书》第 887 册，第 119 页。

③ （唐）李商隐撰，（清）钱振常注《樊南文集补编》，《续修四库全书》第 1312 册，第 685 页。

④ （南北朝）徐陵辑，（清）吴兆宜注，（清）程际盛删补《玉台新咏》，《续修四库全书》第 1588 册，第 626 页。

⑤ （明）杨慎：《异鱼图赞》，民国十一年上海文明书局石印宝颜堂秘笈本，第 3 叶。

⑥ （明）张萱：《西园闻见录》，民国二十九年哈佛燕京学社印本，《续修四库全书》第 1170 册，第 371 页。

《佩文韵府》卷三十七"相宇"注："张衡《家赋》：'乃相厥宇，乃立厥堂。'"①

案，文句实属张衡《冢赋》。《说文·宀部》："家，居也。……'㡿'古文家。"《说文·勹部》："冢，高坟也。"② 楚系简帛文字"冢"写作"㝱"。③ 英藏敦煌文献 S.2614《大目乾连冥间救母变文》："呜呼哀哉心里痛，徒埋白骨为高塚。"④ "家"乃与"冢"形近而讹。

此外，另两篇存疑，俟考。

1.《古韵标准》卷一："张衡《东征赋》与'宁'为韵。"未涉及具体文句，难查，存疑俟考。⑤

2.《别雅》卷五："《文选》张衡《蜀都赋》卓荦奇诡。"⑥ 案，左思《蜀都赋》："若乃卓荦奇谲，倜傥罔已。"疑涉左思《蜀都赋》混淆。

综上，张衡赋异名类型为：1.据文命篇致异名（据赋作所含字词，侧重差异）；2.简全差异致异名；3.文体混融致异名（赋、歌混融）；4.换词命篇致异名；5.避讳致异名。误名类型为：1.乱（篇名混淆、名物混淆）；2.讹（字形近讹误、字义讹误）；3.脱。

三十六　崔瑗

《后汉书·崔骃传》："瑗高于文辞，尤善为书、记、箴、铭，所著赋、碑、铭、箴、颂、《七苏》、《南阳文学官志》、《叹辞》、《移社文》、《悔祈》、《草书艺》、七言，凡五十七篇。"⑦ 现存《七苏》，存残句二。1篇出现篇名分歧（100%），考辨如下。

《七苏》

《七苏》篇名，属于据赋作形式命篇，另有误名 2 例。

---

① （清）张玉书：《佩文韵府》，第 1669 页。

② （汉）许慎撰，（清）段玉裁注《说文解字注》，第 337、338、433 页。

③ 张守中撰集《睡虎地秦简文字编》，文物出版社，1994，第 145 页。

④ 黄征：《敦煌俗字典》，第 1090 页。

⑤ （清）江永：《古韵标准》，清粤雅堂丛书本，第 46 叶。

⑥ （清）吴玉搢：《别雅》，《四库全书》第 222 册，第 750 页。

⑦ （宋）范晔撰，（唐）李贤等注《后汉书》，第 1724 页。

1.《七厉》。《文心雕龙》卷三、《太平御览》卷五百九十、《荆川稗编》卷七十五、《文通》卷十一、《后汉艺文志》卷四、《佩文韵府》卷六十三"植义"注:"崔瑗《七厉》植义纯正。"《欧虞部集十五种》文集卷四:"唯崔瑗《七厉》叙陈贤哲,归以儒道,殆七林中之卓绝者也。"《后汉书疏证》卷六:"《文心雕龙·杂文篇》:'崔瑗《七厉》植义纯正。'不知刘勰何以云《七厉》也。又云:'惟《七厉》叙贤,归以儒道。虽文非拔群而意实卓尔矣。'"《四六丛话》卷二十六:"崔瑗《七厉》植义纯正。……惟《七厉》叙贤,归于儒道。虽文非拔群而意实卓尔矣。"①

案,当作《七苏》,《史通通释》:"按,《崔瑗传》名《七苏》非《七厉》。"《文心雕龙辑注》:"《崔瑗传》有《七苏》无《七厉》。"《后汉书集解》卷五十二:"所著仍从传作《七苏》为是。"②

2.《七依》。《证俗文》卷三:"崔瑗《七依》曰:'加以脂粉,润以滋泽。'"《渊鉴类函》卷三百八十一引文同《证俗文》,"曰"作"白"。③

案,最早记载该句的《北堂书钞》卷一百三十五作《七苏》。④ 七体篇名混淆致误名。

综上,崔瑗赋误名类型为:乱(篇名混淆)。

三十七　张升

张升赋作有《白鸠赋》,1篇出现异名(100%),考辨如下。

---

① (梁)刘勰:《文心雕龙》,第71叶。(宋)李昉:《太平御览》,第2658页。(明)唐顺之:《荆川稗编》,《四库全书》第954册,第643页。(明)朱荃宰:《文通》,《续修四库全书》第1714册,第63页。(清)姚振宗:《后汉艺文志》,《续修四库全书》第914册,第381页。(清)张玉书:《佩文韵府》,第2371页。(明)欧大任:《欧虞部集十五种》,清刻本,第503叶。(清)沈钦韩:《后汉书疏证》,《续修四库全书》第271册,第113页。(清)孙梅:《四六丛话》,《续修四库全书》第1715册,第505页。
② (唐)刘知幾撰,(清)浦起龙通释《史通通释》,《四库全书》第685册,第208页。(梁)刘勰撰,(清)黄叔琳辑注《文心雕龙辑注》,《四库全书》第1478册,第106页。(清)王先谦:《后汉书集解》,《续修四库全书》第273册,第20页。
③ (清)郝懿行:《证俗文》,清光绪十年东路厅署刻本,《续修四库全书》第192册,第450页。(清)张英:《渊鉴类函》,服饰部,第48页。
④ (唐)虞世南:《北堂书钞》,第549页。

《白鸠赋》

《白鸠赋》篇名，属于据赋作创作缘由命篇，另有异名 1 例。

1.《白鸠颂》。《太平御览》卷九百二十一："张升《白鸠颂》序曰：'陈留郡有白鸠出于郡界，太守命门下赋曹史张升作《白鸠颂》曰：厥名枭鸠，貌甚雍容。丹青绿目，耳象重重。'"《东汉文纪》卷十七："张升《白鸠颂》序：'陈留郡有白鸠出于郡界，太守命门下曹吏张升作《白鸠颂》。'"① 赋、颂混融致异名。

综上，张升赋异名类型为：文体混融致异名（赋、颂混融）。

三十八　崔琦

崔琦赋作有《七蠲》，《白鹄赋》存目，共 2 篇。《白鹄赋》1 篇出现篇名分歧（50%），考辨如下。

《白鹄赋》

《白鹄赋》篇名，存目，另有异名 1 例。

1.《白鹤赋》。《艺文类聚》卷九十："华峤《汉书》曰：崔琦作《白鹤赋》以讽梁冀，冀幽杀之。"《赋话》卷七："崔琦作《白鹤赋》以讽梁冀。"《后汉书补逸》卷十五："崔琦作《白鹤赋》以讽梁冀，冀幽杀之。"《渊鉴类函》卷四百二十："《汉书》曰崔琦作《白鹤赋》以讽梁冀，冀幽杀之。"②

案，《正字通》亥集中"鹄"注："《转注古音》云：'鹄古鹤字。'"③《文选理学权舆》卷七："'鹄''鹤'一声之转，古书互用。"④《庄子·天运》："夫鹄不日浴而白，乌不日黔而黑。"《庄子·庚桑楚》："越鸡不

---

① （宋）李昉：《太平御览》，第 4088 页。（明）梅鼎祚：《东汉文纪》，《四库全书》第 1397 册，第 365 页。
② （唐）欧阳询撰，汪绍楹校《艺文类聚》，第 1565 页。（清）李调元：《赋话》，清函海丛书本，《续修四库全书》第 1715 册，第 680 页。（清）姚之骃：《后汉书补逸》，《四库全书》第 402 册，第 529 页。（清）张英：《渊鉴类函》，鸟部，第 6 页。
③ （明）张自烈：《正字通》，《续修四库全书》第 235 册，第 797 页。
④ （清）汪师韩：《文选理学权舆》，《续修四库全书》第 1581 册，第 103 页。

能伏鹄卵。"①《后汉书·吴良传》赞："大仪鹄发，见表宪王。"② 换词命篇致异名。

综上，崔琦赋作异名类型为：换词命篇致异名。

三十九　王逸

王逸赋作有《荔枝赋》《机赋》《九思》3 篇。《荔枝赋》《机赋》2篇出现篇名分歧（66.67%），考辨如下。

《荔枝赋》

《荔枝赋》篇名，属于据赋作所含字词命篇，另有异名 3 例。

1.《瓜赋》。《齐民要术》卷二"种瓜"、《树艺篇》蔬部卷一"瓜"："王逸《瓜赋》曰：'落疏之文。'"③

案，文句实属王逸《荔枝赋》。王逸《荔枝赋》："大哉圣皇，处乎中州。东野贡落疏之文瓜，南浦上黄甘之华橘。"④ 取赋中"瓜"字命篇致异名。

2.《荔子赋》。《四六丛话》卷二、《晋书斠注》卷五十五注："王逸《荔子赋》云：'房陵缥李。'"⑤

案，"荔枝"也称"荔子"。韩愈《柳州罗池庙碑》："荔子丹兮蕉黄，杂肴蔬兮进侯堂。"⑥

3.《荔支赋》。《文选》卷三十一袁淑《效曹子建乐府白马篇一首》注："王逸《荔支赋》曰：'宛洛少年，邯郸游士。'"⑦《艺文类聚》卷八

---

① 陈鼓应：《庄子今注今译》，第 412、415、640 页。
② （宋）范晔撰，（唐）李贤等注《后汉书》，第 950 页。
③ （南北朝）贾思勰：《齐民要术》，上海涵芬楼影印江宁邓氏群碧楼藏明抄本，《四部丛刊》初编第 80 册，第 248 页。（元）胡古愚：《树艺篇》，明纯白斋抄本，《续修四库全书》第 977 册，第 315 页。
④ 费振刚、胡双宝、宗明华辑校《全汉赋》，第 517 页。
⑤ （清）孙梅：《四六丛话》，《续修四库全书》第 1715 册，第 215 页。（清）吴士鉴、刘承幹：《晋书斠注》，民国十七年刘氏嘉业堂刻本，《续修四库全书》第 276 册，第 336 页。
⑥ （唐）韩愈撰，马其昶校注，马茂元整理《韩昌黎文集校注》，上海古籍出版社，2014，第 552 页。
⑦ （梁）萧统编，（唐）李善注《文选》，第 1441 页。

十七："后汉王逸《荔支赋》曰：'暖若朝云之兴，森如横天之彗。湛若
大厦之容，郁如峻岳之势。修干纷错，绿叶臻臻。灼灼若朝霞之映日，离
离如繁星之着天。皮似丹罽，肤若明珰。润侔和璧，奇喻五黄。仰叹丽
表，俯尝嘉味。口含甘液，心受芳气。兼五滋而无常主，不知百和之所
出。卓绝类而无俦，超众果而独贵。'"①《太平御览》卷九百六十四："王
逸《荔支赋》曰：'北燕荐朔滨之巨栗。'"②《记纂渊海》卷九十二：
"'魏土送西山之杏。'王逸《荔支赋》。"③《说略》卷二十七："王逸《荔
支赋》云：'修干纷错，绿叶臻臻。灼灼若朝霞之映日，离离若繁星之著
天。皮似丹罽，肤若明珰。润侔和璧，奇喻五黄。仰叹丽表，俯尝嘉味。
口含甘液，心受芳气。'"④

案，"《说苑·修文》、《说文》艸部引支作枝"⑤。宋佚名《离支伯
赵图》所绘"离支"即是荔枝。⑥荔枝、荔子、荔支，为换词命篇致
异名。

《机赋》

《机赋》篇名，属于据赋作所含字词命篇，另有异名 1 例。

1.《机妇赋》。《续古文苑》卷一、《全上古三代秦汉三国六朝文》全
后汉文卷五十七作《机妇赋》，全文载录。⑦《札迻》卷十一："《艺文类
聚》六十五引王逸《机妇赋》云：'胜复回转。'"⑧《后汉艺文志》卷四：
"严氏文编辑本一卷，凡《机妇赋》《荔支赋》《九思》《折武论》，并
《楚辞章句》篇序合二十一篇。"《隋书经籍志考证》卷三十九之二："严
氏全后汉文编辑本一卷，凡《机妇赋》《荔支赋》《九思》《折武论》，并

---

①　（唐）欧阳询撰，汪绍楹校《艺文类聚》，第 1497 页。
②　（宋）李昉：《太平御览》，第 4279 页。
③　（宋）潘自牧：《记纂渊海》，《四库全书》第 932 册，第 672 页。
④　（明）顾起元：《说略》，第 1271 ~ 1272 叶。
⑤　王辉编著《古文字通假字典》，第 56 页。
⑥　吴钩：《风雅宋》，广西师范大学出版社，2021，第 57 页。
⑦　（清）孙星衍：《续古文苑》，《续修四库全书》第 1609 册，第 24 ~ 25 页。（清）严可均
　　辑《全上古三代秦汉三国六朝文》，第 784 页。
⑧　（清）孙诒让：《札迻》，清光绪二十年籀膏刻二十一年正修本，《续修四库全书》第
　　1164 册，第 125 页。

《楚辞章句》篇叙合二十一篇。"①

案，龚克昌考辨当作《机赋》。② 赋末 "于是暮春代谢，朱明达时。蚕人告讫，舍罢献丝。或黄或白，密蠇凝脂。纤纤静女，经之络之。尔乃窈窕淑媛，美色贞怡。解鸣佩，释罗衣。披华幕，登神机。乘轻杼，览床帷。动摇多容，俯仰生姿"③ 写到织妇。《机妇赋》篇名侧重织妇；《机赋》篇名侧重织机。据赋作所含字词命篇兼侧重差异致异名。

综上，王逸赋异名类型为：1. 据文命篇致异名（据赋作所含字词，侧重差异）；2. 换词命篇致异名。

四十　王延寿

王延寿赋作有《梦赋》《鲁灵光殿赋》《千秋赋》《王孙赋》4 篇。《鲁灵光殿赋》《千秋赋》《王孙赋》3 篇出现篇名分歧（75%），考辨如下。

《鲁灵光殿赋》

《鲁灵光殿赋》篇名，属于据赋作所涉地点命篇，另有异名 3 例。

异名：

1.《灵光殿赋》。《古今合璧事类备要》别集卷十三收入 "王延寿《灵光殿赋》"，全文载录。④《御选唐诗》卷十二《登兖州城楼》注："王延寿，字文考，有隽才，游鲁作《灵光殿赋》。"⑤《古文尚书考》卷下《舜典》注、《古文尚书冤词》卷二："王延寿《灵光殿赋》有云：'粤若稽古，帝汉祖宗，濬哲钦明。'"⑥《正字通》寅集中 "嶵" 注："王延寿《灵光殿赋》：'彤彤灵宫，岧嶵穹崇。'" 午集上 "环" 注："王延寿《灵

---

① （清）姚振宗：《后汉艺文志》，《续修四库全书》第 914 册，第 381 页。（清）姚振宗：《隋书经籍志考证》，《续修四库全书》第 915 册，第 655 页。

② 龚克昌评注《全汉赋评注》，第 682 页。

③ 费振刚、胡双宝、宗明华辑校《全汉赋》，第 514 页。

④ （宋）谢维新：《古今合璧事类备要》，《四库全书》第 941 册，第 77 ~ 78 页。

⑤ （清）陈廷敬：《御选唐诗》，《四库全书》第 1446 册，第 364 页。

⑥ （清）惠栋：《古文尚书考》，清乾隆五十七年宋廷弼刻本，《续修四库全书》第 44 册，第 71 页。（清）毛奇龄：《古文尚书冤词》，《四库全书》第 66 册，第 562 页。

光殿赋》：'连阁承宫，驰道周环。阳榭外望，高楼飞观。长途升降，轩槛曼延。'"　"睢"注："王延寿《灵光殿赋》：'鸿荒朴略，厥状睢盱。'"　"瞟"注："王延寿《灵光殿赋》：'耳嘈嘈以失听，目瞟瞟而丧精。'"　"瞳"注："王延寿《灵光殿赋》：'屹瞠瞳以勿罔，屑魖魋以懿濞。'"①《韵补》卷四"暧"注："王延寿《灵光殿赋》：'排金扉而北入，霄霭霭而晻暧。旋室婟娟以窈窕，洞房岪窱而幽邃。'"　"负"注："王延寿《灵光殿赋》：'傍夭蟜以横出，互黝纠而搏负。下弥蔚以璀错，上崎嶬而重注。'"　"环"注："王延寿《灵光殿赋》：'连阁承宫，驰道周旋。长途升降，轩槛曼延。'"②《白氏六帖事类集》卷二十九"轩鬐"注："《灵光殿赋》：'奔虎攫拿以梁倚，仡奋鬐而轩鬐。'"　"玄熊蚪蟺"注："《灵光殿赋》：'玄熊蚪蟺断断，却负戴而蹲跠。齐首目以瞪眄，徒脉脉而猕猴。'"③《重镌草堂外集》卷十一《答招》注："《灵光殿赋》：'霞驳云蔚，若阴若阳。'"　"《灵光殿赋》：'奔虎攫拿以梁倚，仡奋鬐而轩鬐。虬龙腾骧以蜿蟺，颔若动而蹸跠。'"④《古今通韵》卷十二注："王延寿《灵光殿赋》：'神仙岳岳于栋间，玉女窥窗而下视。忽缥缈以响像，若鬼神之仿佛。'"⑤《樊川诗集》卷三《隋堤柳》注："王延寿《灵光殿赋》：'图画天地，品类群生。'"《屏风绝句》注："王延寿《灵光殿赋》：'玉女窥窗而下视。'"⑥《诒晋斋集》卷四《三月初六日奉命登泰山恭纪》注："《灵光殿赋》：'据坤灵之宝势，承苍昊之纯殷。'"⑦《札朴》卷七："《灵光殿赋》：'天窗绮疏。'"　"《灵光殿赋》：'玄醴腾涌于阴沟，甘露被宇而下臻。'"⑧《匡谬正俗》卷八："王延寿《灵光殿赋》云：'朱柱黝倏

①　（明）张自烈：《正字通》，《续修四库全书》第234册，第330页；第235册，第112、166、172页。

②　（宋）吴棫：《韵补》，第160、165、182叶。

③　（唐）白居易：《白氏六帖事类集》，第62、64页。

④　（清）檀萃：《重镌草堂外集》，清嘉庆元年刻本，《续修四库全书》第1445册，第304页。

⑤　（清）毛奇龄：《古今通韵》，《四库全书》第242册，第267页。

⑥　（唐）杜牧撰，（清）冯集梧注《樊川诗集》，《续修四库全书》第1312册，第224、229页。

⑦　（清）永瑆：《诒晋斋集》，清道光二十八年刻本，《续修四库全书》第1487册，第169页。

⑧　（清）桂馥：《札朴》，清嘉庆十八年李宏信小李山房刻本，《续修四库全书》第1156册，第136、145页。

于南北，兰芝婀娜于东西。祥风翕习以飒洒，激芳香而常芬。神灵扶其栋宇，历千载而弥坚。'"① 省略地点"鲁"，简全差异致异名。

2.《灵光赋》。《骆丞集》卷一《同崔驸马晓初登楼思京》注："王文考《灵光赋》：'尔乃悬栋结阿，天窗弦疏。'"②《诸史提要》卷五："《灵光赋》，王延寿，字文考，作《灵光赋》。"③《王荆公诗注》卷二十八《张侍郎示东府新居诗因而和酬二首》注："《灵光赋》：'洞房叫窱而幽邃。'"④《古今韵会举要》卷十七"悸"注："徐按，《灵光赋》：'心愧愧而发悸。'"⑤《毛诗古音考》卷四："王延寿《灵光赋》：'飞梁偃蹇以虹指，揭蘧蘧而腾凑。层栌磥垝以岌峨，曲枅要绍而环句。'"⑥《易原》卷四："王延寿《灵光赋》：'荷天衢以元亨。'"⑦ 《经问》卷九："王延寿《灵光赋》并未言以双阙名里。"⑧

案，王延寿《鲁灵光殿赋》："自西京未央、建章之殿，皆见隳坏，而灵光岿然独存。……乃立灵光之秘殿，配紫微而为辅。……瞻彼灵光之为状也。"⑨ 简全差异兼据赋中"灵光"命篇致异名。

3.《灵殿赋》。《重镌草堂外集》卷一《连鳌赋》注："《灵殿赋》：'绿房紫药，窋咤垂珠。'"⑩

案，文句实属《灵光殿赋》。王延寿《鲁灵光殿赋》："彤彤灵宫，岿嶵穹崇。"⑪ 称"灵宫"，宫、殿常连言，故称《灵殿赋》。简全差异兼换词命篇致异名。

《千秋赋》

《千秋赋》，存目，另有异名1例。

---

① （唐）颜师古：《匡谬正俗》，第110叶。
② （唐）骆宾王撰，（明）颜文选注《骆丞集》，《四库全书》第1065册，第384页。
③ （宋）钱端礼：《诸史提要》，第130叶。
④ （宋）王安石撰，（宋）李璧注《王荆公诗注》，《四库全书》第1106册，第194页。
⑤ （元）熊忠：《古今韵会举要》，《四库全书》第238册，第666页。
⑥ （明）陈第：《毛诗古音考》，《四库全书》第239册，第503页。
⑦ （明）陈锡：《易原》，明万历二十七年刻本，《续修四库全书》第10册，第53页。
⑧ （清）毛奇龄：《经问》，《四库全书》第191册，第107页。
⑨ 费振刚、胡双宝、宗明华辑校《全汉赋》，第527页。
⑩ （清）檀萃：《重镌草堂外集》，《续修四库全书》第1445册，第166页。
⑪ 费振刚、胡双宝、宗明华辑校《全汉赋》，第529页。

1.《鞦韆赋》。《山堂肆考》卷一百六十九:"王延寿有《鞦韆赋》。"①

案,《岁时广记》卷十六:"王延寿《千秋赋》。鞦韆,古人谓之千秋,或谓出汉宫后庭之戏祝辞也。后人妄易其字为鞦韆而语复颠倒不本意,又旁加以革,实未尝用革。"② 事物发展中称谓差异,换词命篇致异名。

《王孙赋》

《王孙赋》篇名,属于据赋作所含字词命篇,另有异名1例。

1.《狙猴赋》。《佩文韵府》卷一百五"两颊"注:"王延寿《狙猴赋》:'储粮食于两颊。'"③

案,文句属王延寿《王孙赋》。王孙、狙猴,猴子别称。换词命篇致异名。

综上,王延寿赋作异名类型为:1. 据文命篇致异名(据赋作所含字词);2. 简全差异致异名;3. 换词命篇致异名。

四十一　马融

马融赋作有《长笛赋》《梁将军西第赋》《围棋赋》《樗蒲赋》《琴赋》《龙虎赋》,《七厉》存目,共7篇。《长笛赋》《梁将军西第赋》《围棋赋》《七厉》4篇出现篇名分歧(57.14%),考辨如下。

《长笛赋》

《长笛赋》篇名,属于据赋作所含字词命篇,另有异名1例。

1.《笛赋》。《风俗通义》声音第六:"马融《笛赋》曰:'近世双笛从羌起,羌人伐竹未及已。龙鸣水中不见后,截竹吹之音相似。剡其上孔通洞之,材以当村便易持。京君明贤识音律,故本四孔加以一。君明所加孔后出,是谓商声五音。'"④《宋书》卷十九:"琴,马融《笛赋》云:

① (明)彭大翼:《山堂肆考》,《四库全书》第977册,第417页。
② (宋)陈元靓:《岁时广记》,清十万卷楼丛书本,第104~105页。
③ (清)张玉书:《佩文韵府》,第4194页。
④ (汉)应劭:《风俗通义》,明万历刻两京遗编本,第174叶。

'宓羲造琴。'""瑟，马融《笛赋》云：'神农造瑟。'"①《玉台新咏》卷
九吴均《行路难二首》注："马融《笛赋》。"②《黄氏集千家注杜工部诗
史补遗》诗笺补遗卷四《吹笛》注："马融《笛赋》：'律吕既和，哀声互
降。'"③《竹谱》卷六："马融《笛赋》：'惟籦笼之奇生兮，于终南之阴
崖。'"④《韵补》卷四"介"注："马融《笛赋》：'激朗清厉，随光之介
也。牢剌拂戾，诸贲之气也。'""怪"注："马融《笛赋》：'波散广衍实
可异也。掌距劫遻又足怪也。'""突"注："马融《笛赋》：'波澜鳞沦，
窊隆诡戾。濞瀑喷沫，奔遁砀突。'""切"注："马融《笛赋》：'啾咋嘈
啐以华羽兮，绞灼激以转切。震郁怫以凭怒兮，眩砀骇以奋肆。'""冽"
注："马融《笛赋》：'气喷勃以布覆兮，乍跱蹑以狼戾。靁叩锻之岌峇
兮，正浏漂以风冽。'""讚"注："马融《笛赋》：'留际瞠眙，累称屡
讚。失容坠席，搏拊雷抃。'""雊"注："马融《笛赋》：'山鸡晨群，野
雉耴雊。求偶鸣子，悲号长啸。'""投"注："马融《笛赋》：'观法于节
奏，察度于句投。'"卷五"迫"注："马融《笛赋》：'危殆险巇之所迫
也，众哀集悲之所积也。'"⑤《文选理学权舆》卷七："马融《笛赋》：
'裁以当簻。'"⑥ 长笛简省为笛，简全差异致异名。

《梁将军西第赋》

《梁将军西第赋》篇名，属于据赋作所涉地点命篇，另有异名6例。

1.《梁冀西第赋》。《南齐书》卷九、《通典》卷五十五："马融《梁
冀西第赋》云：'西北戌亥，玄石承输。虾蟆吐写，庚辛之域。'"⑦《玉烛
宝典》卷三："马融《梁冀西第赋》云：'西北戌亥，玄右羡输。虾蟆吐

---

① （梁）沈约：《宋书》，中华书局，1974，第555~556页。

② （南北朝）徐陵辑，（清）吴兆宜注，（清）程际盛删补《玉台新咏》，《续修四库全书》
　第1588册，第634页。

③ （宋）黄鹤集注，（宋）蔡梦弼校正《黄氏集千家注杜工部诗史补遗》，清光绪黎庶昌刻
　古逸丛书本，《续修四库全书》第1307册，第314页。

④ （元）李衎：《竹谱》，《四库全书》第814册，第383页。

⑤ （宋）吴棫：《韵补》，第146、147、151、155、162、180、184、190、205叶。

⑥ （清）汪师韩：《文选理学权舆》，《续修四库全书》第1581册，第99页。

⑦ （梁）萧子显：《南齐书》，中华书局，2003，第150页。（唐）杜佑：《通典》，中华书
　局，2016，第1541页。

写，庚辛之城。'"①《天中记》卷四："马融《梁冀西第赋》云：'西北戌亥，玄石承输。虾蟆吐写，庚辛之域。'"②《风水祛惑》："马融《梁冀西第赋》云：'西北戌亥，元后承输。虾蟆吐写，庚辛之域。'"③《南北史补志》卷十四《齐嘉礼》注："马融《梁冀西第赋》云：'西北戌亥，元石承输。虾幕吐写，庚辛之域。'"④梁将军即梁冀，人物称谓差异，换词命篇致异名。

2.《西第赋》。《纯常子枝语》卷三十六："马融《西第赋》云：'西北戌亥，元后承输。虾蟆吐写，庚辛之域。'"⑤省略府第主人名，简全差异致异名。

3.《梁大将军西第颂》。《全上古三代秦汉三国六朝文》全后汉文卷十八作《梁大将军西第颂》，列残句四条。⑥称梁冀为"梁大将军"，赋、颂混融兼换词命篇致异名。

4.《西第颂》。《文选》卷四左思《蜀都赋》注："马融《西第颂》曰：'紫房溃漏。'"⑦《北堂书钞》卷一百五十四"胡桃落"注、《渊鉴类函》卷十五"胡桃零"注："马融《西第颂》云：'仲秋阴中节，胡桃已零落。'"⑧《说略》卷四："马融《西第颂》云：'西北戌亥，玄石承输。虾蟆吐泻，庚辛之城。'"《词林海错》卷六、《识小录》卷四、《升庵集》卷七十五、《丹铅总录》卷三："马融《西第颂》云：'西北戌亥，玄石承输。虾蟆吐泻，庚辛之域。'"《谭苑醍醐》卷五引同前，"云"作"曰"。《丹铅总录》卷十七："按《后汉书》注引马融《西第颂》曰：'西北戌亥，玄石承输。虾蟆吐泻，庚辛之域。'即此事也。"《文选旁证》卷三八："《丹铅录》云马融《西第颂》：'西北戌亥，元石成输。虾蟆吐泻，

---

① （隋）杜台卿撰，（清）杨守敬校订《玉烛宝典》，清光绪十年黎庶昌日本东京使署影印古逸丛书本，《续修四库全书》第885册，第40页。
② （明）陈耀文：《天中记》，《四库全书》第965册，第187页。
③ （清）丁芮朴：《风水祛惑》，清光绪元年苕溪丁氏刻月河精舍丛钞本，《续修四库全书》第1054册，第242页。
④ （清）汪士铎：《南北史补志》，清光绪四年淮南书局刻本，第593叶。
⑤ （清）文廷式：《纯常子枝语》，民国三十二年刻本，《续修四库全书》第1165册，第537页。
⑥ （清）严可均辑《全上古三代秦汉三国六朝文》，第571页。
⑦ （梁）萧统编，（唐）李善注《文选》，第182页。
⑧ （唐）虞世南：《北堂书钞》，第661页。（清）张英：《渊鉴类函》，岁时部，第13页。

庚辛之域。'"① 《礼学卮言》卷一注："马融《西第颂》曰：'阳马承阿。'"② 《北江诗话》卷四："马融《西第颂》，陆游《南园记》事甚相类。"《援鹑堂笔记》卷三十七注："马融《西第颂》。"③ 赋、颂混融兼简全差异致异名。

5.《高第颂》。《文选》卷十六潘岳《闲居赋》注："马融《高第颂》曰：'黄果扬芳，紫房溃漏。'"④

案，文句属《梁将军西第赋》。《文选理学权舆》卷二将马融《西第颂》《高第颂》分两篇列出。⑤ 讹。《高第颂》篇名侧重府第规格。赋、颂混融兼侧重差异致异名。

6.《西弟颂》。《太平御览》卷九百七十一："马融《西弟颂》：'公胡桃自零。'"⑥ 案，"'弔—弟—苐—第'客观上形成多组'古今字'关系。"⑦ "第"字，法藏敦煌文献 P. 2296《受八戒文》："随佛出家，为我如来八戒苐（弟）子，始从今晨至明清昱，受我如来 **扪** 一净戒。"⑧ 赋、颂混融兼古今字致异名。

《围棋赋》

《围棋赋》篇名，属于据赋作所含字词命篇，另有异名 1 例。

1.《碁赋》。《古今合璧事类备要》前集卷五十七"雁行"注："'略观围碁，法于用兵。三尺之局，为战斗场。陈聚士卒，两敌相当。怯者无功，贪者先亡。常据四道，守用依傍。缘边遮列，往往相望。离离马目，

---

①　（明）顾起元：《说略》，第 178 叶。（明）夏树芳：《词林海错》，明万历刻本，第 84 叶。（明）徐树丕：《识小录》，涵芬楼秘笈影稿本，第 181 叶。（明）杨慎：《升庵集》，《四库全书》第 1270 册，第 744 页。（明）杨慎：《丹铅总录》，明嘉靖三十三年梁佐校刊本，第 33、176 叶。（明）杨慎：《谭苑醍醐》，《四库全书》第 855 册，第 708 页。（清）梁章钜：《文选旁证》，《续修四库全书》第 1581 册，第 629 页。

②　（清）孔广森：《礼学卮言》，清嘉庆刻㸑轩孔氏所著书本，《续修四库全书》第 110 册，第 87 页。

③　（清）洪亮吉：《北江诗话》，清光绪三年授经堂刻洪北江全集本，《续修四库全书》第 1705 册，第 27 页。（清）姚范：《援鹑堂笔记》，《续修四库全书》第 1149 册，第 34 页。

④　（梁）萧统编，（唐）李善注：《文选》，第 706 页。

⑤　（清）汪师韩：《文选理学权舆》，《续修四库全书》第 1581 册，第 43 页。

⑥　（宋）李昉：《太平御览》，第 4306 页。

⑦　蒋志远：《王筠〈古今字〉研究》，第 55 页。

⑧　黄征：《敦煌俗字典》，第 155 页。

连连雁行。踔度间置，徘徊中央。收取士卒，毋使相迎。当食不食，反受其殃。'马融《碁赋》。"①

案，"围棋"简省为"棋"。"碁"同"棋"。②简全差异兼通假致异名。

《七厉》

《七厉》篇名，属于据赋作形式命篇，另有误名 1 例。

1.《七广》。《容斋随笔》卷七、《皇明文衡》卷五十六、《沈氏学弢》卷十四、《荆川稗编》卷七十五、《四溟诗话》卷一、《全唐文纪事》卷一百二十、《诗家直说》卷一、《日知录》卷十九、《野鸿诗的》、《四六丛话》卷二十六、《文房肆考图说》卷六、《铁立文起》前编卷十二、《渊鉴类函》卷一百九十九："马融《七广》。"③《文通》卷十一："马融作《七广》。"④程章灿考辨："按'厉（厲）''广（廣）'形近，疑是一名重出，姑两存之。"⑤当作《七厉》。七体篇名混淆致误名。

综上，马融赋作异名类型为：1. 据文命篇致异名（侧重差异）；2. 简全差异致异名；3. 文体混融致异名（赋、颂混融）；4. 换词命篇致异名；5. 字形差异致异名（古今字、通假字）。误名类型为：乱（篇名混淆）。

四十二　崔寔

崔寔传世赋作有《大赦赋》《答讥》2 篇。《答讥》1 篇出现异名

---

① （宋）谢维新：《古今合璧事类备要》，《四库全书》第 939 册，第 458 页。
② 王力主编《王力古汉语字典》，第 812 页。
③ （宋）洪迈：《容斋随笔》，第 42 叶。（明）程敏政：《皇明文衡》，上海涵芬楼影印无锡孙氏藏明嘉靖卢焕刊本，《四部丛刊》初编第 451 册，第 291 页。（明）沈尧中：《沈氏学弢》，明万历刻本，第 227 叶。（明）唐顺之：《荆川稗编》，《四库全书》第 954 册，第 650 页。（明）谢榛：《四溟诗话》，清海山仙馆丛书本，第 10 叶。（清）陈鸿墀：《全唐文纪事》，《续修四库全书》第 1717 册，第 544 页。（明）谢榛：《诗家直说》，明万历刻本，《续修四库全书》第 1695 册，第 270 页。（清）顾炎武：《日知录》，第 750 页。（清）黄子云：《野鸿诗的》，清道光二十四年吴江沈氏世楷堂刻昭代丛书壬集补编本，《续修四库全书》第 1701 册，第 201 页。（清）孙梅：《四六丛话》，《续修四库全书》第 1715 册，第 506 页。（清）唐秉钧：《文房肆考图说》，《续修四库全书》第 1113 册，第 371 页。（清）王之绩：《铁立文起》，清康熙刻本，《续修四库全书》第 1714 册，第 340 页。（清）张英：《渊鉴类函》，文学部，第 38 页。
④ （明）朱荃宰：《文通》，《续修四库全书》第 1714 册，第 63 页。
⑤ 程章灿：《先唐赋存目考》，《文献》1989 年第 3 期。

（50%），考辨如下。

《答讥》

《答讥》篇名，属于据赋作创作缘由命篇，另有异名 1 例。

1.《客讥》。《文心雕龙》卷三、《后汉书集解》卷五十二、《后汉艺文志》卷四、《隋书经籍志考证》卷三十九："崔寔《客讥》整而微质。"《思绮堂文集》卷八《李秋池快雨山房诗序》注："崔寔《客讥》整而微质。"①《佩文韵府》卷八十四"阶塍"注："崔寔《客讥》：'夫人之享天爵而应睿哲也，必振民毓德，弭难济时。故或阶塍以纳说，或桎梏而不辞。或击角以自炫，或养老以待期。'"②

案，赋开篇："客有讥夫人之享天爵而应睿哲也，必将振民毓德，弭难济时。"③《答讥》篇名侧重答，《客讥》篇名侧重问。侧重差异兼据篇首二字命篇致异名。

综上，崔寔赋作异名类型为：据文命篇致异名（侧重差异，据赋作所含字词）。

四十三　张超

张超赋作有《诮青衣赋》，1 篇出现异名（100%），考辨如下。

《诮青衣赋》

《诮青衣赋》篇名，属于据赋作创作缘由命篇，另有异名 1 例。

1.《讥青衣赋》。《庚子山集注》卷五《道士步虚词十首》注："后汉张安超有《讥青衣赋》。"④《艺文类聚》卷三十五"婢"下收录"后汉张安超《讥青衣赋》"，全文见载。⑤

---

① （梁）刘勰：《文心雕龙》，第 70 叶。（清）王先谦：《后汉书集解》，《续修四库全书》第 273 册，第 20 页。（清）姚振宗：《后汉艺文志》，《续修四库全书》第 914 册，第 386 页。（清）姚振宗：《隋书经籍志考证》，《续修四库全书》第 915 册，第 658 页。（清）章藻功：《思绮堂文集》，第 603 叶。
② （清）张玉书：《佩文韵府》，第 3310 页。
③ 费振刚、胡双宝、宗明华辑校《全汉赋》，第 525 页。
④ （南北朝）庾信撰，（清）倪璠注《庚子山集注》，《四库全书》第 1064 册，第 488 页。
⑤ （唐）欧阳询：《艺文类聚》，《四库全书》第 887 册，第 720 页。

案，《四库全书总目》卷一百九十三业已考辨："张超《诮青衣赋》已见于汉，改其题曰《讥青衣赋》，改其名曰张安超。又见于南北朝中，仍其故题，而题其字，曰张子并。"[1]《康熙字典》酉集上"讥"："《增韵》：'诮也。'《左传·隐元年》：'称郑伯讥失教也。'班固《典引》：'司马迁著书，微文刺讥，贬损当世。'"[2]"讥""诮"二者意义相近，换词命篇致异名。

综上，张超赋作异名类型为：换词命篇致异名。

四十四　刘琬

刘琬赋作有《神龙赋》《马赋》2篇。《神龙赋》1篇出现异名（50%），考辨如下。

《神龙赋》

《神龙赋》篇名，属于据赋作所含字词命篇，另有异名1例。

1.《龙赋》。《杜诗详注》卷四《天育骠图》注："刘琬《龙赋》：'变化屈伸。'"[3] 文句属《神龙赋》。神龙简省为龙，致异名。

综上，刘琬赋异名类型为：简全差异致异名。

四十五　边让

边让赋作有《章华赋》，1篇出现篇名分歧（100%），考辨如下。

《章华赋》

《章华赋》篇名，属于据赋作所涉地点命篇，另有异名5例、误名1例。

异名：

1.《居长饮赋》。《宋书》卷六十七《谢灵运传》注、《谢康乐集》卷一《山居赋》注、《汉魏六朝百三家集》卷六十五《山居赋》注、《历代赋汇》外集卷十二谢灵运《山居赋》注、《全上古三代秦汉三国六朝文》

---

① （清）永瑢：《四库全书总目》，清乾隆武英殿刻本，第3461叶。
② 《康熙字典》，第28页。
③ （唐）杜甫撰，（清）仇兆鳌注《杜诗详注》，第254页。

全宋文卷三十一谢灵运《山居赋》注:"《居长饮赋》:'楚灵王游云梦之中,息于荆台之上。前方淮之水,左洞庭之波。右顾彭蠡之涛,南望巫山之阿。遂造章华之台。'"①

　　案,边让《章华台赋》:"设长夜之欢饮兮,展中情之嬿婉。"② 赋中大量描写宴饮乐舞,故称《居长饮赋》。据赋作所含字词"长""饮"命篇致异名。

　　2.《游章华台赋》。《战国策校注》魏卷第七注:"后汉边让《遊章华台赋》云:'楚王游云梦之泽,息于荆台之上。前方淮之水,左洞庭之波,右顾彭蠡之陿,南眺巫山之阿。延目广坐,骋观终日。顾谓左史倚相曰:盛哉斯乐,可以遗老而忘死也。'"③《群书拾补》"下临方淮"注:"边让《游章华台赋》云'前方淮之水'与此合。"④

　　案,"遊"与"游"为异体字。赋铺叙游览章华台。《游章华台赋》篇名侧重游览过程,《章华赋》篇名侧重所游之地。侧重差异兼简全差异致异名。

　　3.《章华台赋》。《(隆庆)岳州府志》卷十八、《全上古三代秦汉三国六朝文》全后汉文卷八十四、《(光绪)湖南通志》卷三十四"华容县"注作《章华台赋》,全文载录。⑤《玉台新咏》卷二曹植《杂诗》五首注:"边让《章华台赋》:'体迅轻鸿,荣耀春华。'"卷三陆机《艳歌行》注:"边让《章华台赋》:'忽飘然以轻逝,似鸾飞于天漠。'"谢惠连《七月七日咏牛女》注:"边让《章华台赋》:'天河既回,欢乐未终。'"卷四谢朓《听妓》注:"边让《章华台赋》:'舞无常态。'"卷五柳恽《江南曲》

① (梁)沈约:《宋书》,第 1756、1781 页。(东晋南朝)谢灵运撰,(明)沈启原辑《谢康乐集》,明末刻本,《续修四库全书》第 1585 册,第 227 页。(明)张溥:《汉魏六朝百三家集》,《四库全书》第 1414 册,第 49 页。(清)陈元龙:《历代赋汇》,《四库全书》第 1422 册,第 217 页。(清)严可均辑《全上古三代秦汉三国六朝文》,第 2604 页。

② 费振刚、胡双宝、宗明华辑校《全汉赋》,第 559 页。

③ (元)吴师道:《战国策校注》,上海涵芬楼影印江南图书馆藏元至正十五年刊本,《四部丛刊》初编第 59 册,第 287 页。

④ (清)卢文弨:《群书拾补》,清抱经堂丛书本,《续修四库全书》第 1149 册,第 419 页。

⑤ (明)钟崇文:《(隆庆)岳州府志》,第 278~279 页。(清)严可均辑《全上古三代秦汉三国六朝文》,第 930 页。(清)卞宝第、李瀚章等修,(清)曾国荃、郭嵩焘等撰《(光绪)湖南通志》,《续修四库全书》第 662 册,第 216 页。

注："边让《章华台赋》：'荣若春华。'"① 《北堂书钞》卷一百七"迅如孤鹄"注："边让《章华台赋》云：'纵轻躯以迅起，若孤鹄之失群。'"卷一百四十二"兰肴"注："边让《章华台赋》曰：'兰肴山积，椒酒渊流。'"② 《海录碎事》卷十一："边让《章华台赋》曰：'建皇佐之高勋。'"③ 《古乐苑》衍录卷三注、《升庵集》卷六十八："边让《章华台赋》：'归乎生风之广厦兮，修黄轩之要道。携西子之弱腕，援毛嫱之素肘。'"④ 简全差异兼侧重台名致异名。

4.《章台赋》。《文选笺证》卷七："善曰：'边让《章台赋》曰：惠风如春施。'"⑤ 《六臣注文选》卷十九曹植《洛神赋》注："边让《章台赋》曰：'纵轻躯以迅赴，若离鹄之失群。'"⑥ 《北堂书钞》卷一百七"妙舞丽于阳阿"注："边让《章台赋》云：'繁手起于北里，妙舞丽于阳阿。'"⑦

案，章台，古台名，即章华台，春秋时楚国离宫。《章台赋》篇名侧重台名。简全差异兼侧重差异致异名。

5.《章花赋》。《游仙窟》卷四注："边让《章花赋》曰：'于是招容妃，命湘娥。齐倡列，郑女罗。繁手超于即墨，妙舞丽于阳河。纵轻躯以延迟，若孤鹄之夫⑧群。振花袂以逶迤，若游龙之登云也。'"⑨

案，"'华'是'花'的本字。"⑩ 敦煌文献中"华"多有写作"花"者，如敦煌研究院藏敦煌文献敦研19《大般涅槃经》："如无雷时，象牙上花不可得见。"法藏敦煌文献 P.3494《庆经文》："纸散花编，遥叶

---

① （南北朝）徐陵辑，（清）吴兆宜注，（清）程际盛删补《玉台新咏》，《续修四库全书》第1588册，第516、529、536、549、562页。
② （唐）虞世南：《北堂书钞》，第411、593页。
③ （宋）叶廷珪：《海录碎事》，《四库全书》第921册，第551页。
④ （明）梅鼎祚：《古乐苑》，第39叶。（明）杨慎：《升庵集》，《四库全书》第1270册，第675页。
⑤ （梁）萧统编，（清）胡绍煐笺证《文选笺证》，《续修四库全书》第1582册，第93页。
⑥ （梁）萧统编，（唐）李善等注《六臣注文选》，《四部丛刊》初编第420册，第267页。
⑦ （唐）虞世南：《北堂书钞》，第411页。
⑧ 案，当作"失"，"夫"乃与"失"形近阙笔而讹。
⑨ （唐）张鷟：《游仙窟》，清抄本，《续修四库全书》第1783册，第638~639页。
⑩ 王力主编《王力古汉语字典》，第1068页。

[贯] 花之旨。"上海博物馆藏敦煌文献 48（41379）《十二时普劝四众依教修行》："舍花堂，埋土窟，一善不修身已卒。"① 古今字兼侧重差异致异名。

误名：

1.《帝台赋》。《文选》卷六左思《魏都赋》注、《六臣注文选》卷六左思《魏都赋》注："边让《帝台赋》曰：'惠风如春施。'"②

案，《文选旁证》卷八校正左思《魏都赋》李善注"边让《帝台赋》曰"云："何校'帝'改'章华'，陈同，各本皆误。"③ "帝"乃与"章"形近而讹，致误名。

综上，边让赋作篇名分歧类型为：1. 据文命篇致异名（侧重差异，据赋作所含字词）；2. 简全差异致异名；3. 字形差异致异名（古今字）。误名类型为：讹（字形近讹误）。

四十六　崔琰

崔琰赋作有《述初赋》，1 篇出现篇名分歧（100%），考辨如下。

《述初赋》

《述初赋》篇名，属于据赋作创作缘由命篇，另有异名 4 例。

1.《述祖赋》。《说文解字义证》卷七"讷"注："崔琰《述祖赋》序：'性顽口讷，年十八不能答问。'"④

案，文句属崔琰《述初赋》。《说文·刀部》："初，始也。"《说文·示部》："祖，始庙也。"⑤《广韵·姥韵》："祖，祖祢。又始也，法也，本也，上也。"⑥ 上古音，"祖"属粗钮鱼部，"初"属初钮鱼部。⑦ 换词命篇致异名。

---

① 黄征：《敦煌俗字典》，第 306、307 页。
② （梁）萧统编，（唐）李善注《文选》，第 271 页。（梁）萧统编，（唐）李善等注《六臣注文选》，《四部丛刊》初编第 419 册，第 26 页。
③ （清）梁章钜：《文选旁证》，《续修四库全书》第 1581 册，第 287 页。
④ （清）桂馥：《说文解字义证》，《续修四库全书》第 209 册，第 204 页。
⑤ （汉）许慎撰，（清）段玉裁注《说文解字注》，第 178、4 页。
⑥ 蔡梦麒校释《广韵校释》，第 643 页。
⑦ 李学勤主编《字源》，第 8、373 页。

2.《遂初赋》。《初学记》卷六"金宫玉阙"注、《渊鉴类函》卷三十六"金宫玉阙"注："崔琰《遂初赋》曰：'蓬莱蔚其潜兴，瀛壶森以骈罗。列金台之巘崿，方玉阙之嵯峨。'"①《艺风堂文集》卷三："崔琰《遂初赋》序云：'琰性顽口讷，至二十九，粗阅书传，闻北海有郑征君者，当世名儒，遂往造焉。津涉淄水，历祀马、祀都之津，登铁山，以望高密。'"《养素堂文集》卷三十三引与前略同，"云"作"曰"，"津涉淄水"无"津"字。②《汉书补注》卷五十七："崔季珪叙《遂初赋》云：'郁州者，故苍梧之山也。'"③《正字通》酉集上"记"注、《佩文韵府》卷六十三"篇记"注："崔琰《遂初赋》：'望高密以亟征，庋衡门而造止。觌游夏之峨峨，听大猷之篇记。'"《佩文韵府》卷一"金宫"注："崔琰《遂初赋》：'列金宫之巘崿，方玉阙之嵯峨。'"④《骈字类编》卷七十一"金台"注："崔琰《遂初赋》。见玉阙下。"然同书"玉阙"下作《述初赋》⑤。《三国志注补》卷三十八："故崔琰《遂初赋》曰：'郁州者，故苍梧山也。'"⑥

案，"遂初""述初"考辨见前文刘歆《遂初赋》部分。换词命篇致异名。

3.《述征赋》。《初学记》卷八"仙士石始皇碑"注、《渊鉴类函》卷三百三十五"仙士石始皇碑"注："崔琰《述征赋》曰：'郁非山有仙士石室，乃往观焉，见一道人。'"⑦《太平寰宇记》卷十八："铁山。崔琰《述征赋》云：'涉淄水，过相都。登铁山，望齐密。'即此山。"《齐乘》卷一："商山……崔琰《述征赋》云：'涉淄水，过相都。登铁山，望齐

① （唐）徐坚：《初学记》，第116页。（清）张英：《渊鉴类函》，地部，第58页。
② （清）缪荃孙：《艺风堂文集》，清光绪二十六年刻本，《续修四库全书》第1574册，上海古籍出版社，2002，第65页。（清）张澍：《养素堂文集》，《续修四库全书》第1507册，第115页。
③ （清）王先谦：《汉书补注》，《续修四库全书》第269册，第515页。
④ （明）张自烈：《正字通》，《续修四库全书》第235册，第482页。（清）张玉书：《佩文韵府》，第19、2418页。
⑤ （清）张廷玉：《骈字类编》，《四库全书》第997册，第171、26页。
⑥ （清）赵一清：《三国志注补》，清广雅书局丛书本，《续修四库全书》第274册，第271页。
⑦ （唐）徐坚：《初学记》，第171页。（清）张英：《渊鉴类函》，州郡部，第4页。

密。'即此山也。"①《苏诗补注》卷十二《次韵陈海州书怀》注："崔琰《述征赋》曰:'郁洲者,故苍梧山也。'"②《肇域志》卷二十:"一曰铁山,崔琰《述征赋》曰:'涉淄水,过桓都,登铁山,望齐岱。'即此山也。"《晋书斠注》卷一百二十七注:"铁山,崔琰《述征赋》'涉淄水,过桓都。登铁山,望齐密'是也。"③《方舆考证》卷二十"山川·铁山"注:"铁山……《述征赋》:'涉淄水,过相都,登铁山,望齐密。'应即此山也。"④《史记疏证》卷七:"崔琰《述征赋》曰'倚高舻以周眄兮,观秦门之将将'者也。"⑤

　　案,崔琰《述初赋》:"望高密以亟征,庋衡门而造止。"⑥叙写行程,取赋中"征"字命篇称《述征赋》。据赋作所含字词命篇致异名。

　　4.《述征记》。《肇域志》卷二十:"崔琰《述征记》:'涉淄水,过桓都。登铁山,望齐岱。'即此。"⑦

　　案,文句实属崔琰《述初赋》。《述初赋》又称《述征赋》(见前文)。记、赋混融兼据赋作所含字词命篇致异名。

　　此外,《古音丛目》卷三:"'记',崔琰赋叶'祀'。"⑧案,查崔琰仅存《述初赋》,有"觌游夏之峨峨,听大猷之篇记",但没有以"祀"结尾的文句。不知是《述初赋》以"祀"结尾文句亡佚,还是崔琰另有赋作,存疑俟考。

　　综上,崔琰赋作异名类型为:1.换词命篇;2.据文命篇致异名(据赋作所含字词);3.文体混融致异名(赋、记混融)。

四十七　蔡邕

　　蔡邕赋作有《霖雨赋》《述行赋》《释诲》《青衣赋》《琴赋》《弹棋

---

① (宋)乐史:《太平寰宇记》,《四库全书》第 469 册,第 151 页。(元)于钦:《齐乘》,《四库全书》第 491 册,第 693 页。
② (宋)苏轼撰,(清)查慎行补注《苏诗补注》,《四库全书》第 1111 册,第 256 页。
③ (清)顾炎武:《肇域志》,清抄本,《续修四库全书》第 590 册,第 75~76 页。(清)吴士鉴、刘承幹撰《晋书斠注》,《续修四库全书》第 277 册,第 630 页。
④ (清)许鸣磐:《方舆考证》,第 706~707 叶。
⑤ (清)佚名:《史记疏证》,《续修四库全书》第 264 册,第 90 页。
⑥ 费振刚、胡双宝、宗明华辑校《全汉赋》,第 749 页。
⑦ (清)顾炎武:《肇域志》,《续修四库全书》第 590 册,第 94 页。
⑧ (明)杨慎:《古音丛目》,《四库全书》第 239 册,第 256 页。

赋》《汉津赋》《短人赋》《伤故栗赋》《静情赋》《笔赋》《蝉赋》《协初赋》《瞽师赋》《团扇赋》《玄表赋》《长笛赋》，《鲁灵光殿赋》存目，共18篇。《霖雨赋》《述行赋》《释诲》《琴赋》《汉津赋》《伤故栗赋》《静情赋》《协初赋》《瞽师赋》《团扇赋》《玄表赋》11篇有篇名分歧（61.11%），考辨如下。

《霖雨赋》

《霖雨赋》篇名，属于据赋作所含字词命篇，另有异名2例。

1.《愁霖赋》。《艺文类聚》卷二："又《愁霖赋》曰：'夫何季秋之淫雨兮，既弥日而成霖。瞻玄云之晻晻兮，听长雷之淋淋。中宵夜而叹息，起饰带而抚琴。'"《渊鉴类函》卷七引同前，"玄"作"元"。[①]

案，蔡邕《霖雨赋》："中宵夜而叹息，起饰带而抚琴。"[②] 整体情感基调愁闷，故称《愁霖赋》。《霖雨赋》篇名侧重雨之大、时间之久，《愁霖赋》篇名侧重情感。侧重差异兼据赋中"霖"命篇致异名。

2.《霖赋》。《文选》卷二十九张协《杂诗十首》注："蔡雍《霖赋》曰：'瞻玄云之晻晻，悬长雨之森森。'"《天中记》卷三、《佩文韵府》卷十二"玄云"注："蔡邕《霖赋》云：'瞻玄云之晻晻，悬长雨之森森。'"《渊鉴类函》卷七引同前，"玄云"作"元云"。[③]《吴诗集览》卷三《缥缈峰》注："蔡伯喈《霖赋》：'瞻元云之晻晻。'"[④]

案，所引文句属蔡邕《霖雨赋》。《说文·雨部》："霖，凡雨三日已往为霖。"[⑤] 故称《霖赋》。简全差异致异名。

《述行赋》

《述行赋》篇名，属于据赋作创作缘由命篇，另有异名2例、误名1例。

---

① （唐）欧阳询撰，汪绍楹校《艺文类聚》，第30页。（清）张英：《渊鉴类函》，天部，第23页。

② 费振刚、胡双宝、宗明华辑校《全汉赋》，第595页。

③ （梁）萧统编，（唐）李善注《文选》，第1379页。（明）陈耀文：《天中记》，《四库全书》第965册，第110页。（清）张玉书：《佩文韵府》，第489页。（清）张英：《渊鉴类函》，天部，第20页。

④ （清）吴伟业撰，（清）靳荣藩注《吴诗集览》，《续修四库全书》第1396册，第437页。

⑤ （汉）许慎撰，（清）段玉裁注《说文解字注》，第573页。

　　异名：

　　1.《述征赋》。《水经注》卷七："故蔡伯喈《述征赋》曰：'过汉祖之所隘，吊纪信于荥阳。'"《音学五书·唐韵正》卷十九"隁"注："蔡邕《述征赋》：'过汉祖之所隘，吊纪信于荥阳。'"①《文选》卷二十八陆机《前缓声歌》注："蔡雍《述征赋》曰：'皇家赫而天居，万方徂而星集。'"《文选》卷三十一鲍照《代君子有所思》注、《六臣注文选》卷三十一鲍照《代君子有所思》注："蔡邕《述征赋》曰：'皇家赫而天居。'"《玉台新咏》卷三陆机《前缓声歌》注："蔡邕《述征赋》：'皇家赫而天居，万方徂而星集。'"②《隋书经籍志考证》卷四十："蔡邕《述征赋》序曰……"③

　　案，蔡邕《述行赋》："翩翩独征，无俦与兮。"④取赋中"征"字命篇，故称《述征赋》。据赋作所含字词命篇致异名。

　　2.《西征赋》。《天中记》卷十一："天居。'皇家赫而天居。'蔡伯喈《西征赋》。"⑤

　　案，文句属蔡邕《述行赋》。据赋作"……璜以余能鼓琴，自朝廷敕陈留郡守，发遣余到偃师。病不前，得归。……余有行于京洛兮，遭淫雨之经时。……夕余宿于大梁兮，诮无忌之称神。……历中牟之旧城兮，憎佛肸之不臣。……经圃田而瞰北境兮，晤卫康之封疆。……过汉祖之所隘兮，吊纪信于荥阳。降虎牢之曲阴兮，路丘墟以盘萦。……登长坂以凌高兮，陟葱山之嶕峣。……率陵阿以登降兮，赴偃师而释勤。……命仆夫其就驾兮，吾将往乎京邑"⑥，可梳理行程，由陈留往偃师，途经大梁、中牟、圃田、荥阳、长阪、葱山等。行程由东往西（见图6），故称《西征赋》。据赋作内容命篇致异名。

---

　　①　（南北朝）郦道元：《水经注》，第104叶。（清）顾炎武：《音学五书》，第516页。

　　②　（梁）萧统编，（唐）李善注《文选》，第1315、1450页。（梁）萧统编，（唐）李善等注《六臣注文选》，《四部丛刊》初编第421册，第432页。（南北朝）徐陵辑，（清）吴兆宜注，（清）程际盛删补《玉台新咏》，《续修四库全书》第1588册，第530页。

　　③　（清）姚振宗：《隋书经籍志考证》，《续修四库全书》第916册，第126页。

　　④　费振刚、胡双宝、宗明华辑校《全汉赋》，第568页。

　　⑤　（明）陈耀文：《天中记》，《四库全书》第965册，第479页。

　　⑥　费振刚、胡双宝、宗明华辑校《全汉赋》，第566～568页。

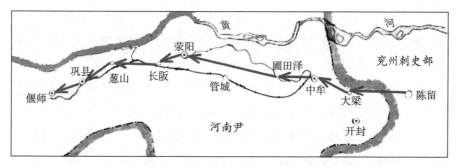

图6　蔡邕《述行赋》行程示意

误名：

1.《行述赋》。《补注杜诗》卷一《苦雨奉寄陇西公兼呈王征士》注、《分门集注杜工部诗》卷一《苦雨奉寄陇西公兼呈王征士》注："蔡邕《行述赋》：'遘淫雨之经时。'"① 文句实属蔡邕《述行赋》。"行述"倒乙，致误名。

《释诲》

《释诲》篇名，属于据赋作创作缘由命篇，另有异名1例、误名3例。

异名：

1.《琴歌》。《古诗纪》卷十三、《古诗归》卷四："《琴歌》：'练余心兮浸太清，涤秽浊兮存正灵。和液畅兮神气宁，情志泊兮心亭亭。嗜欲息兮无由生，踔宇宙而遗俗兮，眇翩翩而独征。'"②《正字通》子集上"亭"注："蔡邕《琴歌》：'情志泊兮心亭亭。'"③《杜诗详注》卷四《三川观水涨二十韵》注："蔡邕《琴歌》：'涤秽浊兮存正灵。'"④

案，赋结尾："胡老乃扬衡含笑，援琴而歌。歌曰……"⑤ 故称《琴歌》。赋、歌混融兼据赋作部分内容命篇致异名。

误名：

① （唐）杜甫撰，（宋）黄希原本、黄鹤补注《补注杜诗》，《四库全书》第1069册，第61页。（唐）杜甫撰，（宋）王洙注《分门集注杜工部诗》，《续修四库全书》第1306册，第277页。
② （明）冯惟讷：《古诗纪》，《四库全书》第1379册，第102页。（明）钟惺：《古诗归》，《续修四库全书》第1589册，第395页。
③ （明）张自烈：《正字通》，《续修四库全书》第234册，第51页。
④ （唐）杜甫撰，（清）仇兆鳌注《杜诗详注》，第307页。
⑤ 费振刚、胡双宝、宗明华辑校《全汉赋》，第602页。

1.《什诲》。《天中记》卷二："蔡邕《什诲》曰：'属炎气于景云。'"①

案，文句实属蔡邕《释诲》。《说文·采部》："释，解也。"《说文·人部》："什，相什保也。"②"什"乃与"释"音近而讹，致误名。

2.《诲释》。《古音丛目》卷四"遇·诛"注："蔡邕《诲释》：'下获熏胥之辜，高受灭家之诛。前车已覆，袭轨而骛。'"③

案，文句实属蔡邕《释诲》。蔡邕《释诲》："作《释诲》以戒厉云尔。"④"诲释"倒乙，致误名。

3.《清诲》。《天中记》卷一："蔡邕《清诲》云：'元首宽则望舒朓，侯王肃则月侧匿。'"⑤ 文句实属蔡邕《释诲》。"清"不明原因讹，致误名。

《琴赋》

《琴赋》篇名，属于据赋作所含字词命篇，另有异名2例、误名1例。

异名：

1.《弹琴赋》。《蔡中郎集》卷四《弹琴赋》（原注：一本作颂）："清声发兮五音举，韵宫商兮动徵羽，曲引兴兮繁丝抚。然后哀声既发，秘弄乃开。左手抑扬，右手徘徊。抵掌反覆，抑按藏摧。于是繁弦既抑，雅韵乃扬。仲尼思归，鹿鸣三章。梁甫悲吟，周公越裳。青雀西飞，别鹤东翔。饮马长城，楚曲明光。走兽率舞，飞鸟下翔。感激弦歌，一低一昂。"⑥《杜诗详注》卷十一《陪王侍御同登东山最高顶宴姚通泉晚携酒泛江》注："蔡邕《弹琴赋》：'感激弦歌，一低一昂。'"⑦《青莲舫琴雅》卷四分列《琴赋》《弹琴赋》两篇。⑧

案，赋中有部分内容为描写弹琴，《弹琴赋》篇名侧重弹奏动作及过程。据赋作所含字词命篇兼侧重差异致异名。

① （明）陈耀文：《天中记》，《四库全书》第965册，第95页。
② （汉）许慎撰，（清）段玉裁注《说文解字注》，第50、373页。
③ （明）杨慎撰，（清）李调元校定《古音丛目》，第70叶。
④ 费振刚、胡双宝、宗明华辑校《全汉赋》，第599页。
⑤ （明）陈耀文：《天中记》，《四库全书》第965册，第37~38页。
⑥ （汉）蔡邕：《蔡中郎集》，《四库全书》第1063册，第193页。
⑦ （唐）杜甫撰，（清）仇兆鳌注《杜诗详注》，第965页。
⑧ （明）林有麟：《青莲舫琴雅》，明万历刻本，第45叶。

2.《琴颂》。《文选》卷三十陆机《拟今日良宴会》注、《乐府诗集》卷四十一、《李太白集注》卷三《梁甫吟》注："蔡邕《琴颂》曰：'梁甫悲吟，周公越裳。'"《古乐苑》卷二十二谢灵运《泰山吟》注："蔡邕《琴颂》云：'梁甫悲吟。'"①《分门集注杜工部诗》卷五《亭对鹃湖》注："蔡邕《琴颂》曰：'梁甫悲吟。'"《西溪丛语》卷上："李善注云：'蔡邕《琴颂》曰：梁父悲吟。'"《汉魏六朝百三家集》卷二十二《梁甫吟》注："蔡邕《琴颂》云：'梁父悲吟。'"②《文选理学权舆》卷二："蔡邕《琴颂》。"③

案，《全上古三代秦汉三国六朝文》全后汉文卷六十九："'颂'即'赋'字写误。"④赋、颂混融致异名。

误名：

1.《琴操》。《玉台新咏》卷一枚乘《杂诗九首》注："蔡邕《琴操》：'一弹三欷，凄有余哀。'"⑤

案，文句实属蔡邕《琴赋》。蔡邕另有《琴操》。同一作者不同作品篇名混淆致误名。

《汉津赋》

《汉津赋》篇名，属于据赋作所涉地点命篇，另有误名1例。

1.《汉律赋》。《杜诗详注》卷十七《秋兴八首》注："蔡邕《汉律赋》：'鳞甲育其万物。'"⑥《广雅疏证》卷一注："蔡邕《汉律赋》云：'觌朝宗之形兆。'"⑦《佩文韵府》卷三十四"陇坻"注："蔡邕《汉律

---

① （梁）萧统编，（唐）李善注《文选》，第1426页。（宋）郭茂倩：《乐府诗集》，第540页。（唐）李白撰，（清）王琦注《李太白集注》，《四库全书》第1067册，第68页。（明）梅鼎祚：《古乐苑》，第283叶。

② （唐）杜甫撰，（宋）王洙注《分门集注杜工部诗》，《续修四库全书》第1306册，第338页。（宋）姚宽：《西溪丛语》，第48页。（明）张溥：《汉魏六朝百三家集》，《四库全书》第1412册，第540页。

③ （清）汪师韩：《文选理学权舆》，《续修四库全书》第1581册，第43页。

④ （清）严可均辑《全上古三代秦汉三国六朝文》，第854页。

⑤ （南北朝）徐陵辑，（清）吴兆宜注，（清）程际盛删补《玉台新咏》，《续修四库全书》第1588册，第499页。

⑥ （唐）杜甫撰，（清）仇兆鳌注《杜诗详注》，第1495页。

⑦ （清）王念孙：《广雅疏证》，《续修四库全书》第191册，第33页。

赋》：‘上控陇坻，下接江湖。’”①

案，文句实属蔡邕《汉津赋》。《尔雅·释诂》：“律、矩、则，法也。”②《说文·水部》：“津，水渡也。”③ 蔡邕《汉津赋》：“夫何大川之浩浩兮，洪流淼以玄清。配名位乎天汉，披厚土而载形。登源自乎嶓冢，引漾澧而东征。纳阳谷之所吐兮，兼汉沔之殊名。”④ “津”字写作“𣲾”，见于法藏敦煌文献 P. 3781《开窟发愿文拟》：“水治洪𣲾，竞唱南风雅韵。”⑤ 走马楼西汉简 474“律”写作“𣲾”。⑥ “律”字，写作“𣲾”，见于英藏敦煌文献 S. 545《失名类书》：“箭水惊澜，析𣲾驰候。”⑦ “律”字写作“𣲾”，见于吐鲁番出土文献 63TAM1：11《西凉建初十四年（418）韩渠妻随葬衣物疏》：“急急如𣲾令。”吐鲁番出土文献 66TAM62：5《北凉缘禾五年随葬衣物疏》：“急急如𣲾令。”⑧ “律”乃与“津”形近而讹，致误名。

《伤故栗赋》

《伤故栗赋》篇名，属于据赋作创作缘由命篇，另有异名 1 例、误名 1 例。

异名：

1.《栗赋》。《山堂肆考》卷二百五：“人有折蔡氏祠前栗者，故蔡邕作《栗赋》：‘何根茎之丰美，嗟夭折以摧伤。’”⑨《佩文韵府》卷三十四“丰美”注：“蔡邕《栗赋》：‘何根茎之丰美兮，将蕃炽以悠长。’”卷九十八“育蘽”注：“蔡邕《栗赋》：‘因本心以诞节兮，凝育蘽之绿英。’”⑩

案，赋开篇：“人有折蔡氏祠前栗者，故作斯赋。”⑪ “伤故栗赋”简

① （清）张玉书：《佩文韵府》，第 1607 页。
② 《尔雅》，第 3 页。
③ （汉）许慎撰，（清）段玉裁注《说文解字注》，第 555 页。
④ 费振刚、胡双宝、宗明华辑校《全汉赋》，第 571 页。
⑤ 黄征：《敦煌俗字典》，第 388 页。
⑥ 陈松长：《长沙走马楼西汉古井出土简牍概述》，《考古》2021 年第 3 期。
⑦ 黄征：《敦煌俗字典》，第 507 页。
⑧ 赵红：《吐鲁番俗字典》，第 319 页。
⑨ （明）彭大翼：《山堂肆考》，《四库全书》第 978 册，第 196 页。
⑩ （清）张玉书：《佩文韵府》，第 1543、3796 页。
⑪ 费振刚、胡双宝、宗明华辑校《全汉赋》，第 584 页。

省为"栗赋"，"伤故栗赋"篇名侧重情感。简全差异兼侧重差致异名。

误名：

1.《胡栗赋》。《古文苑》卷二十一作《胡栗赋》，全文载录。章樵注"树遐方之嘉木兮"："树，种也，言此木元非中国植物，来自胡也。"①《诗薮》杂编一："蔡邕赋八篇。《述行》《汉津》《弹棋》《短人》《笔》赋，又《古文苑》末有《琴》《胡栗》《协和昏》赋三篇。"②《骈字类编》卷八十五"二门"注："蔡邕《胡栗赋》：'通二门以征行兮，夹阶除而列生。'"《音学五书·唐韵正》卷五"英"注："蔡邕《胡栗赋》：'因本心以诞节兮，凝育蘽之绿英。形猗猗以艳茂兮，似翠玉之清明。何根茎之丰美兮，将蕃炽以悠长。适祸贼之灾人兮，嗟夭折以摧伤。'"《骈字类编》卷一百三十九"绿英"注："蔡邕《胡栗赋》：'因本心以诞节兮，凝育蘽之绿英。'"《骈字类编》卷二百三十"丰美"注："蔡邕《胡栗赋》：'何根茎之丰美，将蕃炽以悠长。'"③《佩文韵府》卷二十四"前庭"注、卷三十七"灵宇"注："蔡邕《胡栗赋》：'树遐方之嘉木兮，于灵宇之前庭。'"卷八十五"艳茂"注："蔡邕《胡栗赋》：'形猗猗以艳茂兮，似翠玉之清明。'"卷九十八"澡雪"注："蔡邕《胡栗赋》：'弥澡雪而不凋兮，当春夏而滋荣。'"④

案，文句实属蔡邕《伤故栗赋》。《广韵·暮韵》："故，旧也。"⑤赋序："人有折蔡氏祠前栗者，故作斯赋。"⑥古代称北方和西方的民族如匈奴等为胡。《伤故栗赋》中"遐方"在早期记载的文献《艺文类聚》卷八十七及《渊鉴类函》卷四百三作"南方"。⑦上古音，"故"属见钮鱼部，"胡"属匣钮鱼部。⑧"胡"乃与"故"音近而讹，致误名。

①　（宋）章樵注《古文苑》，第6页。
②　（明）胡应麟：《诗薮》，《续修四库全书》第1696册，第196页。
③　（清）顾炎武：《音学五书》，第279页。（清）张廷玉：《骈字类编》，《四库全书》第997册，第673页；第1000册，第345页；第1004册，第451页。
④　（清）张玉书：《佩文韵府》，第1221、1669、3347、3752页。
⑤　蔡梦麒校释《广韵校释》，第920页。
⑥　费振刚、胡双宝、宗明华辑校《全汉赋》，第584页。
⑦　（唐）欧阳询撰，汪绍楹校《艺文类聚》，《四库全书》第888册，第750页。（清）张英：《渊鉴类函》，《四库全书》第992册，第775页。
⑧　李学勤主编《字源》，第250、365页。

《静情赋》

《静情赋》篇名，属于据赋作创作缘由命篇，另有异名1例。

1.《检逸赋》。《蔡中郎外集》目录："《检逸赋》。"①《玉台新咏》卷八王筠《和吴主簿六首》注："后汉蔡邕《检逸赋》：'爱独结而未并。'"②《艺文类聚》卷十八："《检逸赋》曰：'夫何姝妖之媛女，颜炜烨而含荣。普天壤其无俪，旷千载而特生。余心悦于淑丽，爱独结而未并。情罔象而无主，意徙倚而左倾。昼骋情以舒爱，夜托梦以交灵。'"《汉魏六朝百三家集》卷十八《检逸赋》文同前，"象"作"写"。《历代赋汇》逸句卷二引同《艺文类聚》，无"曰"字。③《北堂书钞》卷一百一十"在口"注："蔡邕《检逸赋》：'思在口而为簧鸣，哀声独而不敢聆。'"④《骈字类编》卷一百二十九"左倾"注："蔡邕《检逸赋》：'情罔象而无主，意徙倚而左倾。'"⑤《佩文韵府》卷二十四"交灵"注："蔡邕《检逸赋》：'昼骋情以舒爱，夜抵梦以交灵。'"⑥

案，陶渊明《闲情赋》序："初张衡作《定情赋》，蔡邕作《静情赋》，检逸词而宗澹泊，始则荡以思虑，而终归闲正，将以抑流宕之邪心，谅有助于讽谏。缀文之士，奕代继作，并因触类，广其辞义。"⑦ 陶渊明《闲情赋》序中的"检逸词"是针对张衡《定情赋》、蔡邕《静情赋》这一类赋而言，并非单指蔡邕之《静情赋》。严可均辑全后汉文，认为其旧题作《静情赋》。⑧《静情赋》篇名侧重情感类型，《检逸赋》篇名侧重赋创作目的、功用。侧重差异致异名。

---

① （汉）蔡邕撰，（清）高均儒辑《蔡中郎外集》，清咸丰二至五年聊城杨氏海源阁刻海源阁丛书本，第6叶。
② （南北朝）徐陵辑，（清）吴兆宜注，（清）程际盛删补《玉台新咏》，《续修四库全书》第1588册，第605页。
③ （唐）欧阳询撰，汪绍楹校《艺文类聚》，第331～332页。（明）张溥：《汉魏六朝百三家集》，《四库全书》第1412册，第414页。（清）陈元龙：《历代赋汇》，《四库全书》第1422册，第390页。
④ （唐）虞世南：《北堂书钞》，第422页。
⑤ （清）张廷玉：《骈字类编》，《四库全书》第999册，第686页。
⑥ （清）张玉书：《佩文韵府》，第1236页。
⑦ （晋）陶渊明著，龚斌校笺《陶渊明集校笺》，上海古籍出版社，2018，第439页。
⑧ （清）严可均辑《全上古三代秦汉三国六朝文》，第853页。

《协初赋》

《协初赋》篇名，属于据赋作创作缘由命篇，另有异名3例、误名1例。
异名：

1.《协和婚赋》。《初学记》卷十四、《汉魏六朝百三家集》卷十八、《历代赋汇》外集卷十五、《全上古三代秦汉三国六朝文》全后汉文卷六十九、《渊鉴类函》卷一百七十五作《协和婚赋》，全文载录。①《王右丞集笺注》卷三《送魏郡李太守赴任》注："蔡邕《协和婚赋》：'车服照路，骖骈如舞。'"《六朝文絜笺注》卷二南齐武帝《敕条制禁奢靡诏》注引同前。②《鲁诗遗说考》卷一："蔡邕《协和婚赋》：'葛覃恐其失时，摽梅求其庶士。唯休和之盛代，男女得乎年齿。婚姻协而莫违，播欣欣之繁祉。'""蔡邕《协和婚赋》：'摽梅求其庶士。'"卷二："蔡邕《协和婚赋》：'骖骈如舞。'"③《霜红龛集》卷三十八："蔡中郎《协和婚赋》：'惟休和之盛代，男女德乎年齿。'"《韵府拾遗》卷三十四"年齿"注、卷七十"盛代"注："蔡邕《协和婚赋》：'唯休和之盛代，男女得乎年齿。'"④《柳亭诗话》卷六《新婚》注："蔡中郎《协和婚赋》：'事深微以元妙，实人伦之肇始。'"⑤《诗三家义集疏》卷一注："蔡邕《协和婚赋》云：'考邃初之原本，览阴阳之纲纪。乾坤和其刚柔，艮兑感其胸腓。葛覃恐其失时，摽梅求其庶士。唯休和之盛代，男女得乎年齿。婚姻协而莫违，播欣欣之繁祉。'"卷二注："蔡邕《协和婚赋》：'葛覃恐其失时，摽梅求其庶士。唯休和之盛代，男女得乎年齿。婚姻协而莫违，播欣欣之

---

① （唐）徐坚：《初学记》，第355页。（明）张溥：《汉魏六朝百三家集》，《四库全书》第1412册，第414页。（清）陈元龙：《历代赋汇》，《四库全书》第1422册，第269页。（清）严可均辑《全上古三代秦汉三国六朝文》，第853页。（清）张英：《渊鉴类函》，礼仪部，第75页。

② （唐）王维撰，（清）赵殿成笺注《王右丞集笺注》，《四库全书》第1071册，第41页。（清）许梿评选，（清）黎经诰注《六朝文絜笺注》，《续修四库全书》第1611册，第172页。

③ （清）陈寿祺：《鲁诗遗说考》，清刻左海续集本，《续修四库全书》第76册，第61、73、115页。

④ （清）傅山：《霜红龛集》，清宣统三年丁氏刻本，《续修四库全书》第1395册，第709页。（清）官修《韵府拾遗》，《四库全书》第1029册，第710页；1030册，第321页。

⑤ （清）宋长白：《柳亭诗话》，《续修四库全书》第1700册，第164页。

繁祉.'"①《诗古微》上编之六:"蔡邕《协和婚赋》云:'葛覃惧其失时,摽梅求其庶士.'"②《骈字类编》卷二百二十八"崇饰"注:"蔡邕《协和婚赋》:'良辰既至,婚礼已举.二族崇饰,威仪有序.'"③

案,蔡邕《协初赋》:"唯休和之盛代,男女得乎年齿.婚姻协而莫违,播欣欣之繁祉.良辰既至,婚礼已举."④ 取赋中"协""和"字兼据赋作铺写内容命篇,故称《协和婚赋》.换词兼据赋作所含字词命篇致异名.

2.《协和赋》.《野客丛书》卷十六:"蔡邕又傚之为《协和赋》."⑤《毛诗传笺通释》卷二:"蔡邕《协和赋》云:'葛覃恐其先时.'"⑥ 文句属蔡邕《协初赋》.《协和婚赋》简省为《协和赋》.换词命篇兼简全差异致异名.

3.《协初昏赋》.《毛诗古音考》卷四:"蔡邕《协初昏赋》:'惟性情之至好,欢莫伟乎夫妇.受精灵之造化,固神明之所使.'"⑦《音学五书·唐韵正》卷十"妇"注:"蔡邕《协初昏赋》:'惟性情之至好,欢莫伟乎夫妇.受精灵之造化,固神明之所使.事深微以玄妙,实人伦之肇始.'"⑧

案,蔡邕《协初赋》:"考邃初之原本,览阴阳之纲纪."⑨ 取赋中"初"字命篇,故称《协初昏赋》."昏""婚"古今字.⑩"昏"写作"昬",如:银雀山汉简2020:"斗建·正月斗昬(昏)建寅.食昔卯,少亡丧."⑪ 还有破城子EPF22:144"隧长董习,习留,不以时行.其昬时,习以",EPF22:195"放马及驹,随放后归止害隧.即日昬时到吞北,所骑马更取(留隧)驿马一匹",EPF22:357"掾谭言:新除第二十九队长郑庆,月五日壬昬时受遣,癸丑当到",EPF22:527"辛丑夜昬后,乘第十七隧长张岑,私去署.案岑☐".⑫"初婚"省为

① (清)王先谦:《诗三家义集疏》,《续修四库全书》第77册,第390、419页.
② (清)魏源:《诗古微》,《续修四库全书》第77册,第130页.
③ (清)张廷玉:《骈字类编》,《四库全书》第1004册,第388页.
④ 费振刚、胡双宝、宗明华辑校《全汉赋》,第589页.
⑤ (宋)王楙:《野客丛书》,第104叶.
⑥ (清)马瑞辰:《毛诗传笺通释》,《续修四库全书》第68册,第351页.
⑦ (明)陈第:《毛诗古音考》,《四库全书》第239册,第500页.
⑧ (清)顾炎武:《音学五书》,第359页.
⑨ 费振刚、胡双宝、宗明华辑校《全汉赋》,第589页.
⑩ 蒋志远:《王筠〈古今字〉研究》,第34、44、155页.
⑪ 银雀山汉墓竹简整理小组《银雀山汉墓竹简》(贰),第238页.
⑫《中国简牍集成》第12册,第70、77、95、116页.

"初"，称《协初赋》。用全称则作《协初昏赋》。简全差异致异名。

误名：

1.《协和笙赋》。《三家诗补遗》鲁诗《葛覃》："蔡邕《协和笙赋》：'葛覃恐其先时。'"①

案，《协初赋》称《协和赋》，见前文。《尔雅·释乐》："大笙谓之巢，小者谓之和。"②"笙"为"和"之注文，窜入，衍，致误名。

《瞽师赋》

《瞽师赋》篇名，属于据赋作所咏对象命篇，另有误名 2 例。

误名：

1.《□师赋》。《九家集注杜诗》卷十八《寄高三十五书记》注："赵云，汉蔡邕《□师赋》曰：'咏新诗以悲歌。'"③ 师可指乐师、乐官。如：师旷鼓琴。引文中有一空格，为缺"瞽"。文句实属蔡邕《瞽师赋》。所引赵彦材注，不明原因空缺"瞽"字，造成误名。同书卷一《九日寄岑参》"岑生多新诗"注、卷十九《因许八奉寄江宁旻上人》"新诗谁与传"注引此赋，均完整写出名称"瞽师赋"。

2.《鼓师赋》。《渊鉴类函》卷一百九十"笛·摅愤、涤邪"注："蔡邕《鼓师赋》：'夫何蒙昧之瞽兮，心穷忽以郁伊。目冥冥而无瞭兮，嗟怀烦以愁悲。抚长笛以摅愤兮，气轰锽而横飞。'"④

案，《尚书·胤征》："瞽奏鼓，啬夫驰，庶人走。"⑤ 瞽指古代乐官。蔡邕《瞽师赋》："夫何蒙昧之瞽兮。"⑥《渊鉴类函》所引文句实属蔡邕《瞽师赋》。文中指乐师，不当作"鼓"，"鼓"乃与"瞽"同音而讹，致误名。

《团扇赋》

《团扇赋》篇名，属于据赋作所咏对象命篇，另有异名 2 例。

---

① （清）阮元：《三家诗补遗》，《续修四库全书》第 76 册，第 2 页。

② 《尔雅》，第 45 页。

③ （唐）杜甫撰，（宋）郭知达编《九家集注杜诗》，《四库全书》第 1068 册，第 316 页。

④ （清）张英：《渊鉴类函》，乐部，第 26 页。

⑤ （汉）孔安国传，（唐）孔颖达正义《尚书正义》，《十三经注疏》，第 158 页。

⑥ 费振刚、胡双宝、宗明华辑校《全汉赋》，第 593 页。

1.《圆扇赋》。《北堂书钞》卷一百三十四"春夏用事，秋冬潜处"注、《全上古三代秦汉三国六朝文》全后汉文卷六十九："蔡邕《圆扇赋》云：'裁帛制扇，陈象应矩。轻彻妙好，其辐如羽。动角扬徵，清风逐暑。春夏用事，秋冬潜处。'"① 圆扇即团扇。同物异称，换词命篇致异名。

2.《扇赋》。《佩文韵府》卷三十六"逐暑"注："蔡邕《扇赋》：'清风逐暑。'""潜处"注："蔡邕《扇赋》：'春夏用事，秋冬潜处。'"② 文句属蔡邕《团扇赋》。简全差异致异名。

《玄表赋》

《玄表赋》篇名，属于据赋的对象命篇，另有异名 1 例。

1.《元表赋》。《金楼子》卷四："挚虞论邕《元表赋》：'日精通以整，思元博而赡。'元表拟之而不及，余以为仲治此说为然也。"③《文选理学权舆》卷二："蔡邕《元表赋》。"④ 讳"玄"为"元"。避讳致异名。

综上，蔡邕赋异名类型为：1. 据文命篇致异名（侧重差异，据赋作所含字词）；2. 简全差异致异名；3. 文体混融致异名（赋、颂、歌混融）；4. 换词命篇致异名；5. 字形差异致异名（通假字）；6. 避讳致异名。误名类型为：1. 乱（篇名混淆、不明原因错）；2. 讹（字形近、音近讹误）；3. 倒；4. 脱；5. 衍。

四十八　祢衡

祢衡赋作有《鹦鹉赋》，1 篇出现篇名分歧（100%），考辨如下。

《鹦鹉赋》

《鹦鹉赋》篇名，属于据赋作所含字词命篇，另有异名 2 例。

1.《鸑鹉赋》。《唐诗纪事》卷四十六："先生由是马上草《射鸭歌》以示武俊，议者以为祢正平《鸑鹉赋》之类也。"⑤ 名称书写用字不固定，

① （唐）虞世南：《北堂书钞》，第 538 页。（清）严可均辑《全上古三代秦汉三国六朝文》，第 854 页。

② （清）张玉书：《佩文韵府》，第 1631、1635 页。

③ （梁）孝元皇帝（萧绎）：《金楼子》，清知不足斋丛书本，第 45～46 叶。

④ （清）汪师韩：《文选理学权舆》，《续修四库全书》第 1581 册，第 38 页。

⑤ （宋）计有功：《唐诗纪事》，上海涵芬楼影印明嘉靖间钱塘洪氏刊本，《四部丛刊》初编第 455 册，第 320 页。

换词命篇致异名。

2.《鸚母赋》。《温飞卿诗集笺注》卷七《咏山鸡》注："祢衡《鸚母赋》：'绀趾丹觜。'"①

案，鸚母即鹦鹉。《三国志·诸葛恪传》："恪之才捷，皆此类也。"裴松之注："《江表传》曰，曾有白头鸟集殿前，权曰：'此何鸟也？'恪曰：'白头翁也。'张昭自以坐中最老，疑恪以鸟戏之，因曰：'恪欺陛下，未尝闻鸟名白头翁者，试使恪复求白头母。'恪曰：'鸟名鸚母，未必有对，试使辅吴复求鸚父。'昭不能答，坐中皆欢笑。"②《礼记·曲礼上》："鹦鹉能言，不离飞鸟。"陆德明释文："婴，本或作鸚，母，本或作鹉。""知鹦鹉原作'婴母'。"③ 所引文句实属祢衡《鹦鹉赋》。换词命篇致异名。

综上，祢衡赋作异名类型为：换词命篇致异名。

四十九　赵壹

赵壹赋作有《解摈》《穷鸟赋》《刺世疾邪赋》《迅风赋》4 篇。《穷鸟赋》《刺世疾邪赋》2 篇出现篇名分歧（50%），考辨如下。

《穷鸟赋》

《穷鸟赋》篇名，属于据赋作所含字词命篇，另有误名 1 例。

1.《穷鱼赋》。《艺概》卷三："后汉赵元叔《穷鱼赋》及《刺世嫉邪赋》，读之知为抗脏之士。"④

案，赵壹《穷鸟赋》："有一穷鸟，戢翼原野。"⑤ 故当作《穷鸟赋》。唐卢照邻有《穷鱼赋》，名物混淆致误名。

《刺世疾邪赋》

《刺世疾邪赋》篇名，属于据赋作创作缘由命篇，另有异名 5 例、误

① （唐）温庭筠撰，（明）曾益笺注《温飞卿诗集笺注》，《四库全书》第 1082 册，第 525 页。
② （晋）陈寿撰，（宋）裴松之注《三国志》，中华书局，1982，第 1430 页。
③ 李学勤主编《字源》，第 332 页。
④ （清）刘熙载：《艺概》，清同治刻古桐书屋六种本，《续修四库全书》第 1714 册，第 513 页。
⑤ 费振刚、胡双宝、宗明华辑校《全汉赋》，第 553 页。

名1例。

异名:

1.《刺世嫉邪赋》。《四六标准》卷一:"赵壹《刺世嫉邪赋》:'欲竭诚而尽忠,路尽险而靡缘。九重既不可启,又群犬之猖猖。'"①《艺概》卷三:"后汉赵元叔《穷鱼赋》及《刺世嫉邪赋》,读之知为抗脏之士。"② 案,"疾"通"嫉"。通假致异名。

2.《疾邪赋》。《东汉文鉴》卷十八、《文选补遗》卷三十二、《历代赋汇》卷六十九作《疾邪赋》,全文载录。③《音学五书·唐韵正》卷五"行"注:"赵壹《疾邪赋》:'于兹迄今,情伪万方。佞谄日炽,刚克消亡。舐痔结驷,正色徒行。'"④《靳史》卷四:"壹作《疾邪赋》,末云:'有秦客者乃为诗曰:河清不可俟,人命不可延。顺风激靡草,富贵者称贤。文籍虽满腹,不如一囊钱。伊优北堂上,肮髒倚门边。'"⑤《佩文韵府》卷六十七"兰蕙"注:"《后汉书·赵壹传·疾邪赋》曰:'势家多所宜,咳唾自成珠。被褐怀金玉,兰蕙化为刍。'"⑥

案,《说文·疒部》:"疾,病也。"段玉裁注:"析言之则病为疾加,浑言之则疾亦病也。按经传多训为急也,速也,此引伸之义。如病之来多无期无迹也。止部曰:疌,疾也。矢能伤人,矢之去甚速。故从矢会意。"⑦《说文·人部》"佚"段玉裁注:"《离骚》注:害贤曰嫉,害色曰妒。如曰女无美恶,入宫见妒。士无贤不肖,入朝见嫉是也。浑言则不别。古亦假'疾'。"⑧《疾邪赋》篇名省略"刺世",简全差异致异名。

3.《嫉邪赋》。《杜诗详注》卷十六《八哀诗赠左仆射郑国公严公武》注:"汉赵壹著《嫉邪赋》。"⑨《(乾隆)直隶秦州新志》卷十一下作《嫉

---

① (宋)李刘撰《四六标准》,《四库全书》第1177册,第9页。
② (清)刘熙载:《艺概》,《续修四库全书》第1714册,第80页。
③ (宋)陈鉴:《东汉文鉴》,第614页。(宋)陈仁子:《文选补遗》,《四库全书》第1360册,第521~522页。(清)陈元龙:《历代赋汇》,《四库全书》第1420册,第526页。
④ (清)顾炎武:《音学五书》,第294页。
⑤ (明)查应光:《靳史》,明天启刻本,第35叶。
⑥ (清)张玉书:《佩文韵府》,第2763页。
⑦ (汉)许慎撰,(清)段玉裁注《说文解字注》,第348页。
⑧ (汉)许慎撰,(清)段玉裁注《说文解字注》,第380页。
⑨ (唐)杜甫撰,(清)仇兆鳌注《杜诗详注》,第1384~1385页。

邪赋》，全文载录。①《程明諲代作寿文案 4 件》程明諲等公单："书本内夹有纸片，上写《后汉书·赵壹传·嫉邪赋》内秦客鲁生诗二首，又摘写'所好钻皮出毛羽，所恶洗垢求瘢痕。宁饥寒于尧舜之荒岁，不饱暖于当今之丰年'四句。"②案，"疾"通"嫉"，"刺世疾邪"省略为"嫉邪"，简全差异兼通假致异名。

4.《疾邪诗》。《古诗纪》卷十三、《采菽堂古诗选》卷四作"《疾邪诗》二首"，载录文末两首诗歌。③《诗薮》外编一："赵壹《疾邪诗》，句格猥凡，汉五言最下者。"《诗源辩体》卷三引之。④《古诗归》卷四："赵壹《疾邪诗》：'势家多所宜，咳唾自成珠。被褐怀金玉，兰蕙化为刍。贤者虽独悟，所困在群愚。且各守尔分，勿复空驰驱。哀哉复哀哉，此是命矣夫。'"⑤《骈字类编》卷二百三十六"为刍"注："赵壹《疾邪诗》：'被褐怀金玉，兰蕙化为刍。'"⑥《佩文韵府》卷八十三"人命"注："赵壹《疾邪诗》：'河清不可俟，人命不可延。'"卷九十"满腹"注："赵壹《疾邪诗》：'文籍虽满腹，不如一囊钱。'"⑦

案，赋后文有"有秦客者，乃为诗曰……"⑧故称《疾邪诗》。赋、诗混融兼据赋作所含字词命篇、简全差异致异名。

5.《赵壹歌》。《山谷内集诗注》卷四《和邢惇夫秋怀十首》注："后汉《赵壹歌》曰：'势家多所宜，咳唾自成珠。'"《庾开府集笺注》卷四《拟咏怀二十七首》注："《后汉书·赵壹歌》曰：'势家多所宜，咳唾自成珠。'"《钱注杜诗》卷一《醉歌行》注："《赵壹歌》曰：'势家多所宜，咳唾自成珠。'"⑨《山谷内集诗注》卷十四《次韵杨明叔见饯十首》

①　（清）费廷珍主纂《（乾隆）直隶秦州新志》，清乾隆二十九年刊本，第 1494～1496 叶。
②　《程明諲代作寿文案 4 件》，民国铅印本，第 11 叶。
③　（明）冯惟讷：《古诗纪》，《四库全书》第 1379 册，第 102～103 页。（清）陈祚明：《采菽堂古诗选》，《续修四库全书》第 1590 册，第 654 页。
④　（明）胡应麟：《诗薮》，《续修四库全书》第 1696 册，第 128 页。（明）许学夷：《诗源辩体》，《续修四库全书》第 1696 册，第 293 页。
⑤　（明）钟惺：《古诗归》，《续修四库全书》第 1589 册，第 395 页。
⑥　（清）张廷玉：《骈字类编》，《四库全书》第 1004 册，第 678 页。
⑦　（清）张玉书：《佩文韵府》，第 3263、3453 页。
⑧　费振刚、胡双宝、宗明华辑校《全汉赋》，第 555 页。
⑨　（宋）黄庭坚撰，（宋）任渊注《山谷内集诗注》，《四库全书》第 1114 册，第 68 页。（南北朝）庾信撰，（清）吴兆宜笺注《庾开府集笺注》，《四库全书》第 1064 册，第 101 页。（唐）杜甫撰，（清）钱谦益注《钱注杜诗》，第 16 页。

注、《群书通要》己集卷四"肮脏、伊优"注、《山堂肆考》卷二百三十二："《赵壹歌》曰：'伊优北堂上，肮脏倚门边。'"①

案，赋结尾："鲁生闻此辞，系而作歌曰……"② 故称《赵壹歌》。赋、歌混融兼据赋作所含字词命篇致异名。

误名：

1.《疾世刺邪赋》。《韵补》卷二"先·痕"注："赵壹《疾世刺邪赋》：'女谒掩其视听，近习秉其威权。所好则钻皮出其毛羽，所恶则洗垢索其瘢痕。'"《正字通》午集中"痕"注引同前。③ 文句属赵壹《刺世疾邪赋》。倒乙，致误名。

综上，赵壹赋作异名类型为：1. 据文命篇致异名（据赋作所含字词）；2. 简全差异致异名；3. 文体混融致异名（赋、诗、歌混融）；4. 字形差异致异名（通假字）。误名类型为：1. 乱（名物混淆）；2. 倒。

五十　张纮

张纮赋作现存《瑰材枕赋》，1 篇出现篇名分歧（100%），考辨如下。

《瑰材枕赋》

《瑰材枕赋》篇名，属于据赋作所咏对象命篇，另有异名 1 例、误名 1 例。

异名：

1.《楠榴枕赋》。《太平御览》卷七百七、《天中记》卷四十八引《吴书》："张纮作《栯榴枕赋》，陈琳在此得之，因以示士人曰：'此吾乡里张子幼作也。'"《资治通鉴补》卷六十六："纮好学能文，尝作《栯榴枕赋》。陈琳在北见之以示人曰：'此吾乡张子纲所作也。'"《山堂肆考》卷二十八："《吴志》：张纮，字子纲，作《楠榴枕赋》。陈琳见之以示人曰：

---

① （宋）黄庭坚撰，（宋）任渊注《山谷内集诗注》，《四库全书》第 1114 册，第 172 页。（元）佚名：《群书通要》，《续修四库全书》第 1224 册，第 398 页。（明）彭大翼：《山堂肆考》，《四库全书》第 978 册，第 582 页。

② 费振刚、胡双宝、宗明华辑校《全汉赋》，第 555 页。

③ （宋）吴棫：《韵补》，第 77 叶。（明）张自烈：《正字通》，《续修四库全书》第 235 册，第 137 页。

'此吾乡人张子幼所作。'"①《正字通》辰集中"榴"注："吴张绂②有《栭榴枕赋》。"③《说文解字义证》卷十七"枕"注："孙惠、张绂并有《楠榴枕赋》。"④《全上古三代秦汉三国六朝文》全后汉文卷八十六："案《吴志·张绂传》注引《吴书》绂有《楠榴枕赋》。"⑤

　　案，《文选·吴都赋》："楠榴之木，相思之树。"李善注："楠榴，木之盘结者，其盘节文尤好，可以作器。"⑥ 楠，木材坚密芳香。《后汉书·班固传》"因瑰材而究奇"注："《埤苍》曰：瑰玮珍奇也。"⑦ 张绂《瑰材枕赋》："有卓尔之殊瑰""岂如兹瑰"。⑧ 故称《瑰材枕赋》。《广韵》："'栭'，木名。'楠'，俗。"⑨《康熙字典》："栭"，"或作'栭'。"⑩ "栭""楠""栭"异体字。《瑰材枕赋》篇名侧重材质之美，《楠榴枕赋》篇名侧重材质名称。侧重差异兼字形差异致异名。

　　误名：

　　1.《瓖材枕赋》。《隋书经籍志考证》卷三十九之二："传注有《栭榴枕赋》，未知即《瓖材枕赋》否也。"⑪

　　案，《玉篇·玉部》："瓖，息将切。马上饰。"⑫《广韵·阳韵》："瓖，马带饰。"⑬ "瓖"字，法藏敦煌文献 P.2257《太上大道玉清经》卷二："诸魔苏息，形神变异，精爽**瓖**玮；心识淳熟，具大慈悲；位登道分，逆照未来九万劫事。此皆神符之力使之然也。"⑭ 故"瓖"乃与"瓖

---

①　(宋) 李昉：《太平御览》，第 3149 页。(明) 陈耀文：《天中记》，《四库全书》第 967 册，第 326 页。(明) 严衍：《资治通鉴补》，《续修四库全书》第 337 册，第 704 页。(明) 彭大翼：《山堂肆考》，《四库全书》第 974 册，第 467 页。

②　案，"絃"当作"绂"，论证见"附录·其他分歧考辨·汉赋作者姓名分歧考辨·张绂"部分。

③　(明) 张自烈：《正字通》，《续修四库全书》第 234 册，第 561 页。

④　(清) 桂馥：《说文解字义证》，《续修四库全书》第 209 册，第 497 页。

⑤　(清) 严可均辑《全上古三代秦汉三国六朝文》，第 939 页。

⑥　(梁) 萧统编，(唐) 李善注《文选》，第 210 页。

⑦　(宋) 范晔撰，(唐) 李贤等注《后汉书》，第 1340、1342 页。

⑧　费振刚、胡双宝、宗明华辑校《全汉赋》，第 609 页。

⑨　(宋) 陈彭年等：《重修广韵》，《四库全书》第 236 册，第 304 页。

⑩　《康熙字典》，第 515 页。

⑪　(清) 姚振宗：《隋书经籍志考证》，《续修四库全书》第 915 册，第 663 页。

⑫　(梁) 顾野王撰，吕浩点校《大广益会玉篇》，第 26 页。

⑬　蔡梦麒校释《广韵校释》，第 411 页。

⑭　黄征：《敦煌俗字典》，第 268 页。

（瑰）"形近而讹，致误名。

综上，张纮赋异名类型为：1. 据文命篇致异名（侧重差异）；2. 字形差异致异名（异体字）。误名类型为：讹（字形近讹误）。

五十一　丁仪

丁仪赋作有《厉志赋》，1 篇出现异名（100%），考辨如下。

《厉志赋》

《厉志赋》篇名，属于据赋作创作缘由命篇，另有异名 2 例。

1.《厉志诗》。《艺文类聚》卷二十六作"丁仪《厉志诗》"，全文载录。①

案，赋仅两句为七言，其余为六言，且全文对仗。赋、诗混融致异名。

2.《励志赋》。《历代赋汇》外集卷一作《励志赋》，全文载录。②《朴学斋笔记》卷八："魏丁仪《励志赋》：'嗟世俗之参差兮，将未审乎好恶。咸随情而与议兮，固真伪以纷错。'"③《骈字类编》卷二百一十五"骡驴"注："丁仪《励志赋》：'恨骡驴之进庭，屏骐骥于沟壑。'"④

案，"'厉'后作'励'"⑤。通假致异名。

综上，丁仪赋异名类型为：1. 文体混融致异名（赋、诗混融）；2. 字形差异致异名（通假字）。

五十二　丁廙

丁廙赋作有《蔡伯喈女赋》《弹棋赋》2 篇。《蔡伯喈女赋》1 篇出现异名（50%），考辨如下。

《蔡伯喈女赋》

《蔡伯喈女赋》篇名，属于据赋作所涉人物命篇，另有异名 1 例。

---

① （唐）欧阳询：《艺文类聚》，《四库全书》第 887 册，第 572～573 页。
② （清）陈元龙：《历代赋汇》，《四库全书》第 1422 册，第 6 页。
③ （清）盛大士：《朴学斋笔记》，第 78 叶。
④ （清）张廷玉：《骈字类编》，《四库全书》第 1003 册，第 587 页。
⑤ 《古今汉语字典》，商务印书馆，2003，第 363 页。

1.《蔡邕女赋》。《称谓录》卷五："《蔡邕女赋》：'当春之嘉月，将言归于所天。'"①

案，蔡邕，字伯喈。一称名，一称字，换词命篇致异名。

综上，丁廙赋异名类型为：换词命篇致异名。

五十三　阮瑀

阮瑀赋作有《纪征赋》《鹦鹉赋》《止欲赋》《筝赋》4篇。《止欲赋》1篇出现篇名分歧（25%），考辨如下。

《止欲赋》

《止欲赋》篇名，属于据赋作创作缘由命篇，另有异名1例。

1.《正欲赋》。《文选》卷五十八谢朓《齐敬皇后哀策文一首》注："阮瑀《正欲赋》曰：'伫延首以极视。'"②

案，《文选旁证》卷四十五校正《齐敬皇后哀策文》李善注"阮瑀《正欲赋》曰"云："胡公《考异》曰：'正当作止，各本皆误。'"③阮瑀《止欲赋》："知所思之不得，乃抑情以自信。"④《说文·正部》："正，是也。从一，一以止。"⑤"止"有"使停止"义；"正"有合乎法度、使端正义。⑥二者意思相通，换词命篇致异名。

综上，阮瑀赋异名类型为：换词命篇致异名。

五十四　潘勖

潘勖赋作有《玄达赋》，1篇出现篇名分歧（100%），考辨如下。

《玄达赋》

《玄达赋》篇名，另有存疑名2例，俟考。

---

① （清）梁章钜：《称谓录》，《续修四库全书》第1253册，第288页。《艺文类聚》卷三十、《历代赋汇》外集卷十四等作"当三春之嘉月，时将归于所天"。
② （梁）萧统编，（唐）李善注《文选》，第2495页。
③ （清）梁章钜：《文选旁证》，《续修四库全书》第1581册，第701页。
④ 费振刚、胡双宝、宗明华辑校《全汉赋》，第617页。
⑤ （汉）许慎撰，（清）段玉裁注《说文解字注》，第69页。
⑥ 《现代汉语词典》，商务印书馆，2016，第1684、1670页。

1.《元达赋》。《文选理学权舆》卷二："潘勖《元达赋》。"① 讳"玄"为"元"。

2.《玄远赋》。《全上古三代秦汉三国六朝文》全后汉文卷八十七："《玄达赋》，一作《玄远赋》。"②《后汉艺文志》卷四："严氏文编辑存《玄达赋》，一作《玄远赋》。"③《隋书经籍志考证》卷三十九之二："严氏全后汉文编潘勖有集二卷，今存《玄远赋》《册魏公九锡文》《拟连珠》《尚书令荀彧碑》凡四篇。"④

案，赋仅存"匪偏人之自匙，诉诸衷于来哲"⑤ 一句，"玄达"还是"玄远"，难以考定，"達""遠"形近，存疑俟考。

综上，潘勖赋存疑名类型为：1. 字形差异致分歧名（字形近）；2. 避讳致分歧名。

五十五　曹操

曹操赋作有《沧海赋》《登台赋》《鹖鸡赋》3 篇。《沧海赋》1 篇出现篇名分歧（33.33%），考辨如下。

《沧海赋》

《沧海赋》篇名，属于据赋作所涉地点命篇，另有异名 1 例。

1.《苍海赋》。《文选》卷五左思《吴都赋》注："魏武《苍海赋》曰：'览岛屿之所有。'"⑥

案，"沧"通"苍"。⑦ 通假致异名。

综上，曹操赋异名类型为：字形差异致异名（通假字）。

五十六　陈琳

陈琳赋作有《应讥》《武军赋》《神武赋》《止欲赋》《鹦鹉赋》《柳

---

① （清）汪师韩：《文选理学权舆》，《续修四库全书》第 1581 册，第 39 页。
② （清）严可均辑《全上古三代秦汉三国六朝文》，第 943 页。
③ （清）姚振宗：《后汉艺文志》，《续修四库全书》第 914 册，第 397 页。
④ （清）姚振宗：《隋书经籍志考证》，《续修四库全书》第 915 册，第 664 页。
⑤ 费振刚、胡双宝、宗明华辑校《全汉赋》，第 620 页。
⑥ （梁）萧统编，（唐）李善注《文选》，第 208 页。
⑦ 王力主编《王力古汉语字典》，第 619 页。

赋》《迷迭赋》《悼龟赋》《神女赋》《大暑赋》《车渠碗赋》《大荒赋》《答客难》《玛瑙勒赋》，《武猎赋》存目，共 15 篇。《应讥》《武军赋》《神武赋》《止欲赋》《迷迭赋》《答客难》《玛瑙勒赋》7 篇出现篇名分歧（46.67%），考辨如下。

《应讥》

《应讥》篇名，属于据赋作创作缘由命篇，另有异名 1 例、误名 1 例。
异名：
1.《设难》。《杜诗详注》卷九《散愁二首》注："陈琳《设难》：'合百万师若运诸掌者，义也。'"①《佩文韵府》卷二十五之一"清澄"注："陈琳《设难》：'荡涤朝奸，清澄守藏。'"②

案，所涉文句属《应讥》。《应讥》篇名侧重回答方，《设难》篇名侧重问话方。侧重差异致异名。
误名：
1.《应机》。《文选》卷四十六王融《三月三日曲水诗序》注："陈琳《应机》曰：'冶刃销锋，偃武行德。'"《佩文韵府》卷七十一"冶刃"注引同。③《文选理学权舆》卷二："陈琳《应机》。"④

案，文句实属陈琳《应讥》。《说文·言部》："讥，诽也。"《说文·木部》："机，机木也。"⑤ 上古时，"讥"属见钮微部，"机"属见钮脂部。⑥ 赋作内容为回应质疑。⑦ "机"乃与"讥"音近而讹，致误名。

《武军赋》

《武军赋》篇名，属于据赋作所含字词命篇，另有误名 3 例。
1.《武库赋》。《庾子山集》卷三《同卢记室从军》注："陈琳《武库

---

① （唐）杜甫撰，（清）仇兆鳌注《杜诗详注》，第 773 页。
② （清）张玉书：《佩文韵府》，第 1256 页。
③ （梁）萧统编，（唐）李善注《文选》，第 2063 页。（清）张玉书：《佩文韵府》，第 2889 页。
④ （清）汪师韩：《文选理学权舆》，《续修四库全书》第 1581 册，第 53 页。
⑤ （汉）许慎撰，（清）段玉裁注《说文解字注》，第 97、248 页。
⑥ 李学勤主编《字源》，第 186、502 页。
⑦ 费振刚、胡双宝、宗明华辑校《全汉赋》，第 709 页。

赋》曰：'其攻也，则飞梯行云，临阁灵构。'"① 《杜诗镜铨》卷一《赠韦左丞丈济》注、《杜诗详注》卷一《赠韦左丞丈济》注、卷六《戏赠阌乡秦少府》注、《读杜心解》卷五《赠韦左丞丈济》注："《吴志》注：张纮见陈琳《武库赋》，叹美之。"《季汉书》卷八十六："后纮见陈琳《武库赋》《应机论》，与琳书，深叹美之。"《邃怀堂全集》邃怀堂骈文笺注卷十二"文·文章宗伯"注："絃②见陈琳《武库赋》，叹美之。"③ 《五百家注昌黎文集》卷四《丰陵行》注："魏陈琳《武库赋》：'声訇隐而动天。'"④ 《初学记》卷二十二"绣质绿沉"注："陈琳《武库赋》曰：'弓则乌号越棘，繁弱角端。象弭绣质，皙弣文身。'"⑤ 《太平御览》卷三百四十七："陈琳《武库赋》曰：'弓则乌号越棘，繁弱角端。象弭绣质，皙弣文身。'"《事类赋》卷十三："陈琳《武库赋》曰：'弓则乌号越棘，繁弱角端。象弭绣质，皙弣文身。'""陈琳《武库赋》曰：'矢则申息肃慎，箘簵空流。燋铜毒铁，鐇镞鸣鏃。'"⑥ 《北堂书钞》卷一百二十一"荡心惧耳、野夷凌触"注："陈琳《武库赋》云：'灵鼓发，雷鼓骇。轩轰嘈嘛，荡心惧耳。野事慑而凌触，前后不相须候。'"⑦ 《记纂渊海》卷四十五："张纮见魏陈琳《武库赋》，与琳书，深叹美之。"⑧ 《玉海》卷一百五十："陈琳《武库赋》：'弓则乌号越棘，繁弱角端。象弭绣质。'"⑨ 《古今事文类聚》续集卷二十七"弓矢"："'弓则乌号越棘，繁弱角端。象弭绣质，皙跗文身。'陈琳《武库赋》。"⑩ 《韵府群玉》卷二

① （南北朝）庾信撰，（清）倪璠注《庾子山集》，《四库全书》第1064册，第416页。

② 案，"絃"当作"纮"，论证见"附录·其他分歧考辨·汉赋作者姓名分歧考辨·张纮"部分。

③ （唐）杜甫撰，杨伦注《杜诗镜铨》，上海古籍出版社，1980，第24页。（唐）杜甫撰，（清）仇兆鳌注《杜诗详注》，第73、505页。（清）浦起龙：《读杜心解》，中华书局，1981，第687页。（清）章陶：《季汉书》，清道光九年青山环漪轩刻本，第567叶。（清）袁翼：《邃怀堂全集》，《续修四库全书》第1515册，第519页。

④ （唐）韩愈撰，（宋）魏仲举编《五百家注昌黎文集》，《四库全书》第1074册，第82页。

⑤ （唐）徐坚：《初学记》，第532页。

⑥ （宋）李昉：《太平御览》，第1601页。（宋）吴淑：《事类赋》，第159～160、164叶。

⑦ （唐）虞世南：《北堂书钞》，第460页。

⑧ （宋）潘自牧：《记纂渊海》，《四库全书》第931册，第252页。

⑨ （宋）王应麟：《玉海》，《四库全书》第946册，第855页。

⑩ （宋）祝穆：《古今事文类聚》，《四库全书》第927册，第492页。

十"越棘"注："'弓则乌号越棘。'陈琳《武库赋》。"①《说略》卷二十一："陈琳《武库赋》：'骎龙紫鹿，文的蹓鱼。'并是马名也。"《名马记》续下："陈琳《武库赋》：'骎龙紫鹿，文的蹓鱼。'"《留青日札》卷二十九："'文的蹓鱼。'陈琳《武库赋》。"《丹铅总录》卷七"玄的"："陈琳《武库赋》：'驳龙紫鹿，文的蹓鱼。'并是马名也。"《格致镜原》卷八十四："'驳龙紫鹿，文的蹓鱼'皆马名，见陈琳《武库赋》。"《通雅》卷四十六："'驳龙紫鹿，文的蹓鱼'，见陈琳《武库赋》。"《艺林汇考》服饰篇四："陈琳《武库赋》：'驳龙紫鹿，文的蹓鱼。'并是马名也。"②《山堂肆考》卷一百二十六："吴张纮见陈琳作《武库赋》《应机论》，因与琳书，深叹美之。"卷一百七十八："陈琳《武库赋》：'弓则乌号越棘，繁弱角端。'""魏陈琳《武库赋》：'矢则申息肃慎，箘簵空流。焦铜毒铁，錍镞鸣镞。'"③《剑筴》卷一："魏陈琳《武库赋》：'其刃也，则楚金越冶，棠溪名工。清坚皓锷，修刺锐锋。陆陷兹犀，水截轻鸿。'"④《玉芝堂谈荟》卷三十三："陈琳《武库赋》：'马有驳龙紫鹿，文的蹓鱼。'"⑤《正字通》丑集下"飐"注："陈琳《武库赋》：'千徒纵唱，亿夫求和。声訇隐而动山，光赫奕以烛夜。'"午集中"的"注："陈琳《武库赋》'文的'注：'马名。'"⑥《札朴》卷二："陈琳《武库赋》：'铠则东胡阙巩，百炼精刚。函师振锥，韦人制缝。'"⑦《说文解字义证》卷十二"艐"注："陈琳《武库赋》：'弓则繁弱角端。'"卷十三"簵"注："陈琳《武库赋》：'矢则爝铜毒铁，錍镞鸣鏃。'"⑧《古今通韵》卷十注：

① （元）阴时夫辑，（元）阴中夫注《韵府群玉》，《四库全书》第951册，第754页。
② （明）顾起元：《说略》，第1026叶。（明）郭子章：《名马记》，明李承勋刻本，《续修四库全书》第1119册，第336页。（明）田艺蘅：《留青日札》，《续修四库全书》第1129册，第235页。（明）杨慎：《丹铅总录》，第56叶。（清）陈元龙：《格致镜原》，《四库全书》第1032册，第569页。（清）方以智：《通雅》，《四库全书》第857册，第869页。（清）沈自南：《艺林汇考》，《四库全书》第859册，第135页。
③ （明）彭大翼：《山堂肆考》，《四库全书》第976册，第472页；第977册，第564、571页。
④ （明）钱希言：《剑筴》，明陈舒谟翠樾堂刻本，《续修四库全书》第1110册，第97页。
⑤ （明）徐应秋：《玉芝堂谈荟》，《四库全书》第883册，第801页。
⑥ （明）张自烈：《正字通》，《续修四库全书》第234册，第242页；第235册，第149页。
⑦ （清）桂馥：《札朴》，《续修四库全书》第1156册，第47页。
⑧ （清）桂馥：《说文解字义证》，《续修四库全书》第209册，第372、376页。

"陈琳《武库赋》：'千徒纵唱，亿夫求和。声訇隐而动山，光赫奕以烛夜。'"①《嘉庆重修一统志》卷十一"角弓"注："陈琳《武库赋》：'弩则幽都筋角。'"②《日下旧闻考》卷一百五十"原北方之美者有幽都之筋角焉"注："陈琳《武库赋》：'弩则幽都筋角，恒山㯟干。通肌畅骨，直矢轻弦。当锋摧决，贯遏洞坚。'"③《佩文韵府》卷二"驳龙"注："陈琳《武库赋》：'驳龙紫鹿，文的蠲鱼。'""排雷冲"注："陈琳《武库赋》：'排雷冲，烈臣④然。'""锐锋"注："陈琳《武库赋》：'其剑则越金楚冶，棠溪名工。清泾皓刃，苗山锐锋。'"卷四"函师"注："陈琳《武库赋》：'函师振旅。'""龙姿"注："陈琳《武库赋》：'龙姿凤峙，灼有遗英。'"卷十四"角端"注："陈琳《武库赋》：'其弓则乌号越耗，繁弱角端。'"卷三十四"罗峙"注："陈琳《武库赋》：'百将罗峙，千部列陈。'"卷六十六"箇籇"注："陈琳《武库赋》：'矢则申息肃慎，箇籇空流。焦铜毒铁，丽毂挞㪾。'"卷九十五"畅骨"注："陈琳《武库赋》：'弩则幽都筋角，恒山㯟干。通肌畅骨，崇缊曲烟。'"卷一百一"文的蠲鱼"注："陈琳《武库赋》：'马则飞云绝景，直鬐骁骊。驳龙紫鹿，文的蠲鱼。'"⑤

案，文句实属陈琳《武军赋》。陈琳《武军赋》："赫赫哉，烈烈矣，于此武军。"⑥"军"字，吐鲁番出土文献72TAM188：67《唐录事司值日簿》："录事司：十二月十三日，将𥄂行酒董臣、氾嵩；十六日，王诠、郎琳。"⑦"库"乃与"军"形近而讹，致误名。踪凡因《韵补》误认为陈琳《武库赋》亦名《武军赋》。⑧

2.《武库车赋》。《六臣注文选》卷四十三赵至《与嵇茂齐书》注："陈琳《武库车赋》曰：'启明戒旦，长庚告昏。'"《骆丞集》卷四《破

① （清）毛奇龄：《古今通韵》，《四库全书》第242册，第221页。
② （清）穆彰阿：《嘉庆重修一统志》，《四部丛刊》续编483册，第695页。
③ （清）于敏中：《日下旧闻考》，《四库全书》第499册，第317页。
④ 案，《说文·臣部》："臣，牵也，事君者，象屈服之形。"《说文·艸部》："苣，束苇烧也。"段玉裁注："俗作'炬'。"当作"炬"，"臣"乃与"炬"形近而讹。
⑤ （清）张玉书：《佩文韵府》，第52、55、65、108、109、595、1602、2686、3666、4037页。
⑥ 费振刚、胡双宝、宗明华辑校《全汉赋》，第695页。
⑦ 中国文物研究所、新疆维吾尔自治区博物馆、武汉大学历史系编《吐鲁番出土文书》第八册，第95页。字形见赵红《吐鲁番俗字典》，第266页。
⑧ 踪凡：《赋学视域下的〈韵补〉》，《古籍整理研究学刊》2011年第2期。

设蒙俭露布》注引同，无"曰"字。① 《杜诗详注》卷二十四《朝享太庙赋》注："陈琳《武库车赋》：'启明戒旦。'"② 《文选理学权舆》卷二："陈琳《武库车赋》。"③

案，《文选旁证》卷三十五校正"陈琳《武库车赋》曰"云："'车'字不当有，尤本'库'误作'军'。"④ 涉相关战备设施，字义讹误致误名。

3.《武帝赋》。《御选唐诗》卷十唐玄宗《观拔河俗戏》注："陈琳《武帝赋》：'八部方置，山布星陈。'"⑤ 文句实属陈琳《武军赋》，"帝"讹。字义讹误致误名。

《神武赋》

《神武赋》篇名，属于据赋作所含字词命篇，另有误名1例。

1.《武库赋》。《正字通》未集中"绳注"、《韵补》卷一"绳"注："陈琳《武库赋》：'陵九城而上跻，起齐轨乎玉绳。车轩鳞于雷室，骑浮厉乎云宫。'"⑥ 案，文句实属陈琳《神武赋》。同一作者不同作品篇名混淆致误名。

《止欲赋》

《止欲赋》篇名，属于据赋作创作缘由命篇，另有异名1例。

1.《正欲赋》。《韵补》卷二"媒"注："陈琳《正欲赋》：'惟今夕之何夕兮，我独无此良媒。云汉倬以昭回兮，天水混而光流。'"《古今通韵》卷二注："陈孔璋《正欲赋》：'我独无此良媒，天水混而光流。'"⑦

---

① （梁）萧统编，（唐）李善等注《六臣注文选》，《四部丛刊》初编第422册，第565页。（唐）骆宾王撰，（明）颜文选注《骆丞集》，《四库全书》第1065册，第511页。

② （唐）杜甫撰，（清）仇兆鳌注《杜诗详注》，第2128页。

③ （清）汪师韩：《文选理学权舆》，《续修四库全书》第1581册，第40页。

④ （清）梁章钜：《文选旁证》，《续修四库全书》第1581册，第597页。

⑤ （清）陈廷敬：《御选唐诗》，《四库全书》第1446册，第329页。

⑥ （明）张自烈：《正字通》，《续修四库全书》第235册，第268页。（宋）吴棫：《韵补》，第16叶。

⑦ （宋）吴棫：《韵补》，第104叶。（清）毛奇龄：《古今通韵》，《四库全书》第242册，第39页。

案，陈琳《止欲赋》："伊余情之是悦，志荒溢而倾移。"①《说文·正部》："正，是也。从一，一以止。"② 故二者意思相通，换词命篇致异名。

《迷迭赋》

《迷迭赋》篇名，属于据赋作所咏对象命篇，另有异名1例。

1.《迷迭香赋》。《韵补》卷二"终"注、《正字通》未集中"终"注："陈琳《迷迭香赋》：'竭欢庆于凤夜兮，虽幽翳而弥彰。事罔隆而不杀兮，亦无始而不终。'"《韵补》卷五"歇"注、《正字通》辰集下"歇"注："陈琳《迷迭香赋》：'馨香难久，终必歇兮。弃彼华英，收厥实兮。'"③《历代赋汇》逸句卷二："《迷迭香赋》，魏陈琳。'立碧茎之娜婀，舒彩条之蜿蟺。下扶疏以布濩，上绮错而交纷。匪苟方之可乐，实来仪之丽闲。动容饰而发微，穆斐斐以承颜。'"④ 迷迭香简省为迷迭，简全差异致异名。

《答客难》

《答客难》篇名，属于据赋作创作缘由命篇，另有异名1例。

1.《客难》。《韵补》卷五"作"注："陈琳《客难》：'大王筑室，百堵俱作。西伯营台，功不浃日。'"《正字通》子集中"作"注、《佩文韵府》卷九十三"浃日"注："陈琳《客难》：'太王筑室，百堵俱作。西伯营台，功不浃日。'"《西河集》卷十六引文同此。⑤《文选笺证》卷三注："陈琳《客难》'西伯灵台，功不浃日'亦用《毛传》。"⑥

案，文句属陈琳《答客难》。《答客难》篇名侧重答，《客难》篇名侧重问。对答体，对主客体侧重差异兼简全差异致异名。

---

① 费振刚、胡双宝、宗明华辑校《全汉赋》，第701页。

② （汉）许慎撰，（清）段玉裁注《说文解字注》，第69页。

③ （宋）吴棫：《韵补》，第94、213叶。（明）张自烈：《正字通》，《续修四库全书》第234册，第577~578页；第235册，第252页。

④ （清）陈元龙：《历代赋汇》，《四库全书》第1422册，第379页。

⑤ （宋）吴棫：《韵补》，第208叶。（明）张自烈：《正字通》，《续修四库全书》第234册，第63页。（清）张玉书：《佩文韵府》，第3572页。（清）毛奇龄：《西河集》，《四库全书》第1320册，第128页。

⑥ （梁）萧统编，（清）胡绍煐笺证《文选笺证》，《续修四库全书》第1582册，第47页。

《玛瑙勒赋》

《玛瑙勒赋》篇名，属于据赋作所含字词命篇，另有异名1例。

1.《玛瑙赋》。《正字通》戌集中"云"注："陈琳《玛瑙赋》：'初伤勿用，俟庆云兮。君子穷通，亦时朕兮。'"① 《佩文韵府》卷四十九"硕宝"注："陈琳《玛瑙赋》：'顾以多福，康以硕宝。'"②

案，陈琳《玛瑙勒赋》："五官将得马脑，以为宝勒，美其英彩之光艳也。使琳赋之。"③ "玛瑙"亦写作"马脑"。《玛瑙勒赋》篇名侧重马勒，《玛瑙赋》篇名侧重材质。简全差异兼侧重差致异名。

综上，陈琳赋异名类型为：1. 据文命篇致异名（侧重差异）；2. 简全差异致异名；3. 换词命篇致异名。误名类型为：1. 乱（篇名混淆）；2. 讹（字形近讹误、字义讹误）。

五十七　王粲

王粲赋作有《登楼赋》《酒赋》《游海赋》《浮淮赋》《初征赋》《鹦鹉赋》《弹棋赋》《闲邪赋》《出妇赋》《寡妇赋》《羽猎赋》《柳赋》《思友赋》《伤夭赋》《迷迭赋》《投壶赋》《白鹤赋》《围棋赋》《莺赋》《玛瑙勒赋》《神女赋》《车渠椀赋》《大暑赋》《七释》《槐树赋》《鹖赋》，《征思赋》《喜霁赋》《愁霖赋》《述征赋》存目，共30篇。《游海赋》《浮淮赋》《投壶赋》《闲邪赋》《征思赋》《羽猎赋》《伤夭赋》《迷迭赋》《白鹤赋》《玛瑙勒赋》《车渠椀赋》《大暑赋》《槐树赋》《鹖赋》14篇出现篇名分歧（46.67%），考辨如下。

《游海赋》

《游海赋》篇名，属于据赋作铺写对象命篇，另有异名2例。

1.《浮海赋》。《慈湖诗传》卷十二："王粲《浮海赋》：'吐星出日，天与水际。其深不测，其广无臬。章亥所不极，卢敖所不届。'"④ 《渊鉴

① （明）张自烈：《正字通》，《续修四库全书》第235册，第687页。
② （清）张玉书：《佩文韵府》，第1963页。
③ 费振刚、胡双宝、宗明华辑校《全汉赋》，第705页。
④ （宋）杨简：《慈湖诗传》，《四库全书》第73册，第176页。

类函》卷三百八十六"翼惊风以长驱"注:"王粲《浮海赋》云:'乘桂棹之安舟,浮大江而遥逝。翼惊风以长驱,集会稽而一憩。'"①

案,文句实属王粲《游海赋》。王粲《游海赋》:"乘菌桂之方舟,浮大江而遥逝。"② 取赋中"浮"字命篇,故称《浮海赋》。据赋作所含字词兼换词命篇致异名。

2.《海赋》。《徐孝穆集笺注》卷四《丹阳上庸路碑》注:"魏王粲《海赋》:'乘困桂之舟,晨凫之舸。'"③《御选唐诗》卷八杜甫《渼陂行》注:"王粲《海赋》:'其深不测。'"卷二十二刘沧《登醴泉县楼》注:"王粲《海赋》:'长洲列岛,棋布星峙。'"④《九家集注杜诗》卷十三《敬寄族弟唐十八使君》注:"王粲《海赋》:'洪涛奋荡。'"卷十四《故著作郎贬台州司户荣阳郑公虔》注:"王粲《海赋》:'吐星出日,天与水际。其深不测,其广无皋。'""王粲《海赋》:'章亥所不极,卢敖所不届。'"《别蔡十四著作》注:"王粲《海赋》:'洪涛奋荡。'"⑤《太平御览》卷七百七十:"王粲《海赋》曰:'乘菌桂之舟,晨凫之舸。'"⑥《(嘉泰)会稽志》卷十"会稽县"注:"王粲《海赋》云:'翼惊风而长驱,集会稽而一睨。'"《(万历)绍兴府志》卷七:"王粲《海赋》云:'翼惊风而长驱,集会稽而一睨。'是也。"⑦《事类赋》卷十六"亦闻苍隼晨凫"注:"王粲《海赋》曰:'乘菌桂之舟,晨凫之舸。'"⑧《古今合璧事类备要》前集卷八"吐日出星"注:"'登阴隅以东望兮,揽沧海之体势。吐日出星,天与水际。其深不测,其广无皋。总群流而臣下,为百谷之君王。'王粲《海赋》。"⑨《广博物志》卷四十:"'菌桂之舟,晨凫

① (清) 张英:《渊鉴类函》,舟部,第 3 页。
② 费振刚、胡双宝、宗明华辑校《全汉赋》,第 657 页。
③ (南北朝) 徐陵撰,(清) 吴兆宜笺注《徐孝穆集笺注》,《四库全书》第 1064 册,第 885 页。
④ (清) 陈廷敬:《御选唐诗》,《四库全书》第 1446 册,第 262、735 页。
⑤ (唐) 杜甫撰,(宋) 郭知达编《九家集注杜诗》,《四库全书》第 1068 册,第 225、240、241、246 页。
⑥ (宋) 李昉:《太平御览》,第 3414 页。
⑦ (宋) 施宿:《(嘉泰) 会稽志》,清嘉庆十三年刻本,第 161 叶。(明) 张元忭:《(万历) 绍兴府志》,明万历刻本,第 154 叶。
⑧ (宋) 吴淑:《事类赋》,第 196 叶。
⑨ (宋) 谢维新:《古今合璧事类备要》,《四库全书》第 939 册,第 76 页。

之舸。'王粲《海赋》。"①《格致镜原》卷二十八："王粲《海赋》：'菌桂之舟，晨凫之舸。'"《重镌草堂外集》卷三《楚中寄内书》注："王粲《海赋》：'乘菌桂之舟，晨凫之舸。'"《渊鉴类函》卷三百八十六"晨凫"注："王粲《海赋》云：'乘菌桂之舟，晨凫之舸。'"② 省略"游"，简全差异致异名。

《浮淮赋》

《浮淮赋》篇名，属于据赋作所涉地点命篇，另有误名1例。

1.《浮海赋》。《佩文韵府》卷六十六"赫怒"注："王粲《浮海赋》：'运兹威以赫怒，清海隅之芥蒂。'"③ 文句实属王粲《浮淮赋》。同一作者不同作品篇名混淆致误名。

《投壶赋》

《投壶赋》篇名，属于据赋作所含字词命篇，另有误名1例。

1.《棋赋》。《太平御览》卷七百五十三："魏粲《碁赋》曰：'夫注心锐念，自求诸身，投壶是也。'"《投壶考原》："魏王粲《棋赋》：'夫注心锐念，自求诸身，投壶是也。'"④

案，"碁"、"棋"异体字。所引文句实属王粲《投壶赋》。建安时期，投壶与棋同为文人士子闲暇娱情常用之物，且可作为诗赋吟咏对象，名物混淆致误名。

《闲邪赋》

《闲邪赋》篇名，属于据赋作创作缘由命篇，另有误名1例、存疑名1例。

误名：

1.《闲居赋》。《玉台新咏》卷一繁钦《定情诗》注："王粲《闲居

---

① （明）董斯张：《广博物志》，《四库全书》第981册，第311页。
② （清）陈元龙：《格致镜原》，《四库全书》第1031册，第392页。（清）檀萃：《重镌草堂外集》，《续修四库全书》第1445册，第191页。（清）张英：《渊鉴类函》，舟部，第2页。
③ （清）张玉书：《佩文韵府》，第2632页。
④ （宋）李昉：《太平御览》，第3344页。（清）丁晏：《投壶考原》，清光绪十四年刻南菁书院丛书本，《续修四库全书》第1106册，第287页。

赋》：'愿为环以约腕。'"《北堂书钞》卷一百三十六"钏·为环约腕"注："王粲《闲居赋》云：'愿为环以约腕。'"《证俗文》卷三："王粲《闲居赋》：'愿为环以约捥。'"《渊鉴类函》卷三百八十一"钏·约腕"注："王粲《闲居赋》云：'愿为环以约腕。'"①

案，《全上古三代秦汉三国六朝文》全后汉文卷九十考证："《书钞》一百三十六引王粲《闲居赋》当是'闲邪'之误。"② 字义讹误致误名。

存疑名：

1.《闲雅赋》。《文选理学权舆》卷二："王粲《闲雅赋》。"③

案，其他文献不见，且《文选理学权舆》卷二没有记载相关文句，是否为《闲邪赋》误名？

《征思赋》

《征思赋》篇名，属于据赋作创作缘由命篇，另有误名 1 例。

1.《思征赋》。《文选》卷四十六颜延年《三月三日曲水诗序一首》注："王仲宣《思征赋》曰：'在建安之二八，星步次于箕维。'"④

案，《文选理学权舆》卷二"王粲《思征赋》"注："志祖案当作'征思'，见《典论·论文》。"⑤ 倒乙，致误名。

《羽猎赋》

《羽猎赋》篇名，属于据赋作铺陈事件命篇，另有异名 2 例。

1.《猎赋》。《徐孝穆集笺注》卷四《长干寺众食碑》注、《骆丞集》卷一《秋晨同淄州毛司马秋九咏》注、《类选笺释草堂诗余》卷六秦观《金明池·春游》注："王粲《猎赋》：'倚紫陌而并征。'"《古今事文类

---

① （南北朝）徐陵辑，（清）吴兆宜注，（清）程际盛删补《玉台新咏》，《续修四库全书》第 1588 册，第 507 页。（唐）虞世南：《北堂书钞》，第 554 页。（清）郝懿行：《证俗文》，《续修四库全书》第 192 册，第 452 页。（清）张英：《渊鉴类函》，服饰部，第 47 页。

② （清）严可均辑《全上古三代秦汉三国六朝文》，第 958 页。

③ （清）汪师韩：《文选理学权舆》，《续修四库全书》第 1581 册，第 40 页。

④ （梁）萧统编，（唐）李善注《文选》，第 2052 页。

⑤ （清）汪师韩：《文选理学权舆》，《续修四库全书》第 1581 册，第 40 页。

聚》续集卷三："'倚紫陌而并征。'王粲《猎赋》。"①《初学记》卷二十二"黄浒紫陌"注："王粲《猎赋》曰：'济漳浦而横阵，倚紫陌而并征。树重围于西址，列骏骑乎东坰。'"《渊鉴类函》卷二百九"黄浒紫陌"注引同，无"曰"字，"坰"作"坰"；又卷一百五十九"历黄浒，倚紫陌"注："王粲《猎赋》：'济漳浦而横乘，倚紫陌而并征。'"②

案，帝王出猎，士卒负羽箭随从，故称"羽猎"。《羽猎赋》篇名简省为《猎赋》。简全差异致异名。

2.《校猎赋》。《初学记》卷二十二"竦戎讲旅"注："王粲《校猎赋》曰：'遵古道以游豫兮，昭劝助乎农圃。用时隙之余日兮，陈苗狩而讲旅。'"《渊鉴类函》卷一百五十九"竦戎讲旅"注引同。③《骈字类编》卷三十"时隙"注、《佩文韵府》卷一百"时隙"注："王粲《校猎赋》：'用时隙之余日兮，陈苗狩而讲旅。'"④

案，校猎、羽猎均可泛指打猎。换词命篇致异名。

《伤夭赋》

《伤夭赋》篇名，属于据赋作创作缘由命篇，另有误名1例。

1.《伤夭赋》。《全上古三代秦汉三国六朝文》全后汉文卷九十作《伤夭赋》，全文载录。⑤

案，王粲《伤夭赋》："或老终以长世，或昏夭而夙泯。物虽存而人亡，心惆怅而长慕。"⑥《释名》卷八："少壮而死曰夭。"⑦秦系简牍中，"天"字有写作"𡗗"的，"夭"字有写作"𡗗"的。⑧二者形近，容易混

---

① （南北朝）徐陵撰，（清）吴兆宜笺注《徐孝穆集笺注》，《四库全书》第1064册，第889页。（唐）骆宾王撰，（明）颜文选注《骆丞集》，《四库全书》第1065册，第387页。（明）陈仁锡：《类选笺释草堂诗余》，明万历四十二年刻本，《续修四库全书》第1728册，第169页。（宋）祝穆：《古今事文类聚》，《四库全书》第927册，第59页。
② （唐）徐坚：《初学记》，第541页。（清）张英：《渊鉴类函》，武功部，第13、25页。
③ （唐）徐坚：《初学记》，第541页。（清）张英：《渊鉴类函》，武功部，第25页。
④ （清）张廷玉：《骈字类编》，《四库全书》第995册，第277页。（清）张玉书：《佩文韵府》，第3970页。
⑤ （清）严可均辑《全上古三代秦汉三国六朝文》，第958～959页。
⑥ 费振刚、胡双宝、宗明华辑校《全汉赋》，第661页。
⑦ （汉）刘熙：《释名》，《四部丛刊》初编第14册，第455页。
⑧ 张守中撰集《睡虎地秦简文字编》，第1、161页。

淆致讹误。"天"字，甘肃省藏敦煌文献敦博56《佛为首迦长者说业报差别经》："九者建立夭寺，屠煞众生。"① 因此，《伤天赋》中"天"乃与"夭"形近而讹，致误名。

《迷迭赋》

《迷迭赋》篇名，属于据赋作所咏对象命篇，另有异名1例。

1.《迷迭香赋》。《历代赋汇》卷一百一十九作《迷迭香赋》，全文载录。② 《毛诗后笺》卷十九："王粲《迷迭香赋》'挺冉冉之柔茎'是也。"《广雅疏证》卷六注："王粲《迷迭香赋》云：'挺茞茞之柔茎。'"③ 《骈字类编》卷七十"珍草"注："王粲《迷迭香赋》：'惟遐方之珍草兮，产昆仑之极幽。'"卷一百一十五"西裔"注、卷一百二十五"中州"注："王粲《迷迭香赋》：'扬丰馨于西裔兮，布和种于中州。'""中和"注："王粲《迷迭香赋》：'受中和之正气兮，承阴阳之灵休。'"卷一百三十二"外廷"注："王粲《迷迭香赋》：'去原野之侧陋兮，植高宇之外廷。'"卷一百三十三"侧陋"注引同前，"廷"作"庭"。④ 迷迭香简省为迷迭，简全差异致异名。

《白鹤赋》

《白鹤赋》篇名，属于据赋作所咏对象命篇，另有异名1例。

1.《鹄赋》。法藏敦煌文献P. 2526："王粲《鹄赋》曰：'白验禀涂龟之修寿，资仪凤之纯精。接王乔于汤谷，赤松驾于扶桑。食灵岳之琼蕤，吸云表之露浆。'"

案，《正字通》亥集中"鹄"注："《转注古音》云：'鹄'古'鹤'字。"⑤ 《文选理学权舆》卷七："'鹄''鹤'一声之转，古书互用。"⑥ 换

---

① 黄征：《敦煌俗字典》，第788页。

② （清）陈元龙：《历代赋汇》，《四库全书》第1421册，第529页。

③ （清）胡承珙：《毛诗后笺》，《续修四库全书》第67册，第484页。（清）王念孙：《广雅疏证》，《续修四库全书》第191册，第179页。

④ （清）张廷玉：《骈字类编》，《四库全书》第997册，第147页；第999册，第91、471、507页；第1000册，第51、110页。

⑤ （明）张自烈：《正字通》，《续修四库全书》第235册，第797页。

⑥ （清）汪师韩：《文选理学权舆》，《续修四库全书》第1581册，第103页。

词命篇致异名。

《玛瑙勒赋》

《玛瑙勒赋》篇名，属于据赋作所含字词命篇，另有异名1例。

1.《玛瑙赋》。《佩文韵府》卷一百二"饰勒"注："王粲《玛瑙赋》：'乃命工人，裁以饰勒。因姿象形，匪雕匪刻。'"①

案，《玛瑙勒赋》篇名侧重马勒，《玛瑙赋》篇名侧重材质。简全差异兼侧重差异致异名。

《车渠椀赋》

《车渠椀赋》篇名，属于据赋作所咏对象命篇，另有误名1例。

1.《车渠枕赋》。《佩文韵府》卷十一"妙珍"注："王粲《车渠枕赋》：'侍君子之宴坐，览车渠之妙珍。'"②

案，文句实属王粲《车渠椀赋》。《玉篇·木部》："椀，于管切。小盂也。"③《说文·皿部》："盂，饮器也。"《说文·木部》："枕，卧所以荐首者。"④ 曹植《车渠椀赋》："俟君子之闲燕，酌甘醴于斯舷。"⑤ 陈琳《车渠椀赋》："玉爵不挥欲厥珍兮，岂若陶梓为用便兮。"⑥ 徐幹《车渠椀赋》："盛彼清醴，承以珦盘。"⑦ "椀"今归为"碗"之异体字。"枕"乃与"椀"形近而讹，致误名。

《大暑赋》

《大暑赋》篇名，属于据赋作叙写事件命篇，另有异名1例。

1.《暑赋》。《古今合璧事类备要》前集卷十三"积阳"注："'惟林钟之季月，重阳积而上升。'王粲《暑赋》。"《山堂肆考》卷十一："王粲

---

① （清）张玉书：《佩文韵府》，第4115页。
② （清）张玉书：《佩文韵府》，第454页。
③ （梁）顾野王撰，吕浩校点《大广益会玉篇》，第423页。
④ （汉）许慎撰，（清）段玉裁注《说文解字注》，第211、258页。
⑤ （魏）曹植著，赵幼文校注《曹植集校注》，第137页。
⑥ 费振刚、胡双宝、宗明华辑校《全汉赋》，第708页。
⑦ 费振刚、胡双宝、宗明华辑校《全汉赋》，第629页。

《暑赋》：'惟林钟之季月，重阳积而上升。'"①

案，《大暑赋》篇名侧重暑热程度及时节。简全差异兼侧重差异致异名。

《槐树赋》

《槐树赋》篇名，属于据赋作所咏对象命篇，另有异名1例。

1.《槐赋》。《汉魏六朝百三家集》卷二十九、《历代赋汇》卷一百一十六、《广群芳谱》卷七十四作《槐赋》，全文载录。②《御选唐诗》卷二十六杜甫《绝句六首》注："王粲《槐赋》：'鸟愿栖而投翼。'"③《渊雅堂全集》外集："魏王粲《槐赋》。"④《骈字类编》卷二"天然"注、卷一百二十五"中唐"注："王粲《槐赋》：'惟中唐之奇树，禀天然之淑姿。'"《骈字类编》卷二百三十一"畅条"注，《佩文韵府》卷十七"畅条"注、卷四十"采采"注："王粲《槐赋》：'形祎祎以畅条，色采采而鲜明。'"《佩文韵府》卷五"华晖"注、卷五十五"畴亩"注："王粲《槐赋》：'超畴亩而登殖，作阶庭之华晖。'"卷六十八"幽蔼"注："王粲《槐赋》：'丰茂叶之幽蔼，履中夏而敷荣。'"⑤ 槐树简省为槐，简全差异致异名。

《鹖赋》

《鹖赋》篇名，属于据赋作所含字词命篇，另有异名1例。

1.《鹖鸟赋》。《易简斋诗钞》卷二《赋得鹖旦不鸣》注："王粲《鹖鸟赋》云：'服乾刚之正气。'"⑥ 鹖鸟简省为鹖，简全差异致异名。

综上，王粲赋作异名类型为：1. 据文命篇致异名（据赋作所含字词，

---

① （宋）谢维新：《古今合璧事类备要》，《四库全书》第939册，第114页。（明）彭大翼：《山堂肆考》，《四库全书》第974册，第182页。

② （明）张溥：《汉魏六朝百三家集》，《四库全书》第1412册，第745页。（清）陈元龙：《历代赋汇》，《四库全书》第1421册，第485页。（清）汪灏：《广群芳谱》，清康熙刻本，第1153叶。

③ （清）陈廷敬：《御选唐诗》，《四库全书》第1446册，第850页。

④ （清）王芑孙：《渊雅堂全集》，《续修四库全书》第1481册，第383页。

⑤ （清）张廷玉：《骈字类编》，《四库全书》第994册，第76页；第999册，第482页；第1004册，第485页。（清）张玉书：《佩文韵府》，第754、1779、183、2200、2804页。

⑥ （清）和瑛：《易简斋诗钞》，清道光刻本，《续修四库全书》第1460册，第502页。

侧重差异）；2. 简全差异致异名；3. 换词命篇致异名。误名类型为：1. 乱（名物混淆、篇名混淆）；2. 倒；3. 讹（字形近讹误、字义讹误）。

五十八　应场

应场赋作有《校猎赋》《正情赋》《鹦鹉赋》《西狩赋》《撰征赋》《西征赋》《迷迭赋》《愁霖赋》《神女赋》《车渠碗赋》《灵河赋》《憋骥赋》《杨柳赋》《赞德赋》《驰射赋》《释宾》16 篇。《灵河赋》《驰射赋》《迷迭赋》《车渠碗赋》《杨柳赋》《撰征赋》《西狩赋》7 篇出现篇名分歧（43.75%），考辨如下。

《灵河赋》

《灵河赋》篇名，属于据赋作所咏对象命篇，另有异名 1 例、误名 1 例。

异名：

1.《河赋》。《王荆公诗注》卷二十四《江》注："应场《河赋》云：'咨灵川之遐源兮，干昆仑之神丘。'"[1]《佩文韵府》卷二十二"龙黄"注："应场《河赋》：'蹳龙黄而南迈兮，纤鸿体而因流。'"[2]

案，《古文苑·灵河赋》章樵注："河源出昆仑，上与天汉通，故曰灵河。"[3]《西岳华山堂阙碑铭》："然山莫尊于岳，泽莫盛于渎。山岳有五而华处其一，渎有四而河在其数，其灵也至矣。"[4] 简全差异兼侧重差异致异名。

误名：

1.《虚河赋》。《说略》卷十三、《玉芝堂谈荟》卷三十："应场《虚河赋》。"[5]《御选唐诗》卷十四阎防《夜泛黄河作》注："应场《虚河赋》：'资虚川之遐源。'"[6]

案，文句实属应场《灵河赋》。应场《灵河赋》："咨灵川之遐原

---

① （宋）王安石撰，（宋）李壁注《王荆公诗注》，《四库全书》第 1106 册，第 165 页。

② （清）张玉书：《佩文韵府》，第 1032 页。

③ （宋）章樵注《古文苑》，第 8 页。

④ （宋）章樵注《古文苑》，第 5 页。

⑤ （明）顾起元：《说略》，第 645 叶。（明）徐应秋：《玉芝堂谈荟》，《四库全书》第 883 册，第 708 页。

⑥ （清）陈廷敬：《御选唐诗》，《四库全书》第 1446 册，第 449 页。

兮，于昆仑之神丘。"① 故当作"灵"，"虚"乃与"灵"字异体"霝"
形近而讹，致误名。

《驰射赋》

《驰射赋》篇名，属于据赋作所铺陈事件命篇，另有误名1例。

1.《马射赋》。《射书》卷四作《马射赋》，全文载录。②

案，文句实属应玚《驰射赋》。应玚《驰射赋》："将逍遥于郊野，聊
娱游于骋射。……骅骝激骋，神足奔越。"③《说文·马部》："马，怒也、
武也。""骋，直驰也。"④ 故当作"驰"。"马"乃"驰"脱右边部分，字
形讹误致误名。

《迷迭赋》

《迷迭赋》篇名，属于据赋作所咏对象命篇，另有异名1例、误名
1例。

异名：

1.《迷迭香赋》。《历代赋汇》卷一百一十九作《迷迭香赋》，全文载
录。⑤《骈字类编》卷六十一"阶序"注、卷一百二十五"中堂"注：
"应玚《迷迭香赋》：'列中堂之严宇，跨阶序而骈罗。'"卷二百三十八
"敷条"注："应玚《迷迭香赋》：'朝敷条以诞节，夕结秀而垂华。'"⑥
《韵府拾遗》卷十"莓莓"注："应玚《迷迭香赋》：'振纤枝之翠粲，动
彩叶之莓莓。'"⑦ 迷迭香简省为迷迭，简全差异致异名。

误名：

1.《迷送香赋》。《太平御览》卷九百八十二："应玚《迷送香赋》曰：

---

① （清）严可均辑《全上古三代秦汉三国六朝文》，第699页。
② （明）顾煜辑《射书》，明崇祯十年刻本，《续修四库全书》第1106册，第239页。
③ 费振刚、胡双宝、宗明华辑校《全汉赋》，第727页。
④ （汉）许慎撰，（清）段玉裁注《说文解字注》，第460、467页。
⑤ （清）陈元龙：《历代赋汇》，《四库全书》第1421册，第529页。
⑥ （清）张廷玉：《骈字类编》，《四库全书》第996册，第682页；第999册，第480页；
　　第1004册，第723页。
⑦ （清）官修《韵府拾遗》，《四库全书》第1029册，第273页。

'振纤枝之翠粲，动采叶之菲菲。舒芳香之酷烈，乘清风以徘徊。'"① 文句实属应玚《迷迭赋》。"送"乃与"迷"形近而讹，致误名。

《车渠碗赋》

《车渠碗赋》篇名，属于据赋作所咏对象命篇，另有异名1例。

1.《车渠盌铭》。《北堂书钞》卷一百五十二"琼露"注、《渊鉴类函》卷十"润形"注："应玚《车渠盌铭》云：'浸琼露以润形。'"《说文解字义证》卷三十六"露"注引同。②

案，文句实属应玚《车渠碗赋》。"盌"字"另有异体字'瓷''碗''椀'"③。"'椀'同'盌'……敦煌文献 S.388《正名要录》载'盌'为古而典者，'椀'为今而要者。碗，不见于《说文》，为后起字，今之正字。"④ 赋、铭混融兼古今字致异名。

《杨柳赋》

《杨柳赋》篇名，属于据赋作所咏对象命篇，另有异名1例。

1.《柳赋》。《佩文韵府》卷九十八"丰节"注："应玚《柳赋》：'摅丰节而广布，纷郁勃以登阳。'"⑤

案，《杨柳赋》篇名并言杨柳，《柳赋》篇名侧重柳。侧重差异兼简全差异致异名。

《撰征赋》

《撰征赋》篇名，属于据赋作创作缘由命篇，另有存疑名1例，俟考。

1.《征赋》。《汉魏六朝百三家集》卷三十二作《征赋》，全文载录。⑥《骈字类编》卷十一"云曜"注："应玚《征赋》：'飞龙旐以云曜，披广路而北巡。'"卷二百二十八"崇殿"注："应玚《征赋》：'崇殿郁其嵯

① （宋）李昉：《太平御览》，第4350页。
② （唐）虞世南：《北堂书钞》，第651页。（清）张英：《渊鉴类函》，天部，第30页。（清）桂馥：《说文解字义证》，《续修四库全书》第210册，第381页。
③ 李学勤主编《字源》，第439页。
④ 赵红：《吐鲁番俗字典》，第537页。
⑤ （清）张玉书：《佩文韵府》，第3749页。
⑥ （明）张溥：《汉魏六朝百三家集》，《四库全书》第1412册，第776~777页。

峨，华宇烂而舒光。'"①《佩文韵府》卷二十二"舒光"注、卷三十七
"华宇"注、卷七十四"华宇烂"注、卷七十六"崇殿"注："应场《征
赋》：'崇殿郁其嵯峨，华宇烂而舒光。'"卷二十二"浑黄"注："应场
《征赋》：'摛云藻之雕饰，流辉采之浑黄。'"卷四十"辉彩"注："应场
《征赋》：'摛云藻之雕饰，流辉彩之浑黄。'"卷七十七"云曜"注："应
场《征赋》：'飞龙旂以云曜，披广路而北巡。'"②

案，应场《撰征赋》："烈烈征师，寻遄庭兮。"③ 是否"撰"为动
词，误作篇名？姑存疑俟考。

《西狩赋》

《西狩赋》篇名，属于据赋作内容命篇。另有误名 1 例。

1.《西符赋》。《古文苑》卷七王粲《羽猎赋》章樵注："挚虞《文章
流别论》云：'建安中，魏文帝从武帝出猎，赋，命陈琳、王粲、应场、
刘桢并作。琳为《武猎》，粲为《羽猎》，场为《西符》，桢为《大阅》，
凡此各有所长，粲其最也。'"④"西符"，其他版本《古文苑》作"西
狩"，"符"当为传抄讹误。

综上，应场赋异名类型为：1. 据文命篇致异名（侧重差异）；2. 简全
差异致异名；3. 文体混融致异名（赋、铭混融）；4. 字形差异致异名
（古今字）。误名类型为：讹（字形近、字义讹误）。

五十九　刘桢

刘桢赋作有《瓜赋》《黎阳山赋》《遂志赋》《大暑赋》《清虑赋》《鲁
都赋》，《大阅赋》存目，共 7 篇。《大暑赋》《清虑赋》2 篇出现篇名分
歧（28.57%），考辨如下。

《大暑赋》

《大暑赋》篇名，属于据赋作所铺陈事件命篇，另有异名 1 例。

---

① （清）张廷玉：《骈字类编》，《四库全书》，第 994 册，第 389 页；第 1004 册，第 381 页。
② （清）张玉书：《佩文韵府》，第 982、1669、2990、3032、1032、1780、3104 页。
③ 费振刚、胡双宝、宗明华辑校《全汉赋》，第 734 页。
④ （宋）章樵注《古文苑》，第 5 页。

1.《暑赋》。《渊鉴类函》卷二十一"鸟戢翼"注："并见刘公幹《暑赋》。"①

案，指刘桢《大暑赋》："兽喘气于玄景，鸟戢翼于高危。"简全差异兼侧重差异致异名。

《清虑赋》

《清虑赋》篇名，另有存疑名3例，俟考。

1.《清庐赋》。《文选》卷十三谢惠连《雪赋》注："刘公幹《清庐赋》曰：'蹈琳珉之涂。'"②《文选理学权舆》卷二："刘桢《清庐赋》。"③

2.《清虚赋》。《北堂书钞》卷一百四十"气电之舆"注："刘公幹《清虚赋》云：'乃生气电之班舆。'"④《骈字类编》卷七十三"金乌"注："刘桢《清虚赋》：'玉树翠叶，上栖金乌。'"⑤《佩文韵府》卷六"气电舆"注："刘桢《清虚赋》：'乃坐气电之斑舆。'"⑥

3.《绩虑赋》。《太平御览》卷七百六："刘祯《绩虑赋》曰：'布玳瑁之席，设觜蠵之床。冯玟瑶之几，对金精之盘。'"⑦

案，赋残，姑存疑俟考。

综上，刘桢赋异名类型为：1.据文命篇致异名（侧重差异）；2.简全差异致异名。

六十　徐幹

徐幹赋作有《齐都赋》《序征赋》《正情赋》《西征赋》《喜梦赋》《七喻》《车渠碗赋》《哀别赋》《冠赋》《圆扇赋》《从征赋》，《玄猿赋》《漏卮赋》《橘赋》存目，共14篇。《齐都赋》《西征赋》《喜梦赋》《冠赋》《圆扇赋》5篇出现篇名分歧（35.71%），考辨如下。

---

①　（清）张英：《渊鉴类函》，岁时部，第34页。

②　（梁）萧统编，（唐）李善注《文选》，第594页。

③　（清）汪师韩：《文选理学权舆》，《续修四库全书》第1581册，第40页。

④　（唐）虞世南：《北堂书钞》，第585页。

⑤　（清）张廷玉：《骈字类编》，《四库全书》第997册，第231页。

⑥　（清）张玉书：《佩文韵府》，第233页。

⑦　（宋）李昉：《太平御览》，第3147页。

《齐都赋》

《齐都赋》篇名，属于据赋作所涉地点命篇，另有异名 1 例、误名 1 例。

异名：

1.《齐都记》。《天中记》卷九："'川渎则洪河洋洋，发源昆仑。九流分逝，北朝沧渊。惊波而厉，望沫扬奔。'徐幹《齐都记》。"①

案，文句属徐幹《齐都赋》，赋、记混融致异名。《说文·言部》："记，疋也。"段玉裁注："'疋'各本作'疏'，今正。疋部曰：'一曰疋，记也。'此'疋''记'二字转注也。'疋'今字作'疏'，谓分疏而识之也。《广雅》曰：'註、注、纪、疏、记、学、刊、志，识也。按晋唐人作'註记'字，'註'从言不从水，不与'传注'字同。'"②

误名：

1.《齐朝赋》。《北堂书钞》卷一百四十八"三酒既醇，五齐惟醹"注："徐幹《齐朝赋》云：'三酒既醇，五齐惟醹。'"③ 文句实属徐幹《齐都赋》，"朝"讹。不明原因错讹。

《西征赋》

《西征赋》篇名，属于据赋作所铺陈事件命篇，另有异名 2 例。

1.《从征赋》。《渊鉴类函》卷二百一十二"总擒虎之劲卒"注："徐幹《从征赋》。"④

案，徐幹《西征赋》："奉明辟之渥德，与游轸而西伐。……伊吾侪之挺劣，获载笔而从师。"⑤ 取赋中"从师"二字命篇，故称《从征赋》。《从征赋》篇名侧重作者随从身份，《西征赋》篇名侧重出征方向。侧重差异兼据赋作所含字词命篇致异名。

2.《从西戎征赋》。《北堂书钞》卷一百一十八"惣螭虎"注："徐幹

① （明）陈耀文：《天中记》，《四库全书》第 965 册，第 408 页。
② （汉）许慎撰，（清）段玉裁注《说文解字注》，第 95 页。
③ （唐）虞世南：《北堂书钞》，第 624 页。
④ （清）张英：《渊鉴类函》，武功部，第 28 页。
⑤ 费振刚、胡双宝、宗明华辑校《全汉赋》，第 622 页。

《从西戎征赋》云：'惣螭虎之劲卒，即矫涂其如夷。'"①

案，古代称西部民族为西戎。《三国志·诸葛亮传》："西和诸戎。"②疑作《从西征戎赋》或《从征西戎赋》。《从西征戎赋》篇名侧重赋作者身份及征讨对象。侧重差异兼简全差异致异名。

另外，《全上古三代秦汉三国六朝文》全后汉文卷九十三："惣螭虎之劲卒，即矫涂其如夷。"为慎重起见，列为失题。③

《喜梦赋》

《喜梦赋》篇名，属于据赋作所铺陈事件命篇，另有异名 1 例。

1.《嘉梦赋》。《全上古三代秦汉三国六朝文》全后汉文卷九十三："《嘉梦赋》序：'昔赢子与其交游于汉水之上，其夜梦见神女。'"④《后汉艺文志》卷四："魏太子文学徐幹集数十篇……严氏文编辑本有《齐都赋》《西征赋》《序征赋》《哀别赋》《嘉梦赋》《冠赋》《团扇赋》《车渠碗赋》《七喻》杂文凡十篇。"⑤《隋书经籍志考证》卷三十九之二："今存《齐都赋》《西征赋》《序征赋》《哀别赋》《嘉梦赋》《冠赋》《团扇赋》《车渠碗赋》《七喻》《失题》凡十篇。"⑥

案，徐幹《喜梦赋》残。同期作品陈琳《神女赋》："仪营魄于仿佛，托嘉梦以通精。"⑦杨修《神女赋》："嘉今夜之幸遇，获帷嘗乎期同。"⑧《说文·壴部》："嘉，美也。"《说文·喜部》："喜，乐也。"⑨故二者于义均可。换词兼据赋作所含字词命篇致异名。

《冠赋》

《冠赋》篇名，属于据赋作所咏对象命篇，另有异名 1 例、误名 1 例。

---

① （唐）虞世南：《北堂书钞》，第 450 页。
② （晋）陈寿撰，（宋）裴松之注《三国志》，第 913 页。
③ （清）严可均辑《全上古三代秦汉三国六朝文》，第 976 页。
④ （清）严可均辑《全上古三代秦汉三国六朝文》，第 975 页。
⑤ （清）姚振宗：《后汉艺文志》，《续修四库全书》第 914 册，第 397～398 页。
⑥ （清）姚振宗：《隋书经籍志考证》，《续修四库全书》第 915 册，第 664 页。
⑦ 吴云主编《建安七子集校注》，天津古籍出版社，2005，第 152 页。
⑧ （清）严可均辑《全上古三代秦汉三国六朝文》，第 757 页。"嘗"当作"裳"。
⑨ （汉）许慎撰，（清）段玉裁注《说文解字注》，第 205 页。

异名：

1. 魏齐幹赋。《初学记》卷二十六："魏齐幹赋：'纤丽细缨，轻配蝉翼。尊曰元饰，贵为首服。君子敬慎，自强不忒。'"《渊鉴类函》卷三百七十引"魏齐幹赋曰"云云，引文同前。①

案，文句属徐幹《冠赋》。"魏"指徐幹所处地后为魏国，"齐"指徐幹籍贯地，"幹"指徐幹，省略"徐"。简全差异致异名。

误名：

1.《齐都赋》。《北堂书钞》卷一百二十七"蝉翼"注："徐幹《齐都赋》云：'纤丽细缨，轻配蝉翼。自尊及卑，须我元服。'"《太平御览》卷六百八十六引"魏徐幹《齐都赋》曰"云云、《渊鉴类函》卷三百七十一"蝉翼"注引"徐幹《齐都赋》曰"云云，引文同前。②《说文解字义证》卷四十一"缅"注、《佩文韵府》卷二十三"细缨"注："徐幹《齐都赋》：'纤缅细缨，轻配蝉翼。'"③ 文句实属徐幹《冠赋》。同一作者不同作品篇名混淆致误名。

《圆扇赋》

《圆扇赋》篇名，属于据赋作所咏对象命篇，另有异名1例。

1.《团扇赋》。《玉溪生诗详注》卷三《楚宫》注："魏徐幹《团扇赋》：'仰明月以取象，规圆体之仪度。'"《御选唐诗》卷十八项斯《古扇》注："徐幹《团扇赋》：'仰明月以取象，规圆体之仪度。'"④《太平御览》卷七百二："徐幹《团扇赋》曰：'於帷合欢之奇扇，肇伊洛之纤素。仰明月以取象，规圆体之仪度。'"《历代赋汇》补遗卷十二："《团扇赋》。魏徐幹。'惟合欢之奇扇，肇伊洛之纤素。仰明月以取象，规圆体之仪度。'"《全上古三代秦汉三国六朝文》全后汉文卷九十三《团扇赋》：

---

① （唐）徐坚：《初学记》，第 623 页。（清）张英：《渊鉴类函》，服饰部，第 2 页。

② （唐）虞世南：《北堂书钞》，第 493 页。（宋）李昉：《太平御览》，第 3062 页。（清）张英：《渊鉴类函》，服饰部，第 5 页。

③ （清）桂馥：《说文解字义证》，《续修四库全书》第 210 册，第 507 页。（清）张玉书：《佩文韵府》，第 1164 页。

④ （唐）李商隐撰，（清）冯浩笺注《玉溪生诗详注》，《续修四库全书》第 1312 册，第 431 页。（清）陈廷敬：《御选唐诗》，《四库全书》第 1446 册，第 589 页。

"惟合欢之奇扇，肇伊洛之纤素。仰明月以取象，规圆体之仪度。"① 圆扇即团扇。换词命篇致异名。

综上，徐幹赋异名类型为：1. 据文命篇致异名（据赋作所含字词，侧重差异）；2. 简全差异致异名；3. 文体混融致异名（赋、记混融）；4. 换词命篇致异名。误名类型为：乱（篇名混淆、不明原因讹误）。

六十一　繁钦

繁钦赋作有《述行赋》《避地赋》《愁思赋》《征天山赋》《述征赋》《暑赋》《柳赋》《建章凤阙赋》《三胡赋》《弭愁赋》《桑赋》《明□赋》12 篇。《柳赋》《愁思赋》《暑赋》《建章凤阙赋》《征天山赋》《述行赋》6 篇出现篇名分歧（50%），考辨如下。

《柳赋》

《柳赋》篇名，属于据赋作所含字词命篇，另有异名 1 例、误名 1 例。

异名：

1.《柳树赋》。《文选》卷二十六潘岳《在怀县作二首》注："繁钦《柳树赋》曰：'翳炎夏之白日，救隆暑之赫羲。'"《分类字锦》卷三："繁钦《柳树赋》：'翳炎夏之白日，救隆暑之赫曦。'"② 《文选理学权舆》卷二："繁钦《柳树赋》。"③ 简全差异致异名。

误名：

1.《抑检赋》。《全上古三代秦汉三国六朝文》全后汉文卷九十三《抑检赋》："翳炎夏之白日，救隆暑之赫曦。"④

案，《后汉艺文志》卷四："严氏文编辑本有《暑赋》、《抑检赋》、《明□赋》、《愁思赋》（一作秋思）、《弭愁赋》、《述征赋》、《述行赋》（一作遂行）、《避地赋》、《征天山赋》（一作撰正赋）、《建章凤阙赋》、

---

①　（宋）李昉：《太平御览》，第 3133 页。（清）陈元龙：《历代赋汇》，《四库全书》第 1422 册，第 632 页。（清）严可均辑《全上古三代秦汉三国六朝文》，第 975 页。

②　（梁）萧统编，（唐）李善注《文选》，第 1225 页。（清）何焯、陈鹏年等编《分类字锦》，《四库全书》第 1005 册，第 118 页。

③　（清）汪师韩：《文选理学权舆》，《续修四库全书》第 1581 册，第 40 页。

④　（清）严可均辑《全上古三代秦汉三国六朝文》，第 976 页。

《三胡赋》、《桑赋》、《柳赋》。"① 可知繁钦《抑检赋》《柳赋》为两篇。同一作者不同作品篇名混淆致误名。

《愁思赋》

《愁思赋》篇名，属于据赋作创作缘由命篇，另有异名 1 例。

1.《秋思赋》。《初学记》卷三："汉繁钦《秋思赋》：'何晏秋之憯凄，处闲夜而怀愁。风清凉以激志兮，树动叶而鼓条。云朝跻于西泛兮，遂愤薄于丹邱。潜白日于玄阴兮，翳朗月于重幽。零雨蒙其迅疾，黄潦汩以横流。'"《历代赋汇》逸句卷一："《秋思赋》。魏繁钦。'何晏秋之憯凄，处闲夜而怀愁。风清凉以激志兮，树动叶而鼓条。云朝陟于西泛兮，遂溃薄于丹丘。潜白日之玄阴兮，翳朗月于重幽。零雨蒙其迅疾，黄潦汩以横流。'"《渊鉴类函》卷十五："魏繁钦《秋思赋》曰：'何晏秋之憯凄，处闲夜而怀愁。风清凉以激志兮，树动叶而鼓条。云朝霁于西泛兮，遂愤薄于丹丘。潜白日之元阴兮，翳朗月于重幽。零雨蒙其迅疾，黄潦汩以横流。'"《佩文韵府》卷二十六"晏秋"注："繁钦《秋思赋》：'何晏秋之憯凄，处闲夜而怀愁。'"②《御选唐诗》卷十五张继《晚次淮阳》注："繁钦《秋思赋》：'风清凉以激志兮，树动叶而鼓条。'"③《骈字类编》卷一百四十三"丹丘"注："繁钦《秋思赋》：'云朝跻于西纪兮，遂溃薄于丹丘。'"④

案，繁钦《愁思赋》："何旻秋之惨凄，处闲夜而怀愁。"⑤《秋思赋》取赋中"秋"字命篇，篇名侧重季节；《愁思赋》取赋中"愁"字命篇，篇名侧重情感类别。侧重差异兼据赋作所含字词命篇致异名。

《暑赋》

《暑赋》篇名，属于据赋作所含字词命篇，另有异名 1 例。

---

① （清）姚振宗：《后汉艺文志》，《续修四库全书》第 914 册，第 399 页。

② （唐）徐坚：《初学记》，第 55 页。（清）陈元龙：《历代赋汇》，《四库全书》第 1422 册，第 369 页。（清）张英：《渊鉴类函》，岁时部，第 14 页。（清）张玉书：《佩文韵府》，第 1325 页。

③ （清）陈廷敬：《御选唐诗》，《四库全书》第 1446 册，第 465 页。

④ （清）张廷玉：《骈字类编》，《四库全书》第 1000 册，第 447 页。

⑤ 费振刚、胡双宝、宗明华辑校《全汉赋》，第 635 页。

1.《酷暑赋》。《杜诗详注》卷二十《简吴郎司法》注："繁钦《酷暑赋》：'蒸我层轩。'"①

案，《酷暑赋》篇名侧重暑气酷烈。简全差异兼侧重差异致异名。

《建章凤阙赋》

《建章凤阙赋》篇名，属于据赋作所涉地点命篇，另有异名3例。

1.《建章凤楼阙赋》。《水经注笺》卷十九："繁钦《建章凤楼阙赋》曰：'秦汉规模，廓然毁泯。唯建章凤阙岿然独有，虽非象魏之制，亦一代之巨观也。'"《骈志》卷十一："繁钦《建章凤楼阙赋》曰：'秦汉规模，廓然毁泯。惟建章凤阙岿然独存。'"②

案，《说文·门部》："阙，门观也。"③ 楼阙泛指楼阁宫殿。《史记·苏秦列传》："前有楼阙轩辕，后有长姣美人。"④《建章凤楼阙赋》篇名侧重地点。侧重差异兼简全差异致异名。

2.《凤阙赋》。《御选唐诗》卷十七《奉和圣制从蓬莱向兴庆阁道中留春雨中春望之作》注："繁钦《凤阙赋》：'筑双凤之崇阙，表大路以遐通。'"⑤《韵补》卷一"洞"注："繁钦《凤阙赋》：'桥不雕兮木不奢，反淳丽兮踵玄洞，阐所迹兮起遐踪。'"《正字通》巳集上"洞"注："繁钦《凤阙赋》：'桥不雕兮木不龙，反淳丽兮踵伭洞，阐所迹兮起遐踪。'"⑥ 简全差异致异名。

3.《建章》。《三辅黄图》卷二："繁钦《建章》序云：'秦汉规模，廓然泯毁。惟建章凤阙耸然独存，虽非象魏之制，亦一代之巨观。'"《历代帝王宅京记》卷五："繁钦《建章》序云：'秦汉规模，廓然毁泯。惟建章凤阙岿然独存，虽非象魏之制，亦一代之巨观也。'"⑦ 简全差异兼侧

---

① （唐）杜甫撰，（清）仇兆鳌注《杜诗详注》，《四库全书》第1070册，第788页。
② （南北朝）郦道元撰，（明）朱谋㙔注《水经注笺》，明万历四十三年李长庚刻本，第244叶。（明）陈禹谟：《骈志》，《四库全书》第973册，第309页。
③ （汉）许慎撰，（清）段玉裁注《说文解字注》，第588页。
④ （汉）司马迁：《史记》，第2248页。
⑤ （清）陈廷敬：《御选唐诗》，《四库全书》第1446册，第550页。
⑥ （宋）吴棫：《韵补》，第14叶。（明）张自烈：《正字通》，《续修四库全书》第235册，第16页。
⑦ （汉）佚名：《三辅黄图》，《四部丛刊》三编第586册，第609页。（清）顾炎武：《历代帝王宅京记》，《四库全书》第572册，第623页。

重宫殿名致异名。

《征天山赋》

《征天山赋》篇名，属于据赋作所涉地点及创作缘由命篇，另有异名
1 例、误名 1 例。

异名：

1.《撰征赋》。《太平御览》卷三百五十三："繁钦《撰征赋》曰：
'左骑雄戟，右攒干将。'"①

案，文句实属《征天山赋》。《征天山赋》篇名侧重征讨地点，《撰征
赋》篇名侧重撰赋行为。侧重差异致异名。

误名：

1.《撰正赋》。《后汉艺文志》卷四："严氏文编辑本有《暑赋》、
《抑检赋》、《明□赋》、《愁思赋》（一作秋思）、《弭愁赋》、《述征赋》、
《述行赋》（一作遂行）、《避地赋》、《征天山赋》（一作《撰正赋》）、
《建章凤阙赋》、《三胡赋》、《桑赋》、《柳赋》。"②

案，"正"乃与"征"音近形似而讹，致误名。

《述行赋》

《述行赋》篇名，属于据赋作创作缘由命篇，另有异名 1 例。

1.《遂行赋》。《史记》卷三十三《鲁周公世家》集解："故繁钦《遂
行赋》云：'涉洙泗而饮马，耻少长之断断'是也。"《文选笺证》卷三十
一、《文选旁证》卷四十三均转引前引，但称《集解》为《索隐》。《过庭
录》卷十一引同《集解》。《佩文韵府》卷十一"断断"注："繁钦《遂
行赋》：'涉洙泗而饮马，耻少长之断断。'"③

案，该句《全上古三代秦汉三国六朝文》全后汉文卷九十三归属于

---

① （宋）李昉：《太平御览》，第 1623 页。

② （清）姚振宗：《后汉艺文志》，《续修四库全书》第 914 册，第 399 页。

③ （汉）司马迁：《史记》，第 1548 页。（梁）萧统编，（清）胡绍煐笺证《文选笺证》，
《续修四库全书》第 1582 册，第 384 页。（清）梁章钜：《文选旁证》，《续修四库全书》
第 1581 册，第 676 页。（清）宋翔凤：《过庭录》，清咸丰浮溪精舍刻本，《续修四库全
书》第 1157 册，第 512 页。（清）张玉书：《佩文韵府》，第 476 页。

《述行赋》。① 赋作除上述两句外另存"茫茫河滨，实多沙尘"。"按'述'与'遂'通。《史记·鲁周公世家》：'东门遂杀適立庶。'索隐：'遂，《系本》并作述。'"② 通假致异名。

综上，繁钦赋作异名类型为：1. 据文命篇致异名（侧重差异，据赋作所含字词）；2. 简全差异致异名；3. 字形差异致异名（通假字）。误名类型：1. 乱（篇名混淆）；2. 讹（字形讹误）。

六十二　卞兰

卞兰赋作有《赞述太子赋》《许昌宫赋》《美人赋》《七牧》4 篇。《赞述太子赋》1 篇出现篇名分歧（25%），考辨如下。

《赞述太子赋》

《赞述太子赋》篇名，属于据赋作创作缘由及所涉人物命篇，另有异名 2 例。

1.《太子赋》。《韵补》卷一"獣"注："魏卞兰《太子赋》：'超古人之遐踪，崇先圣之弘基。耽八素之秘奥，遵二仪于大獣。'"《正字通》巳集下"獣"注："魏卞兰《太子赋》：'超古人之遐迹，崇先圣之弘基。耽八素之秘奥，遵二仪之大獣。'"③ 《古今通韵》卷二注："魏卞兰《太子赋》：'崇先圣之弘基，遵二仪于大獣。'"④ 简全差异致异名。

2.《赞太子赋》。《渊鉴类函》卷五十九"卞赋温箴"注："卞兰《讚太子赋》曰：'窃见所作《典论》及诸赋颂，沈思泉涌，华藻云浮。听之忘味，奉读无倦。'"⑤《李义山文集笺注》卷二《为濮阳公论皇太子表》注："魏卞兰《讚太子赋》：'窃见所作《典论》及诸赋颂，奉读无倦。'"⑥《初学记》卷十"卞赋温箴"注："卞兰《赞太子赋》曰：'切见

① （清）严可均辑《全上古三代秦汉三国六朝文》，第 976 页。
② 王辉编著《古文字通假字典》，第 580 页。
③ （宋）吴棫：《韵补》，第 26 叶。（明）张自烈：《正字通》，《续修四库全书》第 235 册，第 92 页。
④ （清）毛奇龄：《古今通韵》，《四库全书》第 242 册，第 38 页。
⑤ （清）张英：《渊鉴类函》，储宫部，第 4 页。
⑥ （唐）李商隐撰，（清）徐炯笺注《李义山文集笺注》，《四库全书》第 1082 册，第 272 页。

所作《典论》及诸赋颂，沉思泉涌，华藻云浮。听之忘味，奉读无倦。'"① 案，"'讚''赞'的后起字。"② 简全差异兼古今字致异名。

综上，卞兰赋作异名类型为：1. 简全差异致异名；2. 字形差异致异名（古今字）。

六十三　刘协

汉献帝刘协赋作有《嘉瑞赋》《皇德赋》2 篇，均残。《皇德赋》1 篇出现篇名分歧（50%），考辨如下。

《皇德赋》

《皇德赋》篇名，属于据赋作文意命篇，另有存疑名 1 例，俟考。

1.《星德赋》。《北堂书钞》卷二十"蔽天光"注："刘协《星德赋》。"③

案，《渊鉴类函》卷五十六"蔽天光"注："刘协《皇德赋》。"④ 赋残，存疑俟考。"皇"字，法藏敦煌文献 P.2305《妙法莲华经讲经文》："抛🐾宫心不悋，伏事仙人意却专。"P.3405《水旱霜蝗之事》："今者我🐾理国，子育黎元。"⑤ 与"星"形近易混。

六十四　曹丕

曹丕汉代赋作有《沧海赋》《蔡伯喈女赋》《述征赋》《浮淮赋》《弹棋赋》《戒盈赋》《感离赋》《哀己赋》《出妇赋》《登台赋》《登城赋》《临涡赋》《校猎赋》《寡妇赋》《济川赋》《离居赋》《玉玦赋》《柳赋》《迷迭赋》《悼夭赋》《莺赋》《玛瑙勒赋》《愁霖赋》《槐赋》《大暑赋》《车渠碗赋》《永思赋》《思亲赋》《喜霁赋》，《正情赋》存目，共 30 篇。⑥《浮淮赋》《哀己赋》《登城赋》《临涡赋》《校猎赋》《迷迭赋》

① （唐）徐坚：《初学记》，第 232 页。
② 王力主编《王力古汉语字典》，第 1306 页。
③ （唐）虞世南：《北堂书钞》，第 47 页。
④ （清）张英：《渊鉴类函》，帝王部，第 77 页。
⑤ 黄征：《敦煌俗字典》，第 317 页。
⑥ 曹丕还有其他作于三国时期的赋作，未纳入本书论述范围。

《玛瑙勒赋》《愁霖赋》8 篇出现篇名分歧（26.67%），考辨如下。

《浮淮赋》

《浮淮赋》篇名，属于据赋作所涉地点命篇，另有异名 1 例、误名 1 例。

异名：

1.《泝淮赋》。《北堂书钞》卷一百三十七"泛舟万艘"注："魏文帝《泝淮赋》序云：'建安十四年，王师自谯东征。大兴水军，泛舟万艘。时余从行，始入淮口，行薄东山，睹师徒，观旌帆，赫哉盛矣。虽孝武盛唐之时，舳舻千里，殆不过之。'"①

案，曹丕《浮淮赋》："泝淮水而南迈兮，泛洪涛之湟波。……浮飞舟之万艘兮，建干将之铦戈。"② 取赋中"泝淮"二字命篇。《尔雅·释水》："逆流而上曰泝洄，顺流而下曰泝游。"③ 换词兼据赋作所含字词命篇致异名。

误名：

1.《沂淮赋》。《太平御览》卷七百七十："魏文帝《沂淮赋》曰：'建安十四年，王师东征，泛舟万艘。'"④

案，文句实属曹丕《浮淮赋》，又称《泝淮赋》，见前文。《说文·水部》："沂，沂水。出东海费东，西入泗。"⑤ 当作"泝"，"沂"乃与"泝"形近而讹。银雀山汉简《孙子兵法·行军》3368："……交军沂泽之中……""简文'沂'字疑为'泝'之形误。"⑥ 字形近讹误致误名。

《哀己赋》

《哀己赋》篇名，属于据赋作创作缘由命篇，另有误名 1 例。

1.《哀已赋》。《玉台新咏》卷三陆云《为顾彦先赠妇往返四首》注："魏文帝《哀已赋》：'蒙君子之博爱，垂过望之渥恩。'"⑦

---

① （唐）虞世南：《北堂书钞》，第 562 页。

② 魏宏灿校注《曹丕集校注》，安徽大学出版社，2009，第 89 页。

③ 《尔雅》，第 64 页。

④ （宋）李昉：《太平御览》，第 3414 页。

⑤ （汉）许慎撰，（清）段玉裁注《说文解字注》，第 538 页。

⑥ 银雀山汉墓竹简整理小组编《银雀山汉墓竹简·孙子兵法》，第 67~68 页。

⑦ （南北朝）徐陵辑，（清）吴兆宜注，（清）程际盛删补《玉台新咏》，《续修四库全书》第 1588 册，第 531 页。

案，文句实属曹丕《哀己赋》。"己"字，浙敦 27《大智度论》："佛弟子天丰，躬率**己**财，兼劝有心。"英藏 S.5454《千字文》："靡恃**己**长。"① "已"乃与"己"形近而讹，致误名。

《登城赋》

《登城赋》篇名，属于据赋作创作缘由命篇，另有异名 2 例。

1. 歌。《正字通》申集下"裔"注："魏曹丕歌：'水幡幡其长流，鱼裔裔而东驰。'"②

案，文句属曹丕《登城赋》。赋前部分为四言，后为六言，对仗工整，类似歌。赋、歌混融致异名。

2.《登楼赋》。《古今事文类聚》前集卷六："'孟春之月，惟岁权舆。和风初畅，有穆其舒。'魏文帝《登楼赋》。"③

案，曹丕《登城赋》："驾言东道，陟彼城楼。逍遥远望，乃欣以娱。"④ 城楼连言，换词兼据赋作所含字词命篇致异名。

《临涡赋》

《临涡赋》篇名，属于据赋作所涉地点命篇，另有误名 1 例。

1.《临浊赋》。《庾子山集》卷四《伤王司徒褒》注："陆刿《邺中记》曰：'魏文帝云：余从上拜坟墓，遵渭水，徜徉乎高树下，驻马书鞭，为《临浊赋》。'"《说文解字义证》卷三十"驻"注："魏文帝《临浊赋》：'驻马书鞭。'"⑤

案，曹丕《临涡赋》序："上建安十八年至谯，余兄弟从上拜坟墓，遂乘马游观，经东园，遵涡水，相佯乎高树之下，驻马书鞭，作临涡之赋。"⑥

① 黄征：《敦煌俗字典》，第 344 页。
② （明）张自烈：《正字通》，《续修四库全书》第 235 册，第 457 页。
③ （宋）祝穆：《古今事文类聚》，《四库全书》第 925 册，第 99 页。
④ 魏宏灿校注《曹丕集校注》，第 103 页。
⑤ （南北朝）庾信撰，（清）倪璠注《庾子山集》，《四库全书》第 1064 册，第 457 页。
　　（清）桂馥：《说文解字义证》，《续修四库全书》第 210 册，第 210 页。
⑥ 魏宏灿校注《曹丕集校注》，第 95 页。

涡水流经豫州谯。①《水经注·洛水》："洛水又东浊水注之。"② 洛水在并州、司隶校尉部境内。③ 则浊水与涡水为不同水系。"浊"乃与"涡"形近而讹，致误名。

《校猎赋》

《校猎赋》篇名，属于据赋作所铺陈事件命篇，另有异名 1 例。

1.《较猎赋》。《佩文韵府》卷十八"甘炰"注："魏文帝《较猎赋》：'颁授甘炰，飞酌清酤。割鲜野享，举爵鸣鼓。'"④

案，《说文解字注》："故其引申为计较之'较'，亦作'校'，俗作'挍'。"⑤ 换词命篇兼字形差异致异名。

《迷迭赋》

《迷迭赋》篇名，属于据赋作所含字词命篇，另有异名 1 例、误名 1 例。

异名：

1.《迷迭香赋》。《陈氏香谱》卷四、《汉魏六朝百三家集》卷二十四、《香乘》卷二十八、《历代赋汇》卷一百一十九作《迷迭香赋》，全文载录。⑥《四库全书考证》卷九十四："《迷迭香赋》：'重妙叶于纤枝兮，扬修干而结茎。'"⑦ 迷迭香简省为迷迭，简全差异致异名。

误名：

1.《迷送赋》。《太平御览》卷九百八十二："魏文帝《迷送赋》曰：'余种迷送于中庭，嘉其杨条吐香，馥有令芳，乃为之赋曰……'"⑧ 文句实属曹丕《迷迭赋》。"送"乃与"迭"形近而讹，致误名。

---

① 谭其骧主编《中国历史地图集》第二册，第 44～45 页。
② （北魏）郦道元撰，（清）王先谦校《合校水经注》，中华书局，2012，第 241 页。
③ 谭其骧主编《中国历史地图集》第二册，第 59～60 页。
④ （清）张玉书：《佩文韵府》，第 814 页。
⑤ （汉）许慎撰，（清）段玉裁注《说文解字注》，第 722 页。
⑥ （宋）陈敬：《陈氏香谱》，《四库全书》第 844 册，第 337 页。（明）张溥：《汉魏六朝百三家集》，《四库全书》第 1412 册，第 591 页。（明）周嘉胄：《香乘》，《四库全书》第 844 册，第 576 页。（清）陈元龙：《历代赋汇》，《四库全书》第 1421 册，第 529 页。
⑦ （清）王太岳：《四库全书考证》，第 2083 叶。
⑧ （宋）李昉：《太平御览》，第 4349～4350 页。

《玛瑙勒赋》

《玛瑙勒赋》篇名，属于据赋作所含字词命篇，另有异名 2 例。

1.《碼磖勒赋》。《分门集注杜工部诗》卷十《郑驸马宅宴洞中》注："文帝《碼磖勒赋》，赋曰：'碼磖，玉属也，出自西域，文理交错，有似马脑，故其方人因以名之。'"①

2.《玛瑙赋》。《杜诗详注》卷一《郑驸马宅宴洞中》注："魏文帝《玛瑙赋》序曰：'玛瑙，玉属也，出自西域。文理交错，有似马脑，因以名之。'"②

案，"'玛瑙'，字亦作'碼磖'。"③《玛瑙勒赋》篇名侧重马勒，《玛瑙赋》《碼磖赋》篇名侧重材质。简全差异兼侧重差异、字形差异，致异名。

《愁霖赋》

《愁霖赋》篇名，属于据赋作所含字词命篇，另有异名 1 例。

1.《秋霖赋》。《分门集注杜工部诗》卷一《秋雨叹三首·又吟》注、《补注杜诗》卷一《秋雨叹三首·又吟》注、《杜诗详注》卷三《秋雨叹三首》注："魏文帝《秋霖赋》：'悲白日之不旸。'"④

案，与之同时之作⑤的曹植《愁霖赋》："迎朔风而爱迈兮，雨微微而逮行。"⑥ 表明季节为深秋冬节，故称《秋霖赋》。《愁霖赋》篇名侧重情感，《秋霖赋》篇名侧重季节。侧重差异致异名。

综上，曹丕汉赋异名类型为：1. 换词命篇；2. 据文命篇致异名（据赋作所含字词，侧重差异）；3. 简全差异致异名；4. 文体混融致异名（赋、歌混融）；5. 字形差异致异名（异体字）。误名类型为：讹（字形近讹误）。

---

① （唐）杜甫撰，（宋）王洙注《分门集注杜工部诗》，《续修四库全书》第 1306 册，第 413 页。

② （唐）杜甫撰，（清）仇兆鳌注《杜诗详注》，第 48 页。

③ 王力主编《王力古汉语字典》，第 722 页。

④ （唐）杜甫撰，（宋）王洙注《分门集注杜工部诗》，《续修四库全书》第 1306 册，第 277 页。（唐）杜甫撰，（宋）黄希原本、黄鹤补注《补注杜诗》，《四库全书》第 1069 册，第 56 页。（唐）杜甫撰，（清）仇兆鳌注《杜诗详注》，第 219 页。

⑤ 彭春艳：《汉赋系年考证》，第 351～352 页。

⑥ （魏）曹植著，赵幼文校注《曹植集校注》，第 52 页。

六十五　曹植

曹植汉代赋作有《酒赋》《鹦鹉赋》《静思赋》《离思赋》《述行赋》《述征赋》《出妇赋》《登台赋》《叙愁赋》《感婚赋》《东征赋》《游观赋》《迷迭香赋》《神龟赋》《洛阳赋》《愁霖赋》《思归赋》《藉田赋》《大暑赋》《慰子赋》《槐赋》《车渠碗赋》《鹖赋》《七启》《娱宾赋》《宴乐赋》《释思赋》《橘赋》《宝刀赋》《节游赋》《九华扇赋》《离缴雁赋》《喜霁赋》，《孔雀赋》《芙蓉赋》，存目，共35篇。①《登台赋》《愁霖赋》《大暑赋》《慰子赋》《出妇赋》《槐赋》《宴乐赋》《橘赋》《九华扇赋》《离缴雁赋》《芙蓉赋》11篇出现篇名分歧（31.43％）。

《登台赋》

《登台赋》篇名，属于据赋作所含字词命篇，另有异名2例。

1.《铜爵台赋》。《三国志文类》卷五十八："陈思王植《铜爵台赋》"，全文载录。②《御选唐诗》卷一唐太宗《帝京篇》注："曹植《铜爵台赋》：'建高门之嵯峨兮，浮双阙于太清。'"卷二张文琮《同潘屯田冬日早朝》注引同前，"于"作"乎"。③《佩文韵府》卷五"日月晖"注："曹植《铜爵台赋》：'同天地之规量兮，齐日月之晖光。'"卷九十五"双阙"注："《魏志·陈思王植传》植《铜爵台赋》曰：'建高门之嵯峨兮，浮双阙乎太清。立中天之华观兮，连飞阁乎西域。'"④

案，"'爵'古通'雀'"。⑤据赋作所涉地点命篇兼通假致异名。

2.《铜雀台赋》。《杜诗详注》卷一《赠特进汝阳王二十韵》注："曹植《铜雀台赋》：'从明后而嬉游兮。'"⑥《河南通志》卷七十二作《铜雀台赋》，全文载录。⑦

案，曹丕《登台赋》："建安十七年春，上游西园，登铜雀台，命余

---

① 曹植还有其他作于三国时期的赋作，未纳入本书论述范围。
② （宋）佚名：《三国志文类》，《四库全书》第1361册，第772页。
③ （清）陈廷敬：《御选唐诗》，《四库全书》第1446册，第101、118页。
④ （清）张玉书：《佩文韵府》，第183、3672页。
⑤ 吴昌恒等编《古今汉语实用词典》，第916页。
⑥ （唐）杜甫撰，（清）仇兆鳌注《杜诗详注》，第62页。
⑦ （清）王士俊：《河南通志》，《四库全书》第538册，第372页。

兄弟并作。"① 故称《铜雀台赋》。据赋作所涉地点命篇致异名。

《愁霖赋》

《愁霖赋》篇名，属于据赋作创作缘由命篇，另有异名1例。

1.《秋霖赋》。《韩昌黎诗集编年笺注》卷五《雨中寄孟刑部几道联句》注："曹植《秋霖赋》：'车结辙以盘桓兮，马踯躅以悲鸣。'"②

案，文句属曹植《愁霖赋》。《愁霖赋》篇名侧重情感，《秋霖赋》篇名侧重季节。侧重差异兼据赋作所含字词命篇致异名。

《大暑赋》

《大暑赋》篇名，属于据赋作所含字词命篇，另有异名1例。

1.《暑赋》。《佩文韵府》卷六十一"绝综"注："曹植《暑赋》：'机女绝综，农夫释耘。'"③

案，《大暑赋》篇名侧重暑热程度及时节。简全差异兼侧重差异致异名。

《慰子赋》

《慰子赋》篇名，属于据赋作创作缘由命篇，另有异名2例。

1.《思子赋》。《正字通》辰集下"歗"注："曹植《思子赋》：'况中殇之爱子兮，乃千秋而不见。入空室而独倚兮，对床帏而切叹。'"《古今通韵》卷十注："曹植《思子赋》：'况中伤之爱子，乃千秋而不见。入空室而独倚，对床帷而切叹。'"④

案，文句属曹植《慰子赋》。曹植《慰子赋》："惟逝者之日远，怆伤心而绝肠。"⑤ "思"有思念、悲伤义。如《长歌行》："远望使心思，游

---

① 魏宏灿校注《曹丕集校注》，第102页。
② （唐）韩愈撰，（清）方世举笺注《韩昌黎诗集编年笺注》，《续修四库全书》第1310册，第347页。
③ （清）张玉书：《佩文韵府》，第2289页。
④ （明）张自烈：《正字通》，《续修四库全书》第234册，第579页。（清）毛奇龄：《古今通韵》，《四库全书》第242册，第207页。
⑤ （三国）曹植：《曹子建集》，《四库全书》第1063册，第268页。

子恋所生。"① 曹植《幽思赋》："仰清风以叹息，寄予思于悲弦。"② 故称《思子赋》。换词命篇致异名。

2.《慰子赋》。《六朝诗集》陈思王集卷一作《慰子赋》，全文载录。③

案，《说文·心部》："慰，安也。""愍，痛也。"④ 故称《愍子赋》。换词命篇致异名。

《出妇赋》

《出妇赋》篇名，属于据赋作创作缘由命篇，另有误名1例。

1.《愍子赋》。《北堂书钞》卷八十四"奉公子之裳衣"注："曹植《愍子赋》云：'妾秽宗之西子，蒙日月之余辉。委薄躯于贵戚，奉公子之裳衣。'"⑤

案，文句属曹植《出妇赋》。同一作者不同作品篇名混淆致讹误。

《槐赋》

《槐赋》篇名，属于据赋作所咏对象命篇，另有异名1例。

1.《槐树赋》。《初学记》卷二十八："魏曹植《槐树赋》：'羡良木之华丽，爰获贵于至尊。冯文昌之华殿，森列峙于端门。观朱榱以振条，据文陛而结根。扬阴沉以溥覆，似明后之垂恩。'"⑥《全上古三代秦汉三国六朝文》全三国文卷十四作《槐树赋》，全文载录。⑦ 案，槐树简省为槐，简全差异致异名。

《宴乐赋》

《宴乐赋》篇名，属于据赋作所铺陈事件命篇，另有异名1例。

1.《乐赋》。《编珠》卷二："曹植《乐赋》曰：'乌鸟起舞，凤凰欢笙。'"《渊鉴类函》卷一百九十"凤凰吹"注："曹植《乐赋》：'乌鸟起

---

① （宋）郭茂倩：《乐府诗集》，中华书局，2003，第443页。

② （清）严可均辑《全上古三代秦汉三国六朝文》，第1124页。

③ （明）佚名：《六朝诗集》，明嘉靖刻本，《续修四库全书》第1589册，第50页。

④ （汉）许慎撰，（清）段玉裁注《说文解字注》，第506、512页。

⑤ （唐）虞世南：《北堂书钞》，第315页。

⑥ （唐）徐坚：《初学记》，第689页。

⑦ （清）严可均辑《全上古三代秦汉三国六朝文》，第1129页。

舞,凤凰吹笙。'"①

案,二者疑为同一赋作。②《宴乐赋》篇名侧重宴会场合,《乐赋》篇名侧重乐。汉代宴饮上有乐舞百戏,见诸传世文献及众多出土汉画像石。简全差异兼侧重差异致异名。

《橘赋》

《橘赋》篇名,属于据赋作所含字词命篇,另有异名1例。

1.《植橘赋》。《六朝诗集》陈思王集卷二、《汉魏六朝百三家集》卷二十六、《历代赋汇》卷一百二十七作《植橘赋》,全文载录。③《樊南文集补编》卷四《为荥阳公贺幽州张相公状》注:"曹植《植橘赋》:'处元朔之肃清。'"④

案,《曹子建集》卷三作《橘赋》,并考辨:"程张作《植橘赋》,《艺文》八十六、《初学记》二十八、《御览》九百六十六皆无'植',系误合标题连写也,今删。"⑤曹植《橘赋》:"播万里而遥植,列铜爵之园廷。"⑥当是据赋作所含"植"字命篇致异名。

《九华扇赋》

《九华扇赋》篇名,属于据赋作所含字词命篇,另有异名1例。

1.《扇赋》。《温飞卿诗集笺注》卷三《猎骑》注:"曹植《扇赋》:'效龙蛇之蜿蜒。'"⑦《初学记》卷十九"美妇人·南威西子"注、《太平御览》卷三百八十一:"曹植《扇赋》曰:'情驰荡而外得,心悦豫而内安。增吴氏之姣好,发西子之玉颜。'"《全上古三代秦汉三国六朝文》全三国文卷十四录《扇赋》、《渊鉴类函》卷二百五十五"美妇人·南威西

---

① (隋)杜公瞻:《编珠》,第25叶。(清)张英:《渊鉴类函》,乐部,第26页。

② 程章灿:《魏晋南北朝赋史》,第356页。

③ (明)佚名:《六朝诗集》,《续修四库全书》第1589册,第59页。(明)张溥:《汉魏六朝百三家集》,《四库全书》第1412册,第648页。(清)陈元龙:《历代赋汇》,《四库全书》第1421册,第633页。

④ (唐)李商隐撰,(清)钱振常注《樊南文集补编》,《续修四库全书》第1312册,第630页。

⑤ (三国)曹植撰,(清)丁晏诠评《曹子建集》,《续修四库全书》第1303册,第594页。

⑥ (魏)曹植著,赵幼文校注《曹植集校注》,第59页。

⑦ (唐)温庭筠撰,(明)曾益笺注《温飞卿诗集笺注》,《四库全书》第1082册,第475页。

子"注引曹植《扇赋》，文字同前。①《北堂书钞》卷一百三十四"九华"注："曹植《扇赋》云：'先君侍汉桓帝，赐尚方竹扇。不方不圆，其中结成文，名曰九华，故为此赋。'"②《御选唐诗》卷三十一王昌龄《长信秋词》注："曹植《扇赋》：'发西子之玉颜。'"③《佩文韵府》卷十五"玉颜"注："曹植《扇赋》：'增吴氏之姣好，发西子之玉颜。'"④

案，《九华扇赋》篇名侧重扇之花纹。九华扇省略为扇。简全差异兼侧重差异致异名。

《离缴雁赋》

《离缴雁赋》篇名，属于据赋作所咏对象命篇，另有异名3例。

1.《罹缴雁赋》。《说文解字义证》卷九"缴"注："曹植《罹缴雁赋》：'望范氏之发机兮，播纤缴以凌云。'"⑤《说文解字句读》卷七"缴"注："曹植《罹缴雁赋》：'播纤缴以凌云。'"⑥

案，《说文新附考》："'罹'，心忧也，从网未详。古多通用'离'。"⑦《诗经·王风·兔爰》："雉离于罿。"⑧《国语·晋语》："可以免于难，而离桓之罪，以亡于楚。"⑨ 通假致异名。

2.《缴雁赋》。《初学记》卷三十："魏曹植《缴雁赋》：'怜孤雁之偏特兮，情怅焉而内伤。寻淑类之殊异兮，禀上天之休祥。含中和之纯气兮，赴四节而征行。远玄冬于南裔兮，避炎夏于朔方。白露凄以飞扬兮，秋风发乎西商。感节运之复至兮，假魏道而翱翔。接羽翮以南北兮，情逸豫而永康。望范氏之发机兮，播纤缴以凌云。挂微躯之轻翼兮，忽颓落而离群。旅朋惊而鸣逝兮，徒矫首而莫闻。'"⑩ 文句属曹植《离缴雁赋》。

---

① （唐）徐坚：《初学记》，第455页。（宋）李昉：《太平御览》，第1759页。（清）严可均辑《全上古三代秦汉三国六朝文》，第1128页。（清）张英：《渊鉴类函》，人部，第43页。

② （唐）虞世南：《北堂书钞》，第539页。

③ （清）陈廷敬：《御选唐诗》，《四库全书》第1446册，第1001页。

④ （清）张玉书：《佩文韵府》，第627页。

⑤ （清）桂馥：《说文解字义证》，《续修四库全书》第209册，第297页。

⑥ （清）王筠：《说文解字句读》，《续修四库全书》第217册，第106页。

⑦ （清）郑珍：《说文新附考》，《续修四库全书》第223册，第299页。

⑧ 周振甫译注《诗经译注》，第94页。

⑨ 徐元诰撰，王树民、沈长云校《国语集解》，中华书局，2019，第465页。

⑩ （唐）徐坚：《初学记》，第736页。

省略"离"，简全差异致异名。

3.《雁赋》。《佩文韵府》卷二十六"函牛"注："曹植《雁赋》：'甘充君之下厨，膏函牛之鼎镬。'"卷一百二"偏特"注："曹植《雁赋》：'怜孤雁之偏特，情惆怅焉内伤。'"①

案，曹植《离缴雁赋》："余游于玄武陂中，有雁离缴，不能复飞，顾命舟人追而得之，故怜而赋焉！"② 简全差异致异名。

《芙蓉赋》

《芙蓉赋》篇名，属于据赋作所含字词命篇，另有异名1例。

1.《美芙蓉赋》。《太平御览》卷九百九十九："曹植《美芙蓉赋》曰：'竦芳柯以从风兮，奋纤枝之璀璨。其始荣也，皦若夜光寻扶木。其扬辉也，晃若九阳出旸谷。'"③

案，《芙蓉赋》篇名侧重赋作所咏对象，《美芙蓉赋》篇名侧重观感。侧重差异兼简全差异致异名。

综上，曹植赋异名类型为：1. 据文命篇致异名（据赋作所含字词、赋作所涉地点，侧重差异）；2. 简全差异致异名；3. 换词命篇致异名；4. 字形差异致异名（通假字）。误名类型为：乱（篇名混淆）。

统计下来，汉代65位赋作者名下出现篇名分歧的赋作203篇，异名318条，误名121条，存疑名17条（见表2）。

表2　汉赋篇名分歧汇总

作者	参照名	异名	误名	存疑名	分歧名总数
1. 刘友	《临终歌》	《拘幽词》	/	/	8
		《幽歌》			
		《赵幽王歌》			
		《赵幽王友歌》			
		《赵王友歌》			
		《赵王之歌》			
		《赵王歌》			
		诗			

① （清）张玉书：《佩文韵府》，第1320、4114页。
② （魏）曹植著，赵幼文校注《曹植集校注》，第100页。
③ （宋）李昉：《太平御览》，第4420页。

作者	参照名	异名	误名	存疑名	分歧名总数
2. 陆贾	《孟春赋》	《感春赋》	/	/	1
3. 贾谊	《吊屈原赋》	《怀长沙》	/	/	11
		《湘水赋》			
		《度湘水赋》			
		《渡湘赋》			
		《怀湘赋》			
		《吊湘赋》			
		《吊屈赋》			
		《吊屈原》			
		《吊屈平》			
		《吊屈原辞》			
		《吊屈原文》			
	《鹏鸟赋》	《离骚赋》	《鹦鹉赋》《鹤赋》	/	8
		《诘鹏赋》			
		《鹏赋》			
		《服鸟赋》			
		《服赋》			
		《鵩鸟赋》			
	《旱云赋》	《白云赋》	/	/	1
	《簴赋》	《虡赋》	《真簴赋》《虚赋》	/	8
		《筍虡赋》			
		《筍簴赋》			
		《筍籧赋》			
		《枸虡赋》			
		《簴铭》			

作者	参照名	异名	误名	存疑名	分歧名总数
4. 邹阳	《酒赋》	《酉赋》 文赋	《恬赋》	/	3
5. 路乔如	《鹤赋》	/	《雒赋》	/	1
6. 羊胜	《屏风赋》	《屏赋》	/	/	1
7. 枚乘	《七发》	/	《七启》 《七激》	/	2
	《柳赋》	《梁孝王忘忧馆柳赋》 《忘忧馆柳赋》 《细柳赋》	/	/	3
	《梁王菟园赋》	《修竹赋》 《梁苑赋》 《兔园赋》 《菟园赋》	《梁苑园赋》 《兑园赋》	/	6
8. 刘胜	《文木赋》	《木赋》	/	/	1
9. 孔臧	《谏格虎赋》	《格虎赋》	《谏虎赋》		2
	《蓼虫赋》	《蓼赋》 《食蓼虫赋》	/		2
	《杨柳赋》	《柳赋》	/	/	1
10. 董仲舒	《士不遇赋》	《感士不遇赋》 《不遇赋》 《仕不遇赋》	《七不遇赋》	/ /	4
11. 刘安	《熏笼赋》	《薰笼赋》	/	/	1
	《招隐士》	《招隐士赋》 《招隐士词》 《招隐操》 《招隐诗》 《招隐》	/	/	5

续表

作者	参照名	异名	误名	存疑名	分歧名总数
	《美人赋》	《好色赋》	/	/	1
	《哀二世赋》	《宜春宫赋》	/	/	11
		《哀秦二世赋》			
		《秦二世赋》			
		《二世赋》			
		《哀二世》			
		《吊秦二世赋》			
		《吊二世赋》			
		《吊二世》			
		《吊胡亥》			
		《吊秦二世文》			
		《吊二世文》			
	《子虚赋》	/	《紫虚赋》	/	1
12. 司马相如	《天子游猎赋》	《上林赋》	/	/	7
		《子虚赋》			
		《乌有赋》			
		《羽猎赋》			
		《游猎赋》			
		《子虚赋》《上林赋》			
		《长林赋》			
	《长门赋》	《闲居赋》	《长文赋》	/	3
		《长门宫赋》			
	《大人赋》	《大人颂》	《火人赋》	/	3
			《李夫人赋》		
	《难蜀父老》	《谕巴蜀》	/	/	11
		《谕难蜀父老书》			
		《难蜀父老书》			
		《喻蜀书》			
		《开西南彝难蜀父老书》			
		《喻巴蜀并难蜀父老文》			
		《难蜀父老文》			
		《谕蜀文》			
		《难蜀文》			
		《蜀父老难》			
		《开西南夷难蜀父老》			
	《梨赋》	《黎赋》	/	/	1

作者	参照名	异名	误名	存疑名	分歧名总数
13. 刘彻	《悼李夫人》	《悼李夫人赋》	/	/	7
		《伤李夫人赋》			
		《伤悼李夫人赋》			
		《思李夫人赋》			
		《思怀李夫人赋》			
		《李夫人赋》			
		《伤李夫人诗词》			
14. 枚皋	《皇太子生赋》	《生太子赋》	/	/	1
15. 司马迁	《悲士不遇赋》	《士不遇赋》	/	/	2
		《悲不遇赋》			
16. 东方朔	《答客难》	《设难》	/	/	5
		《客难》			
		《解难》			
		《答难》			
		《荅难》			
	《非有先生论》	《非有先生传》	《非有仙人论》	/	2
	《蚊赋》	《隐语》	/	/	1
17. 王褒	《甘泉赋》	《甘泉宫颂》	/	/	2
		《甘泉颂》			
	《洞箫赋》	《洞箫颂》	/	/	5
		《洞箫》			
		《箫赋》			
		《洞萧赋》			
		《萧赋》			
	《九怀》	/	《九谏》	/	1
18. 刘向	《请雨华山赋》	《请雨》	/	/	1
	《雅琴赋》	《琴赋》	/	/	1
	《九叹》	/	《九谏》	/	3
			《九歌》		
			《九怀》		
	《雁赋》	/	/	《行过江上弋雁赋》	3
				《行弋赋》	
				《弋雌得雄赋》	

作者	参照名	异名	误名	存疑名	分歧名总数
19. 班婕妤	《捣素赋》	《捣衣赋》	/	/	1
	《自悼赋》	《东宫赋》	《角悼赋》《长门赋》	/	5
		《自伤悼赋》			
		《自伤赋》			
20. 桓谭	《仙赋》	《望仙赋》	/	/	2
		《集灵宫赋》			
21. 刘歆	《遂初赋》	《述初赋》	/	/	1
	《甘泉宫赋》	《甘泉赋》	/	/	1
22. 扬雄	《蜀都赋》	《蜀郡赋》	《魏都赋》	/	2
	《甘泉赋》	《甘泉宫赋》	/	/	1
	《河东赋》	《幸河东赋》	《河水赋》	/	2
	《羽猎赋》	《校猎赋》	《长杨赋》	/	4
		《挍猎赋》			
		《校猎颂》			
	《校猎赋》	《较猎赋》	/	/	1
	《长杨赋》	/	《长扬赋》	/	1
	《都酒赋》	《酒赋》	/	/	3
		《酒铭》			
		《酒箴》			
	《解难》	《客难》	《解嘲》	/	4
		《答客难》			
		《荅客难》			
	《解嘲》	/	《答客难》	/	1
	《太玄赋》	《太元赋》	/	/	3
		《泰玄赋》			
		《大玄赋》			
	《逐贫赋》	/	《遂贫赋》	/	1
	《覈灵赋》	/	/	《檄灵赋》	3
				《激灵赋》	
				《檄虚赋》	

作者	参照名	异名	误名	存疑名	分歧名总数
23. 班彪	《北征赋》	/	《幽通赋》《西征赋》	/	2
	《览海赋》	《海赋》	/	/	1
	《冀州赋》	《游居赋》	/	/	4
		《闲居赋》	《北征赋》		
		《冀州箴》			
24. 冯衍	《显志赋》	《明志赋》	《冯涓志赋》	/	4
		《述志赋》	《衍志赋》		
	《杨节赋》	《扬节赋》	/	/	1
25. 梁竦	《悼骚赋》	《悼骚》			1
26. 杜笃	《论都赋》	《论都书》	《入都赋》	/	4
		《谕客》			
		《喻客》			
	《众瑞赋》	《众瑞颂》	/		1
	《祓禊赋》	《上巳赋》	《禊祝》	/	3
		《祓禳赋》			
27. 班固	《幽通赋》	《遂志赋》	/	/	4
		《通幽赋》			
		《幽通赋》			
		《幽通颂》			
	《两都赋》《两都赋》	/	《两京赋》	/	8
			《二京赋》		
			《三都赋》		
	《东都赋》	/	《东观赋》	/	
			《东京赋》		
			《东赋》		
	《西都赋》	/	《西京赋》	/	
			《西郊赋》		
	《答宾戏》	《宾戏》	/	/	7
		《答宾戏文》			
		《荅宾戏文》			
		《畲宾戏》			

作者	参照名	异名	误名	存疑名	分歧名总数
27. 班固	《答宾戏》	《荅宾戏》	/	/	
		《答宾赋》			
		《荅宾赋》			
	《耿恭守疏勒城赋》	《守疏勒城赋》	/	/	1
	《终南山赋》	《终南颂》	/	/	3
		《终南山颂》			
		《终南赋》			
28. 傅毅	《七激》	《七激诗》	/	/	1
	《神雀赋》	《神雀颂》	/		2
		《爵颂》			
	《洛都赋》	《洛阳赋》	《洛神赋》	/	3
		《洛赋》			
	《反都赋》	/	《两都赋》	/	3
			《洛都赋》		
			《东都赋》		
	《舞赋》	《儛赋》	/	/	1
	《琴赋》	《雅琴赋》	/	/	1
	《羽扇赋》	《扇赋》	/	/	1
	《郊祀赋》	《郊祀颂》	/	/	1
29. 崔骃	《达旨》	《达指》	《达止》	/	3
		《达旨解》			
	《七依》	/	《七言》	/	2
			《七发》		
	《反都赋》	/	《及都赋》	/	1
	《大将军临洛观赋》	《临洛观春赋》	/	/	3
		《临洛观赋》			
		《洛观赋》			
	《大将军西征赋》	《西征赋》	/	/	1
	《武赋》	/	《武都赋》	/	1

作者	参照名	异名	误名	存疑名	分歧名总数
30. 黄香	《九宫赋》	/	《九官赋》	/	2
			《九成宫赋》		
31. 葛龚	《遂初赋》	/	/	《反遂初赋》	1
32. 班昭	《针缕赋》	《针赋》	/	/	1
33. 李尤	《平乐观赋》	《平乐馆赋》	《乐观赋》	/	2
	《长乐观赋》	《长乐宫词》			1
	《辟雍赋》	/	《平乐观赋》	/	2
			《长乐观赋》	/	
	《德阳殿赋》	/	《阳德殿赋》	/	4
			《阳德殿铭》		
			《景阳殿铭》		
			《阳德赋》		
	《函谷关赋》	/	《函谷关铭》	/	1
	《七欵》	/	《七款》	/	6
			《七欵》		
			《七疑》		
			《七叙》		
			《七难》		
			《士欵》		
	《果赋》	《李赋》	/	/	2
		《李果赋》			
34. 刘騊駼	《玄根赋》	《元根赋》	/	/	3
		《玄根颂》			
		《元根颂》			
35. 张衡	《定情赋》	《定情歌》	/	/	1
	《舞赋》	《七盘舞赋》	/	/	3
		《七盘赋》			
		《观舞赋》			

作者	参照名		异名	误名	存疑名	分歧名总数
35. 张衡	《二京赋》	《二京赋》	《两城赋》	/	/	6
		《西京赋》	/	《四京赋》	/	
				《西征赋》		
				《卤京赋》		
				《西凉赋》		
		《东京赋》	/	《东宫赋》		
	《应间》		《客难》	《应问》	/	3
				《应旨》		
	《思玄赋》		《忧思赋》	《思赋》	/	3
			《思元赋》			
	《七辩》		/	《七问》	/	1
	《冢赋》		/	《家赋》	/	1
	/		/	/	《东征赋》	1
					《蜀都赋》	1
36. 崔瑗	《七苏》		/	《七厉》	/	2
				《七依》		
37. 张升	《白鸠赋》		《白鸠颂》	/	/	1
38. 崔琦	《白鸽赋》		《白鹤赋》	/	/	1
39. 王逸	《荔枝赋》		《瓜赋》	/	/	3
			《荔子赋》			
			《荔支赋》			
	《机赋》		《机妇赋》	/	/	1
40. 王延寿	《鲁灵光殿赋》		《灵光殿赋》	/	/	3
			《灵光赋》			
			《灵殿赋》			
	《千秋赋》		《鞦韆赋》	/	/	1
	《王孙赋》		《狖猴赋》	/	/	1

作者	参照名	异名	误名	存疑名	分歧名总数
41. 马融	《长笛赋》	《笛赋》	/	/	1
	《梁将军西第赋》	《梁冀西第赋》	/	/	6
		《西第赋》			
		《梁大将军西第颂》			
		《西第颂》			
		《高第颂》			
		《西弟颂》			
	《围棋赋》	《碁赋》	/	/	1
	《七厉》	/	《七广》	/	1
42. 崔寔	《答讥》	《客讥》	/	/	1
43. 张超	《诮青衣赋》	《讥青衣赋》	/	/	1
44. 刘琬	《神龙赋》	《龙赋》	/	/	1
45. 边让	《章华赋》	《居长饮赋》	《帝台赋》	/	6
		《游章华台赋》			
		《章华台赋》			
		《章台赋》			
		《章花赋》			
46. 崔琰	《述初赋》	《述祖赋》	/	/	4
		《遂初赋》			
		《述征赋》			
		《述征记》			
47. 蔡邕	《霖雨赋》	《愁霖赋》	/	/	2
		《霖赋》			
	《述行赋》	《述征赋》	《行述赋》	/	3
		《西征赋》			
	《释诲》	《琴歌》	《什诲》	/	4
			《诲释》		
			《清诲》		
	《琴赋》	《弹琴赋》	《琴操》	/	3
		《琴颂》			
	《汉津赋》	/	《汉律赋》	/	1
	《伤故栗赋》	《栗赋》	《胡栗赋》	/	2
	《静情赋》	《检逸赋》	/	/	1
	《协初赋》	《协和婚赋》	《协和笙赋》	/	4
		《协初昏赋》			
		《协和赋》			
	《瞽师赋》	/	《鼓师赋》	/	2
			《□师赋》		
	《团扇赋》	《圆扇赋》	/	/	2
		《扇赋》			
	《玄表赋》	《元表赋》	/	/	1

作者	参照名	异名	误名	存疑名	分歧名总数
48. 祢衡	《鹦鹉赋》	《鷾鸹赋》	/	/	2
		《鹦母赋》			
49. 赵壹	《穷鸟赋》	/	《穷鱼赋》	/	1
	《刺世疾邪赋》	《疾邪赋》	《疾世刺邪赋》	/	6
		《嫉邪赋》			
		《刺世嫉邪赋》			
		《疾邪诗》			
		《赵壹歌》			
50. 张纮	《瑰材枕赋》	《楠榴枕赋》	《瓖材枕赋》	/	2
51. 丁仪	《厉志赋》	《厉志诗》	/	/	2
		《励志赋》			
52. 丁廙	《蔡伯喈女赋》	《蔡邕女赋》	/	/	1
53. 阮瑀	《止欲赋》	《正欲赋》	/	/	1
54. 潘勖	《玄达赋》	/	/	《元达赋》	2
				《玄远赋》	
55. 曹操	《沧海赋》	《苍海赋》	/	/	1
56. 陈琳	《应讥》	《设难》	《应机》	/	2
	《武军赋》	/	《武库赋》	/	3
			《武库车赋》		
			《武帝赋》		
	《神武赋》	/	《武库赋》	/	1
	《止欲赋》	《正欲赋》	/	/	1
	《迷迭赋》	《迷迭香赋》	/	/	1
	《答客难》	《客难》	/	/	1
	《玛瑙勒赋》	《玛瑙赋》	/	/	1
57. 王粲	《游海赋》	《浮海赋》	/	/	2
		《海赋》			
	《浮淮赋》	/	《浮海赋》	/	1
	《投壶赋》	/	《棋赋》	/	1
	《闲邪赋》	/	《闲居赋》	《闲雅赋》	2
	《征思赋》	/	《思征赋》	/	1
	《羽猎赋》	《猎赋》	/	/	2
		《校猎赋》			
	《伤夭赋》	/	《伤天赋》	/	1

作者	参照名	异名	误名	存疑名	分歧名总数
57. 王粲	《迷迭赋》	《迷迭香赋》	/	/	1
	《白鹤赋》	《鹄赋》	/	/	1
	《玛瑙勒赋》	《玛瑙赋》	/	/	1
	《车渠椀赋》	/	《车渠枕赋》	/	1
	《大暑赋》	《暑赋》	/	/	1
	《槐树赋》	《槐赋》	/	/	1
	《鹖赋》	《鹖鸟赋》	/	/	1
58. 应玚	《灵河赋》	《河赋》	《虚河赋》	/	2
	《驰射赋》	/	《马射赋》	/	1
	《迷迭赋》	《迷迭香赋》	《迷送香赋》	/	2
	《车渠碗赋》	《车渠盌铭》	/	/	1
	《杨柳赋》	《柳赋》	/	/	1
	《撰征赋》	/	/	《征赋》	1
	《西狩赋》	/	《西符赋》	/	1
59. 刘桢	《大暑赋》	《暑赋》	/	/	1
	《清虑赋》	/	/	《清庐赋》 《清虚赋》 《绩虑赋》	3
60. 徐幹	《齐都赋》	《齐都记》	《齐朝赋》	/	2
	《西征赋》	《从征赋》 《从西戎征赋》	/	/	2
	《喜梦赋》	《嘉梦赋》	/	/	1
	《冠赋》	魏齐幹赋	《齐都赋》	/	2
	《圆扇赋》	《团扇赋》	/	/	1
61. 繁钦	《柳赋》	《柳树赋》	《抑检赋》	/	2
	《愁思赋》	《秋思赋》	/	/	1
	《暑赋》	《酷暑赋》	/	/	1
	《建章凤阙赋》	《建章凤楼阙赋》 《凤阙赋》 《建章》	/	/	3
	《征天山赋》	《撰征赋》	《撰正赋》	/	2
	《述行赋》	《遂行赋》	/	/	1

作者	参照名	异名	误名	存疑名	分歧名总数
62. 卞兰	《赞述太子赋》	《太子赋》	/	/	2
		《赞太子赋》			
63. 刘协	《皇德赋》	/	/	《星德赋》	1
64. 曹丕	《浮淮赋》	《沂淮赋》	《沂淮赋》	/	2
	《哀己赋》	/	《哀已赋》	/	1
	《登城赋》	歌	/	/	2
		《登楼赋》			
	《临涡赋》	/	《临浊赋》	/	1
	《校猎赋》	《较猎赋》	/	/	1
	《迷迭赋》	《迷迭香赋》	《迷送赋》	/	2
	《玛瑙勒赋》	《玛瑙赋》	/	/	2
		《码磶勒赋》			
	《愁霖赋》	《秋霖赋》	/	/	1
65. 曹植	《登台赋》	《铜雀台赋》	/	/	2
		《铜爵台赋》			
	《愁霖赋》	《秋霖赋》	/	/	1
	《大暑赋》	《暑赋》	/	/	1
	《慰子赋》	《思子赋》	/	/	2
		《愍子赋》			
	《出妇赋》	/	《愍子赋》	/	1
	《槐赋》	《槐树赋》	/	/	1
	《宴乐赋》	《乐赋》	/	/	1
	《橘赋》	《植橘赋》	/	/	1
	《九华扇赋》	《扇赋》	/	/	1
	《离缴雁赋》	《罹缴雁赋》	/	/	3
		《缴雁赋》			
		《雁赋》			
	《芙蓉赋》	《美芙蓉赋》	/	/	1
总计	203	318	121	17	456

　　汉赋作者名下赋作分歧程度一方面与赋作者在文学史上的地位相关，另一方面与赋创作及存佚多少有关。如王粲、曹植、蔡邕、扬雄、曹丕、张衡、傅毅、司马相如等赋作篇名分歧多，与他们在赋学史上的重要贡献及位置相关；枚皋等人赋作亡佚严重，赋作篇名分歧也相对较少。创作很少的赋作者名下赋作相应的篇名分歧少，如陆贾、刘胜等（见图3）。

　　单篇赋作篇名分歧数量则与该赋作传播、接受频次有关。203 篇有篇名分歧的汉赋，参照名之外另有 1 个分歧名的 104 篇，占 51.23%；有 2 个分歧名的 43 篇，占 21.18%；有 3 个分歧名的 27 篇，占 13.30%；有 4 个分歧名的 9 篇，占 4.43%；有 5 个分歧名的 4 篇，占 1.97%；有 6 个分歧名的 6 篇，占 2.96%；有 7 个分歧名的 3 篇，占 1.48%；有 8 个分歧名的 4 篇，占 1.97%；有 11 个分歧名的 3 篇，占 1.48%（见表2、图7）。

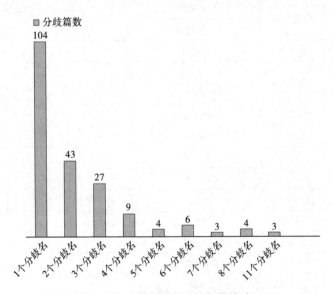

图 7　汉赋单篇篇名分歧数量统计

下编　汉赋篇名分歧归类考辨

汉赋流传过程中，篇名分歧严重，有些分歧名是符合汉赋内容的，可将之归为异名；有些分歧名则是错误的，可将之归为误名；有些分歧名就目前文献材料无法考定，则将之归为存疑名，俟考。现分异名、误名、存疑名三类进行考辨。

一　异名考辨

汉赋中 203 篇有分歧名，异名共计 456 例（见表 2）。以下按照据文命篇致异名、简全差异致异名、文体混融致异名、换词命篇致异名、文字差异致异名、避讳致异名六类进行分析。异名类型多样，且有复合两种及以上类型的，对于复合的则放在所涉主要类型部分论述。

（一）据文命篇致异名

据汉赋文本内容命篇致分歧名 93 例，依据文本内容又可细分为五小类：侧重差异 42 例、据赋作所含字词命篇 20 例、据赋作所涉地点命篇 16 例、据赋作所涉人物命篇 8 例、据赋作创作缘由命篇 7 例。

第一类，侧重差异。

1. 陆贾《孟春赋》又称《感春赋》。① 案，《友声集》铁孟居士存稿卷上："粤中忆陆贾，感春未能酬。"② 赋亡佚，疑为孟春时节有感而作。《感春赋》篇名侧重情感，《孟春赋》篇名侧重季节。

---

① （明）陈耀文：《正杨》，《四库全书》第 856 册，第 97 页。（明）杨慎：《升庵集》，《四库全书》第 1270 册，第 314 页。（清）阮葵生：《茶余客话》，《续修四库全书》第 1138 册，第 84 页。（清）田雯：《古欢堂集》，《四库全书》第 1324 册，第 172 页。

② （清）王相：《友声集》，第 135 叶。

2. 孔臧《蓼虫赋》又称《蓼赋》①《食蓼虫赋》②。案，孔臧《蓼虫赋》："睹兹茂蓼，结葩吐荣。猗那随风，绿叶紫茎。爰有蠕虫，厥状似螟。群聚其间，食之以生。"③《食蓼虫赋》《蓼虫赋》篇名侧重虫，《蓼赋》篇名侧重蓼。《食蓼虫赋》简省为《蓼虫赋》。侧重差异兼简全差异致异名。

3. 孔臧《杨柳赋》又称《柳赋》。④ 侧重差异兼简全差异致异名。

4. 司马相如《长门赋》又称《闲居赋》。⑤ 案，司马相如《长门赋》："魂逾佚而不反兮，形枯槁而独居。"⑥ 闲居为独处、独居。《大学》："小人闲居为不善，无所不至。"⑦ 赋为陈皇后退居长门宫而作，《长门赋》篇名侧重所居地，《闲居赋》篇名侧重居住境况。

5. 司马相如《难蜀父老》又称《蜀父老难》。⑧《蜀父老难》篇名侧重设难方，《难蜀父老》篇名侧重回答方。

6. 枚皋《皇太子生赋》又称《生太子赋》。⑨《皇太子生赋》篇名侧重皇太子，《生太子赋》篇名侧重生。皇太子简省为太子。侧重差异兼简全差异致异名。

7. 东方朔《答客难》又称《设难》⑩《客难》⑪《解难》⑫《答难》⑬《荅难》⑭。《客难》《设难》篇名侧重问，《答难》《荅难》《解难》篇名侧重答。"答"

---

① （宋）吴棫：《韵补》，第 79 叶。（明）杨慎撰，（清）李调元校定《古音丛目》，第 27 叶。（明）张自烈：《正字通》，《续修四库全书》第 234 册，第 296 页。（清）周硕勋：《（乾隆）潮州府志》，第 3796 叶。

② （清）张玉书：《佩文韵府》，第 948 页。

③ 费振刚、胡双宝、宗明华辑校《全汉赋》，第 122 页。

④ （唐）杜甫撰，（清）仇兆鳌注《杜诗详注》，第 1153 页。

⑤ （南北朝）庾信撰，（清）倪璠注《庾子山集》，《四库全书》第 1064 册，第 442 页。

⑥ 费振刚、胡双宝、宗明华辑校《全汉赋》，第 100 页。

⑦ （汉）郑玄注，（唐）孔颖达正义《礼记正义》，《十三经注疏》，第 1625 页。

⑧ （宋）程遇孙：《成都文类》，《四库全书》第 1354 册，第 813～814 页。

⑨ （明）郑以伟：《灵山藏》，第 169 叶。

⑩ （唐）杜甫撰，（清）仇兆鳌注《杜诗详注》，第 512、2106 页。（清）张玉书：《佩文韵府》，第 3302 页。

⑪ （宋）范晔撰，（唐）李贤等注《后汉书》，第 1335、1980 页。（梁）刘勰撰，（清）黄叔琳辑注《文心雕龙辑注》，《四库全书》第 1478 册，第 106 页。（南北朝）庾信撰，（清）倪璠注《庾子山集》，《四库全书》第 1064 册，第 331、374、546 页。（宋）李昉：《太平御览》，第 4159 页。

⑫ （宋）谢维新：《古今合璧事类备要》，《四库全书》第 940 册，第 620～621 页。

⑬ （宋）吴淑：《事类赋》，第 3 叶。（清）唐秉钧：《文房肆考图说》，《续修四库全书》第 1113 册，第 364 页。

⑭ （宋）李昉：《太平御览》，第 5 页。

"苔"通假字。《答客难》篇名简省为《客难》《答难》。侧重差异兼简全差异、据创作缘由命篇、通假字致异名。

8. 班婕妤《捣素赋》又称《捣衣赋》。① 案，《说文·素部》："素，白致缯也。"②《释名》卷五："凡服，上曰衣。衣，依也，人所依以庇寒暑也。下曰裳。裳，障也。所以自障蔽也。"③《捣素赋》篇名侧重材质，《捣衣赋》篇名侧重物品。侧重差异兼换词命篇致异名。

9. 扬雄《河东赋》又称《幸河东赋》。④ 案，《玉篇·夭部》："夆……又天子所至也，御所亲爱也。或作'婞'，今作'幸'。"⑤《幸河东赋》篇名侧重帝王幸临、作者随侍。《河东赋》篇名侧重所到之地。《幸河东赋》简省为《河东赋》。侧重差异兼简全差异致异名。

10. 扬雄《解难》又称《客难》⑥《答客难》⑦《苔客难》⑧。案，赋开篇："客难扬子曰……"⑨。《客难》篇名侧重问，《解难》《答客难》《苔客难》篇名侧重答。"答客难"简省为"客难"。侧重差异兼简全差异、通假字、据篇首二字命篇致异名。

11. 班彪《冀州赋》又称《闲居赋》。⑩ 案，班彪《冀州赋》："夫何事于冀州，聊托公以游居。""今匹马之独征，岂斯乐之足娱。且休精于敝邑，聊卒岁以须臾。"⑪ 闲居有避人独居义，故称。《冀州赋》篇名侧重所往之地，《闲居赋》篇名侧重居住状态及主观情感。侧重差异兼据赋作所含字词命篇致异名。

---

① （清）张廷玉：《骈字类编》，《四库全书》第 1001 册，第 616 页。（清）张玉书：《佩文韵府》，第 1634 页。
② （汉）许慎撰，（清）段玉裁注《说文解字注》，第 662 页。
③ （汉）刘熙：《释名》，《四部丛刊》初编第 14 册，第 405 页。
④ （唐）杜甫撰，（宋）郭知达编《九家集注杜诗》，《四库全书》第 1068 册，第 178 页。（明）王志庆：《古俪府》，《四库全书》第 979 册，第 317 页。
⑤ （梁）顾野王撰，吕浩校点《大广益会玉篇》，第 743 页。
⑥ （宋）汤汉：《妙绝古今》，《四库全书》第 1356 册，第 824～825 页。（宋）李昉：《太平御览》，第 4152 页。（明）陈耀文：《天中记》，《四库全书》第 967 册，第 673 页。（清）张英：《渊鉴类函》，鳞介部，第 5 页。（清）张玉书：《佩文韵府》，第 2228 页。
⑦ （梁）萧统编，（唐）李善注《文选》，第 2392 页。（宋）姚宽撰，袁向彤点校《西溪丛语》，第 17 页。
⑧ （清）孙梅：《四六丛话》，《续修四库全书》第 1715 册，第 236 页。
⑨ 费振刚、胡双宝、宗明华辑校《全汉赋》，第 229 页。
⑩ （宋）吴棫：《韵补》，第 26 叶。（明）杨慎撰，（清）李调元校定《古音丛目》，第 8 叶。（明）张自烈：《正字通》，《续修四库全书》第 235 册，第 585 页。
⑪ 费振刚、胡双宝、宗明华辑校《全汉赋》，第 253 页。

12. 杜笃《祓禊赋》又称《上巳赋》。① 案，上巳节祓禊祈福禳灾，《祓禊赋》篇名侧重活动仪式，《上巳赋》篇名侧重时节。侧重差异致异名。

13. 班固《幽通赋》又称《通幽赋》。② 案，班固《幽通赋》："胥仍物而鬼诹兮，乃穷宙而达幽。"《广雅》卷一："达，通也。"③ 故称《通幽赋》。《幽通赋》篇名强调结果，《通幽赋》篇名强调目的，侧重差异兼换词命篇致异名。

14. 班固《答宾戏》又称《答宾赋》④《荅宾赋》⑤《宾戏》⑥。案，

① （唐）虞世南：《北堂书钞》，第667页。

② （唐）杜甫撰，（清）仇兆鳌注《杜诗详注》，第1660、2021页。（唐）韩愈撰，（宋）廖莹中注《东雅堂昌黎集注》，《四库全书》第1075册，第395页。（唐）韩愈撰，（宋）魏仲举编《五百家注昌黎文集》，《四库全书》第1074册，第445页。（宋）李廷忠：《橘山四六》，《四库全书》第1169册，第233页。（清）王玉树：《经史杂记》，《续修四库全书》第1156册，第464页。（宋）李祖尧注《内简尺牍编注》，第61叶。（宋）佚名：《锦绣万花谷》，《四库全书》第924册，第483页。（明）张志淳：《南园漫录》，明嘉靖刻本，第48叶。（明）张自烈：《正字通》，《续修四库全书》第234册，第433页；第235册，第242页。（清）陈廷敬：《御选唐诗》，《四库全书》第1446册，第276页。（清）陈维崧：《陈检讨四六》，《四库全书》第1322册，第48页。（清）黄汝成：《日知录集释》，《续修四库全书》第1143册，第641页。（清）雷学淇：《介庵经说》，《续修四库全书》第176册，第74页。（清）梁廷枏：《藤花亭镜谱》，《续修四库全书》第1111册，第12页。（清）王树枏：《费氏古易订文》，《续修四库全书》第40册，第306页。（清）王先谦：《后汉书集解》，《续修四库全书》第272册，第661页。（清）张玉毂：《古诗赏析》，《续修四库全书》第1592册，第28页。

③ （魏）张揖：《广雅》，《四库全书》第221册，第429页。

④ （清）李镜蓉：《（光绪）道州志》，第832叶。（清）吕恩湛、宗绩辰：《（道光）永州府志》，第386页。

⑤ （清）佚名：《钦定叶韵汇辑》，《四库全书》第240册，第581页。

⑥ （宋）陈鉴：《东汉文鉴》，第96～100叶。（明）冯琦：《经济类编》，《四库全书》第961册，第851～853页。（梁）刘勰：《文心雕龙》，第70叶。（唐）韩愈撰，（清）陈景云注《韩集点勘》，《四库全书》第1075册，第546页。（唐）韩愈撰，（宋）文谠注，（宋）王俦补注《新刊经进详注昌黎先生文集》，《续修四库全书》第1309册，第460页。（唐）欧阳询撰，汪绍楹校《艺文类聚》，第458页。（唐）虞世南：《北堂书钞》，第369、382页。（宋）陈师道撰，（宋）任渊注《后山诗注》，清光绪二十五年广雅书局刻武英殿聚珍版丛书本，第93叶。（宋）陈与义撰，（宋）胡穉笺注《增广笺注简斋诗集》，《四部丛刊》初编第231册，第153页。（宋）范祖禹：《唐鉴》，第511叶。（宋）高似孙：《纬略》，第319叶。（宋）洪迈：《容斋随笔》，第202叶。（宋）黄庭坚撰，（宋）史容注《山谷外集诗注》，《四部丛刊》续编第534册，第58、123、360页。（宋）毛居正：《增修互注礼部韵略》，《四库全书》第237册，第352、376、392、486、564、585页。（宋）欧阳德隆撰，（宋）郭守正增修《增修校正押韵释疑》，《四库全书》第237册，第462页。（宋）钱端礼：《诸史提要》，第117叶。（宋）叶廷珪：《海录碎事》，《四库全书》第921册，第478页。（明）郑瑗：《井观琐言》，《四库全书》第867册，第246页。（清）李兆洛：《骈体文钞》，《续修四库全书》第1610册，第635～636页。（清）蒋超伯：《南漘楛语》，《续修四库全书》第1161册，第337页。（明）张自烈：《正字通》，《续修四库全书》第234册，第149页。

赋开头："宾戏主人曰……"①《答宾戏》篇名侧重答，《宾戏》篇名侧重问。《答宾戏》篇名简省为《宾戏》。侧重差异兼简全差异、通假字、据篇首二字命篇致异名。

15. 班昭《针缕赋》又称《针赋》。②《针缕赋》篇名指针和线，《针赋》篇名侧重针。《针缕赋》简省为《针赋》。侧重差异兼简全差异致异名。

16. 张衡《应间》又称《客难》。③《应间》篇名侧重答，《客难》篇名侧重问。侧重差异致异名。

17. 张衡《思玄赋》又称《忧思赋》。④ 案，张衡《思玄赋》："天长地久岁不留，俟河之清祗怀忧。"《思玄赋》篇名侧重所思对象，《忧思赋》篇名侧重情感类型。侧重差异致异名。

18. 李尤《果赋》又称《李果赋》。⑤ 案，赋残句有"仙李缥而神李红"。《果赋》篇名侧重果，《李果赋》篇名侧重李。《李果赋》篇名简省为《果赋》。侧重差异兼简全差异致异名。

19. 崔寔《答讥》又称《客讥》。⑥ 案，赋开篇："客有讥，夫人之享天爵而应睿哲也，必将振民毓德，弭难济时。"⑦ 故称《客讥》。《答讥》篇名侧重答，《客讥》篇名侧重问。侧重差异兼据篇首二字命篇致异名。

20. 边让《章华赋》又称《游章华台赋》。⑧ 案，赋铺叙游览章华台。《章华赋》篇名侧重所游之地，《游章华台赋》篇名侧重游览过程。《游章

---

① 费振刚、胡双宝、宗明华辑校《全汉赋》，第 357 页。

② （宋）李昉：《太平御览》，第 3704 页。（清）王初桐：《奁史》，《续修四库全书》第 1251 册，第 620 页。

③ （清）马瑞辰：《毛诗传笺通释》，《续修四库全书》第 68 册，第 770 页。（清）王先谦：《诗三家义集疏》，《续修四库全书》第 77 册，第 706 页。

④ （清）叶昌炽：《缘督庐日记抄》，第 52 页。

⑤ （宋）潘自牧：《记纂渊海》，《四库全书》第 932 册，第 674 页。（明）彭大翼：《山堂肆考》，《四库全书》第 978 册，第 189 页。

⑥ （梁）刘勰：《文心雕龙》，第 70 叶。（清）王先谦：《后汉书集解》，《续修四库全书》第 273 册，第 20 页。（清）姚振宗：《后汉艺文志》，《续修四库全书》第 914 册，第 386 页。（清）姚振宗：《隋书经籍志考证》，《续修四库全书》第 915 册，第 658 页。（清）张玉书：《佩文韵府》，第 3310 页。（清）章藻功：《思绮堂文集》，第 603 叶。

⑦ 费振刚、胡双宝、宗明华辑校《全汉赋》，第 525 页。

⑧ （元）吴师道：《战国策校注》，《四部丛刊》初编第 59 册，第 287 页。（清）卢文弨：《群书拾补》，《续修四库全书》第 1149 册，第 419 页。

华台赋》篇名简省为《章华赋》。侧重差异兼简全差异致异名。

21. 蔡邕《静情赋》又称《检逸赋》。① 《静情赋》篇名侧重情感类型，《检逸赋》篇名侧重赋创作目的、功用。

22. 蔡邕《霖雨赋》又称《愁霖赋》。② 案，蔡邕《霖雨赋》："中宵夜而叹息，起饰带而抚琴。"整体情感基调愁闷。《霖雨赋》篇名侧重雨，《愁霖赋》篇名侧重情绪。侧重差异兼据赋中"霖"命篇致异名。

23. 张纮《瑰材枕赋》又称《楠榴枕赋》（或作《柟榴枕赋》《枏榴枕赋》）。③ 案，柟、枏，楠之异体字。《文选·吴都赋》："楠榴之木，相思之树。"李善注："楠榴，木之盘结者，其盘节文尤好，可以作器。"④《后汉书·班固传》"因瑰材而究奇"注："《埤苍》曰：'瑰玮珍奇也。'"⑤ 张纮《瑰材枕赋》："有卓尔之殊瑰。""岂如兹瑰，既剖既斫。"⑥ 故称"瑰材"。《瑰材枕赋》篇名侧重材质之美，《楠榴枕赋》篇名侧重材质名称。

24. 陈琳《答客难》又称《客难》。⑦《答客难》篇名侧重答，《客难》篇名侧重问。《答客难》篇名简省为《客难》。侧重差异兼简全差异致异名。

① （汉）蔡邕撰，（清）高均儒辑《蔡中郎外集》，第6叶。（南北朝）徐陵辑，（清）吴兆宜注，（清）程际盛删补《玉台新咏》，《续修四库全书》第1588册，第605页。（唐）欧阳询撰，汪绍楹校《艺文类聚》，第331~332页。（唐）虞世南：《北堂书钞》，第422页。（明）张溥：《汉魏六朝百三家集》，《四库全书》第1412册，第414页。（清）陈元龙：《历代赋汇》，《四库全书》第1422册，第390页。（清）张廷玉：《骈字类编》，《四库全书》第999册，第686页。（清）张玉书：《佩文韵府》，第1236页。

② （唐）欧阳询撰，汪绍楹校《艺文类聚》，第30页。（清）张英：《渊鉴类函》，天部，第23页。

③ （宋）李昉：《太平御览》，第3149页。（明）陈耀文：《天中记》，《四库全书》第967册，第326页。（明）严衍：《资治通鉴补》，《续修四库全书》第337册，第704页。（清）严可均辑《全上古三代秦汉三国六朝文》，第939页。（明）彭大翼：《山堂肆考》，《四库全书》第974册，第467页。（明）张自烈：《正字通》，《续修四库全书》第234册，第561页。（清）桂馥：《说文解字义证》，《续修四库全书》第209册，第497页。

④ （梁）萧统编，（唐）李善注《文选》，第210页。

⑤ （宋）范晔撰，（唐）李贤等注《后汉书》，第1340、1342页。

⑥ 费振刚、胡双宝、宗明华辑校《全汉赋》，第609页。

⑦ （梁）萧统编，（清）胡绍煐笺证《文选笺证》，《续修四库全书》第1582册，第47页。（宋）吴棫：《韵补》，第208叶。（明）张自烈：《正字通》，《续修四库全书》第234册，第63页。（清）毛奇龄：《西河集》，《四库全书》第1320册，第128页。（清）张玉书：《佩文韵府》，第3572页。

25. 陈琳《应讥》又称《设难》。① 《应讥》篇名侧重回答方,《设难》侧重问话方。

26. 徐幹《西征赋》又称《从征赋》②《从西戎征赋》③。案,徐幹《西征赋》:"奉明辟之渥德,与游轸而西伐。……伊吾侪之挺劣,获载笔而从师。"④ 故称《从征赋》。古代称西部民族为西戎。《三国志·诸葛亮传》:"西和诸戎。"⑤ 疑作《从西征戎赋》或《从征西戎赋》。《西征赋》篇名侧重征讨方位,《从征赋》《从西戎征赋》篇名侧重赋作者身份及征讨对象。《从西戎征赋》简省为《西征赋》《从征赋》。侧重差异兼简全差异致异名。

27. 繁钦《征天山赋》又称《撰征赋》。⑥ 《征天山赋》篇名侧重征讨地点,《撰征赋》篇名侧重撰赋行为。

28. 繁钦《愁思赋》又称《秋思赋》。⑦ 案,繁钦《愁思赋》:"何旻秋之惨凄,处闲夜而怀愁。"取赋中"秋"字命篇,称《秋思赋》,篇名侧重季节;取赋中"愁"字命篇,称《愁思赋》。《愁思赋》篇名强调情感类别,《秋思赋》篇名强调季节。侧重差异兼据赋作所含字词命篇致异名。

29. 应玚《杨柳赋》又称《柳赋》。⑧ 《杨柳赋》篇名,杨柳并言,《柳赋》篇名侧重柳,杨柳省略为柳,侧重差异兼简全差异致异名。

30. 曹丕《愁霖赋》又称《秋霖赋》。⑨ 案,曹植、曹丕《愁霖赋》,二者为同时之作。⑩ 曹植《愁霖赋》:"迎朔风而爱迈兮,雨微微而逮行。"

① (唐)杜甫撰,(清)仇兆鳌注《杜诗详注》,第773页。(清)张玉书:《佩文韵府》,第1256页。
② (清)张英:《渊鉴类函》,武功部,第28页。
③ (唐)虞世南:《北堂书钞》,第450页。
④ 费振刚、胡双宝、宗明华辑校《全汉赋》,第622页。
⑤ (晋)陈寿撰,(宋)裴松之注《三国志》,第913页。
⑥ (宋)李昉:《太平御览》,第1623页。
⑦ (唐)徐坚:《初学记》,第55页。(清)陈廷敬:《御选唐诗》,《四库全书》第1446册,第465页。(清)陈元龙:《历代赋汇》,《四库全书》第1422册,第369页。(清)张英:《渊鉴类函》,岁时部,第14页。(清)张廷玉:《骈字类编》,《四库全书》第1000册,第447页。(清)张玉书:《佩文韵府》,第1325页。
⑧ (清)张玉书:《佩文韵府》,第3749页。
⑨ (唐)杜甫撰,(清)仇兆鳌注《杜诗详注》,第219页。(唐)杜甫撰,(宋)黄希原本、黄鹤补注《补注杜诗》,《四库全书》第1069册,第56页。(唐)杜甫撰,(宋)王洙注《分门集注杜工部诗》,《续修四库全书》第1306册,第277页。
⑩ 彭春艳:《汉赋系年考证》,第351~352页。

季节为深秋冬节，故称《秋霖赋》。《愁霖赋》篇名侧重情感，《秋霖赋》篇名侧重季节。

31. 曹植《愁霖赋》又称《秋霖赋》。① 案，曹植《愁霖赋》："车结辙以盘桓兮，马踯躅以悲鸣。"② 《愁霖赋》篇名侧重情感，《秋霖赋》篇名侧重季节。侧重差异兼据赋作所含字词命篇致异名。

32. 曹植《芙蓉赋》又称《美芙蓉赋》。③ 《芙蓉赋》篇名侧重赋作所咏对象，《美芙蓉赋》篇名侧重观感。《美芙蓉赋》篇名简省为《芙蓉赋》。侧重差异兼简全差异致异名。

第二类，据赋作所含字词命篇。

据赋作所含字词命篇，可分摘字而成及抽绎文意形成篇名。

1. 贾谊《旱云赋》又称《白云赋》。④ 案，《通俗编》所引"贾谊《白云赋》'望白云之蓬勃'"实为贾谊《旱云赋》"遥望白云之蓬勃兮，滃澹澹而妄止"节录。摘篇中"白云"二字命篇兼换词命篇致异名。

2. 贾谊《吊屈原赋》又称《怀长沙》。⑤ 案，贾谊《吊屈原赋》："恭承嘉惠兮，俟罪长沙。"⑥ 摘篇中"长沙"二字兼据所涉地点命篇致异名。

3. 枚乘《梁王菟园赋》又称《修竹赋》。⑦ 案，赋曰："修竹檀栾，夹池水。"⑧ 取篇首"修竹"二字命篇致异名。

4. 枚乘《柳赋》又称《细柳赋》。⑨ 案，枚乘《柳赋》："于嗟细柳，流乱轻丝。"取篇中"细柳"二字命篇，称《细柳赋》，简称为《柳赋》。据赋作所含字词命篇兼简全差异致异名。

---

① （唐）韩愈撰，（清）方世举笺注《韩昌黎诗集编年笺注》，《续修四库全书》第1310册，第347页。
② （魏）曹植著，赵幼文校注《曹植集校注》，第52页。
③ （宋）李昉：《太平御览》，第4420页。
④ （清）翟灏：《通俗编》，《续修四库全书》第194册，第615页。
⑤ （宋）严羽：《沧浪集》，第11叶。（清）方东树：《昭昧詹言》，第130叶。（清）冯班：《钝吟杂录》，第46页。
⑥ 费振刚、胡双宝、宗明华辑校《全汉赋》，第8页。
⑦ （明）卓明卿：《卓氏藻林》，第215叶。（明）彭大翼：《山堂肆考》，《四库全书》第976册，第510页。
⑧ 费振刚、胡双宝、宗明华辑校《全汉赋》，第29页。
⑨ （明）姚旅：《露书》，《续修四库全书》第1132册，第698页。

5. 司马相如《美人赋》又称《好色赋》。① 案，司马相如《美人赋》："王问相如曰：'子好色乎？'相如曰：'臣不好色也。'王曰：'子不好色，何若孔墨乎？'"② 据篇中"好色"二字命篇致异名。

6. 班彪《冀州赋》又称《游居赋》（或作《遊居赋》）。③ 案，班彪《冀州赋》："夫何事于冀州，聊托公以游居。"④ "游""遊"异体字。《冀州赋》篇名侧重所往之地，《游居赋》篇名取篇中"游居"二字命篇，侧重行程。据赋作所含字词命篇兼字形差异、侧重差异致异名。

7. 崔骃《大将军临洛观赋》又称《临洛观春赋》。⑤ 崔骃《大将军临洛观赋》："于是迎夏之首，末春之垂。桃枝夭夭，杨柳猗猗。"⑥《大将军临洛观赋》篇名侧重大将军身份，《临洛观春赋》篇名侧重季节及活动。据赋中所写季节及活动命篇兼侧重差异致异名。

8. 李尤《果赋》又称《李赋》。⑦ 案，赋残句："三十六园朱李。""如拳之李。"⑧ 取赋残句"李"命篇。《西京杂记》卷一："李十五：紫李、绿李、朱李、黄李、青绮李、青房李、同心李、车下李、含枝李、金枝李、颜渊李（出鲁）、羌李、燕李、蛮李、侯李。"⑨《果赋》篇名侧重

① （南北朝）徐陵撰，（清）吴兆宜笺注《徐孝穆集笺注》，《四库全书》第 1064 册，第 872 页。（清）王初桐：《奁史》，《续修四库全书》第 1252 册，第 101 页。（清）许梿评选，（清）黎经诰注《六朝文絜笺注》，《续修四库全书》第 1611 册，第 220 页。（清）张玉书：《佩文韵府》，第 456 页。（清）朱彝尊撰，（清）李富孙注《曝书亭集词注》，《续修四库全书》第 1724 册，第 543 页。（唐）李商隐撰，（清）冯浩笺注《玉溪生诗详注》，《续修四库全书》第 1312 册，第 441 页。（唐）李商隐撰，（清）朱鹤龄注《李义山诗集注》，《四库全书》第 1082 册，第 89 页。
② 费振刚、胡双宝、宗明华辑校《全汉赋》，第 97 页。
③ （唐）欧阳询撰，汪绍楹校《艺文类聚》，第 506～507 页。（元）熊忠：《古今韵会举要》，《四库全书》第 238 册，第 640 页。（明）田艺蘅：《留青日札》，《续修四库全书》第 1129 册，第 153 页。（明）张自烈：《正字通》，《续修四库全书》第 235 册，第 278 页。（清）阮元：《三家诗补遗》，《续修四库全书》第 76 册，第 362 页。（清）顾炎武：《音学五书》，第 304 页。（清）王太岳：《四库全书考证》，第 484 叶。（清）王先谦：《诗三家义集疏》，《续修四库全书》第 77 册，第 474 页。（清）张廷玉：《骈字类编》，《四库全书》第 1000 册，第 521 页；第 1003 册，第 425 页；第 1004 册，第 523 页。（清）张英：《渊鉴类函》，人部，第 243 页。（清）张玉书：《佩文韵府》，第 214、3264 页。
④ 费振刚、胡双宝、宗明华辑校《全汉赋》，第 253 页。
⑤ （宋）李昉：《太平御览》，第 97 页。
⑥ 费振刚、胡双宝、宗明华辑校《全汉赋》，第 297 页。
⑦ （宋）李昉：《太平广记》，第 6040 叶。
⑧ 彭春艳：《李尤研究》，第 126 页。
⑨ 刘洪妹译注《西京杂记》，第 72 页。

总体泛称,《李赋》篇名侧重所咏果品名称。据赋作所含字词命篇兼侧重差异致异名。

9. 张衡《舞赋》又称《观舞赋》①《七盘赋》②《七盘舞赋》③。案,张衡《舞赋》:"昔客有观舞于淮南者,美而赋之,曰……"④ 整篇铺写观舞场景及感受,故称《观舞赋》。张衡《舞赋》:"拊者啾其齐列,盘鼓焕以骈罗。""历七盘而踥蹀。"⑤ 所描述舞蹈为七盘舞,故称《七盘赋》《七盘舞赋》。《七盘舞赋》《七盘赋》篇名侧重舞蹈用具,《观舞赋》篇名侧重"观"这一过程及感受。《七盘舞赋》篇名简省为《七盘赋》《舞赋》。据赋作所含字词命篇兼侧重差异、简全差异致异名。

10. 王逸《荔枝赋》又称《瓜赋》。⑥ 案,王逸《荔枝赋》:"大哉圣

---

① （南北朝）徐陵辑,（清）吴兆宜注,（清）程际盛删补《玉台新咏》,《续修四库全书》第1588册,第544、550、567页。（南北朝）庾信撰,（清）倪璠注《庾子山集》,《四库全书》第1064册,第359页。（唐）杜牧撰,（清）冯集梧注《樊川诗集》,《续修四库全书》第1312册,第209页。（唐）李商隐撰,（清）冯浩笺注《玉溪生诗详注》,《续修四库全书》第1312册,第328页。（宋）章樵注《古文苑》,《四部丛刊》初编第426册,第363~364页。（明）张溥:《汉魏六朝百三家集》,《四库全书》第1412册,第333~334页。（清）陈廷敬:《御选唐诗》,《四库全书》第1446册,第406~472页。（清）陈元龙:《历代赋汇》,《四库全书》第1421册,第55~56页。（清）王太岳:《四库全书考证》,第2076叶。（清）张廷玉:《骈字类编》,《四库全书》第997册,第8、362页;第1000册,第607页;第1004册,第587、745页。（清）吴伟业撰,（清）靳荣藩注《吴诗集览》,《续修四库全书》第1397册,第170页。（清）吴萧:《吴学士诗文集》,第699叶。

② （宋）范晔撰,（唐）李贤等注《后汉书》,第2645页。（唐）虞世南:《北堂书钞》,第410~411页。（清）王先谦:《后汉书集解》,《续修四库全书》第273册,第338页。

③ （梁）萧统编,（唐）李善注《文选》,第158、800页。（唐）徐坚:《初学记》,第380页。（明）彭大翼:《山堂肆考》,《四库全书》第977册,第237页。（清）法若真:《黄山诗留》,《清代诗文集汇编》第44册,第195页。（梁）萧统编,（清）胡绍煐笺证《文选笺证》,《续修四库全书》第1582册,第216页。（宋）葛立方:《韵语阳秋》,第335叶。（清）桂馥:《说文解字义证》,《续修四库全书》第209册,第181、234页。（宋）王应麟:《玉海》,《四库全书》第945册,第814页。（宋）章樵注《古文苑》,《四部丛刊》初编第426册,第363页。（清）汪师韩:《文选理学权舆》,《续修四库全书》第1581册,第38页。

④ 费振刚、胡双宝、宗明华辑校《全汉赋》,第478页。彭春艳:《汉赋系年考证》,第189~191页。

⑤ 费振刚、胡双宝、宗明华辑校《全汉赋》,第478页。

⑥ （南北朝）贾思勰:《齐民要术》,《四部丛刊》初编第80册,第248页。（元）胡古愚:《树艺篇》,《续修四库全书》第977册,第315页。

皇，处乎中州。东野贡落疏之文瓜，南浦上黄甘之华橘。"① 据赋作所含字词"瓜"命篇致异名。

11. 王逸《机赋》又称《机妇赋》。② 案，王逸《机赋》："于是莫春代谢，朱明达时。蚕人告讫，舍罢献丝。或黄或白，密蠇凝脂。纤纤静女，经之络之。尔乃窈窕淑媛，美色贞怡。解鸣佩，释罗衣。披华幕，登神机。乘轻杼，览床帷。动摇多容，俯仰生姿。"③ 赋作铺写"静女""神机"以及机上织布妇女的动作、神态，故称《机妇赋》。《机妇赋》篇名侧重机上织布妇女，《机赋》篇名侧重织机。据赋作所含字词命篇兼侧重差异致异名。

12. 边让《章华赋》又称《居长饮赋》。④ 案，边让《章华赋》："设长夜之欢饮兮，展中情之嫚婉。"⑤ "长夜之欢饮"简省为"长饮"，赋中大量描写宴饮乐舞，故称《居长饮赋》。

13. 崔琰《述初赋》又称《述征赋》。⑥ 案，崔琰《述初赋》："望高密以亟征，戾衡门而造止。"⑦ "亟征"叙写行程，据此命篇为《述征赋》。

---

① 费振刚、胡双宝、宗明华辑校《全汉赋》，第517页。

② （清）孙星衍：《续古文苑》，《续修四库全书》第1609册，第24～25页。（清）孙诒让：《札迻》，《续修四库全书》第1164册，第125页。（清）严可均辑《全上古三代秦汉三国六朝文》，第784页。（清）姚振宗：《后汉艺文志》，《续修四库全书》第914册，第381页。（清）姚振宗：《隋书经籍志考证》，《续修四库全书》第915册，第655页。

③ 费振刚、胡双宝、宗明华辑校《全汉赋》，第514页。

④ （梁）沈约：《宋书》，第1756、1781页。（东晋南朝）谢灵运撰，（明）沈启原辑《谢康乐集》，《续修四库全书》第1585册，第227页。（明）张溥：《汉魏六朝百三家集》，《四库全书》第1414册，第49页。（清）陈元龙：《历代赋汇》，《四库全书》第1422册，第217页。（清）严可均辑《全上古三代秦汉三国六朝文》，第2604页。

⑤ 费振刚、胡双宝、宗明华辑校《全汉赋》，第559页。

⑥ （唐）徐坚：《初学记》，第171页。（清）张英：《渊鉴类函》，州郡部，第4页。（宋）乐史：《太平寰宇记》，《四库全书》第469册，第151页。（宋）苏轼撰，（清）查慎行补注《苏诗补注》，《四库全书》第1111册，第256页。（元）于钦：《齐乘》，《四库全书》第491册，第693页。（清）顾炎武：《肇域志》，《续修四库全书》，第75～76页。（清）吴士鉴、刘承幹撰《晋书斠注》，《续修四库全书》第277册，第630页。（清）许鸣磐：《方舆考证》，第706～707叶。（清）佚名：《史记疏证》，《续修四库全书》第264册，第90页。

⑦ 费振刚、胡双宝、宗明华辑校《全汉赋》，第749页。

14. 蔡邕《述行赋》又称《述征赋》①《西征赋》②。案，蔡邕《述行赋》："翩翩独征，无俦与兮。"③ 据"征"命篇称《述征赋》。"征"有出行义。从赋作内容可知，由陈留往偃师，途经大梁、中牟、圃田、荥阳、长阪、葱山等，行程由东往西，故称《西征赋》。据赋作内容及所涉地点行程方向、换词命篇致异名。

15. 蔡邕《琴赋》又称《弹琴赋》。④ 案，赋中描写弹琴："尔乃间关九弦，出入律吕。屈伸低昂，十指如雨。尔乃清声发兮五音举，韵宫商兮动角羽，曲引兴兮繁弦抚。然后哀声既发，秘弄乃开。一弹三欷，凄有余哀。左手抑扬，右手徘徊。指掌反复，抑案藏摧。于是繁弦既抑，雅韵乃扬。"⑤ 故称《弹琴赋》。《弹琴赋》篇名侧重弹，《琴赋》篇名侧重琴。《青莲舫琴雅》卷四将《琴赋》《弹琴赋》分为两篇，讹。⑥ 据赋作内容抽绎文意命篇兼侧重差异致异名。

16. 王粲《游海赋》又称《浮海赋》。⑦ 案，《说文·扴部》"游"段玉裁注："流行之义也。从扴者，汓省声也。俗作'游'。"《说文·水部》："浮，泛也。"⑧ 王粲《游海赋》："乘菌桂之方舟，浮大江而遥逝。"⑨ 据赋作所含字词"浮"命篇兼换词命篇致异名。

17. 曹植《橘赋》又称《植橘赋》。⑩ 案，曹植《橘赋》："播万里而

---

① （梁）萧统编，（唐）李善注《文选》，第1315页。（梁）萧统编，（唐）李善等注《六臣注文选》，《四部丛刊》初编第421册，第432页。（南北朝）徐陵辑，（清）吴兆宜注，（清）程际盛删补《玉台新咏》，《续修四库全书》第1588册，第530页。（清）顾炎武：《音学五书》，第516页。（南北朝）郦道元：《水经注》，第104叶。（清）姚振宗：《隋书经籍志考证》，《续修四库全书》第916册，第126页。
② （明）陈耀文：《天中记》，《四库全书》第965册，第479页。
③ 费振刚、胡双宝、宗明华辑校《全汉赋》，第568页。
④ （汉）蔡邕：《蔡中郎集》，《四库全书》第1063册，第193页。（唐）杜甫撰，（清）仇兆鳌注《杜诗详注》，第965页。
⑤ 彭春艳：《汉赋系年考证》，第236页。
⑥ （明）林有麟：《青莲舫琴雅》，第45叶。
⑦ （宋）杨简：《慈湖诗传》，《四库全书》第73册，第176页。（清）张英：《渊鉴类函》，舟部，第3页。
⑧ （汉）许慎撰，（清）段玉裁注《说文解字注》，第311、549页。
⑨ 费振刚、胡双宝、宗明华辑校《全汉赋》，第657页。
⑩ （唐）李商隐撰，（清）钱振常注《樊南文集补编》，《续修四库全书》第1312册，第630页。（明）佚名：《六朝诗集》，《续修四库全书》第1589册，第59页。（明）张溥：《汉魏六朝百三家集》，《四库全书》第1412册，第648页。（清）陈元龙：《历代赋汇》，《四库全书》第1421册，第633页。

遥植，列铜爵之园廷。"①《橘赋》篇名侧重种植对象。《植橘赋》篇名侧重"植"的过程。据赋作所含"植"字命篇兼侧重差异致异名。

第三类，据赋作所涉地点命篇。

1. 贾谊《吊屈原赋》又称《吊湘赋》②《度湘水赋》③《渡湘赋》④《湘水赋》⑤《怀湘赋》⑥。案，"吊"侧重凭吊意，"渡"侧重过程。"度""渡"为古今字。"湘水"简省为"湘"。贾谊《吊屈原赋》："造托湘流兮，敬吊先生。"⑦据赋作所涉地点及字词命篇兼简全差异、古今字致异名。

2. 枚乘《柳赋》又称《梁孝王忘忧馆柳赋》⑧《忘忧馆柳赋》⑨。案，

---

① （魏）曹植著，赵幼文校注《曹植集校注》，第 59 页。
② （南宋）陈振孙：《直斋书录解题》，第 145 叶。（宋）林駉：《源流至论》，《四库全书》第 942 册，第 298 页。（宋）谢维新：《事类备要》，《四库全书》第 940 册，第 629 页。（宋）佚名：《翰苑新书》，《四库全书》第 949 册，第 602 页。（元）马端临：《文献通考》，第 1714 页。（明）何乔新：《椒邱文集》，《四库全书》第 1249 册，第 15 页。（清）丁丙：《善本书室藏书志》，《续修四库全书》第 927 册，第 330 页。（清）王昶：《湖海文传》，《续修四库全书》第 1668 册，第 644 页。（清）王耕心：《贾子次诂》，《续修四库全书》第 933 册，第 106 页。（清）姚振宗：《隋书经籍志考证》，《续修四库全书》第 915 册，第 403 页。（清）永瑢：《四库全书总目》，第 771 页。
③ （明）孙凤：《孙氏书画钞》，《续修四库全书》第 1065 册，第 46 页。（明）汪砢玉：《珊瑚网》，《四库全书》第 818 册，第 550 页。（明）郁逢庆：《书画题跋记》，《四库全书》第 816 册，第 793 页。（清）卞永誉：《式古堂书画汇考》，《四库全书》第 828 册，第 802 页。（清）张照：《石渠宝笈》，《四库全书》第 825 册，第 594 页。
④ （宋）吴棫：《韵补》，第 84 叶。（宋）朱熹撰，（清）宋荦校刊、康熙帝御批《御批资治通鉴纲目》，《四库全书》第 689 册，第 94 页。（明）张自烈：《正字通》，《续修四库全书》第 235 册，第 8 页。
⑤ （清）张玉书：《佩文韵府》，第 3170 页。
⑥ （清）周寿昌：《汉书注校补》，《续修四库全书》第 267 册，第 635 页。
⑦ 费振刚、胡双宝、宗明华辑校《全汉赋》，第 8 页。
⑧ （明）卓明卿：《卓氏藻林》，第 209 叶。
⑨ （宋）章樵注《古文苑》，《四部丛刊》初编第 426 册，第 288～289 页。（明）李濂：《汴京遗迹志》，《四库全书》第 587 册，第 742 页。（明）朱谋㙔撰，（清）魏茂林训纂《骈雅训纂》，《续修四库全书》第 192 册，第 660 页。（清）陈元龙：《历代赋汇》，《四库全书》第 1421 册，第 486 页。（清）官修《韵府拾遗》，《四库全书》第 1029 册，第 399、402、431 页。（清）陆葇：《历朝赋格》，第 402 页。（清）汪灏：《广群芳谱》，《四库全书》第 847 册，第 152 页。（清）王芑孙：《渊雅堂全集》，《续修四库全书》第 1481 册，第 383 页。（清）张廷玉：《骈字类编》，《四库全书》第 994 册，第 255 页；第 996 册，第 128、210 页；第 998 册，第 565 页。（清）永瑢：《四库全书总目》，第 1723 页。（清）张玉书：《佩文韵府》，第 2830、3450、3686 页。

枚乘《柳赋》:"忘忧之馆,垂条之木。"① 所赋之柳生长在梁孝王忘忧馆。《梁孝王忘忧馆柳赋》篇名简省为《忘忧馆柳赋》《柳赋》。据赋作所涉地点命篇兼简全差异致异名。

3. 枚乘《梁王菟园赋》又称《梁苑赋》。② 案,园为梁孝王建,在梁国。"苑","又泛指园林、花园"。③《梁王菟园赋》篇名简省为《梁苑赋》。据赋作所涉国名命篇兼换词命篇致异名。

4. 司马相如《天子游猎赋》又称《上林赋》。④ 案,司马相如《天子游猎赋》:"君未睹夫巨丽也,独不闻天子之上林乎?"⑤ 亡是公所言天子游猎在上林苑,据此命篇作《上林赋》。

5. 司马相如《长门赋》又称《长门宫赋》。⑥ 案,赋为陈皇后废处长门宫所作。长门宫简省为长门,据赋作所涉地点命篇及简全差异致异名。

6. 司马相如《哀二世赋》又称《宜春宫赋》。⑦ 案,汉武帝从长杨"还,过宜春宫,相如奏赋以哀二世行失"⑧。据赋作所涉地点命篇致异名。

7. 班婕妤《自悼赋》又称《东宫赋》。⑨ 案,班婕妤《自悼赋》:"奉共养于东宫兮,托长信之末流。"⑩ 班婕妤退守东宫时作。据赋作所涉地点命篇致异名。

---

① 费振刚、胡双宝、宗明华辑校《全汉赋》,第35页。
② (清)桂馥:《说文解字义证》,《续修四库全书》第210册,第145页。
③ 李学勤主编《字源》,第50页。
④ (明)王志庆:《古俪府》,《四库全书》第979册,第453~454页。(清)费经虞:《雅伦》,《续修四库全书》第1697册,第68~73页。(清)吴汝纶:《尚书故》,《续修四库全书》第50册,第564页。
⑤ 费振刚、胡双宝、宗明华辑校《全汉赋》,第62页。
⑥ (清)张英:《渊鉴类函》,居处部,第6页。(清)宋泽元:《四家咏史乐府》,第71叶。
⑦ (宋)王安石撰,(宋)李壁注《王荆公诗注》,《四库全书》第1106册,第97页。(宋)徐天麟:《西汉会要》,第1438叶。(明)许学夷:《诗源辩体》,《续修四库全书》第1696册,第283页。(明)朱朝瑛:《读诗略记》,《四库全书》第82册,第507~508页。(清)桂馥:《说文解字义证》,《续修四库全书》第209册,第470页。(清)王筠:《说文解字句读》,《续修四库全书》第218册,第585页。(清)张玉书:《佩文韵府》,第829页。(清)赵翼:《廿二史札记》,《续修四库全书》第453册,第213页。
⑧ (汉)司马迁:《史记》,第275页。
⑨ (宋)程大昌:《演繁露》,第98叶。(清)虞兆漋:《天香楼偶得》,第18叶。
⑩ 费振刚、胡双宝、宗明华辑校《全汉赋》,第241页。

8. 桓谭《仙赋》又称《望仙赋》①《集灵宫赋》②。案，桓谭《新论·道赋》："余少时为奉车郎，孝成帝出祠甘泉、河东，部先置华阴集灵宫。武帝所造，门曰望仙，殿曰存仙，书壁为之赋，以颂美二仙之行。"③《望仙赋》篇名简省为《仙赋》。据赋作所涉地点及名物命篇兼简全差异致异名。

9. 曹植《登台赋》又称《铜雀台赋》④《铜爵台赋》⑤。案，曹丕《登台赋》："建安十七年春，上游西园，登铜雀台，命余兄弟并作。"⑥"'爵'古通'雀'。"⑦ 据赋作所涉地点命篇及通假致异名。

第四类，据赋作所涉人物命篇。

1. 贾谊《吊屈原赋》又称《吊屈赋》⑧《吊屈原》⑨《吊屈平》⑩。案，凭吊对象为屈原。屈原名平，简省为屈。据赋作凭吊对象命篇兼简全差异致异名。

① （唐）虞世南：《北堂书钞》，第 28 页。

② （宋）王应麟：《玉海》，《四库全书》第 945 册，第 641 页。（宋）章樵注《古文苑》，《四部丛刊》初编第 426 册，第 700 页。（清）沈青崖：《陕西通志》，《四库全书》第 555 册，第 349 页。（清）王先谦：《汉书补注》，《续修四库全书》第 269 册，第 11 页。（清）吴卓信：《汉书地理志补注》，第 9 叶。

③ （清）严可均辑《全上古三代秦汉三国六朝文》，第 550 页。

④ （唐）杜甫撰，（清）仇兆鳌注《杜诗详注》，第 62 页。（清）王士俊：《河南通志》，《四库全书》第 538 册，第 372 页。

⑤ （宋）佚名：《三国志文类》，《四库全书》第 1361 册，第 772 页。（清）陈廷敬：《御选唐诗》，《四库全书》第 1446 册，第 101、118 页。（清）张玉书：《佩文韵府》，第 183、3672 页。

⑥ 魏宏灿校注《曹丕集校注》，第 102 页。

⑦ 吴昌恒等编《古今汉语实用词典》，第 916 页。

⑧ （五代）丘光庭：《兼明书》，第 19 叶。（宋）陈仁子：《文选补遗》，《四库全书》第 1360 册，第 485 页。（宋）洪迈：《容斋随笔》，第 178 叶。（宋）黄庭坚撰，（宋）史容注《山谷外集诗注》，《四部丛刊》续编第 534 册，第 243 页。（宋）魏了翁：《鹤山全集》，《四部丛刊》初编 275 册，第 529 页。（清）陆继辂：《合肥学舍札记》，《续修四库全书》第 1157 册，第 297 页。（清）陆心源：《仪顾堂集》，《续修四库全书》第 1560 册，第 406 页。（清）屈大均：《广东新语》，《续修四库全书》第 734 册，第 762 页。（清）赵翼：《廿二史札记》，《续修四库全书》第 453 册，第 213 页。

⑨ （宋）朱熹：《楚辞集注》，第 438～444 页。（明）陆时雍：《楚辞疏》，《续修四库全书》第 1301 册，第 463 页。（明）钟崇文：《（隆庆）岳州府志》，第 277～278 叶。

⑩ （唐）白居易：《白氏六帖事类集》，民国影宋本，第 128 叶。

2. 司马相如《天子游猎赋》又称《子虚赋》①、《乌有赋》②、"《子虚赋》《上林赋》"③。案，文中虚拟人物子虚、乌有先生。据赋作所涉人物、地点命篇兼简全差异致异名。

3. 司马相如《哀二世赋》又称《哀秦二世赋》《秦二世赋》。④ 案，二世即秦二世胡亥。据赋作所涉人物命篇兼简全差异致异名。

第五类，据赋作创作缘由命篇。

1. 贾谊《鹏鸟赋》又称《诘鹏赋》。⑤ 案，贾谊《鹏鸟赋》："请问于鹏兮。"⑥《说文·言部》："诘，问也。"⑦ 见鹏入室，乃作赋。

2. 董仲舒《士不遇赋》又称《感士不遇赋》。⑧ 案，董仲舒《士不遇赋》："生不丁三代之盛隆兮，而丁三季之末俗。以辩诈而期通兮，贞士耿介而自束。虽日三省于吾身兮，繇怀进退之惟谷。"⑨ 不遇，有感而发。《感士不遇赋》篇名简省为《士不遇赋》。据赋作创作缘由命篇兼简全差异致异名。

3. 司马相如《难蜀父老》又称《开西南夷难蜀父老》⑩《谕巴蜀》⑪。

---

① （清）严可均辑《全上古三代秦汉三国六朝文》，第 241～243 页。（清）郝懿行：《尔雅义疏》，第 470 叶。（清）王念孙：《广雅疏证》，《续修四库全书》第 191 册，第 305 页。

② （南北朝）庾信撰，（清）倪璠注《庾子山集》，《四库全书》第 1064 册，第 581 页。

③ （梁）萧统编，（唐）李善注《文选》，第 361～380 页。（宋）祝穆：《古今事文类聚》，《四库全书》第 925 册，第 623～628 页。（清）陈元龙：《历代赋汇》，《四库全书》第 1420 册，第 322～327 页。（元）祝尧：《古赋辨体》，《四库全书》第 1366 册，第 749～756 页。（清）姚鼐：《古文辞类纂》，《续修四库全书》第 1610 册，第 22～25 页。（明）张溥：《汉魏六朝百三家集》，《四库全书》第 1412 册，第 25～30 页。（清）张惠言：《七十家赋钞》，《续修四库全书》第 1611 册，第 44～48 页。

④ （明）张自烈：《正字通》，《续修四库全书》第 234 册，第 214 页。（清）王先谦：《汉书补注》，《续修四库全书》第 269 册，第 238 页。（清）严可均辑《全上古三代秦汉三国六朝文》，第 243～244 页。（清）姚振宗：《汉书艺文志拾补》，《续修四库全书》第 914 册，第 162 页。

⑤ （唐）骆宾王撰，（明）颜文选注《骆丞集》，《四库全书》第 1065 册，第 460 页。

⑥ 费振刚、胡双宝、宗明华辑校《全汉赋》，第 2 页。

⑦ （汉）许慎撰，（清）段玉裁注《说文解字注》，第 100 页。

⑧ （清）张玉书：《佩文韵府》，第 681 页。

⑨ 费振刚、胡双宝、宗明华辑校《全汉赋》，第 112 页。

⑩ （清）鄂尔泰：《云南通志》，《四库全书》第 570 册，第 569～570 页。

⑪ （梁）萧统编，（清）胡绍煐笺证《文选笺证》，《续修四库全书》第 1582 册，第 211 页。

案，司马相如《难蜀父老》："东乡将报，至于蜀都。耆老大夫搢绅先生之徒二十有七人，俨然造焉。辞毕，进曰……"①《开西南夷难蜀父老》篇名简省为《难蜀父老》。据赋作写作缘由、地点、功用命篇兼简全差异致异名。

4. 杜笃《论都赋》又称《谕客》②《喻客》③。案，杜笃《论都赋》："笃未甚然其言也，故因为述大汉之崇，世据雍州之利，而今国家未暇之故，以喻客意。"④《广雅》卷三"喻"："告也。"⑤《说文·言部》："谕，告也。"⑥"《说文》有'谕'无'喻'，本同一词，古代通用。"⑦据赋写作缘由、赋作所含字词命篇兼通假致异名。

5. 班固《幽通赋》又称《遂志赋》。⑧案，班固《幽通赋》："岂余身之足殉兮，惮世业之可怀。"⑨据赋作创作缘由命篇，故称。

（二）简全差异致异名

简全差异致异名，即命篇使用的信息被减省或增补造成异名，共计77例。

1. 贾谊《鵩鸟赋》又称《鵩赋》⑩《服赋》⑪。案，鵩鸟简省为鵩。

---

① 费振刚、胡双宝、宗明华辑校《全汉赋》，第106页。
② （唐）杜甫撰，（宋）蔡梦弼笺《杜工部草堂诗笺》，《续修四库全书》第1307册，第225页。
③ （唐）杜甫撰，（宋）蔡梦弼笺《杜工部草堂诗笺》，《续修四库全书》第1307册，第270页。
④ 费振刚、胡双宝、宗明华辑校《全汉赋》，第267页。
⑤ （魏）张揖：《广雅》，《四库全书》第221册，第437页。
⑥ （汉）许慎撰，（清）段玉裁注《说文解字注》，第91页。
⑦ 王力主编《王力古汉语字典》，第1290页。
⑧ （清）姚配中：《周易姚氏学》，《续修四库全书》第30册，第625页。
⑨ 费振刚、胡双宝、宗明华辑校《全汉赋》，第344页。
⑩ （梁）刘勰：《文心雕龙》，第165叶。（唐）杜甫撰，（清）仇兆鳌注《杜诗详注》，第95、2181页。（唐）韩愈撰，（清）方成珪笺正《韩集笺正》，《续修四库全书》第1310册，第589页。
⑪ （宋）晁公武：《郡斋读书志》，《四部丛刊》三编第599册，第493页。（宋）陈叔方：《颍川语小》，第1叶。（宋）陈与义撰，（宋）胡穉笺注《增广笺注简斋诗集》，《四部丛刊》初编第231册，第505页。（宋）洪迈：《容斋随笔》，第453叶。

鹏，"字又作'服'"①。简全差异兼字形差异致异名。

2. 羊胜《屏风赋》又称《屏赋》。② 案，《释名·释宫室》："屏，自障屏也。"《释名·释床帐》："屏风，言可以屏障风也。"③ 可知汉代二者不混称。后来屏风简省为屏，简全差异致异名。

3. 枚乘《梁王菟园赋》又称《兔园赋》④《菟园赋》⑤。案，"菟"通"兔"。⑥ 简全差异兼通假致异名。

4. 刘胜《文木赋》又称《木赋》。⑦

5. 孔臧《谏格虎赋》又称《格虎赋》。⑧ 案，《谏格虎赋》篇名侧重谏，《格虎赋》篇名侧重格虎行为。简全差异兼侧重差异致异名。

6. 董仲舒《士不遇赋》又称《不遇赋》。⑨

7. 刘安《招隐士》又称《招隐士赋》⑩《招隐》⑪。

① 王力主编《王力古汉语字典》，第 1741 页。
② （唐）杜甫撰，（清）仇兆鳌注《杜诗详注》，第 239 页。（唐）李商隐撰，（清）钱振常注《樊南文集补编》，《续修四库全书》第 1312 册，第 642 页。（清）梁章钜：《称谓录》，《续修四库全书》第 1253 册，第 373 页。（清）张廷玉：《骈字类编》，《四库全书》第 1001 册，第 147 页。（清）吴襄等：《子史精华》，《四库全书》第 1008 册，第 250 页。（清）张玉书：《佩文韵府》，第 3760、4168 页。
③ （汉）刘熙：《释名》，《四部丛刊》初编第 14 册，第 415、421 页。
④ （南北朝）江淹撰，（明）胡之骥注《梁江文通集》，《续修四库全书》第 1304 册，第 487 页。（梁）刘勰撰，（清）黄叔琳辑注《文心雕龙辑注》，《四库全书》第 1478 册，第 91 页。（梁）萧统编，（唐）李善注《文选》，第 18、63、211、290、869、1317、1414、1425、1454、2208 页。（唐）徐坚：《初学记》，第 240 页。（唐）杜甫撰，（清）仇兆鳌注《杜诗详注》，第 555 页。
⑤ （明）王世贞：《新刻增补艺苑卮言》，《续修四库全书》第 1695 册，第 464 页。（清）方东树：《昭昧詹言》，《续修四库全书》第 1705 册，第 538 页。
⑥ 王力主编《王力古汉语字典》，第 1073 页。
⑦ （清）程哲：《蓉槎蠡说》，《续修四库全书》第 1137 册，第 192 页。（明）杨慎：《丹铅总录》，《四库全书》第 855 册，第 499 页。
⑧ （唐）杜甫撰，（清）仇兆鳌注《杜诗详注》，第 1123 页。（宋）吴棫：《韵补》，第 162 叶。（宋）杨简：《慈湖诗传》，《四库全书》第 73 册，第 89、100 页。（明）张自烈：《正字通》，《续修四库全书》第 235 册，第 591 页。
⑨ （梁）萧统编，（唐）李善注《文选》，第 1738 页。
⑩ （唐）杜甫撰，（元）高楚芳注《集千家注杜诗》，《四库全书》第 1069 册，第 973 页。（宋）陈与义撰，（宋）胡穉笺注《笺注简斋诗集》，第 1 叶。（明）彭大翼：《山堂肆考》，《四库全书》第 978 册，第 80 页。（清）吴宝芝：《花木鸟兽集类》，《四库全书》第 1034 册，第 14 页。
⑪ （唐）李商隐撰，（清）朱鹤龄注《李义山诗集注》，《四库全书》第 1082 册，第 127 页。

8. 刘彻《悼李夫人》又称《悼李夫人赋》①《李夫人赋》②。

9. 司马相如《哀二世赋》又称《哀二世》③《二世赋》④。

10. 司马相如《天子游猎赋》又称《游猎赋》（或作《遊猎赋》《遊猎赋》）。⑤

11. 司马迁《悲士不遇赋》又称《士不遇赋》⑥《悲不遇赋》⑦。

---

①（清）姚鼐：《古文辞类纂》，《续修四库全书》第 1610 册，第 62 页。（清）张惠言：《七十家赋钞》，《续修四库全书》第 1611 册，第 44 页。（南北朝）庾信撰，（清）倪璠注《庾子山集》，《四库全书》第 1064 册，第 770～771 页。（唐）骆宾王撰，（明）颜文选注《骆丞集》，《四库全书》第 1065 册，第 386 页。（唐）欧阳询撰，汪绍楹校《艺文类聚》，第 1537 页。（宋）方崧卿：《韩集举正》，《四库全书》第 1073 册，第 94 页。（宋）李昉：《太平御览》，第 4249 页。（宋）苏轼撰，（宋）施元之注《施注苏诗》，《四库全书》第 1110 册，第 284 页。（宋）林越辑，（明）凌迪知辑《两汉隽言》，第 69 页。（宋）王楙：《野客丛书》，第 198 叶。（明）杨慎：《转注古音略》，第 26 叶。（清）顾炎武：《音学五书》，第 283 页。（清）桂馥：《说文解字义证》，《续修四库全书》第 210 册，第 457 页。（清）胡承珙：《毛诗后笺》，《续修四库全书》第 67 册，第 146 页。（清）石韫玉：《独学庐稿》，第 120 叶。（清）张廷玉：《骈字类编》，《四库全书》第 1000 册，第 394 页。（清）许梿评选，（清）黎经诰注《六朝文絜笺注》，《续修四库全书》第 1611 册，第 204 页。（清）余怀：《板桥杂记》，《续修四库全书》第 1272 册，第 7 页。（清）张英：《渊鉴类函》，木部，第 13 页。（清）张玉书：《佩文韵府》，第 679、877、1431、2222、3719 页。（清）张之洞：《（光绪）顺天府志》，第 874 叶。

②（南北朝）江淹撰，（明）胡之骥注《梁江文通集》，《续修四库全书》第 1304 册，第 461 页。（梁）萧统编，（唐）李善注《文选》，第 747、1036 页。（唐）徐坚：《初学记》，第 227 页。（唐）虞世南：《北堂书钞》，第 661 页。（明）张自烈：《正字通》，《续修四库全书》第 234 册，第 278 页；第 235 册，第 556 页。（清）张英：《渊鉴类函》，岁时部，第 13 页；后妃部，第 10～11 页。

③（梁）萧统编，（唐）李善注《文选》，第 465 页。（宋）苏轼撰，（宋）施元之注《施注苏诗》，《四库全书》第 1110 册，第 133 页。（明）邓元锡：《皇明书》，《续修四库全书》第 316 册，第 351 页。

④（明）胡应麟：《诗薮》，《续修四库全书》第 1696 册，第 195 页。（清）吴震方：《读书质疑》，第 85 页。（唐）杜甫撰，（宋）蔡梦弼笺《杜工部草堂诗笺》，《续修四库全书》第 1307 册，第 57 页。（唐）杜甫撰，（宋）郭知达编《九家集注杜诗》，《四库全书》第 1068 册，第 39 页。

⑤（宋）陈仁子：《文选补遗》，《四库全书》第 1360 册，第 501 页。（元）陶宗仪：《南村辍耕录》，第 289 页。（元）佚名：《群书通要》，《续修四库全书》第 1224 册，第 276 页。（明）彭大翼：《山堂肆考》，《四库全书》第 978 册，第 576 页。（清）陈廷敬：《御选唐诗》，《四库全书》第 1446 册，第 605 页。（清）汪灏：《广群芳谱》，《四库全书》第 846 册，第 747 页。（清）朱亦栋：《群书札记》，《续修四库全书》第 1155 册，第 103 页。（宋）黄朝英：《靖康缃素杂记》，第 5 叶。

⑥（清）严可均：《铁桥漫稿》，《续修四库全书》第 1488 册，第 661 页。（清）张玉书：《佩文韵府》，第 3523 页。

⑦（梁）萧统编，（唐）李善注《文选》，第 2361 页。（南北朝）徐陵辑，（清）吴兆宜注，（清）程际盛删补《玉台新咏》，《续修四库全书》第 1588 册，第 521 页。（宋）王应麟：《玉海》，《四库全书》第 944 册，第 465 页。

12. 王褒《洞箫赋》又称《洞箫》①《箫赋》②。

13. 刘向《请雨华山赋》又称《请雨》。③

14. 刘向《雅琴赋》又称《琴赋》。④

15. 刘歆《甘泉宫赋》又称《甘泉赋》。⑤

16. 扬雄《甘泉赋》又称《甘泉宫赋》。⑥

17. 扬雄《都酒赋》又称《酒赋》。⑦ 简全差异兼侧重差异。

18. 班彪《览海赋》又称《海赋》。⑧

19. 梁竦《悼骚赋》又称《悼骚》。⑨

20. 班固《耿恭守疏勒城赋》又称《守疏勒城赋》。⑩

---

① （梁）刘勰：《文心雕龙》，第 42、193 叶。（明）冯惟讷：《古诗纪》，《四库全书》第 1380 册，第 559 页。

② （唐）韩愈撰，（宋）廖莹中注《东雅堂昌黎集注》，《四库全书》第 1075 册，第 39、135 页。（宋）方崧卿：《韩集举正》，《四库全书》第 1073 册，第 7、28、93 页。（唐）韩愈撰，（宋）朱熹考异《朱文公校韩昌黎先生集》，《四部丛刊》初编第 153 册，第 85、276 页。（明）朱荃宰：《文通》，《续修四库全书》第 1714 册，第 168 页。（唐）韩愈撰，（清）方世举笺注《韩昌黎诗集编年笺注》，《续修四库全书》第 1310 册，第 329 页。

③ （明）胡应麟：《诗薮》，《续修四库全书》第 1696 册，第 195 页。

④ （唐）徐坚：《初学记》，第 387 页。（清）胡世安：《操缦录》，第 50 叶。（清）张英：《渊鉴类函》，乐部，第 19 叶。

⑤ （梁）萧统编，（唐）李善注《文选》，第 22、1196、1450、1838 页。（南北朝）徐陵辑，（清）吴兆宜注，（清）程际盛删补《玉台新咏》，《续修四库全书》第 1588 册，第 538 页。（唐）杜甫撰，（清）仇兆鳌注《杜诗详注》，第 1186 页。（宋）吴棫：《韵补》，第 71 叶。（明）杨慎：《转注古音略》，第 43 叶。（明）张自烈：《正字通》，《续修四库全书》第 235 册，第 446 页。（清）陈廷敬：《御选唐诗》，《四库全书》第 1446 册，第 822 页。（清）汪师韩：《文选理学权舆》，《续修四库全书》第 1581 册，第 38 页。（清）张廷玉：《骈字类编》，《四库全书》第 1003 册，第 206 页。（清）许梿评选，（清）黎经诰注《六朝文絜笺注》，《续修四库全书》第 1611 册，第 216 页。（清）张玉书：《佩文韵府》，第 1647、1650、4125 页。

⑥ （宋）吕祖谦：《观澜集注》，第 135～141 叶。（宋）谢维新：《古今合璧事类备要》，《四库全书》第 941 册，第 463 页。（清）梁章钜：《文选旁证》，《续修四库全书》第 1581 册，第 298 页。（清）王昶：《春融堂集》，《续修四库全书》第 1438 册，第 123 页。

⑦ （唐）欧阳询撰，汪绍楹校《艺文类聚》，第 1248 页。（宋）李昉：《太平御览》，第 3365 页。（宋）高似孙：《纬略》，第 107 叶。（南北朝）徐陵辑，（清）吴兆宜注，（清）程际盛删补《玉台新咏》，《续修四库全书》第 1588 册，第 653 页。（明）沈沈：《酒概》，《续修四库全书》第 1115 册，第 441 页。（明）张溥：《汉魏六朝百三家集》，《四库全书》第 1412 册，第 200 页。（清）陈元龙：《历代赋汇》，《四库全书》1421 册，第 195～196 页。

⑧ （唐）杜甫撰，（清）仇兆鳌注《杜诗详注》，第 186 页。（清）张玉书：《佩文韵府》，第 2638 页。

⑨ （明）杨慎撰，（清）李调元校定《古音丛目》，第 8 叶。（清）姚振宗：《后汉艺文志》，《续修四库全书》第 914 册，第 369 页。（清）姚振宗：《隋书经籍志考证》，《续修四库全书》第 915 册，第 628 页。

⑩ （南北朝）庾信撰，（清）吴兆宜笺注《庾开府集笺注》，《四库全书》第 1064 册，第 38 页。

21. 班固《终南山赋》又称《终南赋》。①

22. 傅毅《洛都赋》又称《洛赋》。②

23. 傅毅《琴赋》又称《雅琴赋》。③

24. 傅毅《羽扇赋》又称《扇赋》。④

25. 崔骃《大将军西征赋》又称《西征赋》。⑤ 案，《大将军西征赋》篇名侧重大将军身份。简省兼侧重差异致异名。

26. 崔骃《大将军临洛观赋》又称《临洛观赋》⑥《洛观赋》⑦。案，《大将军临洛观赋》篇名侧重大将军身份。简全差异兼侧重差异致异名。

27. 王延寿《鲁灵光殿赋》又称《灵光殿赋》⑧《灵光赋》⑨《灵殿

---

① （梁）萧统编，（清）胡绍煐笺证《文选笺证》，《续修四库全书》第1582册，第167页。

② （唐）虞世南：《北堂书钞》，第563页。（清）张英：《渊鉴类函》，舟部，第2页。（明）陈耀文：《天中记》，《四库全书》第965册，第571页。（清）张廷玉：《骈字类编》，《四库全书》第1000册，第544页。

③ （梁）萧统编，（唐）李善注《文选》，第847、848页。（宋）王应麟：《玉海》，《四库全书》第945册，第870页。（清）汪师韩：《文选理学权舆》，《续修四库全书》第1581册，第38页。（清）朱骏声：《说文通训定声》，《续修四库全书》第221册，第8页。（清）严可均辑《全上古三代秦汉三国六朝文》，第706页。

④ （唐）虞世南：《北堂书钞》，第538页。（清）严可均辑《全上古三代秦汉三国六朝文》，第706页。

⑤ （宋）王楙：《野客丛书》，第123叶。（清）杭世骏：《订讹类编》，《续修四库全书》第1148册，第22页。（清）俞樾：《茶香室丛钞》，第788叶。（清）张玉书：《佩文韵府》，第1119、2285、1647页。（清）张廷玉：《骈字类编》，《四库全书》第994册，第647页。

⑥ （梁）萧统编，（唐）李善注《文选》，第1225页。（宋）叶廷珪：《海录碎事》，《四库全书》第921册，第37页。（清）汪师韩：《文选理学权舆》，《续修四库全书》第1581册，第37页。（清）张玉书：《佩文韵府》，第213、241、790、1490页。

⑦ （唐）虞世南：《北堂书钞》，第658页。

⑧ （宋）谢维新：《古今合璧事类备要》，《四库全书》第941册，第77~78页。（清）陈廷敬：《御选唐诗》，《四库全书》第1446册，第364页。（清）惠栋：《古文尚书考》，《续修四库全书》第44册，第71页。（清）毛奇龄：《古文尚书冤词》，《四库全书》第66册，第562页。（明）张自烈：《正字通》，《续修四库全书》第234册，第330页；第235册，第112、166、172页。（宋）吴棫：《韵补》，第160、165、182叶。（唐）白居易：《白氏六帖事类集》，第62、64页。（清）檀萃：《重镌草堂外集》，《续修四库全书》第1445册，第304页。（清）毛奇龄：《古今通韵》，《四库全书》第242册，第267页。（唐）杜牧撰，（清）冯集梧注《樊川诗集》，《续修四库全书》第1312册，第224、229页。（清）永瑢：《讬晋斋集》，《续修四库全书》第1487册，第169页。（清）桂馥：《札朴》，《续修四库全书》第1156册，第136、145页。（唐）颜师古：《匡谬正俗》，第110叶。

⑨ （唐）骆宾王撰，（明）颜文选注《骆丞集》，《四库全书》第1065册，第384页。（宋）钱端礼：《诸史提要》，第130叶。（宋）王安石撰，（宋）李壁注《王荆公诗注》，《四库全书》第1106册，第194页。（元）熊忠：《古今韵会举要》，《四库全书》第238册，第666页。（明）陈第：《毛诗古音考》，《四库全书》第239册，第503页。（明）陈锡：《易原》，《续修四库全书》第10册，第53页。（清）毛奇龄：《经问》，《四库全书》第191册，第107页。

赋》①。案，王延寿《鲁灵光殿赋》："自西京未央、建章之殿，皆见隳坏，而灵光岿然独存。……乃立灵光之秘殿，配紫微而为辅。……瞻彼灵光之为状也。"② 故称《灵光赋》。宫、殿常连言，赋结尾："彤彤灵宫，岿嶵穹崇。"称"灵宫"，故称《灵殿赋》。简全差异兼换词命篇致异名。

28. 马融《梁将军西第赋》又称《西第赋》。③ 案，《梁将军西第赋》篇名侧重梁将军的府邸主人身份。简全差异兼侧重差异致异名。

29. 马融《围棋赋》又称《碁赋》。④ 案，"围棋"简省为"棋"。"碁"同"棋"。⑤ 简全差异兼通假致异名。

30. 马融《长笛赋》又称《笛赋》。⑥

31. 刘琬《神龙赋》又称《龙赋》。⑦

32. 边让《章华赋》又称《章华台赋》⑧《章台赋》⑨。案，简全差异兼侧重差异致异名。

33. 蔡邕《团扇赋》又称《扇赋》。⑩

① （清）檀萃：《重镌草堂外集》，《续修四库全书》第 1445 册，第 166 页。
② 费振刚、胡双宝、宗明华辑校《全汉赋》，第 527 页。
③ （清）文廷式：《纯常子枝语》，《续修四库全书》第 1165 册，第 537 页。
④ （宋）谢维新：《古今合璧事类备要》，《四库全书》第 939 册，第 458 页。
⑤ 王力主编《王力古汉语字典》，第 812 页。
⑥ （汉）应劭：《风俗通义》，第 174 叶。（梁）沈约：《宋书》，第 555～556 页。（南北朝）徐陵辑，（清）吴兆宜注，（清）程际盛删补《玉台新咏》，《续修四库全书》第 1588 册，第 634 页。（宋）黄鹤集注，（宋）蔡梦弼校正《黄氏集千家注杜工部诗史补遗》，《续修四库全书》第 1307 册，第 314 页。（元）李衎：《竹谱》，《四库全书》第 814 册，第 383 页。（宋）吴棫：《韵补》，第 146、147、151、155、162、180、184、190、205 叶。（清）汪师韩：《文选理学权舆》，《续修四库全书》第 1581 册，第 99 页。
⑦ （唐）杜甫撰，（清）仇兆鳌注《杜诗详注》，第 254 页。
⑧ （明）钟崇文：《（隆庆）岳州府志》，第 278～279 叶。（清）严可均辑《全上古三代秦汉三国六朝文》，第 930 页。（清）卞宝第、李瀚章等修，（清）曾国荃、郭嵩焘等撰《（光绪）湖南通志》，《续修四库全书》第 662 册，第 216 页。（南北朝）徐陵辑，（清）吴兆宜注（清）程际盛删补《玉台新咏》，《续修四库全书》第 1588 册，第 516、529、536、549、562 页。（唐）虞世南：《北堂书钞》，第 411、593 页。（宋）叶廷珪：《海录碎事》，《四库全书》第 921 册，第 551 页。（明）梅鼎祚：《古乐苑》，第 39 叶。（明）杨慎：《升庵集》，《四库全书》第 1270 册，第 675 页。
⑨ （梁）萧统编，（清）胡绍煐笺证《文选笺证》，《续修四库全书》第 1582 册，第 93 页。（梁）萧统编，（唐）李善等注《六臣注文选》，《四部丛刊》初编第 420 册，第 267 页。（唐）虞世南：《北堂书钞》，第 411 页。
⑩ （清）张玉书：《佩文韵府》，第 1631、1635 页。

34. 蔡邕《伤故栗赋》又称《栗赋》。①

35. 蔡邕《霖雨赋》又称《霖赋》。②

36. 赵壹《刺世疾邪赋》又称《疾邪赋》③《嫉邪赋》。④ 案，《荀子·大略》："有亡而无疾。"王先谦注："疾与嫉同，恶也。"⑤ 简全差异兼通假致异名。

37. 陈琳《迷迭赋》又称《迷迭香赋》。⑥

38. 陈琳《玛瑙勒赋》又称《玛瑙赋》。⑦ 案，陈琳《玛瑙勒赋》："五官将得马脑，以为宝勒，美其英彩之光艳也。使琳赋之。"⑧《玛瑙勒赋》篇名侧重勒，《玛瑙赋》篇名侧重材质。简全差异兼侧重差异致异名。

39. 王粲《玛瑙勒赋》又称《玛瑙赋》。⑨ 简全差异兼侧重差异致异名。

40. 王粲《大暑赋》又称《暑赋》。⑩

① （明）彭大翼：《山堂肆考》，《四库全书》第 978 册，第 196 页。（清）张玉书：《佩文韵府》，第 1543、3796 页。

② （梁）萧统编，（唐）李善注《文选》，第 1379 页。（清）吴伟业撰，（清）靳荣藩注《吴诗集览》，《续修四库全书》第 1396 册，第 437 页。（明）陈耀文：《天中记》，《四库全书》第 965 册，第 110 页。（清）张英：《渊鉴类函》，天部，第 20 页。（清）张玉书：《佩文韵府》，第 489 页。

③ （宋）陈鉴：《东汉文鉴》，第 614 页。（宋）陈仁子：《文选补遗》，《四库全书》第 1360 册，第 521~522 页。（清）陈元龙：《历代赋汇》，《四库全书》第 1420 册，第 526 页。（清）顾炎武：《音学五书》，第 294 页。（明）查应光：《靳史》，第 35 叶。（清）张玉书：《佩文韵府》，第 2763 页。

④ （清）费廷珍主纂《（乾隆）直隶秦州新志》，清乾隆二十九年刊本，第 1494~1496 叶。（唐）杜甫撰，（清）仇兆鳌注《杜诗详注》，第 1384~1385 页。《程明諲代作寿文案四件》，民国铅印本，第 11 叶。

⑤ （清）王先谦撰，沈啸寰，王星贤点校《荀子集解》，第 584 页。

⑥ （宋）吴棫：《韵补》，第 94、213 叶。（明）张自烈：《正字通》，《续修四库全书》第 234 册，第 577~578 页；第 235 册，第 252 页。（清）陈元龙：《历代赋汇》，《四库全书》第 1422 册，第 379 页。

⑦ （明）张自烈：《正字通》，《续修四库全书》第 235 册，第 687 页。（清）张玉书：《佩文韵府》，第 1963 页。

⑧ 费振刚、胡双宝、宗明华辑校《全汉赋》，第 705 页。

⑨ （清）张玉书：《佩文韵府》，第 4115 页。

⑩ （宋）谢维新：《古今合璧事类备要》，《四库全书》第 939 册，第 114 页。（明）彭大翼：《山堂肆考》，《四库全书》第 974 册，第 182 页。

41. 王粲《槐树赋》又称《槐赋》。①

42. 王粲《鹝赋》又称《鹝鸟赋》。②

43. 王粲《迷迭赋》又称《迷迭香赋》。③

44. 王粲《游海赋》又称《海赋》。④

45. 王粲《羽猎赋》又称《猎赋》。⑤

46. 应玚《迷迭赋》又称《迷迭香赋》。⑥

47. 应玚《灵河赋》又称《河赋》。⑦ 案，应玚《灵河赋》："咨灵川之遐原，于昆仑之神丘。"⑧ 简全差异兼据赋作所含字词命篇致异名。

---

① （明）张溥：《汉魏六朝百三家集》，《四库全书》第1412册，第745页。（清）陈元龙：《历代赋汇》，《四库全书》第1421册，第485页。（清）陈廷敬：《御选唐诗》，《四库全书》第1446册，第850页。（清）汪灏：《广群芳谱》，第1153叶。（清）王芑孙：《渊雅堂全集》，《续修四库全书》第1481册，第383页。（清）张廷玉：《骈字类编》，《四库全书》第994册，第76页；第999册，第482页；第1004册，第485页。（清）张玉书：《佩文韵府》，第754、1779、183、2200、2804页。

② （清）和瑛：《易简斋诗钞》，《续修四库全书》第1460册，第502页。

③ （清）陈元龙：《历代赋汇》，《四库全书》第1421册，第529页。（清）胡承珙：《毛诗后笺》，《续修四库全书》第67册，第484页。（清）王念孙：《广雅疏证》，《续修四库全书》第191册，第179页。（清）张廷玉：《骈字类编》，《四库全书》第997册，第147页；第999册，第91、471、507页；第1000册，第51、110页。

④ （南北朝）徐陵撰，（清）吴兆宜笺注《徐孝穆集笺注》，《四库全书》第1064册，第885页。（唐）杜甫撰，（宋）郭知达编《九家集注杜诗》，《四库全书》第1068册，第225、240、241、246页。（宋）李昉：《太平御览》，第3414页。（宋）施宿：《（嘉泰）会稽志》，第161叶。（宋）吴淑：《事类赋》，第196叶。（宋）谢维新：《古今合璧事类备要》，《四库全书》第939册，第76页。（明）董斯张：《广博物志》，《四库全书》第981册，第311页。（明）张元忭：《（万历）绍兴府志》，第154叶。（清）陈廷敬：《御选唐诗》，《四库全书》第1446册，第262、735页。（清）陈元龙：《格致镜原》，《四库全书》第1031册，第392页。（清）檇萃：《重镌草堂外集》，《续修四库全书》第1445册，第191页。（清）张英：《渊鉴类函》，舟部，第2页。

⑤ （南北朝）徐陵撰，（清）吴兆宜笺注《徐孝穆集笺注》，《四库全书》第1064册，第889页。（唐）骆宾王撰，（明）颜文选注《骆丞集》，《四库全书》第1065册，第387页。（唐）徐坚：《初学记》，第541页。（宋）祝穆：《古今事文类聚》，《四库全书》第927册，第59页。（明）陈仁锡：《类选笺释草堂诗余》，《续修四库全书》第1728册，第169页。（清）张英：《渊鉴类函》，武功部，第13、25页。

⑥ （清）张廷玉：《骈字类编》，《四库全书》第996册，第682页；第999册，第480页；第1004册，第723页。（清）官修《韵府拾遗》，《四库全书》第1029册，第273页。（清）陈元龙：《历代赋汇》，《四库全书》第1421册，第529页。

⑦ （宋）王安石撰，（宋）李壁注《王荆公诗注》，《四库全书》第1106册，第165页。（清）张玉书：《佩文韵府》，第1032页。

⑧ （清）严可均辑《全上古三代秦汉三国六朝文》，第699页。

48. 刘桢《大暑赋》又称《暑赋》。①

49.《初学记》卷二十六、《渊鉴类函》卷三百七十引徐幹《冠赋》称"魏齐幹赋"。② 案，引文"魏齐幹赋曰：'纤丽细缨，轻配蝉翼。尊曰元饰，贵为首服。君子敬慎，自强不忒。'"文句属徐幹《冠赋》。"魏"当指其地后归魏国，"齐"指徐幹籍贯地，"幹"指徐幹，省略"徐"。

50. 繁钦《暑赋》又称《酷暑赋》。③

51. 繁钦《柳赋》又称《柳树赋》。④

52. 繁钦《建章凤阙赋》又称《建章凤楼阙赋》⑤《凤阙赋》⑥《建章》⑦。

53. 卞兰《赞述太子赋》又称《太子赋》⑧《赞太子赋》（一作《讚太子赋》）⑨。案，"'讚'，'赞'的后起字"⑩简全差异兼古今字致异名。

54. 曹丕《迷迭赋》又称《迷迭香赋》。⑪

55. 曹丕《玛瑙勒赋》又称《玛瑙赋》⑫《码磟赋》⑬。案，简全差异、

---

① （清）张英：《渊鉴类函》，岁时部，第 34 页。
② （唐）徐坚：《初学记》，第 623 页。（清）张英：《渊鉴类函》，服饰部，第 2 页。
③ （唐）杜甫撰，（清）仇兆鳌注《杜诗详注》，《四库全书》第 1070 册，第 788 页。
④ （梁）萧统编，（唐）李善注《文选》，第 1225 页。（清）何焯、陈鹏年等编《分类字锦》，《四库全书》第 1005 册，第 118 页。（清）汪师韩：《文选理学权舆》，《续修四库全书》第 1581 册，第 40 页。
⑤ （南北朝）郦道元撰，（明）朱谋㙔注《水经注笺》，第 244 叶。（明）陈禹谟：《骈志》，《四库全书》第 973 册，第 309 页。
⑥ （清）陈廷敬：《御选唐诗》，《四库全书》第 1446 册，第 550 页。（宋）吴棫：《韵补》，第 14 叶。（明）张自烈：《正字通》，《续修四库全书》第 235 册，第 16 页。
⑦ （汉）佚名：《三辅黄图》，《四部丛刊》三编第 586 册，第 609 页。（清）顾炎武：《历代帝王宅京记》，《四库全书》第 572 册，第 623 页。
⑧ （宋）吴棫：《韵补》，第 26 叶。（明）张自烈：《正字通》，《续修四库全书》第 235 册，第 92 页。（清）毛奇龄：《古今通韵》，《四库全书》第 242 册，第 38 页。
⑨ （唐）李商隐撰，（清）徐炯笺注《李义山文集笺注》，《四库全书》，第 1082 册，第 272 页。（唐）徐坚：《初学记》，第 232 页。（清）张英：《渊鉴类函》，储宫部，第 4 页。
⑩ 王力主编《王力古汉语字典》，第 1306 页。
⑪ （宋）陈敬：《陈氏香谱》，《四库全书》第 844 册，第 337 页。（明）张溥：《汉魏六朝百三家集》，《四库全书》第 1412 册，第 591 页。（明）周嘉胄：《香乘》，《四库全书》第 844 册，第 576 页。（清）陈元龙：《历代赋汇》，《四库全书》第 1421 册，第 529 页。（清）王太岳：《四库全书考证》，第 2083 叶。
⑫ （唐）杜甫撰，（清）仇兆鳌注《杜诗详注》，第 48 页。
⑬ （唐）杜甫撰，（宋）王洙注《分门集注杜工部诗》，《续修四库全书》第 1306 册，第 413 页。

异体字兼侧重差异致异名。

56. 曹植《槐赋》又称《槐树赋》。①

57. 曹植《大暑赋》又称《暑赋》。②

58. 曹植《九华扇赋》又称《扇赋》。③ 案，《九华扇赋》篇名侧重扇的纹样。简全差异兼侧重差异致异名。

59. 曹植《宴乐赋》又称《乐赋》。④ 案，二者疑为同一赋作。⑤

60. 曹植《离缴雁赋》又称《缴雁赋》⑥《雁赋》⑦。

汉赋篇名简全差异，是在赋作流传过程中形成的。对同一篇赋作进行称引时，不同的人保留的成分会根据各自的需求或用语习惯有所区别，这就造成同一赋作在一次或多次简省过程中，形成的新篇名并不完全一致。与唐宋后雕版刻印亦有一定关系，刻印者亦可能将前人简省的篇名改写成全称，以塑造权威版本。

（三）文体混融致异名

汉赋流传过程中，赋与其他文体混融致异名的共 66 例。其中，赋、颂混融 20 例；赋、歌混融 10 例；赋、文混融 9 例；赋、辞（词）混融 5 例；赋、书混融 5 例；赋、诗混融 5 例；赋、铭混融 3 例；赋、箴混融 2 例；赋、记混融 2 例；赋（论）、传混融 1 例；赋、解混融 1 例；赋、操混融 1 例；赋、隐混融 1 例，共 13 小类。另存在文体泛称或混称致异名者 1 例。

第一类，赋、颂混融。

赋、颂混融现象，挚虞《文章流别论》即已论及："若马融《广成》

---

① （唐）徐坚：《初学记》，第 689 页。（清）严可均辑《全上古三代秦汉三国六朝文》，第 1129 页。

② （清）张玉书：《佩文韵府》，第 2289 页。

③ （唐）温庭筠撰，（明）曾益笺注《温飞卿诗集笺注》，《四库全书》第 1082 册，第 475 页。（唐）徐坚：《初学记》，第 455 页。（唐）虞世南：《北堂书钞》，第 539 页。（宋）李昉：《太平御览》，第 1759 页。（清）陈廷敬：《御选唐诗》，《四库全书》第 1446 册，第 1001 页。（清）严可均辑《全上古三代秦汉三国六朝文》，第 1128 页。（清）张英：《渊鉴类函》，人部，第 43 页。（清）张玉书：《佩文韵府》，第 627 页。

④ （隋）杜公瞻：《编珠》，第 25 叶。（清）张英：《渊鉴类函》，乐部，第 26 页。

⑤ 程章灿：《魏晋南北朝赋史》，第 356 页。

⑥ （唐）徐坚：《初学记》，第 736 页。

⑦ （清）张玉书：《佩文韵府》，第 1320、4114 页。

《上林》之属，纯为今赋之体而谓之颂，失之远矣。"①

1. 司马相如《大人赋》又称《大人颂》。②

2. 王褒《甘泉赋》又称《甘泉颂》③《甘泉宫颂》④。甘泉宫简省为甘泉。赋、颂混融兼简全差异致异名。

3. 王褒《洞箫赋》又称《洞箫颂》。⑤

4. 扬雄《羽猎赋》又称《校猎颂》。⑥ 案，《羽猎赋》又称《校猎赋》。赋、颂混融兼换词命篇致异名。

5. 杜笃《众瑞赋》又称《众瑞颂》。⑦《后汉艺文志》卷四同时列出《众瑞赋》《众瑞颂》⑧，讹，当为一篇。

---

① （晋）挚虞：《挚太常遗书》，民国十一年排印郑龙丛书本，第83页。

② （明）陈耀文：《天中记》，《四库全书》第966册，第321页。（明）陈禹谟：《骈志》，《四库全书》第973册，第81页。

③ （宋）范晔撰，（唐）李贤等注《后汉书》，第1339页。（梁）萧统编，（唐）李善注《文选》，第9、52、53页。（梁）萧统编，（清）胡绍煐笺证《文选笺证》，《续修四库全书》第1582册，第22页。（南北朝）庾信撰，（清）倪璠注《庾子山集》，《四库全书》第1064册，第441、523页。（隋）杜公瞻：《编珠》，第16叶。（唐）虞世南：《北堂书钞》，第375页。（宋）陈鉴：《东汉文鉴》，第129页。（宋）王楙：《野客丛书》，第33叶。（宋）王应麟：《玉海》，《四库全书》第947册，第90页。（明）陈耀文：《天中记》，《四库全书》第965册，第594页。（明）杨慎：《秋林伐山》，第107~108叶。（清）杭世骏：《订讹类编》，《续修四库全书》第1148册，第33页。（清）何焯：《义门读书记》，第861页。（清）王先谦：《后汉书集解》，《续修四库全书》第272册，第646页。（清）许鸣磐：《方舆考证》，第1521叶。（清）张玉书：《佩文韵府》，第158、491页。

④ （南北朝）徐陵辑，（清）吴兆宜注，（清）程际盛删补《玉台新咏》，《续修四库全书》第1588册，第632页。（唐）欧阳询：《艺文类聚》，第1114~1115页。（唐）虞世南：《北堂书钞》，第38页。（北宋）郭茂倩：《乐府诗集》，第1017页。（明）王志庆：《古俪府》，《四库全书》第979册，第518页。（明）张溥：《汉魏六朝百三家集》，《四库全书》第1412册，第141页。（清）张廷玉：《骈字类编》，《四库全书》第999册，第273、687、710页；第1000册，第351页；第1004册，第602页。（清）严可均辑《全上古三代秦汉三国六朝文》，第358~359页。（清）张英：《渊鉴类函》，居处部，第7页。（清）张玉书：《佩文韵府》，第161、855页。

⑤ （汉）班固：《汉书》，第2829页。（梁）萧统编，（唐）李善注《文选》，第189、783页。（梁）萧统编，（唐）李善等注《六臣注文选》，《四部丛刊》初编第418册，第707页。（唐）白居易：《白氏六帖事类集》，第44页。（宋）王应麟：《玉海》，《四库全书》第944册，第568页。

⑥ （清）张玉书：《佩文韵府》，第2695、3105页。

⑦ （梁）萧统编，（唐）李善注《文选》，第595、937页。（清）汪师韩：《文选理学权舆》，《续修四库全书》第1581册，第43页。（清）张玉书：《佩文韵府》，第135页。

⑧ （清）姚振宗：《后汉艺文志》，《续修四库全书》第914册，第376页。

6. 班固《幽通赋》又称《幽通颂》。①

7. 班固《终南山赋》又称《终南山颂》②《终南颂》③。终南山简省为终南。赋、颂混融兼简全差异致异名。

8. 傅毅《神雀赋》又称《神雀颂》④《爵颂》⑤。案，"'爵'在古书中也被假借作'雀'，二者为古今字"⑥。赋、颂混融，兼简全差异、古今字致异名。

9. 傅毅《郊祀赋》又称《郊祀颂》。⑦

10. 刘騊駼《玄根赋》又称《玄根颂》⑧《元根颂》⑨。讳"玄"为"元"。赋、颂混融兼避讳致异名。

---

① （清）沈钦韩：《汉书疏证》，《续修四库全书》第 266 册，第 706 页。（清）沈钦韩：《后汉书疏证》，《续修四库全书》第 271 册，第 559 页。

② （南北朝）庾信撰，（清）倪璠注《庾子山集》，《四库全书》第 1064 册，第 492 页。

③ （梁）萧统编，（唐）李善注《文选》，第 179 页。（梁）萧统编，（唐）李善等注《六臣注文选》，《四部丛刊》初编第 418 册，第 685 页。（唐）杜甫撰，（清）仇兆鳌注《杜诗详注》，第 1734 页。（唐）杜甫撰，（清）钱谦益注《钱注杜诗》，第 488 页。（唐）杜甫撰，（宋）郭知达编《九家集注杜诗》，《四库全书》第 1068 册，第 529 页。（唐）杜甫撰，（宋）黄希原本、黄鹤补注《补注杜诗》，《四库全书》第 1069 册，第 560 页。（唐）杜甫撰，（宋）王洙注《分门集注杜工部诗》，《续修四库全书》第 1306 册，第 294 页。

④ （唐）虞世南：《北堂书钞》，第 389 页。（宋）李昉：《太平御览》，第 2648 页。（宋）王应麟：《玉海》，《四库全书》第 944 册，第 595 页。（宋）王应麟：《困学纪闻》，《四部丛刊》三编 605 册，第 374 页。（宋）王应麟：《小学绀珠》，《四库全书》第 948 册，第 479 页。（明）胡爌：《拾遗录》，第 27 叶。（明）王志坚：《四六法海》，《四库全书》第 1394 册，第 401 页。（清）彭元瑞：《宋四六话》，《续修四库全书》第 1715 册，第 54 页。（清）姚振宗：《后汉艺文志》，《续修四库全书》第 914 册，第 402 页。（清）张英：《渊鉴类函》，文学部，第 23 页。

⑤ （汉）王充：《论衡》，《四部丛刊》初编第 98 册，第 518 页。（明）郭良翰：《问奇类林》，第 219 叶。（明）王世贞：《弇州四部稿》，第 6879 页。（明）王世贞：《艺苑卮言》，《续修四库全书》第 1695 册，第 511 页。（明）周子文：《艺薮谈宗》，第 548 页。（清）官修：《韵府拾遗》，《四库全书》第 1030 册，第 80 页。（清）孙梅：《四六丛话》，《续修四库全书》第 1715 册，第 398 页。（清）王先谦：《后汉书集解》，《续修四库全书》第 272 册，第 610 页。

⑥ 蒋志远：《王筠〈古今字〉研究》，第 32、45、106～107 页。

⑦ （唐）颜师古：《匡谬正俗》，第 100 叶。

⑧ （梁）萧统编，（唐）李善注《文选》，第 1583 页。（梁）萧统编，（唐）李善等注《六臣注文选》，《四部丛刊》初编第 421 册，第 675 页。（唐）虞世南：《北堂书钞》，第 418 页。（明）梅鼎祚：《东汉文纪》，《四库全书》第 1397 册，第 291 页。（清）王先谦：《后汉书集解》，《续修四库全书》第 272 册，第 381 页。

⑨ （清）张英：《渊鉴类函》，乐部，第 19 页。

11. 张升《白鸠赋》又称《白鸠颂》。①

12. 马融《梁将军西第赋》又称《梁大将军西第颂》②《西第颂》③《高第颂》④《西弟颂》⑤。"'弔—弟—苐—第'客观上形成多组'古今字'关系。"⑥ 赋、颂混融兼换词命篇、简全差异、古今字致异名。

13. 蔡邕《琴赋》又称《琴颂》。⑦ 案，《全上古三代秦汉三国六朝文》全后汉文卷六十九："'颂'即'赋'字，写误。"⑧

第二类，赋、歌混融。

1. 赵幽王刘友《临终歌》又称《赵幽王歌》⑨《赵幽王友歌》⑩《赵王友歌》⑪

---

① （宋）李昉：《太平御览》，第 4088 页。（明）梅鼎祚：《东汉文纪》，《四库全书》第 1397 册，第 365 页。

② （清）严可均辑《全上古三代秦汉三国六朝文》，第 571 页。

③ （梁）萧统编，（唐）李善注《文选》，第 182 页。（唐）虞世南：《北堂书钞》，第 661 页。（明）顾起元：《说略》，第 178 叶。（明）夏树芳：《词林海错》，第 84 叶。（明）徐树丕：《识小录》，第 181 叶。（明）杨慎：《升庵集》，《四库全书》第 1270 册，第 744 页。（明）杨慎：《谭苑醍醐》，《四库全书》第 855 册，第 708 页。（明）杨慎：《丹铅总录》，第 33、176 页。（清）洪亮吉：《北江诗话》，《续修四库全书》第 1705 册，第 27 页。（清）孔广森：《礼学卮言》，《续修四库全书》第 110 册，第 87 页。（清）梁章钜：《文选旁证》，《续修四库全书》第 1581 册，第 629 页。（清）汪师韩：《文选理学权舆》，《续修四库全书》第 1581 册，第 43 页。（清）姚范：《援鹑堂笔记》，《续修四库全书》第 1149 册，第 34 页。（清）张英：《渊鉴类函》，岁时部，第 13 页。

④ （梁）萧统编，（唐）李善注《文选》，第 706 页。（清）汪师韩：《文选理学权舆》，《续修四库全书》第 1581 册，第 43 页。

⑤ （宋）李昉：《太平御览》，第 4306 页。

⑥ 蒋志远：《王筠〈古今字〉研究》，第 55 页。

⑦ （梁）萧统编，（唐）李善注《文选》，第 1426 页。（唐）杜甫撰，（宋）王洙注《分门集注杜工部诗》，《续修四库全书》第 1306 册，第 338 页。（宋）郭茂倩：《乐府诗集》，第 540 页。（唐）李白撰，（清）王琦注《李太白集注》，《四库全书》第 1067 册，第 68 页。（宋）姚宽：《西溪丛语》，第 48 页。（明）梅鼎祚：《古乐苑》，第 283 叶。（明）张溥：《汉魏六朝百三家集》，《四库全书》第 1412 册，第 540 页。（清）汪师韩：《文选理学权舆》，《续修四库全书》第 1581 册，第 43 页。

⑧ （清）严可均辑《全上古三代秦汉三国六朝文》，第 854 页。

⑨ （宋）郭茂倩：《乐府诗集》，第 1011 页。（元）左克明：《古乐府》，第 7 叶。（清）成僎：《诗说考略》，《续修四库全书》第 71 册，第 510 页。

⑩ （清）顾炎武：《音学五书》，第 305、47 页。（清）钱大昕：《十驾斋养新录附余录》，《续修四库全书》第 1151 册，第 149 页。（清）赵曦明：《颜氏家训》，《续修四库全书》第 1121 册，第 671 页。

⑪ （清）杜文澜：《古谣谚》，《续修四库全书》第 1601 册，第 74~75 页。（清）段玉裁：《诗经小学》，《续修四库全书》第 64 册，第 181 页。（清）顾炎武：《音学五书》，第 499 页。（清）毛奇龄：《古今通韵》，《四库全书》第 242 册，第 253 页。（清）盛大士：《朴学斋笔记》，第 77 叶。（清）臧庸：《拜经日记》，《续修四库全书》第 1158 册，第 159~160 页。

《赵王歌》①《赵王之歌》②《幽歌》③。案，刘友称赵幽王、赵王，单称友。刘友被幽禁，临终而作。据赋作者名命篇、文体混融及简全差异致异名。

2. 张衡《定情赋》又称《定情歌》。④ 案，张衡《定情赋》残存部分为骚体，疑可入乐，故称《定情歌》。

3. 蔡邕《释诲》又称《琴歌》。⑤ 案，赋结尾："胡老乃扬衡含笑，援琴而歌。歌曰……"⑥ 取赋作篇末内容命篇，赋、歌混融，属于篇目本全而偏举者。

4. 赵壹《刺世疾邪赋》又称《赵壹歌》。⑦ 案，赋结尾："鲁生闻此辞，系而作歌曰……"⑧ 侧重作者，故称《赵壹歌》。赋、歌混融，取赋作内容命篇致异名。

① （明）张自烈：《正字通》，《续修四库全书》第234册，第53页。（清）江永：《古韵标准》，清乾隆五十四年历城周氏竹西书屋重编印益都李文藻等刻贷园丛书本，第68叶。（清）周寿昌：《汉书注校补》，《续修四库全书》第267册，第751页。

② （宋）吴棫：《韵补》，第19叶。（宋）杨简：《慈湖诗传》，《四库全书》第73册，第15页。（清）毛奇龄：《古今通韵》，《四库全书》第242册，第38页。

③ （明）冯惟讷：《古诗纪》，《四库全书》第1379册，第84～85页。（明）陆时雍：《古诗镜》，《四库全书》第1411册，第262页。（明）梅鼎祚：《古乐苑》，第390叶。（明）钟惺：《古诗归》，《续修四库全书》第1589册，第384页。（清）陈祚明：《采菽堂古诗选》，《续修四库全书》第1590册，第635页。（清）王闿运：《八代诗选》，《续修四库全书》第1593册，第588页。

④ （南北朝）徐陵辑，（清）吴兆宜注，（清）程际盛删补《玉台新咏》，《续修四库全书》第1588册，第644页。（唐）李白撰，（清）王琦注《李太白集注》，《四库全书》第1067册，第390页。（明）曹学佺：《石仓历代诗选》，《四库全书》第1387册，第13页。（明）冯惟讷：《古诗纪》，《四库全书》第1379册，第99页。（明）蒋一葵：《尧山堂外纪》，《续修四库全书》第1194册，第71页。（明）梅鼎祚：《古乐苑》，第397叶。（清）张廷玉：《骈字类编》，《四库全书》第1004册，第245页。（清）姚振宗：《后汉艺文志》，《续修四库全书》第914册，第380页。（清）姚振宗：《隋书经籍志考证》，《续修四库全书》第915册，第652页。

⑤ （明）冯惟讷：《古诗纪》，《四库全书》第1379册，第102页。（明）钟惺：《古诗归》，《续修四库全书》第1589册，第395页。（唐）杜甫撰，（清）仇兆鳌注《杜诗详注》，第307页。（明）张自烈：《正字通》，《续修四库全书》第234册，第51页。

⑥ 费振刚、胡双宝、宗明华辑校《全汉赋》，第602页。

⑦ （南北朝）庾信撰，（清）吴兆宜笺注《庾开府集笺注》，《四库全书》第1064册，第101页。（唐）杜甫撰，（清）钱谦益注《钱注杜诗》，第16页。（宋）黄庭坚撰，（宋）任渊注《山谷内集诗注》，《四库全书》第1114册，第68、172页。（元）佚名：《群书通要》，《续修四库全书》第1224册，第398页。（明）彭大翼：《山堂肆考》，《四库全书》第978册，第582页。

⑧ 费振刚、胡双宝、宗明华辑校《全汉赋》，第555页。

5.《正字通》引曹丕《登城赋》文句称歌。① 案，所引"水幡幡其长流，鱼裔裔而东驰"属曹丕《登城赋》，六言，对仗工整，类歌，故称。

赋、歌混融当与部分赋作本身含有"歌曰"相关，亦与辞赋口头文学性变迁相关。"辞赋本来是口头文学。……这样汉武帝时代辞赋的欣赏法，就是'诵赋'与'看赋'并驰。以后辞赋的口头文学性越来越小，而书面文学性越来越大，与之同时，辞赋的音乐性也减少，视觉性则加强了。"②

第三类，赋、文混融。

1. 贾谊《吊屈原赋》又称《吊屈原文》。③

2. 司马相如《哀二世赋》又称《吊秦二世文》④《吊二世文》⑤。秦二世简省为二世。哀、吊，意义相通。赋、文混融，兼换词命篇、简全差异致异名。

3. 司马相如《难蜀父老》又称《喻巴蜀并难蜀父老文》⑥《难蜀父老文》⑦《难蜀文》⑧《谕蜀文》⑨。赋、文混融，兼据创作缘由命篇、简全差异、换

---

① （明）张自烈：《正字通》，《续修四库全书》第 235 册，第 457 页。

② 〔日〕清水茂：《清水茂汉学论集》，蔡毅译，中华书局，2003，第 232 页。

③ （梁）任昉：《文章缘起》，第 40 叶。（梁）萧统编，（唐）李善注《文选》，第 2590～2592 页。（南北朝）徐陵辑，（清）吴兆宜注，（清）程际盛删补《玉台新咏》，《续修四库全书》第 1588 册，第 525 页。（唐）白居易：《白氏六帖事类集》，第 779 页。

④ （唐）杜甫撰，（宋）蔡梦弼笺《杜工部草堂诗笺》，《续修四库全书》第 1307 册，第 80 页。（唐）杜甫撰，（宋）郭知达编《九家集注杜诗》，《四库全书》第 1068 册，第 51 页。（唐）杜甫撰，（宋）王洙注《分门集注杜工部诗》，《续修四库全书》第 1306 册，第 302 页。

⑤ （梁）萧统编，（唐）李善注《文选》，第 289 页。（梁）萧统编，（唐）李善等注《六臣注文选》，《四部丛刊》初编第 419 册，第 65 页。（清）汪师韩：《文选理学权舆》，《续修四库全书》第 1581 册，第 51 页。

⑥ （梁）任昉：《文章缘起》，第 39 叶。（宋）章如愚：《山堂考索》，《四库全书》第 936 册，第 273 页。（明）董斯张：《广博物志》，《四库全书》第 981 册，第 76 页。（明）朱荃宰：《文通》，《续修四库全书》第 1714 册，第 60 页。（清）张岱：《夜航船》，《续修四库全书》第 1135 册，第 639 页。

⑦ （宋）楼昉：《崇古文诀》，《四库全书》第 1354 册，第 26～28 页。（明）梅鼎祚：《西汉文纪》，《四库全书》第 1396 册，第 386～388 页。（明）张溥：《汉魏六朝百三家集》，《四库全书》第 1412 册，第 35～36 页。（明）张自烈：《正字通》，《续修四库全书》第 235 册，第 43 页。

⑧ （唐）柳宗元撰，（宋）童宗说注《增广注释音辩唐柳先生集》，《四部丛刊》初编第 155 册，第 53 页。（宋）魏天应编，（宋）林子长注《论学绳尺》，《四库全书》第 1358 册，第 308、468 页。

⑨ （宋）郭知达编《九家集注杜诗》，《四库全书》第 1068 册，第 80 页。（宋）魏天应编，（宋）林子长注《论学绳尺》，《四库全书》第 1358 册，第 413 页。

词命篇致异名。

4. 班固《答宾戏》又称《答宾戏文》①《荅宾戏文》。②

第四类，赋、辞（词）混融。

"楚辞在汉代通称为赋。"③ 汉代赋、辞多混称。

1. 赵幽王刘友《临终歌》又称《拘幽词》。④ 赋、词混融兼换词命篇致异名。

2. 贾谊《吊屈原赋》又称《吊屈原辞》。⑤

3. 刘安《招隐士》又称《招隐士词》。⑥

4. 刘彻《悼李夫人》又称《伤李夫人诗词》。⑦ 赋、词混融兼换词命篇致异名。

5. 李尤《长乐观赋》又称《长乐宫词》。⑧ 案，《三辅黄图》卷二："长乐宫本秦之兴乐宫也。"⑨《三辅黄图》卷一："兴乐宫，秦始皇造，汉修饰之。周回二十余里，汉太后常居之。"⑩ 汉高祖五年"后九月，徙诸侯子关中。治长乐宫"⑪。赋、词混融兼换词命篇致异名。

第五类，赋、书混融。

1. 司马相如《难蜀父老》又称《开西南彝难蜀父老书》⑫《喻蜀书》⑬《难蜀父老书》⑭ 《谕难蜀父老书》⑮。赋、书混融，兼换词命篇、通假、简全差异、据创作缘由命篇致异名。

---

① （清）阮元：《三家诗补遗》，《续修四库全书》第 76 册，第 394 页。（清）顾炎武撰，（清）徐嘉注《顾亭林先生诗笺注》，《续修四库全书》第 1402 册，第 237 页。
② （清）王先谦：《诗三家义集疏》，《续修四库全书》第 77 册，第 576 页。
③ 骆玉明：《论"不歌而诵谓之赋"》，《文学遗产》1983 年第 2 期。
④ （明）胡应麟：《诗薮》，《续修四库全书》第 1696 册，第 195 页。
⑤ （清）冯景：《解春集诗文钞》，第 92 叶。（清）王邦采：《离骚汇订》，第 25～26 叶。
⑥ （唐）李白撰，（清）王琦注《李太白集注》，《四库全书》第 1067 册，第 255 页。
⑦ （宋）叶适：《习学记言》，《四库全书》第 849 册，第 533 页。
⑧ （宋）陈旸：《乐书》，《四库全书》第 211 册，第 835 页。
⑨ （汉）佚名：《三辅黄图》，《四部丛刊》三编第 586 册，第 605 页。
⑩ （汉）佚名：《三辅黄图》，《四部丛刊》三编第 586 册，第 591 页。
⑪ （汉）班固：《汉书》，第 58 页。
⑫ （清）谢俨：《（康熙）云南府志》，第 469～470 叶。
⑬ （唐）虞世南：《北堂书钞》，第 23 页。（清）张英：《渊鉴类函》，帝王部，第 67 页。
⑭ （清）吴玉搢：《别雅》，《四库全书》第 222 册，第 741、742 页。（清）张英：《渊鉴类函》，人部，第 205 页。
⑮ （唐）欧阳询撰，汪绍楹校《艺文类聚》，第 448 页。

2. 杜笃《论都赋》又称《论都书》。① 案，赋序："臣诚慕之，伏作书一篇，名曰《论都》，谨并封奏如左。"② 赋、书混融兼据赋序所含字词命篇致异名。

第六类，赋、诗混融。

1. 《诗薮》引赵幽王刘友《临终歌》称诗。③

2. 刘安《招隐士》又称《招隐诗》。④ 赋、诗混融兼简全差异致异名。

3. 傅毅《七激》又称《七激诗》。⑤

4. 赵壹《刺世疾邪赋》又称《疾邪诗》。⑥ 案，赋结尾："有秦客者，乃为诗曰……"⑦ 故称《疾邪诗》。"刺世疾邪"简省为"疾邪"。赋、诗混融，兼取赋作篇末内容命篇、简全差异致异名。属于篇目本全而偏举者。

5. 丁仪《厉志赋》又称《厉志诗》。⑧ 赋全文对仗，故被称作诗。

第七类，赋、铭混融。

1. 贾谊《簨赋》又称《簨铭》。⑨ 案，《古文苑》卷二十一："欧阳询《艺文类聚》载贾谊《簨铭》云：'考太平以深志，象巨兽之屈奇。妙雕文以刻镂，舒循尾之采垂。举其锯牙以左右相指，负大钟而欲飞。'"⑩ 查《艺文类聚》卷四十四实际作《簨赋》。⑪

①　（清）张玉书：《佩文韵府》，第 4226 页。

②　费振刚、胡双宝、宗明华辑校《全汉赋》，第 266 页。

③　（明）胡应麟：《诗薮》，《续修四库全书》第 1696 册，第 127 页。

④　（唐）杜甫撰，（宋）王洙注《分门集注杜工部诗》，《续修四库全书》第 1306 册，第 565 页。（唐）杜甫撰，（宋）郭知达编《九家集注杜诗》，《四库全书》第 1068 册，第 387 页。（元）阴时夫辑，（元）阴中夫注《韵府群玉》，《四库全书》第 951 册，第 162 页。

⑤　（唐）释慧琳撰，（辽）释希麟续《一切经音义》，《续修四库全书》第 197 册，第 161 页。（唐）释玄应：《一切经音义》，《续修四库全书》第 198 册，第 248 页。（宋）黄震：《古今纪要》，《四库全书》第 384 册，第 61 页。

⑥　（明）冯惟讷：《古诗纪》，《四库全书》第 1379 册，第 102～103 页。（明）胡应麟：《诗薮》，《续修四库全书》第 1696 册，第 128 页。（明）许学夷：《诗源辩体》，《续修四库全书》第 1696 册，第 293 页。（明）钟惺：《古诗归》，《续修四库全书》第 1589 册，第 395 页。（清）陈祚明：《采菽堂古诗选》，《续修四库全书》第 1590 册，第 654 页。（清）张廷玉：《骈字类编》，《四库全书》第 1004 册，第 678 页。（清）张玉书：《佩文韵府》，第 3263、3453 页。

⑦　费振刚、胡双宝、宗明华辑校《全汉赋》，第 555 页。

⑧　（唐）欧阳询：《艺文类聚》，《四库全书》第 887 册，第 572～573 页。

⑨　（宋）章樵注《古文苑》，《四部丛刊》初编第 426 册，第 755 页。

⑩　（宋）章樵注《古文苑》，《四部丛刊》初编第 426 册，第 755 页。

⑪　（唐）欧阳询：《艺文类聚》，第 790 页。

2. 扬雄《都酒赋》又称《酒铭》。① 《都酒赋》篇名侧重瓶,《酒铭》篇名侧重酒。赋、铭混融兼侧重差异致异名。

3. 应场《车渠碗赋》又称《车渠盌铭》。② 案,《北堂书钞》、《说文解字义证》、《渊鉴类函》注所引"浸琼露以润形"属应场《车渠碗赋》,应场无另外的《车渠碗铭》。"盌"字"另有异体字'铏''碗''椀'。"③赋、铭混融兼字形差异致异名。

第八类,赋、箴混融。

1. 扬雄《都酒赋》又称《酒箴》。④ 案,《都酒赋》又称《酒赋》。扬雄《都酒赋》:"黄门郎扬雄作《酒箴》以讽谏成帝。"⑤ 赋、箴混融兼侧重差异致异名。

2. 班彪《冀州赋》又称《冀州箴》。⑥ 案,班彪无另外的《冀州箴》。赋、箴混融与赋的规谏功能有关。

第九类,赋、记混融。

---

① (清) 姜宸英:《湛园札记》,《四库全书》第859册,第633页。
② (唐) 虞世南:《北堂书钞》,第651页。(清) 桂馥:《说文解字义证》,《续修四库全书》第210册,第381页。(清) 张英:《渊鉴类函》,天部,第30页。
③ 李学勤主编《字源》,第439页。
④ (汉) 扬雄:《扬子云集》,《四库全书》第1063册,第134页。(唐) 柳宗元撰,(宋) 廖莹中注《河东先生集》,第24叶。(宋) 陈仁子:《文选补遗》,《四库全书》第1360册,第595页。(宋) 王观国:《学林》,清武英殿聚珍版丛书本,第69~70叶。(宋) 王应麟:《玉海》,《四库全书》第944册,第576页。(宋) 祝穆:《古今事文类聚》,《四库全书》第927册,第300~301页。(明) 冯时化:《酒史》,第21叶。(明) 贺复征:《文章辨体汇选》,《四库全书》第1407册,第525页。(明) 梅鼎祚:《西汉文纪》,《四库全书》第1396册,第616页。(明) 彭大翼:《山堂肆考》,《四库全书》第976册,第559页。(清) 李兆洛:《骈体文钞》,《续修四库全书》第1610册,第579页。(清) 施男:《邛竹杖》,《续修四库全书》第1176册,第293页。(宋) 陈师道撰,(宋) 任渊注《后山诗注》,第150页。(宋) 陈与义撰,(宋) 胡穉笺注《增广笺注简斋诗集》,《四部丛刊》初编第231册,第84页。(宋) 黄庭坚撰,(宋) 史容注《山谷外集诗注》,《四部丛刊》续编第533册,第531页。(宋) 苏轼撰,(宋) 郎晔注《经进东坡文集事略》,《续修四库全书》第1314册,第620页。(宋) 苏轼撰,(宋) 王十朋集注《集注分类东坡先生诗》,《四部丛刊》初编第209册,第454页;第210册,第119页。(清) 姚鼐:《古文辞类纂》,《续修四库全书》第1609册,第682页。(清) 王元启:《读韩记疑》,《续修四库全书》第1310册,第485页。(清) 王筠:《说文解字句读》,《续修四库全书》第219册,第78页。
⑤ 费振刚、胡双宝、宗明华辑校《全汉赋》,第215页。
⑥ (清) 陈仅:《诗诵》,《续修四库全书》第70册,第580页。(清) 张玉书:《佩文韵府》,第224页。

1. 崔琰《述初赋》又称《述征记》。① 案，崔琰《述初赋》又称《述征赋》。赋、记混融致称《述征记》。赋、记混融兼据赋作所含字词命篇致异名。

2. 徐幹《齐都赋》又称《齐都记》。②

"传统的'记'体，以叙事为主。……但在宋人手里，传统的记体被打破了。……欧阳修的《醉翁亭记》被视为以赋体作记，因为它用铺陈的手法来抒写情志，正是赋'铺采摘文，体物写志'的方法。"③ 赋、记混融致异名。

第十类，赋（论）、传混融。

1. 东方朔《非有先生论》又称《非有先生传》。④

第十一类，赋、解混融。

1. 崔骃《达旨》又称《达旨解》。⑤ 案，《达旨》为对答体，答部分有解释、说明用意。解作为文体的一种，"因韩愈文章而立体"⑥，如《获麟解》《进学解》《择言解》《通解》等。《文体明辨·解》："其文以辩释疑惑、解剥纷难为主，与论、说、议、辨，盖相通焉。"⑦ 后代文献称《达旨解》，体现解这种新文体的命名、确立与接受及影响。

第十二类，赋、操混融。

1. 刘安《招隐士》又称《招隐操》。⑧《招隐士》简省为《招隐》。

---

① （清）顾炎武：《肇域志》，《续修四库全书》第590册，第94页。
② （明）陈耀文：《天中记》，《四库全书》第965册，第408页。
③ 吴承学：《中国古代文体学研究》，第124～125页。
④ （梁）任昉：《文章缘起》，第37叶。（宋）杨囷道：《云庄四六余话》，《续修四库全书》第1714册，第578页。（宋）洪迈：《容斋随笔》，第988叶。（宋）章如愚：《山堂考索》，《四库全书》第936册，第273页。（明）董斯张：《广博物志》，《四库全书》第981册，第76页。（清）陈鸿墀：《全唐文纪事》，《续修四库全书》第1717册，第558页。（清）顾炎武：《日知录》，第756页。（清）彭元瑞：《宋四六话》，《续修四库全书》第1715册，第51页。（清）孙梅：《四六丛话》，《续修四库全书》第1715册，第522页。（清）汪师韩：《文选理学权舆》，《续修四库全书》第1581册，第106页。（清）张廷玉：《骈字类编》，《四库全书》第1004册，第359页。（清）张岱：《夜航船》，《续修四库全书》第1135册，第639页。（清）张玉书：《佩文韵府》，第4064页。
⑤ （宋）佚名：《锦绣万花谷别集》，《续修四库全书》第1217册，第102页。
⑥ 吴承学：《中国古代文体学研究》，第324页。
⑦ （明）徐师曾：《文体明辨》，《四库全书存目丛书》集部第311册，第761页。
⑧ （宋）严羽：《沧浪集》，第11叶。（宋）严羽：《沧浪诗话》，第8叶。（明）陶宗仪：《说郛》，《四库全书》第880册，第555页。

赋、操混融兼简省命篇致异名。《说文·手部》："操，把持也。"段玉裁注："把者，握也。'操'重读之曰节操，曰琴操。"①《康熙字典》卯集中："又琴曲也。"②《后汉书·曹褒传》"歌诗曲操，以俟君子"注："《刘向·别录》曰：'君子因雅琴之适，故从容以致思焉。其道闭塞悲愁而作者名其曲曰操，言遇灾害不失其操也。'"③

第十三类，赋、隐混融。

1. 东方朔《蚊赋》又称《隐语》。④ 案，隐语，隐射的言词，本义须经猜想推测才能得知，犹如今之谜语。《汉书·东方朔传》："舍人不服，因曰：'臣愿复问朔隐语，不知，亦当榜。'"⑤

另有文体泛称或混称致异名 1 例：

贾谊《鵩鸟赋》又称《离骚赋》。⑥

案，《新刊经进详注昌黎先生文集》注所引"贾谊《离骚赋》"文句"愚士系俗，傥若拘囚"实属《鵩鸟赋》，赋为骚体形式，"离骚赋"系文体泛称或混称。文献中常见，如宋晁冲之《晁具茨诗集》卷十四《与秦少章题汉江远帆五首》之二"谁感离骚赋，丹青吊屈原"，文天祥《文山先生全集》卷十四《偶成》"起来高歌离骚赋，睡去细和梁父吟"。贾谊《吊屈原文并序》即称"谊为长沙王太傅，既以谪去，意不自得，及渡湘水，为赋以吊屈原。屈原，楚贤臣也，被谗放逐，作《离骚赋》"云云，致使后人混淆。

综上，文体混融致异名共 66 例，包括：赋、颂混融 20 例；赋、歌混融 10 例；赋、文混融 9 例；赋与辞（词）、书、诗混融各 5 例；赋、铭混融 3 例；赋与箴、记混融各 2 则；赋（论）与传、解、操、隐混融各 1 例（见表 3）。文体泛称或混称致异名 1 例。

---

① （汉）许慎撰，（清）段玉裁注《说文解字注》，第 597 页。

② 《康熙字典》，第 458 页。

③ （宋）范晔撰，（唐）李贤等注《后汉书》，第 1201 页。

④ （宋）罗原：《尔雅翼》，《四库全书》第 222 册，第 470 页。（宋）周密：《齐东野语》，《四库全书》第 865 册，第 737 页。

⑤ （汉）班固：《汉书》，第 2844 页。

⑥ （唐）韩愈撰，（宋）文谠注，（宋）王俦补注《新刊经进详注昌黎先生文集》，《续修四库全书》第 1309 册，第 392 页。

表3　文体混融统计（例）

	颂	歌	文	辞（词）	书	诗	铭	箴	记	传	解	操	隐
赋	20	10	9	5	5	3	3	2	2	1	1	1	1

（四）换词命篇致异名

汉语中部分字词交换位置，可表达同一件事或同一事物，或两字互乙，所表意义相类。如幽通，通幽。或意思相近词语换用。因此，汉赋在流传过程中，不同文献出现换词命篇，计53例。

1. 贾谊《簴赋》又称《筍虡赋》①《筍簴赋》②《筍簴赋》③《枸虡赋》④。案，《周礼·考工记·梓人》："梓人为筍虡。"⑤《说文·虍部》："虡，钟鼓之柎也，饰为猛兽。"⑥《玉篇·木部》："'枸'，思尹切。枸虡，悬钟磬，横者曰枸。亦作'簴'。"⑦《尔雅·释器》郭注："悬钟磬之木，植者名虡。"⑧"筍（枸）虡（簴）"简省为"簴"。换词命篇兼简全差异致异名。

2.《大广益会玉篇》引邹阳《酒赋》称文赋。⑨案，文赋是泛称。

3. 刘彻《悼李夫人》又称《伤李夫人赋》⑩《伤悼李夫人赋》⑪《思

① （清）桂馥：《说文解字义证》，《续修四库全书》第209册，第415页。（清）姚振宗：《隋书经籍志考证》，《续修四库全书》第915册，第631页。
② （唐）虞世南：《北堂书钞》，第426页。
③ （清）沈钦韩：《汉书疏证》，《续修四库全书》第266册，第705页。
④ （明）胡绍曾：《诗经胡传》，第311叶。
⑤ （汉）郑玄注，（唐）贾公彦疏《周礼注疏》，《十三经注疏》，第924页。
⑥ （汉）许慎撰，（清）段玉裁注《说文解字注》，第210页。
⑦ （梁）顾野王撰，吕浩校点《大广益会玉篇》，第422页。
⑧ 《尔雅》，第43页。
⑨ （明）杨慎：《古音骈字》，《四库全书》第228册，第469页。
⑩ （梁）萧统编，（唐）李善注《文选》，第601、1119页。（梁）萧统编，（清）胡绍煐笺证《文选笺证》，《续修四库全书》第1582册，第121页。（清）汪师韩：《文选理学权舆》，《续修四库全书》第1581册，第37页。（清）许梿评选，（清）黎经诰注《六朝文絜笺注》，《续修四库全书》第1611册，第151页。（清）袁翼：《邃怀堂全集》，《续修四库全书》第1515册，第487页。
⑪ （南北朝）徐陵辑，（清）吴兆宜注，（清）程际盛删补《玉台新咏》，《续修四库全书》第1588册，第556页。（唐）骆宾王撰，（清）陈熙晋笺《骆临海集笺注》，《续修四库全书》第1305册，第37、87页。（宋）王应麟：《汉艺文志考证》，《四库全书》第675册，第81页。（清）佚名：《汉书疏证》，《续修四库全书》第265册，第477页。

李夫人赋》① 《思怀李夫人赋》②。案，《说文·心部》："悼，惧也。陈楚谓
'惧'曰'悼'"。段玉裁注："《方言》：悽、怃、矜、悼、怜、哀也。齐鲁之间曰
'矜'，陈楚之间曰'悼'，赵魏燕代之间曰'悽'，自楚之北郊曰'怃'，秦晋之间
或曰'矜'"。《说文·心部》："怀，念思也。"③ 《尔雅·释诂》："悠、伤、忧，思
也。"④《洪武正韵》卷一："思，念也，虑也。"⑤ 李夫人简省为夫人。李夫人
亡故，汉武帝伤心思念，作赋追悼，各篇名均可。换词命篇兼简全差异致异名。

　　4．司马相如《哀二世赋》又称《吊秦二世赋》⑥《吊二世赋》⑦
《吊二世》⑧《吊胡亥》⑨。案，《说文·口部》："哀，闵也。"《说文·人

① （南北朝）江淹撰，（明）胡之骥注《梁江文通集》，《续修四库全书》第1304册，第
　　466、480页。（明）邓元锡：《皇明书》，《续修四库全书》第316册，第377页。（明）
　　梅鼎祚：《古乐苑》，第495叶。（明）王世贞：《弇州四部稿》，第6642页。（明）王世
　　贞：《艺苑卮言》，《续修四库全书》第1695册，第453页。（清）张玉书：《佩文韵
　　府》，第3895页。
② （清）张玉书：《佩文韵府》，第4175页。
③ （汉）许慎撰，（清）段玉裁注《说文解字注》，第514、505页。
④ 《尔雅》，第7页。
⑤ （明）乐韶凤：《洪武正韵》，《四库全书》第239册，第14页。
⑥ （唐）欧阳询撰，汪绍楹校《艺文类聚》，第728页。（唐）徐坚：《初学记》，第124
　　页。（明）陈耀文：《天中记》，《四库全书》第965册，第407页。（清）陈元龙：《历
　　代赋汇》，《四库全书》第1422册，第669页。（清）来集之：《倘湖樵书》，《续修四库
　　全书》第1196册，第329页。（清）张澍：《养素堂文集》，《续修四库全书》第1506
　　册，第545页。（清）张英：《渊鉴类函》，礼仪部，第99页。
⑦ （唐）颜师古：《匡谬正俗》，第68叶。（宋）吴棫：《韵补》，第69、156叶。（宋）吴曾：《能改
　　斋漫录》，《四库全书》第850册，第671页。（宋）张嵲：《紫微集》，《四库全书》第1131册，
　　第612页。（明）顾起元：《说略》，第116叶。（明）杨慎撰，（清）李调元校定《古音丛目》，
　　第67叶。（明）杨慎：《转注古音略》，第43叶。（明）张懋：《墨卿谈乘》，第14叶。（明）张
　　自烈：《正字通》，《续修四库全书》第234册，第551页；第235册，第253、446页。（清）凌扬
　　藻：《蠡勺编》，《续修四库全书》第1155册，第520页。（清）毛奇龄：《古今通韵》，《四库全
　　书》第242册，第265页。（清）孙梅：《四六丛话》，《续修四库全书》第1715册，第225页。
　　（清）吴骞：《尖阳丛笔》，《续修四库全书》第1139册，第506页。（清）吴骞：《拜经楼诗
　　话》，《续修四库全书》第1704册，第137页。（清）姚范：《援鹑堂笔记》，《续修四库全书》
　　第1149册，第176页。（清）袁枚：《随园随笔》，《续修四库全书》第1148册，第215页。
⑧ （梁）刘勰：《文心雕龙》，第68叶。（梁）陶弘景：《真诰》，第586叶。（梁）萧统编，
　　（唐）李善注《文选》，第152、224页。（宋）王安石撰，（宋）李壁注《王荆公诗注》，
　　《四库全书》第1106册，第136页。（明）朱荃宰：《文通》，《续修四库全书》第1714
　　册，第114页。（清）浦铣：《历代赋话》，《续修四库全书》第1716册，第169页。
　　（清）姚振宗：《汉书艺文志拾补》，《续修四库全书》第914册，第161页。（清）佚
　　名：《史记疏证》，《续修四库全书》第264册，第515页。（清）张英：《渊鉴类函》，
　　文学部，第49页。
⑨ （宋）乐史：《太平寰宇记》，《四库全书》第469册，第220页。

部》："吊，问终也。"① "哀""吊"均可表示悼念亡者。二世即秦二世胡亥。换词命篇兼简全差异致异名。

5. 司马相如《天子游猎赋》又称《羽猎赋》②《长林赋》③。案，游猎又称羽猎。《天子游猎赋》又称《上林赋》。上林苑，有文献称长林苑。《战国策释地》卷下："《后志》：镐在长林苑中。《方舆纪要》：'《十道志》镐池在长安城西昆明池北，即周故都。'"④《文献通考》卷一百五十："盖中垒在北军而步兵在长林苑门。"⑤ "上"属禅钮，"长"属定钮，定、禅钮同为舌音，一声之转。换词命篇兼简全差异致异名。

6. 班婕妤《自悼赋》又称《自伤赋》⑥《自伤悼赋》⑦。案，《广雅》卷一"悼"："哀也。"⑧《诗经·卫风·氓》："静言思之，躬自悼矣。"⑨

---

① （汉）许慎撰，（清）段玉裁注《说文解字注》，第 61、383 页。

② （宋）司马光：《资治通鉴》，《四库全书》第 306 册，第 100 页。（清）李述来：《读通鉴纲目条记》，《续修四库全书》第 342 册，第 622 页。

③ （唐）李商隐撰，（清）钱振常注《樊南文集补编》，《续修四库全书》第 1312 册，第 688 页。

④ （清）张琦：《战国策释地》，第 33 叶。

⑤ （元）马端临：《文献通考》，第 2677 叶。

⑥ （南北朝）江淹撰，（明）胡之骥注《梁江文通集》，《续修四库全书》第 1304 册，第 462 页。（梁）萧统编，（唐）李善注《文选》，第 736、740、754、842、1421、1460、1583、1787、2485、2490 页。（南北朝）徐陵辑，（清）吴兆宜注，（清）程际盛删补《玉台新咏》，《续修四库全书》第 1588 册，第 502、519、523、549、555、558、599、618 页。（南北朝）庾信撰，（清）倪璠注《庾子山集》，《四库全书》第 1064 册，第 438 页。（蜀）韦縠辑，（清）殷元勋注，（清）宋邦绥补注《才调集补注》，《续修四库全书》第 1611 册，第 448 页。（宋）高似孙：《纬略》，第 184 叶。（宋）黄庭坚撰，（宋）任渊注《山谷内集诗注》，《四库全书》第 1114 册，第 226 页。（宋）李昉：《太平御览》，第 710、937 页。（宋）吕祖谦：《观澜集注》，第 156 叶。（明）蒋一葵：《尧山堂外纪》，《续修四库全书》第 1194 册，第 563 页。（明）田汝成：《西湖游览志余》，《四库全书》第 585 册，第 613 页。（清）汪师韩：《文选理学权舆》，《续修四库全书》第 1581 册，第 38 页。（清）王念孙：《读书杂志》，《续修四库全书》第 1152 册，第 607 页。（清）王先谦：《汉书补注》，《续修四库全书》第 268 册，第 115 页。（清）许梿评选，（清）黎经诰注《六朝文絜笺注》，《续修四库全书》第 1611 册，第 158 页。（清）张玉书：《佩文韵府》，第 982、1178 页。（清）郑珍：《说文新附考》，《续修四库全书》第 223 册，第 270 页。（梁）萧统编，（清）胡绍煐笺证《文选笺证》，《续修四库全书》第 1582 册，第 227 页。

⑦ （唐）骆宾王撰，（清）陈熙晋笺《骆临海集笺注》，《续修四库全书》第 1305 册，第 31、121、214 页。（唐）徐坚：《初学记》，第 227～228 页。（清）官修《韵府拾遗》，《四库全书》第 1029 册，第 140 页。（清）陆继辂：《合肥学舍札记》，《续修四库全书》第 1157 册，第 350 页。（清）浦铣：《历代赋话》，《续修四库全书》第 1716 册，第 14 页。（清）张惠言：《七十家赋钞》，《续修四库全书》第 1611 册，第 53 页。（清）张玉书：《佩文韵府》，第 3386 页。

⑧ （魏）张揖：《广雅》，《四库全书》第 221 册，第 430 页。

⑨ 周振甫译注《诗经译注》，第 79～80 页。

《说文·心部》："惕，忧也。"①"'惕'同'伤'。"②《自伤悼赋》篇名简省为《自悼赋》《自伤赋》。换词命篇兼简全差异致异名。

7. 刘歆《遂初赋》又称《述初赋》。③案，"遂初"，遂其初愿。"述初"，陈述其初始愿望。刘歆《遂初赋》："昔遂初之显禄兮，遭阊阖之开通。"④《述初赋》为换词命篇致异名。

8. 扬雄《蜀都赋》又称《蜀郡赋》。⑤案，秦灭古蜀国始置蜀郡，汉仍其旧，辖境包有今四川省中部大部分，治所在成都。蜀都，古蜀国都城，即今四川省成都市。扬雄《蜀都赋》："蜀都之地，古曰梁州。"⑥同一地方称谓用词差异，换词命篇致异名。

9. 扬雄《羽猎赋》又称《校猎赋》⑦《挍猎赋》⑧。案，羽猎又称校猎。"校""挍"通假。换词命篇兼通假致异名。

10. 冯衍《显志赋》又称《明志赋》⑨《述志赋》⑩。案，显志、明志，表明志向。述志，陈述志向。

11. 班固《幽通赋》又称《幽遁赋》⑪。案，《说文·辵部》："遁，迁也。"⑫《广韵·慁韵》："遁，逃也，隐也，去也。"⑬换词命篇致异名。

---

① （汉）许慎撰，（清）段玉裁注《说文解字注》，第513页。
② 《古今汉语字典》，第519页。
③ （宋）乐史：《太平寰宇记》，《四库全书》第469册，第423页。
④ 费振刚、胡双宝、宗明华辑校《全汉赋》，第231页。
⑤ （宋）晁说之：《嵩山文集》，《四部丛刊》续编第537册，第28页。（宋）晁说之：《景迁生集》，《四库全书》第1118册，第365页。
⑥ 费振刚、胡双宝、宗明华辑校《全汉赋》，第160页。
⑦ （宋）郑樵：《通志》，《四库全书》第376册，第448~450页。（明）贺复征：《文章辨体汇选》，《四库全书》第1408册，第400页。（明）李贽：《藏书》，第457叶。（清）洪颐煊：《筠轩文钞》，第67叶。（清）浦铣：《历代赋话》，《续修四库全书》第1716册，第9页。（清）沈家本：《诸史琐言》，第167叶。（清）姚振宗：《隋书经籍志考证》，《续修四库全书》第915册，第641页。（清）张玉书：《佩文韵府》，第3505页。（宋）林越辑，（明）凌迪知辑《两汉隽言》，第90、92、93、102叶。
⑧ （清）焦廷号：《三传经文辨异》，第51叶。
⑨ （唐）徐坚：《初学记》，第4、131页。（明）彭大翼：《山堂肆考》，《四库全书》第974册，第341页。（清）张英：《渊鉴类函》，地部，第66页。
⑩ （清）沈自南：《艺林汇考》，《四库全书》第859册，第311页。
⑪ （唐）韩愈撰，（宋）文谠注，（宋）王俦补注《新刊经进详注昌黎先生文集》，《续修四库全书》第1309册，第515页。
⑫ （汉）许慎撰，（清）段玉裁注《说文解字注》，第72页。
⑬ 蔡梦麒校释《广韵校释》，第1014页。

12. 杜笃《祓禊赋》又称《祓禳赋》。① 案，《说文·示部》："禳，祀除疠殃也。"《说文·示部》："祓，除恶祭也。"②《洪武正韵》："祓禊，除恶祭。"③ 上巳节祓禊，禳除不祥，故均可。

13. 傅毅《洛都赋》又称《洛阳赋》。④ 案，洛阳又称洛都。

14. 张衡《二京赋》又称《两城赋》。⑤ 案，《类隽》所引文句实属《二京赋·东京赋》。《说文·京部》："京，人所为绝高丘也。"⑥《古今注》上："城者，盛也，所以盛受人物也。"⑦ 赋写长安、洛阳两城，故称。

15. 崔琦《白鹄赋》又称《白鹤赋》。⑧ 案，《正字通》亥集中："《转注古音》云：'鹄古鹤字。'"⑨《文选理学权舆》卷七："'鹄''鹤'一声之转，古书互用。"⑩

16. 王逸《荔枝赋》又称《荔子赋》⑪《荔支赋》⑫。案，"荔枝"也称"荔子""荔支"。韩愈《柳州罗池庙碑》："荔子丹兮蕉黄。"⑬"《说苑·修文》、《说文》艸部引'支'作'枝'。"⑭"支"，本义即枝条。

17. 王延寿《千秋赋》又称《鞦韆赋》。⑮ 案，事物变革中称谓差异，换词命篇致异名。

---

① （清）刘宝楠：《论语正义》，《续修四库全书》第 156 册，第 174 页。
② （汉）许慎撰，（清）段玉裁注《说文解字注》，第 6～7 页。
③ （明）乐韶凤：《洪武正韵》，《四库全书》第 239 册，第 146 页。
④ （唐）徐坚：《初学记》，第 563 页。（清）张玉书：《佩文韵府》，第 568 页。
⑤ （明）郑若庸：《类隽》，《续修四库全书》第 1237 册，第 38 页。
⑥ （汉）许慎撰，（清）段玉裁注《说文解字注》，第 229 页。（晋）崔豹：《古今注》，《四部丛刊》三编第 604 册，第 122 页。
⑦ （晋）崔豹：《古今注》，《四部丛刊》三编第 604 册，第 122 页。
⑧ （唐）欧阳询撰，汪绍楹校《艺文类聚》，第 1565 页。（清）李调元：《赋话》，《续修四库全书》第 1715 册，第 680 页。（清）姚之骃：《后汉书补逸》，《四库全书》第 402 册，第 529 页。（清）张英：《渊鉴类函》，鸟部，第 6 页。
⑨ （明）张自烈：《正字通》，《续修四库全书》第 235 册，第 797 页。
⑩ （清）汪师韩：《文选理学权舆》，《续修四库全书》第 1581 册，第 103 页。
⑪ （清）孙梅：《四六丛话》，《续修四库全书》第 1715 册，第 215 页。（清）吴士鉴、刘承幹撰《晋书斠注》，《续修四库全书》第 276 册，第 336 页。
⑫ （梁）萧统编，（唐）李善注《文选》，第 1441 页。（唐）欧阳询撰，汪绍楹校《艺文类聚》，第 1497 页。（宋）李昉：《太平御览》，第 4279 页。（宋）潘自牧：《记纂渊海》，《四库全书》第 932 册，第 672 页。（明）顾起元：《说略》，第 1271 叶。
⑬ （唐）韩愈撰，马其昶校注，马茂元整理《韩昌黎文集校注》，第 552 页。
⑭ 王辉编著《古文字通假字典》，第 56 页。
⑮ （明）彭大翼：《山堂肆考》，《四库全书》第 977 册，第 417 页。

18. 王延寿《王孙赋》又称《狝猴赋》。① 案，王孙、狝猴，猴子别称。

19. 马融《梁将军西第赋》又称《梁冀西第赋》。② 案，梁将军即梁冀。

20. 崔瑗《述初赋》又称《遂初赋》③《述祖赋》④。案，《遂初赋》考辨见刘歆《遂初赋》。《说文解字义证》所引《述祖赋》文句属崔瑗《述初赋》。《说文·刀部》："初，始也。"《说文·示部》："祖，始庙也。"⑤《广韵·姥韵》："祖，祖祢。又始也，法也，本也，上也。"⑥ 上古音，"祖"属粗钮鱼部，"初"属初钮鱼部。⑦ 音、义近，换词篇致异名。

21. 蔡邕《团扇赋》又称《圆扇赋》。⑧ 圆扇即团扇。

22. 蔡邕《协初赋》又称《协初昏赋》⑨《协和婚赋》⑩《协和

① （清）张玉书：《佩文韵府》，第 4194 页。

② （梁）萧子显：《南齐书》，第 150 页。（隋）杜台卿撰，（清）杨守敬校订《玉烛宝典》，《续修四库全书》第 885 册，第 40 页。（唐）杜佑：《通典》，第 1541 页。（明）陈耀文：《天中记》，《四库全书》第 965 册，第 187 页。（清）丁芮朴：《风水袪惑》，《续修四库全书》第 1054 册，第 242 页。（清）汪士铎：《南北史补志》，第 593 叶。

③ （唐）徐坚：《初学记》，第 116 页。（清）缪荃孙：《艺风堂文集》，《续修四库全书》第 1574 册，第 65 页。（清）张澍：《养素堂文集》，《续修四库全书》第 1507 册，第 115 页。（清）王先谦：《汉书补注》，《续修四库全书》第 269 册，第 515 页。（明）张自烈：《正字通》，《续修四库全书》第 235 册，第 482 页。（清）张玉书：《佩文韵府》，第 19、2418 页。（清）张廷玉：《骈字类编》，《四库全书》第 997 册，第 26、171 页。（清）张英：《渊鉴类函》，地部，第 58 页。（清）赵一清：《三国志注补》，《续修四库全书》第 274 册，第 271 页。

④ （清）桂馥：《说文解字义证》，《续修四库全书》第 209 册，第 204 页。

⑤ （汉）许慎撰，（清）段玉裁注《说文解字注》，第 178、4 页。

⑥ 蔡梦麒校释《广韵校释》，第 643 页。

⑦ 李学勤主编《字源》，第 8、373 页。

⑧ （唐）虞世南：《北堂书钞》，第 538 页。（清）严可均辑《全上古三代秦汉三国六朝文》，第 854 页。

⑨ （明）陈第：《毛诗古音考》，《四库全书》第 239 册，第 500 页。（清）顾炎武：《音学五书》，第 359 页。

⑩ （唐）王维撰，（清）赵殿成笺注《王右丞集笺注》，《四库全书》第 1071 册，第 41 页。（唐）徐坚：《初学记》，第 355 页。（明）张溥：《汉魏六朝百三家集》，《四库全书》第 1412 册，第 414 页。（清）陈寿祺：《鲁诗遗说考》，《续修四库全书》第 76 册，第 61、73、115 页。（清）陈元龙：《历代赋汇》，《四库全书》第 1422 册，第 269 页。（清）傅山：《霜红龛集》，《续修四库全书》第 1395 册，第 709 页。（清）官修《韵府拾遗》，《四库全书》第 1029 册，第 710 页；第 1030 册，第 321 页。（清）宋长白：《柳亭诗话》，《续修四库全书》第 1700 册，第 164 页。（清）王先谦：《诗三家义集疏》，《续修四库全书》第 77 册，第 390、419 页。（清）魏源：《诗古微》，《续修四库全书》第 77 册，第 130 页。（清）张廷玉：《骈字类编》，《四库全书》第 1004 册，第 388 页。（清）许梿评选，（清）黎经诰注《六朝文絜笺注》，《续修四库全书》第 1611 册，第 172 页。（清）严可均辑《全上古三代秦汉三国六朝文》，第 853 页。（清）张英：《渊鉴类函》，礼仪部，第 75 页。

赋》①。案，蔡邕《协初赋》："考遂初之原本，览阴阳之纲纪。"故称《协初昏赋》。"昏""婚"古今字。②"初婚"省为"初"。蔡邕《协初赋》："唯休和之盛代，男女得乎年齿。婚姻协而莫违，播欣欣之繁祉。良辰既至，婚礼已举。""乾坤和其刚柔。"③故称《协和婚赋》《协和赋》。换词命篇兼据赋作所含字词命篇、简全差异致异名。

23. 张超《诮青衣赋》又称《讥青衣赋》。④案，作者名分歧，导致该异名不易被发现。《康熙字典》酉集上释"讥"："《增韵》：'诮也。'《左传·隐元年》：'称郑伯讥失教也。'班固《典引》：'司马迁著书，微文刺讥，贬损当世。'"⑤"讥""诮"二者意义相近，属于词意相近，换词命篇致异名。

24. 祢衡《鹦鹉赋》又称《鸑鹉赋》⑥《鹦母赋》⑦。案，"鹦鹉"又写作"鸑鹉""鹦母"，名称书写不固定。《温飞卿诗集笺注》所引《鹦母赋》文句实属祢衡《鹦鹉赋》。换词命篇致异名。

25. 丁廙《蔡伯喈女赋》又称《蔡邕女赋》。⑧案，蔡邕，字伯喈。

26. 阮瑀《止欲赋》又称《正欲赋》。⑨案，阮瑀《止欲赋》："知所思之不得，乃抑情以自信。"⑩"止"有"使停止"义；"正"有"合乎法度""使端正"义。⑪故均可。

27. 陈琳《止欲赋》又称《正欲赋》。⑫案，《韵补》《古今通韵》所引"惟今夕之何夕兮，我独无此良媒"，他本系于《止欲赋》。

---

① （宋）王楙：《野客丛书》，第 104 叶。（清）马瑞辰：《毛诗传笺通释》，《续修四库全书》第 68 册，第 351 页。

② 蒋志远：《王筠〈古今字〉研究》，第 34、44、155 页。

③ 费振刚、胡双宝、宗明华辑校《全汉赋》，第 589 页。

④ （南北朝）庾信撰，（清）倪璠注《庾子山集注》，《四库全书》第 1064 册，第 488 页。（唐）欧阳询：《艺文类聚》，《四库全书》第 887 册，第 720 页。

⑤ 《康熙字典》，第 1181 页。

⑥ （宋）计有功：《唐诗纪事》，《四部丛刊》初编第 455 册，第 320 页。

⑦ （唐）温庭筠撰，（明）曾益笺注《温飞卿诗集笺注》，《四库全书》第 1082 册，第 525 页。

⑧ （清）梁章钜：《称谓录》，《续修四库全书》第 1253 册，第 288 页。

⑨ （梁）萧统编，（唐）李善注《文选》，第 2495 页。

⑩ 费振刚、胡双宝、宗明华辑校《全汉赋》，第 617 页。

⑪ 《现代汉语词典》，第 1684、1670 页。

⑫ （宋）吴棫：《韵补》，第 104 叶。（清）毛奇龄：《古今通韵》，《四库全书》第 242 册，第 39 页。

28. 王粲《羽猎赋》又称《校猎赋》。① 案，帝王出猎，士卒负羽箭随从，故称"羽猎"。校猎，遮拦禽兽以猎取之，亦泛指打猎。

29. 王粲《白鹤赋》又称《鹄赋》。见法藏敦煌文献 P.2526，考辨见上编崔琦《白鹄赋》条下。

30. 徐幹《喜梦赋》又称《嘉梦赋》。② 案，《说文·壴部》："嘉，美也。"《说文·喜部》："喜，乐也。"③ 故均可。

31. 徐幹《圆扇赋》又称《团扇赋》。④ 案，圆扇即团扇。

32. 曹丕《登城赋》又称《登楼赋》。⑤ 案，曹丕《登城赋》："驾言东道，陟彼城楼。"⑥ 故登城、登楼均可。换词兼据赋作所含字词命篇致异名。

33. 曹丕《浮淮赋》又称《泝淮赋》。⑦ 案，曹丕《浮淮赋》："泝淮水而南迈兮，泛洪涛之湟波。……浮飞舟之万艘兮，建干将之铦戈。"⑧《尔雅·释水》："逆流而上曰泝洄，顺流而下曰泝游。"⑨ 故二名均可。换词兼据赋作所含字词命篇致异名。

34. 曹植《慰子赋》又称《思子赋》⑩《愍子赋》⑪。案，曹植《慰子赋》："惟逝者之日远，怆伤心而绝肠。""思"有思念、悲伤义。如《长

---

① （唐）徐坚：《初学记》，第 541 页。（清）张廷玉：《骈字类编》，《四库全书》第 995 册，第 277 页。（清）张英：《渊鉴类函》，武功部，第 25 页。（清）张玉书：《佩文韵府》，第 3970 页。

② （清）严可均辑《全上古三代秦汉三国六朝文》，第 975 页。（清）姚振宗：《后汉艺文志》，《续修四库全书》第 914 册，第 397～398 页。（清）姚振宗：《隋书经籍志考证》，《续修四库全书》第 915 册，第 664 页。

③ （汉）许慎撰，（清）段玉裁注《说文解字注》，第 205 页。

④ （唐）李商隐撰，（清）冯浩笺注《玉溪生诗详注》，《续修四库全书》第 1312 册，第 431 页。（宋）李昉：《太平御览》，第 3133 页。（清）陈廷敬：《御选唐诗》，《四库全书》第 1446 册，第 589 页。（清）陈元龙：《历代赋汇》，《四库全书》第 1422 册，第 632 页。（清）严可均辑《全上古三代秦汉三国六朝文》，第 975 页。

⑤ （宋）祝穆：《古今事文类聚》，《四库全书》第 925 册，第 99 页。

⑥ 魏宏灿校注《曹丕集校注》，第 103 页。

⑦ （唐）虞世南：《北堂书钞》，第 562 页。

⑧ 魏宏灿校注《曹丕集校注》，第 89 页。

⑨ 《尔雅》，第 64 页。

⑩ （明）张自烈：《正字通》，《续修四库全书》第 234 册，第 579 页。（清）毛奇龄：《古今通韵》，《四库全书》第 242 册，第 207 页。

⑪ （明）佚名：《六朝诗集》，《续修四库全书》第 1589 册，第 50 页。

歌行》："远望使心思，游子恋所生。"① 故称《思子赋》。《说文·心部》："慰，安也。""愍，痛也。"② 故称《愍子赋》。

（五）文字差异致异名

文字差异致异名 25 例，分三小类，包括因通假字致异名 17 例、因古今字致异名 5 例、因异体字致异名 3 例。

第一，通假字类。

1. 贾谊《鵩鸟赋》又称《服鸟赋》。③ 案，"鵩"，"字又作'服'"。④

2. 董仲舒《士不遇赋》又称《仕不遇赋》。⑤ 案，"仕"通"士"。⑥

3. 刘安《熏笼赋》又称《薰笼赋》。⑦ 案，"薰"通"熏"。⑧

4. 司马相如《梨赋》又称《黎赋》。⑨ 案，"犁""黎"通"梨"。⑩

5. 王褒《洞箫赋》又称《洞萧赋》⑪《萧赋》⑫。案，"汉代隶书，

---

① （宋）郭茂倩：《乐府诗集》，第 443 页。

② （汉）许慎撰，（清）段玉裁注《说文解字注》，第 506、512 页。

③ （汉）司马迁：《史记》，第 2503 页。（汉）王逸章句，（宋）洪兴祖补注《楚辞》，四部丛刊影印明翻宋本，第 193 页。（汉）扬雄撰，（清）钱绎笺疏《辑轩使者绝代语释别国方言疏证补》，《续修四库全书》第 193 册，第 538、549 页。（唐）释慧琳撰，（辽）释希麟续《一切经音义》，《续修四库全书》第 197 册，第 483 页。（宋）王观国：《学林》，清武英殿聚珍版丛书本，第 188～189 叶。（清）王耕心：《贾子次诂》，《续修四库全书》第 933 册，第 90～91 页。（清）张惠言：《七十家赋钞》，《续修四库全书》第 1611 册，第 43 页。

④ 王力主编《王力古汉语字典》，第 1741 页。

⑤ （梁）萧统编，（唐）李善等注《六臣注文选》，《四部丛刊》初编第 422 册，第 193 页。（唐）李翱：《李文公集》，《四部丛刊》初编第 158 册，第 432 页。（宋）刘跂：《学易集》，第 57 叶。（清）黄宗羲：《明文海》，《四库全书》第 1453 册，第 181 页。（清）陆心源：《宋史翼》，《续修四库全书》第 311 册，第 557 页。（清）张昭：《唐宋文醇》，《四库全书》第 1447 册，第 404 页。

⑥ （汉）许慎撰，（清）段玉裁注《说文解字注》，第 366 页。《康熙字典》，第 243 页。

⑦ （宋）李昉：《太平御览》，第 3169 页。（宋）王应麟：《汉艺文志考证》，《四库全书》第 675 册，第 81 页。（明）董斯张：《广博物志》，《四库全书》第 981 册，第 307 页。

⑧ 王力主编《王力古汉语字典》，第 666、1116～1117 页。

⑨ （清）姚振宗：《汉书艺文志拾补》，《续修四库全书》第 914 册，第 162 页。

⑩ 《康熙字典》，第 530 页。吴昌恒等编《古今汉语实用词典》，第 808 页。

⑪ （宋）李昉：《太平御览》，第 4271 页。（明）乐韶凤：《洪武正韵》，《四库全书》第 239 册，第 140 页。（明）张自烈：《正字通》，《续修四库全书》第 235 册，第 312、577 页。

⑫ （唐）韩愈撰，（宋）文谠注，（宋）王俦补注《新刊经进详注昌黎先生文集》，《续修四库全书》第 1309 册，第 508 页。

'竹'头、'艹'头往往通用"①。

6. 扬雄《校猎赋》又称《较猎赋》。② 案,《说文解字注》:"故其引申为计较之'较',亦作'校',俗作'挍'。"③

7. 扬雄《太玄赋》又称《泰玄赋》④《大玄赋》⑤。案,"大""泰"通"太"。⑥

8. 冯衍《杨节赋》又称《扬节赋》。⑦ 案,《说文·手部》:"扬,飞举也。"《说文·木部》:"杨,蒲柳也。"段玉裁注:"古假'杨'为'扬'。故《诗·杨之水》毛曰:'杨,激扬也。'《广雅》曰:'杨,扬也。'"⑧

9. 李尤《平乐观赋》又称《平乐馆赋》。⑨ 案,"观"通"馆"。⑩ "平乐观"又称"平乐馆"。

10. 赵壹《刺世疾邪赋》又称《刺世嫉邪赋》。⑪ 案,"疾"通"嫉"。

11. 丁仪《厉志赋》又称《励志赋》。⑫ 案,"厉"通"励"。⑬

12. 曹操《沧海赋》又称《苍海赋》。⑭ 案,"沧"通"苍"。⑮

---

① 银雀山汉墓竹简整理小组编《银雀山汉墓竹简·孙子兵法》,第 95 页。

② (宋)黄震:《黄氏日钞》,《四库全书》第 708 册,第 307 页。(元)阴时夫辑,(元)阴中夫注《韵府群玉》,《四库全书》第 951 册,第 636 页。(明)杨慎:《古音骈字》,《四库全书》第 228 册,第 464 页。

③ (汉)许慎撰,(清)段玉裁注《说文解字注》,第 722 页。

④ (梁)萧统编,(唐)李善注《文选》,第 838 页。(梁)萧统编,(唐)李善等注《六臣注文选》,《四部丛刊》初编第 420 册,第 185 页。

⑤ (清)张惠言:《七十家赋钞》,《续修四库全书》第 1611 册,第 58 页。

⑥ 王力主编《王力古汉语字典》,第 178 ~ 179 页。

⑦ (梁)萧统编,(唐)李善注《文选》,第 440 页。(清)汪师韩:《文选理学权舆》,《续修四库全书》第 1581 册,第 39 页。(清)王先谦:《后汉书集解》,《续修四库全书》第 272 册,第 528 页。

⑧ (汉)许慎撰,(清)段玉裁注《说文解字注》,第 603、245 页。

⑨ (清)姚振宗:《隋书经籍志考证》,《续修四库全书》第 915 册,第 650 页。

⑩ 《康熙字典》,第 1138 页。

⑪ (宋)李刘撰《四六标准》,《四库全书》第 1177 册,第 9 页。(清)刘熙载:《艺概》,《续修四库全书》第 1714 册,第 80 页。

⑫ (清)陈元龙:《历代赋汇》,《四库全书》第 1422 册,第 6 页。(清)盛大士:《朴学斋笔记》,第 78 叶。(清)张廷玉:《骈字类编》,《四库全书》第 1003 册,第 587 页。

⑬ 《古今汉语字典》,第 363 页。

⑭ (梁)萧统编,(唐)李善注《文选》,第 208 页。

⑮ 王力主编《王力古汉语字典》,第 619 页。

13. 繁钦《述行赋》又称《遂行赋》。① 案，"'述'与'遂'通。《史记·鲁周公世家》：'东门遂杀适立庶。'索隐：'遂，《系本》并作述。'"②

14. 曹丕《校猎赋》又称《较猎赋》。③ 案，《说文解字注》："故其引申为计较之'较'，亦作'校'，俗作'挍'。"④

15. 曹植《离缴雁赋》又称《罹缴雁赋》。⑤ 案，《说文新附考》："'罹'，心忧也，从网未详。古多通用'离'。"⑥

第二，古今字类。

1. 邹阳《酒赋》又称《酉赋》。⑦ 案，"酉、酒是古今字"⑧。

2. 傅毅《舞赋》又称《儛赋》。⑨ 案，"'舞''儛'S. 388《正名要录》：'右字形虽别，音义是同。古而典者居上，今而要者居下。'按，颜元孙《干禄字书》：'儛、舞：上俗，下正。'""'儛''舞'之俗字，左边加'亻'旁表示跳舞。"⑩

3. 班固《答宾戏》又称《畲宾戏》。⑪ 案，"答"古作"畲"⑫。

4. 崔骃《达旨》又称《达指》。⑬ 案，"指"古同"旨"⑭。

5. 边让《章华赋》又称《章花赋》。⑮ 案，"'华'是'花'的本字"⑯。

第三，异体字类。

---

① （汉）司马迁：《史记》，第 1548 页。（梁）萧统编，（清）胡绍煐笺证《文选笺证》，《续修四库全书》第 1582 册，第 384 页。（清）梁章钜：《文选旁证》，《续修四库全书》第 1581 册，第 676 页。（清）宋翔凤：《过庭录》，《续修四库全书》第 1157 册，第 512 页。（清）张玉书：《佩文韵府》，第 476 页。

② 王辉编著《古文字通假字典》，第 580 页。

③ （清）张玉书：《佩文韵府》，第 814 页。

④ （汉）许慎撰，（清）段玉裁注《说文解字注》，第 722 页。

⑤ （清）桂馥：《说文解字义证》，《续修四库全书》第 209 册，第 297 页。（清）王筠：《说文解字句读》，《续修四库全书》第 217 册，第 106 页。

⑥ （清）郑珍：《说文新附考》，《续修四库全书》第 223 册，第 299 页。

⑦ （唐）徐坚：《初学记》，清光绪孔氏三十三万卷堂本，第 545 叶。

⑧ 蒋志远：《王筠〈古今字〉研究》，第 36、41、42、112 页。

⑨ （梁）萧统编，（唐）李善等注《六臣注文选》，《四部丛刊》初编第 420 册，第 20 页。

⑩ 黄征：《敦煌俗字典》，第 841～842 页。

⑪ （汉）许慎撰，（清）叶德辉辑《淮南鸿烈间诂》，第 26 叶。

⑫ 《康熙字典》，第 762、883 页。

⑬ （宋）李昉：《太平御览》，第 3062 页。（清）张英：《渊鉴类函》，服饰部，第 5 页。

⑭ 《康熙字典》，第 429 页。

⑮ （唐）张鹭：《游仙窟》，《续修四库全书》第 1783 册，第 638～639 页。

⑯ 王力主编《王力古汉语字典》，第 1068 页。

1. 贾谊《簴赋》又称《虡赋》。① 案，"簴"为"虡"俗字。

2. 班固《答宾戏》又称《荅宾戏》。② 案，"荅"乃"答"假借字，又用作"答"之俗字。③

3. 贾谊《鹏鸟赋》又称《鵬鸟赋》。④ 案，《正字通》亥集中："'鵬''鹏'俗字。"⑤ 正俗字造成的异体字。

（六）避讳致异名

避讳致异名共 4 例。

1. 扬雄《太玄赋》又称《太元赋》。⑥

2. 刘騊駼《玄根赋》又称《元根赋》。⑦

3. 张衡《思玄赋》又称《思元赋》。⑧

---

① （唐）徐坚：《初学记》，第397页。（宋）王应麟：《汉艺文志考证》，《四库全书》第675册，第80页。（宋）王应麟：《玉海》，《四库全书》第945册，第847页。（宋）章樵注《古文苑》，《四部丛刊》初编第426册，第755页。

② （清）梁履绳：《左通补释》，《续修四库全书》第123册，第557页。（清）王念孙：《广雅疏证》，《续修四库全书》第191册，第74、370页。

③ 刘复、李家瑞编《宋元以来俗字谱》，第61页。

④ （宋）李昉：《太平御览》，第109、336页。

⑤ （明）张自烈：《正字通》，《续修四库全书》第235册，第794页。

⑥ （唐）李商隐撰，（清）冯浩笺注《玉溪生诗详注》，《续修四库全书》第1312册，第331页。（宋）杨简：《慈湖诗传》，《四库全书》第73册，第64页。（清）官修《韵府拾遗》，《四库全书》第1029册，第163页。（清）梁章钜：《文选旁证》，《续修四库全书》第1581册，第380页。（清）戚学标：《鹤泉文钞续选》，《续修四库全书》第1462册，第426页。（清）孙梅：《四六丛话》，《续修四库全书》第1715册，第546页。（清）汪师韩：《文选理学权舆》，《续修四库全书》第1581册，第38页。（清）张廷玉：《骈字类编》，《四库全书》第997册，第48页；第999册，第437页；第1004册，第587页。（清）张玉书：《佩文韵府》，第3524页。（清）周广业：《经史避名汇考》，《续修四库全书》第827册，第485页。

⑦ （梁）萧统编，（清）胡绍煐笺证《文选笺证》，《续修四库全书》第1582册，第172页。（清）汪师韩：《文选理学权舆》，《续修四库全书》第1581册，第39页。（清）张玉书：《佩文韵府》，第1093页。

⑧ （宋）陈鉴：《东汉文鉴》，第388页。（宋）郑樵：《通志》，《四库全书》第376册，第883~884页。（清）汪师韩：《文选理学权舆》，《续修四库全书》第1581册，第4页。（清）姚鼐：《古文辞类纂》，《续修四库全书》第1610册，第49~51页。（清）张惠言：《七十家赋钞》，《续修四库全书》第1611册，第81~84页。（清）王念孙：《读书杂志》，《续修四库全书》第1153册，第727页。（清）王引之：《经义述闻》，《续修四库全书》第175册，第66页。（清）桂馥：《说文解字义证》，《续修四库全书》第209册，第531页。（清）陶方琦：《汉孳室文钞》，《续修四库全书》第1567册，第513页。（接下页注）

4. 蔡邕《玄表赋》又称《元表赋》。①

案，清康熙以降讳"玄"为"元"。因避讳而更改篇名具有浓重政治色彩，是特定时代的产物。共涉及四位赋作者四篇汉赋。所涉典籍要么是清代编纂书籍，要么是清代版本。其中《文选理学权舆》四例均避讳，《佩文韵府》引文也避讳改字。

综上，汉赋异名共 318 例，可分为六类，据文命篇致异名 93 例，占29.15%；简全差异致异名 77 例，占 24.14%；文体混融致异名 66 例，占20.69%；换词命篇致异名 53 例，占 16.67%；用字差异致异名 25 例，占7.84%；避讳致异名 4 例，占 1.25%（见图 8）。

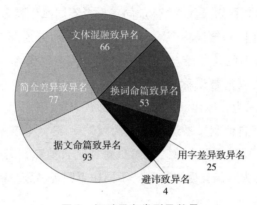

图 8 汉赋异名类型及数量

二 误名考辨

汉赋分歧名中，误名有 121 例。归纳为五小类：乱 61 例、讹 43 例、

（接上页注⑧）（清）多隆阿：《毛诗多识》，《续修四库全书》第 72 册，第 595 页。（清）孙梅：《四六丛话》，《续修四库全书》第 1715 册，第 231 页。（宋）杨简：《慈湖诗传》，《四库全书》第 73 册，第 35 页。（清）黄汝成：《日知录集释》，《续修四库全书》第 1144 册，第 372 页。（清）沈涛：《铜熨斗斋随笔》，《续修四库全书》第 1158 册，第611 页。（清）蒋超伯：《南漘楛语》，《续修四库全书》第 1161 册，第 300 页。（清）沈涛：《交翠轩笔记》，第 33 叶。（唐）杜甫撰，（宋）王洙注《分门集注杜工部诗》，《续修四库全书》第 1306 册，第 486 页。（清）胡文英：《吴下方言考》，《续修四库全书》第 195 册，第 37、85 页。（清）徐文靖：《管城硕记》，《四库全书》第 861 册，第 385页。（清）高士奇：《续编珠》，《四库全书》第 887 册，第 119 页。（唐）李商隐撰，（清）钱振常注《樊南文集补编》，《续修四库全书》第 1312 册，第 685 页。

① （梁）孝元皇帝（萧绎）：《金楼子》，第 45～46 叶。（清）汪师韩：《文选理学权舆》，《续修四库全书》1581 册，第 38 页。

倒 7 例、脱 6 例、衍 4 例。

（一）乱

乱致误名，包含篇名混淆 49 例、名物混淆 10 例、不明原因错 2 例，共 61 例。

其一，篇名混淆。

1. 枚乘《七发》被误称《七启》①《七激》②。案，同为七体，篇名混淆致误名。

2. 司马相如《大人赋》被误称《李夫人赋》。③ 案，《续汉志集解》所引文句实属司马相如《大人赋》。同一作者不同赋作篇名混淆致误名。

3. 王褒《九怀》被误称《九谏》。④ 案，《庾开府集笺注》《佩文韵府》所引文句属王褒《九怀》。九体作品篇名混淆致误名。

4. 刘向《九叹》被误称《九谏》⑤《九歌》⑥《九怀》⑦。案，所涉文句属《九叹》，同为九体作品，篇名混淆致误名。

5. 班婕妤《自悼赋》被误称《长门赋》。⑧ 案，《诗古微》所引"悲晨妇之作戒兮，哀褒阎之为邮"实属班婕妤《自悼赋》，涉司马相如《长门赋》而讹。同为宫怨类题材作品。不同作者同类型题材赋作篇名混淆致

---

① （元）阴时夫辑，（元）阴中夫注《韵府群玉》，《四库全书》第 951 册，第 231 页。（宋）朱胜非：《绀珠集》，《四库全书》第 872 册，第 534 页。

② （清）卞宝第、李瀚章等修，（清）曾国荃、郭嵩焘等撰《（光绪）湖南通志》，《续修四库全书》第 667 册，第 737 页。

③ （清）王先谦：《续汉志集解》，《续修四库全书》第 273 册，第 773 页。

④ （南北朝）庾信撰，（清）吴兆宜笺注《庾开府集笺注》，《四库全书》第 1064 册，第 91 页。（清）张玉书：《佩文韵府》，第 4039 页。

⑤ （宋）陈师道撰，（宋）任渊注《后山诗注》，《四部丛刊》初编 219 册，第 75 页。

⑥ （唐）韩愈撰，（清）方世举笺注《韩昌黎诗集编年笺注》，《续修四库全书》第 1310 册，第 440 页。（明）张自烈：《正字通》，《续修四库全书》第 235 册，第 420 页。（清）惠栋：《左传补注》，《四库全书》第 181 册，第 151 页。（清）毛奇龄：《古今通韵》，《四库全书》第 242 册，第 44 页。（清）孙星衍：《尚书今古文注疏》，第 392 叶。（清）张廷玉：《骈字类编》，《四库全书》第 1002 册，第 288 页。（清）张玉书：《佩文韵府》，第 69、2336 页。

⑦ （清）马瑞辰：《毛诗传笺通释》，《续修四库全书》第 68 册，第 488 页。（清）王先谦：《诗三家义集疏》，《续修四库全书》第 77 册，第 528 页。（唐）卢仝撰，（清）孙之骙注《玉川子诗集注》，第 122 叶。

⑧ （清）魏源：《诗古微》，《续修四库全书》第 77 册，第 107 页。

误名。

6. 扬雄《羽猎赋》被误称《长杨赋》。① 案，《大学章句质疑》所引文句属扬雄《羽猎赋》。同一作者同类型作品篇名混淆致误名。

7. 扬雄《解难》被误称《解嘲》。② 案，《古今韵会举要》《正字通》所引 "形之美者不可混于世俗之目" 实属扬雄《解难》。同一作者同类型作品篇名混淆致误名。

8. 扬雄《解嘲》被误称《答客难》。③ 案，《乾隆江陵县志》所引文句属扬雄《解嘲》。扬雄《解难》又名《答客难》。④ 同一作者同类型赋作篇名混淆。

9. 扬雄《蜀都赋》被误称《魏都赋》。⑤ 案，《渊鉴类函》所引 "扬雄《魏都赋》" 文句 "甘甜之和，芍药之羹" 实属扬雄《蜀都赋》，涉左思《魏都赋》而讹。同为京都类题材赋作。不同作者同类型题材赋作篇名混淆致误名。

10. 班彪《北征赋》被误称班固《幽通赋》。⑥《韵补》所引文句实属班彪《北征赋》。篇名、作者混淆致误名。

11. 班彪《北征赋》被误称《西征赋》。⑦ 案，班彪《北征赋》："遂奋袂以北征兮。"⑧ 另结合赋中行程，当作《北征赋》。方位错误致篇名讹误。

12. 班彪《冀州赋》被误称《北征赋》。⑨《韵补》等所引文句 "忽进路以息节兮，饮余马兮洹泉。朝露渐余冠盖兮，衣晻蔼而蒙尘" 当属班彪《冀州赋》。

① （清）郭嵩焘：《大学章句质疑》，第 21 叶。
② （元）熊忠：《古今韵会举要》，《四库全书》第 238 册，第 605 页。（明）张自烈：《正字通》，《续修四库全书》第 234 册，第 438 页。
③ （清）崔龙见修，黄义尊纂《（乾隆）江陵县志》，第 1169 叶。
④ （梁）萧统编，（唐）李善注《文选》，第 2392 页。（宋）姚宽撰，袁向彤点校《西溪丛语》，第 17 页。（清）孙梅：《四六丛话》，《续修四库全书》第 1715 册，第 236 页。
⑤ （清）张英：《渊鉴类函》，食物部，第 12 页。
⑥ （宋）吴棫：《韵补》，第 49 叶。
⑦ （清）穆彰阿：《嘉庆重修一统志》，《四部丛刊》续编第 501 册，第 182 页。（清）魏源：《诗古微》，《续修四库全书》第 77 册，第 120 页。
⑧ 费振刚、胡双宝、宗明华辑校《全汉赋》，第 255~256 页。
⑨ （宋）吴棫：《韵补》，第 57 叶。（明）张自烈：《正字通》，《续修四库全书》第 234 册，第 228 页。（清）丁晏：《毛郑诗释》，《续修四库全书》第 71 册，第 353 页。（清）毛奇龄：《古今通韵》，《四库全书》第 242 册，第 76 页。

13. 杜笃《被禊赋》被误称《禊祝》。① 篇名混淆致误名。

14. 班固《西都赋》被误称《西京赋》。② 案，所引文句实属班固《西都赋》，涉张衡《西京赋》而讹。同为描写京都的赋作。不同作者同类型赋作篇名混淆致误名。

15. 班固《东都赋》被误称《东观赋》③《东京赋》④。案，所引文句均属班固《东都赋》。班固没有《东观赋》《东京赋》，涉李尤《东观赋》与张衡《东京赋》而讹。同为京都、宫观类题材。不同作者同类型题材赋作篇名混淆致误名。

16. 班固《两都赋》被误称《两京赋》⑤《二京赋》⑥《三都赋》⑦。案，所涉文句均属班固《两都赋》，涉张衡《二京赋》与左思《三都赋》

① （梁）萧统编，（唐）李善注《文选》，第 899、1287 页。（梁）萧统编，（唐）李善等注《六臣注文选》，《四部丛刊》初编第 420 册，第 269 页；第 421 册，第 143 页。（南北朝）徐陵辑，（清）吴兆宜注，（清）程际盛删补《玉台新咏》，《续修四库全书》第 1588 册，第 516 页。

② （宋）李昉：《文苑英华》，第 692 页。（宋）苏轼撰，（宋）施元之注《施注苏诗》，《四库全书》第 1110 册，第 162 页。（宋）吴棫：《韵补》，第 168 叶。（宋）章如愚：《群书考索续集》，《四库全书》第 938 册，第 425 页。（元）朱礼：《汉唐事笺》，第 288 叶。（金）元好问辑，（元）郝天挺注，（明）廖文炳解《唐诗鼓吹》，《续修四库全书》第 1611 册，第 551 页。（元）杨士宏：《唐音》，《四库全书》第 1368 册，第 190 页。（元）阴时夫辑，（元）阴中夫注《韵府群玉》，《四库全书》第 951 册，第 19 页。（明）张自烈：《正字通》，《续修四库全书》第 234 册，第 316 页。（清）冯登府：《论语异文考证》，《续修四库全书》第 155 册，第 387 页。（清）姜炳璋：《诗序补义》，《四库全书》第 89 册，第 357 页。（清）金鹗：《求古录礼说》，《续修四库全书》第 110 册，第 273 页。（清）张英：《渊鉴类函》，鸟部，第 38 页。（清）张玉书：《佩文韵府》，第 1387 页。（清）章藻功：《思绮堂文集》，第 100 叶。（元）赵道一：《历世真仙体道通鉴》，《续修四库全书》第 1294 册，第 264 页。（明）王世贞：《新刻增补艺苑卮言》，《续修四库全书》第 1695 册，第 617 页。（明）章潢：《（万历）新修南昌府志》，第 456 页。

③ （唐）杜甫撰，（清）仇兆鳌注《杜诗详注》，《四库全书》第 1070 册，第 397 页。

④ （汉）扬雄撰，（清）钱绎笺疏《輶轩使者绝代语释别国方言疏证补》，《续修四库全书》第 193 册，第 667 页。（唐）韩愈撰，（宋）文谠注，（宋）王俦补注《新刊经进详注昌黎先生文集》，《续修四库全书》第 1309 册，第 415 页。（清）陈启源：《毛诗稽古编》，《四库全书》第 85 册，第 466 页。（清）钱大昕：《十驾斋养新录附余录》，《续修四库全书》第 1151 册，第 112 页。（清）张澍：《养素堂文集》，《续修四库全书》第 1506 册，第 460 页。

⑤ （唐）杜甫撰，（清）仇兆鳌注《杜诗详注》，第 1213 页。（唐）虞世南：《北堂书钞》，第 408 页。（宋）苏轼撰，（宋）施元之注《施注苏诗》，《四库全书》第 1110 册，第 146 页。

⑥ （宋）张表臣：《珊瑚钩诗话》，第 1 叶。（明）周琦：《东溪日谈录》，《四库全书》第 714 册，第 266 页。（清）浦铣：《续历代赋话》，《续修四库全书》第 1716 册，第 173 页。（清）孙梅：《四六丛话》，《续修四库全书》第 1715 册，第 534 页。

⑦ （南北朝）庾信撰，（清）吴兆宜笺注《庾开府集笺注》，《四库全书》第 1064 册，第 151 页。

而讹。同为京都类题材。不同作者同类型题材赋作篇名混淆致误名。

17. 傅毅《洛都赋》被误称《洛神赋》。① 案，《正字通》子集中引"革服朔，正官僚。辨方位，摹八区"、卯集下引"昆山芙玉，涛海明珠。金银璆琳，翠鹜貂旃"，《康熙字典》卯集下引"昆山美玉，涛海明珠，金银璆琳，翠鹜貂旃"，文句实属傅毅《洛都赋》，涉曹植《洛神赋》，篇名混淆致误名。

18. 傅毅《反都赋》被误称《两都赋》②《洛都赋》③《东都赋》④。案，所引文句为"因龙门以畅化，开伊阙之达聪"或"因龙门以畅化，开伊阙以达聪"，最早载录文献《水经注》卷十五作傅毅《反都赋》。⑤ 同为京都类题材。不同作者同类型题材赋作篇名混淆致误名。

19. 崔骃《七依》被误称《七言》⑥《七发》⑦。案，赋残，有七言，亦有四言、六言等，故称《七言》不妥，崔骃另有《七言诗》。所引"乃导元山之粱，不周之稻"实属崔骃《七依》，涉其他七体篇名混淆致误名。

20. 李尤《辟雍赋》被误称《长乐观赋》⑧《平乐观赋》⑨。同一作者同类型赋作篇名混淆致误名。

21. 李尤《函谷关赋》被误称《函谷关铭》。⑩ 案，李尤《函谷观铭》全文为四言，其《函谷关赋》则保留骚体特征。所引"玉女流眄而下视"

① （明）张自烈：《正字通》，《续修四库全书》第 234 册，第 86、481 页。《康熙字典》，第 483 页。
② （唐）李贺撰，（清）姚佺笺，（清）丘象升等评，（清）丘象随等辩注《李长吉昌谷集句解定本》，《续修四库全书》第 1311 册，第 298 页。
③ （明）陈耀文：《天中记》，《四库全书》第 965 册，第 621 页。
④ （明）严衍：《资治通鉴补》，《续修四库全书》第 340 册，第 38 页。
⑤ （南北朝）郦道元：《水经注》，第 217 叶。
⑥ （梁）萧统编，（唐）李善注《文选》，第 1163 页。（梁）萧统编，（唐）李善等注《六臣注文选》，《四部丛刊》初编第 420 册，第 708 页。（清）汪师韩：《文选理学权舆》，《续修四库全书》第 1581 册，第 33 页。
⑦ （梁）萧统编，（清）胡绍煐笺证《文选笺证》，《续修四库全书》第 1582 册，第 366 页。（清）陈立：《公羊义疏》，《续修四库全书》第 130 册，第 190 页。（清）刘宝楠：《释谷》，《续修四库全书》第 193 册，第 26 页。
⑧ 徐坚：《初学记》，中华书局，1962，第 372 页。
⑨ （宋）陈旸：《乐书》，《四库全书》第 211 册，第 835 页。（宋）李昉：《太平御览》，第 2572 页。
⑩ （梁）萧统编，（唐）李善注《文选》，第 515 页。（清）陈廷敬：《御选唐诗》，《四库全书》第 1446 册，第 714 页。

当如《全上古三代秦汉三国六朝文》全后汉文卷五十所属为《函谷关赋》。① 同一作者不同体裁作品篇名混淆致误名。

22. 李尤《德阳殿赋》被误称《阳德殿铭》②《景阳殿铭》③。案，《骈字类编》《佩文韵府》所引文句"华虫诡异，密采珍缛"实属李尤《德阳殿赋》而不属《德阳殿铭》。"景阳殿铭"实为"德阳殿赋"之讹，李尤无《景阳殿铭》。

23. 李尤《七歎》被误称《七款》④《七欵》⑤《七疑》⑥《七叙》⑦《七難》⑧。案，篇名分歧，前贤业已辨证如下——《汉魏六朝百三家集》卷十五："李伯仁……今谏颂哀典俱不见，《七歎》无传，惟有《七欵》，

① （清）严可均辑《全上古三代秦汉三国六朝文》，第 746 页。

② （清）张廷玉：《骈字类编》，《四库全书》第 997 册，第 145 页。（清）张玉书：《佩文韵府》，第 3533 页。

③ （宋）任广：《书叙指南》，《四库全书》第 920 册，第 565 页。

④ （唐）骆宾王撰，（清）陈熙晋笺《骆临海集笺注》，《续修四库全书》第 1305 册，第 204 页。（唐）欧阳询撰，汪绍楹校《艺文类聚》，第 1025 页。（明）陈第：《毛诗古音考》，《四库全书》第 239 册，第 426 页。（梁）萧统编，（清）胡绍煐笺证《文选笺证》，《续修四库全书》第 1582 册，第 65、128 页。（清）桂馥：《说文解字义证》，《续修四库全书》第 210 册，第 558 页。（清）张廷玉：《骈字类编》，《四库全书》第 995 册，第 73 页；第 1000 册，第 171、360 页；第 1004 册，第 746 页。（清）严可均辑《全上古三代秦汉三国六朝文》，第 747 页。（清）梁章钜：《文选旁证》，《续修四库全书》第 1581 册，第 706 页。（明）梅鼎祚：《东汉文纪》，《四库全书》第 1397 册，第 301 页。（明）张溥：《汉魏六朝百三家集》，《四库全书》第 1412 册，第 356 页。（清）官修《韵府拾遗》，《四库全书》第 1029 册，第 249 页。（清）宋长白：《柳亭诗话》，《续修四库全书》第 1700 册，第 115 页。（清）汪灏：《广群芳谱》，《四库全书》第 847 册，第 345 页。（清）张玉书：《佩文韵府》，第 714、910、1239、1654、1863、2113、3413、3621、3966、4178 页。

⑤ （宋）李昉：《太平御览》，第 4303 页。（清）张廷玉：《骈字类编》，《四库全书》第 997 册，第 192 页。

⑥ （梁）萧统编，（唐）李善注《文选》，第 814 页。（梁）萧统编，（唐）李善等注《六臣注文选》，《四部丛刊》初编 420 册，第 163 页。（唐）骆宾王撰，（明）颜文选注《骆丞集》，《四库全书》第 1065 册，第 454 页。（宋）王灼：《糖霜谱》，第 1 叶。（清）官梦仁：《读书纪数略》，第 1191 叶。（清）王先谦：《后汉书集解》，《续修四库全书》第 272 册，第 623 页。（清）张廷玉：《骈字类编》，《四库全书》第 1002 册，第 696 页。（清）张英：《渊鉴类函》，文学部，第 38 页。（清）田雯：《古欢堂集》，《四库全书》第 1324 册，第 205 页。（宋）释赞宁：《笋谱》，《四库全书》第 845 册，第 199 页。（清）孙梅：《四六丛话》，《续修四库全书》第 1715 册，第 507 页。

⑦ （梁）萧统编，（唐）李善等注《六臣注文选》，《四部丛刊》初编第 421 册，第 700 页。

⑧ （梁）萧统编，（唐）李善注《文选》，第 2535 页。（梁）萧统编，（唐）李善等注《六臣注文选》，《四部丛刊》初编第 424 册，第 166 页。

岂'歟'字之讹耶?"①《文选旁证》卷六校正《三都赋》李善注"李尤《七
歟》"句云:"胡公《考异》曰:'歟'当作'欵',或作'難'作'疑'皆
非。"②《后汉书·文苑传·李尤传》为《七欵》,③故以《七欵》为名。

24. 张衡《西京赋》被误称《西征赋》。④ 案,《长安志》卷十二所引
"昆明灵池,黑水玄沚。牵牛立其左,织女处其右"文句实属《西京赋》。
篇名混淆致误名。

25. 张衡《七辩》被误称《七问》。⑤ 同为七体,混淆。

26. 崔瑗《七苏》被误称《七厉》⑥《七依》⑦。案,当作《七苏》,
《史通通释》卷四、《文心雕龙辑注》卷三、《后汉书集解》卷五十二业已
证之。⑧

27. 马融《七厉》被误称《七广》。⑨ 案,同为七体,篇名混淆致误名。

---

① (明)张溥:《汉魏六朝百三家集》,《四库全书》第 1412 册,第 350 页。
② (清)梁章钜:《文选旁证》,《续修四库全书》第 1581 册,第 263、706 页。
③ (宋)范晔撰,(唐)李贤等注《后汉书》,第 2616 页。
④ (宋)宋敏求:《长安志》,《四库全书》第 587 册,第 165 页。(清)潘眉:《三国志考
　证》,《续修四库全书》第 274 册,第 490 页。
⑤ (明)杨慎:《异鱼图赞》,第 3 叶。
⑥ (梁)刘勰:《文心雕龙》,第 71 叶。(宋)李昉:《太平御览》,第 2658 页。(明)欧大
　任:《欧虞部集十五种》,第 503 叶。(明)唐顺之:《荆川稗编》,《四库全书》第 954
　册,第 643 页。(明)朱荃宰:《文通》,《续修四库全书》第 1714 册,第 63 页。(清)
　沈钦韩:《后汉书疏证》,《续修四库全书》第 271 册,第 113 页。(清)孙梅:《四六丛
　话》,《续修四库全书》第 1715 册,第 505 页。(清)王先谦:《后汉书集解》,《续修四
　库全书》第 273 册,第 19 页。(清)姚振宗:《后汉艺文志》,《续修四库全书》第 914
　册,第 381 页。(清)张玉书:《佩文韵府》,第 2371 页。
⑦ (清)郝懿行:《证俗文》,《续修四库全书》第 192 册,第 450 页。(清)张英:《渊鉴类函》,
　服饰部,第 48 页。
⑧ (唐)刘知幾撰,(清)浦起龙通释《史通通释》,《四库全书》第 685 册,第 208 页。
　(梁)刘勰撰,(清)黄叔琳辑注《文心雕龙辑注》,《四库全书》第 1478 册,第 106
　页。(清)王先谦:《后汉书集解》,《续修四库全书》第 273 册,第 20 页。
⑨ (宋)洪迈:《容斋随笔》,第 42 叶。(明)程敏政:《皇明文衡》,《四部丛刊》初编第 451
　册,第 291 页。(明)沈尧中:《沈氏学弢》,第 227 叶。(明)唐顺之:《荆川稗编》,《四
　库全书》第 954 册,第 650 页。(明)谢榛:《四溟诗话》,第 10 叶。(清)陈鸿墀:《全唐
　文纪事》,《续修四库全书》第 1717 册,第 544 页。(明)谢榛:《诗家直说》,《续修四库
　全书》第 1695 册,第 270 页。(明)朱荃宰:《文通》,《续修四库全书》第 1714 册,第 63
　页。(清)顾炎武:《日知录》,第 750 页。(清)黄子云:《野鸿诗的》,《续修四库全书》
　第 1701 册,第 201 页。(清)孙梅:《四六丛话》,《续修四库全书》第 1715 册,第 506 页。
　(清)唐秉钧:《文房肆考图说》,《续修四库全书》第 1113 册,第 371 页。(清)王之绩:
　《铁立文起》,《续修四库全书》第 1714 册,第 340 页。(清)张英:《渊鉴类函》,文学部,
　第 38 页。

28. 蔡邕《琴赋》被误称《琴操》。① 案，《玉台新咏》注所引"一弹三欷，凄有余哀"属蔡邕《琴赋》，蔡邕另有《琴操》。同一作者不同体裁作品篇名混淆致误名。

29. 陈琳《神武赋》被误称《武库赋》。② 案，《韵补》《正字通》所引"陵九城而上跻，起齐轨乎玉绳。车轩辚于雷室，骑浮厉乎云宫"实属陈琳《神武赋》。同一作者不同作品篇名混淆致误名。

30. 王粲《浮淮赋》被误称《浮海赋》。③ 案，《佩文韵府》所引"运兹威以赫怒，清海隅之芥蒂"实属王粲《浮淮赋》。同一作者不同作品篇名混淆致误名。

31. 徐幹《冠赋》被误称《齐都赋》。④ 案，所引文句"纤丽细缨，轻配蝉翼。自尊及卑，须我元服"属徐幹《冠赋》。同一作者不同作品篇名混淆致误名。

32. 繁钦《柳赋》被误称《抑检赋》。⑤ 案，《全上古三代秦汉三国六朝文》全后汉文卷九十三所引"翳炎夏之白日，救隆暑之赫曦"，《文选》卷二十六作《柳树赋》。⑥《后汉艺文志》卷四："严氏文编辑本有《暑赋》、《抑检赋》、《明□赋》、《愁思赋》（一作秋思）、《弭愁赋》、《述征赋》、《述行赋》（一作遂行）、《避地赋》、《征天山赋》（一作撰征赋）、《建章凤阙赋》、《三胡赋》、《桑赋》、《柳赋》。"⑦ 则可知繁钦《抑检赋》《柳赋》为两篇。

33. 曹植《出妇赋》被误称《愍子赋》。⑧ 同一作者不同作品篇名混淆。

其二，名物混淆。

---

① （南北朝）徐陵辑，（清）吴兆宜注，（清）程际盛删补《玉台新咏》，《续修四库全书》第1588册，第499页。

② （明）张自烈：《正字通》，《续修四库全书》第235册，第268页。（宋）吴棫：《韵补》，第16叶。

③ （清）张玉书：《佩文韵府》，第2632页。

④ （唐）虞世南：《北堂书钞》，第493页。（宋）李昉：《太平御览》，第3062页。（清）桂馥：《说文解字义证》，《续修四库全书》第210册，第507页。（清）张英：《渊鉴类函》，服饰部，第5页。（清）张玉书：《佩文韵府》，第1164页。

⑤ （清）严可均辑《全上古三代秦汉三国六朝文》，第976页。

⑥ （梁）萧统编，（唐）李善注《文选》，第1225页。

⑦ （清）姚振宗：《后汉艺文志》，《续修四库全书》第914册，第399页。

⑧ （唐）虞世南：《北堂书钞》，第315页。

1. 贾谊《鵩鸟赋》被误称《鹤赋》①《鹦鹉赋》②。案，所涉文句均属《鵩鸟赋》。鵩鸟为鸮。《广韵》："鹤，似鹄，长喙。"③《禽经》："鹦鹉，出陇西，能言鸟也。"④《尔雅翼》："鵩似鸮，不祥鸟，夜为恶声者。"⑤鹤、鹦鹉、鵩鸟为三种不同的鸟。贾谊无《鹤赋》《鹦鹉赋》。

2. 路乔如《鹤赋》被误称《雏赋》。⑥案，《说文·隹部》："雏，忌欺也。"段玉裁注："各本作'鸲鹉'……《释鸟》又曰怪鸱。"⑦今称鸺鹠，也叫横纹小鸮。路乔如《鹤赋》："白鸟朱冠，鼓翼池干。"⑧当作《鹤赋》，鸟种混淆致误名。

3. 东方朔《非有先生论》被误称《非有仙人论》。⑨案，赋有虚拟人物非有先生，"仙人"误。

4. 扬雄《河东赋》被误称《河水赋》。⑩案，《水经注》等所引文句"登历观而遥望兮，聊浮游于河之岩"实属扬雄《河东赋》。河东为地名，河水指水或黄河。

5. 崔骃《武赋》被误称《武都赋》。⑪案，赋作内容与武都不相涉，当作《武赋》。⑫

6. 黄香《九宫赋》被误称《九官赋》。⑬案，"九官"，古传舜设置的九个大臣，后泛指九卿六部的中央官员。黄香《九宫赋》："伊黄虚之典度，存乎文昌之会宫。……享嘉命而延寿，乐斯宫之无穷。"⑭当作《九宫赋》，九宫与九官为不同名物。

---

① （清）孙梅：《四六丛话》，《续修四库全书》第 1715 册，第 509 页。
② （元）方回：《桐江集》，《续修四库全书》第 1322 册，第 413 页。
③ 蔡梦麒校释《广韵校释》，第 1338 页。
④ （春秋）师旷撰，（晋）张华注《禽经》，宋百川学海本，第 7 叶。
⑤ （宋）罗原：《尔雅翼》，《四库全书》第 222 册，第 387 页。
⑥ 曹道衡、沈玉成编撰《中国文学家大辞典（先秦汉魏晋南北朝卷）》，第 466 页。
⑦ （汉）许慎撰，（清）段玉裁注《说文解字注》，第 141 页。
⑧ 费振刚、胡双宝、宗明华辑校《全汉赋》，第 41 页。
⑨ （清）张玉书：《佩文韵府》，第 2225 页。
⑩ （南北朝）郦道元：《水经注》，第 325 叶。（清）孙梅：《四六丛话》，《续修四库全书》第 1715 册，第 254 页。（清）周炳中：《四书典故辨证》，《续修四库全书》第 167 册，第 530 页。
⑪ （唐）虞世南：《北堂书钞》，第 436 页。（清）张英：《渊鉴类函》，武功部，第 22 页。
⑫ 彭春艳：《崔骃〈武赋〉新考》，《中国韵文学刊》2019 年第 2 期。
⑬ （宋）杨简：《慈湖诗传》，《四库全书》第 73 册，第 112 页。
⑭ 费振刚、胡双宝、宗明华辑校《全汉赋》，第 372~373 页。

7. 张衡《东京赋》被误称《东宫赋》。① 案，汉代东京指洛阳，东宫则为宫殿名。《六臣注文选》卷五十八引"冯相观祲"，《观澜集注》引"巫觋操苑"，二句实属张衡《东京赋》。

8. 王粲《投壶赋》被误称《棋赋》。② 《太平御览》等所引"夫注心锐念，自求诸身，投壶是也"实属王粲《投壶赋》。

9. 赵壹《穷鸟赋》被误称《穷鱼赋》。③ 案，赋写鸟，与鱼无关，当作《穷鸟赋》。

其三，不明原因错。

1. 蔡邕《释诲》被误称《清海》。④《天中记》所引"元首宽则望舒朓，侯王肃则月侧匿"实属《释诲》。

2. 徐幹《齐都赋》被误称《齐朝赋》。⑤《北堂书钞》所引"三酒既醇，五齐惟醹"属徐幹《齐都赋》。"朝"于义不通。

（二）讹

讹致误名，包括因字形讹误 28 例、因字音讹误 8 例、因字义讹误 7 例，共 43 例。

其一，因字形讹误。

1. 贾谊《簴赋》被误称《虚赋》。⑥ 案，"簴"，古代挂钟磬的架子的立柱，重文作"虡"，省文作"虍"，俗作"簴"。当作《簴赋》《虡赋》。"虚"与乐器无关，"虚"乃与"虡"形近而讹。

2. 邹阳《酒赋》被误称《恼赋》。⑦ 案，"恼"古同"恤"。⑧ 为传抄致讹。

3. 枚乘《梁王菟园赋》被误称《兕园赋》。⑨ 案，《梁王菟园赋》篇名简

---

① （梁）萧统编，（唐）李善等注《六臣注文选》，《四部丛刊》初编第 424 册，第 93 页。（宋）吕祖谦：《观澜集注》，第 171 叶。

② （宋）李昉：《太平御览》，第 3344 页。（清）丁晏：《投壶考原》，《续修四库全书》第 1106 册，第 287 页。

③ （清）刘熙载：《艺概》，《续修四库全书》第 1714 册，第 513 页。

④ （明）陈耀文：《天中记》，《四库全书》第 965 册，第 37~38 页。

⑤ （唐）虞世南：《北堂书钞》，第 624 页。

⑥ （明）胡应麟：《诗薮》，《续修四库全书》第 1696 册，第 194 页。

⑦ 曹道衡、沈玉成编撰《中国文学家大辞典（先秦汉魏晋南北朝卷）》，第 214 页。

⑧ 宛志文主编《汉语大字典（袖珍本）》，第 991 页。

⑨ （梁）萧统编，（唐）李善等注《六臣注文选》，《四部丛刊》初编第 421 册，第 367 页。

省为《兔园赋》。①"兒"乃与"兔"形近而讹。

4. 董仲舒《士不遇赋》被误称《七不遇赋》②。《读书杂识》所引文句"若不返身于素业兮"实属董仲舒《士不遇赋》，"七"乃与"士"形近而讹。

5. 司马相如《大人赋》被误称《火人赋》。③ 案，司马相如《大人赋》："世有大人兮，在乎中州。"④"火"乃与"大"形近而讹。

6. 班婕妤《自悼赋》被误称《角悼赋》。⑤《古音骈字》"崒缭"注所引文句"感帷裳兮发红罗，纷崒缭兮纨素声"实出自《自悼赋》，"角"乃与"自"形近而讹。

7. 扬雄《逐贫赋》被误称《遂贫赋》。⑥ 案，扬雄《逐贫赋》："今汝去矣，勿复久留。……贫曰：'唯、唯，主人见逐。'"⑦《说文·辵部》："遂，亡也。""逐，追也。"⑧《广韵·屋韵》："逐，追也，驱也。"⑨《洪武正韵》卷十四："逐，斥也，放也。"⑩"遂"乃与"逐"形近而讹。

8. 扬雄《长杨赋》被误称《长扬赋》。⑪ 案，长杨本秦旧宫，汉时重加修饰，为秦、汉时游猎之所，内有垂杨绵亘数里，故称"长杨宫"。"杨"虽通"扬"，此处当为"杨"。

9. 崔骃《反都赋》被误称《及都赋》。⑫ 案，《说文·又部》："及，逮也。"⑬"及"乃与"反"形近而讹。

---

① （南北朝）江淹撰，（明）胡之骥注《梁江文通集》，《续修四库全书》第1304册，第487页。（梁）刘勰撰，（清）黄叔琳辑注《文心雕龙辑注》，《四库全书》第1478册，第91页。（梁）萧统编，（唐）李善注《文选》，第18、63、211、290、869、1317、1414、1425、1454、2208页。（唐）徐坚：《初学记》，第240页。
② （清）劳格：《读书杂识》，《续修四库全书》第1163册，第256页。
③ （唐）杜甫撰，（宋）王洙注《分门集注杜工部诗》，《续修四库全书》第1306册，第317页。
④ 费振刚、胡双宝、宗明华辑校《全汉赋》，第91页。
⑤ （明）杨慎：《古音骈字》，《四库全书》第228册，第421页。
⑥ （清）吴之振：《宋诗钞》，《四库全书》第1461册，第596页。
⑦ 费振刚、胡双宝、宗明华辑校《全汉赋》，第211页。
⑧ （汉）许慎撰，（清）段玉裁注《说文解字注》，第74页。
⑨ 蔡梦麒校释《广韵校释》，第1178页。
⑩ （明）乐韶凤：《洪武正韵》，《四库全书》，第239册，第204页。
⑪ （唐）杜甫撰，（宋）黄希原本、黄鹤补注《补注杜诗》，《四库全书》第1069册，第291页。（唐）徐坚：《初学记》，第541页。
⑫ （明）杨慎撰，（清）李调元校定《古音丛目》，第32叶。
⑬ （汉）许慎撰，（清）段玉裁注《说文解字注》，第115页。

10. 李尤《七叹》被误称《士叹》。① 案，"士"乃与"七"形近而讹。

11. 张衡《冢赋》被误称《家赋》。② 案，《说文·宀部》："家，居也。……'鳳'古文家。"《说文·勹部》："冢，高坟也。"③ 楚系简帛文字写作"鳳"。④"家"乃与"冢"形近而讹。

12. 张衡《应间》被误称《应问》。⑤ 案，张衡《应间》："有间余者曰……""应之曰……"⑥ 故当作《应间》，"问"乃与"间"形近阙笔而讹。《文选旁证》卷六："'问'当作'间'，各本皆误。"⑦

13. 张衡《西京赋》被误称《卤京赋》⑧《四京赋》⑨《西凉赋》⑩。案，《履园丛话》卷九"汉燕然山铭"："如'西'之作'卤'……皆非汉人字体。"⑪"卤""四"乃与"西"形近而讹。"凉"乃与"京"形近而讹。

14. 边让《章华赋》被误称《帝台赋》。⑫ 案，《章华赋》又称《章台赋》。《文选旁证》卷八左思《魏都赋》引李善注"边让《帝台赋》曰"

---

① （梁）萧统编，（唐）李善等注《六臣注文选》，《四部丛刊》初编第 421 册，第 721 页。
② （明）张萱：《西园闻见录》，《续修四库全书》第 1170 册，第 371 页。（清）张玉书：《佩文韵府》，第 1669 页。
③ （汉）许慎撰，（清）段玉裁注《说文解字注》，第 337、338、433 页。
④ 张守中撰集《睡虎地秦简文字编》，第 145 页。
⑤ （梁）刘勰：《文心雕龙》，第 70 叶。（梁）萧统编，（清）胡绍煐笺证《文选笺证》，《续修四库全书》第 1582 册，第 70 页。（梁）萧统编，（唐）李善注《文选》，第 183、839、1586 页。（南北朝）庾信撰，（清）吴兆宜笺注《庾开府集笺注》，《四库全书》第 1064 册，第 43 页。（唐）杜甫撰，（清）仇兆鳌注《杜诗详注》，第 2129 页。（唐）杜甫撰，（宋）郭知达编《九家集注杜诗》，《四库全书》第 1068 册，第 199 页。（唐）杜甫撰，（宋）黄希原本、黄鹤补注《补注杜诗》，《四库全书》第 1069 册，第 241 页。（唐）李商隐撰，（清）徐炯笺注《李义山文集笺注》，《四库全书》第 1082 册，第 350 页。（唐）温庭筠撰，（明）曾益笺注《温飞卿诗集笺注》，《四库全书》第 1082 册，第 515 页。（唐）徐坚：《初学记》，第 50 页。（宋）文彦博：《潞公集》，第 82 叶。（清）戚学标：《鹤泉文钞续选》，《续修四库全书》第 1462 册，第 425 页。（清）沈可培：《泺源问答》，《续修四库全书》第 1164 册，第 695 页。（清）张英：《渊鉴类函》，岁时部，第 35 页。（清）章藻功：《思绮堂文集》，第 603 叶。
⑥ 费振刚、胡双宝、宗明华辑校《全汉赋》，第 486 页。
⑦ （清）梁章钜：《文选旁证》，《续修四库全书》第 1581 册，第 266 页。
⑧ （清）黄以周：《群经说》，《续修四库全书》第 178 册，第 593 页。（清）王鸣盛：《尚书后案》，《续修四库全书》第 45 册，第 78、112 页。
⑨ （清）厉荃辑，（清）关槐增《事物异名录》，《续修四库全书》第 1253 册，第 34 页。
⑩ （唐）杜甫撰，（宋）郭知达编《九家集注杜诗》，《四库全书》第 1068 册，第 45 页。
⑪ （清）钱泳：《履园丛话》，第 130 叶。
⑫ （梁）萧统编，（唐）李善注《文选》，第 271 页。（梁）萧统编，（唐）李善等注《六臣注文选》，《四部丛刊》初编第 419 册，第 26 页。

云：“何校‘帝’改‘章华’，陈同各本皆误。”① “帝”乃与“章”形近而讹。

15. 蔡邕《汉津赋》被误称《汉律赋》。② 案，赋作内容与汉水相关。“律”乃与“津”形近而讹。

16. 张纮《瑰材枕赋》被误称《瓖材枕赋》。③ 案，《玉篇·玉部》：“瓖，息将切。马上饰。”④《广韵·阳韵》：“瓖，马带饰。”⑤《说文·玉部》：“瑰，玫瑰也。……一曰圆好。”⑥ “瓖”乃与“瓖（瑰）”形近而讹。

17. 陈琳《武军赋》被误称《武库赋》。⑦ 案，陈琳《武军赋》：“赫赫哉，烈烈矣，于此武军。”⑧ “库”乃与“军”形近而讹。

---

① （清）梁章钜：《文选旁证》，《续修四库全书》第1581册，第287页。

② （唐）杜甫撰，（清）仇兆鳌注《杜诗详注》，第1495页。（清）王念孙：《广雅疏证》，《续修四库全书》第191册，第33页。（清）张玉书：《佩文韵府》，第1607页。（明）胡应麟：《诗薮》，《续修四库全书》第1696册，第196页。

③ （清）姚振宗：《隋书经籍志考证》，《续修四库全书》第915册，第663页。

④ （梁）顾野王撰，吕浩校点《大广益会玉篇》，第26页。

⑤ 蔡梦麒校释《广韵校释》，第411页。

⑥ （汉）许慎撰，（清）段玉裁注《说文解字注》，第18页。

⑦ （南北朝）庾信撰，（清）倪璠注《庾子山集》，《四库全书》第1064册，第416页。（唐）杜甫撰，杨伦注《杜诗镜铨》，第24页。（唐）杜甫撰，（清）仇兆鳌注《杜诗详注》，第73、505页。（清）浦起龙：《读杜心解》，第687页。（唐）韩愈撰，（宋）魏仲举编《五百家注昌黎文集》，《四库全书》第1074册，第82页。（唐）徐坚：《初学记》，第532页。（唐）虞世南：《北堂书钞》，第460页。（宋）李昉：《太平御览》，第1601页。（宋）潘自牧：《记纂渊海》，《四库全书》第931册，第252页。（宋）王应麟：《玉海》，《四库全书》第946册，第855页。（宋）吴淑：《事类赋》，第159～164叶。（宋）祝穆：《古今事文类聚》，《四库全书》第927册，第492页。（元）阴时夫辑，（元）阴中夫注《韵府群玉》，《四库全书》第951册，第754页。（明）顾起元：《说略》，第1026叶。（明）郭子章：《名马记》，《续修四库全书》第1119册，第336页。（明）彭大翼：《山堂肆考》，《四库全书》第976册，第472页；第977册，第564、571页。（明）钱希言：《剑筴》，《续修四库全书》第1110册，第97页。（明）田艺蘅：《留青日札》，《续修四库全书》第1129册，第235页。（明）徐应秋：《玉芝堂谈荟》，《四库全书》第883册，第801页。（明）杨慎：《丹铅总录》，第56叶。（明）张自烈：《正字通》，《续修四库全书》第234册，第242页；第235册，第149页。（清）陈元龙：《格致镜原》，《四库全书》第1032册，第569页。（清）方以智：《通雅》，《四库全书》第857册，第869页。（清）桂馥：《札朴》，《续修四库全书》第1156册，第47页。（清）桂馥：《说文解字义证》，《续修四库全书》第209册，第372、376页。（清）毛奇龄：《古今通韵》，《四库全书》第242册，第221页。（清）穆彰阿：《嘉庆重修一统志》，《四部丛刊》续编第483册，第695页。（清）沈自南：《艺林汇考》，《四库全书》第859册，第135页。（清）于敏中：《日下旧闻考》，《四库全书》第499册，第317页。（清）袁翼：《邃怀堂全集》，《续修四库全书》第1515册，第519页。（清）张玉书：《佩文韵府》，第52、55、65、108、109、595、1602、2686、3666、4037页。（清）章陶：《季汉书》，第567叶。

⑧ 费振刚、胡双宝、宗明华辑校《全汉赋》，第695页。

18. 王粲《伤夭赋》被误称《伤天赋》。① 案，赋作伤悼早夭者，"天"乃与"夭"形近而讹。

19. 王粲《车渠椀赋》被误称《车渠枕赋》。② 案，《说文·木部》："枕，卧所以荐首者。"③ 赋作咏"椀"。"枕"乃与"椀"形近而讹。

20. 应玚《灵河赋》被误称《虚河赋》。④ 案，应玚《灵河赋》："咨灵川之遐原兮，于昆仑之神丘。"⑤ 故当作"灵"，"虚"乃与"霝（灵）"形近而讹。

21. 应玚《驰射赋》被误称《马射赋》。⑥ 案，应玚《驰射赋》："将逍遥于郊野，聊娱游于骋射。……骅骝激骋，神足奔越。"⑦《说文·马部》："骋，直驰也。"⑧ 故当作"驰"。"马"乃"驰"脱右边部分。

22. 应玚《迷迭赋》被误称《迷送香赋》。⑨ "送"乃与"迭"形近而讹。

23. 曹丕《临涡赋》被误称《临浊赋》。⑩ 案，《庾子山集》《说文解字义证》所引文句实属曹丕《临涡赋》。涡水流经豫州谯。⑪《水经注·洛水》："洛水又东浊水注之。"⑫ 洛水在并州、司隶校尉部境内。⑬ 则浊水亦在洛水附近。曹丕《临涡赋》序："上建安十八年至谯，余兄弟从上拜坟墓，遂乘马游观，经东园，遵涡水，相伴乎高树之下，驻马书鞭，作临涡之赋。"⑭ "浊"乃与"涡"形近而讹。

① （清）严可均辑《全上古三代秦汉三国六朝文》，第 958～959 页。
② （清）张玉书：《佩文韵府》，第 454 页。
③ （汉）许慎撰，（清）段玉裁注《说文解字注》，第 258 页。
④ （明）顾起元：《说略》，第 645 叶。（明）徐应秋：《玉芝堂谈荟》，《四库全书》第 883 册，第 708 页。（清）陈廷敬：《御选唐诗》，《四库全书》第 1446 册，第 449 页。
⑤ （清）严可均辑《全上古三代秦汉三国六朝文》，第 699 页。
⑥ （明）顾煜辑《射书》，《续修四库全书》第 1106 册，第 239 页。
⑦ 费振刚、胡双宝、宗明华辑校《全汉赋》，第 727 页。
⑧ （汉）许慎撰，（清）段玉裁注《说文解字注》，第 467 页。
⑨ （宋）李昉：《太平御览》，第 4350 页。
⑩ （南北朝）庾信撰，（清）倪璠注《庾子山集》，《四库全书》第 1064 册，第 457 页。（清）桂馥《说文解字义证》，《续修四库全书》第 210 册，第 210 页。
⑪ 谭其骧主编《中国历史地图集》第二册，第 44～45 页。
⑫ （北魏）郦道元撰，（清）王先谦校《合校水经注》，第 241 页。
⑬ 谭其骧主编《中国历史地图集》第二册，第 59～60 页。
⑭ 魏宏灿校注《曹丕集校注》，第 95 页。

24. 曹丕《哀己赋》被误称《哀已赋》。① "已"乃与"己"形近而讹。

25. 曹丕《迷迭赋》被误称《迷送赋》。② "送"乃与"迭"形近而讹。

26. 曹丕《浮淮赋》被误称《沂淮赋》。③ 曹丕《浮淮赋》又称《泝淮赋》,"沂"乃与"泝"形近阙笔而讹。

其二,因字音讹误。

1. 司马相如《子虚赋》被误称《紫虚赋》。④ 案,文中有子虚先生,当作"子虚"。"子","止韵,精。之部";"紫","纸韵,精。支部"。⑤ "紫"乃与"子"音近而讹。

2. 司马相如《长门赋》被误称《长文赋》。⑥ 案,长门指长门宫,不称长文宫。"文","文韵,微。文部";"门","魂韵,明。文部"。⑦ "文"乃与"门"音近而讹。

3. 崔骃《达旨》被误称《达止》。⑧ 案,《说文·止部》:"止,下基也。象艸木出有址,故以止为足。"《说文·旨部》:"旨,美也。"段玉裁注:"今字以为意恉字。"⑨ "旨","旨韵,照₃。脂部";"止","纸韵,照₃。之部"。⑩ "止"乃与"旨"音近而讹。

4. 蔡邕《释诲》被误称《什诲》。⑪ 案,《说文·采部》:"释,解也。"《说文·人部》:"什,相什保也。"⑫ "什","缉韵,禅。缉部";

---

① (南北朝)徐陵辑,(清)吴兆宜注,(清)程际盛删补《玉台新咏》,《续修四库全书》第1588册,第531页。

② (宋)李昉:《太平御览》,第4349~4350页。

③ (宋)李昉:《太平御览》,第3414页。

④ (宋)李昉:《太平御览》,第3587页。(明)赵㻞:《效颦集》,《续修四库全书》第1266册,第523页。

⑤ 王力主编《王力古汉语字典》,第212、919页。

⑥ (宋)李昉:《太平御览》,第3628页。

⑦ 王力主编《王力古汉语字典》,第413、1561页。

⑧ (明)陈耀文:《天中记》,《四库全书》第967册,第54页。

⑨ (汉)许慎撰,(清)段玉裁注《说文解字注》,第67、202页。

⑩ 王力主编《王力古汉语字典》,第245、542页。

⑪ (明)陈耀文:《天中记》,《四库全书》第965册,第95页。

⑫ (汉)许慎撰,(清)段玉裁注《说文解字注》,第50、373页。

"释"，"昔韵，审＝铎部"。① "什"乃与"释"音近而讹。

5. 蔡邕《瞽师赋》被误称《鼓师赋》。② 案，《尚书·胤征》："瞽奏鼓，啬夫驰，庶人走。"③ 瞽指古代乐官。蔡邕《瞽师赋》："夫何蒙昧之瞽兮，心穷忽以郁伊。目冥冥而无睹兮，羌求烦以愁悲。"④ 此处指盲人乐师，不当作"鼓"。"瞽""鼓"，同属"姥韵，见。鱼部"⑤。"鼓"乃与"瞽"同音、通假而讹。

6. 蔡邕《伤故栗赋》被误称《胡栗赋》。⑥ 案，赋序："人有折蔡氏祠前栗者，故作斯赋。"⑦ 《广韵·暮韵》："故，旧也。"⑧ 古代称北方和西方的民族如匈奴等为胡。上古音，"故"属见钮鱼部，"胡"属匣钮鱼部。⑨ "胡"乃与"故"音近而讹，亦或与中原与胡地交往相关物品多被冠以胡字有关。

7. 陈琳《应讥》被误称《应机》。⑩ 案，《说文·言部》："讥，诽也。""机，机木也。"⑪ "机""讥"同属"微韵，见。微部"。⑫ "机"乃与"讥"同音而讹。

8. 繁钦《征天山赋》被误称《撰正赋》。⑬ 案，《征天山赋》又名《撰征赋》，"正"乃因与"征"音近形近而讹。

其三，因字义讹误。

1. 杜笃《论都赋》被误称《入都赋》。⑭ 《苕溪渔隐丛话前后集》所引

---

① 王力主编《王力古汉语字典》，第 15、1505 页。
② （清）张英：《渊鉴类函》，乐部，第 26 页。
③ （汉）孔安国传，（唐）孔颖达正义《尚书正义》，《十三经注疏》，第 158 页。
④ 费振刚、胡双宝、宗明华辑校《全汉赋》，第 593 页。
⑤ 王力主编《王力古汉语字典》，第 798、1774 页。
⑥ （宋）章樵注《古文苑》，第 6 页。（明）胡应麟：《诗薮》，《续修四库全书》第 1696 册，第 196 页。（清）顾炎武：《音学五书》，第 279 页。（清）张廷玉：《骈字类编》，《四库全书》第 1000 册，第 345 页；第 1004 册，第 451 页。（清）张玉书：《佩文韵府》，第 1221、1669、3347、3752 页。
⑦ 费震刚、胡双宝、宗明华辑校《全汉赋》，第 584 页。
⑧ 蔡梦麒校释《广韵校释》，第 920 页。
⑨ 李学勤主编《字源》，第 250、365 页。
⑩ （梁）萧统编，（唐）李善注《文选》，第 2063 页。（清）汪师韩：《文选理学权舆》，《续修四库全书》第 1581 册，第 53 页。（清）张玉书：《佩文韵府》，第 2889 页。
⑪ （汉）许慎撰，（清）段玉裁注《说文解字注》，第 97、248 页。
⑫ 王力主编《王力古汉语字典》，第 524、1299 页。
⑬ （清）姚振宗：《后汉艺文志》，《续修四库全书》第 914 册，第 399 页。
⑭ （宋）胡仔：《苕溪渔隐丛话前后集》，第 338 叶。

"荧康居，灰珍奇。椎鸣镝，钉鹿蠡"实属《论都赋》。称《入都赋》讹。

2. 班固《西都赋》被误称《西郊赋》。① 案，《太平御览》引文实属班固《西都赋》。涉张衡《西京赋》误称为《西京赋》，② 再误称为《西郊赋》。《说文·邑部》："郊，距国百里为郊。""都，有先君之旧宗庙曰都。……《周礼》：距国五百里为都。"段玉裁注："此《周礼》说也。《周礼·载师》注引《司马法》曰：王国百里为郊，二百里为州，三百里为野，四百里为县，五百里为都。"③

3. 张衡《应间》被误称《应旨》。④ 案，《御选唐诗》《佩文韵府》所引文句属《应间》。《玉篇·旨部》："旨，支耳切。美也，意也，志也。"⑤ 张衡《应间》："有间余者曰……"⑥ "旨"乃传抄讹误。

4. 陈琳《武军赋》被误称《武库车赋》⑦《武帝赋》⑧。案，《文选旁证》卷三十五："'车'字不当有，尤本'库'误作'军'。"⑨ 战争题材涉相关战备设施而致误名。《御选唐诗》所引"八部方置，山布星陈"属

① （宋）李昉：《太平御览》，第909页。
② （宋）李昉：《文苑英华》，第692页。（宋）苏轼撰，（宋）施元之注《施注苏诗》，《四库全书》第1110册，第162页。（宋）吴棫：《韵补》，第168叶。（宋）章如愚：《群书考索续集》，《四库全书》第938册，第425页。（元）朱礼：《汉唐事笺》，第288叶。（金）元好问辑，（元）郝天挺注，（明）廖文炳解《唐诗鼓吹》，《续修四库全书》第1611册，第551页。（元）杨士宏：《唐音》，《四库全书》第1368册，第190页。（元）阴时夫辑，（元）阴中夫注《韵府群玉》，《四库全书》第951册，第19页。（明）张自烈：《正字通》，《续修四库全书》第234册，第316页。（清）冯登府：《论语异文考证》，《续修四库全书》第155册，第387页。（清）姜炳璋：《诗序补义》，《四库全书》第89册，第357页。（清）金鹗：《求古录礼说》，《续修四库全书》第110册，第273页。（清）张英：《渊鉴类函》，鸟部，第38页。（清）张玉书：《佩文韵府》，第1387页。（清）章藻功：《思绮堂文集》，第100叶。（元）赵道一：《历世真仙体道通鉴》，《续修四库全书》第1294册，第264页。（明）王世贞：《新刻增补艺苑卮言》，《续修四库全书》第1695册，第617页。（明）章潢：《（万历）新修南昌府志》，第456页。
③ （汉）许慎撰，（清）段玉裁注《说文解字注》，第283~284页。
④ （清）陈廷敬：《御选唐诗》，《四库全书》第1446册，第333页。（清）张玉书：《佩文韵府》，第3922页。
⑤ （梁）顾野王撰，吕浩校点《大广益会玉篇》，第328页。
⑥ 费振刚、胡双宝、宗明华辑校《全汉赋》，第486页。
⑦ （梁）萧统编，（唐）李善等注《六臣注文选》，《四部丛刊》初编第422册，第565页。（唐）杜甫撰，（清）仇兆鳌注《杜诗详注》，第2128页。（唐）骆宾王撰，（明）颜文选注《骆丞集》，《四库全书》第1065册，第511页。（清）汪师韩：《文选理学权舆》，《续修四库全书》第1581册，第40页。
⑧ （清）陈廷敬：《御选唐诗》，《四库全书》第1446册，第329页。
⑨ （清）梁章钜：《文选旁证》，《续修四库全书》第1581册，第597页。

《武军赋》，称《武帝赋》讹。

5. 王粲《闲邪赋》被误称《闲居赋》。① 案，《玉台新咏》等所引文句，《全上古三代秦汉三国六朝文》全后汉文卷九十考证为《闲邪赋》。②

6. 应玚《西狩赋》被误称《西符赋》。③ 案，铁琴铜剑楼藏宋刊本《古文苑》卷七注引作"符"，其他版本《古文苑》作"狩"，"符"当为传抄讹误。

（三）倒

倒致误名，共7例。

1. 冯衍《显志赋》被误称冯显《衍志赋》。④ "显""衍"倒乙。

2. 李尤《德阳殿赋》被误称《阳德殿赋》⑤《阳德赋》⑥。"德""阳"倒乙。《慈湖诗传》所载四句属《德阳殿赋》，当是倒乙后再省"殿"致讹。

3. 蔡邕《述行赋》被误称《行述赋》。⑦

4. 蔡邕《释诲》被误称《诲释》。⑧

5. 赵壹《刺世疾邪赋》被误称《疾世刺邪赋》。⑨

---

① （南北朝）徐陵辑，（清）吴兆宜注，（清）程际盛删补《玉台新咏》，《续修四库全书》第1588册，第507页。（唐）虞世南：《北堂书钞》，第554页。（清）郝懿行：《证俗文》，《续修四库全书》第192册，第452页。（清）张英：《渊鉴类函》，服饰部，第47页。

② （清）严可均辑《全上古三代秦汉三国六朝文》，第958页。

③ （宋）章樵注《古文苑》，第5页。

④ （清）李镜蓉：《（光绪）道州志》，第828叶。（清）吕恩湛、宗绩辰：《（道光）永州府志》，第386页。

⑤ （宋）罗泌：《路史》，《四库全书》第383册，第561页。（宋）吴棫：《韵补》，第48、53、67、215叶。（明）杨慎撰，（清）李调元校定《古音丛目》，第109叶。（明）张自烈：《正字通》，《续修四库全书》第234册，第482页；第235册，第263、423页。（清）毛奇龄：《古今通韵》，《四库全书》第242册，第241页。（清）张廷玉：《骈字类编》，《四库全书》第997册，第140页。（清）张玉书：《佩文韵府》，第1370页。

⑥ （宋）杨简：《慈湖诗传》，《四库全书》第73册，第152页。

⑦ （唐）杜甫撰，（宋）黄希原本、黄鹤补注《补注杜诗》，《四库全书》第1069册，第61页。（唐）杜甫撰，（宋）王洙注《分门集注杜工部诗》，《续修四库全书》第1306册，第277页。

⑧ （明）杨慎撰，（清）李调元校定《古音丛目》，第70叶。

⑨ （宋）吴棫：《韵补》，第77叶。（明）张自烈：《正字通》，《续修四库全书》第235册，第137页。

6. 王粲《征思赋》被误称《思征赋》。① 案，《文选理学权舆》卷二："志祖案当作'征思'，见《典论·论文》。"②

（四）脱

脱致误名，共 6 例。

1. 孔臧《谏格虎赋》被误称《谏虎赋》。③ 脱"格"。

2. 冯衍《显志赋》被误称《冯涓志赋》。④ 案，《说文·水部》："涓，小流也。"⑤ 脱"衍"，"涓"讹。

3. 班固《东都赋》被误称《东赋》。⑥ 案，《山堂考索》所引"春王三朝，会同汉京"实属班固《东都赋》，脱"都"。

4. 李尤《平乐观赋》被误称《乐观赋》。⑦ 案，《文选旁证》卷三校正《西京赋》李善注"李尤《乐观赋》曰"句云："'乐'上当有'平'字，各本皆脱。"⑧

5. 张衡《思玄赋》被误称《思赋》。⑨ 案，程际盛删补《玉台新咏》所引"惧乐往而哀来"实属张衡《思玄赋》，脱"玄"。

6.《九家集注杜诗》卷十八赵彦材注引蔡邕《瞽师赋》，空缺"瞽"字，⑩ 造成误名。同书卷一《九日寄岑参》、卷十九《因许八奉寄江宁旻上人》注引此赋，均完整写出名称"瞽师赋"。

（五）衍

衍致误名，共 4 例。

---

① （梁）萧统编，（唐）李善注《文选》，第 2052 页。

② （清）汪师韩：《文选理学权舆》，《续修四库全书》第 1581 册，第 40 页。

③ 顾实：《汉书艺文志讲疏》，第 178 页。

④ （明）陈耀文：《天中记》，《四库全书》第 967 册，第 564 页。

⑤ （汉）许慎撰，（清）段玉裁注《说文解字注》，第 546 页。

⑥ （宋）章如愚：《山堂考索》，《四库全书》第 936 册，第 305 页。

⑦ （梁）萧统编，（唐）李善注《文选》，第 75 页。（梁）萧统编，（唐）李善等注《六臣注文选》，《四部丛刊》初编第 418 册，第 544 页。（明）张溥：《汉魏六朝百三家集》，《四库全书》第 1412 册，第 302 页。

⑧ （清）梁章钜：《文选旁证》，《续修四库全书》第 1581 册，第 238 页。

⑨ （南北朝）徐陵辑，（清）吴兆宜注，（清）程际盛删补《玉台新咏》，《续修四库全书》第 1588 册，第 626 页。

⑩ （唐）杜甫撰，（宋）郭知达编《九家集注杜诗》，《四库全书》第 1068 册，第 316 页。

1. 贾谊《簴赋》被误称《真簴赋》。① 《太平御览》所引"樱李拳以蝵虬，负大钟而欲飞"实属《簴赋》，"真"衍。

2. 枚乘《梁王菟园赋》被误称《梁苑园赋》。② 案，枚乘《梁王菟园赋》又称《梁苑赋》。③《周礼·地官·囿人》注："囿，今之苑。"疏："古谓之囿，汉家谓之苑。"④《说文·艸部》："苑，所以养禽兽也。"《说文·囗部》："园，所以树果也。"⑤ "苑""园"重复称谓，可能为后代注文窜入。

3. 黄香《九宫赋》被误称《九成宫赋》。⑥《奇字名》所引"振云嶅岫而土崆山"实属《九宫赋》。九成宫为隋唐时宫殿，"成"衍。

4. 引蔡邕《协初赋》被误称《协和笙赋》。⑦ 案，《三家诗补遗》所引"葛藟恐其先时"实属《协初赋》。《协初赋》又称《协和赋》。⑧《尔雅·释乐》："大笙谓之巢，小者谓之和。"⑨ "笙"为"和"之注文，窜入，衍。

综上，汉赋误名共 121 例，可分为五类。乱 61 例，占 50.41%；讹 43 例，占 35.83%；倒 7 例，占 5.83%；脱 6 例，占 4.96%；衍 4 例，占 3.3%。

三　存疑名俟考

部分汉赋残缺严重，或后世称引未涉及具体文句，分歧名无法考定，纳入存疑名，俟考，计 17 例。

1. 刘向《雁赋》（残句）⑩ 疑又称《行过江上弋雁赋》（存目）、《行弋赋》（存目）、《弋雌得雄赋》（存目）。⑪ 笔者认为是同一篇赋作，属篇名简全差异致分歧。然赋残缺过于严重，无法展开考证，存疑俟考。

---

① （宋）李昉：《太平御览》，第 2626 页。

② （宋）李昉：《太平御览》，第 1723 页。

③ （清）桂馥：《说文解字义证》，《续修四库全书》第 210 册，第 145 页。

④ （汉）郑玄注，（唐）贾公彦疏《周礼注疏》，《十三经注疏》，第 700 页。

⑤ （汉）许慎撰，（清）段玉裁注《说文解字注》，第 41、278 页。

⑥ （清）李调元：《奇字名》，《续修四库全书》第 191 册，第 538 页。

⑦ （清）阮元：《三家诗补遗》，《续修四库全书》第 76 册，第 2 页。

⑧ （宋）王楙：《野客丛书》，第 104 叶。（清）马瑞辰：《毛诗传笺通释》，《续修四库全书》第 68 册，第 351 页。

⑨ 《尔雅》，第 45 页。

⑩ （明）焦竑：《焦氏类林》，明万历十五年王元贞刻本，第 223 叶。（清）张玉书：《佩文韵府》，第 316、956、1061 页。

⑪ （宋）李昉：《太平御览》，第 3714 页。

2. 扬雄《覈灵赋》疑又称《橏灵赋》①《激灵赋》②《橏虚赋》③。赋残,存疑俟考。

3. 葛龚《遂初赋》疑又称《反遂初赋》。④ 赋残,存疑俟考。

4.《古韵标准》卷一:"张衡《东征赋》与'宁'为韵。"⑤ 未涉及具体文句,难查,存疑俟考。

5.《别雅》卷五:"《文选》张衡《蜀都赋》卓荦奇诡。"⑥案,左思有《蜀都赋》,疑作者混淆致误。但所涉及文句不多,姑存疑。

6. 潘勖《玄达赋》疑又称《元达赋》⑦《玄远赋》⑧。案,赋仅存两小句,"玄达"还是"玄远"存疑俟考。

7.《文选理学权舆》卷二"赋"存王粲《闲雅赋》。⑨ 案,《文选理学权舆》卷二未引述具体文句,且仅一见。姑存疑俟考。

8. 应场《撰征赋》疑又称《征赋》。⑩案,应场《撰征赋》:"烈烈征师,寻遐庭兮。"是否"撰"为动词,误作篇名?

---

① (汉)扬雄:《扬子云集》,《四库全书》第 1063 册,第 125 页。(宋)李昉:《太平御览》,第 1 页。(梁)萧统编,(唐)李善注《文选》,第 1259 页。(唐)杜甫撰,(宋)郭知达编《九家集注杜诗》,《四库全书》第 1068 册,第 348、619 页。(宋)吴曾:《能改斋漫录》,《四库全书》第 850 册,第 617 页。
② (清)陈廷敬:《御选唐诗》,《四库全书》第 1446 册,第 153 页。
③ (唐)杜甫撰,(清)仇兆鳌注《杜诗详注》,《四库全书》第 1070 册,第 886 页。(唐)杜甫撰,(宋)黄希原本、黄鹤补注《补注杜诗》,《四库全书》第 1069 册,第 647 页。(唐)杜甫撰,(宋)王洙注《分门集注杜工部诗》,《四部丛刊》初编第 145 册,第 119 页。
④ (宋)李昉:《太平御览》,第 895 页。(宋)李廷忠:《橘山四六》,《四库全书》第 1169 册,第 197 页。(宋)王应麟:《玉海》,《四库全书》第 947 册,第 262 页。(明)陈耀文:《天中记》,《四库全书》第 965 册,第 614 页。(清)张英:《渊鉴类函》,居处部,第 28 页。
⑤ (清)江永:《古韵标准》,第 46 叶。
⑥ (清)吴玉搢:《别雅》,《四库全书》第 222 册,第 750 页。
⑦ (清)汪师韩:《文选理学权舆》,《续修四库全书》第 1581 册,第 39 页。
⑧ (清)姚振宗:《后汉艺文志》,《续修四库全书》914 册,第 397 页。(清)姚振宗:《隋书经籍志考证》,《续修四库全书》第 915 册,第 664 页。(清)严可均辑《全上古三代秦汉三国六朝文》,第 943 页。
⑨ (清)汪师韩:《文选理学权舆》,《续修四库全书》第 1581 册,第 40 页。
⑩ (明)张溥:《汉魏六朝百三家集》,《四库全书》第 1412 册,第 776~777 页。(清)张廷玉:《骈字类编》,《四库全书》第 994 册,第 389 页;第 1004 册,第 381 页。(清)张玉书:《佩文韵府》,第 982、1032、1669、2990、3032、1780、3104 页。

9. 刘桢《清虑赋》疑又称《清庐赋》①《清虚赋》②《绩虑赋》③。

10. 汉献帝刘协《皇德赋》疑又称《星德赋》。④案,《北堂书钞》卷二十:"蔽天光。刘协《星德赋》。"

汉赋篇名分歧可归为异名、误名、存疑名三类,其中异名最多,318例,占69.74%;误名其次,121例,占26.54%;存疑名最少,17例,占3.72%(见图9)。汉赋异名生成模式复合类型163例,占35.75%;非复合类型293例,占64.25%。误名则多为非复合类型。

汉赋分歧名产生基本为两种模式。第一种,直接生成式,即参照名生成分歧名1、分歧名2、分歧名3……。第二种,递进生成式,即参照名生成分歧名1,分歧名1再生成分歧名2,分歧名2再生成分歧名3……(见图10、图11)。如:李尤《德阳殿赋》,篇名倒讹生成《阳德殿赋》误名,再由《阳德殿赋》简省递进生成《阳德赋》误名。汉赋分歧名生成多为直接生成模式,少量为递进生成模式。递进生成模式42例,占9.21%;直接生成414例,占90.79%(见表4、表5、表6)。

表4　汉赋篇名分歧异名类型汇总（318例）

原因	细化	作者及参照名	分歧名	复合	生成模式
据文命篇致异名〔93例〕	侧重差异（因偏命篇、角度）〔42例〕	陆贾《孟春赋》	《感春赋》	否	直接
		孔臧《蓼虫赋》	《蓼赋》	是	直接
			《食蓼虫赋》	是	直接
		孔臧《杨柳赋》	《柳赋》	是	直接
		司马相如《长门赋》	《闲居赋》	否	直接
		司马相如《难蜀父老》	《蜀父老难》	否	直接
		枚皋《皇太子生赋》	《生太子赋》	是	直接

① (梁)萧统编,(唐)李善注《文选》,第594页。(清)汪师韩:《文选理学权舆》,《续修四库全书》第1581册,第40页。

② (唐)虞世南:《北堂书钞》,第585页。(清)张廷玉:《骈字类编》,《四库全书》第997册,第231页。(清)张玉书:《佩文韵府》,第233页。

③ (宋)李昉:《太平御览》,第3147页。

④ (唐)虞世南:《北堂书钞》,第47页。

续表

原因	细化	作者及参照名	分歧名	复合	生成模式
据文命篇致异名〔93例〕	侧重差异（因偏命篇、角度）〔42例〕	东方朔《答客难》	《客难》	是	直接
			《设难》	是	直接
			《答难》	是	直接
			《荅难》	是	递进
			《解难》	是	直接
		班婕妤《捣素赋》	《捣衣赋》	是	直接
		扬雄《河东赋》	《幸河东赋》	是	直接
		扬雄《解难》	《客难》	是	直接
			《答客难》	是	直接
			《荅客难》	是	递进
		班彪《冀州赋》	《闲居赋》	是	直接
		杜笃《祓禊赋》	《上巳赋》	否	直接
		班固《幽通赋》	《通幽赋》	是	直接
		班固《答宾戏》	《答宾赋》	是	直接
			《荅宾赋》	是	递进
			《宾戏》	是	直接
		班昭《针缕赋》	《针赋》	是	直接
		张衡《应间》	《客难》	否	直接
		张衡《思玄赋》	《忧思赋》	是	直接
		李尤《果赋》	《李果赋》	是	直接
		崔寔《答讥》	《客讥》	是	直接
		边让《章华赋》	《游章华台赋》	是	直接
		蔡邕《静情赋》	《检逸赋》	否	直接
		蔡邕《霖雨赋》	《愁霖赋》	是	直接
		张纮《瑰材枕赋》	《楠榴枕赋》	是	直接
		陈琳《答客难》	《客难》	是	直接
		陈琳《应讥》	《设难》	否	直接
		徐幹《西征赋》	《从征赋》	是	递进
			《从西戎征赋》	是	直接
		繁钦《征天山赋》	《撰征赋》	否	直接
		繁钦《愁思赋》	《秋思赋》	是	直接
		应玚《杨柳赋》	《柳赋》	是	直接
		曹丕《愁霖赋》	《秋霖赋》	否	直接
		曹植《愁霖赋》	《秋霖赋》	是	直接
		曹植《芙蓉赋》	《美芙蓉赋》	是	直接

原因	细化	作者及参照名	分歧名	复合	生成模式
据文命篇致异名 [93例]	赋作所含字词（因词命篇）[20例]	贾谊《旱云赋》	《白云赋》	是	直接
		贾谊《吊屈原赋》	《怀长沙》	是	直接
		枚乘《梁王菟园赋》	《修竹赋》	否	直接
		枚乘《柳赋》	《细柳赋》	是	直接
		司马相如《美人赋》	《好色赋》	否	直接
		班彪《冀州赋》	《游居赋》	是	直接
		崔骃《大将军临洛观赋》	《临洛观春赋》	是	直接
		李尤《果赋》	《李赋》	是	直接
		张衡《舞赋》	《观舞赋》	是	直接
			《七盘赋》	是	直接
			《七盘舞赋》	是	直接
		王逸《荔枝赋》	《瓜赋》	是	直接
		王逸《机赋》	《机妇赋》	是	直接
		边让《章华赋》	《居长饮赋》	否	直接
		崔琰《述初赋》	《述征赋》	否	直接
		蔡邕《述行赋》	《述征赋》	否	直接
			《西征赋》	是	递进
		蔡邕《琴赋》	《弹琴赋》	是	直接
		王粲《游海赋》	《浮海赋》	是	直接
		曹植《橘赋》	《植橘赋》	是	直接
	赋作所涉地点（因地命篇）[16例]	贾谊《吊屈原赋》	《吊湘赋》	是	直接
			《度湘水赋》	是	直接
			《渡湘赋》	是	递进
			《湘水赋》	是	递进
			《怀湘赋》	是	直接
		枚乘《柳赋》	《梁孝王忘忧馆柳赋》	是	直接
			《忘忧馆柳赋》	是	直接
		枚乘《梁王菟园赋》	《梁苑赋》	是	直接
		司马相如《天子游猎赋》	《上林赋》	否	直接
		司马相如《长门赋》	《长门宫赋》	是	直接
		司马相如《哀二世赋》	《宜春宫赋》	否	直接
		班婕妤《自悼赋》	《东宫赋》	是	直接
		桓谭《仙赋》	《望仙赋》	是	直接
			《集灵宫赋》	是	直接
		曹植《登台赋》	《铜雀台赋》	是	直接
			《铜爵台赋》	是	递进

续表

原因	细化	作者及参照名	分歧名	复合	生成模式
据文命篇致异名〔93例〕	赋作所涉人物（因人命篇）〔8例〕	贾谊《吊屈原赋》	《吊屈赋》	是	直接
			《吊屈原》	是	直接
			《吊屈平》	是	直接
		司马相如《天子游猎赋》	《子虚赋》	是	直接
			《乌有赋》	是	直接
			《子虚赋》《上林赋》	是	直接
		司马相如《哀二世赋》	《哀秦二世赋》	是	直接
			《秦二世赋》	是	递进
	赋作创作缘由（因志命篇、意境）〔7例〕	贾谊《鵩鸟赋》	《诘鵩赋》	否	直接
		董仲舒《士不遇赋》	《感士不遇赋》	是	直接
		司马相如《难蜀父老》	《开西南夷难蜀父老》	是	直接
			《谕巴蜀》	是	直接
		杜笃《论都赋》	《谕客》	是	直接
			《喻客》	是	直接
		班固《幽通赋》	《遂志赋》	否	直接
简全差异致异名〔77例〕	／	贾谊《鵩鸟赋》	《鵩赋》	否	直接
			《服赋》	是	递进
		羊胜《屏风赋》	《屏赋》	是	直接
		枚乘《梁王菟园赋》	《兔园赋》	否	直接
			《菟园赋》	是	递进
		刘胜《文木赋》	《木赋》	否	直接
		孔臧《谏格虎赋》	《格虎赋》	是	直接
		董仲舒《士不遇赋》	《不遇赋》	是	直接
		刘安《招隐士》	《招隐士赋》	否	直接
			《招隐》	否	直接
		刘彻《悼李夫人》	《悼李夫人赋》	否	直接
			《李夫人赋》	否	直接
		司马相如《哀二世赋》	《哀二世》	否	直接
			《二世赋》	否	直接
		司马相如《天子游猎赋》	《游猎赋》	是	直接

原因	细化	作者及参照名	分歧名	复合	生成模式
简全差异 篇致异名 [77 例]	/	司马迁《悲士不遇赋》	《士不遇赋》	否	直接
			《悲不遇赋》	否	直接
		王褒《洞箫赋》	《洞箫》	否	直接
			《箫赋》	否	直接
		刘向《请雨华山赋》	《请雨》	否	直接
		刘向《雅琴赋》	《琴赋》	否	直接
		刘歆《甘泉宫赋》	《甘泉赋》	否	直接
		扬雄《甘泉赋》	《甘泉宫赋》	否	直接
		扬雄《都酒赋》	《酒赋》	是	直接
		班彪《览海赋》	《海赋》	否	直接
		梁竦《悼骚赋》	《悼骚》	否	直接
		班固《耿恭守疏勒城赋》	《守疏勒城赋》	是	直接
		班固《终南山赋》	《终南赋》	否	直接
		傅毅《洛都赋》	《洛赋》	否	直接
		傅毅《琴赋》	《雅琴赋》	否	直接
		傅毅《羽扇赋》	《扇赋》	否	直接
		崔骃《大将军西征赋》	《西征赋》	是	直接
		崔骃《大将军临洛观赋》	《临洛观赋》	是	直接
			《洛观赋》	是	直接
		王延寿《鲁灵光殿赋》	《灵光殿赋》	是	直接
			《灵光赋》	是	直接
			《灵殿赋》	是	直接
		马融《梁将军西第赋》	《西第赋》	否	直接
		马融《围棋赋》	《碁赋》	是	递进
		马融《长笛赋》	《笛赋》	否	直接
		刘琬《神龙赋》	《龙赋》	否	直接
		边让《章华赋》	《章华台赋》	是	直接
			《章台赋》	是	递进
		蔡邕《团扇赋》	《扇赋》	否	直接
		蔡邕《伤故栗赋》	《栗赋》	否	直接
		蔡邕《霖雨赋》	《霖赋》	否	直接
		赵壹《刺世疾邪赋》	《疾邪赋》	是	直接
			《嫉邪赋》	是	递进

原因	细化	作者及参照名	分歧名	复合	生成模式
简全差异致异名 [77例]	/	陈琳《迷迭赋》	《迷迭香赋》	否	直接
		陈琳《玛瑙勒赋》	《玛瑙赋》	是	直接
		王粲《玛瑙勒赋》	《玛瑙赋》	是	直接
		王粲《大暑赋》	《暑赋》	否	直接
		王粲《槐树赋》	《槐赋》	否	直接
		王粲《鹖赋》	《鹖鸟赋》	否	直接
		王粲《迷迭赋》	《迷迭香赋》	否	直接
		王粲《游海赋》	《海赋》	否	直接
		王粲《羽猎赋》	《猎赋》	否	直接
		应玚《迷迭赋》	《迷迭香赋》	否	直接
		应玚《灵河赋》	《河赋》	是	直接
		刘桢《大暑赋》	《暑赋》	否	直接
		徐幹《冠赋》	魏齐幹赋	否	直接
		繁钦《暑赋》	《酷暑赋》	否	直接
		繁钦《柳赋》	《柳树赋》	否	直接
		繁钦《建章凤阙赋》	《建章凤楼阙赋》	是	直接
			《凤阙赋》	否	直接
			《建章》	否	直接
		卞兰《赞述太子赋》	《太子赋》	否	直接
			《赞太子赋》	是	直接
		曹丕《迷迭赋》	《迷迭香赋》	否	直接
		曹丕《玛瑙勒赋》	《玛瑙赋》	否	直接
			《码磝赋》	是	直接
		曹植《槐赋》	《槐树赋》	否	直接
		曹植《大暑赋》	《暑赋》	否	直接
		曹植《九华扇赋》	《扇赋》	是	直接
		曹植《宴乐赋》	《乐赋》	否	直接
		曹植《离缴雁赋》	《缴雁赋》	否	直接
			《雁赋》	否	直接

原因	细化	作者及参照名	分歧名	复合	生成模式
文体混融致异名 [66例]	赋、颂混融 [20例]	司马相如《大人赋》	《大人颂》	否	直接
		王褒《甘泉赋》	《甘泉颂》	否	直接
			《甘泉宫颂》	是	递进
		王褒《洞箫赋》	《洞箫颂》	否	直接
		扬雄《羽猎赋》	《校猎颂》	是	递进
		杜笃《众瑞赋》	《众瑞颂》	否	直接
		班固《幽通赋》	《幽通颂》	否	直接
		班固《终南山赋》	《终南山颂》	否	直接
			《终南颂》	是	递进
		傅毅《神雀赋》	《神雀颂》	否	直接
			《爵颂》	是	递进
		傅毅《郊祀赋》	《郊祀颂》	否	直接
		刘骐骏《玄根赋》	《玄根颂》	否	直接
			《元根颂》	是	递进
		张升《白鸠赋》	《白鸠颂》	否	直接
		马融《梁将军西第赋》	《梁大将军西第颂》	是	递进
			《高第颂》	是	递进
			《西弟颂》	是	递进
			《西第颂》	是	递进
		蔡邕《琴赋》	《琴颂》	否	直接
	赋、歌混融 [10例]	赵幽王刘友《临终歌》	《赵幽王歌》	是	直接
			《赵幽王友歌》	是	直接
			《赵王友歌》	是	直接
			《赵王歌》	是	直接
			《赵王之歌》	是	直接
			《幽歌》	是	直接
		张衡《定情赋》	《定情歌》	否	直接
		蔡邕《释诲》	《琴歌》	是	直接
		赵壹《刺世疾邪赋》	《赵壹歌》	是	直接
		曹丕《登城赋》	歌	否	直接

续表

原因	细化	作者及参照名	分歧名	复合	生成模式
文体混融致异名[66例]	赋、文混融[9例]	贾谊《吊屈原赋》	《吊屈原文》	否	直接
		司马相如《哀二世赋》	《吊秦二世文》	是	递进
			《吊二世文》	是	递进
		司马相如《难蜀父老》	《喻巴蜀并难蜀父老文》	是	直接
			《难蜀父老文》	是	直接
			《难蜀文》	是	直接
			《谕蜀文》	是	直接
		班固《答宾戏》	《答宾戏文》	否	直接
			《荅宾戏文》	是	递进
	赋、辞（词）混融[5例]	赵幽王刘友《临终歌》	《拘幽词》	否	直接
		贾谊《吊屈原赋》	《吊屈原辞》	否	直接
		刘安《招隐士》	《招隐士词》	否	直接
		刘彻《悼李夫人》	《伤李夫人诗词》	是	直接
		李尤《长乐观赋》	《长乐宫词》	是	直接
	赋、书混融[5例]	司马相如《难蜀父老》	《开西南彝难蜀父老书》	是	直接
			《喻蜀书》	是	直接
			《难蜀父老书》	是	直接
			《谕难蜀父老书》	是	直接
		杜笃《论都赋》	《论都书》	是	直接
	赋、诗混融[5例]	赵幽王刘友《临终歌》	诗	否	直接
		刘安《招隐士》	《招隐诗》	否	直接
		傅毅《七激》	《七激诗》	是	直接
		赵壹《刺世疾邪赋》	《疾邪诗》	是	直接
		丁仪《厉志赋》	《厉志诗》	否	直接
	赋、铭混融[3例]	贾谊《簴赋》	《簴铭》	否	直接
		扬雄《都酒赋》	《酒铭》	否	直接
		应场《车渠碗赋》	《车渠盌铭》	是	直接
	赋、箴混融[2例]	扬雄《都酒赋》	《酒箴》	是	直接
		班彪《冀州赋》	《冀州箴》	否	直接
	赋、记混融[2例]	崔琰《述初赋》	《述征记》	是	递进
		徐幹《齐都赋》	《齐都记》	否	直接

续表

原因	细化	作者及参照名	分歧名	复合	生成模式
文体混融致异名 [66 例]	赋（论）、传混融 [1 例]	东方朔《非有先生论》	《非有先生传》	否	直接
	赋、解混融 [1 例]	崔骃《达旨》	《达旨解》	否	直接
	赋、操混融 [1 例]	刘安《招隐士》	《招隐操》	是	直接
	赋、隐混融 [1 例]	东方朔《蚊赋》	《隐语》	否	直接
	文体泛称或混称 [1 例]	贾谊《鵩鸟赋》	《离骚赋》	否	直接
换词致异名 [53 例]	/	贾谊《簴赋》	《筍虡赋》	是	直接
			《筍簴赋》	是	直接
			《筍簴赋》	是	递进
			《枸虡赋》	是	递进
		邹阳《酒赋》	文赋	否	直接
		刘彻《悼李夫人》	《伤李夫人赋》	是	直接
			《伤悼李夫人赋》	是	直接
			《思李夫人赋》	是	直接
			《思怀李夫人赋》	是	直接
		司马相如《哀二世赋》	《吊秦二世赋》	是	直接
			《吊二世赋》	是	直接
			《吊二世》	是	直接
			《吊胡亥》	是	递进
		司马相如《天子游猎赋》	《羽猎赋》	是	直接
			《长林赋》	是	直接
		班婕妤《自悼赋》	《自伤赋》	是	递进
			《自伤悼赋》	是	直接
		刘歆《遂初赋》	《述初赋》	否	直接
		扬雄《蜀都赋》	《蜀郡赋》	否	直接
		扬雄《羽猎赋》	《校猎赋》	否	直接
			《挍猎赋》	是	递进

原因	细化	作者及参照名	分歧名	复合	生成模式
换词致异名〔53 例〕	/	冯衍《显志赋》	《明志赋》	否	直接
			《述志赋》	否	直接
		班固《幽通赋》	《幽遁赋》	否	直接
		杜笃《祓禊赋》	《祓襈赋》	否	直接
		傅毅《洛都赋》	《洛阳赋》	否	直接
		张衡《二京赋》	《两城赋》	否	直接
		崔琦《白鹄赋》	《白鹤赋》	否	直接
		王逸《荔枝赋》	《荔子赋》	否	直接
			《荔支赋》	否	直接
		王延寿《千秋赋》	《鞦韆赋》	否	直接
		王延寿《王孙赋》	《猕猴赋》	否	直接
		马融《梁将军西第赋》	《梁冀西第赋》	否	直接
		崔琰《述初赋》	《遂初赋》	否	直接
			《述祖赋》	否	直接
		蔡邕《团扇赋》	《圆扇赋》	否	直接
		蔡邕《协初赋》	《协初昏赋》	是	直接
			《协和婚赋》	是	递进
			《协和赋》	是	递进
		张超《诮青衣赋》	《讥青衣赋》	否	直接
		祢衡《鹦鹉赋》	《鸳鹉赋》	否	直接
			《鹦母赋》	否	直接
		丁廙《蔡伯喈女赋》	《蔡邕女赋》	否	直接
		阮瑀《止欲赋》	《正欲赋》	否	直接
		陈琳《止欲赋》	《正欲赋》	否	直接
		王粲《羽猎赋》	《校猎赋》	否	直接
		王粲《白鹤赋》	《鹄赋》	否	直接
		徐幹《喜梦赋》	《嘉梦赋》	是	直接
		徐幹《圆扇赋》	《团扇赋》	否	直接
		曹丕《登城赋》	《登楼赋》	是	直接
		曹丕《浮淮赋》	《沂淮赋》	是	直接
		曹植《慰子赋》	《思子赋》	否	直接
			《愍子赋》	否	直接

原因	细化	作者及参照名	分歧名	复合	生成模式
字形差异致异名[25例]	通假字[17例]	贾谊《鹏鸟赋》	《服鸟赋》	否	直接
		董仲舒《士不遇赋》	《仕不遇赋》	否	直接
		刘安《熏笼赋》	《薰笼赋》	否	直接
		司马相如《梨赋》	《黎赋》	否	直接
		王褒《洞箫赋》	《洞萧赋》	否	直接
			《萧赋》	是	递进
		扬雄《校猎赋》	《较猎赋》	否	直接
		扬雄《太玄赋》	《泰玄赋》	否	直接
			《大玄赋》	否	直接
		冯衍《杨节赋》	《扬节赋》	否	直接
		李尤《平乐观赋》	《平乐馆赋》	否	直接
		赵壹《刺世疾邪赋》	《刺世嫉邪赋》	否	直接
		丁仪《厉志赋》	《励志赋》	否	直接
		曹操《沧海赋》	《苍海赋》	否	直接
		繁钦《述行赋》	《遂行赋》	否	直接
		曹丕《校猎赋》	《较猎赋》	否	直接
		曹植《离缴雁赋》	《罹缴雁赋》	否	直接
	古今字[5例]	邹阳《酒赋》	《酉赋》	否	直接
		傅毅《舞赋》	《儛赋》	否	直接
		班固《答宾戏》	《畣宾戏》	否	直接
		崔骃《达旨》	《达指》	否	直接
		边让《章华赋》	《章花赋》	否	直接
	异体字[3例]	贾谊《簴赋》	《虡赋》	否	直接
		班固《答宾戏》	《荅宾戏》	否	直接
		贾谊《鹏鸟赋》	《鵩鸟赋》	否	直接
避讳致异名[4例]	/	扬雄《太玄赋》	《太元赋》	否	直接
		刘騊駼《玄根赋》	《元根赋》	否	直接
		张衡《思玄赋》	《思元赋》	否	直接
		蔡邕《玄表赋》	《元表赋》	否	直接

表5 汉赋篇名误名类型汇总（121例）

原因	细化	作者及参照名	分歧名	复合	生成模式
乱 [61例]	篇名混淆 [49例]	枚乘《七发》	《七启》	否	直接
			《七激》	否	直接
		司马相如《大人赋》	《李夫人赋》	否	直接
		王褒《九怀》	《九谏》	否	直接
		刘向《九叹》	《九谏》	否	直接
			《九歌》	否	直接
			《九怀》	否	直接
		班婕妤《自悼赋》	《长门赋》	否	直接
		扬雄《羽猎赋》	《长杨赋》	否	直接
		扬雄《解难》	《解嘲》	否	直接
		扬雄《解嘲》	《答客难》	否	递进
		扬雄《蜀都赋》	《魏都赋》	否	直接
		班彪《北征赋》	班固《幽通赋》	否	直接
			《西征赋》	否	直接
		班彪《冀州赋》	《北征赋》	否	直接
		杜笃《祓褉赋》	《褉祝》	否	直接
		班固《西都赋》	《西京赋》	否	直接
		班固《东都赋》	《东观赋》	否	直接
			《东京赋》	否	直接
		班固《两都赋》	《两京赋》	否	直接
			《二京赋》	否	递进
			《三都赋》	否	直接
		傅毅《洛都赋》	《洛神赋》	否	直接
		傅毅《反都赋》	《两都赋》	否	直接
			《洛都赋》	否	直接
			《东都赋》	否	直接
		崔骃《七依》	《七言》	否	直接
			《七发》	否	直接
		李尤《辟雍赋》	《长乐观赋》	否	直接
			《平乐观赋》	否	直接
		李尤《函谷关赋》	《函谷关铭》	否	直接
		李尤《德阳殿赋》	《阳德殿铭》	否	直接
			《景阳殿铭》	否	直接

原因	细化	作者及参照名	分歧名	复合	生成模式
乱 [61 例]	篇名混淆 [49 例]	李尤《七歘》	《七款》	否	直接
			《七歆》	否	直接
			《七疑》	否	直接
			《七叙》	否	直接
			《七难》	否	直接
		张衡《西京赋》	《西征赋》	否	直接
		张衡《七辩》	《七问》	否	直接
		崔瑗《七苏》	《七厉》	否	直接
			《七依》	否	直接
		马融《七厉》	《七广》	否	直接
		蔡邕《琴赋》	《琴操》	否	直接
		陈琳《神武赋》	《武库赋》	否	直接
		王粲《浮淮赋》	《浮海赋》	否	直接
		徐幹《冠赋》	《齐都赋》	否	直接
		繁钦《柳赋》	《抑检赋》	否	直接
		曹植《出妇赋》	《愍子赋》	否	直接
	名物混淆 [10 例]	贾谊《鵩鸟赋》	《鹤赋》	否	直接
			《鹦鹉赋》	否	直接
		路乔如《鹤赋》	《雏赋》	否	直接
		东方朔《非有先生论》	《非有仙人论》	否	直接
		扬雄《河东赋》	《河水赋》	否	直接
		崔骃《武赋》	《武都赋》	否	直接
		黄香《九宫赋》	《九官赋》	否	直接
		张衡《东京赋》	《东宫赋》	否	直接
		王粲《投壶赋》	《棋赋》	否	直接
		赵壹《穷鸟赋》	《穷鱼赋》	否	直接
	不明原因错 [2 例]	蔡邕《释诲》	《清诲》	否	直接
		徐幹《齐都赋》	《齐朝赋》	否	直接
讹 [43 例]	字形 [28 例]	贾谊《簴赋》	《虡赋》	否	直接
		邹阳《酒赋》	《恓赋》	否	直接
		枚乘《梁王菟园赋》	《兔园赋》	否	递进
		董仲舒《士不遇赋》	《七不遇赋》	否	直接
		司马相如《大人赋》	《火人赋》	否	直接

续表

原因	细化	作者及参照名	分歧名	复合	生成模式
讹 [43例]	字形 [28例]	班婕妤《自悼赋》	《角悼赋》	否	直接
		扬雄《逐贫赋》	《遂贫赋》	否	直接
		扬雄《长杨赋》	《长扬赋》	否	直接
		崔骃《反都赋》	《及都赋》	否	直接
		李尤《七叹》	《士叹》	否	直接
		张衡《冢赋》	《家赋》	否	直接
		张衡《应间》	《应问》	否	直接
		张衡《西京赋》	《卤京赋》	否	直接
			《四京赋》	否	直接
			《西凉赋》	否	直接
		边让《章华赋》	《帝台赋》	否	递进
		蔡邕《汉津赋》	《汉律赋》	否	直接
		张纮《瑰材枕赋》	《瓖材枕赋》	否	直接
		陈琳《武军赋》	《武库赋》	否	直接
		王粲《伤夭赋》	《伤天赋》	否	直接
		王粲《车渠椀赋》	《车渠枕赋》	否	直接
		应玚《灵河赋》	《虚河赋》	否	直接
		应玚《驰射赋》	《马射赋》	否	直接
		应玚《迷迭赋》	《迷迭香赋》	否	直接
		曹丕《临涡赋》	《临浊赋》	否	直接
		曹丕《哀己赋》	《哀已赋》	否	直接
		曹丕《迷迭赋》	《迷送赋》	否	直接
		曹丕《浮淮赋》	《沂淮赋》	否	递进
	字音 [8例]	司马相如《子虚赋》	《紫虚赋》	否	直接
		司马相如《长门赋》	《长文赋》	否	直接
		崔骃《达旨》	《达止》	否	直接
		蔡邕《释诲》	《什诲》	否	直接
		蔡邕《瞽师赋》	《鼓师赋》	否	直接

续表

原因	细化	作者及参照名	分歧名	复合	生成模式
讹 [43例]	字音 [8例]	蔡邕《伤故栗赋》	《胡栗赋》	否	直接
		陈琳《应讥》	《应机》	否	直接
		繁钦《征天山赋》	《撰正赋》	是	递进
	字义 [7例]	杜笃《论都赋》	《入都赋》	否	直接
		班固《西都赋》	《西郊赋》	否	递进
		张衡《应间》	《应旨》	否	直接
		陈琳《武军赋》	《武库车赋》	否	直接
			《武帝赋》	否	直接
		王粲《闲邪赋》	《闲居赋》	否	直接
		应场《西狩赋》	《西符赋》	否	直接
倒 [7例]	/	冯衍《显志赋》	冯显《衍志赋》	否	直接
		李尤《德阳殿赋》	《阳德殿赋》	否	直接
			《阳德赋》	否	递进
		蔡邕《述行赋》	《行述赋》	否	直接
		蔡邕《释诲》	《诲释》	否	直接
		赵壹《刺世疾邪赋》	《疾世刺邪赋》	否	直接
		王粲《征思赋》	《思征赋》	否	直接
脱 [6例]	/	孔臧《谏格虎赋》	《谏虎赋》	否	直接
		冯衍《显志赋》	《冯涓志赋》	否	直接
		班固《东都赋》	《东赋》	否	直接
		李尤《平乐观赋》	《乐观赋》	否	直接
		张衡《思玄赋》	《思赋》	否	直接
		蔡邕《瞽师赋》	《□师赋》	否	直接
衍 [4例]	/	贾谊《簴赋》	《真簴赋》	否	直接
		枚乘《梁王菟园赋》	《梁苑园赋》	否	直接
		黄香《九宫赋》	《九成宫赋》	否	直接
		蔡邕《协初赋》	《协和笙赋》	否	直接

表 6　汉赋篇名存疑名（17 例）

作者及参照名	分歧名	复合	生成模式
刘向《雁赋》	《行过江上弋雁赋》	否	直接
	《行弋赋》	否	直接
	《弋雌得雄赋》	否	直接
扬雄《覈灵赋》	《橄灵赋》	否	直接
	《激灵赋》	否	直接
	《橄虚赋》	否	直接
葛龚《遂初赋》	《反遂初赋》	否	直接
张衡	《东征赋》	否	直接
	《蜀都赋》	否	直接
潘勖《玄达赋》	《元达赋》	否	直接
	《玄远赋》	否	直接
王粲	《闲雅赋》	否	直接
应玚《撰征赋》	《征赋》	否	直接
刘桢《清虑赋》	《清庐赋》	否	直接
	《清虚赋》	否	直接
	《绩虑赋》	否	直接
刘协《皇德赋》	《星德赋》	否	直接

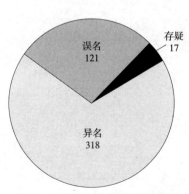

图 9　汉赋篇名分歧类型及数量

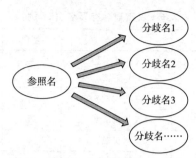

图 10　汉赋篇名分歧直接生成模式

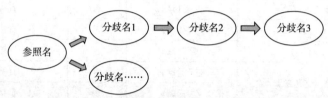

图 11　汉赋篇名分歧递进生成模式

结　论

通过整体考辨汉赋篇名分歧，总结如下。

一　观念修正

一赋多名是汉赋流传过程中的常态，只认定一个篇名正确其他均错误的观念及做法需要修正；要区分汉赋异名与误名。以此类推，其他朝代赋作流传中当有异名、误名；其他文体作品流传过程中的分歧名亦当慎重区分异名和误名。篇名及书名分歧，是基础文献整理中需要重视且须先行解决的问题。

二　汉赋篇名分歧特点

第一，总体及个人赋作分歧率均高。

现存文献中，可查知曾有赋作的汉代赋作者164位（含可以确定赋作归属的佚名作者2位），共有汉赋1412篇。其中完整赋作164篇，残赋193篇，存目69篇，共计426篇。其中65位（39.63%）作者的203篇（47.65%）赋作流传过程中存在篇名分歧；65位作者名下赋作全部出现篇名分歧的有29人，占44.62%；名下赋作篇名分歧过半的有52人，占80%。

第二，单篇赋作篇名分歧多。

单篇赋作篇名分歧，少则1个，多则11个。203篇有篇名分歧的汉赋，参照名之外另有1个分歧名的104篇，占51.23%；有2个分歧名的43篇，占21.18%；有3个分歧名的27篇，占13.30%；有4个分歧名的9篇，占4.43%；有5个分歧名的4篇，占1.97%；有6个分歧名的6篇，占2.96%；有7个分歧名的3篇，占1.48%；有8个分歧名的4篇，占1.97%；有11个分歧名的3篇，占1.48%（见图3、图7、表2、表4、表5、表6）。

第三，篇名分歧类型复杂。

汉赋篇名分歧可归为异名、误名、存疑名三类，其中异名最多，318例，占69.74%；误名其次，121例，占26.54%；存疑名最少，17例，占3.72%（见图9）。

汉赋异名318例，可分为六类。（1）据文命篇致异名93例，占29.15%，包括侧重差异42例、据赋作所含字词命篇20例、据赋作所涉地点命篇16例、据赋作所涉人物命篇8例、据赋作创作缘由命篇7例。（2）简全差异致异名77例，占24.21%。（3）文体混融致异名66例，占20.75%。包括赋颂混融20例、赋歌混融10例、赋文混融9例、赋辞（词）混融5例、赋书混融5例、赋诗混融5例、赋铭混融3例、赋箴混融2例、赋记混融2例、赋（论）传混融1例、赋解混融1例、赋操混融1例、赋隐混融1例、文体泛称或混称1例。（4）换词命篇致异名53例，占16.67%。（5）用字差异致异名25例，占7.86%。包括通假字17例、古今字5例、异体字3例。（6）避讳致异名4例，占1.26%。

汉赋误名121例，可分为五类：乱61例，占50.41%，包括篇名混淆49例、名物混淆10例、不明原因错2例；讹43例，占35.54%，包括字形近讹误28例、字音近讹误8例、字义讹误7例；倒7例，占5.79%；脱6例，占4.96%；衍4例，占3.3%。

汉赋分歧名生成模式中复合类型163例，占异名总数35.75%；非复合类型293例，占64.25%。

三　汉赋篇名分歧规律

第一，有分歧的赋作数量与赋创作量及作者的文学史地位相关。

汉赋作者名下有分歧的赋作数量首先与赋创作量及存佚多少有关（见图7）。如《汉书·艺文志》："司马相如赋二十九篇。"[1] 司马相如现存赋作12篇，8篇分歧；王粲现存30篇赋作，14篇分歧；蔡邕现存18篇赋作，11篇分歧。创作很少的赋作者名下赋作相应的篇名分歧少，如陆贾、刘胜等（见图3）。陆贾名下仅存《孟春赋》目，有异名《感春赋》。[2] 刘

---

[1]　（汉）班固：《汉书》，第1747页。

[2]　（明）陈耀文：《正杨》，《四库全书》第856册，第97页。（明）杨慎：《升庵集》，《四库全书》第1270册，第314页。（清）阮葵生：《茶余客话》，《续修四库全书》第1138册，第84页。（清）田雯：《古欢堂集》，《四库全书》第1324册，第172页。

胜赋作仅有《文木赋》，有异名《木赋》。枚皋等人赋创作量大，但赋作亡佚严重，导致赋作篇名分歧相对较少。《汉书·贾邹枚路传》记载枚皋赋：“凡可读者百二十篇，其尤嫚戏不可读者尚数十篇。”[①]《汉书·艺文志》：“枚皋赋百二十篇。”[②] 现仅存目 10 篇，另外 110 篇（或更多）亡佚，仅《皇太子生赋》有异名《生太子赋》。[③]

　　另一方面，有分歧的赋作数量与赋作者在文学史上的地位相关。如王粲、曹植、蔡邕、扬雄、曹丕、张衡、傅毅、司马相如等赋作篇名分歧多，与他们在赋学史上的重要贡献及位置相关。

　　第二，汉赋分歧名产生基本为两种模式。

　　这两种模式是直接生成模式、递进生成模式。汉赋分歧名生成多为直接生成模式，少量为递进生成模式。递进生成模式 42 例，占 9.21%；直接生成模式 414 例，占 90.79%（见表 4、表 5、表 6，图 10、图 11）。

四　汉赋篇名分歧原因

　　汉赋产生时代早，“中国古代早期文献，始于口头传播，经过漫长的流传，最后被写定。在流传的过程中，口传文献信息不断累积，不断演变，最后形成文本文献。……其载体、文字、解读、影响不断变化，说明一个文本文献，从口头传播，到最后定型，在这个过程中，制造者、接受者、传播者、阐释者各不相同，所产生的文本内容也就颇多差异”[④]。汉赋篇名分歧原因，可从汉赋本身、流传过程两方面分析。

（一）汉赋本身的因素

　　一是汉代文献命名特点。汉代以前作品多以篇为单位流传，篇名即书名，此后，纸替代简帛，作品以“部”为单位流传，为称引方便，出现统摄众篇的书名，在书名之下，赋作篇名在被搜集、整理过程中会出现分歧名。汉代书写是由简帛时代发展到卷轴时代的阶段，“在西汉王

①　（汉）班固：《汉书》，第 2367 页。
②　（汉）班固：《汉书》，第 1748 页。
③　（明）郑以伟：《灵山藏》，第 169 叶。
④　孙少华、徐建委：《从文献到文本：先唐经典文本的抄撰与流变》，上海古籍出版社，2016，第 4 页。

朝建立之初，许多书籍并没有一定的名称"①，许多单篇文献亦是如此。"一篇文献同时题写两个标题的简帛实例有三。"② 其中居延新简《新始建国地皇上戊三年七月行塞省兵物录》属于一卷两题，首题"新始建国地皇上戊三年七月行塞省兵物录"位于 EPF22：236，尾题位于 EPF22：241，作"■右省兵物录"。③ 如此推测，汉赋，特别是早期赋作，创作时有写在简帛上的。如司马相如作《天子游猎赋》时，"上许，令尚书给笔札"④，明确是写在札上。杜笃《论都赋》："伏作书一篇，名曰《论都》，谨并封奏如左。"是封奏。谢惠连《雪赋》："梁王不悦，游于兔园。……授简于司马大夫，曰：'抽子秘思，骋子妍辞，色揣称，为寡人赋之。'"⑤ 写在简牍上。书籍收卷方式及简帛间辗转传抄，会导致汉赋篇名分歧。

二是汉赋篇名生成规律。汉赋篇名，或是作者自拟，或是后人所加，且汉赋产生时各种文体的界限不明晰，导致篇名分歧。汉赋生成之初，与其源流文体剥离是一个渐进的过程，导致对其他文体有兼容性，如很多汉赋包含序、歌、诗等，导致文体混融等类型篇名分歧。在汉赋发展成熟过程中，因突破原有模式，形成新的内容和形式等新变需求，对其他文体具有吸纳性，造成后世文体区分中出现分歧名。一方面，汉赋赋作内容固定，具有专一性和稳定性；另一方面，篇名具有灵活性和多样性。

三是汉赋作者身份。有很多汉赋作者是官吏、军职等，是文、颂、碑铭、箴的创作者。如张衡是史职人员；司马迁是《史记》作者；班固是《汉书》作者；蔡邕是碑铭文写作的大家；扬雄创作了大量箴及语言文字作品。在某种程度上说，赋的创作对于他们来说是副业，行文中难免出现文体融合、交叉现象。

(二) 流传因素

篇名分歧不但与汉赋本身有关，还与流传过程，包括流传时代背景、

① 韩仲民：《中国书籍编纂史稿》，商务印书馆，2013，第 75、76 页。
② 黄威：《古籍书名考》，中华书局，2021，第 133、134 页。
③ 《中国简帛集成》第 12 册，第 81、82 页。
④ （汉）司马迁：《史记》，第 3002 页。
⑤ （梁）萧统编，（唐）李善注《文选》，第 592 页。

参与者、概率等相关。这决定了汉赋篇名具有开放性，构成篇名的词可以是赋作呈现的客观特征，也可以是流传参与者对赋作的主观判断与认知。

其一，流传时代背景。"不同时代著作中存在的相同或相近的文献，其表述、风格、文字存在很大差异，这可能与不同时代的政治、地域以及编纂者身份、编纂目的有关系。"① "传统的文学分类缺乏始终如一的逻辑标准。"② 后世对汉赋的界定具有时代差异性。对"文体"的疏解也未必完备和精确，重要的是表明"文章各体，至东汉而大备。汉魏之际，文家承其体式，故辨别文体，其说不淆③。"中国古人对文体进行自觉的、系统的分类，并且形成特定的文体分类观，大致始于魏晋时期。"④ "古人分类意识的实用性特点"导致分类实践中"违背排他性、同一性、穷尽性等分类学基本原则的现象比比皆是，而且成为文体分类的惯例"。⑤ 中国古代不同文体互相融合互相吸收⑥导致汉赋分歧名产生。如赋、颂混融中更多的是对相应赋作讽颂功用的突出和强调；赋、隐混融则更多的是对赋作起源的强调；文、赋混融则与后世"文赋互为"相关。各文体在不同时代盛行状况不一、文体观念变化、文学思潮变迁等均会导致对汉赋归类差异，造成篇名分歧。

其二，流传参与者。流传参与者包括赋作称引者、文集校阅整理者、总集目录编纂者。赋作称引者对汉赋的征引方式多样、随意导致汉赋篇名发生分歧。有直引赋文的，包括节选、全引；有根据自己所要论证的对象辨析赋文的；有删改赋文的；有征引中张冠李戴致讹误的。如，据文命篇致异名、简全差异致异名、文体混融致异名、换词命篇致异名、篇名混乱致误名等均属于征引赋作过程中导致的篇名分歧。文集校阅整理者、总集目录编纂者会在赋作的归类、命名上根据自己文集的体例、编纂目的等对赋作内容及篇名进行调整及改变。如《隋书·经籍志》等会出现缩略名。⑦ 简全差异致异名多与此类相关。"编纂者的身份、地位及其所处的

---

① 孙少华、徐建委：《从文献到文本：先唐经典文本的抄撰与流变》，第 2 页。
② 张国安：《律诗文体建构与礼乐文化传统》，中华书局，2021，第 11 页。
③ 刘师培：《中国中古文学史讲义》，上海古籍出版社，2000，第 20 页。
④ 郭英德：《中国古代文体学论稿》，第 29 页。
⑤ 郭英德：《中国古代文体学论稿》，第 209、212 页。
⑥ 吴承学：《中国古代文体学研究》，第 130 页。
⑦ 黄威：《古籍书名考》，第 118～119 页。

地域、时代，以及编纂古书的目的、文本性质等不同，决定了文本文献中的文字表述、文本风格的差异。"① 如司马相如的《天子游猎赋》被《文选》分成两篇，并被命名为《子虚赋》《上林赋》。班固《两都赋》被《文选》分编为《西都赋》《东都赋》；张衡《二京赋》被《文选》分编为《西京赋》《东京赋》。另如汉赋篇名因避讳被改"玄"为"元"，则为清代的时代政治特色。书籍传抄、刊刻过程中因书手原因抑或印刷等亦会造成汉赋篇名分歧。如，字形差异致异名；讹误、脱、倒、衍致误名等与抄写、印刷等相关。同一古籍不同版本出现分歧名亦属此种情况，如班固《东都赋》，四库本《杜诗详注》卷九："班固《东观赋》：'建都河洛。'"② 中华书局出版的以康熙五十二年癸巳附记的后印本为底本的《杜诗详注》作《东都赋》。③

其三，流传概率。汉赋影响的大小、流传范围、被接受程度与一篇赋作分歧名的多少一般成正比，即一篇赋作的影响越大，流传范围越广，被关注度越高，其篇名出现分歧名的概率就越大。如司马相如《哀二世赋》，另有异名11 则：《宜春宫赋》《哀秦二世赋》《二世赋》《哀二世》《吊秦二世赋》《秦二世赋》《吊二世赋》《吊二世》《吊胡亥》《吊秦二世文》《吊二世文》。赋作者越受人关注，其名下赋作相应分歧也多。个人名下赋作分歧篇数最多的是王粲，其名下赋作 30 篇，篇名分歧的有《游海赋》《浮淮赋》《投壶赋》《闲邪赋》《征思赋》《羽猎赋》《伤夭赋》《迷迭赋》《白鹤赋》《玛瑙勒赋》《车渠椀赋》《大暑赋》《槐树赋》《鹖赋》14 篇。此与建安文学在文学史上的重要地位及作为"七子之冠冕"的王粲在文学接受史上的重要性相关。

五　汉赋篇名分歧考辨作用

第一，襄助汉赋整理。

可辑佚汉赋残句，推进汉残赋缀合，以避免错误辑佚及结集中重复收录和遗漏，最大程度了解真实汉赋创作。如：班彪《冀州赋》有误名《北征赋》，经结合地理位置、音韵、赋作内容等考辨，证明实际为《冀州赋》佚文（见前文"汉赋篇名分歧分篇考辨·班彪"部分）。在辨别篇

---

① 孙少华、徐建委：《从文献到文本：先唐经典文本的抄撰与流变》，第6页。
② （唐）杜甫撰，（清）仇兆鳌注《杜诗详注》，《四库全书》第1070册，第397页。
③ （唐）杜甫撰，（清）仇兆鳌注《杜诗详注》，第776页。

名分歧的基础上，结合赋作文句，缀合《冀州赋》。① 根据赋、颂混融及残存文句，可推断傅毅《郊祀赋》《郊祀颂》实际为一篇，且存四句"飞紫烟以奕奕，纷扶摇乎太清。既歆祀而欣德，降灵福之穰穰"。这样就将《郊祀赋》由以前的存目状态更改为残篇状态，虽然进展不是很大，但因为赋中专门的郊祀类题材不是很多，对研究了解汉赋创作题材有一定推进作用。如班婕妤《自悼赋》，有异名《东宫赋》，经过考辨为异名后，可避免错误辑佚及结集中重复收录。

第二，助推汉赋创作史研究。

利于汉赋溯源、文体发展演变研究及汉代文学作者个人研究。汉赋篇名文体混融类异名分析考辨，以及附录部分对其他文体归属于赋的分辨，有助于明晰赋与其他文体之间的交叉和区别，有助于分析不同时代对同一文体认定的差别，对汉赋源流研究有益，对了解文体演变发展有利。对汉赋篇名分歧的考辨，可以更准确地提供汉赋作者名下的作品数量，对研究作者思想、艺术特征、文学史价值等均有重要意义。

第三，供历代赋作及其他文体分歧考辨借鉴。

中国古代文学，特别是先秦两汉的文献，普遍存在研究对象难以百分百确定的问题。汉赋篇名分歧考辨，特别是分歧类别的归纳、生成模式的总结、原因的探析以及研究方法的运用等，对于其他朝代的赋作篇名分歧及其他文体分歧考辨具有重要的借鉴意义。当然，各个时代的文献会具有各自的特点，针对各自的分歧，需要采用适合自身的研究。如果各时代的研究均得以展开，那么相互之间会互相促进与修正。

第四，有利于古籍整理理论的完善。

利于古籍整理与研究，利于研究古籍标题产生、发展、演变过程，利于构建古籍制度史。汉赋篇名是古籍标题产生、发展、演变过程的重要一环，特别是汉代是中国古代文献载体发生重大变革的时期，研究汉赋篇名分歧，能探索古籍标题产生、发展、演变的规律，既能往前追溯性推断，亦可往后检验性地辨别。是"书名学"之补充。篇名分歧考辨明晰后，古籍整理、研究，可避免出现偏差。

---

① 彭春艳：《汉赋系年考证》，第 108～112 页。

　　第五，对典籍外译及回译有一定参照作用。①

　　随着世界文化交流的日益密切，越来越多的中国典籍需要翻译后走向世界；越来越多的外籍学者会加入中国古代文学的研究，其成果则有回译的需要和可能。汉赋篇名分歧的考辨，会为外译及回译提供文献支撑，避免出现错误。在将中文典籍翻译成外文时，针对简省类型的赋作篇名，如司马相如《哀二世赋》的翻译，可结合《哀秦二世赋》《吊秦二世赋》《吊胡亥》等篇名进行翻译，这样有助于更准确地表意。同样，在将外文回译成中文时，可在了解汉赋篇名异名和误名及其他分歧的前提下，避免一定的错误。如《康达维译注〈文选〉》中文回译本中多次将班固《西都赋》误成《西京赋》；将张衡《东京赋》误成《东都赋》；将班固《答宾戏》误为扬雄《答宾戏》。②

　　此外，因汉赋分歧名所涉文献来源及版本承变未能一一理清，故对分歧名难以展开流变上的研究，祈望学界助力。

---

①　此观点受踪凡先生 2022 年 8 月 5 日微信朋友圈内容启发。

②　〔美〕康达维撰《康达维译注〈文选〉》，贾晋华、白照杰、黄晨曦、余春丽、赵凌霄译，第 339、435、445、775 页。

附录　其他分歧考辨

汉赋流传过程中，出现作者姓名分歧、著作权分歧、作品体裁归属分歧，考辨如下。

一　汉赋作者姓名分歧考辨

汉赋作者姓名出现分歧的有 22 位，[①] 将分歧名解释得通的归为异称，将解释不通的归为误称。

（一）羊胜

误称 2 例。

1. 芊胜。《初学记》卷二十五："汉芊胜《屏风赋》：'屏风輨匝，蔽我君王。重葩累绣，沓璧连璋。连以文锦，映以流黄。画以古烈，颙颙昂昂。蕃后宜之，寿考无疆。'"《渊鉴类函》卷三百七十六引文同，"考"作"耇"[②]

2. 芋胜。《佩文韵府》卷一百"沓璧"注："芋胜《屏风赋》：'重葩累绣，沓璧连璋。'"[③]

案，所引文句属羊胜《屏风赋》，作者当作羊胜。"羊"字，楚系简帛中写作"**羍**"，《说文解字》中写作"**羊**"。"芊"字，汉隶写作"**芓**"，楷体作"**芓**"。"芋"字，楷体又作"**芉**"。[④]"芋""芊"乃与"羊"形近而讹，致误称。

---

①　其中称作者字的不纳入异称。
②　（唐）徐坚：《初学记》，第 600 页。（清）张英：《渊鉴类函》，服饰部，第 29 页。
③　（清）张玉书：《佩文韵府》，第 3954 页。
④　《四体大字典》，第 1313 页。

（二）邹阳

误称 1 例。

1. 鄹阳。《五杂俎》卷十一："鄹阳为《酒赋》曰：'清者为酒，浊者为醴。清者圣明，浊者顽骏。'此唐人中圣之言所自出也。但醴酒醇甘，古人以享上客。楚元王尝为穆生设醴，岂得谓之顽骏？盖善饮酒者，恶甘故也。"① 文句属邹阳《酒赋》，"鄹"乃与"邹"形近而讹，致误称。

（三）枚乘

误称 3 例。

1. 枝乘。《古今振雅云笺》卷七张肯《送犬（东韩公望）》注："霍然。枝乘《七发》：'太子涊然汗出，霍然病已。'"②《说文段注订补》卷八："《文选》枝乘《七发》注。"卷十一下："枝乘《七发》观涛即为观淖。"《方言笺疏》卷六："枝乘《七发》云：'惚兮恍兮，俶兮傥兮'，亦作'倜傥'。"文句实属枚乘《七发》，"枝"乃与"枚"形近而讹，致误称。

2. 枚秉。《全方备祖》后集卷十八："'龙门之桐，高百尺而无枝，中郁结而轮囷。'枚秉。"③《西堂诗集》于京集卷三《彭孙遹羡门》注："用枚秉赋柳事。"④ 所引所论实指枚乘《柳赋》。"秉"乃与"乘"形近而讹，致误称。

3. 牧叔。《新刊经进详注昌黎先生文集》卷二十一《送权秀才序》注："牧叔《七发》云：'博辩之士，比物属事，离辞连类。'"⑤《天中记》卷四十五："牧叔《七发》云：'楚苗之食，安胡之饭。抟之不解，一啜而散。'"⑥ 文句实属枚乘《七发》，枚乘，字叔。⑦ "牧"乃与"枚"

① （明）谢肇淛：《五杂俎》，明万历四十四年潘膺祉如韦馆刻本，第 438 叶。
② （明）徐渭：《古今振雅云笺》，明末刻本，第 172 叶。（清）王绍兰：《说文段注订补》，清王氏知足知不足馆抄本，第 336、498 叶。（清）钱绎：《方言疏证》，清光绪十六年红幅山房刻民国十八年补刻本，第 209 叶。
③ （宋）陈景沂：《全方备祖》，明毛氏汲古阁抄本，第 374 叶。
④ （清）尤侗：《西堂诗集》，清康熙刻本，第 176 叶。
⑤ （唐）韩愈撰，（宋）文谠注，（宋）王俦补注《新刊经进详注昌黎先生文集》，《续修四库全书》第 1309 册，第 646 页。
⑥ （明）陈耀文：《天中记》，《四库全书》第 967 册，第 186 页。
⑦ （汉）班固：《汉书》，第 2359 页。

形近而讹，致误称。

（四）司马相如

误称 1 例。

1. 司焉相如。《书经注》卷三夏书："司焉相如谓云梦方八百里。"①《情史类略》卷二十二："是时方兴天地诸祠，令司焉相如等作诗颂。"②，"焉"当作"马"，"焉"乃与"馬"形近而讹，致误称。

（五）王褒

误称 1 例。

1. 五子渊。《方舆考证》卷三十七"甘泉宫"注："《汉书》曰五子渊为《甘泉颂》。"③

案，"五"字，敦煌文献"P.2063《因明入正理论略抄》：'**乙**者工巧明，谓说工巧伎术之法则，书算印数之轨模，广述斯事，故曰工巧明也。'"④ 王褒，字子渊，当作王子渊。"五"乃与"王"形近而讹，致误称。

（六）班婕妤

异称 2 例。

1. 班婕伃。此例多见，如《天中记》卷十四、⑤《援鹑堂笔记》卷二十四⑥等。"婕妤"又写作"婕伃""倢伃"。通假致异称。
2. 斑婕妤。《古今名扇录》："汉斑婕妤题团扇。"⑦《野叟曝言》卷十七："不知如卫庄姜之不见答，斑婕妤之不奉御，而日月团扇之诗或未免于愠矣。"⑧

---

① （宋）金履祥：《书经注》，清十万卷楼丛书本，第 44 叶。
② （明）詹詹外史编《情史类略》，明末刊本，第 2303 叶。
③ （清）许鸣磐：《方舆考证》，第 1521 叶。
④ 黄征：《敦煌俗字典》，第 841 页。
⑤ （明）陈耀文：《天中记》，《四库全书》第 965 册，第 646 页。
⑥ （清）姚范：《援鹑堂笔记》，《续修四库全书》第 1148 册，第 635 页。
⑦ （清）陆绍曾：《古今名扇录》，据北京图书馆藏清抄本影印，《续修四库全书》第 1111 册，第 514 页。
⑧ （清）夏敬渠：《野叟曝言》，清光绪七年刊本，第 3394 叶。

案，《说文·文部》："辩，驳文也。"段玉裁注："'辩'之字多或体。易卦之'贲'字、《上林赋》之'斒'字、《史记》'璸''斒'、《汉书》《文选》'玢''幽'，俗用之'斑'字皆是。'斑'者'辩'之俗，今乃'斑'行而'辩'废矣，又或假'班'为之。如孟坚之得氏，以楚人谓虎文曰'斑'，即虍部'彪'字也。作'辩''斑'近是，而《汉书》作'班'。"① "斒"异写作"班"。如汉《竹邑侯相张寿碑》："登斑叙优。"② 《孔子庙碑》："于是揖五瑞，斑宗彝。"③ 通假致异称。

误称 1 例。

1. 班婕好。《六臣注文选》卷三十沈休文《应王中丞思远咏月》注："《汉书》班婕好《自伤赋》曰：'潜玄宫兮幽以清，应门闭兮禁闼扃。华殿尘兮玉（玉）陛苔，中庭萋兮绿草生。'"④《计然万物录》"纨素"注："班婕好《怨歌行》注。"⑤

案，班婕好有《怨歌行》《自悼赋》。《自悼赋》又称《自伤赋》。参见上编"汉赋篇名分歧分篇考辨·班婕好《自悼赋》"部分。故当作"班婕好"，"好"乃与"妤"形近而讹，致误称。

（七）扬雄

异称 1 例。

1. 杨雄。此例多见。《说文·木部》"杨"段玉裁注："古假'杨'为'扬'。故《诗·杨之水》毛曰：'杨，激扬也。'《广雅》曰：'杨，扬也。'"⑥《重修广韵》卷二"杨"："又姓，出弘农、天水二望。"⑦《汉书·扬雄传》："扬雄，字子云，蜀郡成都人也。其先出自有周伯侨者，以支庶初食采于晋之（杨）〔扬〕，因氏焉，不知伯侨、周何别也。扬在河、

① （汉）许慎撰，（清）段玉裁注《说文解字注》，第 425 页。
② （汉）洪适：《隶释隶续》，中华书局，2003，第 88 页。
③ （清）王昶：《金石萃编》，上海古籍出版社，2020，第 401 页。
④ （梁）萧统编，（唐）李善等注《六臣注文选》，《四部丛刊》初编第 421 册，第 1144 页。
⑤ （周）辛文撰，（清）茆泮林辑《计然万物录》，清道光刻本，第 3 叶。
⑥ （汉）许慎撰，（清）段玉裁注《说文解字注》，第 245 页。
⑦ （宋）陈彭年等：《重修广韵》，《四库全书》第 236 册，第 284 页。

汾之间。周衰而扬氏或称侯，号曰扬侯。"① 通假致异称。

（八）刘玄

异称 1 例。

1. 刘元。《隋书经籍志考证》卷八作"刘元作《簧赋》"。② 讳"玄"为"元"。避讳致异称。

（九）班彪

异称 1 例。

1. 斑彪。《滇南古今石录》称《史邛都县侯爨使君之碑》"云'郢楚子文及斑朗、斑彪、斑固'，盖言是楚令尹子文之后，为斑姓"③。《札朴》卷十："斑彪删定《汉记》，斑固述修《道训》。"④ "斑"通"班"，致异称。

（十）班固

异称 1 例。

1. 斑固。《古今名扇录》："汉斑固题竹扇诗。"⑤《滇南古今石录》称《史邛都县侯爨使君之碑》"云'郢楚子文及斑朗、斑彪、斑固'，盖言是楚令尹子文之后，为斑姓"⑥。"斑"通"班"，致异称。

（十一）班昭

异称 1 例。

1. 斑昭。《中州冢墓遗文补遗·李妻崔宣华墓志》："冢马芝之才义，继斑昭之文雅。"⑦《陈检讨四六》卷十四《叶母李太夫人六十寿序》：

---

① （汉）班固：《汉书》，第 3513 页。

② （清）章宗源：《隋书经籍志考证》，清崇文书局汇刻本，第 177 叶。

③ （清）阮福辑《滇南古金石录》，《丛书集成》初编，商务印书馆据文选楼丛书本影印，1936，第 17 页。

④ （清）桂馥：《札朴》，清嘉庆十八年李宏信小李山房刻本，第 417 叶。

⑤ （清）陆绍曾：《古今名扇录》，《续修四库全书》第 1111 册，第 514 页。

⑥ （清）阮福辑《滇南古金石录》，第 17 页。

⑦ 罗振玉：《中州冢墓遗文补遗》，民国上虞罗氏刻本，第 4 叶。

"然而每至临文间，多削藁续斑昭之别史，无心留以示人。"① 通假致异称。

（十二）崔骃

误称 2 例。

1. 崔骃。《衮史》卷二十六、《读诗质疑》卷十一、《文馆词林》卷四百一十四记载《七依》作者作"崔骃"。② 案，当作"崔骃"，"骃"乃与"骃"形近而讹，致误称。

2. 雀骃。《文通》卷十一："其流既远，其义遂变。率有辞人淫丽之尤矣。雀骃既作《七依》，而假非有先生之言。"③《骈字类编》卷四十山水门五"丘木"注："《后汉书·雀骃传》：'吴札结信于丘木，展季效贞于门女。'"④《古韵标准》卷一总论"十二庚"："雀骃《河南尹箴》，与'营'为韵。"⑤ "雀"乃与"崔"形近而讹，致误称。

（十三）刘骈骁

误称 1 例。

1. 刘鞠馀。《渊鉴类函》卷一百八十八"素雁蜿蟺"注："刘鞠馀《元根颂》：'素雁蜿蟺感清羽，元鹤回翔应徵宫。'"⑥ 案，此二句《北堂书钞》卷一百九⑦、《全上古三代秦汉三国六朝文》全后汉文卷三十三⑧属刘骈骁。"鞠"乃与"骈"字形近而讹，致误称。

（十四）崔琦

异称 1 例。

---

① （清）陈维崧：《陈检讨四六》，《四库全书》第 1322 册，第 187 页。
② （清）王初桐：《衮史》，第 231 页。（清）严虞惇：《读诗质疑》，《四库全书》第 87 册，第 334 页。（唐）许敬宗：《文馆词林》，第 51 叶。
③ （明）朱荃宰：《文通》，《续修四库全书》第 1714 册，第 63 页。
④ （清）张廷玉：《骈字类编》，《四库全书》第 995 册，第 666 页。
⑤ （清）江永：《古韵标准》，《四库全书》第 242 册，第 527 页。
⑥ （清）张英：《渊鉴类函》，乐部，第 19 页。
⑦ （唐）虞世南：《北堂书钞》，第 418 页。
⑧ （清）严可均辑《全上古三代秦汉三国六朝文》，第 655 页。

1. 崔玮。《文选理学权舆》卷二列"崔玮《七蠲》"并注："'玮'一作'琦'。"①《六臣注文选》卷五十四刘峻《辨命论一首》注："崔玮《七蠲》曰：'三王化行，夷叔隐己。'"卷五十六曹植《王仲宣诔》注："崔玮《七蠲》曰：'翻然凤举，轩尔龙腾。'"②《茶香室丛钞》卷二："崔玮《七蠲》曰：三王行化，夷叔隐己。"③崔琦字子玮，称"崔玮"为当时的用法。如汉代王吉字"子阳"称"王阳"，张释字"子卿"称"张卿"。④当时省略称呼致异称。

（十五）崔寔

异称 2 例。

1. 崔是。《古文苑》卷十六："崔是《谏大夫箴》。"⑤

2. 崔實。《习学记言》序目卷三十五："自董仲舒、萧望之、刘向、崔實、王符、仲长统之流，皆论治道而无一言之几，然则，如绰者亦未易也。"⑥《释名疏证补》卷二"气之元也"注："先谦曰：后汉《崔實传》悔不小靳。"⑦《东观汉记》卷二十列传十五"郑众"注："考刘知幾《史通》谓桓帝令崔實等作《孙程传》，称程为顺帝功臣。"⑧《编珠》卷四："崔實《四民月令》曰：'三月可种粳稻。'"⑨

案，"寔""是""實"通假致异称。

（十六）张超

误称 1 例。

1. 张安超。《诮青衣赋》作者，《庾子山集注》卷五《道士步虚词十

---

① （清）汪师韩：《文选理学权舆》，《续修四库全书》第 1581 册，第 47 页。
② （梁）萧统编，（唐）李善等注《六臣注文选》，《四部丛刊》初编第 423 册，第 584、742 页。
③ （清）俞樾：《茶香室丛钞》，第 12 叶。
④ 辛德勇：《海昏侯新论》，三联书店，2019，第 180 页。
⑤ （宋）章樵注《古文苑》，第 1 页。
⑥ （宋）叶适：《习学记言》，《四库全书》第 849 册，第 660 页。
⑦ （汉）刘熙撰，（清）王先谦证补《释名疏证补》，清光绪二十二年刊本，第 45 叶。
⑧ （汉）刘珍：《东观汉记》，清武英殿聚珍版丛书本，第 112 叶。
⑨ （隋）杜公瞻：《编珠》，第 43 叶。

首》注："后汉张安超有《讥青衣赋》。"[①]《艺文类聚》卷三十五："后汉张安超《讥青衣赋》曰……"[②]《渊鉴类函》卷二百五十八："张安超《诮青衣赋》曰……"[③]

案，"张超字子並，河间鄚人也。"[④] 张超《诮青衣赋》又称《讥青衣赋》，见前文张超《诮青衣赋》部分。没有"安超"之称，当作张超。"安"衍，致误称。

（十七）蔡邕

异称1例。

1. 蔡雍。《文选》卷十三谢惠连《雪赋》注："蔡雍《述行赋》曰：'玄灵黷以凝结，零雨集之溱溱。'"卷二十八陆机《乐府十七首·前缓声歌》注："蔡雍《述征赋》曰：'皇家赫而天居，万方徂而星集。'"卷二十九张协《杂诗十首》注："蔡雍《霖赋》曰：'瞻玄云之晻晻，悬长雨之森森。'"[⑤]

案，蔡邕《述行赋》又称《述征赋》。[⑥]"邕"通"雍"。[⑦] 如《汉书》："上元甲子，肃邕永享。"[⑧]《晋书·乐志下》："君臣邕穆，庶绩咸熙也。"[⑨]《宋书·礼志》："将何以光赞时邕，克隆盛化哉。"[⑩] 通假致异称。

---

① （南北朝）庾信撰，（清）倪璠注《庾子山集注》，《四库全书》第1064册，第488页。
② （唐）欧阳询：《艺文类聚》，《四库全书》第887册，第720页。
③ （清）张英：《渊鉴类函》，《四库全书》第988册，第519页。
④ （宋）范晔撰，（唐）李贤等注《后汉书》，第2652页。
⑤ （梁）萧统编，（唐）李善注《文选》，第596、1315、1379页。
⑥ （梁）萧统编，（唐）李善注《文选》，第1315页。（梁）萧统编，（唐）李善等注《六臣注文选》，《四部丛刊》初编第421册，第432页。（南北朝）徐陵辑，（清）吴兆宜注，（清）程际盛删补《玉台新咏》，《续修四库全书》第1588册，第530页。（清）顾炎武：《音学五书》，第516页。（南北朝）郦道元：《水经注》，第104叶。（清）姚振宗：《隋书经籍志考证》，《续修四库全书》第916册，第126页。
⑦ 王力主编《王力古汉语字典》，第1464页。
⑧ （汉）班固：《汉书》，第2632页。
⑨ （唐）房玄龄等：《晋书》，中华书局，2003，第701页。
⑩ （梁）沈约：《宋书》，第366页。

（十八）张紘

异称 1 例。

1. 张綋。《潜夫论笺》卷三："《艺文类聚》七十引后汉张綋《瑰材枕赋》云：会致密固，绝际无间。"① 《徐孝穆集笺注》卷一："《吴书》：'张綋见陈琳作《武军赋》，叹之。'"②

案，《康熙字典》未集中："《篇海》：'紘'讹作'綋'。"③ 张涌泉则认为："綋"，"此字当是'紘'的繁化俗字"④。正俗字致异称。

误称 1 例。

1. 张絃。《邃怀堂全集》邃怀堂骈文笺注卷十二"文·文章宗伯"注："《吴志·张絃传》注：'絃见陈琳《武库赋》，叹美之。'"⑤ 《正字通》辰集中"榴"注："吴张絃有《楠榴枕赋》。"⑥ 案，《说文·糸部》："紘，冠卷维也。"⑦ "絃"乃与"紘"形近而讹，致误称。

（十九）丁廙

误称 2 例。

1. 卞廙。《文选笺证》卷二十二曹植《上责躬应诏诗表》注："卞廙《蔡伯喈女赋》：'忍胡颜之重耻。'"⑧ 《柳亭诗话》卷二十九："卞廙有《蔡伯喈女赋》一篇。"⑨

2. 卞虞。《玉台新咏》卷五邱迟《敬酬柳仆射征怨》注："魏卞虞

---

① （清）汪继培：《潜夫论笺》，清嘉庆间萧山陈氏刻二十四年汇印湖海楼丛书刻本，第 162 叶。

② （南北朝）徐陵撰，（清）吴兆宜注《徐孝穆集笺注》，《四库全书》第 1064 册，第 800 页。

③ 《康熙字典》，第 11 页。

④ 张涌泉：《汉语俗字丛考》，第 622 页。

⑤ （清）袁翼：《邃怀堂全集》，《续修四库全书》第 1515 册，第 519 页。

⑥ （明）张自烈：《正字通》，《续修四库全书》第 234 册，第 561 页。

⑦ （汉）许慎撰，（清）段玉裁注《说文解字注》，第 52 页。

⑧ （梁）萧统编，（清）胡绍煐笺证《文选笺证》，《续修四库全书》第 1582 册，第 242 页。

⑨ （清）宋长白：《柳亭诗话》，清光绪十三年山宋氏忏花盦丛书本，第 1150 叶。

《蔡伯喈女赋》：'戴金翠之华钿。'"①

案，文句实属丁廙《蔡伯喈女赋》。"卞"乃与"丁"形近而讹。"虞"乃与"廙"形近而讹。

（二十）刘桢

《鲁都赋》作者，有误称 8 例。

1. 刘祯。见《太平御览》卷七百一十八、九百二十五，《书叙指南》卷十五"鱼龙昆虫·鱼状曰颁首莘尾"注，《通志》卷四十三，《升庵集》卷七十五，《广博物志》卷四十"器用·舟车"注，《正字通》丑集下"嬉"注、辰集上"曲"注、午集下"褉"注，《天中记》卷四，《词林海错》卷六，《骈字类编》卷一"天汉"注，《卷施阁集》卷二，《（嘉靖）山东通志》卷三十七。②

2. 刘慎。见《初学记》卷十五"杂乐·丽妙奇伟"注。③

3. 刘颖。见《初学记》卷二十七"五谷·满握盈畴"注，《广群芳谱》卷九，《渊鉴类函》卷三百九十四"黍·盈畴"注。④

4. 刘槇。见《管城硕记》卷十九。⑤

5. 刘稹。见《古音丛目》卷五"叶·矍"注，《渊鉴类函》卷一百九十七"龙图金縢"注、卷四百一十七"翠实"注，《御选唐诗》卷十七

---

① （南北朝）徐陵辑，（清）吴兆宜注，（清）程际盛删补《玉台新咏》，《续修四库全书》第1588 册，第 555 页。

② （宋）李昉：《太平御览》，第 3183、4110 页。（宋）任广：《书叙指南》，《四库全书》第 920 册，第 554 页。（宋）郑樵：《通志》，《四库全书》第 373 册，第 591 页。（明）杨慎：《升庵集》，《四库全书》第 1270 册，第 744 页。（明）董斯张：《广博物志》，《四库全书》第 981 册，第 311 页。（明）张自烈：《正字通》，《续修四库全书》第 234 册，第 279、501 页；第 235 册，第 193 页。（明）陈耀文：《天中记》，《四库全书》第965 册，第 190 页。（明）夏树芳：《词林海错》，第 84 叶。（清）张廷玉：《骈字类编》，《四库全书》第 994 册，第 37 页。（清）洪亮吉：《卷施阁集》，清光绪三年洪氏授经堂刻洪北江全集增修本，第 25 叶。（明）陆鈇：《（嘉靖）山东通志》，明嘉靖刻本，第846 叶。

③ （唐）徐坚：《初学记》，第 373 页。

④ （唐）徐坚：《初学记》，第 662 页。（清）汪灏：《广群芳谱》，清康熙刻本，第 122 叶。（清）张英：《渊鉴类函》，五谷部，第 4 页。

⑤ （清）徐文靖：《管城硕记》，《四库全书》第 861 册，第 266 页。

"王贞白《洗竹》"注、卷十八"殷文圭《题友人庭竹》"注。①

6. 刘相。见《少室山房笔丛》甲部丹铅新录八、《山堂肆考》卷一百九十。②

7. 刘绩。见《渊鉴类函》卷三百六十六。③

8. 刘植。《事类赋》卷二十七"瓜赋·羃以纤绤"注、《锦绣万花谷》卷三十六："刘植《瓜赋》。"④《太平御览》卷七百、七百三,《韵补》卷五"剥""曲""玃"注："刘植《鲁都赋》。"⑤

案,《初学记》《渊鉴类函》中《鲁都赋》作者两属。《鲁都赋》未见同名赋作,且很多文句被分属不同的作者,事实上作者只能是一人。《三国志·刘桢传》："粲与……东平刘桢字公幹并见友善。"⑥《尚书正义·费誓》"峙乃桢、幹"疏："题曰桢,旁曰幹。"⑦《汉书·匡衡传》："朝廷者,天下之桢干也。"⑧故当作刘桢。《说文·示部》："祯,祥也。从示贞声。"《说文·心部》："慎,谨也。"《说文·禾部》："颖,禾末也。""槙"古同"槇"。《说文·禾部》："积,穜穊也。"《说文·目部》："相,省视也。"《说文·糸部》："绩,缉也。"《说文·木部》："植,户植也。"⑨"祯""慎""颖""槙""积""相""绩""植"乃字音、形相近而讹。

(二十一)　陈琳

误称 2 例。

① （明）杨慎:《古音丛目》,《四库全书》第 239 册,第 277 页。（清）张英:《渊鉴类函》,文学部,第 32 页;木部,第 19 页。（清）陈廷敬:《御选唐诗》,《四库全书》第 1446 册,第 567、610 页。

② （明）胡应麟:《少室山房笔丛》,明万历刻本,第 334 叶。（明）彭大翼:《山堂肆考》,《四库全书》第 977 册,第 756 页。

③ （清）张英:《渊鉴类函》,布帛部,第 9 页。

④ （宋）吴淑:《事类赋》,第 312 叶。（宋）佚名:《锦绣万花谷》,《四库全书》第 924 册,第 458 页。

⑤ （宋）李昉:《太平御览》,第 3125、3135 页。（宋）吴棫:《韵补》,第 95、97、105 叶。

⑥ （晋）陈寿撰,（宋）裴松之注《三国志》,第 599 页。

⑦ （汉）孔安国传,（唐）孔颖达正义《尚书正义》,《十三经注疏》,第 810 页。

⑧ （汉）班固:《汉书》,第 3334 页。

⑨ （汉）许慎撰,（清）段玉裁注《说文解字注》,第 3、502、323、321、133、660、255 页。

1. 陈林。《太平御览》卷三百四十七："陈林《武库赋》曰：'铠则东胡阙巩，百炼精刚。函师震椎，韦人制缝。玄羽缥甲，灼爥流光。'"卷三百五十八："陈林《武库赋》曰：'马则飞云绝景，直鬐骍骊。走骏惊飚，步象云浮。受衔斯遊，敛鞚则止。'"① 《六臣注文选》卷五十沈约《宋书·谢灵运传论》"采南皮之高韵"注："高韵谓应玚、陈林之文也。"②

案，《武库赋》当作《武军赋》，"库"乃与"军"形近而讹，参见上编"汉赋篇名分歧分篇考辨·陈琳《武军赋》"部分，作者为陈琳。《王力古汉语字典》："林""琳"同属"侵韵，来。侵部"。③ "林"乃与"琳"同音而讹，致误称。

2. 陈班。《太平御览》卷九百八十二："陈班《迷送香赋》曰：'立碧茎之荷那，铺绿条之蟺蜿。'"④ "班"乃与"琳"形近而讹。

（二十二）卞兰

误称 1 例。

1. 汴兰。《骈字类编》卷七十三"金藟"条下："汴兰《美人赋》：'金藟承华足。'"⑤ 案，该句他本均作卞兰《美人赋》，"卞""汴"均为姓。《广韵·线韵》："卞，姓。出济阴，本自有周曹叔振铎之后，曹之支子封于卞，遂以建族。"⑥ "卞""汴"同属"线韵，並。元部"⑦。"汴"乃与"卞"音近而讹，致误称。

综上，汉赋作者姓名分歧共涉及 22 人。赋作者姓名分歧共 39 例，可被归为异称与误称两类（见表 7）。异称 12 例，占姓名分歧总数 30.77%；其中用字差异（通假字、正俗字）致异称 10 例、避讳致异称 1 例、别称致异称 1 例。赋作者姓名误称 27 例，占姓名分歧总数 69.23%；其中字形相近讹误 22 例、音近讹误 4 例、衍 1 例。

---

① （宋）李昉：《太平御览》，第 1636、1647 页。
② （梁）萧统编，（唐）李善等注《六臣注文选》，《四部丛刊》影宋本，第 3777 叶。
③ 王力主编《王力古汉语字典》，第 464、718 页。
④ （宋）李昉：《太平御览》，第 4350 页。
⑤ （清）张廷玉：《骈字类编》，《四库全书》第 997 册，第 242 页。
⑥ 蔡梦麒校释《广韵校释》，第 1050 页。
⑦ 王力主编《王力古汉语字典》，第 91、566 页。

表 7　汉赋作者姓名分歧

序号	作者名	异称及原因		误称及原因	
1	羊胜	/		芊胜	字形近
				芋胜	字形近
2	邹阳	/		鄹阳	字形近
3	枚乘	/		枝乘	字形近
				枚秉	字形近
				牧叔	字形近
4	司马相如	/		司焉相如	字形近
5	王褒	/		五子渊	字形近
6	班婕妤	班婕伃	通假	班婕好	字形近
		班婕好	通假	/	
7	扬雄	杨雄	通假	/	
8	刘玄	刘元	避讳	/	
9	班彪	斑彪	通假	/	
10	班固	斑固	通假	/	
11	班昭	斑昭	通假	/	
12	崔骃	/		崔䮍	字形近
				雀骃	字形近
13	刘骓骏	/		刘鞠馀	字形近
14	崔琦	崔玮	别称	/	
15	崔寔	崔是	通假	/	
		崔實			
16	张超	/		张安超	衍
17	蔡邕	蔡雍	通假	/	
18	张纮	张絃	正俗字	张絃	字形近
19	丁廙	/		卜廙	字形近
				卜虞	字形近
20	刘桢	/		刘祯	字音近
				刘慎	字形近
				刘颖	字形近
				刘槙	字形近
				刘植	字形近
				刘稹	字音近

序号	作者名	异称及原因	误称及原因	
20	刘桢	/	刘相	字形近
			刘绩	字形近
21	陈琳	/	陈林	字音近
			陈班	字形近
22	卞兰	/	汴兰	字音近
总计	22 人	12 例（用字差异 10；避讳 1；别称 1）	27 例（形近 22；音近 4；衍 1）	

二　赋著作权分歧考辨

流传过程中，汉赋著作权分歧，涉及 28 人 62 篇赋作。①

（一）误属邹阳

1.《柳赋》。《埤雅》卷十一"释虫·蟷"、《增修埤雅广要》卷二十二"品物门·虫族类·蟷"、《诗绪余录》卷八"蜩"："邹阳《柳赋》：'以为蜩蟷厉响，蜘蛛吐丝。'"《升庵集》卷八十一"蜩蟷"："邹阳《柳赋》：'蜩蟷厉响，蜘蟵吐丝。'"《秋林伐山》卷八"蜩蟷"："邹阳《柳赋》：'蜩蟷厉响，蜘蟵吐系。'"②《毛诗陆疏广要》卷下之下："犹邹阳《柳赋》云'蜩蟷厉响'也。"《田间诗学》卷七《小弁》注："陆氏云，邹阳《柳赋》云：'蜩蟷厉响，蜘蛛吐丝。'"《渊鉴类函》卷四百四十五"虫豸部·蝉"："邹阳《柳赋》曰：'蜩蟷厉响。'"③案，文句属枚乘

---

① 《康达维译注〈文选〉》中文回译本中提及班昭《野鹅赋》。（〔美〕康达维撰《康达维译注〈文选〉》，贾晋华、白照杰、黄晨曦、余春丽、赵凌霄译，第 43 页。）该赋著作权实属南朝宋鲍照，全文见于《鲍氏集》卷第二。〔（宋）鲍照：《鲍氏集》，上海涵芬楼套版影印毛斧季校宋本，《四部丛刊》初编第 134 册，第 194～197 页。〕此处混淆为班昭《野鹅赋》属于中文回译本错误，因此不列入本书稿考辨范围。

② （宋）陆佃：《埤雅》，明成化刻嘉靖重修本，第 70 叶。（宋）陆佃撰，（明）牛衷增辑《增修埤雅广要》，明万历三十八年孙弘范刻本，第 154 叶。（清）黄位清：《诗绪余录》，清道光十九年南海叶氏仁月楼刻本，第 242 叶。（明）杨慎：《升庵集》，《四库全书》第 1270 册，第 815 页。（明）杨慎：《秋林伐山》，第 24 叶。

③ （明）毛晋：《毛诗陆疏广要》，明津逮秘书本，第 114 叶。（清）钱澄之：《田间诗学》，《四库全书》第 84 册，第 594 页。（清）张英：《渊鉴类函》，虫豸部，第 1 页。

《柳赋》。邹阳、枚乘同属梁孝王文学集团，被混淆，致枚乘《柳赋》著作权误属。

（二）误属枚乘

1.《月赋》。《初学记》卷一"似钩、如璧"注："枚乘《月赋》曰：'猗嗟明月，当心而出。隐圆岩而似钩，蔽修堞而如镜。'"《卓氏藻林》卷一"隐岩蔽堞"注："枚乘《月赋》云：'隐圆岩而似钩，蔽修堞而如镜。'"《庾开府集笺注》卷五《新月》注、《杜诗详注》卷十七《月》注、《陈检讨四六》卷七《叶井叔悼亡诗序》注："枚乘《月赋》：隐圆岩而似钩。"《李义山诗集注》卷二《赋得月照水池》注："枚乘《月赋》：'蔽修堞而如镜。"《渊鉴类函》卷三"似钩、如璧"注："枚乘《月赋》曰：'猗嗟明月当心而出，隐圆岩而似钩，蔽修堞而如镜。'"① 案，文句属公孙乘《月赋》。公孙乘、枚乘同属梁孝王文学集团，且同名，被混淆，致公孙乘《月赋》著作权误属。

（三）误属刘安

1.《雁赋》。《升庵集》卷五十三《雁赋》："刘安赋雁云：'顺风而飞以助气力，衔芦而翔以避缯缴。'"② 案，此文句属刘向《雁赋》。刘安、刘向姓同名异，被混淆，致刘向《雁赋》著作权误属。

（四）误属司马相如

1.《皇太子生赋》。《纬略》卷八"文笔迟速"："武帝春秋二十九得皇太子，枚皋与司马相如作《皇太子生赋》。"③ 案，《皇太子生赋》作于汉武帝元朔元年（公元前128）。④ 皇太子诞生时，东方朔、枚皋作赋，司马

---

① （唐）徐坚：《初学记》，第9页。（明）卓明卿：《卓氏藻林》，第12叶。（南北朝）庾信撰，（清）吴兆宜笺注《庾开府集笺注》，《四库全书》第1064册，第138页。（唐）杜甫撰，（清）仇兆鳌注《杜诗详注》，第1476页。（清）陈维崧：《陈检讨四六》，《四库全书》第1322册，第102页。（唐）李商隐撰，（清）朱鹤龄注《李义山诗集注》，《四库全书》第1082册，第175页。（清）张英：《渊鉴类函》，天部，第7页。

② （明）杨慎：《升庵集》，《四库全书》第1270册，第460页。

③ （宋）高似孙：《纬略》，第239叶。

④ 吴文治：《中国文学史大事年表》，第81页。

相如没有《皇太子生赋》。枚皋"会赦，上书北阙，自陈枚乘之子。上得之大喜，召入见待诏，皋因赋殿中"①。东方朔被武帝征召时二十二岁，在建元元年（公元前140）② 或稍后。东方朔、司马相如同属汉武帝文学集团，被混淆，致东方朔《皇太子生赋》著作权误属。

2.《长杨赋》。《新编历科程墨武论》"井田兵法之祖"注："汉武帝时司马相如作《长杨》《上林赋》。"③ 《御选唐诗》卷二十刘禹锡《西塞山怀古》注："司马相如《长扬赋》：'提剑而叱之，所过麾城撕邑，下将降旗。'"④ 案，文句属扬雄《长杨赋》。司马相如《子虚上林赋》（即《天子游猎赋》）与扬雄《长杨赋》同为校猎类题材赋作，兼司马相如、扬雄同为汉赋四大家，被混淆，致扬雄《长杨赋》著作权误属。

3.《河东赋》。《杜诗详注》卷二十四《朝献太清宫赋》注、《杜少陵集详注》卷二十四注："相如《河东赋》：'勒崇垂鸿。'"⑤ 案，文句属扬雄《河东赋》。扬雄、司马相如同为汉赋四大家，被混淆，致扬雄《河东赋》著作权误属。

（五）误属枚皋

1.《兔园赋》。《纬略》卷三"子云千赋"："今所见者，淮南《屏风赋》、枚皋《兔园赋》耳。"⑥ 案，《兔园赋》属枚乘。枚皋生于文帝后元四年（公元前160）。⑦《兔园赋》作于景帝前元四年（公元前153）至中元六年（公元前144）五月之间某年春夏之交。⑧ 时枚皋在梁，年岁太小，当不会参与父辈作赋。枚乘、枚皋父子被混淆，致枚乘《兔园赋》著作权误属。

2.《七发》。《历朝赋格》上集文赋格卷二："其宏博胜《高唐》而纵

---

① （汉）班固：《汉书》，第2366页。

② 彭春艳：《汉赋系年考证》，第69页。

③ （明）佚名：《韬略世存》，明崇祯刻本，第44叶。

④ （清）陈廷敬：《御选唐诗》，《四库全书》第1446册，第676页。

⑤ （唐）杜甫撰，（清）仇兆鳌注《杜诗详注》，第2106页。（唐）杜甫撰，（清）仇兆鳌注《杜少陵集详注》，北京图书馆出版社，1994，第1220页。

⑥ （宋）高似孙：《纬略》，第91叶。

⑦ 彭春艳：《汉赋系年考证》，第43页。

⑧ 彭春艳：《汉赋系年考证》，第44页。

横驰骋迹过之。枚皋《七发》可与并衡，他非所及也。"① 文句"涩然汗出，霍然病已"，《海录碎事》卷九"涩然"归属于宋玉。② 《遵生八笺》卷五"广陵观潮"："枚皋《七发》曰：'八月之望，观涛于广陵之曲江。'"③ 案，文句属枚乘《七发》。枚乘、枚皋父子被混淆，致枚乘《七发》著作权误属。归于宋玉，则为不明原因混淆致误属。

（六）误属东方朔

1.《旱云赋》。《艺文类聚》卷一百、《渊鉴类函》卷二十二："东方朔《旱颂》曰：'维昊天之大旱，失精和之正理。遥望白云之鄞淳，潈瞳瞳而亡止。阳风吸习而熇熇，群生闵懑而愁愦。陇亩枯槁而允布，壤石相聚而为害。农夫垂拱而无为，释其耰锄而下涕。悲坛畔之遭祸，痛皇天之靡济。'"《西汉文纪》卷九、《汉魏六朝百三家集》卷四、《全上古三代秦汉三国六朝文》全汉文卷二十五录《旱颂》，文与前同，归于东方朔名下。《佩文韵府》卷六"耰锄"注："东方朔《旱颂》：'农夫垂拱而无为，释其耰锄而下涕。'"④ 案，《复小斋赋话》卷上业已辨析："东方曼倩《旱颂》一首十二句皆贾长沙《旱云赋》中语，不知何以摘出作东方文。"⑤ 贾谊、东方朔同属汉代，被混淆，致贾谊《旱云赋》著作权误属。

2.《蟾蜍赋》。《事文类聚》后集卷五十虫豸类："锐头皤腹。东方朔《蟾蜍赋》。"⑥ 案，此实为唐代东方虬《蟾蜍赋》。姓同名异，被混淆，致误属。

（七）误属王褒

《洛都赋》。作者分歧有三。

1. 王褒。《李义山诗集注》卷一《石城》注："王褒《洛都赋》：'挈

---

① （清）陆莱：《历朝赋格》，第13页。
② （宋）叶廷珪：《海录碎事》，《四库全书》第921册，第422页。
③ （明）高濂：《遵生八笺》，明万历刻本，第110叶。
④ （唐）欧阳询：《艺文类聚》，第1725页。（清）张英：《渊鉴类函》，岁时部，第37页。（明）梅鼎祚：《西汉文纪》，《四库全书》第1396册，第397页。（明）张溥：《汉魏六朝百三家集》，《四库全书》第1412册，第84页。（清）严可均辑《全上古三代秦汉三国六朝文》，第267页。（清）张玉书：《佩文韵府》，第235页。
⑤ （清）浦铣：《复小斋赋话》，清乾隆五十三年刻本，第12叶。
⑥ （宋）祝穆：《事文类聚》，《四库全书》第926册，第772页。

壶司刻，漏樽泻流。指日命分，应则唱筹。'"《渊鉴类函》卷三百六十九"仙叟秉矢、玉女捧筹"注："王褒《洛都赋》曰：'挈壶司刻，漏樽泻流。仙叟秉矢，随水沉浮。指日命分，应则唱筹。'"①《佩文韵府》卷二十六"泻流"注："王褒《洛都赋》：'挈壶司刻，漏樽泻流。'"②《札朴》卷一、《说文解字义证》卷十三"箇"注："王褒赋：'挈壶司刻，漏尊泻流。仙叟秉矢，随水沈浮。'"③

2. 王冀。《玉海》卷十一"晋漏刻赋铭"、《古俪府》卷二"岁时部·刻漏"归属于王冀。④

3. 王廙。《北堂书钞》卷一百三十"挈壶司刻、仙叟秉矢"注："王廙《洛都赋》云：'挈壶司刻，漏樽泻流。仙叟秉矢，随水沉浮。指日命分，应则唱筹。'"按语中考定作者为王廙。⑤《纬略》卷九"漏刻铭"、《太平御览》卷二、《全上古三代秦汉三国六朝文》全晋文卷二十将文句"挈壶司刻，漏樽泻流。仙吏秉尺，随水沈浮"归为王廙《洛都赋》。⑥

案，当为王廙《洛都赋》。"冀""广"乃与"廙"形近而讹。王褒、王冀、王廙姓同名异，字形相近，被混淆，致晋代王廙《洛都赋》著作权误属。

（八）误属刘向

1.《七谏》。《毛诗古音考》卷三"议"注："刘向《七谏》：'高阳无故而委尘兮，唐虞点灼而毁议。谁使正其真是兮，虽有八师而不可为。'"卷四"依"注："刘向《七谏》：'皇天既不纯命兮，余生终无所依。愿自沉于江流兮，绝横流而径逝。'"⑦《鲁诗遗说考》卷三之一《鹿鸣》注、《诗三家义集疏》卷十四《鹿鸣》注："刘向楚词《七谏》：'鹿

① （唐）李商隐撰，（清）朱鹤龄注《李义山诗集注》，《四库全书》第1082册，第95页。（清）张英：《渊鉴类函》，仪饰部，第15页。

② （清）张玉书：《佩文韵府》，第1307页。

③ （清）桂馥：《札朴》，《续修四库全书》第1156册，第21页。（清）桂馥：《说文解字义证》，《续修四库全书》第209册，第386页。

④ （宋）王应麟：《玉海》，《四库全书》第943册，第272页。（明）王志庆：《古俪府》，《四库全书》第979册，第89页。

⑤ （唐）虞世南：《北堂书钞》，第517页。

⑥ （宋）高似孙：《纬略》，第289叶。（宋）李昉：《太平御览》，第13页。（清）严可均辑《全上古三代秦汉三国六朝文》，第1571页。

⑦ （明）陈第：《毛诗古音考》，《四库全书》第239册，第478、504~505页。

鸣求其友。'"①《毛诗传笺通释》卷二十六《荡》注:"刘向《七谏》曰:
'身被疾而不闲兮,心沸热其如汤。'"②《诗三家义集疏》卷二十三《荡》
注同,"闲"作"间"。

案,所涉文句全属东方朔《七谏》。刘向有《九叹》,为近似类型赋
作,被混淆,致东方朔《七谏》著作权误属。

2.《九怀》。《古今通韵》卷五"庚"注:"刘向《九怀》:'临澜兮汪
洋,顾林兮忽荒。修裳兮桂衣,骑雷兮南上。'"③《古音丛目》卷二"豪·
丘"注:"音尻,刘向《九怀》。"《古音丛目》卷二"尤·蜩"注:"与
'修'叶,刘向《九怀》。"④

案,《古今通韵》所引文句属王褒《九怀·蓄英》。《古音丛目》所引
当指王褒《九怀·蓄英》:"秋风兮萧萧,舒芳兮振条。微霜兮眇眇,病
夭兮鸣蜩。玄鸟兮辞归,飞翔兮灵丘。"《九怀·危俊》:"林不容兮鸣蜩,
余何留兮中州?陶嘉月兮总驾,搴玉英兮自修。"刘向有《九叹》,与王
褒《九怀》均为九体,被混淆,致王褒《九怀》著作权误属。

3.《围棋赋》。《文选》卷五十二韦弘嗣《博弈论》注:"刘向《围棋
赋》曰:'略观围棋,法于用兵。怯者无功,贪者先亡。'"《说文解字义
证》卷八"弈"注引同前。⑤

案,文句属马融《围棋赋》。刘向、马融同属汉代,被混淆,致马融
《围棋赋》著作权误属。

(九)　误属桓谭

1.《七说》。《文选》卷四左思《三都赋·蜀都赋》注:"桓谭《七说》
曰:'戏谈以要誉。'"《文选理学权舆》卷二十下:"桓谭《七说》。"⑥

---

① （清）陈寿祺:《鲁诗遗说考》,《续修四库全书》第76册,第166页。（清）王先谦:
　　《诗三家义集疏》,《续修四库全书》第77册,第569页。
② （清）马瑞辰:《毛诗传笺通释》,《续修四库全书》第68册,第751页。（清）王先谦:
　　《诗三家义集疏》,《续修四库全书》第77册,第696页。
③ （清）毛奇龄:《古今通韵》,《四库全书》第242册,第109页。
④ （明）杨慎:《古音丛目》,《四库全书》第239册,第250、253页。
⑤ （梁）萧统编,（唐）李善注《文选》,第2284页。（清）桂馥:《说文解字义证》,第
　　229页。
⑥ （梁）萧统编,（唐）李善注《文选》,第186页。（清）汪师韩:《文选理学权舆》,《续
　　修四库全书》第1581册,第47页。

案，《文选旁证》卷六引"桓谭《七说》曰"业已辩证："'谭'当作'麟'。"① 《全上古三代秦汉三国六朝文》全后汉文卷二十七辨正："《文选·蜀都赋》注引桓谭《七说》，乃桓麟之误。"② 桓谭、桓麟，姓同名异，被混淆，致桓麟《七说》著作权误属。

（十）误属刘歆

1.《九叹》。《玉台新咏》卷五何逊《日夕望江赠鱼司马》注："刘歆《九叹》：'风骚屑而摇木兮。'"③《骈字类编》卷一百七十七"菌若"注、《佩文韵府》卷九十九"菌若"注："刘歆《九叹》：'菀蘼芜与菌若兮，渐藁本于洿渎。'"④ 案，文句属刘向《九叹》。刘向、刘歆父子被混淆，致刘向《九叹》著作权误属。

（十一）误属扬雄

1.《答客难》。《杜诗镜铨》卷七《五盘》注、《杜诗荟粹》卷八《五盘》注："扬雄《答客难》：'水至清则无鱼。'"⑤

案，文句属东方朔《答客难》。扬雄有对答体赋作《解嘲》《解难》，且《解难》有异名《答客难》（见前文）。与东方朔《答客难》同体裁，被混淆，致东方朔《答客难》著作权误属。

2.《苔宾戏》。《御选唐诗》卷二十三李颀《寄綦毋三》注："扬雄《苔宾戏》：'虞卿以顾盼而捐相印。'"⑥

案，文句属班固《答宾戏》。"苔"乃"答"通假字。⑦ 扬雄有对答体赋作《解嘲》《解难》，与班固《答宾戏》为同体裁赋作，被混淆，致班固《答宾戏》著作权误属。

① （清）梁章钜：《文选旁证》，《续修四库全书》第 1581 册，第 267 页。
② （清）严可均辑《全上古三代秦汉三国六朝文》，第 624 页。
③ （南北朝）徐陵辑，（清）吴兆宜注，（清）程际盛删补《玉台新咏》，《续修四库全书》第 1588 册，第 565 页。
④ （清）张廷玉：《骈字类编》，《四库全书》第 1002 册，第 67 页。（清）张玉书：《佩文韵府》，第 3862 页。
⑤ （唐）杜甫撰，（清）杨伦注《杜诗镜铨》，第 305 页。（唐）杜甫撰，（清）张远笺《杜诗荟粹》，清康熙有文堂刻本，第 289 叶。
⑥ （清）陈廷敬：《御选唐诗》，《四库全书》第 1446 册，第 761 页。
⑦ 刘复、李家瑞：《宋元以来俗字谱》，第 88 页。

3.《蚕赋》。《韵补》卷五"雪"注:"扬雄《蚕赋》:'丝如凝膏,其白伊雪。以为衣裳,冠冕服饰。'"①

案,文句属晋代杨泉《蚕赋》。《说文·木部》"杨"段玉裁注:"古假'杨'为'扬'。故《诗·杨之水》毛曰:'杨,激扬也。'《广雅》曰:'杨,扬也。'"②扬雄、杨泉姓音同名异,被混淆,致杨泉《蚕赋》著作权误属。

4.《籍田赋》。《温飞卿诗集笺注》卷二《江南曲》注:"补扬雄《籍田赋》:'微风生于轻幰。'"③

案,文句属晋代潘岳《籍田赋》。不明原因混淆,致潘岳《籍田赋》著作权误属。

5.《龙虎赋》。程章灿辑扬雄《虎赋》:"目如电光,舌如绵巾。勇怯见之,莫不主臣。"④

案,文句属马融《龙虎赋》。扬雄、马融同属汉代,被混淆,致马融《龙虎赋》著作权误属。

(十二)误属班彪

1.《幽通赋》。《求阙斋读书录》卷四:"班彪《幽通赋》云:'恐罔蜽之责景兮,庆未得其云已。'"⑤

案,文句属班固《幽通赋》。班彪、班固父子被混淆,致班固《幽通赋》著作权误属。

(十三)误属班固

1.《览海赋》。《文选》卷十潘岳《西征赋》注、《庾子山集》卷一《伤心赋》注、《文选旁证》卷十二潘岳《西征赋》注:"班固《览海赋》曰:'运之修短,不豫期也。'"《全上古三代秦汉三国六朝文》全后汉文卷二十四:"《览海赋》:'运之修短不豫期也。'"归属

---

① (宋)吴棫:《韵补》,第102叶。

② (汉)许慎撰,(清)段玉裁注《说文解字注》,第245页。

③ (唐)温庭筠撰,(明)曾益笺注《温飞卿诗集笺注》,《四库全书》第1082册,第471页。

④ 程章灿:《魏晋南北朝赋史》,第333页。

⑤ (清)曾国藩:《求阙斋读书录》,清光绪二年传忠书局刻本,第131叶。

班固名下。①《李太白集注》卷十九《答高山人兼呈权顾二侯》注，《佩文韵府》卷七"云涂"注、卷五十二"掩荡"注："班固《览海赋》：'遵霓雾之掩荡，登云涂以凌厉。'"②《骈字类编》卷一百一十六"西厢"注、《佩文韵府》卷十七"松乔"注："班固《览海赋》：'松乔坐于东序，王母处于西厢。'"《骈字类编》卷一百二十五"中唐"注、《佩文韵府》卷十七"酒醴"注："班固《览海赋》：'蕙芝列于阶路，酒醴渐于中唐。'"《骈字类编》卷二百五"鸿瀨"注、《佩文韵府》卷三十八"鸿瀨"注："班固《览海赋》：'驰鸿瀨以漂骛，翼飞凤而回翔。'"《骈字类编》卷二百二十九"高游"注："班固《览海赋》：'愿结旅而自托，因离世而高游。'"《佩文韵府》卷六十八"高游"注："班固《览海赋》：'愿结旅而自托，因离世而高游。'"《佩文韵府》卷二十六"方瀛"注："班固《览海赋》：'指日月以为表，索方瀛与壶梁。'"卷二十三"回周"注："班固《览海赋》：'骋飞龙之骖驾，历八极而回周。'"卷二十六"神浮"注："班固《览海赋》：'遂竦节而响应，忽轻举以神浮。'"卷三十七"淮浦"注："班固《览海赋》：'予有事于淮浦，览沧海之茫茫。'"卷五十三"体景"注："班固《览海赋》：'乘虚风而体景，超太清以增逝。'"卷六十七"裔裔"注："班固《览海赋》：'风波薄其裔裔，邈浩浩以汤汤。'"卷七十一"彩润"注："班固《览海赋》：'朱紫彩润，明珠夜光。'"卷九十五"王谒"注："班固《览海赋》：'通王谒于紫宫，拜太乙而受符。'"③

　　案，《文选笺证》卷十二潘岳《西征赋》注业已考辨："疑此作班固，误也。"④ 文句属班彪《览海赋》。⑤ 班彪、班固父子被混淆，致班彪《览海赋》著作权误属。

———————————

① （梁）萧统编，（唐）李善注《文选》，第 440 页。（南北朝）庾信撰，（清）倪璠注《庾子山集》，《四库全书》第 1064 册，第 352 页。（清）梁章钜：《文选旁证》，《续修四库全书》第 1581 册，第 333 页。（清）严可均辑《全上古三代秦汉三国六朝文》，第 602 页。

② （唐）李白撰，（清）王琦注《李太白集注》，《四库全书》第 1067 册，第 350 页。（清）张玉书：《佩文韵府》，第 301、2100 页。

③ （清）张廷玉：《骈字类编》，《四库全书》第 999 册，第 132、481～482 页；第 1003 册，第 237 页；第 1004 册，第 403 页。（清）张玉书：《佩文韵府》，第 786、1754、2799、1161、1315、1328、1358、1720、2110、2744、2884、3679 页。

④ （梁）萧统编，（清）胡绍煐笺证《文选笺证》，《续修四库全书》第 1582 册，第 146～147 页。

⑤ 赵逵夫：《班彪〈览海赋〉》，《文学遗产》2002 年第 2 期。

2.《游居赋》。《樊南文集补编》卷九《为大夫博陵公兖海署卢都巡官牒》注:"班固《游居赋》:'亲饰躬于伯姬。'"①《韵府拾遗》卷七"足娱"注:"班固《游居赋》:'今匹马之独征,岂斯乐之足娱。'"②《中州杂俎》卷六"人纪一·帝迹·羑里":"班固《游居赋》'嗟西伯于庸城'是也。"③《骈字类编》卷一百二十六"下僚"注:"班固《游居赋》:'鄙臣恨不及事,陪后乘之下僚。'"卷二百三十"足娱"注:"班固《游居赋》:'今匹马之独征,岂斯乐之足娱。'"④《佩文韵府》卷四"伯姬"注:"班固《游居赋》:'嘉孝武之乾乾,亲饰躬于伯姬。'"卷七"威虞"注:"班固《游居赋》:'想尚甫之威虞,号苍兕而明誓。'"卷十一"人神"注:"班固《游居赋》:'既中流而叹息,美用武之知性。谋人神以动作,享乌鱼之瑞命。'"卷十七"下僚"注:"班固《游居赋》:'鄙臣恨不及事,陪后乘之下僚。'"卷三十四"苍兕"注:"班固《游居赋》:'想尚父之威虞,号苍兕而明誓。'"卷三十四"九土"注:"班固《游居赋》:'历九土而观风,亦哲人之所虞。'"卷六十七"北厉"注:"班固《游居赋》:'遂发轸于京洛,临孟津而北厉。'"卷八十三"知性"注:"班固《游居赋》:'美周武之知性。谋人神以动作。'"卷九十"四渎"注:"班固《游居赋》:'遍五岳与四渎,观沧海以周流。'""淇澳"注:"班固《游居赋》:'享乌鱼之瑞命,瞻淇澳之园林。'"⑤

案,文句属班彪《游居赋》(即《冀州赋》)。班彪、班固父子被混淆,致班彪《游居赋》著作权误属。

3.《北征赋》。《佩文韵府》卷一百一"迟迟历"注:"班固《北征赋》:'纷吾去此旧都兮,骓迟迟以历兹。'"⑥《肇域志》卷二十六:"胡甲……又名侯甲,见班固《北征赋》。"⑦

案,《佩文韵府》所引文句属班彪《北征赋》。班彪、班固父子被混淆,致班彪《北征赋》著作权误属。《肇域志》未涉具体文句,无法查

---

① (唐)李商隐撰,(清)钱振常注《樊南文集补编》,《续修四库全书》第1312册,第683页。
② (清)官修《韵府拾遗》,《四库全书》第1029册,第197页。
③ (清)汪价:《中州杂俎》,民国十年安阳三怡堂排印本,第158叶。
④ (清)张廷玉:《骈字类编》,《四库全书》第999册,第536页;第1004册,第448页。
⑤ (清)张玉书:《佩文韵府》,第129、252、444、758、1545、1688、2731、3274、3466、3489页。
⑥ (清)张玉书:《佩文韵府》,第4016页。
⑦ (清)顾炎武:《肇域志》,《续修四库全书》第590册,第93页。

对。或同此，误班彪《北征赋》为班固《北征颂》？

4.《达旨》。《玉台新咏》卷六王僧孺《为人宠妾有怨》注："班固《达旨》：'独木不林。'"①

案，文句属崔骃《达旨》。崔骃与班固同时代，班固为崔骃作传，被混淆，致崔骃《达旨》著作权误属。

5.《南都赋》。《御选唐诗》卷九权德舆《和李中丞慈恩寺清上人院牡丹花歌》注："班固《南都赋》：'结根竦本，垂条婵媛。'"卷十七张说《舞马千秋万岁乐府词》注："班固《南都赋》：'骒骧齐镳，黄间机张。'"②

案，文句属张衡《南都赋》。班固有《两都赋》，与张衡《南都赋》同属京都类题材赋作，兼张衡、班固同为汉赋四大家，被混淆，致张衡《南都赋》著作权误属。

6.《思玄赋》。《过夏杂录》卷六"象"下"有力者则又愿为牛，欲与象斗以自试"注："尸子已亡，见班固《思元赋》注。"③

案，此实为张衡《思玄赋》注。讳"玄"为"元"，《东汉文鉴》卷十一、《通志》卷一百一十一、《文选理学权舆》卷一、《七十家赋钞》卷四等作《思元赋》。④ 张衡、班固时代较接近，同为汉赋四大家，被混淆，致张衡《思玄赋》著作权误属。

7.《西京赋》。《御选唐诗》卷一《温汤对雪》注："班固《西京赋》：'雨雪飘飘，风霜惨烈。'"⑤《大戴礼记注补》卷二"夏小正"注："班固《西京赋》：'南翔衡阳，北栖雁门。'"⑥《骈字类编》卷一百六十七"戟手"注："班固《西京赋》：'袒裼戟手，踌躇盘桓。'"⑦

案，文句属张衡《西京赋》。班固有《西都赋》，与张衡《西京赋》同属京都类型题材赋作，被混淆，致张衡《西京赋》著作权误属。

---

① （南北朝）徐陵辑，（清）吴兆宜注，（清）程际盛删补《玉台新咏》，《续修四库全书》第 1588 册，第 577 页。
② （清）陈廷敬：《御选唐诗》，《四库全书》第 1446 册，第 300、546 页。
③ （清）周广业：《过夏杂录》，清种松书塾抄本，第 229 叶。
④ （宋）陈鉴：《东汉文鉴》，第 388 页。（宋）郑樵：《通志》，《四库全书》第 376 册，第 883～887 页。（清）汪师韩：《文选理学权舆》，《续修四库全书》第 1581 册，第 4 页。（清）张惠言：《七十家赋钞》，《续修四库全书》第 1611 册，第 81～84 页。
⑤ （清）陈廷敬：《御选唐诗》，《四库全书》第 1446 册，第 109 页。
⑥ （清）汪照：《大戴礼记注补》，清嘉庆九年金元钰等刻本，《续修四库全书》第 107 册，第 275 页。
⑦ （清）张廷玉：《骈字类编》，《四库全书》第 1001 册，第 575 页。

8.《东京赋》。《御选唐诗》卷九韩愈《石鼓歌》注："班固《东京赋》：'岐阳之蒐，又何足数。'"①

案，文句属张衡《东京赋》。班固有《东都赋》，与张衡《东京赋》同属京都类题材赋作，被混淆，致张衡《东京赋》著作权误属。

9.《西征赋》。《御选唐诗》卷十三岑参《咏郡斋壁画片云》注："班固《西征赋》：'吐清风之飂戾，纳归云之郁蓊。'"②《拾雅》卷八"章、宪、缀、旗、被、署、式、著、笺、仪、揭、甄，表也"注："班固《西征赋》：'甄大义以明责。'"《拾雅》卷十四"回沆，邪僻也"注："《文选》班固《西征赋》：'事回沆而好还。'"③

案，文句属晋代潘岳《西征赋》。不明原因混淆，致潘岳《西征赋》著作权误属。

（十四）误属傅毅

1.《相风赋》。《杜诗详注》卷十八《夜宿西阁晓呈元二十一曹长》注："傅毅《相风赋》有'栖神鸟于竿首，俟祥风之来征'。"④

案，文句属晋代傅玄《相风赋》。傅毅、傅玄姓同名异，被混淆，致傅玄《相风赋》著作权误属。

（十五）误属崔骃

1.《七蠲》。《北堂书钞》卷一百一十二"倡优"注："崔骃《七蠲》云：'小语大笑，应节有方。众戏并进，於肆徘徊。'"⑤

案，文句属崔琦《七蠲》。崔琦、崔骃姓同名异，兼崔骃有《七依》，与崔琦《七蠲》同为七体，被混淆，致崔琦《七蠲》著作权误属。

（十六）误属李尤

1.《玄宗赋》。《文选理学权舆》卷二："李尤《元宗赋》。"⑥

---

① （清）陈廷敬：《御选唐诗》，《四库全书》第1446册，第294页。
② （清）陈廷敬：《御选唐诗》，《四库全书》第1446册，第400页。
③ （清）夏味堂：《拾雅》，《续修四库全书》第192册，第100、199页。
④ （唐）杜甫撰，（清）仇兆鳌注《杜诗详注》，第1560页。"风"当作"凤"。
⑤ （唐）虞世南：《北堂书钞》，第427页。
⑥ （清）汪师韩：《文选理学权舆》，《续修四库全书》第1581册，第41页。

案，晋代李充有《玄宗赋》，见于《文选》卷三十一江淹《殷东阳仲文兴瞩》注、《全上古三代秦汉三国六朝文》全晋文卷五十三。①《文选理学权舆》作者汪师韩生于清圣祖康熙四十六年（公元1707），康熙名爱新觉罗·玄烨，故当时讳"玄"为"元"，晋代《玄宗赋》在汪师韩时写为《元宗赋》。李尤、李充姓同名异，被混淆，致李充《玄宗赋》著作权误属。

（十七）误属张衡

1.《东观赋》。《佩文韵府》卷九十三"干质"注："张衡《东观赋》：'敷华实于雍堂，集干质于东观。'"②

案，文句属李尤《东观赋》。张衡《二京赋》有涉及宫观的叙写，李尤《东观赋》属宫观类题材，被混淆，致李尤《东观赋》著作权误属。

2.《青衣赋》。《古音丛目》卷三"受"注："上与切，张衡《青衣赋》。"③《均藻》卷三"丽"注："婢也，张衡《青衣赋》。"④

案，《古音丛目》所引当指张超《诮青衣赋》"晏婴洁志，不顾景女。及隽不疑，奉霍不受"。《均藻》所引文句指张超《诮青衣赋》"见尊不迷，况此丽竖"。《青衣赋》实为蔡邕所作，《青衣赋》与《诮青衣赋》篇名被混淆，再因张超、张衡姓同名异，被混淆，致著作权误属。

3.《诮青衣赋》。《正字通》子集下"受"注："张衡《诮青衣赋》：'晏婴洁志，不顾景女。乃隽不疑，奉霍不受。'"⑤《同文铎》卷十四"受"注："上与切，容也。张衡《诮青衣赋》：'晏婴洁志，不顾景女。乃隽不疑，奉霍不受。'"卷十四"酒"注："醴也，张衡《诮青衣赋》：东向长跪，接狎欢酒。悉请诸灵，僻邪无主。"⑥

案，所有引用文句均属汉张超《诮青衣赋》。张衡、张超姓同名异，

---

① （梁）萧统编，（唐）李善注《文选》，第1471页。（清）严可均辑《全上古三代秦汉三国六朝文》，第1765页。
② （清）张玉书：《佩文韵府》，第3570页。
③ （明）杨慎：《古音丛目》，《四库全书》第239册，第258页。
④ （明）杨慎：《均藻》，第185叶。
⑤ （明）张自烈：《正字通》，《续修四库全书》第234册，第155页。
⑥ （明）吕维祺：《同文铎》，明崇祯六年志清堂刻音韵日月灯本，第355、358叶。

同属东汉，被混淆，致张超《诮青衣赋》著作权误属。

4.《鄙酒赋》。《杜诗详注》卷十一《陪王侍御同登东山最高顶宴姚通泉晚携酒泛江》注、《杜少陵集详注》卷十一《陪王侍御同登东山最高顶宴姚通泉晚携酒泛江》注："张衡《鄙酒赋》：'错时膳之珍馐。'"①

案，文句属晋代张载《鄙酒赋》。张载、张衡姓同名异，被混淆，致张载《鄙酒赋》著作权误属。

5.《周天大象赋》。又简称为《大象赋》②《天象赋》③。《樊川诗集注》卷四《代人寄远》注、《汉魏六朝百三家集》卷十四、《历代赋汇》卷一、《骈字类编》卷九十四"四览"注，《佩文韵府》卷五"四览"、卷二十三"中极"注等归为张衡。④

案，《全上古三代秦汉三国六朝文》全隋文卷三十六归为李播。⑤《四库全书考证》卷三十九业已考辨非张衡所作，实为唐代李播所作。⑥ 不明原因使作者混淆，致李播《周天大象赋》著作权误属。

6.《上林赋》。《尚书详解》卷七《禹贡》注："张衡《上林赋》则又谓鄠南山谷。"⑦

案，《文选》卷一班固《西都赋》注、《文选笺证》卷一班固《西都赋》注、《笺注骆临海集》卷八《上瑕邱韦明府启》注、《长安志》卷十二、《汉书补注》卷二十七司马相如《上林赋》注均作三国张揖《上林赋》。⑧ 张揖、张衡姓同名异，混淆，致张揖《上林赋》著作权误属。

---

① （唐）杜甫撰，（清）仇兆鳌注《杜诗详注》，第964页。（唐）杜甫撰，（清）仇兆鳌注《杜少陵集详注》，第88叶。

② （清）袁枚：《随园随笔》，《续修四库全书》第1148册，第231页。

③ （清）陈元龙：《历代赋汇》，《四库全书》第1419册，第100～104页。（清）张玉书：《佩文韵府》，第2225、4080页。

④ （唐）杜牧撰，（清）冯集梧注《樊川诗集注》，清嘉庆德裕堂刻本，第149叶。（明）张溥：《汉魏六朝百三家集》，《四库全书》第1412册，第324～328页。（清）陈元龙：《历代赋汇》，《四库全书》第1419册，第100～104页。（清）张廷玉：《骈字类编》，《四库全书》第998册，第81页。（清）张玉书：《佩文韵府》，第2225、4080页。

⑤ （清）严可均辑《全上古三代秦汉三国六朝文》，第4237页。

⑥ （清）王太岳：《四库全书考证》，第869叶。

⑦ （宋）夏僎：《尚书详解》，清武英殿聚珍版丛书本，第125叶。

⑧ （梁）萧统编，（唐）李善注《文选》，第7页。（梁）萧统编，（清）胡绍煐笺证《文选笺证》，《续修四库全书》第1582册，第4页。（唐）骆宾王撰，（清）陈熙晋笺《笺注骆临海集》，清咸丰三年松林宗祠刻本，第356叶。宋敏求：《长安志》，《四库全书》第587册，第161页。（清）王先谦：《汉书补注》，清光绪刻本，第2330叶。

7.《七命》。《李诗选注》卷二《天马歌》注:"张衡《七命》曰:'大梁之黍,琼山之禾。'"①《温飞卿诗集笺注》卷一《吴苑行》注:"张衡《七命》:'雕堂绮栊。'"卷六《过孔北海墓二十韵》注:"张衡《七命》:'云屏烂汗。'"②《初学记》卷二"天部·霜·封条、杀木"注:"张衡《七命》曰:'晞三春之溢露,溯九秋之鸣飙。零雪写其根,霏霜封其条。'"《渊鉴类函》卷十"天部·霜·封条、杀木"注:"张衡《七命》曰:'晞三春之溢露,遡九秋之鸣飙。零雪写其根,霏霜封其条。'"《佩文韵府》卷六十六"溢露"注:"张衡《七命》:'晞三春之溢露,遡九秋之鸣飙。'""竞骛"注:"张衡《七命》:'车骑竞骛,骈武齐辙。'""载赴"注:"张衡《七命》:'望山载奔,视林载赴。'"③

案,文句属晋张协《七命》。张协、张衡姓同名异,兼张衡有《七辨》,与张协《七命》同属七体,被混淆,致张协《七命》著作权误属。

8.《海赋》。《御选唐诗》卷十李世民《秋日翠微宫》注:"张衡《海赋》:'长寻高眺,惟水与天。'"④

案,所引文句属南齐张融《海赋》。张融、张衡姓同名异,被混淆,致张融《海赋》著作权误属。

9.《吴都赋》。《正字通》酉集下"鄘"注:"张衡《吴都赋》:'飞琼觞而酌鄘醑。'"戌集下"须"注:"张衡《吴都赋》'旗鱼须'注:以大鱼之须饰旗竿也。"⑤《佩文韵府》卷六十三"石记"注:"张衡《吴都赋》:'鸟策篆素,玉牒石记。'"⑥

案,文句属晋左思《吴都赋》。张衡有《南都赋》,与左思《吴都赋》同属京都类题材赋作,被混淆,致左思《吴都赋》著作权误属。

10.《魏都赋》。《骈字类编》卷一百三十四"青霄"注:"张衡《魏都赋》:'恒碣砧碍于青霄,河汾浩汘而皓溰。'"⑦

---

① (唐)李白撰,(明)朱谏注《李诗选注》,明隆庆六年刻本,第95叶。

② (唐)温庭筠撰,(明)曾益笺注《温飞卿诗集笺注》,《四库全书》第1082册,第459、518页。

③ (唐)徐坚:《初学记》,第31页。(清)张英:《渊鉴类函》,天部,第31页。(清)张玉书:《佩文韵府》,第2592、2640、2682页。

④ (清)陈廷敬:《御选唐诗》,《四库全书》第1446册,第321页。

⑤ (明)张自烈:《正字通》,《续修四库全书》第235册,第606、711页。

⑥ (清)张玉书:《佩文韵府》,第2417页。

⑦ (清)张廷玉:《骈字类编》,《四库全书》第1000册,第112页。

案，所引文句属晋左思《魏都赋》。张衡有《南都赋》，与左思《魏都赋》同属京都类题材赋作，被混淆，致左思《魏都赋》著作权误属。

11.《定情诗》。《陈检讨四六》卷五序："张衡《定情歌》：'我既媚君姿，君亦悦我颜。'"① 案，该句实属繁钦《定情诗》。张衡、繁钦同属东汉，张衡有《定情赋》，又称《定情歌》，见前文。同类型题材，致繁钦《定情诗》著作权误属。

（十八）误属王逸

1.《鲁灵光殿赋》。《韵府拾遗》卷三十四"虹指"注："王逸《灵光殿赋》：'飞梁偃蹇以虹指。'"②《文献征存录》卷九："王逸《鲁灵光殿赋》云：'粤若稽古。'"③《广群芳谱》卷六十六"果谱·莲"："汉王逸《鲁灵光殿赋》：'圆渊方井，反植荷蕖。发秀吐荣，菡萏纷敷。绿房紫菂，窋咤垂珠。'"④《四库全书考证》卷五十一："王逸《鲁灵光殿赋》'菡萏纷敷'刊本'敷'讹'披'，据《文选》改。"⑤《骈字类编》卷一百一十七"南鄙"注："王逸《鲁灵光殿赋》序：'予客自南鄙，观艺于鲁。'"⑥《杜诗详注》卷十五《武侯庙》注："王逸《鲁灵光殿赋》：'托之丹青。'"⑦《王荆公诗注》卷二十六《北山三咏·宝公塔》注："王逸《鲁灵光殿赋》：'据坤灵之宝势。'"⑧《佩文韵府》卷五十六"路寝"注："王逸《鲁灵光殿赋》序：'奚斯颂僖，歌其路寝而功绩存乎辞，德音昭乎声。'"⑨

案，所引文句属王延寿《鲁灵光殿赋》。王逸、王延寿父子被混淆，致王延寿《鲁灵光殿赋》著作权误属。

2.《王孙赋》。《援鹑堂笔记》卷三十七："王逸《王孙赋》及《方言》俱有之，字殊义同也。"⑩

① （清）陈维崧：《陈检讨四六》，《四库全书》第1322册，第76页。
② （清）官修《韵府拾遗》，《四库全书》第1029册，第683页。
③ （清）钱林：《文献征存录》，清咸丰八年有嘉树轩刻本，第742叶。
④ （清）汪灏：《广群芳谱》，清康熙刻本，第1013叶。
⑤ （清）王太岳：《四库全书考证》，第1168叶。
⑥ （清）张廷玉：《骈字类编》，《四库全书》第999册，第175页。
⑦ （唐）杜甫撰，（清）仇兆鳌注《杜诗详注》，第1278页。
⑧ （宋）王安石撰，（宋）李壁注《王荆公诗注》，《四库全书》第1106册，第183页。
⑨ （清）张玉书：《佩文韵府》，第2209页。
⑩ （清）姚范：《援鹑堂笔记》，《续修四库全书》第1149册，第41页。

案，《王孙赋》属王延寿。王逸、王延寿父子被混淆，致王延寿《王孙赋》著作权误属。

（十九）误属边韶

1.《游章华台赋》。《庾子山集》卷一《灯赋》注、《六朝文絜笺注》卷一庾信《灯赋》注："《后汉书》边韶《游章华台赋》曰：'楚王游云梦之泽，之荆台之上。'"①

案，所引文句属边让《游章华台赋》。边让、边韶姓同名异，都是陈留浚仪人，被混淆，致边让《游章华台赋》著作权误属。

（二十）误属王延寿

1.《景福殿赋》。《吴诗集览》卷一《西田诗其四》注："王文考《景福殿赋》：'晨光内照，流景外延。'"②《佩文韵府》卷九十一"世俗"注："王延寿《景福殿赋》：'惟天德之不易，惧世俗之难知。'"③《拾雅》卷十四"绸缪、缂猎、鳞沦，相次也"注："王延寿《景福殿赋》：'猎捷相加。'"④

案，所引文句属三国何晏《景福殿赋》。王延寿有《灵光殿赋》，与何晏《景福殿赋》同属宫殿类题材赋作，被混淆，致何晏《景福殿赋》著作权误属。

（二十一）误属马融

1.《洞箫赋》。《拾雅》卷十"蝇蝇、绥绥、俟俟、跦跦、跂跂，行也"注："《文选》马融《洞箫赋》：'蝇蝇翊翊。'"卷十一"加过、越宠，曳逾也"注："《文选》马融《洞箫赋》：'超腾逾曳。'"⑤

案，所引文句属王褒《洞箫赋》。马融有《长笛赋》，与王褒《洞箫赋》同属音乐类题材赋作，被混淆，致王褒《洞箫赋》著作权误属。此亦与《文

① （南北朝）庾信撰，（清）倪璠注《庾子山集》，《四库全书》第1064册，第360页。（清）许梿评选，（清）黎经诰注《六朝文絜笺注》，《续修四库全书》第1611册，第170页。
② （清）吴伟业撰，（清）靳荣藩注《吴诗集览》，《续修四库全书》第1396册，第392页。
③ （清）张玉书：《佩文韵府》，第3498页。
④ （清）夏味堂：《拾雅》，《续修四库全书》第192册，第192页。
⑤ （清）夏味堂：《拾雅》，《续修四库全书》第192册，第127、139页。

选》将王褒《洞箫赋》、马融《长笛赋》同收于音乐部分可能有一定关系。

（二十二）误属蔡邕

1.《逐贫赋》。《毛诗古音考》卷三"怨"注："蔡邕《逐贫赋》引'忘我大德，思我小怨'以'怨'与'焉''仙'叶"。①

案，所引文句属扬雄《逐贫赋》。蔡邕有《短人赋》，与扬雄《逐贫赋》同属谐趣类赋作，被混淆，致扬雄《逐贫赋》著作权误属。

2.《终南山赋》。《野客丛书》卷一"兰亭不入选"、《说略》卷十四、《四六丛话》卷二十、《兰亭志》卷五："而'三春之季，天气肃清'见蔡邕《终南山赋》。"②《韵府群玉》卷四"霞氛"注、《均藻》卷一："萃于霞氛。蔡邕《终南山赋》。"③

案，所引文句属班固《终南山赋》。班固、蔡邕同属汉代，蔡邕居终南山下，被混淆，致班固《终南山赋》著作权误属。

3.《王孙赋》。《正字通》子集下"厶"注："蔡邕《王孙赋》：'厶爪悬而瓠垂。'"④

案，所引文句属王延寿《王孙赋》。蔡邕、王延寿生活年代相近，又蔡邕《王子乔碑》曰："王孙子乔者……"，被混淆，致王延寿《王孙赋》著作权误属。

（二十三）误属祢衡

1.《思玄赋》。《新刊经进详注昌黎先生文集》遗文卷一《嘲鼾睡》注："祢衡《思玄赋》：'枰巫咸使占梦。'"⑤

案，所引文句属张衡《思玄赋》。祢衡、张衡，名同姓异，祢衡并作

---

① （明）陈第：《毛诗古音考》，《四库全书》第 239 册，第 487 页。

② （宋）王楙：《野客丛书》，第 2 叶。（明）顾起元：《说略》，《四库全书》第 964 册，第 609 页。（清）孙梅：《四六丛话》，《续修四库全书》第 1715 册，第 444 页。（清）吴高增：《兰亭志》，清乾隆凝秀堂刻本，第 86 叶。

③ （元）阴时夫辑，（元）阴中夫注《韵府群玉》，《四库全书》第 951 册，第 129 页。（明）杨慎：《均藻》，第 28 叶。

④ （明）张自烈：《正字通》，《续修四库全书》第 234 册，第 151 页。

⑤ （唐）韩愈撰，（宋）文谠注，（宋）王俦补注《新刊经进详注昌黎先生文集》，《续修四库全书》第 1310 册，第 214 页。

有《吊张衡文》，被混淆，致张衡《思玄赋》著作权误属。

（二十四）误属丁仪

1.《寡妇赋》。《文选》卷二十六陆机《赴洛道中作二首》注："丁仪《寡妇赋》曰：'贱妾茕茕，顾影为俦。'"① 《玉台新咏》卷十何曼才《为徐陵伤妾》注："丁仪《寡妇赋》：'气愤薄而交萦。'"② 《杜诗详注》卷十五《白帝城最高楼》注："丁仪《寡妇赋》：'涕流迸以琳琅。'"③ 《说文解字句读》卷二十一"潇"注："丁仪《寡妇赋》：'水潇潇而晨结。'"④ 《渊鉴类函》卷一百七十五"婚姻·悬萝附松"注："丁仪《寡妇赋》：'如悬萝之附松。'"⑤

案，所引文句实属丁廙妻《寡妇赋》。脱"妻"字，兼丁仪、丁廙兄弟被混淆，致丁廙妻《寡妇赋》著作权误属。

（二十五）误属丁廙

1.《寡妇赋》。《韵补》卷一"帱"注："丁廙《寡妇赋》：'静闭门以却扫，魂孤茕以穷居。刷朱扉以白垩，易玄帐以素帱。'"⑥ 《历代赋汇》外集卷十九全文载录，著作权归属丁廙。⑦

案，所引文句属丁廙妻《寡妇赋》。传抄中脱"妻"字，致作者名混淆，致丁廙妻《寡妇赋》著作权误属。

（二十六）误属王粲

1.《感丘赋》。俞绍初、《全汉赋校注》、万光治所言王粲《感丘赋》，⑧

---

① （梁）萧统编，（唐）李善注《文选》，第 1231 页。
② （南北朝）徐陵辑，（清）吴兆宜注，（清）程际盛删补《玉台新咏》，《续修四库全书》第 1588 册，第 665 页。
③ （唐）杜甫撰，（清）仇兆鳌注《杜诗详注》，第 1277 页。
④ （清）王筠：《说文解字句读》，《续修四库全书》第 218 册，第 544 页。
⑤ （清）张英：《渊鉴类函》，礼仪部，第 75 页。
⑥ （宋）吴棫：《韵补》，第 22 叶。
⑦ （清）陈元龙：《历代赋汇》，《四库全书》第 1422 册，第 332 页。
⑧ 俞绍初：《建安七子遗文存目考》，《许昌师专学报》1987 年第 3 期。费振刚、仇仲谦、刘南平注《全汉赋校注》，广东教育出版社，2005，第 1069 页。万光治：《汉赋存目补遗与辨证》，《四川师范大学学报》2014 年第 1 期。

实为晋陆机之作，见于《艺文类聚》卷四十、《初学记》卷十四等。① 不明原因混淆，致陆机《感丘赋》著作权误属。黄葵已考证："士衡有《感丘赋》"。②

（二十七）误属应场

1.《静思赋》。《吴诗集览》卷四《听女道士卞玉京弹琴歌》注："应德琏《静思赋》：'红颜晔而流光。'"③《骈字类编》卷一百四十一"红颜"注："应场《静思赋》：'夫何美女之娴妖，红颜罱而流光。'"《佩文韵府》卷十五"红颜"注："应场《静思赋》：'夫何美女之娴妖，红颜晔而流光。'"④

案，所引文句属曹植《静思赋》。应场是"平原侯庶子"，与曹植同属建安七子，且多有同题之作，被混淆，致曹植《静思赋》著作权误属。

（二十八）误属刘桢

1.《七举》。《编珠》卷二"青铺绿柱"注："刘桢《七举》曰：'绿柱朱榱。'""丹柱红梁"注："刘桢《七举》曰：'丹墀缥壁，紫柱红梁。'"⑤

案，所引文句属刘梁《七举》。刘梁是刘桢祖父，被混淆，致刘梁《七举》著作权误属。

2.《迷迭香赋》。《佩文韵府》卷九十八"诞节"注："刘桢《迷迭香赋》：'朝敷条以诞节，夕结秀而垂华。'"⑥

案，所引文句属应场《迷迭赋》。应场、刘桢同属建安七子，被混淆，致应场《迷迭赋》著作权误属。

3.《灵河赋》。《佩文韵府》卷七十"堤溃"注："刘桢《灵河

---

① （唐）欧阳询：《艺文类聚》，第 734 页。（唐）徐坚：《初学记》，第 362 页。

② （晋）陆云撰，黄葵点校《陆云集》，中华书局，1988，第 148 页。

③ （清）吴伟业撰，（清）靳荣藩注《吴诗集览》，《续修四库全书》第 1396 册，第 477 页。

④ （清）张廷玉：《骈字类编》，《四库全书》第 1000 册，第 394 页。（清）张玉书：《佩文韵府》，第 627 页。

⑤ （隋）杜公瞻：《编珠》，第 79 叶。

⑥ （清）张玉书：《佩文韵府》，第 3747 页。

赋》：'有汉中叶兮，金堤溃而瓠子倾。'"①

案，所引文句实属应场《灵河赋》。应场、刘桢同属建安七子，被混淆，致应场《灵河赋》著作权误属。

4.《驰射赋》。《骈字类编》卷十二"雷溃"注、《佩文韵府》卷七十"雷溃"注："刘桢《驰射赋》：'儋动鼓震，噪声雷溃。'"《佩文韵府》卷五十一"授马"注："刘桢《驰射赋》：'良乐授马，孙膑调驷。'"卷七十"飞碎"注："刘桢《驰射赋》：'控满流睇，应弦飞碎。'"卷九十八"终节"注："刘桢《驰射赋》：'终节三驱，矢不虚发。'"②

案，所引文句实属应场《驰射赋》。应场、刘桢同属建安七子，刘桢有《射鸢诗》，被混淆，致应场《驰射赋》著作权误属。

5.《齐都赋》。《庾子山集》卷十二《行雨山铭》注、《六朝文絜笺注》卷十庾信《梁东宫行雨山铭》注："刘公幹《齐都赋》曰：'翠崛浮游。'"③

案，文句属徐幹《齐都赋》。徐幹、刘桢同属建安七子，兼刘桢有《鲁都赋》，与徐幹《齐都赋》同属京都类题材赋作，被混淆，致徐幹《齐都赋》著作权误属。

综上，著作权分歧误属65例，涉及28人62篇赋作。分歧误属原因包括四大类。（1）姓名原因致误29例，占44.62%。（2）时代差错致误属17例，占26.15%。（3）类型相似致误属14例，占21.54%。包含两小类：同类型题材赋作致误属10例；同类型体裁赋作致误属4例。（4）不明原因致误属5例，占7.69%（见表8、图12）。

① （清）张玉书：《佩文韵府》，第2865页。
② （清）张廷玉：《骈字类编》，《四库全书》第994册，第440页。（清）张玉书：《佩文韵府》，第2865、2040、2850、3749页。
③ （南北朝）庾信撰，（清）倪璠注《庾子山集》，《四库全书》第1064册，第612页。（清）许梿评选，（清）黎经诰注《六朝文絜笺注》，《续修四库全书》第1611册，第228页。

表 8　赋作著作权误属统计

序号	误属作者	赋作名	实际作者	误属主要原因	非汉代作者实际年代
1	邹阳	《柳赋》	枚乘	同属梁孝王文学集团	/
2	枚乘	《月赋》	公孙乘	同属梁孝王文学集团、名同	/
3	刘安	《雁赋》	刘向	姓同	/
4	司马相如	《皇太子生赋》	东方朔	同属汉武帝文学集团	/
		《长杨赋》	扬雄	同类型题材同为汉赋四大家	/
		《河东赋》	扬雄	同为汉赋四大家	/
5	枚皋	《兔园赋》	枚乘	父子混同	/
	枚皋	《七发》	枚乘	父子混同	/
	宋玉			不明原因	战国
6	东方朔	《旱云赋》	贾谊	同属汉代	/
		《蟾蜍赋》	东方虬	姓同	唐
7	王褒	《洛都赋》	王廙	姓同	晋
	王冀				
8	刘向	《七谏》	东方朔	同类型体裁	/
		《九怀》	王褒	同类型体裁	/
		《围棋赋》	马融	同属汉代	/
9	桓谭	《七说》	桓麟	姓同	/
10	刘歆	《九叹》	刘向	父子混同	/
11	扬雄	《答客难》	东方朔	同类型体裁	/
		《荅宾戏》	班固	同类型体裁	/
		《蚕赋》	杨泉	姓音同	晋
		《籍田赋》	潘岳	不明原因	晋
		《龙虎赋》	马融	同属汉代	/
12	班彪	《幽通赋》	班固	父子混同	/

续表

序号	误属作者	赋作名	实际作者	误属主要原因	非汉代作者实际年代
13	班固	《览海赋》	班彪	父子混淆	/
		《游居赋》	班彪	父子混淆	/
		《北征赋》	班彪	父子混淆	/
		《达旨》	崔骃	同属汉代	/
		《南都赋》	张衡	同类型题材同为汉赋四大家	/
		《思玄赋》	张衡	同为汉赋四大家	/
		《西京赋》	张衡	同类型题材	/
		《东京赋》	张衡	同类型题材	/
		《西征赋》	潘岳	不明原因	晋
14	傅毅	《相风赋》	傅玄	姓同	晋
15	崔骃	《七蠲》	崔琦	姓同	/
16	李尤	《玄宗赋》	李充	姓同	晋
17	张衡	《东观赋》	李尤	同类型题材	/
		《青衣赋》	张超	姓同	/
		《诮青衣赋》	张超	姓同	/
		《酃酒赋》	张载	姓同	晋
		《周天大象赋》	李播	不明原因	唐
		《上林赋》	张揖	姓同	三国
		《七命》	张协	姓同	晋
		《海赋》	张融	姓同	南齐
		《吴都赋》	左思	同类型题材	晋
		《魏都赋》	左思	同类型题材	晋
		《定情诗》	繁钦	同属汉代	/
18	王逸	《鲁灵光殿赋》	王延寿	父子混同	/
		《王孙赋》	王延寿	父子混同	/
19	边韶	《游章华台赋》	边让	姓同，郡望同	/
20	王延寿	《景福殿赋》	何晏	同类题材赋作	三国
21	马融	《洞箫赋》	王褒	同类题材赋作	/
22	蔡邕	《逐贫赋》	扬雄	同类题材赋作	/
		《终南山赋》	班固	同属汉代	/
		《王孙赋》	王延寿	同属汉代	/
23	祢衡	《思玄赋》	张衡	名同	/

序号	误属作者	赋作名	实际作者	误属原因	非汉代作者实际年代
24	丁仪	《寡妇赋》	丁廙妻	脱字，兄弟相混	/
25	丁廙		丁廙妻	脱字	/
26	王粲	《感丘赋》	陆机	不明原因	晋
27	应玚	《静思赋》	曹植	同属建安七子	/
28	刘桢	《七举》	刘梁	祖孙混同	/
		《迷迭香赋》	应玚	同属建安七子	/
		《灵河赋》	应玚	同属建安七子	/
		《驰射赋》	应玚	同属建安七子	/
		《齐都赋》	徐幹	同属建安七子	/
总计	28 人	62 篇	/	/	17 篇次

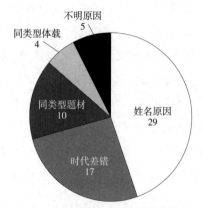

图 12　汉赋著作权分歧类型及数量

三　作品体裁归属分歧考辨

流传过程中，诗、歌、文、颂、铭等其他体裁作品被归为汉赋，涉及 12 位作者 18 篇作品。考辨如下。

（一）诗、歌被归属汉赋

1.《温飞卿诗集笺注》卷三《和沈参军招友生观芙蓉池》注："司马相如《琴赋》：'凤兮凤兮归故乡，遨游四海求其皇。'"① 案，《史记》作司马

---

① （唐）温庭筠撰，（明）曾益笺注《温飞卿诗集笺注》，《四库全书》第 1082 册，第 477 页。

相如《琴诗》①，《玉台新咏》作《琴歌》②，《吟窗杂录》作《挑琴歌》③。

2. 《爱日吟庐书画录》卷一："北窗偶有凉风，晓起颇适读班姬《纨扇赋》，漫录之。"④ 案，疑即班婕妤《团扇诗》。

3. 《骈字类编》卷一百八十六"莞蒻"注、《佩文韵府》卷九十九"莞蒻"注："张衡《同声赋》：'思为莞蒻席，在下蔽匡床。'"⑤ 所引文句实属张衡《同声歌》。

4. 《分门集注杜工部诗》卷十四《兵车行》注："王粲《七哀赋》：'出门无所见，白骨平原满。'"⑥ 所引文句实属王粲《七哀诗》。

5. 《说文新附考》卷二、《说文解字注笺》卷四："吴才老《韵补》有'空'，音枯江切，引徐幹《室思赋》'空'与'伤'为韵。"⑦ 此实指徐幹《杂诗·室思》："良会未有期，中心摧且伤。不聊忧餐食，慊慊常饥空。"⑧

6. 《历代赋汇》外集卷十："《适吴赋》。汉梁鸿。"全文载录。⑨《嘉靖吴邑志》卷十六作"梁鸿《适吴赋》"，全文载录。⑩ 章沧授、芮宁生选注《汉赋》作梁鸿《适吴赋》。⑪ 案，《七十家赋钞》卷三："梁鸿《适吴赋》，《后汉书》以为诗。"⑫《后汉书》卷八十三《梁鸿传》："有顷，又去适吴，将行作诗曰：'逝旧邦兮遐征，将遥集兮东南。……'"⑬ 故当作《适吴诗》。

诗、歌为赋源组成部分，汉赋发展为界于诗、文之间的文体，部分汉赋中含有诗、歌；且汉赋最初多为口传，有可合乐部分，因此后世出现归

---

① （汉）司马迁：《史记》，第 3001 页。
② （南北朝）徐陵辑，（清）吴兆宜注，（清）程际盛删补《玉台新咏》，《续修四库全书》第 1588 册，第 623 页。
③ （宋）陈应行：《吟窗杂录》，明嘉靖二十七年崇文书堂刻本，第 572 叶。
④ （清）葛金烺：《爱日吟庐书画录》，清宣统二年葛氏刻本，第 36 叶。
⑤ （清）张廷玉：《骈字类编》，《四库全书》第 1002 册，第 359 页。（清）张玉书：《佩文韵府》，第 3896 页。
⑥ （唐）杜甫撰，（宋）王洙注《分门集注杜工部诗》，《四部丛刊》初编第 144 册，第 472 页。
⑦ （清）钮树玉：《说文新附考》，《续修四库全书》第 223 册，第 285 页。（清）段玉裁注，（清）徐灝笺，（清）徐橚编《说文解字注笺》，清光绪二十年刻本，第 683 叶。
⑧ （南北朝）徐陵辑，（清）吴兆宜注，（清）程际盛删补《玉台新咏》，《续修四库全书》第 1588 册，第 506 页。
⑨ （清）陈元龙：《历代赋汇》，《四库全书》第 1422 册，第 188 页。
⑩ （明）杨循吉，（明）苏祐撰《嘉靖吴邑志》，明嘉靖八年刻本，第 231～232 叶。
⑪ 章沧授、芮宁生选注《汉赋》，珠海出版社，2004，第 165～166 页。
⑫ （清）张惠言：《七十家赋钞》，《续修四库全书》第 1611 册，第 62 页。
⑬ （宋）范晔撰，（唐）李贤等注《后汉书》，第 2767 页。

诗、歌于赋。

（二）文被归于汉赋

1.《事类赋》卷一《天赋》注："张衡《灵宪赋》曰：'太素之前，寂寞冥默，不可为象。'"《玉海》卷三："《事类赋》注引张衡《灵宪赋》曰"云云，文同前。《事类赋》卷六《地赋》注："张衡《灵宪赋》曰：'地有九域山川。'"① 所引文句实属张衡《灵宪》，多归为文。②

2.《四库全书考证》卷七十一："案应玚《弈赋》云'持棋相守，莫敢先动'，盖言相持不下之意，今据改。"③ 文句实属应玚《弈势》。见于《艺文类聚》卷七十四、④《汉魏六朝百三家集》卷三十二、⑤《全上古三代秦汉三国六朝文》全后汉文卷四十二⑥、《渊鉴类函》卷三百五十九⑦等。

3.《古今振雅云笺》卷九王焞《知己》注："司马相如《谏猎赋》：'狂夫之言，圣人择之。'"⑧ 案，司马相如有《谏猎书》，但不见此句。《谏猎书》见于《汉魏六朝百三家集》卷二⑨等。

4. 万光治辑佚桓谭《思道赋》（或《大道赋》），⑩ 疑为《新论·道赋》，存疑俟考。

5.《古今合璧事类备要》后集卷四君道门、外集卷二十五刑法门："后安帝王符《述赦赋》。"⑪《三才广志》卷一千一百一十七："贼良民之善者莫大于数赦，赎恶人则恶人冒（昌）而善人伤。古者惟始受命之君，承大乱之极，寇贼奸宄难为法禁，故不得不有一赦与之更新，非以养奸滑

---

① （宋）吴淑：《事类赋》，第1、61叶。（宋）王应麟：《玉海》，《四库全书》第943册，第83页。
② （清）严可均辑《全上古三代秦汉三国六朝文》，第776~777页。
③ （清）王太岳：《四库全书考证》，第1601叶。
④ （唐）欧阳询：《艺文类聚》，第1273~1274页。
⑤ （明）张溥：《汉魏六朝百三家集》，《四库全书》第1412册，第779页。
⑥ （清）严可均辑《全上古三代秦汉三国六朝文》，第701页。
⑦ （清）张英：《渊鉴类函》，火部，第2页。
⑧ （明）徐渭：《古今振雅云笺》，第426页。
⑨ （明）张溥：《汉魏六朝百三家集》，《四库全书》第1412册，第33~34页。
⑩ 万光治：《汉赋存目补遗与辨证》，《四川师范大学学报》2014年第1期。
⑪ （宋）谢维新：《古今合璧事类备要》，《四库全书》，第939册，第581页；第941册，第577页。

也。出汉王符《述赦赋》。"① 案，此实为王符《潜夫论·述赦》。

6.《文选理学权舆》卷二："杨雄《琴情赋》。"② 案，《文选》卷二十七魏武帝《乐府二首·苦寒行》注："杨雄《琴情英》曰：'当道独居，暮无所宿。'"③ 此句实为扬雄《琴清英》。

汉赋介于诗、文之间，尤其汉大赋善铺陈，多韵散结合，具有文的特征。因此后世出现归文于赋。

（三）颂被归于汉赋

1.《杜诗详注》卷二十四《封西岳赋》注、《杜诗荟粹》卷二十四："班固《南巡赋》：'运天官之法驾，建日月之旌旒。'"④

案，该句其他文献均作班固《南巡颂》。见于《太平御览》卷五百三十七、⑤《古文苑》卷二十一、⑥《东汉文纪》卷十、⑦《汉魏六朝百三家集》卷十一、⑧《全上古三代秦汉三国六朝文》全后汉文卷二十六⑨等。

2.《古今通韵》卷十二注："班固《北征赋》：'电耀高阙，旌旗冒日。'"⑩《佩文韵府》卷六十五"庶御"注："班固《北征赋》：'师横弩而庶御，士怫愲而争先。'"⑪

案，所引文句实属班固所作颂，见于以下文献：《文选补遗》卷三十七《车骑窦将军北征颂》、⑫《文章辨体汇选》卷四百五十九《窦车骑北征

① （明）吴琯辑《三才广志》，明抄本，第8869叶。
② （清）汪师韩：《文选理学权舆》，《续修四库全书》第1581册，第38页。
③ （梁）萧统编，（唐）李善注《文选》，第1283页。
④ （唐）杜甫撰，（清）仇兆鳌注《杜诗详注》，第2162页。（唐）杜甫撰，（清）张远笺《杜诗荟粹》，第870叶。
⑤ （宋）李昉：《太平御览》，第2437页。
⑥ （宋）章樵注《古文苑》，《四部丛刊》初编第426册，第771页。作者作"蔡邕，一本作班固"。
⑦ （明）梅鼎祚：《东汉文纪》，《四库全书》第1397册，第201页。
⑧ （明）张溥：《汉魏六朝百三家集》，《四库全书》第1412册，第276页。
⑨ （清）严可均辑《全上古三代秦汉三国六朝文》，第612页。
⑩ （清）毛奇龄《古今通韵》，《四库全书》第242册，第260页。
⑪ （清）张玉书：《佩文韵府》，第2553页。
⑫ （宋）陈仁子：《文选补遗》，《四库全书》第1360册，第600~601页。

颂》、①《东汉文纪》卷十《窦将军北征颂》、②《汉魏六朝百三家集》卷十一《窦车骑北征颂》、③《骈体文钞》卷二《窦车骑北伐颂》、④《全上古三代秦汉三国六朝文》全后汉文卷二十六《窦将军北征颂》⑤。

3.《佩文韵府》卷六十六"授务"注："崔骃《北巡赋》：'爰始赋政，授务于人。'"⑥ 当作崔骃《北巡颂》，全文见于《文馆词林》卷三百四十六。⑦

4.《杜诗详注》卷二十四《朝献太清宫赋》注："崔骃《东巡赋》：'驾太一之象车。''开太微于禁庭。'"⑧《杜诗荟粹》卷二十四："崔骃《东巡赋》：'开太微于禁庭。'"⑨ 文句实属崔骃《东巡颂》。

汉赋有颂赞主题作品，且汉大赋写作多与帝王皇室相关，致后世以颂入赋。

（四）铭被归于汉赋

1.《佩文韵府》卷六十三"专智"注："李尤《铠赋》：'好德者宁，好战者危。专智恃力，君子不为。'"⑩ 文句实属李尤《铠铭》。

2.《随园随笔》卷二十四："张衡《绶笥赋》曰：'周公惟事，七涓有邻。'"⑪ 案，文句实属张衡《绶笥铭》。

赋、铭同有诫谏写作用意，致后世将铭纳入赋。

综上，其他文体被归为汉赋的共 18 例，分别为：诗、歌被归于赋 6 例；文被归于赋 6 例；颂被归于赋 4 例；铭被归于赋 2 例（见表 9）。诗、歌、文、颂、铭等体裁作品被归于汉赋，主要还是由于文体界限混淆。

---

① （明）贺复征：《文章辨体汇选》，《四库全书》第 1407 册，第 632～633 页。
② （明）梅鼎祚：《东汉文纪》，《四库全书》第 1397 册，第 200～201 页。
③ （明）张溥：《汉魏六朝百三家集》，《四库全书》第 1412 册，第 275～276 页。
④ （清）李兆洛：《骈体文钞》，《续修四库全书》第 1610 册，第 364 页。
⑤ （清）严可均辑《全上古三代秦汉三国六朝文》，第 612 页。
⑥ （清）张玉书：《佩文韵府》，第 2636 页。
⑦ （唐）许敬宗：《文馆词林》，第 40～42 叶。
⑧ （唐）杜甫撰，（清）仇兆鳌注《杜诗详注》，《四库全书》第 1070 册，第 927、950 页。
⑨ （唐）杜甫撰，（清）张远笺《杜诗荟粹》，第 871 叶。
⑩ （清）张玉书：《佩文韵府》，第 2415 页。
⑪ （清）袁枚：《随园随笔》，《续修四库全书》第 1148 册，第 363 页。

表9　其他体裁作品归属汉赋统计

序号	类型	所涉作者	属赋篇名	实际篇名
1	诗、歌被归于赋（6例）	司马相如	《琴赋》	《琴诗》《琴歌》《挑琴歌》
		班婕妤	《纨扇赋》	《团扇诗》
		张衡	《同声赋》	《同声歌》
		王粲	《七哀赋》	《七哀诗》
		徐幹	《室思赋》	《室思》
		梁鸿	《适吴赋》	《适吴诗》
2	文被归于赋（6例）	张衡	《灵宪赋》	《灵宪》
		应场	《弈赋》	《弈势》
		司马相如	《谏猎赋》	《谏猎书》
		桓谭	《思道赋》（《大道赋》）	《道赋》
		王符	《述赦赋》	《述赦》
		扬雄	《琴情赋》	《琴清英》
3	颂被归于赋（4例）	班固	《南巡赋》	《南巡颂》
		班固	《北征赋》	《窦车骑北征颂》《车骑窦将军北征颂》《窦将军北征颂》《窦车骑北伐颂》
		崔骃	《北巡赋》	《北巡颂》
		崔骃	《东巡赋》	《东巡颂》
4	铭被归于赋（2例）	李尤	《铠赋》	《铠铭》
		张衡	《绶笥赋》	《绶笥铭》

小结

一、汉赋作者姓名分歧共涉及22人。赋作者姓名分歧共39例，可归为异称与误称两类（见表7）。异称12例，占姓名分歧总数的30.77%。其中用字差异（通假字、正俗字）致异称10例；避讳致异称1例；别称致异称1例。赋作者姓名误称27例，占姓名分歧总数的69.23%。其中字形相近讹误22例；音近讹误4例；衍1例。

二、赋著作权分歧 65 例，涉及 28 人 62 篇赋作。汉赋著作权分歧原因包括四大类。（1）姓名原因致误 29 例，占 44.62%。（2）时代差错致误属 17 例，占 26.15%。（3）类型相似致误属 14 例，占 21.54%。包含两小类：同类型题材赋作致误属 10 例；同类型体裁赋作致误属 4 例。（4）不明原因致误属 5 例，占 7.69%（见表 8、图 12）。

三、作品体裁归属分歧中，其他文体被归于汉赋共 18 例，分别为：诗、歌被归于赋 6 例；文被归于赋 6 例；颂被归于赋 4 例；铭被归于赋 2 例（见表 9）。诗、歌、文、颂、铭等体裁作品被归于汉赋，主要是由于文体界限混淆。结合前文下编中文体混融致异名部分，产生下列疑问：赋、颂、辞（词）、文、诗、铭、歌、箴、书、记、传、解、操、隐等多有混融，那么，传世文献中其他文体作品是否有以前学界认为亡佚的赋作？如果有，该以什么标准将其认定回归为赋？特别是像弘农王刘辩临终与唐姬的唱和①，与赵幽王刘友《临终歌》写作场景、歌词格式均相同，是不是赋？

四、考辨汉赋作者姓名分歧及汉赋误属，可以明晰赋作著作权，避免及修正错误辑佚，廓清赋作者创作真实情况，利于个人研究的展开，利于整体汉赋及汉代文学研究，对其他各体裁作品流变研究及其他朝代文学研究有借鉴意义，对拨正赋学史、文学史亦略尽绵薄之力。

---

① 王悲歌："天道易兮我何艰！弃万乘兮退守蕃。逆臣见迫兮命不延，逝将去汝兮适幽玄！"因令唐姬起舞，姬抗袖而歌曰："皇天崩兮后土颓，身为帝兮命夭摧。死生路异兮从此乖，奈我茕独兮中心哀！"［（宋）范晔撰，（唐）李贤等注《后汉书》，第 451 页。］

参考文献

古籍

（汉）司马迁《史记》，中华书局，1996年。

（汉）班固《汉书》，中华书局，1962年。

（汉）扬雄《扬子云集》，《四库全书》，上海古籍出版社，1987年。

（汉）应劭《风俗通义》，明万历两京遗编本。

（汉）蔡邕《蔡中郎集》，《四库全书》，上海古籍出版社，1987年。

（汉）刘熙《释名》，上海涵芬楼借江南图书馆藏明嘉靖翻宋书影印，《四部丛刊》初编，高等教育出版社，2016年。

（汉）佚名《三辅黄图》，上海涵芬楼影印元刊本，《四部丛刊》三编，高等教育出版社，2016年。

（三国）曹植《曹子建集》，四部丛刊影明活字本，中国书店，2018年。

（宋）范晔《后汉书》，百衲本影宋绍熙刻本。

（梁）任昉《文章缘起》，民国九年上海涵芬楼影清道光十一年六安晁氏木活字排印学海类编本。

（梁）沈约《宋书》，中华书局，1974年。

（梁）刘勰《文心雕龙》，明万历刻两京遗编本。

（南北朝）郦道元《水经注》，清武英殿聚珍版丛书本。

（梁）陶弘景《真诰》，明正统道藏本。

（梁）萧子显《南齐书》，中华书局，2017年。

（南北朝）贾思勰《齐民要术》，上海涵芬楼借江宁邓氏群碧楼藏明抄本影印，《四部丛刊》初编，高等教育出版社，2016年。

（梁）孝元皇帝《金楼子》，清知不足斋丛书本。

（唐）虞世南《北堂书钞》，中国书店，1989年。

（唐）欧阳询撰，汪绍楹校《艺文类聚》，中华书局，1965年。

（唐）许敬宗《文馆词林》，适园丛书本。

（梁）萧统编，（唐）李善注《文选》，上海古籍出版社，1994年。

（梁）萧统编，（唐）李善等注《六臣注文选》，上海涵芬楼藏宋刊本，《四部丛刊》初编，高等教育出版社，2016年。

（唐）徐坚《初学记》，清光绪孔氏三十三万卷堂本。

（唐）徐坚《初学记》，中华书局，2005年。

（唐）张鷟《游仙窟》，清抄本。

（唐）杜佑《通典》，中华书局，2016年。

（唐）李翱《李文公集》，上海涵芬楼借江南图书馆藏明成化乙未刊本影印，《四部丛刊》初编，高等教育出版社，2016年。

（唐）白居易《白氏六帖事类集》，文物出版社，1987年。

（五代）丘光庭《兼明书》，民国十一年上海文明书局石印宝颜堂秘笈本。

（唐）释慧琳撰，（辽）释希麟续《一切经音义》，日本元文三年至延亨三年狮谷莲花社刻本。

（宋）李昉《太平御览》，中华书局，1998年。

（宋）李昉等《文苑英华》，明刻本，中华书局，1995年。

（宋）李昉《太平广记》，影明嘉靖谈恺刻本，中华书局，1961年。

（宋）吴淑《事类赋》，宋绍兴十六年刻本。

（宋）乐史《太平寰宇记》，《四库全书》，上海古籍出版社，1987年。

（唐）杜甫撰，（宋）王洙注《分门集注杜工部诗》，宋刻本。

（宋）司马光《资治通鉴》，《四库全书》，上海古籍出版社，1987年。

（宋）文彦博《潞公集》，明嘉靖五年刻本。

（宋）范祖禹《唐鉴》，清同治七年至光绪八年永康胡氏退补斋刻金华丛书补刻本。

（宋）郭茂倩《乐府诗集》，上海古籍出版社，2016年。

（宋）陆佃《埤雅》，明成化刻嘉靖重修本。

（宋）刘跂《学易集》，清乾隆间武英殿木活字印武英殿聚珍版丛书本。

（宋）张表臣《珊瑚钩诗话》，宋百川学海本。

（宋）晁说之《嵩山文集》，上海涵芬楼影印旧抄本，《四部丛刊》续编，高等教育出版社，2016年。

（唐）韩愈撰，（宋）文谠注，（宋）王俦补注《新刊经进详注昌黎先生文集》，宋刻本。

（宋）王观国《学林》，清武英殿聚珍版丛书本。

（宋）叶廷珪《海录碎事》，《四库全书》，上海古籍出版社，1987年。

（唐）柳宗元撰，（宋）童宗说注《增广注释音辩唐柳先生集》，上海涵芬楼用元刊本影印，《四部丛刊》初编，高等教育出版社，2016年。

（宋）吴棫《韵补》，清道光二十七至二十九年灵石杨氏刻连筠簃丛书本。

（汉）王逸章句、（宋）洪兴祖补注《楚辞》，上海涵芬楼借江南图书馆藏明繙宋本影印。

（宋）王灼《糖霜谱》，清康熙四十五年扬州诗局刻栋亭藏书本。

（宋）郑樵《通志》，《四库全书》，上海古籍出版社，1987年。

（宋）陈师道撰，（宋）任渊注《后山诗注》，上海涵芬楼借江安傅氏双鉴楼藏高丽活字本影印，《四部丛刊》初编，高等教育出版社，2016年。

（宋）胡仔《苕溪渔隐丛话前后集》，清乾隆刻本。

（宋）胡仔撰集、廖德明校点《苕溪渔隐丛话》，人民文学出版社，1981年。

（宋）苏轼撰，（宋）王十朋集注《集注分类东坡先生诗》，上海涵芬楼借南海潘氏藏宋刊本影印，《四部丛刊》初编，高等教育出版社，2016年。

（宋）钱端礼《诸史提要》，宋乾道绍兴府学刻本。

（宋）夏僎《尚书详解》，清武英殿聚珍版丛书本。

（宋）晁公武《郡斋读书志》，上海涵芬楼影印北平故宫博物院图书馆藏宋淳祐袁州刊本，《四部丛刊》三编，高等教育出版社，2016年。

（宋）吕祖谦《观澜集注》，清嘉庆宛委别藏本。

（宋）楼昉《崇古文诀》，《四库全书》，上海古籍出版社，1987年。

（宋）程大昌《演繁露》，清学津讨原本。

（宋）章如愚《山堂考索》，《四库全书》，上海古籍出版社，1987年。

（宋）朱熹《楚辞集注》，宋嘉定刻本。

（唐）韩愈撰，（宋）朱熹考异《朱文公校韩昌黎先生集》，上海涵芬楼用元刊本影印本。

（宋）洪迈《容斋随笔》，清修明崇祯马元调刻本。

（宋）徐天麟《西汉会要》，清光绪二十五年广雅书局刻武英殿聚珍版丛书本。

（宋）章樵注《古文苑》，上海涵芬楼借杭州蒋氏藏明成化壬寅刊本影印。

（宋）王楙《野客丛书》，明刻本。

（宋）施宿《（嘉泰）会稽志》，清嘉庆十三年刻本。

（宋）高似孙《纬略》，清守山阁丛书本。

（宋）魏了翁《鹤山全集》，上海涵芬楼借乌程刘氏嘉业堂藏宋刊本影印。

（宋）严羽《沧浪集》，明正德刻本。

（宋）严羽《沧浪诗话》，明津逮秘书本。

（宋）祝穆《古今事文类聚》，《四库全书》，上海古籍出版社，1987年。

（宋）谢维新《古今合璧事类备要》，《四库全书》，上海古籍出版社，1987年。

（宋）陈振孙《直斋书录解题》，清武英殿聚珍版丛书本。

（宋）陈景沂《全方备祖》，明毛氏汲古阁抄本。

（宋）汤汉《妙绝古今》，《四库全书》，上海古籍出版社，1987年。

（宋）王应麟《汉艺文志考证》，《四库全书》，上海古籍出版社，1987年。

（宋）王应麟《玉海》，《四库全书》，上海古籍出版社，1987年。

（宋）陈仁子《文选补遗》，《四库全书》，上海古籍出版社，1987年。

（宋）陈鉴《东汉文鉴》，清嘉庆宛委别藏本，江苏古籍出版社，1988年。

（元）方回《桐江集》，清嘉庆宛委别藏本。

（唐）杜甫撰，（元）高楚芳注《集千家注杜诗》，《四库全书》，上海古籍出版社，1987年。

（元）祝尧《古赋辨体》，《四库全书》，上海古籍出版社，1987年。

（元）马端临《文献通考》，万有文库十通本重新影印，中华书局，

2006 年。

（元）吴师道《战国策校注》，上海涵芬楼借江南图书馆藏元至正十五年刊本影印，《四部丛刊》初编，高等教育出版社，2016 年。

（元）陶宗仪《南村辍耕录》，上海古籍出版社，2012 年。

（元）佚名《群书通要》，清嘉庆宛委别藏本。

（明）赵弼《效颦集》，明宣德刻本。

（宋）陆佃撰，（明）牛衷增《增修埤雅广要》，明万历三十八年孙弘范刻本。

（明）程敏政《皇明文衡》，上海涵芬楼借印无锡孙氏藏明嘉靖卢焕刊本，《四部丛刊》初编，高等教育出版社，2016 年。

（明）何乔新《椒邱文集》，《四库全书》，上海古籍出版社，1987 年。

（明）陈锡《易原》，明万历二十七年刻本。

（明）张懋《墨卿谈乘》，明刻本。

（明）陆釴《（嘉靖）山东通志》，明嘉靖刻本。

（明）郑若庸《类隽》，明万历六年汪珙刻本。

（明）张志淳《南园漫录》，明嘉靖刻本。

（唐）李白撰，（明）朱谏注《李诗选注》，明隆庆刻本。

（明）杨慎《秋林伐山》，清光绪七至八年广汉锺登甲乐道斋仿万卷楼刻函海本。

（明）杨慎《丹铅总录》，明嘉靖三十三年梁佐校刊本。

（明）杨慎《转注古音略》，清乾隆间绵州李氏万卷楼刻函海道光五年李朝夔补刻本。

（明）杨慎《升庵集》，《四库全书》，上海古籍出版社，1987 年。

（明）杨慎《异鱼图赞》，民国十一年上海文明书局石印宝颜堂秘笈本。

（明）唐顺之《荆川稗编》，明万历九年刻本。

（金）元好问辑，（元）郝天挺注，（明）廖文炳解《唐诗鼓吹》，清顺治十六年陆贻典钱朝鼐等刻本。

（明）冯时化《酒史》，影明宝颜堂秘笈本。

（明）谢榛《诗家直说》，明万历刻本。

（明）谢榛《四溟诗话》，清海山仙馆丛书本。

（明）卓明卿《卓氏藻林》，明万历八年刻本。

（明）王世贞《弇州四部稿》，伟文图书出版社有限公司，1976 年。

（明）王世贞《新刻增补艺苑卮言》，明万历十七年武林樵云书舍刻本。

（明）邓元锡《皇明书》，明万历三十四年刻本。

（明）蒋一葵《尧山堂外纪》，明刻本。

（明）欧大任《欧虞部集十五种》，清刻本。

（宋）林越辑，（明）凌迪知《两汉隽言》，明万历文林绮绣本。

（明）李贽《藏书》，明万历二十七年焦竑金陵刻本。

（明）胡应麟《诗薮》，明刻本。

（明）章潢《（万历）新修南昌府志》，书目文献出版社，1990 年。

（明）林有麟《青莲舫琴雅》，明万历刻本。

（明）梅鼎祚《古乐苑》，明万历十九年吕胤昌校刊本。

（明）梅鼎祚《西汉文纪》，《四库全书》，上海古籍出版社，1987 年。

（明）高濂《遵生八笺》，明万历刻本。

（明）钟惺《古诗归》，明闵振业三色本。

（明）顾起元《说略》，民国三年至五年上元蒋氏慎修书屋排印金陵丛书本。

（明）许学夷《诗源辩体》，明崇祯十五年陈所学刻本。

（明）王志坚《四六法海》，《四库全书》，上海古籍出版社，1987 年。

（明）陆时雍《楚辞疏》，明缉柳斋刻本。

（明）张溥《汉魏六朝百三家集》，《四库全书》，上海古籍出版社，1987 年。

（明）彭大翼《山堂肆考》，《四库全书》，上海古籍出版社，1987 年。

（明）严衍《资治通鉴补》，清光绪二年盛氏思补楼活字印本。

（明）何楷《诗经世本古义》，《四库全书》，上海古籍出版社，1987 年。

（明）曹学佺《石仓历代诗选》，《四库全书》，上海古籍出版社，1987 年。

（明）周婴《卮林》，清嘉庆间萧山陈氏刻本二十四年汇印湖海楼丛书本。

（明）张自烈《正字通》，清康熙二十四年清畏堂刻本。

（清）胡世安《操缦录》，清顺治刻秀岩集本。

（清）陈祚明《采菽堂古诗选》，清刻本。

（清）费经虞《雅伦》，清康熙四十九年刻本。

（清）冯班《钝吟杂录》，清借月山房汇钞本。

（清）顾炎武《日知录》，上海古籍出版社，2015 年。

（清）顾炎武《音学五书》，中华书局，1982 年。

（清）顾炎武《肇域志》，清抄本。

（清）来集之《倘湖樵书》，清康熙倘湖小筑刻本。

（清）孙枝蔚《溉堂集》，清康熙刻本。

（清）张岱《夜航船》，清抄本。

（清）吴震方《读书质疑》，清康熙四十四年刻说铃本。

（清）屈大均《广东新语》，清康熙水天阁刻本。

（清）余怀《板桥杂记》，清康熙刻说铃本。

（清）陆葇《历朝赋格》，清康熙间刻本。

（清）汪灏《广群芳谱》，清康熙刻本。

（清）王之绩《铁立文起》，清康熙刻本。

（清）尤侗《西堂诗集》，清康熙刻本。

（清）田雯《古欢堂集》，《四库全书》，上海古籍出版社，1987 年。

（清）汪师韩《文选理学权舆》，清嘉庆四年刻读书斋丛书甲集本。

（清）张英《渊鉴类函》，上海文艺出版社，1996 年。

（清）张玉书《佩文韵府》，上海书店出版社，1997 年。

（清）陈廷敬《御选唐诗》，《四库全书》，上海古籍出版社，1987 年。

（清）官梦仁《读书纪数略》，清光绪十三年山阴宋氏刻忏花庵丛书本。

（清）毛奇龄《经问》，《四库全书》，上海古籍出版社，1987 年。

（清）毛奇龄《古今通韵》，《四库全书》，上海古籍出版社，1987 年。

（清）何焯《义门读书记》，清乾隆刻本。

（清）张廷玉《骈字类编》，《四库全书》，上海古籍出版社，1987 年。

（清）陈元龙《历代赋汇》，《四库全书》，上海古籍出版社，1987 年。

（清）华希闵《广事类赋》，清乾隆二十九年华希闵刻本。

（清）黄子云《野鸿诗的》，清道光二十四年吴江沈氏世楷堂刻昭代丛书壬集补编本。

（清）惠栋《后汉书补注》，清嘉庆九年冯集梧刻本。

（清）杭世骏《订讹类编》，民国七年刻嘉业堂丛书本。

（清）吴伟业撰，（清）靳荣藩注《吴诗集览》，清乾隆四十年凌云亭刻本。

（清）王太岳《四库全书考证》，清武英殿聚珍版丛书本。

（清）孙梅《四六丛话》，清嘉庆三年吴兴旧言堂刻本。

（清）王元启《读韩记疑》，清嘉庆五年王尚珏刻本。

（清）翟灏《通俗编》，清乾隆十六年翟氏无不宜斋刻本。

（清）阮葵生《茶余客话》，清光绪十四年铅印本。

（清）永瑢《四库全书总目》，中华书局，2003 年。

（清）梁履绳《左通补释》，清道光九年汪氏振绮堂刻光绪元年补修本。

（清）卢文弨《群书拾补》，清抱经堂丛书本。

（清）周广业《经史避名汇考》，清抄本。

（清）周广业《过夏杂录》，清种松书塾抄本。

（清）王鸣盛《尚书后案》，清乾隆四十五年礼堂刻本。

（清）沈可培《洙源问答》，清嘉庆二十年雪浪斋刻本。

（清）张惠言《七十家赋钞》，清道光元年合河康氏家塾刻本。

（清）彭元瑞《宋四六话》，清道光二十六年番禺潘氏刻海山仙馆丛书本。

（清）李调元《赋话》，清函海本。

（清）李调元《奇字名》，清乾隆锦州李氏万卷楼刊嘉庆十四年李鼎元重校函海本。

（明）杨慎撰，（清）李调元校定《古音丛目》，清乾隆间绵州李氏万卷楼刻函海嘉庆十四年李鼎元重校印本。

（清）钱大昕《十驾斋养新录附余录》，清嘉庆刻本。

（清）桂馥《说文解字义证》，清道光三十年至咸丰二年杨氏刻连筠簃丛书本。

（清）桂馥《札朴》，清嘉庆十八年李宏信小李山房刻本。

（清）厉荃辑，（清）关槐增《事物异名录》，清乾隆刻本。

（清）洪亮吉《北江诗话》，清光绪三年授经堂刻洪北江全集本。

（清）洪亮吉《卷施阁集》，清光绪三年洪氏授经堂刻洪北江全集增修本。

（清）浦铣《历代赋话》，清乾隆五十三年刻本。

（清）浦铣《复小斋赋话》，清乾隆五十三年刻本。

（清）吴骞《尖阳丛笔》，清抄本。

（清）吴骞《拜经楼诗话》，清嘉庆刻愚谷丛书本。

（清）赵翼《廿二史札记》，清嘉庆五年湛贻堂刻本。

（清）段玉裁《诗经小学》，清嘉庆二年武进臧氏拜经堂刻本。

（清）姚鼐《古文辞类纂》，清道光元年合河康氏家塾刻本。

（汉）许慎撰，（清）段玉裁注《说文解字注》，上海古籍出版社，2010年。

（清）孙星衍《尚书今古文注疏》，清平津馆丛书本。

（清）金鹗《求古录礼说》，清光绪二年孙熹刻本。

（清）和瑛《易简斋诗钞》，清道光刻本。

（清）吴卓信《汉书地理志补注》，清道光刻本。

（清）戚学标《鹤泉文钞续选》，清嘉庆十八年刻本。

（清）郝懿行《尔雅义疏》，清同治五年郝氏家刻本。

（清）沈钦韩《汉书疏证》，清光绪二十六年浙江官书局刻本。

（三国）张揖撰，（清）王念孙疏证《广雅疏证》，清光绪五至十八年定州王氏谦德堂刻三十二年汇印畿辅丛书本。

（清）王念孙《读书杂志》，清道光十二年刻本。

（清）胡承珙《毛诗后笺》，清道光十七年求是堂刻本。

（清）王引之《经义述闻》，清道光七年王氏京师刻本。

（清）陈寿祺《鲁诗遗说考》，清刻左海续集本。

（清）陆继辂《合肥学舍札记》，清光绪四年兴国州署刻本。

（清）黄汝成《日知录集释》，清道光黄氏西溪草庐刻本。

（清）潘眉《三国志考证》，清嘉庆十五年潘氏小遂初堂刻本。

（清）冯登府《论语异文考证》，清道光十四年广东学海堂刻本。

（清）李兆洛《骈体文钞》，清道光合河康氏家塾刻本。

（清）严可均《铁桥漫稿》，清道光十八年四录堂刻本。

（清）严可均辑《全上古三代秦汉三国六朝文》，中华书局，1995年。

（清）朱彝尊撰，（清）李富孙注《曝书亭集词注》，清嘉庆十九年校经庼刻本。

（清）梁章钜《文选旁证》，清道光刻本。

（清）梁章钜《称谓录》，清光绪十年梁恭辰刻本。

（清）阮元《三家诗补遗》，清仪征李氏刻崇惠堂丛书本。

（清）方东树《昭昧詹言》，清光绪十七年刻本。

（唐）骆宾王撰，（清）陈熙晋笺《骆临海集笺注》，清咸丰三年松林宗祠刻本。

（清）马瑞辰《毛诗传笺通释》，清道光十五年学古堂刻本。

（清）王筠《说文解字句读》，清刻本。

（清）魏源《诗古微》，清道光刻本。

（清）朱骏声《说文通训定声》，清道光二十八年刻本。

（清）宋翔凤《过庭录》，清咸丰浮溪精舍刻本。

（南北朝）萧统编，（清）胡绍煐笺证《文选笺证》，清光绪聚学轩丛书第五集本。

（清）多隆阿《毛诗多识》，辽海书社印辽海丛书十集本。

（清）劳格《读书杂识》，清光绪四年刻本。

（汉）蔡邕撰，（清）高均儒《蔡中郎外集》，清咸丰二至五年聊城杨氏海源阁刻海源阁丛书本。

（清）曾国藩《求阙斋读书录》，清光绪二年传忠书局刻本。

（清）蒋超伯《南漘楛语》，清同治十年两疁山房刻本。

（清）丁晏《毛郑诗释》，清咸丰二年杨以增刻本。

（清）丁晏《投壶考原》，清光绪十四年刻南菁书院丛书本。

（三国）曹植撰，（清）丁晏诠评《曹子建集》，清宣统三年丁氏铅印汉魏六朝名家集初刻本。

（清）杜文澜《古谣谚》，清咸丰十一年曼陀罗华阁刻本。

（清）周寿昌《汉书注校补》，清光绪十年周氏思益堂刻本。

（清）陶方琦《汉孳室文钞》，清光绪十八年徐氏铸学斋刻本。

（清）郭嵩焘《大学章句质疑》，清光绪十六年思贤讲舍刻本。

（清）黄以周《群经说》，清光绪二十年南菁讲舍刻儆季杂著本。

（清）丁丙《善本书室藏书志》；清光绪刻本。

（清）姚振宗《隋书经籍志考证》，师石山房丛书本。

（清）姚振宗《汉书艺文志拾补》，师石山房丛书本。

（清）俞樾《茶香室丛钞》，清光绪二十五年刻春在堂全书本。

（清）孙诒让《札迻》，清光绪二十年籀庼刻二十一年正修本。

（清）顾炎武撰，（清）徐嘉注《顾亭林先生诗笺注》，清光绪二十三年徐氏味静斋刻本。

（清）沈家本《诸史琐言》，沈寄簃先生遗书本。

（隋）杜台卿撰，（清）杨守敬校订《玉烛宝典》，清光绪十年黎庶昌日本东京使署影印刻古逸丛书本。

（清）王闿运《八代诗选》，清光绪十六年江苏书局刻本。

（清）王先谦《汉书补注》，清光绪二十六年王氏虚受堂刻本。

（清）王先谦《续汉志集解》，王氏虚受堂刻本。

（清）王先谦《诗三家义集疏》，民国四年虚受堂刻后印本。

（清）王先谦《后汉书集解》，王氏虚受堂刻本。

（清）缪荃孙《艺风堂文集》，清光绪二十六年刻本。

（清）王树楠《费氏古易订文》，清光绪十七年青神刻本。

（清）佚名《汉书疏证》，清抄本。

（清）佚名《史记疏证》，清抄本。

专著

顾实：《汉书艺文志讲疏》，台湾商务印书馆，1980。

《中国简帛集成》第 12 册，敦煌文艺出版社，2001。

曹道衡、沈玉成编撰《中国文学家大辞典（先秦汉魏晋南北朝卷）》，中华书局，1996。

刘师培：《中国中古文学史讲义》，上海古籍出版社，2000。

程章灿：《魏晋南北朝赋史》，江苏古籍出版社，2001。

万光治：《汉赋通论》，中国社会科学出版社，2004。

郭英德：《中国古代文体学论稿》，北京大学出版社，2005。

吴承学：《中国古代文体学研究》，人民出版社，2011。

韩仲民：《中国书籍编纂史稿》，商务印书馆，2013。

孙少华、徐建委：《从文献到文本：先唐经典文本的抄撰与流变》，上海古籍出版社，2016。

彭春艳：《汉赋系年考证》，上海古籍出版社，2017。

黄威：《古籍书名考》，中华书局，2021。

张国安：《律诗文体建构与礼乐文化传统》，中华书局，2021。

期刊论文

骆玉明：《论"不歌而诵谓之赋"》，《文学遗产》1983年第2期。

俞绍初：《建安七子遗文存目考》，《许昌师专学报》1987年第3期。

程章灿：《先唐赋存目考》，《文献》1989年第3期。

赵逵夫：《班彪〈览海赋〉》，《文学遗产》2002年第2期。

赵逵夫：《汉晋赋管窥》，《甘肃社会科学》2003年第5期。

贾连敏：《新蔡葛陵楚简中的祭祷文书》，《华夏考古》2004年第3期。

吴承学、沙红兵：《中国古代文体学学科论纲》，《文学遗产》2005年第1期。

胡大雷：《别有〈子虚说〉不能成立》，《文学遗产》2005年第5期。

踪凡：《严可均〈全汉文〉〈全后汉文〉辑录汉赋之阙误》，《文学遗产》2007年第6期。

王子今：《〈全汉赋〉班彪〈冀州赋〉题名献疑》，《文学遗产》2008年第6期。

熊良智：《扬雄〈蜀都赋〉释疑》，《文献》2010年第1期。

踪凡：《赋学视域下的〈韵补〉》，《古籍整理研究学刊》2011年第2期。

万光治：《汉赋存目补遗与辨证》，《四川师范大学学报》2014年第1期。

黎隆武：《海昏侯刘贺墓的财富之谜》，《地方文化研究》2016年第3期。

江西省文物考古研究所、南昌市博物馆、南昌市新建区博物馆：《南昌市西汉海昏侯墓》，《考古》2016年第7期。

彭春艳：《崔骃〈武赋〉新考》，《中国韵文学刊》2019年第2期。

陈松长：《长沙走马楼西汉古井出土简牍概述》，《考古》2021年第3期。

索　引

二　作者索引

B

后 记

撰写国家社科基金项目"考古发现与汉赋研究"结项成果过程中，计划将所有汉赋作者名下现存赋作主旨、内容分类，以便与出土汉代考古材料比对研究，此前则必须精确划定研究范围。然而在翻检汉赋文献材料时，发现汉赋在篇名、作者姓名、著作权、其他体裁作品误属汉赋等多方面分歧众多，尤其是汉赋篇名分歧太多。限于结项时间，在有分歧的问题上沿用学界结论，规避了分歧考辨。结项完成后，觉得必须对汉赋分歧进行考辨，于是"小题大做"，一条一条考辨，力图让发现的分歧有论断结果，以便后期汉赋研究有更准确的文献基础。在此想法支撑下，于是有了该成果。

在本成果撰写过程中，恩师赵逵夫先生从书稿框架、具体条目、写作体例等方面悉心指导。贵州师范大学王福元博士对书稿提出宝贵意见，其中"误名"提法来源于他。集美大学范德怡博士对书稿逻辑结构、排版等提出了具体、详细的修改意见。田永涛博士慷慨借出珍藏书籍供校对之用。孔网学识斋书店店主多次帮助查找珍本古籍扫描件。

本成果申报国家社科基金后期资助项目，需要提供查重报告。在我寻找查重系统过程中，素未谋面的中国国家图书馆、上海图书馆、福建省科技信息研究所和贵州省科技信息研究所、厦门大学、福建农林大学、福建师范大学、华侨大学等单位的老师及贵州大学肖老师等提供热心帮助。集美大学文学院郑亮、王惠蓉院长筹集经费购买查重系统授权，柯志贤老师、黄碧琴老师、郑英明老师热心协助相关工作。中国知网洪新宇先生耐心帮助办理授权手续。贵州师范大学社会科学处李其霞老师一直对申报工作无私、热心帮助。

社会科学文献出版社与我达成出版合作意向并出具出版社推荐意见。出版社胡百涛老师、孙美子老师在申报成果、申报书的审查、修改过程中，热心帮助。

成果有幸于 2021 年 10 月获得国家社科基金后期资助项目立项，五位立项评审专家的意见在后期文稿修改中起到了很好的指导作用。项目继续开展研究过程中，集美大学庄清华老师、杨志贤老师、赵思木老师，贵州大学王伟老师，首都师范大学踪凡老师，上海电力大学高晓波老师等均无私提供各种帮助。项目结项时三位评审专家多鼓励之辞，其修改意见也被采纳进文稿修改中。书稿中图、表设计、制作、修改等多得外子吴学庆和小女吴彭的帮助。汉赋研读工作坊的小朋友们在整理核对材料时，也多有帮助。

在此，对帮助我的人致以最诚挚的谢意！并祈愿好人健康、平安！有时候想：我何德何能，能得那么多人协助！最好的感恩方式，莫过于勤勉踏实研究，奉上供学者查阅的成果吧！

集美大学莲花池小区

2021 年 6 月 14 日·初稿

2023 年 11 月 28 日·定稿

图书在版编目（CIP）数据

汉赋篇名分歧考辨 / 彭春艳著. -- 北京：社会科
学文献出版社，2023.12
（国家社科基金后期资助项目）
ISBN 978 - 7 - 5228 - 2300 - 3

Ⅰ.①汉…　Ⅱ.①彭…　Ⅲ.①汉赋 - 文学研究　Ⅳ.
①I207. 22

中国国家版本馆 CIP 数据核字（2023）第 152484 号

·国家社科基金后期资助项目·

汉赋篇名分歧考辨

著　者／彭春艳

出 版 人／冀祥德
责任编辑／胡百涛
责任印制／王京美

出　　版／社会科学文献出版社·人文分社（010）59367215
　　　　　地址：北京市北三环中路甲 29 号院华龙大厦　邮编：100029
　　　　　网址：www. ssap. com. cn
发　　行／社会科学文献出版社（010）59367028
印　　装／三河市龙林印务有限公司

规　　格／开　本：787mm × 1092mm　1/16
　　　　　印　张：27.5　字　数：547 千字
版　　次／2023 年 12 月第 1 版　2023 年 12 月第 1 次印刷
书　　号／ISBN 978 - 7 - 5228 - 2300 - 3
定　　价／128.00 元

读者服务电话：4008918866